TONIO

A.F.Th. van der Heijden

Tonio

Een requiemroman

2011

DE BEZIGE BIJ

AMSTERDAM

De auteur ontving voor het schrijven van dit boek een
werkbeurs van het Nederlands Letterenfonds

Eerste druk (gebonden) mei 2011
Tweede druk mei 2011
Derde druk (gebonden) juni 2011
Vierde druk juni 2011
Vijfde druk juli 2011
Zesde druk juli 2011
Omslagontwerp Brigitte Slangen
Omslagbeeld Tonio van der Heijden
Foto auteur Tonio van der Heijden
Vormgeving binnenwerk Peter Verwey, Heemstede
Druk Clausen & Bosse, Leck
ISBN 978 90 234 5954 5
NUR 301

www.debezigebij.nl
www.afth.nl

Give sorrow words: the grief that does not speak
Whispers the o'erfraught heart, and bids it break.

Shakespeare, *Macbeth* (IV, 3)

Farewell, thou child of my right hand, and joy;
My sin was too much hope of thee, loved boy,
Seven years thou wert lent to me, and I thee pay,
Exacted by thy fate, on the just day.
O, could I lose all father, now. For why
Will man lament the state he should envy?
To have so soon 'scaped world's, and flesh's rage,
And, if no other misery, yet age!
Rest in soft peace, and, asked, say here doth lie
Ben Jonson his best piece of poetry.
For whose sake, henceforth, all his vows be such,
As what he loves may never like too much.

Ben Jonson, 'On My First Son'

Inhoud

Proloog

Geen tweede naam

1

'Tóóóóóóó-niii-ióóóóó…!'

Ik heb zijn naam nooit vaker geroepen dan in de krap vier maanden die verstreken zijn sinds Zwarte Pinksterdag. Als ik eraan toevoeg 'op de toppen van mijn stem', bedoel ik mijn innerlijke roepstem, die oneindig veel luider klinkt en verder reikt dan waartoe mijn stembanden in samenwerking met de trillende lucht in staat zijn. Uiterlijk is er niets aan me te zien.

Vergelijk het met huilen. Ik schaam me soms tegenover Mirjam, die zich anders dan ik voluit aan de natuurkracht van een onverhoedse jankbui weet over te geven.

'Ook al zie je geen tranen, Minchen, ik huil wel degelijk met je mee,' heb ik haar een keer uitgelegd (met verstikte stem, dat wel). 'Bij mij gedraagt dat rotverdriet zich als een inwendige bloeding. Het sijpelt, of gutst, ergens vanbinnen weg.'

2

Aan het begin van Nabokovs roman *Lolita* proeft de verteller lettergreep voor lettergreep de naam van zijn geliefde: 'De tongpunt daalt drie treden het gehemelte af en tikt bij drie tegen de tanden. Lo. Lie. Ta.'

De naam van mijn zoon *begint* met zo'n klop van de tongpunt tegen de achterkant van de voortanden (T…), waarop de lippen zich openen om de klinker o in heel z'n volheid aan de lucht prijs te geven. De resterende adem brengt via de hoger gelegen neusholte een licht gierend nasale klank voort (niii...) – weinig meer dan een korte onderbreking van de langgerekte ooo, die vervolgens via de nog openstaande mond ongehinderd voortgalmt.

'Tóóóóóóó-niii-ióóóóó...!'

De ideale roepnaam, dachten we – ook letterlijk, voor als we hem later, buiten spelende jongen inmiddels, tegen etenstijd binnen wilden roepen. De tweede o kon gemakkelijk, aanzwellend, tot aan het eind van de straat gerekt worden, desnoods tot op het Jacob Obrechtplein, waar hij op een dag met zijn vriendjes bij de synagoge zou rondhangen.

Toen Mirjam zwanger was, kwam het niet bij ons op om via een geluidsfoto het geslacht van het kind vast te laten stellen. Ook zonder bevestiging door de medische techniek waren we er allebei van overtuigd dat het een meisje zou worden – ik weet niet meer waarom. We wilden haar Esmée noemen, naar de opera *Esmée* die Theo Loevendie aan het componeren was, en over de vorderingen waarvan hij ons regelmatig bij café Welling op de hoogte hield.

Een paar weken voordat ze 'uitgerekend' was, kwam Mirjam de badkamer binnen, waar ik katerig in de kuip lag. Ze stootte de deur, die op een kier stond, verder open met haar puntbuik, en die leek alleen maar verder naar voren te komen door de manier waarop ze twee handen in haar holle rug plantte.

'En als het nou eens een jongetje wordt?'

Ik had te erge koppijn om me er het hoofd over te breken. Al maanden lag het huis vol vellen met aantekeningen voor een paper die Mirjam aan het schrijven was in het kader van een werkgroep Nederlands: een vergelijkende studie tussen Thomas Manns novelle *Tonio Kröger* en de roman *Geur der droefenis* van Alfred Kossmann. Ik hoefde zo'n scriptieblaadje maar op afstand te zien liggen of de naam Tonio Kröger sprong me in het oog. Ook slingerden er over de hele etage, tot in de keuken toe, allerlei verschillende boekuitgaven van *Tonio Kröger* rond,

Duitse en Nederlandse. Mirjam las me passages uit het werkstuk voor. Aan de telefoon hoorde ik haar overleggen met de docent, met haar medestudenten. Steeds weer die rondklankige naam: '… zoals in *Tonio Kröger* staat…'

'Een jongetje,' herhaalde ik, een schuimige arm naar Mirjam uitstrekkend. 'Dan kan het niet anders dan Tonio heten.'

Ik kreeg een tik tegen mijn hand, zodat de vlokken in het rond stoven. 'Oké.' Mirjam schommelde de badkamer weer uit. Er hoefde verder kennelijk niet over gediscussieerd te worden. We bleven vasthouden aan Esmée, maar nu hadden we tenminste een jongensnaam in reserve, voor het ondenkbare geval *dat.*

3

Een paar dagen na de badkamerscène werd, ruim drie weken te vroeg, onze zoon geboren. Staande voor de couveuse las ik van de grauwroze pleister op zijn smalle borstje keer op keer fluisterend zijn naam, die me steeds beter begon te bevallen.

To. Ni. Io.

Het had iets van een rollende, brekende, doorrollende golf. *Ni.* Een naam met een overwonnen ontkenning.

Goed, het was even een gok geweest, maar dat Tonio bleek perfect bij hem te passen. Toen de ogen van de kleine blindeman eenmaal wijdopen gingen, keken ze je net zo rond en gericht aan als de o's die vetgedrukt op het geboortekaartje stonden.

Mijn troetelnaam voor hem werd als vanzelf Totò. Hij lachte er kwijleriger bij dan bij het horen van zijn eigenlijke naam, dus hij zou me er later wel niet om vermoorden. Nadat een paar jaar later maffiabaas Totò Riina op Sicilië was gearresteerd, zei een bezoeker die mij de kleine hoorde toespreken: 'Je zoon naar een maffioso vernoemen, durf je wel.'

'Voor gisteren had ik nog nooit van die Riina gehoord. Ik

dacht altijd aan Antonio de' Curtis. De Napolitaanse komiek. Artiestennaam Totò. Hij speelde in *Uccellacci e uccellini* van Pasolini. Een schitterende clown.'

Als Tonio in later jaren een van zijn streken had uitgehaald, noemde ik hem Totò le Héros, naar de film van Jaco Van Dormael. Daar lachte hij nog harder bij, maar ook wel wat zenuwachtig, want hij wist door mijn uitleg dat hij voor 'held' werd uitgemaakt, en dat kon van alles betekenen.

Mirjam had in die begintijd weer haar eigen koosnaam voor hem, meer vondelachtig: Tonijntje. Bij het uitspreken daarvan legde ze zoveel liefde in haar stem dat hij echt niets meer te vrezen had, en dat liet hij zelfgenoegzaam merken ook.

'Nou, vijf minuutjes dan nog, Tonijn, maar dan moet je wel bij me komen zitten.'

'Ik ben een beetje verdrietig.'

'Om Runnertje zeker...' (Runner was zijn Russische dwerghamster, al maanden geleden dood gevonden in de houtwol. Af en aan, als het zo uitkwam, rouwde Tonio om hem. Zo had hij samen met zijn gitaarleraar een kort requiem voor Runner gecomponeerd.)

'Ik vind het zo erg dat hij *dood* is.'

'Verdrietig, maar je hoeft niet te huilen.'

'Ik voel tranen die je niet ziet.'

4

Met al mijn angst voor zijn kwetsbaarheid heb ik er nooit bij stilgestaan dat de beweeglijke o's die me zo levendig via de naam Tonio toelachten typografisch dezelfde waren als die me vanuit de starre congruentie van het woord 'dood' aanstaarden.

De laatste keer dat Mirjam en ik hem zagen, staken er twee draineerpluggen uit zijn voorhoofd, een korte en een wat langere, als hoorns. Ze waren daar eerder die dag aangebracht om het overtollige vocht van zijn zwellende hersenen te laten afvloeien. Bij alles wat er toen door me heen ging, was er in mijn eigen hersenen blijkbaar nog plaats voor een scène uit de film *Camille Claudel*, die ik jaren tevoren samen met Mirjam gezien had. Ik wilde haar eraan herinneren, maar nee, niet daar, niet op dat moment, dat kon niet.

Beeldhouwer Rodin monstert een kleine sculptuur van een neushoorn. 'Hij heet Totò,' zegt een van de zusjes Claudel. 'Als je hem recht aankijkt, heb je zijn naam.'

Twee verschillende hoorns, twee eendere ogen. Hoewel een van de oogleden bezig was een beetje omhoog te kruipen, kon je gerust stellen dat Tonio zijn ogen gesloten hield, zodat het beeld maar ten dele klopte.

5

Met 'Antonio' moest je niet bij hem aankomen, maar verder hield hij van zijn naam, compleet met alle roep-, troetel- en koosvarianten. Alleen wanneer hem weer eens, bij een registratie op school of elders, naar zijn overige voornamen gevraagd was, kwam hij razend thuis. Een boze Tonio kruiste de armen voor zijn borst, in een soort onvolledige verstrengeling, met de gekromde polsen als kwaaiige bulten omhoog.

'Waarom heb ik maar één voornaam?'

'Ach, lieve jongen, de naam Tonio is van zichzelf al zo mooi, zo perfect... waarom zou je die door een tweede laten verpesten?'

'Adri, *iedereen* heeft twee voornamen. Sommige kinderen op school hebben er wel drie. Ik heb er maar eentje. Jij hebt er ook drie.'

'O ja, en dan mag ik nog van geluk spreken dat ze er geen vierde aan vastgeplakt hebben. Maria was toen erg in de mode. Vooral voor jongetjes.'

Op een dag, toen hij weer wat groter was, heb ik het hem uitgelegd, van die ene voornaam. 'Het is mijn schuld, Tonio. Het ligt aan mij dat je niet meer voornamen hebt.'

Een zelfbeschuldiging van zijn vader, daar wilde Tonio niets van missen. Hij was meteen een en al aandacht, en glansde van voorpret. 'Dat wil ik nu dan eindelijk wel eens horen.'

'God, wat haal ik me weer aan. Nou, vooruit. Hoe heten mama en tante Hinde van achteren? En nou niet weer zo flauw zijn en zeggen: kont. Dat kennen we onderhand wel.'

'Rotenstreich natuurlijk.'

'Wat is de achternaam van opa Natan?'

'Rotenstreich natuurlijk.'

'En jij, zoon van Mirjam Rotenstreich en kleinzoon van Natan Rotenstreich, hoe luidt jouw achternaam?'

Lachend: 'Van der Heijden natuurlijk. Net als jij.'

Tonio wierp triomfantelijk zijn knuffellap de lucht in, waarmee hij altijd probeerde het plafond te raken, wat zelden lukte. Het was zijn favoriete zeverdoek, wit met rode noppen, geknipt uit een oude, katoenen blouse van Mirjam. De fopspeen had hij al een tijd geleden afgezworen, en ook voor zo'n toddel was hij intussen te oud, maar hij kon nog niet helemaal zonder. De lap viel terug, en landde op zijn hoofd. 'Oeps.'

'Hoeveel zoons heeft opa Natan?'

Tonio deed net alsof hij het op zijn vingers natelde, en zei toen: 'Geeneen. Alleen twee dochters. Mama en tante Hinde. Dat zijn zussen van elkaar.'

'Opa Natan is in de tachtig. Hij heeft niet het eeuwige leven. En Mirjam en Hinde... we hopen natuurlijk dat de zusjes Rotenstreich nog heel lang onder ons zullen zijn. Maar ergens houdt het op. Dan is de naam Rotenstreich uitgestorven.'

'Ja, want als tante Hinde en oom Frans kinderen krijgen, heten die ook Van der Heijden. Jullie zijn twee broers, getrouwd met twee zussen. Toch, Adri?'

'Vandaar dat er twee keer zo vaak ruzie in de familie is,' zei ik. ‘Maar dat is weer een heel ander probleem.’

‘Heeft opa Natan geen broers?’

Tonio draaide heel snel zijn genopte doek in het rond, als een slinger. Hij keek met toegeknepen ogen het denkbeeldige projectiel na dat hij ermee lanceerde. Raak. Hij balde zijn vuist. ‘Yesss...!’

‘Broers, nee. Hij had meerdere zussen. Die zijn in de Tweede Wereldoorlog vermoord door de nazi’s. Net als zijn ouders en de hele rest van de familie. Nu dragen nog maar drie mensen op aarde de naam Rotenstreich.’

‘Weet je, Adri... op school is een jongen, en die heet net als zijn moeder. Hij heeft geen vader. Als tante Hinde nou eens...’

‘O? Dat zal oom Frans leuk vinden.’

‘Oeps. Foutje.’

Tonio hing de toddel over zijn hoofd en voor zijn gezicht.

‘Ik heb daarnet ook een foutje gemaakt,’ zei ik. ‘Iets verzwegen. Jaren geleden namelijk is opa Natan, in oude registers en zo, naspeuringen gaan verrichten naar zijn familienaam. Hij vond alleen dode Rotenstreichs. Op eentje na. Een professor Rotenstreich in Jeruzalem. Opa Natan heeft hem aan de telefoon gehad. De man beweerde bij hoog en bij laag dat ze geen familie van elkaar konden zijn. Hij wilde geen verder contact. Ook een dood spoor dus.’

Er viel even een stilte. Tonio had zijn doek naar achteren geschoven, zodat hij eruitzag als een kleine farao. ‘Adri,’ begon hij nu poeslief, ‘je zou me toch vertellen waarom ik geen twee voornamen heb.’

‘Jij hebt ook geen greintje geduld in je donder, hè, jij? Zonder die omweg langs de naam Rotenstreich zou je er helemaal *niks* van snappen. Ik ga behoedzaam op mijn doel af.’

‘O, sorry.’ Hij liet zich luid lachend achterover vallen, en gooide tegelijkertijd de tot een bal gewonden knuffellap de hoogte in. Het ding raakte geluidloos het plafond, en plofte dof terug. ‘Yesss...!’

'Luister, Totò, ik ga je nu vertellen wat voor kluns je vader is. Dat wil je vast wel horen.'

'Ja! Ja!'

'Vanaf het moment dat Mirjam zwanger raakte, hebben we samen naar manieren gezocht om die bedreigde naam… Rotenstreich… aan die van ons aanstaande kind te koppelen.'

'Hè?'

'Tegenwoordig, met al die exotische stambomen, kijkt niemand meer vreemd op van een rare, lange voornaam. Al helemaal niet als het om een tweede of een derde voornaam gaat. Toen jij geboren werd… ik weet niet of je toen al fantasienamen bij het bevolkingsregister mocht opgeven. Als je me niet kunt volgen, zeg het dan eerlijk.'

'Ik weet niet wat een bevolkers…'

'Waar wij allemaal ingeschreven staan. Alle inwoners van Amsterdam. Waar ik jou de dag na je geboorte ben gaan aanmelden…'

'Zoiets als bij een hotel.'

'Inchecken, ja. We wilden het gewoon maar eens proberen. Een uitgever had ons aangeraden om het per brief bij de koningin aan te kaarten. Majesteit, heb erbarmen, het gaat om een zeldzame naam, et cetera, et cetera… Nou, daar hadden we dus geen zin in. Ik wilde gewoon het bevolkingsregister binnenstappen en zeggen: "Beste mensen, luister eens hier. De nieuwe wereldburger heet Van der Heijden, roepnaam Tonio, tweede voornaam Rotenstreich. Voluit: Tonio Rotenstreich van der Heijden. Zonder streepje." Als het maar eenmaal op papier stond. Als het een meisje was geworden, had ze tot aan haar huwelijk of tot aan haar dood de achternaam Rotenstreich van der Heijden kunnen voeren. Een jongen zou zelfs zijn kinderen de achternaam Rotenstreich van der Heijden kunnen meegeven.'

'Zonder streepje. Geinig.'

'*Als* ze erin zouden trappen. Op 16 juni 1988, de dag na jouw geboorte, ging ik naar het bevolkingsregister aan de Herengracht. Mama en jij waren nog in het ziekenhuis...'

'Het Slotervaart,' zei Tonio, enigszins afwezig. 'Ik moest in de couveuse blijven.'

'Ja, we hadden ons weer eens een miskoop in handen laten douwen. We besloten je toch maar te houden, dus de volgende dag... ik naar de Herengracht. Zie je me lopen, de trotse jonge vader?'

'*Jonge* vader?' Daar ging de noppendoek weer de lucht in. Dit keer belandde het vod, zich in de val ontvouwend, op mijn hoofd. 'Oeps. Foutje.'

'Kersverse vader dan. Jij je zin, scherpslijper. Ik was 's morgens nog bij mama op de kraamafdeling geweest. Zij had me wel twintig keer op het hart gedrukt dat ik op de een of andere manier... het kon haar niet schelen hoe... de naam Rotenstreich op het geboortebewijs moest zien te krijgen.'

'Zonder streepje.'

'Ik liep door de Leidsestraat en over de Herengracht, en ik herhaalde steeds maar bij mezelf: "Tonio Rotenstreich van der Heijden." Ik vond het steeds mooier worden. Niks twee voornamen – een dubbele achternaam. Het had iets adellijks. Ik net vader geworden van een zoon? Een prins van den bloede, dat was het. Daar, de ingang van het bevolkingsregister. Ik de stoep op. Er kon niets meer misgaan. Ik zou het zo achteloos mogelijk brengen, alsof ik nog wel iets anders aan m'n kop had ook. "Ik kom de geboorte van een zoon aangeven. Tonio Rotenstreich van der Heijden. Gisteren, ja, de vijftiende juni. Zestien over tien in de ochtend." Als die vent van het bevolkingsregister zou vragen: "Pardon, is dat een naam, Rotenstreich?", dan zou ik antwoorden: "Ja, in de Oekraïne, waar mijn schoonvader vandaan komt, was dat voor de oorlog een veelgebruikte voornaam." Gewoon een kwestie van de juiste terloopse toon aanslaan.'

Tonio lachte. 'Ik geloof dat ik al weet hoe het afloopt.' Hij haalde de doek achter zijn nek door, en drukte de koele stof tegen zijn gloeiende oren, die opkomende slaap verraadden.

'Niet voor je beurt praten, jij. Het liep allemaal anders dan ik me had voorgesteld, ja. Achter de deur waar ik zijn moest, was een soort halletje van een meter in het vierkant, met een plastic stoel erin. Een mens kon er z'n gat niet keren. Er was een korte balie met een computer erop, en...'

'Had je toen al computers?'

'Ja, gek hè? Computers, voor jouw geboorte al. Antieke gevallen met trapaandrijving.'

'Hoe kan het dan dat jij nog steeds niet weet hoe...'

'Op een dag mag jij het me leren. Achter de computer op het bevolkingsregister zat een jonge vrouw, die me vriendelijk welkom heette. Geheel naar waarheid zei ik: "Ik ben gisteren vader geworden van een zoon, en nu..." Het was in de tijd dat ambtenaren nog opgeleid werden om de burger op z'n gemak te stellen, dus ze riep: "O, wat *leu-h-euk*! Hoe gaat hij heten?" Ik dacht dat het officiële gedeelte van de aangifte nog moest komen, dus ik antwoordde, alweer conform de waarheid... nou, wat denk je dat ik antwoordde?'

Tonio liet zijn stem dalen, en zei dromerig: 'Tonio.'

'En die jonge vrouw weer, half zingend: "Wat een leuke *ná-h-aam*!" Het had me moeten opvallen dat haar nagels razendsnel over de toetsen ritselden, maar ik was nou eenmaal een nerveuze, jonge... eh... kersverse vader, en ik lette niet op. Ze wierp een vluchtige blik in het paspoort dat ik voor haar had neergelegd, en verrichtte nog wat tikwerk. Er kwam een velletje papier uit de printer, waar ze het stempel van de gemeente op ramde. Ze vouwde het dubbel, deed er een plastic hoesje omheen, keek me stralend aan, en zei: "Ik wens u en uw vrouw, en baby Tonio natuurlijk, een gelukkige kraamtijd." Enigszins dizzy door de snelle afwikkeling stond ik even later buiten op de kade. Iets klopte er niet...'

'Adri, ik *zei* toch dat ik wist hoe het afliep.'

'Ja, lach maar. Het ging in de eerste plaats jou aan.'

'Hoe kon je nou...'

‘Precies, dat is wat kersvers vaderschap met je doet. Verstand kwijt. Ik deed het mapje open. Van der Heijden, Tonio, geboren 15 juni 1988, aangegeven 16 juni 1988. Klopte allemaal. Trut van Troje. Had ze nou maar naar een tweede voornaam *gevraagd*, dan had ik me er wel uit gered.’

‘Waarom ben je niet teruggegaan? Je kon toch zeggen: er moet nog iets tussen. Rotenstreich. Zonder streepje. Toch, Adri?’

Zijn stem klonk nu zacht en kinderlijk. Hij vond het geen leuk verhaal meer. Zijn handen waren in de opgerolde lap geschoven als in een mof.

‘Ik durfde niet. Als ze die zogenaamde tweede voornaam alsnog zouden horen... ik was bang dat ze dan pas echt argwaan kregen.’

‘Pech.’

‘Ik moest eerst eens goed nadenken over hoe ik het verder aan ging pakken. Misschien toch via de koningin.’

‘Mama zal het wel niet zo leuk gevonden hebben.’

‘Ik terug naar het ziekenhuis. Op de kraamafdeling gaf ze net jou de borst. Ze keek me aan met... je kent dat wel... die grote, bruine, verwachtingsvolle ogen, die zogenaamd weten wat er komen gaat. Dat haar zeldzame familienaam weer voor minstens een hele generatie gered is.’

Tonio schudde langzaam nee en nog eens nee. Als ik een zweem leedvermaak bespeurde, gold dat mij, niet zijn moeder.

‘Ik vertelde mama wat er mis was gegaan. Een gelukkige kraamtijd? Helemaal geen gelukkige kraamtijd.’

‘Adri, ik snap niet dat jij zo stom kunt zijn.’

6

Het wordt tijd dat ik hem zijn tweede naam ga nabezorgen.

Eerste boek

Zwarte Pinksterdag

Hoofdstuk I *Honderd dagen*

1

De deurbel, tweemaal: eerst kort en aarzelend, dan lang en nadrukkelijk.

Het snerpende geluid joeg de Noorse boskatten elke keer weer de stuipen op het lijf, en deed ze alle kanten uit stuiven om een goed heenkomen te zoeken – reden voor Mirjam om op weekdagen 's morgens, wanneer de postbode kon aanbellen met een pakje, de elektrische schel vaak af te zetten. De katten gingen voor alles. Vandaag, zondag, was de kans op aanbellen vrijwel nihil, zeker nu het nog zo vroeg in de ochtend was, dus had ze de stekker in het contact gelaten.

Het eerste belletje klonk alsof een vinger geen houvast op de knop had kunnen vinden. Voor de katten altijd nog luid genoeg om de onderste trap op te stormen. Zelfs waar ik me bevond, in bed op tweehoog, kon ik hun stevige poten over de treden horen roffelen. Waarschijnlijk hielden ze in de bocht van de trap even halt, om na de tweede, veel hardere bel nog sneller naarboven te rennen. Hun nagels krasten over het parket van de eerste overloop, waarna ze met grote sprongen de volgende trap namen. Aan het potengeroffel kwam tegelijk met de nagalm van het bellen een eind, zodat Tygo en Tasja nog ergens halverwege de tweede trap moesten staan, met gespitste oren en hun ruige vachthaar stekelig rechtop, alert op verder geweld.

2

Eerste Pinksterdag, 23 mei 2010. De klok van de Obrechtkerk had kort tevoren negen slagen laten horen. Het storende gebeier, om de parochianen voor de dienst op te roepen, kwam straks pas, om kwart voor elf. Klassieke zondagochtendrust in Oud-Zuid.

Ik lag ruggelings in bed. Het hoofdeinde van de matras had ik met de afstandsbediening opgekrikt, tot in de leesstand. De gordijnen waren opzij geschoven, zodat ik vanuit de kussens kon zien wat voor mooie lentedag er in de maak was. (Een krant had een 'vroegzomerse dag' voorspeld.) De zon ging nog schuil achter de hoge huizen, maar hun daklijsten staken messcherp af tegen een nu al diepblauwe lucht. Zoals uit de structuur van neerstromende regen soms viel af te leiden dat hij de hele dag zou blijven vallen, zo verried de hemel van vandaag dat hij tot aan de avond wolkeloos zou zijn.

Omdat de lucht die door de halfopen balkondeuren de slaapkamer binnendrong nog koel was, en kippenvel op mijn blote schouders bracht, had ik daarnet een geelbruin geblokt houthakkershemd aangeschoten.

Ik las niet echt. Het boek waarin ik een bepaalde passage had willen opzoeken, lag aan mijn wijsvinger gespietst bovenop het dek. Erin gebladerd had ik eigenlijk alleen om mezelf nog meer bewust te maken van het grote welbehagen dat die ochtend mijn deel was. Het roerloze liggen hier, de op te sporen alinea, het tellen van de klokslagen... het diende allemaal een uiterst aangenaam uitstel.

Op de lange sorteertafel in mijn werkkamer, een verdieping hoger, lag voor de komende honderd dagen een nieuw werkschema klaar, dat Tweede Pinksterdag zou ingaan. Volgens het overzicht gold vandaag als Dag Nul, morgen als Dag Een, en de eenendertigste augustus als Dag Honderd. De eerste september: Inleverdag.

Altijd die werkeenheden van honderd dagen... zo ging het al twintig jaar lang. Bijgeloof? Aanstellerij? Het dwangmatig vasthouden aan decimale aandriften? Van alles wat, denk ik, en nog zo het een en ander.

Ik had bij toeval ontdekt dat een schema van honderd aaneengesloten werkdagen (ruim qua tijd, en toch overzichtelijk) me als gegoten zat. Eind '89 was ik met vrouw en kind voor een paar jaar op de Veluwe gaan wonen. Ik maakte mezelf wijs dat het goed was voor mijn nieuwe roman, die in Amsterdam zou spelen, om een poos op afstand van het decor te blijven. In feite, maar dat gaf ik niet toe, had ik mijn kleine gezin, met een Tonio van anderhalf, op het platteland in veiligheid willen brengen. Als de kleine jongen oud genoeg was voor de basisschool zouden we wel weer terugkeren naar de stad.

Al na enkele maanden, in het voorjaar van '90, raakten we in conflict met de verhuurder, wiens huis via een glazen gaanderij met het onze verbonden was. De toestand escaleerde tot het soort psychologische (en incidenteel fysieke) oorlogsvoering waarvoor ik echt niet uit Amsterdam weg had hoeven gaan. Om mijn boek af te kunnen maken, dat in het najaar van '90 moest verschijnen, was ik gedwongen een goed heenkomen elders te zoeken.

Ik koos voor De Pauwhof, een oude kunstenaars- en wetenschapperskolonie in Wassenaar, waar ik op 23 juni aan de definitieve versie van *Advocaat van de hanen* begon. De eerste oktober zat ik met het voltooide typoscript van het vervloekte boek in de taxi terug naar Loenen op de Veluwe, waar ik vrouw en kind ging ophalen om ze terug naar Amsterdam te voeren. Op de achterbank rekende ik uit hoe lang ik in Wassenaar aan de voltooiing van de roman gewerkt had. *Nulla dies sine linea* – daar hadden paniek en schuldgevoel wel voor gezorgd. Ik kwam aan exact honderd dagen, inclusief de weekeinden. Een dwingend ritueel was geboren.

Voor de navolgende twintig jaar gold: als ik voor een roman

twee of drie versies nodig had, dan zette ik twee of drie keer opnieuw honderd aaneengesloten dagen op de kalender uit. Zo had het boek (*Kwaadschiks*) waar ik sinds de herfst van 2009 aan werkte al twee keer zo'n tijdblok verslonden. Eind april was een voorlopig (maar compleet) typoscript bij de uitgever ingeleverd. De laatste acht dagen van mei plus de komende drie zomermaanden zou ik de definitieve versie schrijven.

Het maken van zo'n schema betekende, met het nodige bijgeloof: de dagen namen geven. Uit een agenda tikte ik honderd beschikbare data over, en benoemde ze. Dag 18, dag 19, dag 20… dag 92, dag 93, dag 94… Sommige verwierven bijnamen, afhankelijk van hun verdienste voor de zaak, maar dat kwam achteraf pas.

Het vooraf claimen en willen beheersen van data, was dat niet de goden verzoeken? Vanaf het moment dat ik ze genummerd had, waren ze nog wel als blanco tijd bruikbaar, maar van neutrale dagen kon geen sprake meer zijn: ik had ze geannexeerd.

Elk nieuw schema begon altijd met een Dag Nul. In het onderhavige geval was dat 23 mei, vandaag, Eerste Pinksterdag. Een heerlijk soort niemandsland in de tijd. Om op de ochtend van Dag Een geen drempelvrees te laten ontstaan, zorgde ik er altijd voor dat Dag Nul qua productie, uitgedrukt in het aantal geschreven pagina's, al zoveel mogelijk aan het streefgemiddelde voldeed. Tegelijkertijd verplichtte de Nuldag tot niets: hij mocht zelfs, geheel of gedeeltelijk, mislukken. Er zou nog niets verloren zijn.

Zo lag ik dus, terwijl half Amsterdam z'n pinksterroes uitsliep, anticiperend te genieten van de voor me liggende, tot niets verplichtende werkdag, waarvan ik het begin kon uitstellen zo lang het me zinde. Beneden, op haar kamer gelijkvloers, zat Mirjam ongetwijfeld al zo'n anderhalf uur achter haar computer. Doordeweeks stond ze rond zes uur op om naar de sportschool te gaan, waarna ze tegen halfnegen aan de slag ging, maar 's zondags sloeg ze het sporten over, wat maakte dat ze zowel voor uitslapen als voor werken een uur won. Ik had niet zoveel haast als zij. Haar concentratie begon doorgaans rond het middaguur te tanen, terwijl die van mij dan op z'n best was en ik pas in de namiddag vermoeid raakte.

Ik stelde me voor hoe de katten onder de computertafel pluimstrijkend langs haar benen de aandacht probeerden te trekken of zich, als dat geen succes had, om strijd languit op haar toetsenbord uitstrekten. De afspraak was dat ik bij zin in koffie even zou bellen, dan kwam zij met het ontbijt boven. Ik wist hoe het gaan zou. Naast elkaar hoog in de kussens de plannen voor de komende dag doorspreken. Tegen het midden van de week was het opeens mooi weer geworden. Net als de voorgaande dagen zouden we elkaar aan het eind van de middag op de veranda treffen, onder de goudenregen, voor een glas vruchtensap, want de alcohol lieten we alweer weken staan. Er hoefde niet te worden gekookt. Tonio zou komen eten, en hij had al te kennen gegeven wel weer eens zin te hebben in een portie chow-minh van de Surinamer.

Ik nam mijn mobieltje van de matras naast me, maar legde het meteen weer neer. Ontbijt nog maar even uitstellen. De enige smet op mijn welbehagen: dat mijn maag, doorgaans een held zonder opstandigheid, nogal van streek was en zo mijn eetlust dwarszat. Met drank kon het niets te maken hebben. Ik probeerde me te herinneren wat we de vorige avond gegeten hadden. Kalfsvlees, want er was een saus van marsalawijn bij – nee, voor de *scaloppina marsala* gebruikte Mirjam tegenwoordig, uit ecologische overwegingen, filet van de biokip. Als voorgerecht was er spaghetti *aglio olio* geweest, rijk aan zwart gefruite knoflooksnippers, en als bijgerecht een salade die overvloedig bestrooid was met vers gehakte knoflook. Blijkbaar net een teenpunt knoflook te veel, want vroeg in de ochtend, ergens tussen vier en halfvijf, was ik wakker geworden van een samenkrimpende maag, compleet met een niet te stelpen speekselvloed. Rechtop in bed had ik, gedurig slikkend, tegen de misselijkheid zitten vechten, net zo lang tot het minder werd en ik weer kon gaan liggen.

3

Nu, uren later, was mijn maag nog steeds niet helemaal tot rust gekomen. Ik kon Mirjam natuurlijk om alleen koffie vragen, met veel melk op weinig espresso, maar ik besloot nog even in m'n eentje van de behaaglijke situatie te blijven genieten. Zo was het goed. Ik zei het Japi, van 'De Uitvreter', na: ik had me altijd te sappel gemaakt. Sinds we een jaar geleden vroegtijdig uit Lugano teruggekomen waren, na een rampzalig verlopen werkverblijf, had ik mezelf tot eigenaar van al mijn tijd uitgeroepen. Ik wilde een part ervan met Mirjam delen (en met Tonio, als hij er behoefte aan had), maar verder kon niemand er nog enig recht op doen gelden. Genoeg brieven geschreven, bijdragen aan tijdschriften geleverd. Ik was het beu de stamtafels van diverse cafés met de mouwen van mijn jasje glanzend te boenen, om maar te zwijgen van alle tekst die daar gratis en gratuit uit je mond verdampte en die net zo goed, thuis, opgeschreven had kunnen worden.

En het werkte. Elke dag was een geschenk. Op een keer had ik me tegenover Mirjam laten ontvallen dat 'de meeste mensen altijd iets kwamen halen, nooit eens iets kwamen brengen'. Het was een oprisping uit ergernis, meer niet, maar nadat ik het gezegd had, wist ik dat het de waarheid was. Sindsdien zorgde ik ervoor dat er bij mij niets meer te halen viel. Ik zou niet ophouden met de mensen af en toe iets te brengen, maar alles op z'n tijd.

Ik dacht weer aan mijn werkschema, een verdieping hoger op de lange behangerstafel. Het lag naast de kopie van het voorlopige typoscript dat ik eind april had ingeleverd. Er bevond zich een stofmap bij met daarin honderdzestig pagina's van de definitieve versie. Ik had ze de afgelopen weken zo'n beetje freewheelend geschreven, buiten elk honderd-dagen-schema om. Er was dus, zogezegd, een beginkapitaal, waarmee ik de benedenmaatse productie van de mindere dagen zou kunnen aanzuiveren.

Kortom, ik had mijn zaakjes mooi voor elkaar. Ik lag bijna spinnend van welbehagen achterover in de kussens. Zo meteen zou ik Mirjam bellen. Na de koffie en misschien wat lui geminnekoos zou ik voor een halfuur op de hometrainer klimmen, en dan was het alleen nog een kwestie van douchen, aankleden en die ene trap opgaan. Boven zou ik het juiste moment kiezen om voor de komende honderd dagen de aangenaam gespannen veer los te laten schieten.

4

En toen de bel. Een keer kort, een keer lang. Hard en doordringend. In de nagalmende stilte het gebonk trapopwaarts van de katten.

Het luide geschel maakte me als altijd nijdig (God, Mirjam, we zouden door de firma Brom toch eindelijk eens een vriendelijker bel laten installeren), maar nu was het evengoed ongerustheid die me plotseling rechtop in bed deed zitten. Ik draaide mijn hoofd naar rechts, waar mijn horloge op het nachtkastje lag. Tien over negen. Het moest mijn schoonmoeder zijn. Ze had zich de laatste tijd wel vaker per taxi laten voorrijden, waarna we haar verward in de portiek aantroffen. De reden was meestal dat Mirjam de telefoon niet had opgenomen, of anderszins geen levensteken had gegeven.

Ja, het moest Wies zijn, het kon niet anders. Maar... als ik zo zeker wist dat zij het was, niet meer dan een vervelend incident, waarom kromp mijn toch al ontregelde maag dan van angst samen? Soepeler dan mijn rug me eigenlijk toestond, liet ik me uit bed glijden om op de overloop te gaan horen wat er aan de hand was. Ik ging via de badkamer. Eerst was het alsof de stilte volledig in huis was teruggekeerd. Mirjam had niet opengedaan, en haar moeder was weer weggereden in de taxi.

Mijn maag en mijn hart hadden geen deel aan de opluchting die ik mezelf probeerde aan te praten. Ik stond daar wel vaker zo met ingehouden adem te luisteren of er werd opengedaan. De postbode, en was Mirjam niet thuis? Moest ik nu zelf via de intercom de deurbel beantwoorden?

Aan *iets*, misschien de luchtstroom die door het trappenhuis trok, merkte ik dat de voordeur open was. In de stem die heel vaag uit de diepte opklonk, probeerde ik uit alle macht die van mijn schoonmoeder te herkennen, maar ik *wist* dat het een mannenstem was. Uit wat ik Mirjam kort en heftig hoorde zeggen (onverstaanbaar), viel nog de hoop te putten dat ze, zoals wel vaker in zo'n situatie, tegen haar moeder uitvoer. Mijn vrees sprak een andere taal.

Vlak boven me staken Tygo en Tasja hun harige koppen nieuwsgierig tussen de spijlen van de trapleuning door. Beneden klapperden de glazen tussendeuren van de hal. Een stemflard, onmiskenbaar die van een man, gevolgd door een huilende uitroep van Mirjam. De katten sprongen de treden af, en zwiepten op de overloop met hun dikke staarten langs mijn blote benen, voordat ze aan hun roffelende afdaling begonnen, op de roep van het vrouwtje af.

In de slaapkamer, waarnaar de deur open was blijven staan, ging mijn gsm over. Hij lag op Mirjams bedhelft. Ik dook er over mijn eigen matras op af. Te laat. Op hetzelfde moment dat ik het knopje indrukte, klonk in luide paniek haar stem door het trappenhuis.

'Adri...! Het is Tonio! Hij ligt in het AMC! In kritieke toestand!'

Ik was met enkele stappen terug op de overloop. In de bocht

van de trap tussen de eerste en de tweede verdieping stond, met zijn arm op de leuning, een jonge politieagent, die met een onbewogen gezicht naar me opkeek. Zijn smetteloos witte uniformshirt met polomouwen lichtte op in de schemering.

'Meneer, ik heb niet zo'n prettig bericht voor u,' zei hij. 'Uw zoon Tonio ligt na een aanrijding in kritieke toestand in het AMC. Mijn collega en ik hebben de opdracht u daarnaartoe te brengen. Ons busje staat voor.'

Ik voelde me wegzinken in het soort korrelig wemelend halfdonker dat vaak aan flauwvallen voorafgaat. Mijn organen werden samengeperst, en ik moest bijna overgeven. Het *kan* zijn dat op hetzelfde moment een dierlijk huilende Mirjam de trap op schoot, zich eerst langs de agent wringend en vervolgens langs mij. Ik heb er geen duidelijk beeld van behouden, alleen de gewaarwording van iets wervelends, waar een hoog jankend geluid uit opsteeg. Als het zo is gegaan (Mirjam kan het niet bevestigen, voor haar is dit nog meer een zwart gat), dan is zij via de overloop naar Tonio's voormalige kamer gerend. Het was daar dat ik mezelf terugvond. Mirjam zat op de rand van het bed sidderend van de huilkramp haar sokken aan te trekken. Haar radeloze gezicht.

'Tonio, in kritieke toestand,' bleef ze in een soort hijgende trance herhalen. 'Hij gaat dood. Misschien *is* hij al wel dood.'

Die sokken, ze kreeg het bijna niet voor elkaar. Ze bleven aan haar teennagels haken, en dan moest het weer over. De botte details die zich, ondanks de schijnbare bewustzijnsvernauwing, in je weten te nestelen... ik heb me er achteraf bitter over verbaasd. Zo stond in een hoek van de kamer een statief, zonder camera erop, maar wel met een zilverige lichtparaplu eraan vastgeschroefd. Rondom grote, sneeuwwitte piepschuimen platen, die de fotograaf tot lichtscherm hadden gediend.

Ik stond daar maar in mijn lange werkhemd met alleen een onderbroek eronder – als versteend, misschien niet meer dan enkele seconden, voor mijn gevoel veel langer.

'Kleed je nou *aan*,' riep Mirjam huilend, bijna gillend. 'We moeten naar hem toe. Hij gaat dood.'

5

Op de overloop durfde ik niet over de balustrade te kijken of de agent nog in de oksel van de trap stond. Misschien hoopte ik dat zijn verschijning een visioen was geweest, een droombeeld dat me tot voorbij de slaap geschaduwd had. Zelfs in mijn ooghoek lichtte zijn witte poloshirt niet op.

In kritieke toestand. Veel te lang (hoe kort misschien ook) stond ik in de slaapkamer voor de stoel met kledingstukken, een sok in mijn hand. Ik kon niet anders dan naar de ingelijste foto boven de radiator kijken. Een Venetiaanse gondel met baldakijn en reclamebord: AMSTEL HOTEL. Hij dreef in de Amstel voor de Hoge Sluis, en was bedoeld om hotelgasten over te zetten, waarvan er een paar aan boord waren. Aan hun kleren te zien stamde het tafereel uit de jaren twintig of dertig. Tonio had de foto van internet gehaald en voor mij uitvergroot, als cadeau voor dertig jaar *Een gondel in de Herengracht*, eind 2008. Zo'n jongen was het.

Ik hoorde Mirjams snel rennende voeten op de overloop, en meteen daarna op de trap, waarvan de treden haar hoge huiltoon een akelige cadans gaven. Ik schoot ijlings de vale trainingsbroek aan die ik klaar had liggen voor een lange zit aan mijn bureau.

Sokken. Schoenen. O, God, sleep hem erdoorheen. Niet voor mij. Voor Mirjam. Voor Tonio zelf. En ja, ook voor mij, al verdiende ik het niet.

Klop op de deur. Ik was net de veters aan het strikken van mijn afgedragen huisschoenen, waarmee ik me anders nooit op straat zou hebben gewaagd. De agent weer. 'Meneer, bent u zover? Uw vrouw vraagt of u gauw naar beneden komt.'

Zijn jonge, op de politieacademie geschoolde stem, met net die vleug meewarigheid.

'Ik kom eraan.' Heel even de irritatie. Ik was gedwongen me, zonder douche vooraf, uiterst schamel te kleden, en nou joegen ze me nog op ook, verdomme. Wat hadden ze dan verwacht? Dat we tot in de puntjes gekleed, paspoort bij de hand, ongeduldig achter de voordeur stonden te wachten, om de langverwachte onheilstijding bevestigd te krijgen? Wat als we, net als in vroegere Pinksterweekends, tot drie, vier uur 's nachts op stap waren geweest en nog in bed onze roes uit hadden liggen slapen? Dachten ze daar wel eens aan?

Terwijl ik naar de deur beende, viel mijn oog op de kleurpotloodtekening boven het bed. Tonio's dubbelportret, uit 1994, van zijn ouders. Hij was vijf, bijna zes, en had het binnen een paar minuten gemaakt, liggend op de vloer van een Frans restaurant, terwijl zijn bordje pasta koud werd op tafel. Omdat de man op de tekening een hoed droeg, wat ik nooit deed, vroeg ik Tonio voor alle zekerheid wie de twee mensen op de tekening voorstelden.

'Jij en mama.'

'Er vliegen allemaal rode harten uit ons hoofd.'

'Ja,' riep hij lachend, 'jullie zijn toch verliefd...'

Het was zover. Honderd keer had ik het me voorgesteld, tot misselijkmakens toe. Hoe de politie aan de deur zou komen om ons het slechtst denkbare nieuws te brengen. Uw zoon... En dan waren wij mensen ook nog in staat ons overbezorgde offer aan de Angst als een heilzaam bezweringsritueel te beschouwen. Wie zich een ongeluk zo tot in detail wist voor te stellen, zou ervoor gespaard blijven.

Afgelopen zomer nog, toen we Tonio geld hadden gegeven voor een vakantie op Ibiza, had ik mezelf dagelijks in de nachtelijke uren met de gruwelijkste scenario's gekweld van wat er met hem kon gebeuren. De *guardia civil* had het levenloze lichaam van een jongeman gevonden in een rotsspleet. Hij droeg geen paspoort bij zich, maar de nachtportier van een hotel in Ibiza

Stad herkende hem... en of we hem wilden komen identificeren...

Mirjam en ik hadden hem van Schiphol gehaald. Ik had verwacht een bruingebrande Tonio uit de aankomsthal tevoorschijn te zien komen, maar hij zag nog bleker dan bij vertrek – van het nachtelijke uitgaan en het slapen overdag. Maar hij was het, en hij leefde. Zie je wel, het werkte: de gevaarlijke werkelijkheid legde het af tegen een nog gevaarlijker verbeeldingskracht.

6

Beneden in de hal trof ik Mirjam, die onder de hoede van de agent trillend stond te huilen. De katten, hersteld van de eerste paniek, zaten naast elkaar in de gang, onrustig de vloer aanvegend met hun uitgezette staart. Ze bleven angstvallig dicht in de buurt van de open deur naar de bijkeuken, waar hun manden en etensbakken stonden, en waar ze desnoods via het kattenluik de tuin in konden ontsnappen. Als er heel lang en hard werd aangebeld, vluchtte Tygo, de bangste van de twee, soms de goudenregen in – zo hoog dat hij niet meer op eigen kracht naar beneden durfde, en door Mirjam met de bibliotheektrap bevrijd moest worden.

Als we in ons gewone doen waren geweest, hadden we Tygo en Tasja zeker in het keukentje opgesloten. Nu volstond ik met het goed dichtklikken van de glazen tussendeuren om de katten te beletten achter ons aan te komen.

De voorkant van het huis lag nog in de schaduw, maar toch werden we besprongen door het lage, felle zonlicht dat via de Banstraat de kruising in lichterlaaie zette, samen met het witte politiebusje dat daar stond. Een jonge agente, die erbij op wacht had gestaan, kwam met een zorgelijk, bijna angstig gezicht op ons toe, en stelde zich voor.

'Mijn collega en ik zullen u naar het AMC brengen,' zei ze. En wijzend: 'Daar staat het busje.'

Kennelijk bedacht op een warme dag droeg ook zij een kortmouwig shirt, waarvan de hals was opgevuld met een donkerblauw sjaaltje. Zelfs nu sloeg ik dergelijke details op, en dan ook nog met de bijna doortrapte bijgedachte aan *Kwaadschiks*, waarin verschillende vrouwelijke agenten figureerden. (Onthouden: decolleté opgevuld met sjaal. Ook agente met onheilsmissie draagt handboeien aan gordel, naast foedraal met spuitgranaat pepperspray.) Het busje, waarvan een schuifdeur openstond, droeg de bekende rode en blauwe strepen, die misschien wel snelheid moesten suggereren. Zo was te lezen in mijn manuscript.

'U kunt het best achter instappen,' zei de vrouw.

Ik wendde me tot haar collega: 'Weet u ook wat er *gebeurd* is?'

'Voor zover onze informatie strekt, meneer, is uw zoon vanmorgen omstreeks halfvijf door een auto aangereden op de Stadhouderskade. In de buurt van het Max Euweplein. Ze hebben ons meegedeeld dat hij in kritieke toestand op de Intensive Care van het AMC ligt. Hij wordt momenteel geopereerd. Meer weten wij er niet van. Behalve dat de automobilist in kwestie nog verhoord wordt. Op het bureau Koninginneweg. Daar komen wij nu net vandaan.'

'Dan kwam hij waarschijnlijk van Paradiso,' zei ik, meer tot mezelf. En weer tegen hem: 'Kan het zijn dat hij van dat fietsbruggetje daar, over de Singelgracht, de Stadhouderskade op is gereden?'

'Details zijn ons niet bekend, meneer. Alleen dat de betrokken bestuurder na de aanrijding niet is doorgereden. Hij heeft onmiddellijk de politie gebeld.'

'Adri, stap nou *in*, alsjeblieft,' zei Mirjam klaaglijk. Ze zat al op de achterbank. 'Anders is het misschien te laat.'

Ik klom naast haar.

‘Wij brengen u zo snel mogelijk,’ zei de agente, alvorens de deur dicht te werpen. ‘Het is nog vroeg, dus het zal wel niet druk zijn op de A10. Hoewel... zo met Pinksteren...’

Ze voegde zich bij haar collega, die achter het stuur was gekropen. Ik trok de bibberende Mirjam tegen me aan. Ze huilde nu ongeremd.

‘Onze lieve Tonio... hij is misschien al wel *dood.*’

7

D&GA. Zo luidde al ruim dertig jaar, zonder dat zij er zelf weet van had, mijn hoogstpersoonlijke code voor de vrouw die ik achterin het politiebusje tegen me aan klemde.

‘Hoe komen die rijstkorrels in de pasta?’

Deze uitroep van Mirjam, op een mooie zomeravond in ’79, had alles in gang gezet. ‘*Herinnering is als een hond die gaat liggen waar hij wil,*’ schrijft Cees Nooteboom. In dit geval kon het geen louter willekeur van de hond zijn dat ik op de achterbank, met dat sidderende lijfje in mijn armen, aan mijn eerste kennismaking met haar zat te denken. De twee agenten voorin hadden ons min of meer van het bed gelicht omdat Tonio er slecht aan toe zou zijn – de zoon die uiteindelijk, negen jaar na de rijstkorrels in de pasta, uit ons beiden was voortgekomen. Het kind dat nu in nood verkeerde en naar wie we met een slingerende rotgang op weg waren.

Volgens de officiële lezing, die ik zelf in de wereld had geholpen, begon het allemaal op haar verjaardagsfeestje, 23 november 1979, drie dagen nadat ze twintig was geworden. Weinig mensen weten dat ze voor mij al een halfjaar eerder in beeld kwam.

Voor het einde van de zomer wilde ik een korte roman af hebben. Ik was er in het voorjaar aan begonnen, in Perugia, waar ik hoopte een jonge vrouw, Mara, tegen het lijf te lopen die ik de voorafgaande zomer op Sicilië had leren kennen. Ik bezat haar adres niet, wel een telefoonnummer, maar durfde haar niet te bellen – zodat het erop uitdraaide dat ik Mara bij toeval op straat ontmoette. Er ontspon zich veel te gehaast een slordige romance, die op z'n minst schadelijk was voor mijn boek. Ik vluchtte naar een eilandje in het Trasimenomeer, met 99 of 102 bewoners, en ging aan het werk. Ik bleef er tot eind juni. Op zondagen kwam Mara met de veerdienst. Het was goed zo, totdat zij erop begon aan te dringen dat ik met haar en een vriendengroepje de zomervakantie op Sardinië zou doorbrengen. Ik had niets tegen Sardinië, maar wel tegen zes weken gedwongen lanterfanten, en dat terwijl de uitgever op tekst zat te wachten.

Ik nam de trein terug naar Amsterdam en mijn muffe bovenwoning in De Pijp. Het werd een hete zomer. 's Avonds zat ik voor de open balkondeuren aan mijn verhaal te werken, totdat het begon te schemeren en ik de lampen niet aan wilde doen om geen muggen te trekken. Wat het late daglicht betreft, had ik geluk: waar je, volgens de architecturale logica van De Pijp, een extra parallelstraat had verwacht tussen de Van Ostade, waar ik woonde, en de huizen aan het Sarphatipark, strekten zich de lage loodsen van allerlei bedrijfjes uit. Twee huizen verderop was, achter een gekraakt pand, zo'n keet afgebroken en daar had zich uit wildgroei tussen oud roest en rottend timmermanshout zoiets als een ruige tuin ontwikkeld. Op warme avonden werd er door de krakers gebarbecued. Een van hen was Hinde, die ik kende omdat ze me op een dag, als dank voor het mogen aftappen van mijn waterleiding, een grote bos roze theerozen was komen brengen. Ik wist dat ze een jongere zus had die ook in het kraakpand wilde komen wonen, maar er voorlopig alleen af en toe op bezoek kwam.

Op een van die onuitputtelijke zomeravonden organiseerden Hinde en haar huisgenoten weer een barbecue, waarvoor ze ook mij uitnodigden. 'Mijn zusje komt ook,' had Hinde gezegd, maar ik wist niet of dat wervend bedoeld was. Ik sloeg de uitnodiging vriendelijk af. Ik was niet voor de gezelligheid uit Italië teruggekomen. Ik had verdomme met Mara en Ivana en de rest op Sardinië kunnen zitten. Van werken kwam die avond niet veel. De barbecue, een roestige driepoot, zorgde voor veel rookontwikkeling. Het was alsof mijn balkon met de open deuren als een soort trekgat fungeerde, zodat ik voortdurend met tranende ogen boven mijn papieren zat.

'Een rat,' riep een jongen. 'Ik zag een rat... daar, bij die kratten.'

'Die gaat op de barbecue.' De stem van Hinde, die ik al herkende. Gelach uit de diepte.

'Hoe komen die rijstkorrels in de pasta?' Een stem die in de verte op die van Hinde leek: dat moest het zusje zijn.

'Uit het zoutvaatje,' riep Hinde. 'De dop schoot eraf.'

Omdat de wind blijkbaar mijn kant op stond, zullen de worstjes en drumsticks op de grill me het water in de mond gebracht hebben, maar het waren toch vooral de heldere stemmen in de vallende avond die me deden betreuren dat ik niet daarbeneden was, waar het leefde van de ratten en de meisjes, en waar ik met smaak een mengsel van macaroni en rijst zou hebben opgelepeld. Ik bleef zonder veel te doen naar het gepraat en gelach zitten luisteren, het getinkel van aangestoten glazen, totdat de vleermuizen boven de loodsen begonnen rond te wapperen en het zonder lamp aan echt te donker werd om nog een letter op papier te krijgen.

Het kon aan de scherpe manoeuvres van het politiebusje liggen dat ik een weeë misselijkheid in het middenrif voelde, maar waarschijnlijker werd die veroorzaakt door de herinnering aan het verlangen van die zomeravond. Later had het verlangen een toekomst gekregen: Mirjam en ik... ik, Mirjam en Tonio... Maar ook dit maakte deel uit van die toekomst: dat we nu op weg waren naar het ziekenhuis om te vernemen hoe kritiek het er met onze jongen voor stond. Of hij een kans had. Of hij nog leefde.

8

D&GA. In de nazomer of de vroege herfst van '79 kreeg een van de barbecuestemmen uit de achtertuin een gezicht.

Het kraakpand, Van Ostadestraat 205, grensde aan een basisschool, die aan de achterkant een speelplaats had en aan de voorzijde een verbreed trottoir, waar afhaalmoeders op hun kroost konden wachten. Hier zag ik haar, steppend op een omafiets, tussen groepjes pratende vrouwen door zwenken, van wie er een paar, die demonstratief een stap opzij zetten, misprijzend naar haar keken. Met haar linkervoet op de trapper duwde ze zichzelf en haar fiets met de rechtervoet vooruit, wat net zoveel overlast veroorzaakte als gewoon fietsen, met dit verschil dat de politie haar niet zou aanhouden.

Ik trok juist de voordeur van nummer 209, waar ik woonde, achter me dicht. Ik kan me niet herinneren of er neerslag dreigde dan wel voorspeld was, maar het steppende meisje droeg een regenjas, en die was haar vele maten te wijd en te lang. Het kledingstuk, van mannelijke snit, moest ooit beige zijn geweest, maar was nu van een onthutsende goorheid, die zelfs in deze omgeving van gekraakte slooppanden en half in de goot weggerotte bakfietsen opviel. Vooral de voorkant was smerig, vol grillige kringen, terwijl rond de knopen de stof nagenoeg zwart was, als had de jas een kolenboer tot voorschoot gediend.

Ik zou er mijn schouders over opgehaald hebben, als niet op de van vet glanzende, eveneens bijna zwarte kraag, die geheel was dichtgeknoopt, zo'n mooi koppetje had gestaan. Loshangend donker haar rond een licht gebruind gezicht, dat toch de indruk van bleekheid wekte, misschien door de donkere ogen, die niet eens waren opgemaakt (wat ook wel raar zou zijn geweest bij zo'n jas). Door het veel te wijde kledingstuk liet haar postuur zich niet goed kennen, maar uit een bepaalde rondheid van kin, hals en kaken viel af te leiden dat het meisje aan de mollige kant was.

Ze leek niet opvallend op Hinde, maar toch zag ik meteen dat de twee zussen moesten zijn, met deze als jongste. Ik schatte haar achttien.

Toen ze mij zag, gleed er niet meer dan een flauwe schaduw van herkenning over haar gezicht. Mogelijk herkende ze mij net zo min als ik haar, en *dacht* ze alleen maar te moeten weten wie ik was, omdat ik uit het huis kwam dat stromend water leverde aan het kraakpand van haar zus. Ze begroette me met een even verlegen als afstandelijk 'hallo', dat een beetje vragend klonk en slecht paste bij de argeloos brede glimlach (eerder een soort zachte grijns) die ze me zond als antwoord op mijn groet. Naar mijn gevoel bleef ze me in het voorbijgaan iets te lang aankijken (wat betekende dat ik hetzelfde deed), waardoor ze al steppend iets te ver doorschoot, en haar fiets toen maar tegen de gevel van 207 stalde.

Toen ik, nu zelf over het verbrede trottoir voor het schoolgebouw lopend, nog een keer omkeek, stond ze over haar fiets gebogen om het kettingslot door de spaken te halen. De voorkant van de veel te wijde regenjas hing tot op de grond, inderdaad als een kolenzak, even zwart en even vormeloos. Die molligheid, goed, dat kon minder, mooi was ze toch wel. Maar die hobbezak, besliste ik, dat moest afgelopen zijn. Ze beledigde er zichzelf mee – en mij erbij, hoewel ze nog lang niet D&GA was.

Des te vervelender dat ik haar de eerstkomende maanden niet terugzag. Nu moest ik me haar, zeker bij nat herfstweer, in die smerige regenjas voorstellen, of ik wilde of niet.

9

De Utrechtsebrug. Zo smerig en ondoorgrondelijk als het rivierwater er bij laaghangende bewolking uit kon zien, nu in de ochtendzon leek de Amstel rimpelloos en met zilver beplaat. Het felle licht nam de kleur uit de omgeving weg, waardoor alles in hetzelfde melkachtige blauw baadde.

De brug was altijd de laatste mijlpaal geweest van onze vakanties in het zuiden. Vaak hadden Tonio en ik het er bij vertrek uit de Dordogne, of uit Lugano, al over: aan de overkant van de Amstel rees voor hem het manshoge reuzenrad van Knexx op, dat hij bij thuiskomst wilde afbouwen. Voor mij vormde de Utrechtsebrug de belofte van een spoedige hereniging met mijn papierwinkel op driehoog. Zo konden we tijdens de honderden kilometers lange autorit, ieder voor zich, naar deze toegang tot de stad zitten verlangen.

Voor Mirjam betekende de brug het einde van vele uren geconcentreerd chaufferen. Zij was nooit zo uitgesproken over haar leven na een vakantie. Ja, thuis zijn, daar ging niets boven.

Op de voorbank van het busje onderhielden de twee agenten zich over de precieze route naar het AMC – alsof ze die niet geblinddoekt en wel hadden kunnen volgen. De vrouw hield haar mannelijke collega voor dat hij alleen maar op het bord met de afslag AMC hoefde te letten, dat nog wel even op zich zou laten wachten. Ze waren jong, nog niet lang van de politieschool. Het kwam ze goed uit al hun aandacht op het verkeer te kunnen richten: zo hoefden ze zich niet om ons te bekommeren.

Tussen hun zitplaatsen en de onze bevond zich een lege middenbank, achter de rugleuning waarvan we spijtig genoeg niet geheel konden verdwijnen. Met beide armen om Mirjam heen bleef ik haar wurgend stevig tegen me aangedrukt houden. Ik maakte halfslachtig sussende geluiden, maar wist niet wat ik tegen haar moest zeggen. Dat het allemaal wel mee zou blijken te vallen? Met welk recht?

In kritieke toestand. Ik was onafgebroken, koortsachtig, bezig die zinsnede te analyseren. Sinds die drie woorden in paniek door Mirjam waren uitgeroepen, en door de agent met professionele kalmte waren herhaald, was hun betekenis aan schommelingen onderhevig. Het ene moment kondigden ze het onvermijdelijke aan, het volgende moment kregen ze ineens iets geruststellends. Laatst nog werd op het televisiejournaal de toestand van een slachtoffer kritiek genoemd. Twee dagen later al meldde een krant dat het levensgevaar geweken was.

'Onze Tonio,' zei Mirjam zacht. 'Misschien is het al te laat.'

'Nee, Minchen, dat mag je niet denken.'

Kritiek was kritiek, en niet iets anders. Kritiek betekende niet: dood. Zelfs niet: zo goed als dood. Kritiek wilde zeggen: leven (zolang het tegendeel niet aangetoond was). Kritiek, daar moest je doorheen.

Mirjam snikte, maar het was geen hysterisch huilen wat ze deed. 'Ik *voel* dat we te laat zijn.'

'Ik verbied je zo te praten.'

10

D&GA: Deze & Geen Ander. Vooruit, nu ik dan toch eenmaal voor deze vrouw (dit meisje) gekozen had, zou ik eens wat laten zien ook. Mooie dingen voor haar maken: openslaande papieren dozen vol visioenen en verhalen, maar ik zou er ook werkelijk bestaande werelden mee voor haar openen. Het hoge hek rondom het huis met de klimop. Het kippengaas van de champagnekurk. De zoutmantel rond het roze lendenstuk.

De slagboom van het paradijs.

Toen ik van haar ouders vernam dat ze destijds overwogen hadden hun tweede dochter naar haar Duitse grootmoeder 'Minchen' te noemen, probeerde ik, aanvankelijk plagerig, die naam telkens weer op haar uit. Iets te vaak misschien, want op den duur bleek hij niet meer van mijn tong te slaan. Het is Minchen gebleven.

Ondertussen... iets klopte er niet, wat mij nog lelijk zou kunnen opbreken. Te jong. Net twintig geworden. Haar jeugd, om het plechtig te zeggen, had niet kunnen uitwoeden. Op een dag zou ze ontdekken dat ze die *alleen met mij* gedeeld had...

dat sommige geheime dingen in haar niet hadden kunnen uitbotten...

Met het rusteloze leven dat ik jaren geleid had, kon ik niet zomaar stoppen. Amsterdam, dat was rondhangen, uitslapen, weinig presteren. De ongemakken van het reizen, die brachten me tot werken. Ik schreef in nachttreinen, in illegale pensionkamertjes, op tochtige perrons, gezeten tussen twee pallets volgetast met kratten piepkuikens: ongewone muziek voor de late avond.

In januari '80, kort na ons Florentijnse avontuur, nam ik alweer de trein naar Napels, en vandaar de boot naar Ischia. Bij terugkeer in februari, op het Centraal Station, maakte ik kennis met de verlamming die Mirjam beving bij een begroeting na lange afwezigheid (een herhaling van de afscheidsverlamming een maand eerder). Het zou wel iets te maken hebben met de verlatingsangst die haar familie permanent teisterde, cadeautje van de geschiedenis.

Eind maart dat jaar vertrok ik naar Calabrië. Vanuit de teen van Italië reisde ik langs de kust noordwaarts, elk dorp verkennend, tot ik in Positano aan de Amalfitaanse kust een sprookjesachtig betegelde hotelkamer vond, waarvan ik voelde: *hier lukt het.* Elk telefoongesprek met Mirjam kostte me tienduizend lire.

'Minchen, eind mei kom ik je ophalen. Dan blijven we hier samen nog een maand.'

Ging het alleen om werken in afzondering? Of was het toen al zo dat ik van tijd tot tijd mijn geluk van grote afstand wilde beturen, liefst door een omgekeerde verrekijker? Hoe dan ook, later werd het routine.

Als ik terugdacht aan mezelf in die dagen... Altijd met van die grote manuscripten in de weer. Alles voor haar. De hoogmoedswaan hield niet op bij het beschreven en bedrukte papier. De jonge schrijver wilde *per boek* beter wonen. Volgde een lange mars door de architectuur van de gewilde buurten – op weg naar het palazzo, het landhuis, het Spaanse kasteel. Ik voerde mijn kunstjes voor haar op, en deed blijkbaar iets verkeerd. Ik pakte te groots uit. Ik maakte haar beduusd, als een kind dat een te grote beer uit het cadeaupapier ziet komen.

Met haar lukte alles me. Mirjam was een muze tot in de kleinste huishoudelijke aangelegenheden. Zonder haar inbreng hadden we niet telkens een beter huis gehad. Een loper, die vrouw, waarmee alle sloten opengingen.

Zij zorgde ervoor dat ik de dingen afmaakte, louter door er te zijn. (Meer was ook niet nodig.) Alleen een kind, daar wilde ze niet van horen. Ik kon bidden en smeken wat ik wilde.

'Hoe oud ben ik nou helemaal? Laat me eerst mijn studie eens afmaken.'

Hoewel de artsen niets konden vinden, voelde ik me ziek en uitgeput en ik proefde, zoals Mozart het op 't laatst uitdrukte, 'de dood al op mijn tong'. Het leven overgieten in een kind, het werd steeds meer een obsessie. Ze had met me te doen, dat wel, maar al viel ik voor dood aan haar voeten neer, ze liet zich niet vermurwen.

11

In het voorjaar van 1982 kwamen we, wandelend door het Vondelpark, een paar keer een jonge vrouw tegen, die ik van gezicht kende, en zij mij blijkbaar ook. Ze duwde een kinderwagen voor zich uit, en groette nadrukkelijk mij, niet Mirjam. Een naam diende zich niet aan, maar ik kwam tot de slotsom dat ik haar uit mijn studietijd in Nijmegen kende. Misschien hadden we op hetzelfde complex studentenflats gewoond. Van belang was de kinderwagen. Naast Mirjam op een parkbank gezeten had ik gezien hoe de naamloze bekende zich bij een van die toevallige ontmoetingen liefdevol over de voor ons onzichtbare baby had gebogen, en met haar hand onder de kap was gegaan, mogelijk om iets aan het dek te verschikken. Ik sluit niet uit dat ze uitgerekend voor onze bank stil was blijven staan om met ons aan de praat te raken, maar dat gebeurde niet. Met een glimlachende knik naar mij liep ze weer door, zielsgelukkig.

Toen de vrouw buiten gehoorsafstand was, kwam het er allemaal nog eens uit: wat voor uitgewrongen vaatdoek ik me al ruim anderhalf jaar voelde, veel erger dan ik haar tot nu had durven bekennen, en hoe ik een ondraaglijk fysiek verlangen in me voelde groeien om vader te worden. Door mijn ziekmakende vermoeidheid was de verwachting in me ontstaan dat een kind me mijn energie terug zou kunnen geven.

'Als het er zo met je voor staat,' zei Mirjam, 'dan is dat wel de slechtste reden die je kunt bedenken om vader te worden.'

Ik wist het. Ik bleef aandringen – totdat een jaar later, ook weer in de lente, mijn gezondheid zich begon te herstellen, compleet met steeds zeldzamer wordende terugvallen in de hel van uitputting. Nadat ik op 1 september een manuscript bij de uitgever had ingeleverd, fietste ik op de terugweg mijn huis voorbij, richting Amstel. Ik volgde de rivier tot aan Ouderkerk, en bleef fietsen en liet mezelf verdwalen op onbekend terrein, ergens op de grens van bos en hei. Opeens was er het besef: ik ben beter. Er restte zelfs geen zuchtje ruis van de oude vermoeidheid meer in me.

Toch duurde het nog tot in de zomer van 1987, vier jaar later, eer ik Mirjam weer lastig durfde te vallen met wat in contactadvertenties een 'kinderwens' heet.

Mijn zucht naar nageslacht was even sterk als mijn angst ervoor. Hier was sprake van het soort dilemma dat het in romans en films zo goed doet. Mijn verlangen naar een kind was op verlammende wijze in evenwicht met mijn vrees dat kind ook weer te verliezen.

12

Begin mei '87 vertrok ik, de zomer tegemoet, naar de Provence om er een nieuw romanidee uit te werken (*Advocaat van de hanen*). Ik had nog steeds af en toe de behoefte om 'mijn geluk van een afstand te bekijken', maar wel sprak ik van tevoren met Mirjam af dat zij zich een maand later bij me zou voegen.

In de trein naar Parijs las ik in *de Volkskrant* een advertentie die, voor de zomermaanden, een landhuis bij Aix-en-Provence te huur aanbood. Meteen na aankomst in Parijs belde ik het nummer. De vrouw die ik aan de lijn kreeg, bleek een Nederlandse, Anneke, getrouwd met een Franse zanger, die gespecialiseerd was in het Provençaalse lied. Ja, ik kon ook een deel van het huis huren. Ik nam een optie voor de maanden juni en juli, en beloofde haar te bellen voor een afspraak zo gauw ik in het zuiden was.

Na een paar dagen Parijs nam ik de TGV naar Arles. Het jaar tevoren was ik daar met Mirjam geweest. Ik had er toen op een hete dag brieven zitten schrijven in de oude bibliotheek in het centrum, waar het aangenaam koel en stil was. Daar, en nergens anders, zou ik de komende maand de meegezeulde documentatie tot een eerste versie van het boek omvormen.

Elke ochtend wandelde ik van mijn hotel aan de voet van het amfitheater naar de bibliotheek aan het centrale plein. Ik werkte. Ik observeerde mijn geluk van grote afstand. Ik keek uit naar de komst van Mirjam.

Half mei reisde ik, via Marseille, naar Aix, waar Anneke mij met de auto van het station haalde. De blondine in het lichtblauwe broekpak was nog jong. Tien jaar eerder had ze als tiener haar zanger, die twintig jaar ouder was, leren kennen op het Festival van Avignon, waar hij zijn Provençaalse liederen zong. Ze hadden inmiddels twee zoontjes.

Hun huis, Villa Tagora, lag in de zogenaamde 'groene zone', die onder de zuidelijke voorjaarszon al behoorlijk van kleur verschoten was, en een stoffige en al bijna verdorde aanblik bood. De tuin rond Villa Tagora was verwilderd, met tunnels gevormd door ineengedraaide doornstruiken als rollen roestig prikkeldraad. Maar het rook er ook indringend naar lavendel – een paars veld vol witte vlinders. De krekels gaven de stilte het juiste geluid, dat bij deze hitte hoorde. Door het hoge gras slopen twee muisgrijze katten rond, die Mirjam al het onkruid zouden doen vergeten. Ik betaalde Anneke de borg voor het aangebouwde appartement, dat bestond uit twee kamers en een badkamer, waarin zich ook de koelkast met een vierpitsgasstel erop bevond. Van juni en juli kon ze verzekerd zijn, maar ik nam voor alle zekerheid ook een optie voor augustus.

Eind mei reisde ik Mirjam tegemoet naar Parijs. Het Gare du Nord. Ze stapte uit de grauwe trein in een zomerjurk die ik niet kende. Hevig opspelende verliefdheid – zo zag je maar weer waar het allemaal goed voor was, die bestudering van je eigen geluk op grote afstand. Eerst naar het hotel, daarna een lunch op het hete trottoir van de boulevard St. Germain, net buiten de schaduw van de luifel.

Twee dagen later de TGV naar Arles. Begin juni vestigden we ons in Villa Tagora. Gelukkige weken, die we voor een groot deel in de schaduw van de verloederde tuin doorbrachten. Pratend, zwijgend. Lezend, schrijvend. Als het 's middags te heet werd, trokken we ons terug in de slaapkamer voor wat loom geminnekoos, eindigend in een siësta. De kennelijk weinig kleurvaste blauwe lakens raakten gebatikt door al het bijtende zweet dat we in die hitte produceerden.

13

'Waar denk je aan?' vroeg Mirjam op zo'n middag, toen ik met een elleboog onder mijn hoofd een begin had gemaakt met het mezelf opkrikken naar de verticale stand.

‘O, niks, zomaar een gedachtespelletje. Morgen liggen we hier waarschijnlijk weer zo. Aangenaam natintelend. Maar stel je nou eens een wereld voor waarin het een mens maar één keer vergund was dit... deze paringsdaad, zoals ze het in natuurfilms noemen... te voltrekken. Herhaling uitgesloten. Die ene keer, daar zou dan alles in moeten zitten. Liefde, tederheid. Ontlading voor een heel mensenleven... Door de intensiteit ervan zouden zwakkere exemplaren van de soort het niet overleven. Mag ik de heer des huizes? Nee, helaas, hij kan niet aan de telefoon komen. Het zit namelijk zo, ziet u... meneer is gisteren klaargekomen, en moet nu minstens twee weken het bed houden.’

‘Vergeet de bevruchting niet,’ zei Mirjam. ‘Dat moet ook die ene keer raak zijn. Anders sterft dat volkje van jou in een mum van tijd uit.’

Ik maakte een aantekening van het hersenspinsel, en vergat het weer. Toen ik het velletje papier later terugvond, stond er onder de samenvatting van het gesprek: ‘Eendagswereld: eendagsmensen.’

Als het ’s morgens nog niet zo heet was, liepen we soms de eenbaansweg af naar een buitenwijk van Aix, waar we de bus naar het centrum namen om er te lunchen en boodschappen te doen. Op de terugweg stelden we dan op de afdeling *gourmandises* van onze favoriete supermarkt het avondmaal samen, dat Mirjam dan alleen nog hoefde op te warmen. Zo ging het ook op de negenentwintigste juni, maar de volgende dag vonden we het te heet om over zinderend asfalt te wandelen. Er hoefden geen voorraden aangevuld te worden, en van de *bœuf à la Normande* met *pâtes fraîches* van de avond tevoren (wat een leven) was nog de helft over. We bleven in Villa Tagora.

Hoe ziet een historische dag in het leven van twee geliefden eruit? Niet sensationeel uitzonderlijk, in dit geval. In mijn dagboek noteer ik op dinsdag 30 juni 1987 dat we om ongeveer kwart over negen ontbijten in de tuin. ‘Kijken naar hommels en vlinders, die de kegelvormige paarse bloemen afwerken. De (witte) vlinders doen me aan witgejaste laboratoriumassistentes denken: met spits pipetje alle kolven langs. ± 9.30 uur ga ik in de schaduw van het bordes aan m'n militaire-invalidentafeltje zitten werken. Documentatiemap Hans K. Aantekeningen voor *Advocaat...*'

Rond het middaguur maakte ik een wandeling in de omgeving. Neerhurkend in het open veld, op een met kreupelhout begroeide, licht glooiende helling, viel mij onder een moordende zon de hele intrige voor de nieuwe roman in. Ik had geen pen en papier bij me, en *moest* daar, een zonnesteek riskerend, eenvoudig blijven zitten totdat de plot helemaal ten einde gedacht was.

Niet dat dit gegeven de dag nou tot zo'n historische maakte. Ik had het over *twee* geliefden.

Ik liep, bevangen door de hitte, terug naar het huis, waar ik alles snel opschreef, gehinderd door een zwerm *mouches volantes* tussen mijn ogen en het papier. Vervolgens dronk ik, in vervoering of om mezelf te belonen, bijna een liter wijn bij de lunch, waarna Mirjam en ik de zweetkamer opzochten. Uit een diepe slaap werden we pas om halfzes wakker. Mirjam had over haaien gedroomd.

In de schaduw schreef ik wat brieven – totdat Gijs, of Gregory, een praatje kwam maken. Gijs was een acteur en musicus uit Amsterdam, die in Frankrijk, waar hij zich Gregory was gaan noemen, carrière had gemaakt. Vanwege zijn roodkoperen haardos (en zijn accent) was hij gecast als Vincent van Gogh in een televisieserie over diens leven. Door zijn huwelijk met een regionale politica raakte hij in Marseille verzeild, waar hij nu, door zijn optredens op lokale zenders, tot een plaatselijke beroemdheid aan het uitgroeien was. Verder fungeerde hij als vaste begeleider, op gitaar en accordeon, van Jean Nehr, de Provençaalse zanger en echtgenoot van Anneke. Hij was naar Villa Tagora gekomen om met Jean te repeteren voor een serie optredens. Er zou binnenkort ook een plaat opgenomen worden.

Gregory, zo vertelde hij, had heimwee naar Amsterdam. Als hij de kans kreeg terug te gaan, hoe kort ook, zou hij zich onmiddellijk naar de biljartclub boven de Hema in de Ferdinand Bol spoeden, waar hij al sinds zijn jeugd speelde. Hij beloofde me te zijner tijd in Amsterdam een van zijn langspeelplaten langs te brengen. 'Als ik zo'n ding hier per post verstuur, heb je kans dat het pakje ergens in een oververhitte bestelwagen in de zon blijft liggen, en dan ontvang jij twee dagen later een gegolfde droppannenkoek.'

Met die belofte verdween hij naar een bijgebouwtje achter het huis, voor de repetitie. Spoedig klonk het stemmen van een gitaar. Omdat afgesproken was dat wij op de laatste dag van de maand de huur voor de volgende periode zouden betalen, vroeg ik Mirjam het geld naar Anneke te brengen. Zij bleef lang weg: Anneke zou zich een gesprek in haar moerstaal niet gauw laten ontgaan. Ik zat aan de kleine tafel op het bordes, Varwijn drinkend uit een kartonnen pak, luisterend naar de weemoedige accordeon van Gregory, waar de onversterkte stem van Jean nauwelijks bovenuit kwam. Het wegblijven van Mirjam maakte me ongeduldig (ik wilde mijn verhaal over de romanplot die 's middags onder de brandende zon tot me was gekomen aan haar kwijt), en tegelijkertijd hoopte ik dat ze voorlopig niet terug zou komen (misschien was ik me ervan bewust dat mijn vervoering iets onechts en gevaarlijks had). De maan kwam meloenkleurig en onwerkelijk groot boven de horizon uit. De muziek, de wijn, de maan – meer had ik niet nodig.

'Leeg.' Mirjam schudde met het wijnpak, waar niets meer in klotste. 'Waar laat je het toch.'

Meer wijn bij het eten. De muzikanten moesten een raam of deur van de repetitieruimte open hebben gezet, want Jeans stem klonk nu luider. De woorden waren zelfs verstaanbaar. Hij zong, voor zover ik de tekst volgen kon, een pikzwart lied over fatale liefde. Gregory begeleidde hem op de mandoline.

De muziek was slepend en zeer melancholiek.

Ik probeerde Mirjam de intrige van m'n *Advocaat* uit de doeken te doen. Misschien had de koperen ploert, in samenwerking met de plot, toch een zonnesteek in mijn hoofd geramd: ik kreeg het niet voor elkaar, maar Mirjam toonde zich opgetogen over mijn vorderingen, al gingen die dan ten koste van mijn gezondheid.

Het volgende nummer, met Gregory weer op accordeon, was in een of ander Occitaans dialect, waar ik geen woord van verstond. Aan de melodie te horen, diep in mineur, stond het er met de liefde in deze tekst nog tragischer voor. Bij de koffie en de cognac hoorde ik mezelf opeens een oud onderwerp aansnijden. Het was zo lang niet ter sprake gekomen dat er wel een zwaar taboe op leek te rusten.

14

Een kind. Het kind. Ons kind.

'Minchen, ik heb je lang niet over jeweetwel gehoord. Het onnoembare.'

Als ik, wijs geworden door de moeizame onderhandelingen van jaren terug, probeerde de kwestie een beetje plagerig aan te roeren, als niet helemaal serieus te nemen, dan slaagde ik daar blijkbaar niet in. Misschien was ik de hele avond al te hooggestemd geweest voor scherts.

'Natuurlijk wil ik graag een kind,' zei Mirjam. 'Maar ik wil ook wat bereiken. Iets doen.'

Zomaar, ineens. Ze gaf haar verzet niet volledig op, maar het was voor het eerst dat ze haar eigen verlangen openlijk toegaf. Er veerde iets in me op. Nu de situatie consolideren.

'Ik zou zeggen... krijg dan eerst dat kind. Maak tijdens de zwangerschap je studie af, bekwaam je in het schrijven en zo... en zorg ervoor dat je daarna, als de borstvoeding achter de rug is, een baan krijgt. Ik kan dan overdag voor de kleine zorgen.'

Afgezien van de maan was de enige lichtbron een kaars op de kleine eettafel. Hoewel Mirjam haar best deed achterover te leunen, maakte het vlammetje haar tranen zichtbaar. Op de schacht van de kaars stonden om de een of andere reden *aardbeien* afgebeeld.

'Natuurlijk wil ik het graag,' zei ze. 'Maar ik ben zo bang... zo bang dat alles, de hele zorg, op mij neerkomt. Vooral als jij weer in de stress zit met een nieuw boek of zo. Begrijp dat dan.'

Ze huilde nu voluit. Tussen de uithalen door kon ik Jean Nehr a capella horen zingen, waarbij hij in de lach dreigde te schieten.

'Het eten, Minchen, de afwas, dat laat ik allemaal schaamteloos aan jou over, als het me zo uitkomt. Maar een kind... dan gaat het om heel andere verantwoordelijkheden. Hoor mij.'

'Adri, ik *wil* niet dat mijn leven eindigt met het krijgen van een kind. Ik moet iets bereiken in de wereld. Dus' (met een komisch smekend stemmetje) 'je belooft dat je me zult helpen?'

Ik beloofde het haar plechtig, terwijl de schrik me om het hart sloeg. Verantwoordelijkheden. Naast me ging Mirjam rechtop zitten, met beide handen over haar gezicht wrijvend. Ze snotterde nog een beetje na toen ze zei: 'Het zou tegen eind juli al kunnen.'

'Zouden we het niet nog een maand uitstellen, tot eind augustus?' Ik sluit niet uit dat ik al aan het terugkrabbelen was. 'Ik wil eerst wel eens een beetje schoon worden vanbinnen. Er is zoveel gif doorheen gegaan, de laatste tijd.'

'Dan houd ik op met roken,' zei Mirjam. 'Eind juli, nee, dan wordt het een aprilkindje. Dat vind ik niks. Mei of juni is beter.'

We zaten een hele tijd hand in hand te zwijgen, ieder met onze eigen gedachten, luisterend naar de slepende zuchten van Gregory's trekzak en de nasale stem van Jean. Mijn leven strekte zich opeens in een andere ordening voor me uit, een veel strengere dan ik tot nu toe gewend was geweest. Niet onaangenaam, al begon er ook al iets als weemoed om het voorbije in me te neuriën. Tijdens Mirjams zwangerschap zou ik alle liggende projecten afmaken, dat om te beginnen. Ik zou alle sintels en slakken uit mijn bloed drijven, en mijn jeugd in oude glorie herstellen, ondanks het nakende vaderschap.

15

'Dus het gaat door?' vroeg ik opeens.

'Het gaat door,' zei Mirjam lachend.

De zich rekkende kaarsvlam, de rijzende maan, en daartussen het woeste erf van Villa Tagora – alles nam de geur, de kleur, de glans van ons besluit aan.

'We nemen er nog een glas wijn op,' zei ik. 'Nu het nog kan.'

Ik ging binnen een nieuw pak Var halen, en knipte de tuit open. Op de bladen van de schaar bolden rode druppels. 'En nou geen gevatte opmerkingen over het doorknippen van de navelstreng en zo, want vanaf nu is *alles* symboliek.'

Mirjam wilde geen wijn meer. Ik zoog het ene duralex glas na het andere leeg. Ook nadat de muziek was gestopt, bleven we daar nog lang zo zitten, elkaar zo vluchtig kussend dat het gesprek er niet noemenswaard door onderbroken werd.

'Dus...' begon ik maar weer eens.

'Ja, het gaat door.'

'Echt?'

'Het gaat door. Echt.'

'Ik zat net te denken...' zei ik. 'Vanaf de geboorte ga ik een logboek over zijn, of haar, leven bijhouden. Dagelijks. Alles. Dat krijgt hij of zij dan op z'n achttiende verjaardag.'

'Dan kun je beter met de zwangerschap beginnen,' zei Mirjam. 'Bij wijze van proloog.'

'Nee, met vandaag. Het besluit. En alles tussen nu en de zwangerschap. Ik begin morgen.'

Wat ik me van de rest van ons gepraat nog herinner, is dat de meeste zinnen begonnen met: 'Ik zou...' Of: 'We zouden...' En dat thuis bevallen of bevallen in het ziekenhuis ter sprake kwam.

'Thuis, thuis,' zei Mirjam heel beslist. 'Voor mij geen ziekenhuisbevalling.'

'Weet je, Minchen, niet om je achteraf verwijten te maken, maar... als het om een kind ging, was je tot nu toe zo onverzettelijk. Ik heb vaak gedacht dat je stiekem bang was voor de pijn.'

'O, nee, absoluut niet. De pijn? Dan ken je me slecht.'

16

Ik had Mirjam altijd met zoveel overtuigingskracht bepraat dat ik mijn eigen twijfels en angsten omtrent het vaderschap uit het oog verloor. Ze staken pas weer de kop op nu zij zich, *met* al haar voorwaarden, gewonnen gaf. Ik had voor mezelf een gevarenzone gecreëerd, en met Mirjam mezelf de grens over getrokken.

Binnen twee weken na het kinderbesluit namen we de TGV terug naar Amsterdam, zo'n haast hadden we om in de beslotenheid van ons eigen huis het lichaam te reinigen en gebruiksklaar te maken voor de voortplanting. Mirjam zou stoppen met roken, en ik zou voorlopig, in ieder geval tot na de geslaagde verwekking, de drank eraan geven. Mirjam was zo'n matige drinkster dat ze dat ene glas moeiteloos kon laten staan.

Terwijl we ons zo *per dag* stralender en gezonder voelden worden, naderde de verjaardag van mijn schoonmoeder. Wies had zo vaak op een kleinkind aangedrongen, op het eisende af, dat ze (dachten we) wel erg blij zou zijn met de mededeling dat we onze lichaamshuishouding in balans aan het brengen waren in de aanloop naar een perfecte gemeenschap en een zuivere bevruchting.

Een misrekening. Ik belde haar.

'Nee, Wies, we komen gewoon naar je verjaardag, maak je geen zorgen. Het enige verschil met anders is dat we geen alcohol drinken in verband met...'

'Nou, dan hoeven jullie niet te komen. Niet eens een drankje, dat vind ik ongezellig. Ik vier mijn verjaardag, of ik vier mijn verjaardag niet.'

Geen woord van blijdschap over de voorgenomen gezinsuitbreiding. Het lag overigens niet aan haar dat ik zelf in de navolgende weken van onthouding (de drank, niet de gemeenschap: Mirjam zou pas met de pil stoppen als onze gedegenereerde lijven gereviseerd waren) weer twijfels ontwikkelde of ik de verantwoordelijkheid voor een kind wel aan zou kunnen. Om Wies niet teleur te stellen gingen we op haar verjaardag toch maar aan de Poolse wodka van 45%, die Natan nog steeds door zijn oude vrienden uit Krakow opgestuurd kreeg. Ook thuis zondigden we af en toe tegen het zelfopgelegde regime. Ik vond nog steeds opgebruikte doordrukstrips in de pedaalemmer. Mijn angst herademde. Misschien zou het met het ouderschap zo'n vaart niet lopen. Ik zou elke keer wanneer we de teugels lieten vieren een bodempje extra mijn glas in smokkelen. Mirjam zou hetzelfde doen met een volgende halve sigaret, en het onverantwoord vinden nu al met de pil op te houden.

17

Kort voor ons vertrek uit Aix hadden we het bericht gekregen dat Mirjams stokoude kat Baaffie in Amsterdam gestorven was. Bij terugkeer in Nederland gingen we eerst langs bij mijn ouders in Eindhoven. We waren nog geen uur op bezoek of ik vroeg mijn vader naar de asielen in de omgeving. Ja, hij wist er wel een, niet te gek ver weg. Zonder door te vragen reed hij ons er in zijn auto naartoe. Mirjam keek me een paar keer met opgetrokken wenkbrauwen aan, maar ook zij vroeg niet door.

In het asiel leidde een medewerkster ons langs uitzinnig blaffende honden, met hun nagels lukraak harp spelend op de afrastering, naar de kattenafdeling.

'Dit nest is van juni... nog geen maand oud.'

Mirjam werd onmiddellijk verliefd op een cypers poesje met te korte voorpootjes, dat zich voortdurend door haar broertjes en zusjes omver liet lopen. Ze had het diertje nog niet opgetild of het zat al met z'n nageltjes verstrikt in haar haren. 'Het kan niet meer los. Nu moet ik het wel meenemen.'

'Het is niet zomaar bedoeld als opvolgster van Baaffie,' legde ik uit. 'Ze krijgt ook de taak van geheugensteun. Ik wil dat ze ons door haar aanwezigheid voortdurend herinnert aan de belofte die we elkaar in Aix gedaan hebben...'

'En als die belofte is ingelost,' zei Mirjam, het katje op het roze hartje van de neus kussend, 'moet de arme schat dan terug naar het asiel?'

De adoptie was een feit. In afwachting van een definitieve naam doopten we poes voorlopig Geniaal-maar-met-te-kortebeentjes. Thuis in de Obrechtstraat brachten we haar voorlopig in de badkamer onder, maar dat bleek geen goed idee. De mismaakte pootjes beletten haar niet zich langs de wasmand omhoog te klauwen, en vanaf het deksel op de rand van de kuip te springen. Daar was ze uitgegleden – roetsj, langs het spiegelgladde porselein helemaal naar beneden, tot in het afvoerputje. Zo vonden we haar de volgende ochtend: helemaal gekneusd, en opgezwollen van het inwendige vocht en de bloeduitstortingen.

Ze overleefde het maar net. Toen de crisis voorbij was, en ze weer op haar ongelijke pootjes stond, kreeg ze haar roepnaam: Cypri. Gezien het resultaat, nog geen vier maanden later, heeft ze zich heel behoorlijk van haar taak als geheugensteun gekweten.

18

Doorgaans is het de vrouw die achteraf weet welke daad uit een hele reeks tot haar bevruchting leidde. In het geval van baby Tonio ben ik degene die altijd met grote stelligheid is blijven beweren: 'De vierde oktober 1987. Een zondagmiddag, tussen vier en vijf.'

Mirjam heeft het me nooit afgestreden. We kwamen terug van een wandeling door de Jordaan. Jacob Obrechtstraat 67. Huize Oldehoeck. We namen de lift naar de vierde verdieping. In de cabine hing als gewoonlijk de kaasachtige lichaamsgeur van de altijd ongewassen conciërge. Ik herinner het me omdat Mirjam er een opmerking over maakte. Een leverancier had zich een paar dagen eerder bij ons over de stank beklaagd.

Eenmaal binnen hadden we er blijkbaar haast mee. De slaapkamer haalden we niet. De twee banken die toen in de huiskamer stonden, lieten op hun smalle zitting geen wijd gespreide ledematen toe. We knielden achter elkaar op de tweezits. In de zondagsstilte klonk alleen het *plokplok* van de tennisbaan achter het gebouw.

Hoe dacht ik zo zeker te kunnen weten dat de verwekking daar en toen plaatshad? Wat me er nog van bijstaat, is dat ik me hoog in haar oprichtte, en de bevrediging van dieper leek te komen dan anders. Misschien duidde dat laatste op een eenmalig vergrote vruchtbaarheid. Onze berekeningen zes weken later spraken niet tegen dat de aanvang van Tonio's foetale bestaan op de namiddag van die vierde oktober een feit was.

19

Volgens mijn agenda van dat jaar kwam Mirjam mij op de ochtend van vrijdag de dertiende november 1987 melden dat de zojuist uitgevoerde predictortest positief was. Aan de beladen datum hechtte ik toen geen bijgelovige waarde, dus dat zou ik nu, ruim twee decennia later per politiebus op weg naar het AMC, ook maar niet doen.

'Het ziet er dus naar uit dat ik zwanger ben,' zei Mirjam luchtigjes, alsof het de gewoonste zaak van de wereld betrof. Om mij deze huishoudelijke mededeling over te brengen was ze van de badkamer naar de keuken gekomen, waar ik (zonder kater, want ik dronk niet meer) aan een verlaat ontbijt zat.

'Zwanger,' herhaalde ik, kauwend en knikkend, 'dat is niet zo mooi.'

Zo keken we elkaar een poos met gespeelde neerslachtigheid aan – net zo lang tot ik het niet meer hield, overeind kwam, en haar tegen me aan kneep.

'Au...!'

'Och, Minchen, dit is zo mooi... zo mooi.'

Toen ik mijn armen een weinig liet vieren om haar in de ogen te kunnen kijken, trok ze alweer haar bekende clownsgezichtje met de neergetrokken mondhoeken, het verfrommelde kinnetje en de opgezette hamsterwangetjes. 'Het is niet anders,' zei ze pruilend met scheel getrokken ogen.

'Kom, trek dat pakje van laatst aan. Maak je op. Dit moet gevierd.'

'Nu al? Het is nog niet eens twaalf uur.'

'We gaan eerst inkopen doen voor de uitzet. Geen tijd te verliezen.'

In een meubelzaak aan de Rozengracht deed ik haar die middag de moderne uitschuiftafel cadeau waar ze al eerder haar oog op had laten vallen. Hij kostte een fortuin, maar geldbedragen drongen die dag niet tot me door. Het centrale meubel in de huiskamer moest aan deze dag blijven herinneren. In uitgeschoven staat bood de tafel plaats aan tien personen.

'De predictor heeft niets gezegd over een achtling,' zei Mirjam.

'Ik wil op alles voorbereid zijn.'

Bij café De Zwart belde ik mijn broer, maar die reageerde nogal afhoudend. 'Zou je niet drie maanden wachten,' zei hij, 'voordat je het aan iedereen gaat vertellen? Er kan nog van alles misgaan.'

'Jij bent niet iedereen. Maar bedankt voor de hint. Ik zal het nieuws voorlopig voor me houden.'

Binnen zat Mirjam aan een appelsap. 'Ik drink straks wel een glas wijn bij het eten. Alleen vandaag nog. En... wat zei Frans?'

'Van hem moeten we het drie maanden geheimhouden. Totdat het gevaar van een miskraam geweken is.'

'Hij kan me wat. Ik schreeuw het gewoon van de daken.'

Omdat mijn taak erop zat, hoefde ik niet langer mijn bloed vrij van alcohol te houden. Ik mocht van nu af aan weer drinken wat ik wilde, en dat deed ik dan ook. Later die middag namen we een tram naar het Centraal Station. Altijd wanneer we iets te vieren hadden, deden we dat bij restaurant De Bisschop in Leiden. Van alles wat we bestelden, herinner ik me alleen de fles Margaux, die op een half glas na voor mij was. Terwijl de wijn me deed gloeien, bleef ik maar sprakeloos naar het meisje tegenover me kijken, dat nog steeds mijn meisje was, maar sinds vanmorgen met een gelukzalige meerwaarde, die ondeelbaar van ons samen was.

Als de vrucht levensvatbaar zou blijken, en tot een voldragen kind uitgroeide, dan mocht het nooit aan mijn aandacht ontsnappen. Schrijven? Alleen om voor de kleine en z'n dienende ouders de kost te verdienen, en dan nog uitsluitend in de *pauzes* van het vaderschap. Het was een dure eed die ik bij De Bisschop stilzwijgend zwoer. De schrik en de blijdschap sloegen me afwisselend om het hart.

'Ik heb Theo nou zo vaak de titel van zijn opera horen roepen,' zei ik tegen Mirjam. 'Als het een meisje wordt, noemen we het Esmée.'

'Laat Frans het niet horen,' zei ze. 'We komen er over drie maanden nog wel een keer op terug.'

Hoofdstuk II *'Wie is die derde dan?'*

1

Vanwege het kind op komst besloten we dan ook meteen maar te trouwen. De huwelijksvoltrekking zou plaatshebben op 24 december 1987. Ik had ergens gelezen dat er in Zwitserland een digitaal horloge was ontwikkeld dat eens per jaar alarmerend begon te piepen, waarbij dan het telefoonnummer van de bloemist oplichtte, zodat je wist: het is vandaag mijn trouwdag. Ik dacht dat tegen vergeetachtigheid een bijzondere datum ook kon helpen, en het was bovendien minder duur.

Bruiloft met Kerstavond: het werd ons door de familie niet in dank afgenomen. De vierentwintigste december, dan moesten er verdomme boodschappen voor de kerst worden gedaan. We dachten er goed aan te doen de trouwerij in kleine familiekring te vieren, zonder de plichtplegingen die een receptie met zich mee zou brengen, want mijn vader leed aan longemfyseem, mijn zus bijna, en mijn broer was overspannen. Maar toen ik de vijandige sfeer gewaarwerd, had ik er op de dag zelf al spijt van dat ik geen grote braspartij voor vrienden, collega's en de vaste gasten uit mijn stamcafé had georganiseerd.

Het woord dat onder de gasten voortdurend terugkeerde, was *haricots verts*, die nog in de Beethovenstraat bij een bijzondere groenteboer gehaald moesten worden in verband met het kerstdiner. Er was, althans bij mijn zus, broer en schoonzus, ook onbegrip voor de huwelijkssluiting zelf. Trouwen, dat deed je toch niet meer?

De enige die de stemming er een beetje in hield, was mijn

schoonmoeder, die elk halfuur vroeg of de Bruiloftsmars van Mendelssohn, door mij gedraaid bij opening van de eerste fles champagne, nog een keer op mocht. Aan tafel bekende mijn moeder dat ze de hele week had lopen dubben over een grappige toespraak. Ze had de cowboybroek willen memoreren die ik voor mijn Eerste Communie van haar zus in Australië toegestuurd had gekregen: hij was van achteren opengewerkt, en liet zo mijn blote benen vrij, waardoor de buurtbengels mij nariepen: 'Je halve broek is aan het prikkeldraad blijven hangen.'

Het meisje dat altijd trouw op haar witte brommertje bij mijn ouderlijk huis voorreed, zonder dat het tot verkering kwam, daar had ze me ook mee te grazen willen nemen. Net als met mijn voorkeur voor de aardbeienpluk om mijn vakantiegeld bij elkaar te verdienen, en met de weigering mijn vaders Honda-bromfiets voor eigen gebruik over te nemen.

Zo'n pesterige speech, daar was de arme vrouw niet helemaal uit gekomen. 'Dus... toe maar,' zei ze met dat eeuwige wegwerpgebaar van haar, dat zoveel betekende als: let maar niet op mij, ik ben te stom voor dat soort dingen.

Ik vond het jammer, temeer daar ook verder niemand de moeite had genomen zelfs maar het kleinste toespraakje voor te bereiden. Ik keek naar mijn zus. We waren samen opgegroeid. Met Sinterklaas had ik lange, epische gedichten op rijm voor haar geschreven bij zelfs de geringste surprises. Ze had de gewoonte om ze na het metrumloze voorlezen meteen kapot te scheuren. Nu haar oudste broer trouwde, had ze niets te melden, behalve de gebruikelijke handvol leedvermaakroddels. Ze had de hele middag met een spottend lachje rond zitten kijken, onafgebroken rokend om bij de ontwikkeling van haar longemfyseem niet te veel op mijn vader achter te raken. Bij elke hoestbui vernauwden haar ogen zich tot streepjes in een pioenrood gezicht.

Het wilde niet eens tot me doordringen dat ook binnen onze kleine familie wel eens onverholen afgunst kon heersen. Het appartement van tweehonderdvijftig vierkante meter... dit huwelijk... een kind op komst... Het ging ons te voorspoedig, daar hadden ze nog gelijk in ook.

De zwangerschap verliep uitstekend, en het kind was ook nog eens op voorhand geëcht. Niets stond z'n komst meer in de weg, zelfs mijn eigen angsten niet. Ik was bang voor wat ik tegelijkertijd liefhad: de weerloosheid van een kind.

De verantwoordelijkheid die ik zo gevreesd had, was zich al ten volle aan het manifesteren. Mirjam was uitgerekend voor de eerste week van juli. Ik telde met trillende vingers de dagen af.

2

'Wat is dat toch met die jongeren van nu?' vroeg ik me tegenover leeftijdgenoten steeds vaker af. 'Zijn ze niet *boos* meer of zo? Tonio is achttien, heeft zijn einddiploma, studeert... maar blijft wel bij zijn ouders wonen. Op zijn jongenskamer. Wij vinden het stiekem best, hoor, dat het loslaten nog wat wordt uitgesteld... maar voor hemzelf...'

Ouders in dezelfde situatie, met meer sociologisch inzicht dan ik, zeiden dan: 'Er is geen generatiekloof meer, dat is het. Ja, die is er nog wel, maar hij gaapt niet langer. Het generatieverschil leidt niet meer tot onoverkomelijke conflicten. Over alles valt te praten. Alles is oplosbaar. Waarom zou je op de loop gaan voor een vader die jou niet wil vermoorden, en jij hem niet? Wanneer heb jij voor 't laatst ruzie met Tonio gehad?'

Nooit, eigenlijk. Onze enige ruzie, die ook maar niet wilde doorzetten, moest toen nog komen. Van kindsbeen af, zeker tot z'n zestiende, had hij dagelijks aan het eind van de middag gevraagd: 'Heb je goed gewerkt?' (Zoals hij ook altijd aan het eind van de maaltijd vroeg: 'Mag ik de tafel verlaten?' Daarbij liet hij dan zijn stem een octaaf dalen, alsof hij de volwassenheid wilde voorwenden die bij de ietwat bekakte vraag hoorde.

Hij moest de beleefdheidsfrase ergens hebben opgestoken en zich eigen hebben gemaakt, want wij hadden hem die niet bijgebracht.) Zo'n jongen, daar kreeg je geen ruzie mee, al zou je graag willen.

Een kleine twee jaar na zijn eindexamen kon hij, samen met zijn boezemvriend Jim, een etage in De Baarsjes in onderhuur krijgen. Op eigen benen: ineens won de aantrekkelijkheid daarvan het van het natje en het droogje thuis. Het was april 2008. Ik kon hem niet eens mee helpen verhuizen, want ik zat midden in een serie gastcolleges aan de TU Delft. Wel herinner ik me de gemene steken in de hartstreek: hij ging ons dus toch verlaten. Ik voelde me zelfs enigszins gepasseerd, zodat het ontbreken van een generatiekloof ook z'n tol eiste. Goed, als hij zijn ruime, van alle gemakken voorziene kamer aan de Johannes Verhulststraat per se wilde verruilen voor een muffe halve woning in West: prima. Dag, jongen, laat ik je niet met hangende pootjes bij ons op de stoep aantreffen.

Zijn eerste jaar aan de Amsterdamse Fotoacademie had hij volgemaakt, maar hij wilde toch liever naar de afdeling fotografie van de Koninklijke in Den Haag. Ten tijde van zijn verhuizing naar De Baarsjes had hij ook die tweede studie alweer afgebroken, na gemor over 'veranderingen' die onverhoeds waren doorgevoerd. Ik riep hem dus op het matje en veegde hem de mantel uit over zijn schromelijke gebrek aan ambitie. Zoals gezegd, ook met die aanvaring werd het niets. Hij bezwoer me dat hij barstte van de ambitie, maar dat hij liever, na de komende zomer, een echte universitaire studie wilde aanpakken. Tot die tijd zou hij een baan nemen om in zijn onderhoud te voorzien – nou ja, gedeeltelijk dan. Als wij zolang de huur zouden kunnen blijven voldoen...

Hij vond werk bij Dixons in de Kinkerstraat, een zaak voor computeronderdelen en fotografiebenodigdheden. We zagen hem weinig meer. Als hij op bezoek kwam, was het meestal op zondagavond, als wij Surinaams aten. Soms liet hij van tevoren weten of hij mee zou eten, maar vaker stond hij onverwacht in de huiskamer.

3

Ik zat op driehoog mijn colleges voor te bereiden, terwijl Tonio een verdieping lager zijn kamer ontmantelde – de kamer die we nog maar een paar jaar tevoren, veel te laat, voor hem hadden laten verbouwen en inrichten. Dwars door plafond en vloer heen klonk opeens een verontrustend lawaai van vallende voorwerpen. Ik holde de trap af.

In de al behoorlijk onttakelde ruimte stond Tonio wanhopig een reeks met elkaar verbonden wandkastjes tegen te houden om ze voor definitief neerstorten te behoeden: de pluggen hadden losgelaten.

'Ik ben weer stom bezig,' steunde hij. Ik hielp hem door mijn onhandigheid aan de zijne toe te voegen. Toen het gevaar geweken was, ging ik, in plaats van samen met hem het karwei af te maken, terug naar mijn werktafel. Ik beloofde hem, zwakjes, om na zijn verhuizing naar de nieuwe woning te komen kijken.

Bijna twintig jaar hadden wij met Tonio onder hetzelfde dak gewoond, waarvan de laatste zestien jaar in dit huis. Heel normaal dat hij nu, twee jaar na zijn eindexamen, de ouderlijke woning verliet om op zichzelf te gaan wonen – zo normaal dat het drama ervan, wat het *ook* was, me goeddeels ontging.

Juist in de periode van ruim twee jaar dat hij in De Baarsjes woonde, verbeeldde ik me het extra druk te hebben. Er was een nieuw boek uit, en ik nam weer lezingen aan. En dat niet alleen: ook een wekelijkse column, het gastdocentschap, een essay in opdracht... nog afgezien van het liggende werk. Na zijn vakantie op Ibiza, zomer 2009, haalden we hem met de auto van Schiphol. We zetten hem in de Nepveustraat voor de deur af: de enige keer dat ik zijn huis zag, en dan nog alleen van buiten.

Hij vroeg ons ook niet binnen trouwens. Het was duidelijk dat hij haast had om Jim zijn avonturen te gaan overbrengen. De Britse meisjes, over wie hij ons vluchtig iets in de auto verteld had. Hij was bijna het hotel uit gegooid, omdat hij ze, zonder ze te laten inchecken, op zijn kamer had laten overnachten...

Zijn tas met vuile was liet hij in de auto achter. 'Ik kom hem zondag wel ophalen.'

Een brief heb ik hem evenmin ooit geschreven op zijn nieuwe adres. In de jaren daarvoor, ja, als ik op Château St. Gerlach aan het werk was, dan stuurde ik hem wel eens een bemoedigend kattebelletje, wanneer hij voor een tentamenperiode zat. Als ik er dan zo op gebrand was met 'oude spullen' te werken, niet met computers en e-mails, waarom hem dan niet een keer een ouderwetse brief geschreven, met de hand, en per post verzonden?

Mijn uitgever vroeg me een tijd geleden, misschien niet geheel belangeloos, hoeveel brieven ik de afgelopen veertig jaar geschreven dacht te hebben. Ik kwam op een schatting van tienduizend. Kort en lang, getypt en handgeschreven, persoonlijk en zakelijk. Ook gedurende de twee jaar dat Tonio in De Baarsjes woonde, waren het er volgens de kopieën in mijn archief zeker vierhonderd geweest – en geen enkele aan hem gericht.

Het hoefde nog niet te laat te zijn. Als Tonio zijn ongeluk en de operatie overleefde, zou ik hem tijdens zijn herstel dagelijks schrijven. Eerst, als zijn brein nog moest recupereren, eenvoudige briefjes, die een verpleegkundige hem kon voorlezen. Allengs uitvoeriger. En als hij weer op de been was, zou ik er nooit meer mee ophouden – ook al schreef hij niet terug.

4

'We zijn hem kwijt, Adri,' klonk het met een hoog, zangerig stemmetje naast me. 'Ik voel het... ik voel het.'

Wanneer had ik Tonio voor het laatst gezien en gesproken? De afgelopen week, twee keer kort na elkaar, wat sinds zijn verhuizing uitzonderlijk was.

Op woensdag had ik tot vier uur gewerkt. Ik ging naar beneden, want ik wilde op de veranda nog wat zon vangen: na een kille eerste helft van mei was het de dag tevoren mooi weer geworden. In de bibliotheek stonden de tuindeuren naar het terras open. Ik herkende de stem van Mirjam, die tegen iemand sprak, maar omdat de gordijnen, bewegend op de tocht, nog dicht waren, kon ik niet zien tot wie zij zich richtte. Ik stapte de veranda op. Daar zat Tonio. Ontspannener en zelfverzekerder dan ik van hem gewend was. Toen hij me zag, kwam er een licht spottende grijns op zijn gezicht.

'Zit je al op tien pagina's per dag?' vroeg hij.

Na een overmoedig glas had ik dat een tijd geleden als mijn streven genoemd voor de roman die ik aan het schrijven was. Hij vroeg het enigszins pesterig, maar ik meende er toch ook iets van de oude hoffelijke belangstelling in te horen doorklinken.

'Vijf is het minimum,' antwoordde ik. 'Zes, zeven is haalbaar. Acht is een topdag. Zet me alsjeblieft niet verder onder druk.'

Hij was op bezoek geweest bij opa Natan, zijn zevenennegentigjarige grootvader in de Lomanstraat, en omdat hij 'toch in de buurt was', had hij een kleine omweg naar zijn ouderlijk huis gemaakt. Ik vermoedde dat er meer achter stak.

'Opa Natan moet aan staar geopereerd worden,' zei hij, ernstig opeens.

'O?' Mirjam en ik wisten van niets.

'Ja, waanzin natuurlijk... dat ze zo'n oude man daar nog mee gaan kwellen.'

'Ik moet hem zo naar Beth Shalom brengen,' zei Mirjam, op haar horloge kijkend. 'Ik zal het er in de auto eens met hem over hebben.'

Ik kreeg de indruk dat het Tonio op de een of andere manier

goeddeed om enige bezorgdheid over zijn kwetsbare grootvader te kunnen laten blijken. Sinds hij het huis uit was, leefde hij voor tien, en zijn jeugd, toch al niet overbevolkt met familie, gleed in rap tempo achter hem weg. Nee, hij was niet zomaar langsgekomen.

'Tonio, je Master, daar waren we gebleven.' Mirjam stond op om op haar beurt naar de Lomanstraat te gaan. 'Vergeet niet Adri erover te vertellen.'

Na het vertrek van zijn moeder legde Tonio me uit dat hij besloten had te zijner tijd zijn Master te gaan halen in Mediatechnologie.

'Zou je er niet eerst eens voor zorgen bachelor te worden in Media & Cultuur? Je bent nog geen jaar bezig.'

Hij grinnikte. 'Het kan geen kwaad af en toe een beetje vooruit te denken.'

Het was misschien zijn manier om de woorden 'gebrek aan ambitie', die sinds onze eerste en enige echte aanvaring tussen ons in waren blijven hangen, uit te vagen. Tonio deed uit de doeken wat Mediatechnologie inhield, en dat de studierichting niet aan de Universiteit van Amsterdam gedoceerd werd. Hij had uitgevonden dat hij er afwisselend voor naar Leiden en Den Haag moest.

'Dat wordt verhuizen,' zei ik.

'Dat wordt de trein,' zei hij.

Er was iets aan hem anders dan anders, maar ik kreeg er geen vinger achter. Hij durfde dieper zijn toekomst in te kijken, en daar moest een reden voor zijn. Zelfverzekerder, ja, maar zijn verlegenheid was niet verdwenen. Misschien om zijn ogen niet te hoeven neerslaan keek hij omhoog, naar de goudenregen, waarin de groene kolven gele blazen begonnen te vertonen.

'Hij bloeit laat dit jaar,' zei ik.

'Ja, wat wil je,' zei Tonio, 'met zo'n koude mei.'

Het drong tot me door dat we zelden of nooit met elkaar over de natuur spraken. Op de voorlichtingsavond van het

Ignatius had hij van enkele oudere leerlingen, die hem wegwijs maakten, uit het biologielokaal een wandelende tak in een glazen pot meegekregen. Het geschenk maakte hem zo enthousiast dat hij van geen Vossius of Barlaeus meer wilde weten, en voor het Ignatius koos. Rond de wandelende tak richtte hij een klein herbarium in, maar niet veel later vroeg hij ons toestemming om de spooksprinkhaan in het Vondelpark los te laten. Meer zucht naar natuur zat er bij hem niet in. Zijn hartstocht gold de fysische verschijnselen. Ik was erbij toen hij op school samen met een klasgenoot een demonstratie gaf van de benzineverbrandingsmotor, compleet met computersimulatie. Het was verrukkelijk hem zo in zijn element te zien.

Toen ik me op kerstavond, na het aanmaken van de open haard, een keer hardop afvroeg hoe de vlammen toch aan hun vorm en kleur kwamen, gaf de veertienjarige Tonio me er een compleet college over, vol feiten die ik me nooit had gerealiseerd.

'Het draait allemaal om energie, Adri.'

En nu becommentarieerden vader en zoon in alle ernst, een beetje ouwelijk, de verlate bloei van de goudenregen. Gelukkig begon Tonio al gauw weer over iets dat meer aansloot bij de wereld van de fysische verschijnselen: zijn fotografie.

'Adri, een verzoekje... Mirjam vindt het goed, maar ik moest het ook aan jou vragen. Er is een meisje, en dat heb ik beloofd...'

'Aha.'

'... om een fotoshoot met haar te doen. Het is voor een portfolio. Het zit namelijk zo... zij wil wat bijverdienen als model of figurante, en heeft een portfolio met foto's nodig om castingbureaus en zo langs te gaan. Nou had ik gedacht... dit huis, jullie huis, dat zou natuurlijk heel geschikt zijn voor zo'n fotoshoot. Het gaat om morgenmiddag. Mirjam vindt het oké om een paar uurtjes weg te gaan, maar ze wist niet of jij...'

'Mooi is dat. Jij komt mij hier even tot de orde roepen... of ik mijn tien pagina's per dag wel haal. En dan jaag je me mijn werkkamer uit omdat je een leuk meisje wilt fotograferen. Zonder pottenkijkers.'

Als ik nu terugdacht aan de licht ongemakkelijke blik waarmee hij me aankeek, zag ik helder bruine ogen, die meer vitaliteit uitstraalden dan een mens voor een lang leven nodig had.

'Fijn,' zei hij, opstaand. 'Ik wist wel dat het mocht.'

5

Het was rustig op de snelweg, ook in tegenovergestelde richting. Wie het lange pinksterweekeinde elders wilde doorbrengen, was op vrijdag of zaterdag de stad al uit gegaan. En wat de dagjesmensen voor Amsterdam betreft, die kwamen vanmiddag pas vast te zitten.

Wij kenden de route nog beter dan de agenten voor in het busje. Vanaf de herfst van 2005 had Mirjam mij maandelijks naar het AMC vervoerd, waar ik dan medisch onderzocht werd in mijn hoedanigheid van proefkonijn voor een nieuwe wonderpil, die een verstoorde stofwisseling kon herstellen en reguleren. Zo ging dat ruim twee jaar lang. De afgelopen maanden had Mirjam langs dezelfde weg een paar keer Tonio naar het AMC gebracht, dat over de juiste zalen beschikte voor de schriftelijke tentamens waaraan de studenten Media & Cultuur onderworpen werden.

De pinksterochtend was op een treiterige manier schitterend. Door een nog niet helemaal verdampte heiigheid, die het zonlicht zeefde, leek het of er stofgoud in de lucht hing. Wij reden op hoge snelheid dwars door die blinkende nevel heen, en waren er tegelijkertijd radicaal van afgesloten. *Kritieke toestand.* Zo verwijderde het politiebusje zich steeds verder van de dag die ik mezelf beloofd had. Een halfuur geleden lag ik nog in bed, zeventien traptreden gescheiden van mijn manuscript.

Ik kon op dat moment de keuze nog maken: eerst douchen, of toegeven aan een gezegend ongeduld en de slaaplucht mee naar boven nemen.

De deurbel had het kiezen overbodig gemaakt. Vandaag werken aan mijn roman over de moord op een politieagente? Er stond er een op de stoep, en geen fictieve. Precies zo'n busje als in het boek was op de hoek van de zijstraat geparkeerd, maar dan zonder het arrestatieteam dat elk moment in actie kon komen. Het was leeg en echt, en het moest ons naar het AMC brengen, waar Tonio in kritieke toestand... Kijk, dat de werkelijkheid iemands fictie achtervolgt, probeert in te halen, en soms zelfs voorbijstreeft of, nog erger, overbodig maakt, daar moet elke schrijver rekening mee houden. Geen gelamenteer, het is een van de risico's die hij neemt bij het opzetten van een roman. Prachtig natuurlijk, de volstrekte soevereiniteit van een verzonnen realiteit, haar gesloten circuit... maar zie er maar eens een all-riskverzekering op af te sluiten.

Ik klaagde nooit. Alleen vandaag drong de werkelijkheid met zo'n obscene en vernietigende directheid mijn fragiel geconstrueerde wereld binnen dat ik nog slechts het hoofd kon buigen – of laten hangen.

6

Ook afgelopen donderdag was het, met 19° en een onbewolkte hemel, weer volop lente, bijna zomers. Toen ik tegen enen naar beneden ging om met Mirjam naar het Amsterdamse Bos te rijden, trof ik Tonio in de hal. Hij kwam juist met een ineengeschoven statief uit het souterrain, waar hij bij zijn verhuizing naar De Baarsjes wel meer spullen opgeslagen had. Enkele witte lichtschermen van in lijsten gevat tempex stonden al tegen de gangmuur.

'Moet je zien,' zei hij, over een van de piepschuimen platen strijkend, die een onregelmatig gaatjespatroon vertoonde. 'Helemaal aangevreten door de kevers.'

'Pardon, kevers die piepschuim lusten?'

'Tempexkevers, ja. Bij Dixons in het magazijn was het een plaag. Computers die door hun eigen verpakking zakten...'

'Als dat vanmiddag maar goed gaat,' zei ik. 'Geperforeerde lichtschermen, daar krijgt het model een mottig gezicht van.'

'Bijzonder geestig, Adri. Zeker goed gewerkt vanmorgen.'

'Ik zie trouwens geen model. Hou je haar voor ons verborgen?'

Het viel me op dat hij zich geschoren had. Zo clean zagen we hem niet vaak hier in huis. Hij droeg zijn haar niet in een paardenstaart. Het was duidelijk gewassen, en glad en glanzend geborsteld.

'Ze belde net dat ze wat later kwam. Ze moest eerst langs de apotheek. Blaasontsteking.'

Mirjam kwam uit haar werkkamer. Ze kuste haar zoon, en wreef met de rug van haar hand over zijn wang. 'Lekker babyhuidje.' Ze duwde hem van zich af, en monsterde hem van hoofd tot voeten. 'Hé, je favoriete shirt. Ik dacht dat ik het voor komend weekend had gewassen en gestreken... voor als je uitging...'

'Ik trek het straks weer uit. Dan blijft het schoon.'

'Goed, we gaan,' zei ik. 'Nou, Tonio, veel succes. Of misschien moet ik zeggen: veel plezier.'

Ik had hem daarbij niet zo veelbetekenend aan moeten kijken, want hij sloeg zijn ogen neer, kreunde zacht en mompelde: 'Vermoeiend.'

7

De bomen in onze straat waren nu geelgroen, met de kruin boordevol zaaddozen. We reden via een zondoordrenkt Amsterdam-Zuid naar Amstelveen.

‘Toch opmerkelijk,’ zei Mirjam. ‘Bij het foto’s maken gaat hij gerust op zijn buik in het stof liggen. In de modder, als het zo uitkomt. Nu trekt hij zijn mooiste overhemd aan.’

‘Soms is een fotoshoot meer dan een fotoshoot.’

Op de oever van de Bosbaan zaten beduidend meer vissers dan de vorige keer dat we hier reden, en ze zaten niet meer zo angstvallig half verscholen achter hun schermen, die het midden hielden tussen een op z’n kant rustende paraplu en een eenpersoons shelter. Waar het water van de Bosbaan doodliep, schoten we pas echt het woud in – een kolkende massa frisgroen gewas, verknipt zonlicht en opengewerkte schaduw.

‘Kijk de lente eens,’ zei Mirjam.

Op het erf van de geitenboerderij bestelden we als lunch de huisklassieker: een bijna zwart granenbroodje met tonijnsalade. Karnemelk van de geit. Mestbezwangerde rust.

‘Raar te bedenken,’ zei Mirjam, ‘dat ik hier vroeger met Tonio naar de pasgeboren geitjes en biggetjes ging kijken. Nu jaagt hij zijn ouders hierheen om het hele huis voor zichzelf en dat meisje alleen te hebben. Ik vind het wel leuk, hoor.’

De situatie had blijkbaar een verjongend effect op ons: na de lunch begonnen we aan een wandeling met allebei een hoorn softijs op basis van geitenmelk in de hand. We liepen naar de blauwe brug, waaronder het roeimeer zich versmalde, om hangend over de reling dromerig neer te kijken op de kano’s en de waterfietsen, die overigens nog schaars waren in deze tijd van het jaar.

‘Goh, die Tonio,’ zei Mirjam. ‘Mediatechnologie… en meteen begint hij ook weer te fotograferen. Het gaat goed met hem. Ik ben zo blij. Als ik nog denk aan twee, drie jaar geleden…’

‘Ik heb hem toen wel een beetje hard aangepakt, vind ik, met mijn verwijt van totaal gebrek aan ambitie. Zelf was ik op die leeftijd geen haar beter. Eerst een jaar het ene baantje na het andere, toen twee afgebroken studies: psychologie en rechten. Na mijn kandidaats filosofie twee halve doctoraalstudies, wijsgerige antropologie en esthetica, samen helaas geen hele. Meer zat er voor mijn eigen ambitie niet in.'

'Ik heb zo'n gevoel dat Tonio zijn studie *wel* af gaat maken.'

'Anders gaat hij wel andere bijzondere dingen doen.'

We wandelden terug in de richting van het parkeerterrein waar de auto stond. 'Halfvier,' zei Mirjam, toen we aan de geitenboerderij voorbij liepen. 'Nee, dat kunnen we hem niet aandoen.'

'O, hij fotografeert altijd heel efficiënt, hoor. Tonio houdt niet van schieten met hagel. Toen hij me voor *De Groene Amsterdammer* moest kieken, zette hij me achter een antieke Remington, met een paar telexrollen eromheen. Ik hoorde een paar keer klik, en dacht dat hij op proef afdrukte. "Ik ben er klaar voor," zei ik. Maar hij had al wat hij hebben wilde.'

'Je zei daarstraks dat een fotosessie soms meer is dan een fotosessie. Kom, we gaan nog wat drinken op het Geitseplein. Gun hem deze middag.'

8

Toen we rond vijf uur thuiskwamen, was Tonio zijn camera's aan het verzamelen in een grote plastic tas. Het meisje was net weg. In huis hing een vage lucht van sigarettenrook.

'En... gelukt?' vroeg ik.

'Dat moet nog blijken,' zei hij. 'De digitale opnamen kan ik vrij goed op de computer beoordelen. Maar ik heb ook analoog gefotografeerd, en daar zal ik toch eerst de afdrukken van moeten zien.'

'Kom zo nog even naar de tuin, voordat je weggaat,' zei ik.

Tegen de zijkant van het kleine prieel, met het tweezitsbankje eronder, stond een van de tempex lichtschermen. Ik ging met de avondkranten op de veranda zitten. Even later legde Tonio twee vierkante foto's voor me op het tafelblad.

'Het zijn maar polaroids, moet je bedenken,' zei hij. 'Ik maak er altijd een paar om het licht te testen.'

Ze waren in zwart-wit. Erop stond een meisje, of jonge vrouw, van Tonio's leeftijd, met halflang, loshangend haar en een knap gezichtje, dat veel te lief oogde voor ongenaakbaar modellenwerk. Ze had zich in een iets te opzettelijk bevallige pose laten fotograferen, omlijst door het miniprieel, waaruit het bankje tijdens de sessie blijkbaar was weggesleept.

'Een mooi meisje,' zei ik, met nog niet verwelkte kennersblik. 'Heel mooi. Maar een professioneel model... ik weet het niet.'

Ik gaf Tonio de polaroids terug. Ik zag aan zijn gezicht dat ik er weer niets van begrepen had.

'Professioneel? Adri, ze *studeert*. Ze wil als model en met acteerwerk alleen maar wat bijverdienen. Net als ik bij Dixons.'

'Ze is erg aantrekkelijk, daar gaat niets van af.'

Ineens veranderde zijn houding. 'Ze heeft me voor zaterdagavond meegevraagd naar Paradiso,' zei hij met verlegen trots. 'Een of andere waanzinnige Italiaanse avond, met Italiaanse tophits uit de jaren tachtig.'

'O, dat zal dan wel veel Eros Ramazzotti worden.'

Hij trok een komisch gezicht, dat betekende: nooit van gehoord. Mirjam kwam de veranda op, en vroeg of we iets wilden drinken. Tonio sloeg af, maar ging wel zitten, zij het rusteloos, op de punt van een stoel. Mirjam herinnerde me aan twee begrafenissen de volgende dag, die ongeveer op hetzelfde tijdstip plaats zouden hebben. Twee goede kennissen, die allebei even belangrijk voor ons waren geweest.

'We moeten nog kiezen,' zei ze. 'En niet zo van: jij naar de ene, ik naar de andere. Dat doen we dit keer niet.'

'Er sterven te veel mensen de laatste tijd,' zei ik. 'Te veel crematies en begrafenissen. De vraag is: moet je overal naartoe? De mensen geven je zo snel het gevoel dat je er niet onderuit kunt. Het heeft iets onrechtvaardigs, omdat ik zelf...' Ik wendde me tot Tonio. 'Ik weet niet of je het weet... dan hoor je het nu...

maar ik wil per se, als het zover is, in de allerkleinst denkbare kring begraven worden. Niet gecremeerd, nee, de grond in. Een kuil met drie personen eromheen. Drie, meer niet.'

'O,' zei Tonio, 'en wie is die derde dan?'

Het was een moment stil, en toen barstten we alledrie tegelijk in lachen uit. Ja, hij had gelijk. De derde, die lag in de kist.

Tonio had een verrukkelijk ingetogen lach, met vrolijke uitschieters, waarbij zijn geopende lippen alleen maar voller leken, en de huid van de neus leek op te schuiven richting voorhoofd. (Ook die lach verkeerde nu in kritieke toestand. O, God, red zijn lach.)

Hij stond op, en vroeg nagniffelend aan zijn moeder: 'Eten jullie 's zondags nog altijd van de Suri?'

'Een traditie al van voor jouw geboorte,' zei Mirjam.

'Ook met Pinksteren?'

'Wij doen niet aan Pinksteren.'

'Kom ik zondag. Een chow-minh zou wel lekker zijn.'

'Goed, maar dan niet weer afbellen omdat je zo *brak* bent. Zoals de vorige zondag, toen we de stad in zouden gaan.'

'O ja, dat horloge... we moeten nog een nieuwe afspraak maken.'

Op zijn snelle, verende manier, een beetje gebogen in de schouderstreek, liep hij naar de deur, en nam afscheid met zijn variabele groet, die ditmaal ongeveer klonk als: 'Oi.'

'Veel plezier zaterdag,' riep ik hem na. Ik weet niet of hij dat nog hoorde, want hij was al via de keuken op weg naar de voordeur. Heel uitzonderlijk: Tonio die voor de derde keer binnen een week langs zou komen. Hij had ons de dag tevoren zijn toekomstplannen voorgelegd, maar het was of hij *nog* iets wilde vertellen. Ik was niet vergeten hoe trots ik zelf vroeger op een nieuw vriendinnetje kon zijn. Met de onbesliste verovering nog in volle gang wilde ik al met het meisje pronken, niet alleen bij mijn vrienden, ook bij mijn ouders – desnoods alleen in woorden voorlopig, en als het kon met een foto erbij.

9

Na Tonio's vertrek riep Mirjam mij naar de keuken. Ze stond voor de open koelkast. 'Moet je zien.'

De schappen, de groentela, de deurholten – alle beschikbare ruimte was volgestouwd met kartonnen pakken ijsthee en vruchtensap in alle mogelijke smaken. In het vriesvak lag een liter Lipton Ice, voor als de dame haar drankje extra koud wilde. Geen van ons tweeën wist dat Tonio deze inkopen in huis had gehaald. Er stond voor een halve weektoelage aan ijsthee en geconserveerd sap.

'Tonio zorgt goed voor zijn modellen,' zei ik.

'Het zal tenminste niet uit bezorgdheid om vitaminegebrek bij zijn ouders zijn,' zei Mirjam. 'Ik neem het allemaal wel in de auto mee naar de Nepveu, als ik hem volgende week zijn schone was ga brengen.'

In de huiskamer trof ik, in de hoek waar de vitrinekast met Tonio's stenenverzameling was, nog twee tempex lichtschermen aan. Er hing daar een sterke nicotinelucht. Op de grond stond een schoteltje met uitgedrukte filterpeuken, dat ik in de pedaalemmer ging legen. Het meisje, vooralsnog naamloos, rookte dus.

Op nog meer plaatsen in huis vond ik van die korrelig witte reflectieschermen. Ze keken me als monochrome schilderijen stom aan, en vertelden me over de fotosessie niet meer dan dat ze zon- of kunstlicht naar het model terug hadden gekaatst.

'Wat doen we met al dat piepschuim?' vroeg Mirjam.

'Laten staan,' zei ik. 'Hij ruimt het zondag zelf allemaal maar op.'

10

Voor het eten ging ik nog even naar driehoog – niet om te werken, maar om de luifel boven het balkon aan de tuinkant op te halen. Toen het laatst 's nachts regende, had ik een verdieping lager urenlang wakker gelegen van afwisselend getik en geroffel op het uitgeschoven doek.

De elektrische bedieningsknop, links van de openslaande deuren, leek te haperen – tot ik ontdekte dat het zonnescherm al omhoog *was*, keurig mechanisch opgerold binnen z'n aluminium lijst.

Wacht even. Ik wist zeker dat ik het voor vertrek naar het Bos niet had opgehaald, expres niet, ter bescherming van de parketvloer, want het zonlicht drong op dat uur overvloedig binnen. Natuurlijk, ik had de markies omhoog kunnen doen en de gordijnen kunnen sluiten, maar om de boel goed te laten doortochten wilde ik de balkondeuren openhouden, terwijl de ervaring leerde dat windvlagen de dichtgeschoven gordijnen soms hoog opwierpen, waarna ze bij het terugvallen allerlei voorwerpen van het dichtstbijzijnde bureau zouden vegen. De vorige keer dat zoiets gebeurde, had ik me de woede van Mirjam op de hals gehaald door haar katten de schuld te geven van de ravage.

Al deze overwegingen stonden me helder bij – ook nu nog, drie dagen later, in de politiebus. Van verstrooidheid was geen sprake geweest. Ik had de gordijnen opengelaten en de luifel naar beneden gedaan, en de deuren vastgezet aan haken in de balkonmuur. Nu, bij terugkeer, trof ik de gordijnen nog steeds open, maar de deuren zaten potdicht en de markies was omhoog.

Tonio? De afspraak was dat hij van het hele huis gebruik kon maken, behalve nou net van mijn werketage, want ik zat midden in het sorteren van mijn materiaal en overal lagen stapeltjes beschreven vellen, ongenummerd nog. Ik speurde eens goed rond. Niets wees erop dat hier gefotografeerd was. Nergens een piepschuimen lichtscherm. In de prullenbak geen wikkels van fotorolletjes. Geen spoor van de ongewenste herinrichting die fotografen van dag- en weekbladen hier zo graag aan het interieur opdrongen.

Hoopte ik misschien op tekenen van een amoureus samenzijn? Tussen de twee onderkussens van de chaise longue, waarop ik soms lag te lezen, stak nog altijd, vastgeklemd, het boek over de Nederlandse politieregio's omhoog dat als documentatie voor mijn roman had gediend.

Ik deed de balkondeuren open. De latten en planken die onderdeel waren geweest van Tonio's kinderstapelbed lagen er nog precies zoals ze daar door onze vaste klusser René waren neergelegd, alleen wat meer grijs en groen uitgeslagen door blootstelling aan sneeuw en regen. Rechts leidde de aluminium brandladder omhoog naar het dak.

'Minchen, toen we thuiskwamen van de geitenboerderij... heb jij toen op mijn werkkamer de luifel omhoog gedaan?'

'Nee, dat moet je toch echt zelf doen. Ik kan niet alles.'

Zo werd ik niet wijzer. Ik nam me voor Tonio erover te bellen – vanavond nog, of anders morgen. Niet om hem verwijten te maken over het eventuele gebruik van mijn werkruimte, maar... nou ja, misschien kwam ik zo iets meer te weten over de stand van zaken in zijn liefdesleven. God, wat was ik een oud wijf aan het worden.

Dat telefoontje was erbij ingeschoten. Straks... later, als hij herstellende was, zou ik het hem vragen. Godweet hoeveel uren we aan zijn bed moesten doorbrengen tot hij weer de oude was. Er zou genoeg tijd zijn om te praten. Ik lulde hem er wel doorheen.

11

Kritieke toestand, wat betekende dat nou echt? Misschien noemden ze iemands toestand wat al te vlug kritiek om zich, mocht het met de patiënt alsnog misgaan, ingedekt te weten tegen wraakzuchtige verontwaardiging bij de nabestaanden.

Ik moest denken aan mijn neef Willy van der Heijden jr., die na een motorongeluk klinisch dood was verklaard. Illusionistische grappenmaker die hij was, stond hij weer uit den dode op. Na zes weken ging hij al over tot de orde van de dag, wat in zijn geval wilde zeggen: de kleine tot middelgrote criminaliteit. Zo kon het dus ook.

Nee, slecht voorbeeld. Nog geen jaar later, met de zilveren hulpgewrichten in zijn knieën, reed hij zich op de vlucht voor de politie evengoed dood – door met gedoofde lampen zijn auto op een onverlichte weg tegen een boom te parkeren. De fase van de klinische dood sloeg hij dit keer over.

Ik herinnerde me dat mijn moeder me erover belde. 'Ja, zo fout als wat, die jongen, maar ik moet het je toch vertellen.'

Terwijl ik met haar aan de telefoon was, keek ik naar Tonio die, een halfjaar oud, rond kroop over het tapijt, kwijlend van inspanning. Hem zou zoiets niet overkomen, daar zou ik wel voor zorgen. Met de opvoeding die ik voor hem in gedachten had, zou hij nooit op de vlucht hoeven voor de politie, laat staan met gedoofde lichten.

'Hoe is oom Willy eronder?'

'Kapot natuurlijk. Die jongen, daar had hij zijn zinnen op gezet. Volgens de buren heeft hij de hele nacht met zijn hond door de wijk gebanjerd. Hardop pratend. Schreeuwend.'

'Hij is misschien al dood,' klaagde Mirjam, naast me.

'In kritieke toestand,' zei ik, 'dat kan van alles betekenen. Er wordt vast goed voor hem gezorgd.'

'Hij ligt op de operatietafel, zei die agent. Hij wordt al uren geopereerd.'

Godverdomme. Dat klonk inderdaad kritiek.

Hoofdstuk III *Verkeerde ziekenhuis*

1

Het politiebusje nam kort na elkaar enkele bochten, die door de hoge snelheid scherper leken dan ze waren. De ene keer dreigde ik over de gladde bankbekleding van Mirjam weg te schuiven, de andere keer werd ik met plotselinge kracht tegen haar aan geperst, wat haar een geluid ontlokte als moest ze braken.

'Sorry, kleintje.'

Op drie weken na tweeëntwintig jaar geleden hadden we ook zo'n dollemansrit naar een ziekenhuis ondernomen, maar dan in een heel wat kleiner voertuig: een Fiat Panda. Die ochtend had Mirjam mij om kwart over vier wakker gemaakt: vreselijke buikkrampen.

'Weet je zeker dat het je darmen zijn?'

'Ik ben de hele week al niet naar de wc geweest.'

Ze hield mijn hand vast. Aan het knijpen kon ik voelen hoeveel pijn ze had, en met welke regelmaat de scheuten kwamen. Ze rilde. Zo bleven we een hele tijd zwijgend naast elkaar liggen.

De avond tevoren waren we ruziënd naar bed gegaan. Met het oog op de babywas hadden we twee dagen eerder een nieuwe automaat laten komen. Nadat de potige bezorgers, met een veel te ruim drinkgeld, vertrokken waren, ontdekte ik beschadigingen in de witte mantel. Toen ik eindelijk de bedrijfsleider van de wasmachinezaak aan de lijn had, restte er weinig gevoel voor diplomatie meer in me: het stelletje hufters was in gebreke gebleven, punt uit. Dezelfde mannen kwamen later die dag, en nu heel wat minder vriendelijk, de automaat omruilen.

Pas na hun vertrek bleek wat voor vorm hun wraak had aangenomen. Toen ik het nieuwe apparaat liet proefdraaien, raakte het al gauw schuddend en stampend los van de muur. Ik stond blootsvoets op de tegelvloer van de badkamer, en had geen andere keus dan achterwaarts van de machine weg te huppelen, anders had die met haar ongetwijfeld scherpe onderrand mijn tenen geamputeerd. In mijn trappeldans uit lijfsbehoud moest ik ook nog de juiste knop zien te vinden om het zelfstandig opererende monster tot staan te brengen.

Volgens Mirjam leed het geen twijfel dat de bezorgploeg opzettelijk de veiligheidsbouten in de wasmachine had laten zitten. 'Jij geeft altijd te grote fooien... daar komt het door. Dan gaan ze met je spelen.'

Het liep tegen halfzes. Mijn hand raakte langzaamaan ontwricht door al het knijpen dat Mirjam erin deed. Op haar mooie, gladde voorhoofd, dat ik zelden zag transpireren, lagen dikke zweetdruppels. 'Dit kan nooit zomaar buikpijn zijn,' zei ik.

'Voor alle zekerheid toch maar even de vroedvrouw bellen,' zei Mirjam, die pas over drieënhalve week was uitgerekend. Ze hijgde een beetje. De vroedvrouw liet Mirjam aan de telefoon uitleggen wat ze precies voelde. Het gesprek duurde maar kort. 'Ze komt zo snel mogelijk hierheen. Misschien moet ik al naar het VU.'

'Minchen, je koffertje... In de folder stond dat je een koffertje met spullen klaar moest hebben staan. Je hebt geen koffertje.'

'Echt iets voor jou,' kreunde ze, 'om op zo'n moment over een koffertje te gaan zeuren. Ik heb nu wel iets anders aan m'n kop.'

De pijnscheuten verergerden. Even na zessen arriveerde, met een gezicht doorgroefd van slaap, de vroedvrouw. Ze trok een gummihandschoen over haar rechterhand, en verzocht mij buiten de slaapkamer te wachten. Ik had misschien alsnog een koffertje met toiletbenodigdheden kunnen vullen, maar ik bleef dadeloos in het gangetje staan.

'Nou, meid,' verstond ik, 'je hebt al ontsluiting, hoor.'

Het waren wel degelijk weeën, en ze werden heviger. Ik hielp Mirjam in haar ochtendjas. 'Het doet veel meer pijn dan ik verwacht had,' zei ze.

Beneden voor de ingang stond, dubbel geparkeerd, de Fiat Panda van de vroedvrouw. Zo, hoogzwanger, leek Mirjam te klein voor het autootje, maar het ging net. Met de vroedvrouw achter het stuur en wij naast elkaar op de achterbank was de Panda meer dan gevuld.

'Help, mijn claustrofobie speelt op,' hijgde Mirjam heet in mijn oor.

De vroedvrouw stuurde haar autootje naar links de De Lairessestraat in, waar het ochtendverkeer, zo vroeg als het was, al nerveus op gang kwam. De Fiat vorderde met schokjes, sprongetjes eerder, en Mirjam kermde zacht.

'Als we maar eenmaal in het VU zijn,' fluisterde ze.

2

Het politiebusje ondervond nu heel wat minder last van het verkeer dan de Fiat toen. Normaal was om tien voor tien de ochtendspits nog niet ten einde, maar we profiteerden nu van de zondag. We reden langs een overzichtelijk bedrijventerrein, waar in heel z'n terrasachtige opbouw het Academisch Medisch Centrum bovenuit rees. Daarbinnen ergens, midden in het labyrint van overbelichte gangen, waren gemaskerde artsen met Tonio bezig.

Als hij nog leefde.

Net als nu in het busje zat tweeëntwintig jaar geleden in de Panda Mirjam links van me. Ik hield ook toen mijn armen om haar heen, en drukte haar tegen me aan, wat maakte dat ik elke wee door mijn eigen lichaam voelde gaan – nou ja, oppervlakkig dan, want echt meevoelen, die pijn, was er toch niet bij. Af en toe trok Mirjam zwakjes aan mijn mouw om aan te geven dat ik mijn greep, die de weeën niet opving, wat losser moest maken.

Ik had twee keer eerder doodsangsten uitgestaan in zo'n kleine Fiat. De ene werd bestuurd, in de winter van '77, door de jonge Florentijnse Maria-Pia Canaponi, die mij samen met een vriend van het hooggelegen Fiesole naar het Florence daar ergens in de schemerige en nevelige diepte vervoerde. Zoals ik het me door de jaren heen was blijven herinneren, liet ze zich met autootje en al eenvoudigweg naar beneden vallen – al raakten de wielen hier en daar het wegdek van een haarspeldbocht, maar dan meer zoals de schoenzolen van een bergbeklimmer de steile helling aantikten waarlangs hij zich per touw en katrol de diepte in liet zakken.

De andere Fiat boorde zich, ook ergens midden jaren zeventig, door de hel van het Parijse ochtendverkeer. Achter het stuur een Parijse vrouw met een door het nachtleven verfomfaaide hoed op. Ze probeerde mij (achterin) en de vriendin naast zich te imponeren door rode stoplichten te negeren of, op z'n minst, blind voor te sorteren, waartoe ze de rand van de hoed over haar ogen trok. Bij aankomst in het huisje in een Parijse buitenwijk hadden schrik en hartkloppingen mij zo te pakken dat mijn prestaties beneden peil bleven.

Maar nu betrof de blikken claustrofobie het nog ongeboren leven. De vroedvrouw stuurde haar autootje door de Cornelis Krusemanstraat naar het Haarlemmermeercircuit – en daar moet ik, afgeleid door de barensnood van Mirjam, het spoor bijster zijn geraakt. Ik lette niet op, en Mirjam al helemaal niet, en zo ontging me dat de vroedvrouw rechts afsloeg, de Amstelveenseweg op richting kruispunt Zeilstraat, in plaats van de rotonde te volgen tot aan het gedeelte van de Amstelveenseweg dat naar het ziekenhuis van de Vrije Universiteit voerde.

Ja, ik herinnerde me mijn ongeduld bij de als een onneembare muur oprijzende, openstaande brug over de Schinkel, maar daardoor drong nog niet tot me door dat we op de verkeerde weg waren met ons rijdende kraambed. Het was bij aankomst in het ziekenhuis Mirjam zelf die de fout bemerkte. In de hal zetten de vroedvrouw en ik haar in een rolstoel. Terwijl ik Mirjam naar de lift duwde, zei ze zwakjes en klaaglijk: 'Dit is niet het VU... ik zou in het VU bevallen.'

'O, sorry, meid, sorry... sorry,' riep de vroedvrouw uit. 'Helemaal mijn fout. Ik denk dat ik vanmorgen op het verkeerde formulier... O, wat erg. We kunnen nu niet meer terug.'

Ze had ons naar het Slotervaartziekenhuis gebracht.

3

In een hal, ergens bovenaan een korte trap, werden wij door de twee agenten overgedragen aan enkele verpleegsters. Ik weet niet meer wie van de vier of vijf aanwezigen mij Tonio's portemonnee overhandigde. Het grijze, uitvouwbare buideltje met de drukknop lag zwaar in mijn hand: veel muntstukken. Ik verbeeldde me dat het nog warm was van zijn lichaam – zijn dijbeen, zijn bil of zijn hartstreek, al naargelang de plek waar hij het gedragen had op het moment van...

Op de rugzijde van de portemonnee zat een zelfklevend, uit de computer gedraaid etiket, waarop zijn naam, geflankeerd door enkele cijferreeksen en de datum van vandaag (wat was alles nog nieuw en dichtbij). Tijdens onze afwezigheid waren ze al bezig geweest hem in getallen om te zetten.

De beide agenten namen met een handdruk afscheid, waarbij ze ons 'veel sterkte' wensten. Ik maakte van de gelegenheid gebruik om nog eens de kleding van de agente te bestuderen. Als dit straks allemaal achter de rug was, en we te horen hadden gekregen hoe lang Tonio's herstel zou gaan duren, kon ik immers, hoe bedrukt en aangeslagen ook, naar mijn schrijftafel terugkeren om het werk aan de politieroman te hervatten. Op de muur naast mijn bureau had ik de foto van een hoofdagente in standaardkledij geprikt. Ik kreeg er nu de informatie bijgeleverd over hoe een 'gewone' vrouwelijke agent er op een warme dag uitzag.

De mannelijke agent overhandigde me een kaartje van de Afhandelunit Ernstige Verkeersongevallen in de James Wattstraat, waar ik nadere inlichtingen over de aanrijding zou kunnen inwinnen. Ik hoefde maar te vragen naar de medewerker wiens naam er met ballpoint bij vermeld stond.

De politiemensen liepen met opgestoken hand de trap af, richting draaideur en hun in de zon geparkeerde busje. Mirjam en ik volgden de verpleegkundigen naar de Intensive Care. (Intensive Care, dat was iets anders dan Spoedeisende Hulp. Ambulance, SEH, IC, OK – het lichaam van Tonio had in korte tijd een aantal promoties doorgemaakt.) Onderweg excuseerde een van hen zich voor de omstandigheid dat wij zo laat waren ingelicht.

'In zijn portemonnee zaten allerlei pasjes, maar we konden niet meteen een link leggen met een adres... met zijn ouderlijk huis. Op zo'n moment, in een levensbedreigende situatie, stellen wij altijd andere prioriteiten. Bij tijdnood gaat het redden van een leven altijd voor.'

Levensbedreigende situatie. Op een kruispunt van gangen stond een arts ons op te wachten. Wij kregen te horen dat Tonio 'al uren' (het liep naar tienen) op de operatietafel lag, nog altijd in kritieke toestand.

'De traumatoloog komt zo bij u om tussentijds verslag uit te brengen.'

Ik begreep dat we ons nu op de IC bevonden. Een jonge verpleegster, blond en blauwogig en fris als de ochtend, bracht ons naar een kleine wachtkamer, en bood koffie aan.

'Liever wat water,' zei Mirjam, die alweer rillend tegen me aan was gekropen op de driezitsbank.

‘Ik koffie graag,’ zei ik.

De verpleegster verdween. Ze liet de deur openstaan. Erboven hing een grote keukenklok, die tien over tien aanwees.

‘Nu even geen koffie,’ zei Mirjam. ‘Ik moest ineens weer denken aan toen…’

Ze greep naar haar voorhoofd, en huilde licht proestend. Voor mij hoefde ze haar zin niet af te maken. Ik wist dat ze doelde op die juniochtend in ’88, toen we abusievelijk op de kraamafdeling van het Slotervaart waren afgeleverd, en Mirjam hysterisch was geworden van de koffielucht uit mijn mond.

Ik opende Tonio’s portemonnee. In het vak voor de bankbiljetten zat nog een briefje van vijf, meer niet. De muntstukken vormden bij elkaar waarschijnlijk nog een aardig bedrag.

Een jaar eerder, in augustus, na de première van *Het leven uit een dag*, had ik tijdens de nazit op De Kring zijn bargedrag bestudeerd. Tonio hield zich met Marjan ergens in een duistere hoek op, bezijden de vloer waar de filmcrew de house danste, en telkens wanneer hij voor het meisje en hemzelf aan de bar iets te drinken ging halen, betaalde hij met een biljet, waarna hij het wisselgeld in zijn portemonnee propte (dezelfde als die ik nu in mijn handen hield). Die kleine neigingen tot wanordelijkheid – ik betreurde ze des te meer omdat ik ze zelf op die leeftijd bezat, en nog lang daarna, en ze nog steeds niet allemaal had weten te onderdrukken. Zo stuitte ik, in het kleine en in het grote, steeds vaker op overeenkomsten tussen ons, en werd dan gedwongen mezelf als eenentwintigjarige voor te stellen. Het stemde me zorgelijk. Niet om mij – om hem.

‘Als Tonio echt zo tot in de kleinigheden op mij lijkt,’ zei ik tegen mijn broer, die naast me aan de bar van De Kring zat, ‘dan gaat hij nog moeilijke jaren tegemoet.’

Frans, die mij als begin-twintiger gekend had en zelfs een tijd met me samenwoonde, sputterde alleen voor de vorm een beetje tegen.

In de vakjes van Tonio's portemonnee zaten allerlei pasjes, compleet met adres, dus ik vermoedde dat er inderdaad urgentere zaken aan de orde waren geweest dan het opsporen van zijn ouders.

'Een pasje van het Onze Lieve Vrouwe Gasthuis,' zei ik tegen Mirjam. 'Wat moest hij daar?'

Ze haalde haar schouders op. 'De kaakchirurg,' zei ze met grote weerzin. 'Een verstandskies.'

De verpleegster kwam binnen met een dienblad, en begon thermoskannen, bekers en waterglazen op de tafel uit te stallen. 'Zo meteen komt de traumatoloog om u bij te praten,' zei ze bij het weggaan. 'Als u nog iets nodig heeft, dan kijkt u maar op de gang of u iemand van ons ziet.'

4

Sinds ik van mijn bed was gelicht, had ik, behalve met Mirjam, nog weinig gesproken, maar elke keer als ik mijn mond opendeed, eerst tegen de agenten en nu tegen het verplegend personeel, was ik me pijnlijk bewust van mijn zware knoflookadem. Ik rook hem zelf niet, maar wist dat hij recht uit mijn maag opsteeg, want we hadden nog niet ontbeten. (Toen ik vanmorgen de trap afdaalde, stond de deur van de keuken op eenhoog open. Verspreid over de broodplank lag een viertal doorgesneden tijgerbollen, nog niet beboterd. Sinaasappelen rond de citruspers. Stilleven van na de slechte tijding.)

Hoe laat, had die agent gezegd, was Tonio aangereden? Halfvijf ongeveer? De speekselvloed door het teveel aan knoflook had me ergens rond kwart over vier gewekt. Nee, zo gek kregen ze me niet. Ik ging niet overal aanwijzingen en voortekenen in zien. Een opstandig klokkende maag zou me dan gewaarschuwd hebben voor het onheil dat Tonio boven het hoofd hing. En wat had ik met die cryptische informatie, verkregen door ingewandsmorse, moeten doen?

Ik kon er niet omheen dat de situatie, alweer, erg leek op die rond Tonio's geboorte. Ook toen hadden we, geschrokken van de buikkrampen die weeën bleken te zijn, verzuimd te ontbijten. De avond tevoren hadden we Surinaams gegeten van Albina, het afhaalrestaurant in de Albert Cuypstraat. Ik had een portie genomen van hun gevaarlijk gekruide fashongworst, die ik uitsluitend at als voor de eerstkomende drie dagen geen sociale verplichtingen op de agenda stonden, want hij veranderde je mondholte gegarandeerd in een ongewassen aarsgat. Zo kwam ik op de ochtend van 15 juni 1988 met een sterk verontreinigde adem, die ook nog eens begunstigd werd door een lege maag, op de kraamafdeling van het Slotervaart terecht. Ik durfde er mijn mond niet open te doen, uit angst met de bedorven lucht die ik uitstootte de bevalling te laten mislukken.

5

Ik weet niet waar deze tussentijdse informatie vandaan kwam, maar inmiddels was het tijdstip van het ongeluk gepreciseerd op tien over halfvijf. Was het dan, vier weken voor de langste dag, al licht, nog donker, of licht aan het worden? Toen de zomertijd begon, was de klok een uur vooruit gezet, wat betekende dat gedurende zeven maanden de zon een uur later opkwam. Uit de oude tijden, van voor de instelling van een zomer- en een wintertijd, meende ik me te herinneren dat wanneer eind mei nachtsociëteit Diogenes in Nijmegen om halfvijf, kwart voor vijf uitging, het al volop licht was. Goed, dan had ik het over de openingstijden in het weekend. Doordeweeks sloot Diogenes om kwart voor vier, en dan was het in de tweede helft van mei nog zo goed als donker.

Helemaal zeker was ik er niet van. Ik besloot voor de komende nacht een wekker te zetten, op halfvijf. Ik zou dan opstaan teneinde om tien over halfvijf naar de lucht te kijken.

Maar als bleek dat het op dat tijdstip nog donker was, zou zich de volgende vraag alweer aandienen: had Tonio licht op zijn fiets, of op z'n minst lampjes aan zijn kleren?

Ik was vanmorgen niet op mijn post geweest. Geen laat feest net achter de rug, geen roes om uit te slapen, maar ik *lag* in bed, dat viel niet te ontkennen. Zelfs het ontwaken door een overdadige speekselvloed, compleet met klokkende maag, had mij geen andere gedachte ingegeven dan: als het over is, proberen nog een paar uur te slapen... werk te doen straks...

Ik had *daar* moeten zijn, op de Stadhouderskade, om mijn roekeloos fietsende jongen tegen te houden, hem op te vangen. Er was niemand in de kamer om me van iets te betichten, maar ik had geen beschuldigende vinger nodig om me tot in mijn merg schuldig te voelen, schuldig te *weten*. Naast Mirjam zat ik te beven en te zweten van schuldbesef om wat ik 's ochtends vroeg zomaar had laten gebeuren.

Mijn gedachten bleven rond Tonio's geboorte cirkelen – ongetwijfeld door de congruentie van omstandigheden. De onzekere rit naar het ziekenhuis... het tergend nerveuze wachten... Als ik schuldig was aan zijn ongeluk, dan kwam dat in de eerste plaats doordat ik zijn geboorte op mijn geweten had.

Als iemand op dat moment de kamer binnen was gekomen om mij voor te houden dat ik destijds, op 15 juni 1988, willens en wetens de vroedvrouw haar foute route had laten vervolgen, dit om Tonio's geboorte te saboteren, dan had ik het ook geloofd. Vanaf de dag dat ik een kind wilde, had ik het ook *niet* gewild. Ergo: door mijn ingekankerde halfslachtigheid was Tonio niet levensvatbaar. Vanmorgen was dat eens te meer gebleken – misschien wel onherroepelijk.

6

Natuurlijk hing op de kraamkamer een grote klok, net zo opvallend als die op een station: hier moest ondubbelzinnig het tijdstip van geboorte kunnen worden afgelezen. Het was halfacht in de ochtend. Mirjam lag met hevige pijnen op een bed, met aan haar linkerhand de vroedvrouw die ons gebracht had, en rechts een verloskundige van het Slotervaart. Normaal geen lijder aan superstitie was ik vandaag bijgelovig genoeg om van het verkeerde ziekenhuis een slechte afloop te verwachten.

'Vang 'm op, meid! Vang op, die wee!'

De twee vrouwen hielden allebei een hand van Mirjam vast.

'Hé, niet bijten!' riep op zeker moment de verloskundige, toen Mirjam bij een kennelijk extra erge wee haar tanden in een nabij ledemaat zette. 'Puffen! Niet bijten!'

Ik keek van een afstand machteloos toe. Een kind baren, dat was niets voor mijn kleine, tengere Minchen – ik had haar nooit met jong mogen schoppen.

Toen de weeën voor even gingen liggen, werd er koffie gehaald door de roodharige kraamverpleegster die ons eerder bij de lift tegemoet was komen snellen. Bij terugkeer in de kamer drukte ze mij een bekertje in de hand, fluisterend: 'Ik denk dat uw vrouw u wel even kan gebruiken.'

Met de koffie ging ik op een kruk naast Mirjam zitten. Ik nam een slok, en boog me voorover om haar iets bemoedigends toe te fluisteren. Eer ik wat had kunnen zeggen, riep ze: 'Weg, alsjeblieft! Weg met die koffie! Het stinkt zo... ik ben misselijk... ik *kan* er niet tegen...'

Zo had ze nog nooit naar me (of door me heen) gekeken. Niet alleen alsof ze me niet kende, maar ook nog eens alsof de onbekende haar bedreigde. Het viel me op dat ze zelfs nu, in barensnood, de klemtoon op *kan* legde, zoals ze dat als meisje uit het curieuze accent van haar vader had overgenomen. 'Ik *kan* er niet tegen.'

Ik deinsde terug voor haar heftige reactie, waarbij de kruk bijna onder me vandaan viel. Zo ziek kon iemand dus van het baren zijn. Ik vluchtte de gang op, zette het nog bijna volle bekertje ergens in een vensterbank en spoelde op het toilet mijn mond wel vijf, zes keer met water, gorgelend tot mijn keel er rauw van was.

Toen de weeën weer in volle hevigheid oplaaiden, legden de vrouwen Mirjam op de grond.

'Niet schrikken, meid. Zo kun je je beter afzetten bij het persen.'

Ze kreeg een kussen onder haar hoofd, en daar lag ze, op het bekraste linoleum, met drie vrouwen geknield om zich heen. De kraamverpleegster veegde steeds kleine hoeveelheden ontlasting weg, die met het persen naar buiten kwamen. De verloskundige zette een stethoscoop op Mirjams buik. Ze liet de barende vrouw zelf ook luisteren, maar die schudde gekweld haar hoofd ten teken dat die haken uit haar oren moesten: alles werd nu als overlast ervaren. De verloskundige wenkte mij: dat ik ook even moest luisteren. Liever niet, maar ik wilde geen afzijdige vader lijken. Ik knielde neer bij Mirjam, en met de stethoscoop om mijn hoofd zorgde ik ervoor mijn adem in te houden (het was natuurlijk de Surinaamse worst die in combinatie met koffie op een nuchtere maag voor de barensvijandige geur had gezorgd). Ik luisterde naar mijn aanstaande vaderschap. Met mijn ogen dicht zag ik op mijn netvlies een flard van een documentaire over een koraalrif voorbij komen. Paniekerig geborrel van opstijgende luchtbellen. *Flats, flats.* Een onwaarachtig snelle, waterige hartslag. Akoestisch alvast een misgeboorte.

Ik knikte, en gaf de verloskundige arts haar stethoscoop terug. Ik nam mijn plaats op het krukje bij de deur weer in. De vrouwen voerden gedempt overleg: of het niet eens tijd werd de vliezen te breken. Even later hoorde ik een vloeistof met een metalig geluid in een schaal druppelen... gutsen... en weer druppelen.

7

'Kijk, meid, dit is het vruchtwater.' De vroedvrouw van de Fiat Panda hield de doodzieke Mirjam het niervormige bekken voor. 'Als het wat rood ziet, komt dat door een beetje bloed.'

Het was zo'n afdeling waar niets buiten de patiënt om gedaan werd. Het zwaar doorgezakte lijfje van mijn geliefde rustte op handen en knieën op de grond, als een drachtig dier, klaar om zich naar het baringshol te slepen. De vrouwen die achter haar hurkten, slaakten aanmoedigende kreten. Ik dacht: het eigenlijke baren is nu begonnen. Maar nee. Hun gejoel gold de excrementen van de aanstaande moeder. 'Toe maar, meid, er zit nog meer. Vang de wee maar op met een drukje.'

Een vrouw die een wonder wilde ontketenen, moest eerst tonen alle waardigheid te kunnen laten varen.

Toen Mirjam nog op het bed lag, hadden de dames met elkaar gefluisterd over de ontsluiting, die met een ritselende keukenhandschoen werd vastgesteld op acht. 'Bij tien gaan we persen.'

Op nog gedempter toon werd nu achtenhalf gemeten, wat blijkbaar geen beletsel vormde om het startsein voor het persen te geven. Er moest een reden zijn voor hun haast. Mirjam lag nu weer ruggelings en wijdbeens op de grond.

'Je doet het uitstekend, meid. We kunnen al een stukje van de schedel zien... met de haartjes...'

Het beviel me niet. Tussen de, op Mirjam na, aanwezige vrouwen was voortdurend een als onopvallend bedoelde vorm van overleg, die zich verried door ongeruste blikken en jachtig gefluister. Ik verstond alleen de woorden 'het andere bed'.

8

'Als er zo direct een paar mensen binnenkomen,' zei de verloskundige arts tegen Mirjam, 'moet je niet schrikken, hoor. Verloskundigen in opleiding. We zorgen er wel voor dat ze zich verdekt opstellen.'

Het overviel ons. Ik was natuurlijk weer te slap om te protesteren. De kamer vulde zich met een aantal meisjes in wit nylon, maar van verdekt opstellen was geen sprake. Ze verdrongen zich rond Mirjam. De arts stond van de grond op, en gaf twee van de leerling-verloskundigen opdracht het bed de gang op te rijden. Even later duwden ze een ander bed naar binnen, met zo op het oog meer voorzieningen.

Misschien doordat de gelederen van de verloskundigen in opleiding voor heel even uitgedund waren, zag ik opeens een jongeman in een witte jas met de rug naar me toe aan een in de muur vastgeklonken schap zitten. Aan zijn houding was te zien dat hij als een razende schreef. Mirjam werd met zes paar armen tegelijk op het nieuwe bed getild, en gemaand het persen met verdubbelde kracht te hervatten. Van tijd tot tijd keerde de witgejaste jongeman zich met draaibare kruk en al naar het baringstoneel, en pende dan verder op het clipboard dat door zijn knie ondersteund werd.

Misschien kwam het door het slaaptekort dat mijn aandacht voor kortere of langere tijd verslapte (of verduisterde). In de kamer heerste het soort paniek dat de aanwezigen niet verlamde, maar juist tot grimmig en doelgericht handelen dreef.

'Jaaa-aah...!' klonk het opeens uit vele kelen tegelijk. Ik ben me al die jaren hardnekkig blijven herinneren dat met een reuzenzwaai van een bloederig geschoeide pols de ongewassen boreling in mijn schoot werd geworpen. Nooit zou ik het kletsende geluid vergeten waarmee de baby, kleverig en wel, op mijn bovenbeen terechtkwam. Het had eerder iets van smijten, omdat het kind zo levenloos leek, en daarbij blauwig zag.

Niemand had geroepen dat het een jongetje was. Ik moest het zelf vaststellen. De consternatie duurde voort. Er stonden zoveel vrouwen over het bed gebogen dat ik geen zicht had op Mirjam.

De volgende observaties neem ik letterlijk uit mijn dagboekaantekeningen van 15 juni 1988 over, omdat ik niet dichter dan zo bij Tonio's geboorte kan komen:

'Met al die gezwollen, passief neerhangende ledematen deed het mormeltje me aan een bos peen denken, of meer nog aan een tros bleekblauwe worstjes zoals je ze bij de slager ziet hangen. Een half moment was er de paniek: doodgeboren. Maar terwijl ze zich omdraaide, gaf de vroedvrouw de kleine gauw even een por in z'n zij – zo'n geroutineerde, bijna geniepige opstopper, die onze zoon aan het krijsen bracht. Door het scherpe gehuil kwamen ook bij mij de tranen – eindelijk. Ik stootte met een wijsvinger tegen het poppenknuistje. De vingertjes schroefden zich er kleverig omheen. De kleine jongen had zijn eerste houvast.'

De baby werd me afgenomen, want hij moest gewassen worden. Eindelijk mocht ik Mirjam een kus geven om haar te complimenteren met de mooiste worp aller tijden. Met de leerling-verloskundigen nu ineens op eerbiedige afstand verontschuldigde de arts zich voor de chaotische afwikkeling. Ze durfde het nu wel te bekennen: bij de laatste keer luisteren, met de stethoscoop, had ze nauwelijks nog harttonen opgevangen, zodat er ondanks een niet volledige ontsluiting was besloten om Mirjam alvast tot persen aan te zetten. Omdat een kunstmatige bevalling niet uit te sluiten viel, had ze opdracht gegeven tot het klaarzetten van een speciaal bed.

Zoals Mirjam daar lag, volledig uitgeput, grauw en vochtig als een vaatdoek, vroeg ik me af of het ooit nog wel goed kon komen met haar. Sinds ik als schooljongen de eerste bladzij van *Karakter* las, waar de jonge moeder van Katadreuffe in het kraambed van het ene moment op het andere onherstelbaar verwelkt, was het altijd een schrikbeeld voor me gebleven: vader worden, en je vrouw nog tijdens de bevalling twintig jaar zien verouderen.

De nageboorte moest nog verwijderd worden, maar de navelstreng kronkelde opzichtig tevoorschijn. De arts reikte mij een knieschaar aan. 'Het is hier de gewoonte de vader de navelstreng door te laten knippen. Het ging vandaag niet helemaal naar wens. Er was haast bij.' Ze plaatste twee klemmen vlak bij elkaar op de streng. 'Mag het dan zo? Tussen de klemmen in knippen... zo, ja.'

Het gaf een akelig, knersend geluid.

'U krijgt straks een stukje van de navelstreng mee. In plastic verzegeld. Om te bewaren.'

Samen met haar keek ik toe hoe de baby gewassen en na het afdrogen (afdeppen eerder) gewogen werd. Hij was drieenhalve week te vroeg geboren, en werd te licht bevonden. De uitslag van de weegschaal werd aan de witgejaste man doorgegeven, die nog steeds alles opschreef. Gewicht, lengte, de opeenvolgende tijdstippen van het hele proces... Tussen middelbare school en universiteit had ik in een Eindhovense machinefabriek een halfjaar een baan als 'tijdschrijver' gehad. Misschien heette de functie van deze man ook wel zo. Als geboortetijd vulde hij 10 u 16 in.

9

'Al een naam voor hem?' vroeg de verloskundige.

'Ach, al die mooie meisjesnamen...' zei ik. 'We wisten namelijk zeker dat het een meisje zou worden. Tonio. Zo gaat hij nu dan maar heten. Niet Esmée. Tonio. Dag, Tonio.'

Terwijl hij met een pamper omgord werd, huilde hij op een

ijle en toch schorre manier. De stem van Mirjam, die me zwakjes riep, kwam er ternauwernood bovenuit. Ik ging naar haar toe.

'Ik heb zojuist het monument onthuld,' zei ik. 'Goed gedaan, kleintje... een prachtkarwei...'

Ik kuste haar natte wang. De vrouwen verlosten Mirjam van de nageboorte. Alsof ze een bloem determineerde, zo begon de verloskundige voor onze ogen de placenta uit te pluizen, met ijselijk nuchter commentaar op hoe de foetus in de baarmoeder had gewoond. Ik had misschien liever de mythe van de nageboorte nog wat gehandhaafd. Een tante, die als verpleegster op een kraamafdeling had gediend, deed er eens verslag van hoe sommige collega's placenta's mee naar huis smokkelden om aan de hond te voeren (zoals ze afgekolfde melk door hun thee roerden). Even was ik bang dat de arts zou voorstellen de nageboorte met z'n allen bij wijze van lunch te gaan oppeuzelen – wat misschien weer een terugkeer naar de mythe had betekend.

Mirjam doorstond dapper een flink aantal hechtingen op plaatsen waar ze was ingescheurd. Per rolstoel, waar voor de gelegenheid een soort vloeiblad in gelegd was, werd ze later naar de douches gereden. De arts nam mij apart.

'Vooral met het oog op het ondergewicht willen we de baby nog een tijdje hier houden... in de couveuse... ter observatie. U mag daar straks wel even gaan kijken.'

10

De blonde verpleegster kwam vragen of we nog iets nodig hadden. Nee, er was genoeg water in de karaf, en van de koffie had ik bijna niet genomen nadat Mirjam mij eraan herinnerd had hoe het goedje op ongewenste momenten kon stinken.

'Een kalmeringstabletje misschien?'

Ja, dat wilde Mirjam wel. De verpleegster kwam even later opgewekt terug met een handvol afzonderlijk verpakte pillen. 'De leider van het traumateam,' zei ze, 'kan elk moment hier zijn.'

11

'Ik begreep,' zei dr. G., de traumatoloog, 'dat het in de bocht van de Stadhouderskade bij het Vondelpark gebeurd is. Een rotpunt, bij ons hier berucht. Wij krijgen relatief veel ongevallen op die kruising te behandelen.'

Dr. G. was een lange, slanke professor in de chirurgie. Hij leek me van nature zelfverzekerd, maar stelde zich met enige schroomvalligheid aan ons voor. In zijn blik was mededogen met de ouders: anders dan wij had hij Tonio's wonden gezien, vanbuiten en vanbinnen. Hij was in de gelegenheid geweest de levenskansen van de jongen te peilen.

'Ik ga u niet meer hoop bieden dan realistisch is,' zei hij, zonder te gaan zitten. 'Zijn toestand is nog steeds kritiek. Ik heb zijn milt moeten verwijderen... die was zo enorm beschadigd. Eerst heb ik de helft weggenomen, en daarna de rest. Hij heeft door de klap zwaar longtrauma opgelopen. De longen hebben zich helemaal vol bloed gezogen. Dat is des te erger omdat hij ook ernstig hersenletsel heeft. We hebben rechts zijn schedel opengemaakt, omdat aan die kant de hersenen begonnen te zwellen. Ze hebben hard zuurstof nodig, maar de longen produceren die nu niet... Het zal er de komende uren om spannen of hij het überhaupt haalt.'

Terwijl hij sprak, met zijn rustige stem, zat Mirjam tegen me aan te rillen. Hier werd heel gedetailleerd een nieuwe plattegrond ontvouwd van het kind dat zij gebaard had.

'Ik ga nu terug naar de OK,' zei dr. G. 'Als er ontwikkelingen zijn, hoort u het natuurlijk. Ik kom straks sowieso nog langs, voordat ik naar huis ga.'

Het was absurd dat we hierheen waren gebracht en niet bij

Tonio konden komen. Een heel team gemaskerde deskundigen boog zich over zijn opengelegde ingewanden, en stak er slurpende buizen in, tampons, scalpels, tangen, krammen. Maar misschien had hij Mirjam en mij het hardst nodig, simpelweg om zijn hand vast te houden.

Vandaag associeerde ik het AMC voor 't eerst sinds lang niet met champagne. In de jaren 2005-2007 kreeg ik mijn wonderpil toegediend op de afdeling Endoscopie van de vleugel Maag, Darm & Lever, onder toeziend oog van professor Lisbeth. Omdat ook nauwgezet aantekening werd gemaakt van veranderingen in het beroepsleven van de proefkonijnen, had ik trouwhartig gemeld dat mijn nieuwe roman af was, en dat ik zou proberen de alcoholische feestelijkheden eromheen tot een minimum te beperken. Bij mijn eerstvolgende bezoek zat ik, na het prikken en wegen, verankerd aan de bloeddrukmeter, toen de deur openvloog en professor Lisbeth met een dienblad binnenkwam. Erop stonden geen medische attributen, maar een koeler met een fles champagne en drie flûtes. Het was voor 't eerst dat ik in een ziekenhuis de knal van een champagnekurk hoorde, gevolgd door het bruisen van de wijn en het geklingel van de glazen.

'Op je nieuwe boek...!' Lisbeth had haar witte jas gewoon nog aan, maar dat maakte het alleen maar feestelijker. Haar assistente Ellen had me zojuist, buisjesgewijs, een kwartliter bloed afgetapt, dus ik kon wel iets versterkends gebruiken. De onverwachte ontvangst ontroerde me, en pas daar, in die behandelkamer, drong het tot me door dat het grote karwei echt geklaard was. Aan de glinstering in de ogen van de dames af te lezen was dit ook voor hen een buitenkansje.

12

De komst van Tonio maakte een eind aan het jarenlange dilemma dat de voortplanting had gesaboteerd, maar mijn angst het kind te verliezen werd er allerminst door opgeheven. Mijn ademloze streven zou er voortaan op gericht zijn mijn zoon heelhuids door de wereld te loodsen, dwars door alle crises en gevaren heen.

Veel te laat na de geboorte hadden we een kraamhulp toegewezen gekregen, en ik had de indruk dat Mirjam het meisje, opdat het zich niet overbodig voelde, dingen liet doen die ze zelf allang weer aankon. De hulp kwam om de haverklap mijn kamer binnen om me vragen over mijn werk te stellen. Het was haar vorm van flirten met mannen van wie ze vermoedde dat die door de zwangerschap en het kraambed van hun echtgenote heel wat vleselijke aandacht tekort gekomen waren. Kortom, ze vatte haar taak breed op.

Het was 26 juni 1988. Nu het wicht toch eenmaal in huis was om Mirjam bij te staan en over de baby te waken, kon ik wel even naar de huldiging.

De grachtengordel was van de middeleeuwen tot de Gouden Eeuw middelpuntvliedend ontstaan, maar ontwikkelde die dag een middelpuntzoekende kracht. Al het in oranje en rood-wit-blauw uitgedoste volk haastte zich, als met een aandringerige wind in de rug, naar de binnenstad. Om me niet helemaal een tot voetbal bekeerde idioot te voelen liet ik zoveel mogelijk supporters passeren, terwijl ik voortslenterde met het air van de wandelaar zonder doel. Ik had graag Tonio in triomf voor me uit geduwd, maar Mirjam had het me niet toegestaan. Zij was toch al bang voor dringende massa's. De gedachte aan een platgedrukte kinderwagen was helemaal onverdraaglijk.

Een naar Australië geëmigreerde tante was eind jaren vijftig voor twee maanden naar Eindhoven teruggekeerd, onder meer om er nog eens ouderwets carnaval te vieren. Zij had zich als Mexicaan verkleed, met een paraplugrote sombrero, en daarbij haar gezicht lichtbruin gekleurd met natgemaakte peekoffie, een cichoreiproduct dat vijftien jaar na de oorlog door mijn familie van armoedzaaiers nog steeds als smaakversterker werd gebruikt. Ik weet niet of het peekoffie was waarmee groepjes supporters die me links en rechts inhaalden hun gezichten mokkakleurig hadden gemaakt, maar de rastafaripruiken lieten er geen twijfel aan bestaan: ze beeldden Ruud Gullit uit.

Een wat blanker gezelschap, gekleed in kielen vervaardigd van de Nederlandse vlag, droeg een uitgerold spandoek met zich mee. De tekst, in teerachtige kapitalen, herinnerde aan de antikernwapendemonstratie van 1981 en aan de recente overwinning op de Russen: GEEN RUS MEER IN ONZE ACHTERTUIN, met in een kleiner korps: ZE TUINIEREN NU IN SIBERIË.

De meeste wedstrijden van het EK '88 had ik met Tonio op schoot gevolgd, in een welbehagen zoals ik nooit eerder ervaren had. Nu liep ik richting centrum in mijn naakte eentje. Toen ik een jaar of vijf, zes was, sjouwde ik soms wel een uur lang met onze kat in mijn armen rond. Als het dier zich dan uit mijn greep bevrijdde, bleef ik zijn gewicht, vacht en wiegbewegingen nog een hele tijd in mijn armen voelen, als een tinteling: net of ik het onzichtbaar geworden lichaam tastbaar verder droeg. Ik verbeeldde me dat hetzelfde me nu met de baby overkwam. Thuis had ik Tonio door de kamer gedragen. Ik was met hem in mijn armen neergeknield bij een van de luidsprekerboxen om naar de solo van de hobo te luisteren. Nu zat zijn afdruk tintelend in mijn armholten – maar zonder de warmte.

Een gevoel van verraad: ik had het nest verlaten. Moeder en kind waren nu overgeleverd aan de onbetrouwbare kraamhulp.

Op het Museumplein werden de helden opgewacht door, ik schat, nog eens honderdtwintigduizend uitzinnigen. Hoe hadden die zich zo snel van de bruggen naar hier kunnen verplaatsen? Of had al dat volk hier al die tijd, ellebogend, de beste plekken staan verdedigen? De voordringers langs de gracht hadden hun idolatrie soms met een natte plunje moeten bekopen, maar hier op het Museumplein waren supporters bereid in extase hun leven te geven voor een kus op de zoom van het nationale kleed. Maar de bereidwillig geopende lippen werden gekloofd door het scherpe hekwerk vooraan, bij de tribune.

Het was me niet helemaal duidelijk of de krachtige waterstralen bedoeld waren om de oprukkende horden terug te drijven, of om de mensen die tegen het hek geplet dreigden te worden wat afkoeling te bezorgen. Flauwgevallenen werden als opgevangen *stagedivers* over de hoofden heen doorgegeven naar rustiger plekken.

Ik herinnerde me nog de televisiebeelden uit het Heizelstadion van een paar jaar tevoren. Weg hier. Ik had het nest alweer te lang onbeheerd gelaten. Daar, het Concertgebouw, dan was ik al bijna thuis.

13

'Moeten we Jim niet bellen?' vroeg ik Mirjam. 'Die arme jongen begrijpt er natuurlijk niets van dat Tonio niet thuis is gekomen.'

We zaten op de binnenplaats in de zon.

'Ik weet niet,' zei Mirjam. '*Als* hij slaapt, is het op dit uur.'

'Jim kan nog zoveel slaapproblemen hebben, hij zal toch moeten weten wat er met Tonio gebeurd is.'

'Ik bel zijn moeder.'

Mirjam liep met haar mobiel naar het midden van het kleine tegelplein. Even later zag ik haar met gekromde rug staan telefoneren. Met haar vrije hand wiste ze onophoudelijk de tranen uit haar gezicht. De pinksterzon bleef onaangedaan boven het gebouwencomplex staan, en droogde haar vingers.

'Jim z'n ouders,' meldde ze even later, 'gaan naar De Baarsjes om het hem zelf te vertellen. Weet je, ik bel Hinde. Ik vraag haar of ze hierheen komt. Met Frans.'

Mirjam belde haar zus. Voor mij onverstaanbaar pratend liep ze langs de betonnen plantenbakken.

'Hinde komt eraan. Ze zou een taxi nemen.'

‘En dan haalt ze Frans op?’

‘Frans is in Spanje. Met Mariska en de kleine. Ze vliegen morgen terug.’

(Nadat Hinde haar woning aan het Vondelpark verlaten had, zorgde haar verschijning op de Overtoom, waar ze een taxi wilde aanhouden, voor een raadsel. Al jaren geleden met roken opgehouden stond ze nu met een lange filtersigaret in haar mond op zondagochtend als een nachtbraakster naar voorbij rijdende taxi’s te gesticuleren. Net op dat moment kwam de auto van onze vriendin Nelleke langs, die onze gemeenschappelijke vrienden Allard en Annelie naar Schiphol ging brengen. Er was geen tijd om te stoppen en Hinde naar haar nieuwe, geheime leven te vragen, want ze waren al laat en het vliegtuig naar Hongkong wachtte niet.)

14

Ik was zo gelukkig met Tonio’s komst dat ik hem meteen al zoveel mogelijk deelgenoot probeerde te maken van mijn jubelstemming. Daar hoorde muziek bij. Met de enkele weken oude baby hurkte ik neer bij een van mijn luidsprekerboxen, waaruit Bachs hoboconcert snerpte. Het volume stond hoog, maar het leek de kleine niet te deren. Hij was zojuist gevoed, en ik had hem geschouderd totdat hij een zurige boer in mijn nek uiteen liet spatten. Als in China vrouwen succesvol bevielen op de langzame delen Bach, dan zouden die ook wel goed zijn voor de spijsvertering van de zuigeling. Tonio keek er zeer tevreden bij, met een ontspannen gezichtje, dat leek te glimlachen.

Het ritueel van samen neerhurken voor de speaker, waarbij ik de baby zacht wiegde, verdroeg vele soorten muziek. Als de spieren in mijn dijen begonnen te trillen, stond ik op om met de kleine in mijn armen door de kamer te dansen. Soms hing hij bijna vrij in de lucht, ondersteund door alleen mijn vingertoppen, waarop ik het kleine lijfje liet balanceren. Als de muziek (een menuet bijvoorbeeld) er aanleiding toe gaf, liet ik Tonio zwieren met weidse uithalen, zover mijn armen reikten. En heen, de hoogte in... en weer terug, naar omlaag... het dal door... en dan met een boog omhoog...

Zo danste ik, als in een roes (en misschien had ik ook wel wat wijn aan tafel op). Ik ging ervan uit dat de baby zich in mijn zwaaiende armen net zo tevreden voelde als eerder, steunend op mijn bovenbeen, voor de luidsprekerbox. Totdat ik een keer verzuimde in vervoering mijn ogen te sluiten, en recht in Tonio's gezichtje keek. Bij elke zwaai schuin opwaarts vervormden zijn gelaatstrekken zich tot een klein, mollig masker van angst, compleet met neergetrokken mondhoeken en wijd opengesperde ogen. Godweet hoe vaak hij van doodsschrik al zo'n smoeltje opgezet had, zonder dat ik erop lette.

Ik hield onmiddellijk op met zwaaien en zwieren, en drukte de kleine zacht tegen me aan. 'O, wat stom van me, lieve Tonio, om je zo ruw te laten schommelen... Sorry, sorry.'

Hij huilde niet, en zijn gezichtje had weer ongeveer de ontspannen uitdrukking van kort na de voeding aangenomen. Het duurde maanden voordat ik weer met hem durfde dansen, waarbij ik hem voortaan angstvallig rechtop tegen me aan hield. De herinnering aan het verfrommelde oudemannenkopje in doodsnood zou ik niet gauw kwijtraken. Ik had het nooit aan Mirjam verteld. Bijna was ik er nu over begonnen, op de binnenplaats van de Intensive Care.

'Minchen, er schiet me opeens iets te binnen... zomaar een kleine herinnering...'

'Als het maar niet over Tonio gaat,' zei ze. 'Dat wordt me nu even te veel.'

'Ach, laat ook maar. Andere keer.'

Het kostte me weinig moeite de anekdote voor me te houden, want ik zag nu plotseling het gezicht van de *volwassen* Tonio in doodsnood uit de schaduwkant van het pleintje oplichten. Het had precies de trekken van de zuigeling in de zomer van '88 – de snelle trilling rond ogen en mond, de rood aanlopende gelaatsteint, de uitdrukking van opperste angst. Alleen zwierde hij nu niet in mijn armen richting plafond, maar schoot hij van zijn fiets over de motorkap van het plotseling opgedoken voertuig heen, en nog verder, in een snelle schuiver over het autodak...

Hoofdstuk IV *Het schoolhuis*

1

'Laten we terug naar het hok gaan,' zei ik tegen Mirjam. 'Anders kan Hinde ons niet vinden.'

De hoog omsloten binnenplaats gaf ons meer en meer een claustrofobisch gevoel, maar dat werd er in de kleine kamer, waar de bestorven geur van koffie hing (voor eeuwig verbonden met Tonio's geboorte), niet beter op. Hinde bleef lang weg. Op de klok boven de deur was het halfeen.

2

In het eerste jaar van Tonio's leven lukte het me aardig om een doorsnee werkzaam bestaan te leiden, toegewijd aan mijn kleine gezin. Alarmerend was alleen dat de beheerders van Huize Oldehoeck in de Jacob Obrechtstraat, de gebroeders Warners (of The Warner Brothers van de Amsterdamsche School, zoals wij ze voluit noemden), het door hun oom ontworpen appartementengebouw, waarvan ze ons hadden bezworen het nooit af te zullen stoten, aan een beheerbedrijf overdeden. Vanaf dat moment werd elke vrijkomende flat ingrijpend verbouwd, met verdonkeremaning van ieder ornament dat nog aan het oorspronkelijke Amsterdamsche School-interieur uit 1924 herinnerde. Het nieuw ingedeelde appartement werd dan voor het drievoudige van de aanvankelijke prijs aan een nieuwe bewoner verhuurd – liefst een vertegenwoordiger van het *corps diplomatique* rond het Museumplein, want zo iemand maalde niet om het bedrag en bleef nooit langer dan een paar jaar, waarna de huur verder omhoog kon voor de volgende consul of diens rechterhand.

Door het grote verloop werden in Huize Oldehoeck altijd wel twee flats tegelijk gerenoveerd. In de lift of op de trap (waarvan ze het donkerpaarse marmer nog niet hadden weggesloopt) kwam ik steeds vaker een grijs bestofte man in een spijkerpak en met een cowboyhoed op tegen: de opzichter van het totaalkarwei en, naar later bleek, een van de nieuwe beheerders.

'Van hem zou ik geen tweedehands auto kopen' wordt wel eens gezegd over een onbetrouwbaar persoon. Nou, van deze cowboy in denim zou ik zelfs geen vijfdehands aannemen, al kreeg ik er geld boven op. Hoewel jonger dan ik had hij van die diepe plooien tussen neusvleugels en mondhoeken, en die gaven hem een droevige wolvenkop, waarmee hij je heel meelevend en schuldbewust aan kon kijken, een beetje schuins, als een hond die de mensentaal van zijn baasje probeert te doorgronden. Als ik me beklaagde over het verbouwingslawaai, omdat ik immers mijn werk aan huis had, kromp hij ineen van serviliteit. De man had een slecht geweten – en deed er zijn voordeel mee. Hij bood me kruiperig, handenwringend zijn hulp aan bij het beperken van de overlast. Ondertussen veranderde er niets, behalve dat de cowboy steeds beter mijn achilleshiel leerde kennen. Ik stel me achteraf voor dat, zodra ik uit zicht was, zijn handenwringen in handenwrijven overging: hij wist hoe hij de Van der Heijdentjes uit hun flat, misschien wel de mooiste en grootste van heel Oldehoeck, kon verdrijven. Gewoon het sloopgeluid verhevigen.

Op mijn beurt met een slecht geweten huurde ik, om mijn werk niet onder het lawaai te laten lijden, een ruimte aan de Kloveniersburgwal, een paar huizen van het pand waar Mirjam en ik in '84 en '85 zo gelukkig waren geweest. Ik maakte mezelf (en Mirjam) wijs dat ik er goed uit de voeten kon. Ik ging er elke ochtend met lijn 16 naartoe, maar het voornaamste wat ik er tot ontwikkeling bracht, was een overweldigende rusteloosheid. Ik maakte, met schaar en lijm, op vellen kartonpapier formaat A3 een zo compleet mogelijke montage van alle aantekeningen betreffende de nieuwe roman, zoals die zich in de loop van drie jaar hadden opgehoopt – ook de beschreven bierviltjes, waardoor het halve meter hoge manuscript van opzij een sterk gegolfde aanblik bood. Ik hield mezelf voor dat ik op basis van dit ruwe, maar in een dwingende volgorde bijeen geplakte materiaal rechtstreeks op de typemachine een definitieve versie kon schrijven.

Hoe hoger het bierviltjesmanuscript, des te verlammender mijn drempelvrees. Na het gefröbel met schaar en plakstift gebeurde er niets. Ja, ik schreef erotische brieven, zogenaamd om mezelf los te dribbelen voor het grote werk. (Toegegeven, uit die epistels zijn veel later passages in de roman terechtgekomen.) Ik had onze huurlasten zo ongeveer verdubbeld, en mijn verantwoordelijkheden als gezinshoofd en kostwinner gehalveerd. Thuis waren Mirjam en de kleine overgeleverd aan de grillen van de beheercowboy. Als ik de etage aan de Kloveniersburgwal in de namiddag verliet, was het niet altijd om via de Oude Hoogstraat en de Damstraat naar de tramhaltes bij de Bijenkorf te wandelen, en daar de 16 naar huis te nemen. Ik doorkruiste steeds vaker, gehaast, het Wallengebied richting het Spui en z'n cafés.

Het voorjaar van '89 verliep aldus in een soort gestoffeerde ledigheid. De onrust zegevierde. Wat was er fout gegaan in mijn keuze voor het 'gewone', onopvallende leven als oppassend vader en echtgenoot? Het cafébezoek leverde ook zelden iets spectaculairs op, afgezien dan van de hoge drankrekening.

3

Zo warm als het was, Mirjam zat zacht en regelmatig te huiveren – iets tussen beven en rillen in. Voor zover haar schuddende hoofd het toeliet, keek ze strak naar een punt voor zich op de grond, zoals iemand doet die misselijk is, en de kamer ziet draaien, en beslist niet wil overgeven.

'Minchen, er viel me opeens iets in... Het voorjaar van '89, die werkruimte aan de Kloveniers, dat deugde allemaal van geen kant.'

Mirjam keek niet op, gaf geen antwoord.

'Ik was diep teleurgesteld. Huize Oldehoeck, in dat enorme appartement gelukkig worden met jou en Tonio, daar had ik mijn zinnen op gezet. Net als jij. En toen was daar opeens die patjepeeër met z'n cowboyhoed en z'n slopershamer. Zie je hem nog voor je?'

Mirjam knikte, maar het was niet duidelijk of ze echt luisterde.

'Ik begrijp mijn eigen desillusie,' ging ik verder. 'Maar dat was nog geen excuus om de kroeg in te gaan, en zoveel avonden met Tonio te missen... dat mooie uur voordat hij naar bed werd gebracht... Hoe hij bonkebonkend op knietjes en ellebogen naar me toe rende, als ik de hal binnenkwam. Hij lachte altijd.'

Mirjam legde haar hand op mijn bovenbeen, en kneep er krachteloos in. 'Kwel jezelf niet zo,' zei ze zacht.

4

Midden juni '89 liet ik een taxi bij het huis aan de Kloveniersburgwal voorrijden. De huur was per 1 juli opgezegd. Ik laadde mijn spullen in de kofferbak, behalve het gemonteerde manuscript, dat ik op de achterbank bij me wilde houden. Toen ik het de stenen trap af droeg, merkte ik pas hoe zwaar het was, ook van de lijm natuurlijk.

Ik wilde het soort vakantie zoals ik me die aan het eind van een werkzaam jaar had voorgesteld: rustig, zonder drankorgieën of waaghalzerij met speedboten en waterski's. Een teder samenzijn met mijn kleine gezin, van de zon in de schaduw en weer terug. Beetje zwemmen en wandelen. Niets excentriekers dan een fles koude rosé bij de lunch onder een parasol. Mijmeren over het na de zomer te ondernemen werk... eindelijk weer met een vulpen schrijven, niet met een plakstift...

Mooie visioenen, maar het was Mirjam die op zoek ging naar een huis in Frankrijk om voor zes weken te huren. Ze vond een voormalig *maison d'école* in de Dordogne, vlak bij het middeleeuwse stadje Monpazier. Het huis, dat tot de gemeente Marsalès behoorde (alle oudere inwoners hadden er op school gezeten), lag niet ver van een camping waar veel Nederlandse gezinnen kwamen. Er hoorde een kunstmatig aangelegd zwemmeer bij, met een zandstrand waar Tonio zou kunnen spelen. Bescheidener kon niet, en het was precies wat ons voor ogen had gestaan. Mij althans.

We reisden per bus, die 's morgens vroeg vanaf het Stadionplein vertrok. Achter in de touringcar was een bergplaats voor rijwielen. Mirjam had haar fiets, met kinderstoeltje, meegenomen: we waren dan wat mobieler met de kleine, die net zijn eerste verjaardag gevierd had, en nog maar pas begonnen was met experimenten in zelfstandig lopen.

Voor 's nachts had ik bij de reisleiding (dat wil zeggen, de twee elkaar afwisselende chauffeurs) een dubbele plaats achter in de bus bedongen, zodat ik wat ruimer met mijn zoontje op de tot matras omgeklapte rugleuning kon liggen.

Na anderhalf uur slaap ging Tonio rechtop zitten. De touringcar raasde, naar mijn indruk veel te hard, door de Franse nacht. Met wijdopen ogen, de speen vastgezogen in zijn mond, hield Tonio zijn blik strak op de brede voorruit aan het eind van het gangpad gericht. Daar donderde in hoog tempo de wereld naar binnen: duizelingwekkende schaduwblokken, de koplampen van de tegenliggers, de zich in allerlei bochten wringende stippellijn van weglantaarns... Het kleine lijfje deinde mee op de wielvering. Ik hield, op mijn handpalmen naar achteren leunend, losjes mijn benen rond Tonio geslagen, om hem in onverhoedse bochten voor vallen te behoeden. Zijn kijken was gulzig, nieuwsgierig, maar ook waakzaam en zelfs een weinig angstig. Soms draaide hij zijn hoofdje kort en vragend in mijn richting, alsof hij uitleg verlangde over deze onrustig voortjakkerende slaapkamer vol onbekenden.

'Zo, lief jongetje... nu gaan we nog wat slapen.'

Telkens wanneer ik hem met zachte hand dwong te gaan liggen, veerde hij als een duikelpoppetje overeind, om zijn grote ogen weer op de voorruit te richten. Hij *moest* eenvoudig blijven kijken.

Misschien onderschatte ik de vreesachtigheid van een eenjarige. Het maakte dat ik zelf geen rust meer had. Natuurlijk, busongelukken overkwamen altijd anderen, die, volgens de verantwoordelijke touroperators, 'op het verkeerde moment op de verkeerde plaats' waren, nooit ons. Maar ook de chauffeurs van deze touringcar maakten te lange uren, zonder rustpauze, dat had ik inmiddels wel door. Voor een sanitaire stop bij een wegrestaurant werden de passagiers door de bijrijder richting toiletten gedreven, en vandaar meteen weer terug naar de bus, die met de chauffeur van dienst achter het stuur ronkend en sidderend op hoge wielen bleef staan wachten. Het kortte, samen met de opgevoerde snelheid, de reis beduidend in, met handhaving van de volledige uurvergoeding voor de bestuurders.

Tonio en ik brachten het grootste deel van de nacht wakend door. Ik keek naar hem, en hij hield geen oog af van het gewemel op de weg. Langzaam kwam er weer beweging in zijn speen, die muurvast had gezeten en die ik soms uit zijn mond moest wrikken om hem uit een zuigfles wat water te laten drinken. Hij *sabbelde*, wat betekende dat hij zich ontspande. Het werd licht boven de heuvels die de oostelijke horizon vormden, en Tonio's oogleden begonnen zwaar te worden. Tegen de tijd dat de zon zichtbaar werd, verkeerde Tonio in diepe slaap. Ik legde hem voorzichtig neer tussen mijn benen. Het mechaniek van het duikelpoppetje werkte niet meer. Hij sliep tot bij aankomst in Marsalès. Blijkbaar was voor zijn kleine, bange zieltje rond de dageraad het gevaar van de nacht geweken.

O, godverdomme, Tonio... had je vanmorgen vroeg, toen het nog licht moest worden boven de Stadhouderskade, diezelfde waakzaamheid maar kunnen opbrengen.

5

'Wat een afschuwelijk uitgebreid complex.' Hinde kwam gehaast de kamer binnen. 'Ik was helemaal verdwaald.'

Ze zag grauw, met grote angstogen. 'Om te beginnen zet zo'n taxichauffeur me bij de verkeerde ingang af.'

In haar hand klemde ze een pakje sigaretten. 'Ja, ik *moest* iets te roken hebben. Anders had ik de dag niet overleefd.'

Ik stelde voor om maar weer naar buiten te gaan, zodat zij er een op kon steken. Voor het zover was, kropen de zusjes huilend in elkaars armen.

Het binnenplein, een dakterras boven een lager gelegen afdeling van het ziekenhuis, kaatste de warmte van het middaguur terug. Een perfecte Eerste Pinksterdag. We gingen gedrieën op een bankje tussen de bloembakken zitten. De zon ervoeren we al gauw als te heet. Verderop stonden terrasstoelen. We versleepten ze naar een schaduwstrook. De zon bleef even fel oplichten van lichtgrijze tegels, grote ruiten en plantenbakken van kiezelbeton.

'Vandaag moet het maar,' zei Hinde. Ze stak een sigaret op. Even later kwam de jonge verpleegster over de binnenplaats op ons toegesneld. Mijn hart kromp samen. Ik voelde aan mijn schouder hoe Mirjam naast me verstijfde, met stokkende adem. Dat de vrouw zo hard liep, blond haar wapperend in de zon, kon alleen maar betekenen dat er nieuws was, slecht nieuws.

'Mevrouw,' zei de verpleegster licht hijgend, 'u mag hier niet roken.'

'Ik rook normaal niet,' zei Hinde. 'Het is alleen tegen de zenuwen... de hele toestand...'

'Alle begrip,' zei de jonge vrouw, 'maar het is hier onder alle omstandigheden verboden. Ik verzoek u dus...'

'Ik maak hem wel uit.'

Arme Hinde. Het werd haar zelfs belet voor een keer tegen haar nieuwe leven te zondigen. De verpleegster liep, nu niet meer rennend maar op een holletje, terug naar de glazen deur – Tonio's verdoofde hel in.

6

We werden afgezet bij de receptie van de camping, die gedreven werd door een Nederlands echtpaar, dat ons ook het *maison d'école* verhuurde. Een bestelwagen, die nog niet beschikbaar was, zou ons later naar het huis vervoeren: wachten konden we op het campingterras. De buschauffeurs zaten er al. In plaats van even te gaan liggen deden ze zich te goed aan grote glazen Heineken van de tap, terwijl vertrekkende vakantiegangers hun bagage naar de touringcar sleepten, die over een uur weer naar Nederland zou vertrekken, met dezelfde mannen achter het stuur.

Op het terras, waar Mirjam en ik hondsmoe van het slaaptekort in de stoelen hingen, gebeurde van alles tegelijk. Twee meisjes van rond de tien, het ene wat groter dan het andere, stortten zich met kreten van verrukking op Tonio, die nog niet echt kon lopen en zich staande probeerde te houden door zich aan tafelpoten en stoelleuningen vast te grijpen. Geen probleem: de dametjes tilden het jongetje om beurten van de grond, en zeulden zielsgelukkig met hem rond. Een echte, levende aankleedpop, met een authentiek volle luier nog wel – hun vakantie kon niet meer stuk. Spijtig alleen dat er geen twee van waren, van zo'n goudgelokt plafondengeltje.

Ondertussen was er ook een oudere, gedistingeerd witharige heer met een fotocamera ten tonele verschenen. Ik had hem bij aankomst al even gezien: vermoedelijk was hij in zijn tent het toestel gaan ophalen. Hij kwam bijna bevend zo aangedaan naar ons tafeltje en vroeg met iets ongezond smekends of hij een foto van Tonio mocht maken.

'Eerlijk waar,' zei hij schor, 'ik heb nog nooit zo'n mooi kind gezien. Ik *moet* het gewoonweg fotograferen.'

'Nou, eentje dan,' zei ik.

De man gebood het ene meisje, dat Tonio net boven zich uit tilde, het kind op de grond te zetten. De kleine klemde zich aan haar been vast, en keek lachend in de camera, zoals hij dat geleerd had. De fotograaf wierp zich in heel zijn stramheid voor Tonio op de knieën, en drukte van dichtbij af. Hij kreunde, maar dat had volgens mij niets met zijn ongemakkelijke houding te maken, want hij bleef maar afdrukken. Hij verplaatste zich op zijn knieën.

'Zo'n mooi kind,' kneep hij er huilerig uit. 'Ik kan er niet over uit.'

Mirjam en ik keken elkaar eens aan. Ik verhief me, liep naar de man toe, en zei, een hand op zijn schouder leggend: 'Zo is het genoeg, meneer. Laat nu de meisjes weer.'

Ik hielp hem overeind. De tranen stonden in zijn ogen. Hij maakte nog snel even een foto van Tonio, die alweer in de armen van het andere meisje hing.

'Als u mij uw adres geeft, meneer,' zei de man, 'dan kan ik u een paar afdrukken sturen. Hier is een pen.'

Ik voelde de doorwaakte nacht in mijn hoofd suizen. Begon ik nu overal gevaar te zien? Was de wereld alles wat Tonio bedreigde?

'Dat kan later ook nog,' zei ik. 'We komen net aan.'

‘Dat is het ’m nou juist,’ zei de man. ‘Ik ga zo met de bus terug naar Amsterdam.’

‘Als ik u een goede raad mag geven,’ zei ik, ‘let dan op of de chauffeurs bijtijds rust nemen.’

Ik werd uit de situatie gered door een andere Nederlandse campinggast, die mij voor Tim Krabbé aanzag. ‘Ik heb altijd al eens met u willen schaken,’ zei hij. ‘Mag ik u vanavond voor een partij uitnodigen, hier op het terras? Ik heb alles bij me. Ook een klok.’

7

De meisjes bleken de zusjes Van Persie uit Rotterdam. Lily van negen en Kiki van bijna twaalf. Ze verbleven hier op de camping met hun gescheiden moeder en een broertje, Robin, dat binnenkort zes werd. Het was vooral Lily, met haar brede mond en ongekamde krullen, die zich over Tonio ontfermde, en dat met een overgave zoals ik zelden bij een meisje van die leeftijd gezien had. Zodra ze Tonio zag, liet ze hem door mij uit zijn buggy tillen. Lily toonde zich bereid om met het jongetje in haar armen in de buurt van de ouders te blijven, maar weigerde hem aan ze terug te geven. Het kind was te zwaar voor haar onvolgroeide lijfje. Tonio zakte voortdurend langs haar borst naar beneden, waarna Lily hem weer zo hoog mogelijk opschudde. Als ze geluk had, sloeg Tonio zijn armpjes rond haar hals, wat ook haar wat extra houvast gaf.

Tonio vond het prachtig, die aandacht en dat geknuffel. Zo met zijn hoofdje dicht bij Lily’s gezicht lachte hij altijd breed en kwijlerig, een beetje hijgend van behaagzucht. En wat belangrijk was: Lily sprak zijn taal. Ze verstonden elkaar. Het was alsof ze, met de kopjes bij elkaar, onafgebroken in gesprek waren.

Lily had het in zoverre weer *niet* getroffen dat Tonio net in die eerste vakantieweken besloten had te leren lopen. Als hij zich realiseerde dat zijn plaats daarbeneden was, met beide beentjes op de grond, begon hij driftig in Lily's armen te spartelen, net zo lang tot ze hem voorzichtig neerzette – niet zomaar in het harde gras, want dan plofte hij al gauw op zijn billen, maar in de buurt van een groot voorwerp, een tafel of stoel, waar hij zich al vastgrijpend omheen kon lopen. Het liefst zocht hij houvast aan de stangen van zijn buggy, want daar zaten wieltjes onder – die kon hij vooruit duwen.

Kiki en Lily kwamen vaak al 's morgens vroeg, als wij nog aan het ontbijt zaten, naar het schoolhuis om in aanbidding toe te zien hoe Tonio door zijn moeder minikubusjes smeerkaas van *La vache qui rit* in de mond gestopt kreeg. Spoedig mochten de meisjes zelf de blokjes van het zilverpapier ontdoen en ze aan Tonio voeren. Zijn ogen schitterden, en zijn kwijl werd melkachtig troebel van de witte kaas. Wij hoefden er alleen maar voor te waken dat hij er te veel van binnen kreeg.

Soms brachten de zusjes hun broertje Robin mee, die nooit iets zei en altijd een boos gezichtje opzette. Na het ontbijt hervatte Tonio, onder de hoede van Lily en Kiki, zijn looplessen achter de buggy. Hij was nu tussen de dertien en veertien maanden oud.

In mijn herinnering staat Robin met zijn rug en een opgetrokken voet tegen de buitenmuur van het schoolhuis geleund. Hij kijkt stuurs en laatdunkend naar de verrichtingen van de peuter, die zich in de volle aandacht van zijn zusjes mag verheugen. Ik zit aan de tuintafel onder de appelboom, zogenaamd verdiept in de nu al zonvergeelde *Volkskrant* van gisteren, maar kan geen oog van het tafereel afhouden. Tonio heeft de neiging net ietsje sneller te lopen dan de wieltjes door het stugge gras ploegen, waardoor hij enigszins achterover helt en gemakkelijk ten val komt. Daarbij houdt hij zijn knuistjes, boven zijn hoofd, stevig rond de duwstangen geschroefd, zodat hij, ruggelings onderuitgaand, de buggy over zich heen trekt.

‘Oei.’ De meisjes schieten toe om de kleine overeind te helpen. Ter hoogte van Tonio’s hoofd zit een boodschappennetje, dat met een elastisch koord tussen de stangen spant. Er zitten tissues en twee reservepampers in. Bij elke val achterover krijgt Tonio het nylon vlechtwerk over zijn gezicht, als een wijdmazige voile, en dat vindt hij niet prettig. Veel tijd om te huilen heeft hij niet, want er moet verder geoefend worden. Het blijft bij een korte jengel, terwijl zijn handjes aan het vlindernet van Meester Prikkebeen rukken. Kiki en Lily springen bij. Lily maakt misbruik van de situatie door als vanouds Tonio op te tillen en troostend rond te dragen. Hij spartelt tegen. Hij moet zijn karwei klaren.

Robins houding aarzelt tussen kinderlijke minachting (moet je zien, het kan niet eens lopen) en niet minder kinderlijke jaloezie (mijn zusters hebben geen oog voor mij, alleen voor dat wurm met z’n gekruk). Hij, Robin, is niet alleen goed in lopen, hard en zacht, ook in sluipen, springen, klimmen. ‘Het probleem met Robin is,’ zegt Kiki nuffig haar moeder na, ‘hij ziet geen gevaar.’

Tonio staat alweer achter de buggy, en begint kraaiend te duwen. Hij heeft opnieuw iets geleerd: nu wrikt hij eerst de wandelwagen over een hardnekkige graspol heen, alvorens verder te lopen. De meisjes volgen hem met uitgestoken handen, gereed om hem op te vangen.

Ik maak me zorgen om de angstwekkend grote wespen hier, die zich laag boven de grond bewegen, alsof ze te zwaar zijn voor hun vliezige vleugeltjes. Ze zien er moordzuchtig uit, en ik stel me hun angel voor als druipend van het gif. Aan tafel heb ik er al eens een, die Tonio belaagde, met een ontbijtmes doormidden gehakt, in de veronderstelling dat het een snelle, pijnloze dood betekende. Onthutst constateerde ik dat beide helften in leven bleven: het voorste deel verhief zich op de vleugels, het achterdeel, zeg maar de wapenrusting, droeg wankelend op de resterende pootjes de gevelde angel weg.

‘Als je wilt, Robin,’ zeg ik in een poging de jongen bij het avontuur te betrekken, ‘let er dan een beetje op dat die grote wespen niet te dicht bij Tonio en je zusjes in de buurt komen. Ze zijn veel gevaarlijker dan die bij ons in Nederland.’

Robin geeft geen antwoord. Als ik even later uit de krant opkijk, bevindt Tonio zich met zijn gevolg al aan de andere kant van het erf. Robin is verdwenen.

8

Uit de gang kwamen, door de openstaande glazen deuren, achter elkaar vier verpleegkundigen de binnenplaats op. Twee mannen en twee vrouwen. Ze droegen allemaal een gevuld dienblad. Lunchtijd. Na een poos te hebben staan oogknipperen tegen het felle licht kozen ze toch maar eensgezind voor een tafel in de zon.

‘Ja, dat gaat natuurlijk ook gewoon allemaal door,’ zei Hinde. ‘*Wat* er binnen ook gebeurt.’

De verpleegkundigen zaten een heel eind bij ons vandaan, maar omdat het verder zo stil was binnen de ommuring van het binnenplein kon ik delen van hun conversatie vrijwel letterlijk verstaan. Een tijdlang werden er grote bedragen in euro’s genoemd, waarbij een schatting uiteenliep van tweeënhalf tot drie miljoen.

‘Als je uitgaat van tienduizend man personeel, inclusief aanhang,’ zei een van de mannen, ‘is dat nog altijd tweehonderdvijftig tot driehonderd p.p.’

‘Daar krijg je dan wel het lekkere kontje van Marco Borsato voor terug,’ zei een van de vrouwelijke verplegers.

‘Vergeet het lekkere kontje van Karin Bloemen niet,’ zei de andere man. ‘En dat noemen ze een koud buffet.’

‘*En* de catwalk van Mart Visser,’ zei de tweede vrouw.

‘Ik blijf het raar vinden,’ zei de eerste man weer. ‘Het is altijd bezuinigen en nog eens bezuinigen. En dan huren ze ineens voor tienduizend man de complete RAI af.'

'Tjiezes, Jan, wat ben jij een feestnummer,' zei de vrouw van het kontje van Marco Borsato. 'Het AMC is nu een kwarteeuw in vol bedrijf. *Mag* dat een keertje groot gevierd? Ik zit hier al twaalf jaar op een droogje.'

9

Vanaf dat Tonio heel klein was (respectievelijk 1 en bijna 3 jaar oud), hebben twee dwangvoorstellingen omtrent zijn veiligheid me achtervolgd.

In die zomer van '89, toen we het schoolhuis in Marsalès huurden, nam ik hem een keer mee uit fietsen: hij in het stoeltje voorop. Het was misschien wel de intiemste en schitterendste dag die ik ooit met hem had doorgebracht. Het einddoel was het kasteel van Biron, maar we reden eerst gewoon wat rond over de binnenwegen, nauwelijks gehinderd door enig verkeer. Tonio was krap veertien maanden, en had zijn goudblonde krullen nog, die zich vlak onder mijn neus bevonden. Ik hoefde mijn hoofd maar even voorover te kantelen om zijn warme kruin te voelen en te ruiken. Als de weg daalde, streek er een flauwe bries door zijn haar. Pas toen het middaguur naderde, zette ik hem een witte muts met golvende rand op, het koordje onder zijn kin door, uit voorzorg tegen een zonnesteek.

Eerder die zomer had ik hem de woorden 'koe' en 'koeien' geleerd, door te wijzen op het zwartbonte vee, altijd getooid met grote geelplastic oorbellen, tegen de grazige hellingen. Op onze huidige route vertoonden zich vooralsnog geen koeien. We reden tussen akkers door, waarop grote opgerolde stromatten lagen, als afval (of bijproduct) van de oogst. Soms wees Tonio met een vochtig vingertje naar zo'n rol, en riep dan met een dun stemmetje, meer klank dan woord: 'Koei... koei.'

Terug in Amsterdam las ik in de krant een angstaanjagend bericht over het soort kinderstoeltje dat we in Frankrijk voor Tonio hadden gebruikt. Ontworpen voor het vlakke Nederlandse landschap was het via twee halfronde ijzeren klemmen aan het fietsstuur bevestigd, en bleef zo door eigen zwaarte neerwaarts hangen. Bij het afdalen van steile hellingen, zo was aangetoond, kon zo'n stoeltje een zwieper maken en de erin zittende peuter eruit werpen. Vooral in Frankrijk, waar traditioneel veel door Nederlanders gefietst werd, waren in de voorbije vakantie nogal wat ongelukken met het bedoelde type stoeltje gebeurd.

Wie in Marsalès van ons schoolhuis naar het meer fietste, moest een wel erg steile helling af, waar Mirjam, als ze Tonio voorop had, altijd afstapte – niet vanwege het kinderzitje, maar omdat ze haar eigen remkunst niet vertrouwde. Toen ik die zomerdag met Tonio op weg ging naar het kasteel van Biron, dacht ik die steile helling wel met Tonio in het stoeltje te kunnen trotseren. Ik reed op Mirjams fiets. Hij was nieuw, de blokjes van de handremmen waren nog niet versleten. Toch voelde ik onder het remmend naar beneden suizen iets trekken dat ik niet helemaal in mijn macht had. Tonio, vol vertrouwen aan mij overgeleverd, vond de snelheid prachtig, en kirde met zwaaiende armpjes.

Ik was opgelucht beneden te zijn, waar de dalende weg overging in een die min of meer horizontaal om het meer heen liep. Er was niets ernstigs voorgevallen, maar na lezing van het artikel over de kinderstoeltjes raakte ik het beeld van een uit zijn zitje geworpen Tonio nooit meer kwijt. Tot in detail moest ik me zijn val voorstellen, het om en om voortrollen van zijn lijfje naast de fiets, de bloedbrij in zijn gouden lokken. Het kon me zomaar midden op de dag overvallen, zonder aantoonbare associatie, onder mijn werk of bij het vertellen van een heel andere anekdote in het café. ('Nou, hoe ging het toen verder? Wordt het net spannend, val je stil.') De dwangvoorstelling was in de voorbije twintig jaar niet gesleten. Sinds vanmorgen speelde zij voortdurend op, nog dwingender dan voorheen, alsof mijn onverantwoordelijkheid van toen nu alsnog had bijgedragen aan Tonio's ongeluk.

10

De blonde verpleegster kwam nu zonder haast naderbij, in het voorbijgaan haar collega's groetend, die bezig waren de resten van hun lunch op de dienbladen te verzamelen.

'Kan ik u misschien iets te eten brengen?' vroeg ze, van mij naar Mirjam en Hinde kijkend. 'Ze zijn voorlopig nog wel even met hem bezig...'

'Zullen we een broodje kaas delen?' stelde ik Mirjam voor. 'Meer krijg ik nu niet door mijn keel.'

Mirjam zei niets, schudde alleen haar hoofd, naar de grond voor haar voeten kijkend.

'Ik breng wel van alles wat,' zei de verpleegster. 'Misschien ook wat melk?'

Ik knikte. Ik had de week tevoren nog ergens gelezen dat na het eten van veel knoflook een glas melk de scherpe adem verzachtte. Op de terugweg naar de gang bleef de verpleegster kort met haar collega's staan praten, alvorens voor ze uit te lopen in de richting van de glazen deuren.

11

Een andere dwanggedachte had met de Makelaarsbrug over de Oudezijds Voorburgwal te maken. Het moet lente zijn geweest, maar al tegen de zomer aan, want de eenden in de gracht hadden al niet meer zoveel kroost om zich heen. De resterende kuikens waren al wat groter. Ik had Tonio uit zijn buggy getild, en was met hem de voetgangersbrug op gelopen. Laaiend zonlicht uit een vonkend blauwe hemel.

'Kijk, Tonio, de eendjes.'

Er zwom net een moeder met haar kuikens van onder de brug het kantwerk van schaduwen in dat een boomkruin over het water wierp. Ik zette Tonio met zijn kontje op de leuning. Onder zijn gewicht ontsnapte er sissend enige lucht uit de vers aangemeten pamper. Ik hield hem goed vast, en liet hem een beetje voorover hangen, zodat hij de eendjes goed kon zien. Hij wees, en brabbelde, en kwijlde.

'Grote Italiaanse ogen.'

Een mannenstem, vlakbij opeens. Ik schrok, zoals je alleen, in de intimiteit van een kamer, van iemands onverwachte aanwezigheid kon schrikken. Het verlamde me kortstondig, maar lang genoeg om mijn knieën te laten knikken en mijn armen slap te maken. Bijna was het lijfje van Tonio me ontsnapt. Ik trok hem zo goed en zo kwaad als het ging van de brugleuning, en hield hem krachteloos tegen me aan. Naast me het glimlachende gezicht van een collega die ik lang niet had gezien. De man raakte even Tonio's krullen aan, en zei: 'Die ogen. Hij lijkt op...'

Hij noemde de naam van een acteur uit de film *Moonstruck*, en vervolgde zijn weg. In mijn herinnering stond ik daar nog een hele tijd verstijfd, met in mijn armen een recalcitrante Tonio, die terug op de leuning wilde. Ik stelde me voor wat er, door mijn schrikreactie, had kunnen gebeuren. Een kind dat je ontglipt. Een plons tussen de eendenkuikens. De vader die zich het trapje van de brug af haast... zich vanaf de kade te water begeeft, radeloos rondtastend op de plek waar het jongetje gezonken is...

Ook dit voorval werd twintig jaar lang een dwangvoorstelling, die zich op elk ongewenst moment kon voordoen, niet alleen als Tonio's kwetsbaarheid in het geding was. In het visioen was soms, cynisch genoeg, plaats voor redding: de met lucht gevulde pamper, die als het kontje van Donald Duck boven het water uit bolde, en als zwemvest fungeerde.

Hoofdstuk V *Verliefd tegen*

Firma Krikkrak: 24-uurs-service voor al uw te repareren en/of te vervangen sloten. Gespecialiseerd in lopers, afgebroken baarden, installatie nachtsloten, sleutelduplicaties enz. Geen voorrijkosten. Sleutelhanger gratis.

Uit: *Gouden Gids* 1992 (regio Amsterdam)

1

Ik woonde nog steeds op Duivelseiland, maar de koersval van mijn huwelijk leek een halt te zijn toegeroepen.

De waanzinnige Boekenweek lag achter ons. Nu ik me, onverminderd levend uit de Indische koffer van mijn vader, meer en meer op mijn werketage schuilhield, was het juist Mirjam die vaker toenadering zocht. Regelmatig stond ze met een boodschap op mijn antwoordapparaat, al was het alleen maar om haar walging te ventileren over het crooneractige '*Hello, how are you...*' van Electric Light Orchestra, dat als intro diende van het bandje dat de beller tot inspreken uitnodigde: 'Na Mister Beep.' (Dat laatste was een toespeling op een personage uit *A Room with a View*, een film die ik met Mirjam in betere tijden had gezien – een verwijzing waarvan ik hoopte dat die haar niet zou ontgaan. In het nauw gedreven zijn we opeens tot elke subtiliteit bereid.)

Het mocht wel eens in de krant: een paar keer nodigde ze me uit om met haar wat te gaan drinken in een van onze voormalige vaste cafés. Ze bracht dan een presentje voor me mee, een cd of een gebonden schrijfboek, en was zo lief tegen me dat de omstanders, uiteraard volledig op de hoogte van onze crisis, voorbarig concludeerden dat we het hadden bijgelegd. Een van die keren, met onze glazen nog zo goed als vol, trok ze me aan mijn arm achter de tafel vandaan: 'Kom mee.'

Ik kon haar nauwelijks bijbenen, zo'n straf tempo hield ze aan, twee bruggen over, linksaf, rechtsaf, tot aan Leidsegracht 22, waar ze me verleidde op de huiskamerbank (niet in bed). Ik werd eenvoudigweg gedwongen de huwelijksplicht te vervullen waarvan ik vele weken tevoren oneervol ontslagen leek. Hierna had ze haast om Tonio van de crèche op te halen. Ik mocht niet mee. Onder geen beding. Ik meende er iets van te begrijpen: nu ze zich onverwacht zo had laten gaan, wilde ze tenminste Tonio als pressiemiddel achter de hand houden. Ik vroeg Mirjam hoe het er nu tussen ons voor stond. 'Ik bedoel... tussen jou en mij.'

'Ik weet het niet,' zei ze. 'Ik ben nog steeds erg verliefd.'

Op de kade namen we afscheid.

'Zeg iets liefs tegen Tonio,' zei ik. 'Iets liefs namens mij. Ik wil niet dat hij me vergeet.'

Linksaf, rechtsaf, twee bruggen over: ik spoedde me terug naar het café, waar we in onze haast de drankjes niet betaald hadden. Ze stonden er nog – lauw geworden, maar drinkbaar. Terwijl ik ze naar binnen wrong, begon me iets te dagen. Die verliefdheid van haar... ze schermde er te veel mee. Opeens, in die kostbare helderheid van het post coitum, wist ik het: ze was niet zozeer verliefd op die ander als wel *verliefd tegen mij*.

2

De eerstvolgende keer dat ze belde, nam ik op. Dat wil zeggen, de volumeknop van het antwoordapparaat stond open, het '*Hello, how are you...*' klonk kwijnend en ruisend, en na Mister Beep klonk Mirjams stem door de kamer.

'Adri, neem even op... Ik weet dat je daar bent. Adri?'

Ik nam de hoorn van de haak, en schakelde tegelijkertijd het antwoordapparaat uit. 'Je was verliefd tegen mij,' zei ik.

'O?'

'Niet op hem – tegen mij.'

'Bestaat dat?'

'Jij bent er de uitvindster van.'

'Goh, zonder het zelf te weten.'

'Er bestaat nog een andere vorm van *verliefd tegen*.'

'Ik verbaas me nergens meer over.'

'Verliefd op elkaar, en samen verliefd tegen de wereld.'

'Klinkt niet slecht.'

'Doe je mee?'

'Er valt altijd over te denken.'

3

Verliefd tegen. Nu ik wist wat ik tevoren niet wist, en wist dat Mirjam wist wat ik tevoren niet wist, kon ik bijna enige compassie met mijn gedoodverfde rivaal opbrengen. Our Man In Africa had, ook tijdens zijn afwezigheid, voornamelijk gediend als schild om Mirjams wapen naar mij te doen ombuigen.

Ik verliet mijn procrustesbed op Duivelseiland, en trok aan de Leidsegracht weer bij Mirjam en Tonio in – al moest ik voorlopig genoegen nemen met de huiskamerbank. Een langdurige slaap was me daar niet gegund, want 's morgens al heel vroeg kwam Tonio zijn plaats opeisen. Soms werd ik wakker van alleen maar zijn aanwezigheid. Ik deed mijn ogen open, en daar stond hij dan ernstig naar me te kijken, de bijna vierjarige: met knuffels en toddels onder zijn armen, en tussen zijn lippen een speen die regelmatig en razendsnel als de zuiger van een motor in zijn mond op en neer bewoog. Ontwaakte ik niet onder zijn indringende blik, dan vond hij altijd wel iets, de punt van een zeverdoek of de pluizige staart van zijn aapje, om me mee onder de neus te kriebelen – net zo lang tot ik kreunend overeind kwam, en de helft van de bank aan hem afstond. Samen keken we dan naar een aflevering op video van *De Grote Meneer Kaktus Show*.

Eigenlijk was Our Man In Africa, ook wel De Grenzeloze Correspondent genaamd, gedurende die hele onverkwikkelijke geschiedenis de grote afwezige – wat niet wegnam dat zijn verlof steeds dichterbij kwam.

'Adri, ik wil dit in stijl afronden,' zei Mirjam op een donderdagmiddag. 'Als je morgenavond uitgaat, doe me een plezier en ga voor deze ene keer niet naar dezelfde cafés en restaurants als anders. Ik vond het al die weekends in oorlogstijd *heerlijk*, echt waar, om je onverwacht bij Tartufo, Schiller en De Favoriet tegen te komen. Maar nu even niet. Afgesproken?'

Na even doorvragen bleek dat Our Man maar kort, iets meer dan een week of zo, in het land zou zijn, alvorens terug te vliegen naar de Afrikaanse gebiedsdelen waarvan de grenzen, tot groot verdriet (of genoegen) van de uitgevers van wereldatlassen, elk moment weer konden worden verlegd. Nu Mirjam niet langer verliefd was *tegen* haar echtgenoot, verviel de noodzaak van verliefdheid *op* de correspondent, en dat wilde ze de laatste 'in stijl' overbrengen – via een soort afscheidsetentje.

Voor alle zekerheid, 'ik ga niet reserveren', somde ze nog een hele lijst cafés en eetgelegenheden op waar ik komende vrijdagavond maar beter weg kon blijven. 'Het is allemaal al pijnlijk genoeg.'

Nu ik de achilleshiel van mijn tegenstander kende, kostte het me weinig opoffering hem nog een keer met mijn vrouw uit te laten gaan. 'Desnoods, Minchen, ga ik een avond in Haarlem stappen. Of, als je dat nog te dichtbij vindt, in Antwerpen.'

4

Ik voldeed bijna slaafs aan Mirjams verzoek (of bevel) om die vrijdagavond mijn gezicht niet te vertonen in het stadsgedeelte waar zij met haar speciale verslaggever uit zou gaan. Met een van de *regular girls* die mij de eenzame maanden door hadden geholpen, bezocht ik tot diep in de nacht kroegen (regio Brouwersgracht) waar ik anders nooit een voet zette. Ik kan me na al die jaren niet meer herinneren om wie het ging, Ilke of Adriënne of Bernadette – wel nog dat ze zich beledigd gedroeg vanwege mijn extreme uitgelatenheid, omdat ze merkte dat die niets met haar gezelschap van doen had. Zelfs wanneer ik haar in de ogen keek, aanschouwde ik dwars erdoorheen een nieuwe toekomst.

Godverdomme, die Mirjam, wat een vrouw: hoe ze me met haar misleidende strategie van het 'verliefd tegen' huiveringwekkend fijntjes had gechanteerd om mijn leven te beteren. Daar kon geen huisuitzetting of moordpoging aan tippen.

Het werd twee uur, halfdrie. Ik maakte mijn tijd vol. Na het restaurantbezoek en het Hoge Woord waren ze getweeën misschien nog naar Schiller gegaan voor enige napraat en een afzakker, maar gegeven de omstandigheden zouden ze het zeker niet tot in De Favoriet of een andere nachtkroeg gered hebben. Mirjam moest nu wel ongeveer thuis zijn.

Ik wist nog dat ik Ilke of Adriënne of Bernadette tot aan haar voordeur had gebracht, waar dat ook was. Vaag herinnerde ik me de uitnodiging voor een nachtmuts – maar nee, dank je, nu niet, ik ga naar huis. Ik zou er wel niet bij verteld hebben dat thuis, onherstelbaar verbeterd, mijn leven van een halfjaar terug op me lag te wachten. Ze hadden het me afgenomen, maar niet voorgoed, en in die tussentijd was het alleen maar meer waard geworden.

5

Het was drie uur in de ochtend. Ik had de verend lichte tred van een bevrijde. De stenen trap naar de voordeur: twee, drie sprongen.

Ik moet de verkeerde sleutel uit mijn zak hebben genomen, die van mijn etage op Duivelseiland, want hij paste niet. De baard ketste af op het glanzend nieuwe cilinderslot dat voor het doffe oude in de plaats was gekomen. Het koperen plaatje weerspiegelde hatelijk mijn vingers met de nutteloze sleutel. Eromheen was, ongetwijfeld bij de vervanging, wat van de grachtengroene verf afgebladderd, die nu in schilfers voor mijn voeten op de stoep lag, te midden van houtsplinters en twee minuscule hoopjes zaagsel. Er was zo te zien nog niemand doorheen gelopen. De plaatsing van het nieuwe slot moest dus zeer recent zijn geschied. Ongelovig bleef ik een poos, als verlamd, naar de schilfers, de splinters en het zaagsel staan kijken. Alles pakte weer eens anders uit dan ik me had laten voorspiegelen. Dit was pas echt waar *verliefd tegen* toe kon leiden. De genadeklap, pal achter mijn oor.

Ik sjokte de trap af, en liep achterwaarts zo ver mogelijk de kade op, tot aan het water. Bijna moest ik met een hand mijn kin verwrikken voordat ik omhoog durfde kijken. In de zitkamer, waarvan de witte gordijnen waren dichtgeschoven, brandde licht – wat op dit late uur meestal betekende dat er niemand thuis was.

Er was wel degelijk iemand thuis. Op de witte plooien werd een Chinees schimmenspel geprojecteerd van twee elkaar golvend naderende gedaanten. Zo zag je het in oude Hollywoodfilms, met een privédetective hurkend achter een vuilnisvat en de echtgenoot die met groeiende hoorntjes tegen een lantaarnpaal geleund stond, nerveus rokend. De twee gestalten stonden even stil, en rimpelden toen dwars door elkaar heen, wat wel zo intiem was. Mijn vrouw en de Grenzeloze Correspondent, geen twijfel aan: Mirjam herkende ik aan het terrasvormig opgestoken haar, waarvan de omtrek in het schimmenspel niet verloren ging.

Godverdomme, hoe had ik me zo gedwee naar een afgelegen buurt kunnen laten dirigeren, zodat zij in alle rust hun maatregelen konden treffen om mij definitief buiten te sluiten? Iemand zo naïef, die verdiende niet beter.

Kijk, daar richtte zich, toe maar, nog een derde silhouet op. Lang, mannelijk, met een groot hoofd, dat door het raamkozijn vanboven werd afgesneden. Een voorwerp wisselde via uitgestoken armen van schim.

Ach, Minchen, Minchen, dit had toch ook anders gekund. Al mijn geluk op die ene vrijdagavond naar de filistijnen, inclusief het geluk dat me niet toekwam. En Mirjam? Zij had het geluk dat *haar* niet toekwam eenvoudigweg binnengehaald, en meteen maar het deurslot vervangen. Geen halve maatregelen.

Maar waarom zo omslachtig? Ze had me, wat al erg genoeg geweest was, toch ook gewoon kunnen verlaten? Waarom in harde, duurzame materialen uitgevoerde symbolen eraan toegevoegd – en dan ook nog tegen nachttarief? De deur voor iemands neus dichtslaan was tegenwoordig kennelijk niet voldoende meer. Had de buitengeslotene een olifantshuid en bleef hij daar zakkig staan wachten tot hem weer werd opengedaan, dan mocht hij nog meemaken hoe een fijn boortje door het hout heen drong...

Ondertussen stond ik, godverdomme, voor een gesloten deur, wat betekende dat ik het vernuft van de andere partij toch te gering had ingeschat.

Misschien had ik me te zeer vastgeklampt aan het idee dat Mirjam verliefd *tegen mij* was, in plaats van verliefd op die ander. Dat zij Our Man In Africa nu mogelijk liet schieten, hoefde nog niet te betekenen dat ik automatisch weer in genade werd aangenomen. Het was mijn fout geweest te denken dat die hele verliefdheid ‘tegen’ naar de aard der zaak iets tijdelijks moest zijn. Ik sloot niet langer uit dat zij zo totaal en uitzinnig verliefd *tegen mij* was, via welke man dan ook, dat ik hier op de stoep standrechtelijk werd afgedankt.

6

Ik moest denken aan een ochtend niet lang na Tonio's geboorte. Vroeg wakker had ik in het eerste daglicht naar mijn slapende schat liggen kijken. Volkomen onverwacht, in een soort golvende sluipgang, kroop haar hand over het onderlaken op mijn hoofd toe. Net een diertje op vijf poten. In de buurt van mijn kin krabde Mirjam met haar wijsvinger in de lichtblauwe stof, heel nadrukkelijk, alsof ze me voor iets wilde waarschuwen, of me niet al te wreed wilde wekken om mijn gesnurk te laten ophouden.

Ik snurkte op dat moment niet, en gevaar dreigde er evenmin, voor zover ik kon nagaan. De hand met de van overvloedig pigment groezelige vingertjes trok zich terug, maar kwam spoedig weer tevoorschijn getrippeld om het gekrab op het laken te herhalen.

'Minchen...?'

Ik moest haar naam een paar keer noemen voordat er als antwoord een kreuntje kwam, van heel diep. Ze sliep door. Alleen haar hand, die bleef maar in de richting van mijn gezicht sluipen, keer op keer, om het krabben te hervatten. Ik wist niet wat het gebaar betekende, maar het had me vreemd ontroerd. Toen ze later die ochtend de baby voedde, en ik haar de exercitie van haar hand voordeed, wilde ze me niet geloven.

Die gekke dingen van haar, ik zou er nooit meer getuige van mogen zijn. En dan had ik het nog niet eens over al het moois van Tonio dat me voortaan onthouden zou blijven. Zoals laatst, toen hij met opgestoken vinger had uitgeroepen: 'Daar komen de ridders...!'

Ik klom de stoeptreden weer op, en beroerde de belknop. In de nachtelijke stilte hoorde ik het schellen hogerop altijd. Nu bleef het stil. Natuurlijk, als we uitgingen, zette Mirjam de bel meestal af om de kat niet te laten schrikken, maar dat het ding, nu ze thuis bleek te zijn, nog steeds af stond, kon alleen maar betekenen dat ik op nog een andere manier geweerd moest worden.

Ik riep smartelijk haar naam door de brievenbus, misschien meer ten afscheid dan als een poging om haar te bewegen mij weer in genade aan te nemen. Vrijwel onmiddellijk ging op de tweede etage een deur open naar het trappenhuis, en trommelden er voeten de treden af.

Achteraf mocht ik concluderen dat in die snelle voetstappen op de trap, in dat rennen van Mirjam, alles werd uitgedrukt: dat we bij elkaar hoorden, en bij elkaar zouden blijven. Die roffel op de traptreden betekende dat mijn gevoelens niet gekwetst mochten worden. Ze kwam me, buiten adem, opnieuw welkom heten. Al het moois zou opnieuw beginnen, en dan een plan hoger.

Ze was bijna beneden. Ik zat geknield voor de deur, met mijn ogen voor de klep van de brievenbus, die ik met mijn duim openhield.

'Adri, het is niet wat je denkt,' riep ze.

Het was niet wat ik dacht. De deur zwaaide open. (Ik wist niet waarom, maar ik moest denken aan de eerste keer dat ze een deur voor me geopend had. Ik stond bij haar op de stoep, met een fles Dimple onder de arm. 'Ik lust geen whisky.' 'Mevrouw, ik lust geen muskadellen.')

'Vertel me dan eerst maar eens *wat* ik denk.' (Als het alles kon zijn wat ik *niet* dacht, was dat voldoende om de hel stil te krijgen.)

'Ik vertel het je boven wel.' Er was zoveel gêne op haar gezicht dat ik bijna medelijden met haar kreeg. 'Blijf daar niet staan.'

‘Ik weet niet wat ik boven aantref.’

‘Ik leg het je allemaal uit.’

Haar opgelatenheid draaide de rollen volledig om. Eerst wilde ik de beledigde partij spelen en weggaan, maar uiteindelijk liep ik achter haar aan de trap op, vastbesloten een scène te maken.

7

Uit de openstaande deur van het appartement klonken harde mannenstemmen. Ik bleef, voordat ik naar binnen ging, even staan luisteren op de overloop. Ik kon me vergissen, maar volgens mij ging de discussie over hang- en sluitwerk van kerken in de vroege middeleeuwen, geen uitgesproken Afrikaans onderwerp.

In de huiskamer was iets veranderd, al had ik niet meteen kunnen zeggen wat. Bij mijn binnenkomst viel het gesprek stil. Mijn gedoodverfde rivaal verhief zich meteen van de bank, of liever: hij sprong op, geschrokken. Toen ik mijn arm uitstak om hem een hand te geven, deed hij met een korte ruk zijn hoofd opzij, alsof hij een klap verwachtte. Gelukkig bemerkte hij meteen zijn vergissing, zodat mijn schappelijke gebaar niet helemaal in het water viel.

De lange man, die ik tot nu toe alleen kortstondig als Chinese schim had gekend, zat geknield op het tapijt bij een open gereedschapstas, waar hij in begon te rommelen, misschien om mij geen hand te hoeven geven.

‘Heb je de heren iets te drinken aangeboden?’ vroeg ik Mirjam.

Ze wees naar de lege longdrinkglazen op de lage tafel.

‘Wie drinkt er een wodka met me?’ riep ik.

De geknielde man, in overall, sloeg af. Our Man In Africa stemde met aarzelend knikkend hoofd in.

Vanuit mijn ooghoeken zag ik hoe eerstgenoemde twee langwerpige voorwerpen uit de gereedschapstas opdiepte, en die op elkaar begon te schroeven. Dat ontbrak er nog maar aan, in deze klucht. Een geluiddemper zorgde voor niet meer gerucht dan dat van 'een pijlpunt die in een rijpe vrucht dringt', zoals ik een keer in een oude detective gelezen had. De rijpe vrucht, dat zou mijn hoofd blijken te zijn. Rottend en wormstekig. Vol roestbruin vruchtvlees, dat naar buiten blubberde door de gaten die in zijn schil waren geschoten.

Ik merkte dat ik bij het doden van de tijd in de regio Brouwersgracht behoorlijk dronken was geraakt.

Ik keek naar de lange man. Hij hield een boor in zijn hand. Hij richtte zich op, en liep naar de voordeur van het appartement. Hij boorde enkele gaatjes rond de holte waar het oude cilinderslot had gezeten.

De geur van zaagsel dreef de huiskamer in, maar ik rook nog iets, dat me al bij binnenkomst getroffen had. Vochtig karton. Ik keek de kamer rond. Overal stonden verhuisdozen, sommige met naar buiten gevouwen flappen. Op elke doos een zwart kruis, omcirkeld: het gestileerde hijsblok dat het logo vormde van de ERKENDE VERHUIZERS. Zolang ik mijn ogen maar op dat omcirkelde kruis gericht bleef houden, zouden mijn gedachten zich vanzelf ordenen. Wat was hier aan de hand?

De boekenkasten achter de bank waarop de Grenzeloze Correspondent zat, leken gevulder dan anders. Ik had het nodige gedronken, maar ik zag niet dubbel, en al helemaal geen dubbele boekenruggen. Voor alle zekerheid kneep ik mijn ene oog dicht. Verdomd, er waren boeken bij gekomen. Ik kon van deze afstand hun rugtitels niet lezen.

Mirjam kwam met de fles wodka binnen.

'Zo,' zei ik, met een knik op een van de dozen, 'het verraad ruikt vandaag naar vochtig karton.'

Ze had me naar boven genodigd om me nog meer te vernederen. Ik mocht toezien hoe de diplomaat bij haar introk, en mijn boekenkasten koloniseerde.

'Stel je niet aan, idioot,' zei Mirjam. 'Die dozen hebben anderhalf jaar boven in de berging gestaan. Sinds 2 november 1990, toen we uit Loenen kwamen, weet je nog wel? Jij had zo je buik vol van alle verhuizingen dat ze voorlopig maar dicht moesten blijven. Ja? De rest van de boeken, dat kwam later wel. Nou, vandaag kwam ik er eindelijk toe ze te gaan uitpakken. *Jij* doet het niet voor me.'

8

De slotenmaker had nu ook het binnenslot vervangen. Hij wierp zijn gereedschap in de zwartleren tas, en overhandigde Mirjam een ring met sleutels. Hij ging zitten om de rekening op te maken.

'Zo, mijn karwei zit er hier op.' Hij gaf Mirjam de rekening. 'Geen voorrijkosten.'

Ik dronk nog een wodka met mijn rivaal. *Gewezen* rivaal, naar inmiddels gebleken was. Mirjam liet de slotenmaker uit. Omdat ik niet wist wat ik tegen Our Man moest zeggen, liep ik naar het raam. De hemel begon van kleur te verschieten. De slotenmaker zette de zwarte tas achter in zijn bestelbus, die in bliksemende kapitalen de tekst KRIKKRAK op de zijkant voerde, met een telefoonnummer.

'Je bent me nog een verklaring verschuldigd,' zei ik toen Mirjam weer boven was.

Elkaar aanvullend deden Mirjam en haar correspondent mij hun verhaal. Voordat ze zouden gaan eten bij Tartufo hadden ze bij Zeppos, in 't Gebed Zonder End, iets gedronken. Op zeker moment ontdekte Mirjam, misschien toen ze haar laatste sigaret van de crisis wilde opsteken, dat haar tas was gestolen. 'Zomaar van de stoelleuning getrokken.' Veel geld zat er niet in, maar wat erger was: wel haar huissleutels. Uit angst dat de dief het hele pand zou leegroven, hadden ze bij Mirjams ouders in de Lomanstraat (waar Tonio veilig in zijn logeerbedje lag) de reservesleutels opgehaald om vervolgens thuis, knip op de deur, de komst van de slotenboer af te wachten. Vierentwintiguursdiensten genoeg in de *Gouden Gids*, maar ze waren geen van alle het hele etmaal door beschikbaar. Eindelijk hadden ze er een gevonden. De firma Krikkrak, ook voor al uw afgebroken baarden. Mirjam stuurde telefonisch een paar vrienden op pad om mij te zoeken. Natuurlijk zochten ze in de verkeerde cafés.

Aldus was, zonder hap door enige keel, het afscheidsetentje verlopen. 'Alsof het zo moest zijn.'

9

Mirjam liet haar Speciale Verslaggever uit – voor de laatste keer, mochten we hopen. Ik luisterde boven aan de trap. Een kort, onverstaanbaar gesprek op de drempel beneden. Heel even haar vrolijk spottende lach.

De deur sloeg dicht. Het kon twee dingen betekenen: dat ze de drempel overgestapt was om de Grenzeloze Correspondent naar de boorden van de wereld te volgen, of...

Ik stond alweer tussen de verhuisdozen, waarvan de muffe kelderlucht mijn bronchiën prikkelde, en luisterde scherp. Het bleef stil, zowel in het trappenhuis als buiten op de kade.

'Wat sta je daar nou, druiloor, tussen die dozen?' Mirjam had haar pumps in de hand. Ze moest op kousenvoeten naar boven geslopen zijn. 'Haal ze liever leeg, als ze je ergeren.'

'Wat hebben jullie afgesproken?'

'Dat we niets meer afspreken. Het was een onmogelijke situatie, dat bleek vanavond wel weer. Ik dacht dat *wij* iets met elkaar hadden... jij en ik...'

'Dat hoor ik ook nu pas.'

'Nou, kom eens hier dan.'

We stonden een poos zwijgend tegen elkaar aan. Toen zei ze: 'Ik was bang dat je kwaad zou zijn over het stelen van mijn tas... de sleutels... die slotenmaker... en jij begint over die stomme verhuisdozen te emmeren. Typisch jij.'

'Leer ermee leven.'

'Ik heb geen keus.'

10

Voor Mirjam waren de verhuisdozen halfleeg. Voor mij halfvol. Zo begon onze hernieuwde verstandhouding na de eerste grote huwelijkscrisis.

Halfleeg: de rest van de boeken moest nog de kast in.

Halfvol: er was nog ruimte voor de boeken uit de kast.

Waren het de vervangen sloten, in combinatie met de opgedoken verhuisdozen, die mij op het idee van een grotere woning brachten? Ik moest me wel eerst eens goed afvragen of het zoeken naar een nieuw huis de juiste methode was om mijn kleine gezin definitief terug te winnen. De Pijp, de Kloov, de Obrecht, de Veluwe, de Pauwhof, de Leidsegracht... al die verhuizingen hadden alleen maar aan de sluipende verwijdering tussen ons bijgedragen.

In Huize Oldehoeck, ja, daar was zij, tot aan Tonio's eerste verjaardag, gelukkig geweest. Het was de buurt van haar vroegste jeugd. Schuin aan de overkant was zij geboren, in de CIZ, de Centrale Israëlitische Ziekeninrichting – nu een Jellinekkliniek voor verslaafden. Haar geboortegrond. Als ik een huis voor haar wilde kopen, moest het daar staan, en nergens anders.

11

'Daar komen de ridders.'

Een vriend had me een cd met de elfde symfonie van Sjostakovitsj cadeau gedaan. Ik draaide hem die middag voor 't eerst, terwijl Tonio in een hoek van de kamer met zijn lego zat te spelen. Ik had nog nooit ergens een kind meegemaakt dat zo in zijn spel op kon gaan. Compleet van de wereld, zoals dat heet.

Ergens in het middendeel van de symfonie valt de muziek bijna stil, waarna hard en droog en helder een roffel op de snaardrum klinkt, en nog een – steeds luider. Tonio sprong op, trok de speen uit zijn mond, en riep met gestrekte arm: 'Daar komen de ridders...!'

Geen idee wat voor sprookje zijn ingespannen spel had doorkruist, maar hij bleef met verrast gezicht, een kwijlpegel aan zijn onderlip, staan luisteren totdat de snaardrum geheel was overspoeld door andere instrumenten. Hij plantte de speen tussen zijn lippen, en wierp zich opnieuw op zijn knieën voor de berg lego. Ik ging naast hem zitten, en vroeg: 'Wat was dat... wat hoorde je, Tonio?'

Hij werd alweer helemaal in beslag genomen door zijn bouwstenen. 'Dat waren de ridders,' zei hij zacht, afwezig nu. En als in een soort onverschillige trance bleef hij, steeds zachter, herhalen: 'Dat waren de ridders... de ridders...'

12

Tien voor vijf. De neurochirurge kwam als eerste binnen. Ze had haar lichtblauwe douchekapje nog op: het elastiek was omhoog gekropen, waardoor het elk moment de greep op haar kapsel kon verliezen om naar beneden te dwarrelen. De laatste van haar twee begeleidsters deed de deur, die de hele dag open had gestaan, achter zich dicht – en daardoor wist ik het. Tonio was verloren.

De chirurge ging aan de korte zijde van de tafel zitten, en keek beurtelings Mirjam en mij aan. Om haar mond een bijna verbeten trek, ongetwijfeld van de recent in de OK geleverde inspanning. Uiteindelijk bleef haar ernstige, onwillekeurig strenge blik op mij rusten. De manier waarop ze ademde, verried grote stress. Ze schudde haar hoofd.

'Het gaat niet goed,' zei ze aarzelend, om er onmiddellijk op te laten volgen: 'Het is niet gelukt.'

Uit Mirjam kwam een stroom bijna zangerig gehuil los. Haar hoofd zakte wiebelend steeds verder naar beneden, alsof ze het letterlijk in haar schoot wilde leggen. Met een arm om haar schouders drukte ik haar tegen me aan. Haar gebeef vermengde zich met het mijne.

'De hersenen waren ernstig getraumatiseerd,' vervolgde de chirurge. 'Ze bleven maar zwellen. Eerst rechts, toen ook links. Bovendien begonnen allerlei functies uit te vallen. De bloeddruk daalde drastisch... de bloedstolling was abominabel... Hij was niet te redden. We hebben de behandeling moeten staken. Hij wordt nu overgebracht naar de IC, zodat u afscheid van hem kunt nemen. Hij ligt nog aan de beademing, maar die wordt zo meteen stopgezet.'

Opgegeven, maar nog niet dood.

'Als u maar weet,' zei ik met stroeve stem, 'dat we grote waardering hebben voor uw inspanningen.'

Zelfs nu was ik me bewust, hoewel ik hem zelf niet rook, van mijn penetrante knoflookkegel. Ik kreeg de spoedige dood van mijn zoon aangezegd, ze gingen zo dadelijk zijn adem afsnijden, en mijn gedachten verwijlden bij mijn eigen verontreinigde adem. *Aglio olio.*

De arts stond op, en gaf ons allebei een hand. 'Ik wens u veel sterkte.'

Ik knipperde met mijn ogen, en voelde aan mijn wimpers en

oogleden een koude nattigheid, alsof daar oude, vergeten tranen zaten, lang geleden afgekoeld. Gevolgd door een van de vrouwen verliet de neurochirurge de kamer. De derde arts boog zich naar ons toe, en zei: 'Hij is nu misschien nog in de lift op weg hierheen. Een verpleegster komt u waarschuwen als u bij hem mag. U kunt het beste afscheid van hem nemen zolang hij nog aan de beademing ligt. Schrikt u niet van zijn bovenlichaam, want dat is erg opgezwollen. Van de inwendige bloedingen.'

Ik moest tijd rekken. Ik moest zijn leven rekken.

'Jullie staken de behandeling,' herhaalde ik de woorden van de verdwenen chirurge.

De vrouw knikte. 'De behandeling voortzetten zou medisch zinloos zijn... en onverantwoord.'

Ik moest me inhouden. Ik mocht niet tegen deze medische beslissing in verzet komen. (Een beslissing die al onherroepelijk bepaald was door de kracht van de aanrijding, door het geblinddoekte Noodlot.) Het betrof hier geen euthanasie. Ik moest ervoor waken buiten zinnen te raken en te eisen dat de behandeling door zou gaan. De verhalen waren bekend. Familieleden, toekomstige nabestaanden, met gebalde vuisten tegenover de arts, het bed met hun dierbare erin via een menselijke keten afschermend voor de verpleegster die de opdracht had de kunstmatige beademing stil te zetten.

Ik knikte op mijn beurt. De arts glimlachte bedroefd, en verliet de kamer. Ik moest de vergeefse gedachte aan een nog te redden Tonio uit mijn hoofd bannen, en al mijn aandacht richten op Mirjam, en haar moed inpraten om afscheid te durven nemen van haar zojuist opgegeven zoon. Zij zat nog steeds met geknakte rug te huilen. Niet op volle kracht, en dat was nou juist het hartverscheurende: dat er iets stils en bescheidens van haar verdriet uitging. Zelfs nu.

'Kom, Minchen.' Ik kneep zacht in haar bovenarm. 'We moeten ons voorbereiden op het afscheid. Ze kunnen ons elk moment komen halen.'

Mirjam schudde haar hoofd. 'Ik kan niet.'

'Denk aan die avond van twee weken geleden, in de Staalstraat,' zei ik. 'We hadden het zo goed met elkaar. Zo intiem met z'n drieën. Denk daar heel intens aan, als we zo meteen naar hem toe gaan. Die avond, dat was het echte afscheid. Zonder dat we het wisten.'

13

Het zal wel geen idee van Tonio zelf zijn geweest, maar in zijn studiegroep was het plan ontstaan om een keer met alle ouders te gaan borrelen en dineren. Voor de samenkomst was als datum 7 mei gekozen, een vrijdagavond. Tonio had de uitnodiging naar Mirjam gemaild met de toevoeging: 'Ik weet niet of dit iets voor jullie is...'

Hij wist dat we sinds een jaar alle gezelligheid buiten de deur meden. 'Maar het gaat om Tonio,' zei Mirjam. 'Zoveel gelegenheid is er niet om een beetje belangstelling voor zijn studie te tonen.'

'Goed, we tekenen in.'

De zevende mei was een kille dag, waarop bekend werd dat de wurger van Andrea Luten was gevonden, dat de bij Schiphol omgekomen piloten van Turkish Airways in gebreke waren gebleven, en dat de Damschreeuwer zijn excuses had aangeboden voor de geluidsoverlast. Als om nog eens te benadrukken dat het een week vol stoorzenders was, hingen de hele middag twee helikopters in de lucht, een van de politie en een van de omroep – dit in verband met de Giro d'Italia, die hier van start ging omdat Amsterdam z'n reputatie van 'lugubere feesttent', zoals Gerard Reve zijn geboortestad ooit gekarakteriseerd had, koste wat kost waar moest maken. Afgeleid door het pulserende gewiek besloot ik 7 mei maar niet als volwaardige werkdag te beschouwen. Straks een glas met Tonio. Op weg naar mijn scheerbeurt in de badkamer belandde ik in bed, voor een hazenslaapje.

Ondertussen speelde zich aan de voordeur een klein drama af. Mijn schoonmoeder had in een opwelling, of 'overspannen toestand' zoals politieberichten het noemden, haar tehuis Sint Vitus verlaten om zich per taxi bij ons voor te laten rijden. Ze kwam Mirjam voor zich opeisen – met welke reden, dat bleef onduidelijk, maar zo ging het niet langer. Ik wist dat de omgang tussen moeder en dochter al maanden aan strenge regels gebonden was, maar ik probeerde me er zo min mogelijk mee te bemoeien.

Mirjam maakte me wakker om me de huisvredebreuk te melden. Haar heftigheid was zorgwekkend: sinds een jaar kwam er steeds meer riooldrek uit haar jeugd naar de oppervlakte. Ik kreeg er niet echt een vinger achter.

'Wat heb je met haar gedaan?'

'Teruggestopt in de taxi. Ik was ziedend. Net op dat moment kwam Thomas eraan.' (Ze bedoelde mijn redacteur.) 'Hij zal wel gedacht hebben. Sta ik daar half schreeuwend mijn moeder in een taxi te duwen. Hij kwam deze envelop voor jou brengen.' En gemaakt sip: 'De bloemen die hij bij zich had, waren ook al niet voor mij.'

Ze eiste zo ongeveer dat ik, voordat we op weg gingen naar Tonio, een borrel met haar zou drinken, zodat ze kon kalmeren.

'Anders kan ik de avond niet aan.'

Ik schoor me snel, we genoten een haastig glas, en toen werd het tijd een taxi te bestellen. Er zou gegeten worden in het Atrium op het Binnengasthuisterrein. Vooraf verzamelen in het keldercafé daar. De taxi ondervond geen hinder van de Giro-voorbereidingen, zodat we ruimschoots voor de afgesproken tijd (halfzeven) aan de bar zaten. Bier uit plastic bekers, vooruit maar.

Om kwart over zeven nog geen Tonio. Mirjam belde zijn

mobiele nummer. Ja, het zat zo... zijn fiets was bij het Centraal Station blijven staan, en nu had hij de tram genomen. Hij was ongeveer halverwege. Tot zo. *Huuj.* (Zijn afscheidsgroet klonk afwisselend als 'huuj' of 'oi'.)

Opeens stond hij naast ons, net zo onnadrukkelijk nader-bij geslopen als hij altijd de huiskamer binnenkwam. De ietwat verlegen grijns, gekoppeld aan een knik van het bovenlijf, bij wijze van welkomstgroet. Hij kuste niet vanzelfsprekend zijn moeder: dat moest van haar komen. Ik volstond met een kneep in zijn schouder.

Toen ik dacht dat Tonio het begin van de puberteit had bereikt, besloot ik hem voortaan zo min mogelijk in verlegenheid te brengen met geknuffel in het openbaar. (Toen ik hem een keer op straat aan een toevallig tegengekomen oude vriendin wilde voorstellen, en daarbij de pony uit zijn ogen streek, rukte hij zich los om grimmig, met gebalde vuisten, om me heen te gaan dansen, daarbij mijn buik als boksbal gebruikend.) Maar die dingen gaan natuurlijk geleidelijk. Toen we een avond naast elkaar op de bank naar een televisiequiz zaten te kijken, en we allebei hard om de uitglijer van een kandidaat moesten lachen, trok ik hem speels en plagerig tegen me aan. Ik had verwacht dat hij me een stomp zou geven, maar precies zoals ik hem omver getrokken had, bleef hij schuin tegen me aan hangen. Tonio wrong een hand achter mijn rug, en kroop steeds dichterbij. Het leek een verademing voor hem dat dit nog bestond in de stoere wereld die hij zichzelf aan het scheppen was.

We hadden Tonio in geen weken gezien. 'Je ziet er goed uit,' zei ik, 'maar dat hoor je natuurlijk niet graag.'

Hij grijnsde mijn opmerking weg. Sinds zijn pubervet was weggesmolten, had hij meer en meer het compacte lijf uit het begin van zijn gymnasiumtijd teruggekregen. Volgende maand tweeëntwintig alweer. Misschien omdat hij zijn lange haren bij uitzondering niet in een paardenstaart droeg, viel me de gelijkenis op met een foto van mij, genomen in de zomer van 1973, een paar maanden voor mijn eigen tweeëntwintigste verjaardag. Ik sta daar op een rots midden in snelstromend water, en terecht of niet, ik voelde me op die leeftijd ook echt door alle wateren gewassen. Nu ik Tonio eens goed opnam, besefte ik dat ik hem sinds zijn eindexamen, vier jaar geleden, niet overeenkomstig zijn ontwikkeling behandeld had. Ik had de kennismaking met de volwassene steeds uitgesteld, en was hem de afgelopen jaren blijven overstelpen met raad bestemd voor een onzekere adolescent. Hij, op zijn beurt, was te hoffelijk om me te corrigeren.

Het was eenvoudig genoeg. Bretagne 1973 en de jaren erna hadden zich niet aan mijn geheugen onttrokken. Als ik straks de tweeëntwintig-, drieëntwintig-, vierentwintigjarige Tonio niet als een kind wilde blijven behandelen, hoefde ik maar aan mezelf op die leeftijd te denken.

De routine waarmee hij het ene glas bier na het andere wegwerkte, dat was in ieder geval helemaal zijn vader anno 1973. Nadat we een halfuur hadden bijgepraat, begon hij onrustig om zich heen te kijken. 'Ik zie weinig studiegenoten. Ouders nog minder.'

Tonio maakte een rondgang door de volle kelderruimte, en nam een kijkje in het aanpalende Atrium, waar gedekte tafels stonden. Terug bij ons haalde hij zijn schouders op.

'Misschien heb ik iets gemist,' zei hij, 'en is de afspraak verzet of zo.'

'We nemen er nog een,' zei ik, 'en wachten rustig af.'

Zo verstreek nog een halfuur. Er verscheen geen enkel lid van zijn studiegroep, met of zonder ouders. Ik had met hem te doen zoals hij opnieuw, onzekerder dan voorheen, het café doorkruiste, en ten slotte met iets tobberigs in zijn grijns naar ons terugkeerde. Arme jongen. Had hij zijn vader en moeder helemaal hierheen laten komen, bleek hij ze niets te bieden te hebben. Hij kreunde.

'Ik heb vast een of ander e-mailtje niet ontvangen.'

14

'Eten kunnen we overal,' zei Mirjam.

Tonio had een idee. 'In de Staalstraat,' zei hij, 'daar is een eetcafé, waar ik wel eens met mensen van de studie kom. De biefstuk is er heel redelijk, en ze hebben van die grove frieten.'

Wij naar de Staalstraat. Amsterdam lag er kouwelijk bij. Ergens in deze stad waren misschien vijftien ouderparen en hun Media & Cultuur studerende kinderen verenigd in een restaurant, wachtend op Tonio en zijn ouders. Wij zaten intussen gedrieën aan tafel in eetcafé 't Staaltje, en beleefden met elkaar de mooiste avond in jaren. Uitgelaten dat we weer eens echt samen waren. Alledrie goed op dreef. Vooral Tonio erg gevat. Het viel me op hoeveel welbespraakter hij de laatste tijd geworden was. (Ik moest denken aan de meanderende volzinnen die hij al op zijn zevende, achtste bezigde met zijn melodieus hoge stem. Mijn teleurstelling toen hij later, baard in de keel, veel meer kortaf begon te praten. Als stugge puber leek hij een tijdlang elk woord met grote tegenzin uit te spreken.) Mirjam en ik probeerden zijn geestigheden te overbieden. De ober die ons gelach onderbrak met nieuwe drankjes zei: 'Was elk gezelschap maar zo.'

Er werden herinneringen opgehaald. Van sommige werden we stil, maar nooit voor lang. We streken een enkel oud misverstand glad. En daarbij was de biefstuk inderdaad lang niet slecht. De frieten hadden de beloofde Vlaamse knoestigheid.

Na een wat langer zwijgen, toen de weemoed toesloeg, zei Mirjam tegen Tonio dat ze de zondagse strooptochten door de stad nog het meest miste, sinds hij het huis uit was. Haar ogen blonken. Tonio keek op zijn bord. Het eindigde ermee dat ze afspraken om, uiteraard op een zondag, het horloge te gaan kopen waar hij ooit zijn zinnen op had gezet, en waarvan de prijsklasse al bij zijn eindexamen was goedgekeurd.

Mirjam: 'Zondag over een week?'

Tonio: 'Deal.'

Mirjam: 'Na de aankoop patat in de Voetboog. Net als vroeger.'

Tonio: 'Deal.'

Tegen middernacht lieten we een taxi komen. Tonio gaf aan terug te willen naar het Atriumcafé. Wie weet trof hij daar alsnog deze of gene studiegenoot, die hem opheldering kon verschaffen over wat er mis was gegaan met de ouderavond. De chauffeur kwam in het café waarschuwen dat zijn auto op de hoek van de Staalstraat en de Kloveniersburgwal stond. Tonio weigerde zich op het Binnengasthuisterrein te laten afzetten: 'Belachelijk dichtbij.'

Ik was al, achter Mirjam aan, op weg naar de auto, toen ik bedacht dat Tonio wel wat extra geld kon gebruiken voor straks: hij had de nacht nog voor zich, en na de laatste tram zou een taxi uitkomst bieden. Ik draaide me naar hem om. Hij moest dezelfde kant op als wij, maar vreemd genoeg bleef hij staan dralen voor de deur van het eetcafé. Met enkele stappen was ik bij hem terug. Het briefje van vijftig dat ik hem toe wilde stoppen, had ik al opgevouwen tussen mijn vingers. In plaats van het hem te geven liet ik het los in de zak van mijn regenjas, waarna ik mijn armen om hem heen sloeg.

Ik begreep mijn eigen onverwachte gebaar niet. Hij en ik, we namen elkaar alleen nog in de accolade op zijn en mijn verjaardag, met Mirjam als enig publiek. Ik gaf hem drie stevige kussen op zijn stoppelige wangen, en zei: 'Goed dat het zo gelopen is.'

Om hem niet nog meer van mijn ontroering te laten merken keerde ik me snel van hem af. Ik zag nog net hoe hij met een verlegen grijns op de omhelzing reageerde.

Ik schoof naast Mirjam op de achterbank, en de taxi zette door de Nieuwe Doelenstraat koers richting Muntplein. Ik stak mijn handen in de zakken van mijn regenjas, en stuitte op het tweemaal dubbelgevouwen bankbiljet. 'Hè, stom, nou ben ik *nog* vergeten hem wat extra's toe te stoppen.'

Ik keek door de achterruit, maar zag Tonio nergens meer.

'Hij redt zich wel,' zei Mirjam.

Hoofdstuk VI *'Ons eigen jongetje'*

men moet de fotograaf nog de bloedplas wijzen
zijn huis ontwennen, zijn inktlint vernieuwen

Gerrit Kouwenaar, 'men moet'

1

Onder de klok (vijf uur) verscheen de blondine die we in de loop van de dag als onze persoonlijke verpleegster waren gaan beschouwen.

'Uw zoon is van de OK naar de IC overgebracht,' zei ze. 'Als u afscheid van hem wilt nemen, dan kan ik u wijzen waar hij ligt.'

Ik trok Mirjam aan haar arm overeind. Ze deed een paar wankele stappen, als slaapdronken.

'Vinden jullie het goed als ik niet meega?' vroeg Hinde, die ook was opgestaan, met de schrik in haar ogen. 'Ik kan dit niet.'

'Je hoeft alleen maar hier op ons te wachten,' zei ik.

We liepen achter de verpleegster aan de gang op. Linksaf. Ik drukte Mirjam met mijn arm rond haar middel strak tegen me aan, waardoor we alleen met kleine passen konden lopen. *Afscheid.* De dag na de Staalstraat had Tonio zijn moeder een sms'je gestuurd: dat hij inderdaad, stom, een e-mail gemist had, waarin hem een andere locatie voor het ouderdiner was doorgegeven. Mirjam sms'te terug: dat we door het misverstand toch maar mooi een hele avond alleen voor ons drieën hadden gehad. Die namen ze ons niet meer af.

Op het eerstvolgende kruispunt van gangen moesten we rechtsaf. Het was zeker overvol op de Intensive Care, want in een soort ruime nis, direct aan het looppad gelegen, stond een bed met roerloos een vrouw erin. Haar losgemaakte haar lag gitzwart over het kussen uitgespreid, dat er bijna geheel door bedekt werd. Rondom het bed zat, op krukjes, een Indiase, in ieder geval hindoestaanse familie: de vrouwen droegen een stip op het voorhoofd. Ze zaten er allemaal gelaten bij, de ellebogen op het dek, en hielden geen oog af van de patiënt, die in coma leek te liggen.

In wat voor impuls had ik Tonio die vrijdagavond zo nadrukkelijk omhelsd, zomaar op straat? Ik kon nu gemakkelijk beweren dat ik daar en toen afscheid had genomen van de *levende* Tonio – maar dan zou ik op de een of andere manier voorkennis moeten hebben gehad van het naderende noodlot, zoals malafide beursspeculanten handelden met voorkennis van een ophanden zijnde koersdaling of -stijging.

De verpleegster liep met kalme stappen, zodat wij met onze aaneengeklonken lijven haar moeiteloos bij konden houden. Onder het lopen draaide ze zich naar ons om: 'We hebben een beetje moeten improviseren met de ruimte, maar... nou ja, u kunt hem zo meteen zien. Hij wordt nog beademd.'

Ik drukte Mirjam vaster tegen me aan, plotseling bang voor het falen van mijn redelijkheid. De angst dat ik tegen de eerste de beste arts zou uitroepen: 'Jullie met al je techniek... niet stoppen nu! Doorgaan tot het uiterste! Houd hem in leven!'

Dat ik het telefoonnummer zou eisen van de een of andere medische commissie voor ethiek... de voorzitter van de Vereniging voor Intensive Care zou bellen: 'Hij leeft nog! Zorg dat ze hem niet afsluiten!'

Dat de primitiefste instincten over me vaardig zouden worden, als bij de gnoemoeder die ik op National Geographic had gezien. Ze keerde telkens weer terug naar haar al dode jong, om de naderbij zigzaggende hyena's te verjagen...

De verpleegster hield halt bij een lichtgeel nylon gordijn, dat bezijden de gang tussen twee pilaren was gespannen. Zij sloeg er een flap van opzij. 'Hier is het.'

2

Daar ergens moet ik Mirjam losgelaten hebben – misschien omdat de doorgang te smal was. Ik deed een stap naar voren, en nog een. Opeens stond ik midden in een soort nokloze tent met aan drie kanten dezelfde nylon stof, die deed denken aan het soort douchegordijn dat aan je natte lijf blijft plakken. De vierde zijde werd gevormd door een groot raam, op enkele meters waarvan een ziekenhuisbed stond, met het hoofdeinde links.

Hij was het echt. In het bed lag Tonio. Onze zoon. Het was dus geen vergissing geweest toen ze kwamen melden dat ze op de OK *met hem* bezig waren. Had ik ergens in de diepte nog gehoopt dat er in de nachtelijke chaos een verwisseling van identiteit plaats had gehad? Vergeet het maar. Hier lag Tonio. Onze eigen, oninwisselbare Tonio.

Ik greep naast me, achter me, maar mijn arm maaide door de lucht. Mirjam, waar was Mirjam? Ik keek om in de richting waaruit we gekomen waren. In een hoek van de gele tent, vlakbij een van de pilaren, zat Mirjam op een lage kruk, vastgehouden door twee verpleegsters, die haar er met kracht op leken neer te drukken, als om haar te beletten het vreselijke tafereel van te nabij te aanschouwen. In de vrije hand van een van de vrouwen hing een druipend glas water. Mirjam, angst en tranen in de ogen, maakte een beweging alsof ze op wilde staan, zich uit de greep van de zorgzame handen wilde bevrijden. Ze lieten haar los.

Samen schuifelden we op het bed toe. Mirjam nam mijn hand, kneep erin.

'Kijk nou toch eens, onze lieve Tonio,' zei ze zacht, bijna zonder te huilen. 'Zo'n lieve jongen... Adri, dit *mag* toch niet.'

Ik had de reactie lang niet vertoond. Als ik Tonio zich als kind hard zag stoten, hoofd tegen tafelpunt, dan joeg dat met een koude rilling het kippenvel over mijn scrotum. Ik had nooit uitgezocht of het een algemene natuurlijke reactie was, bedoeld om het zaad voor eventueel vervangend nageslacht hogerop in veiligheid te brengen, maar in ieder geval bij mij kromp de bodem van de balzak zodanig dat de testikels voelbaar omhoog getild werden. Voor 't laatst overkwam het me niet op een moment dat ik Tonio zich zag bezeren, maar na afloop, bij het zien van zijn verwondingen. Een huisvriend was er op de Apollolaan getuige van hoe Tonio, naar school fietsend, de punt van een aan zijn stuur bungelende tas tussen de spaken kreeg, en over de kop sloeg. De man had zich over de jongen ontfermd, en hem thuis afgeleverd. Zo trof ik Tonio later op de dag in de zitkamer aan: vol schrammen, schaafwonden en bloeduitstortingen. Bij de aanblik verstrakte onmiddellijk mijn scrotum, dat de ballen als het ware hoog opwierp, tot in de buikholte.

'Tonio toch... wat is er gebeurd?'

Zijn gebroken pols in '95 had hij nog stoer gevonden, al was het maar omdat hij die had opgelopen op de gladde vloer van de botsautootjes. Nu leek hij zich te schamen, alsof hij iets kostbaars *van mij* beschadigd had. Neerslachtig en met grote tegenzin beschreef hij het ongeluk in niet meer dan enkele woorden. (Ook later, toen de genezende wonden allang waren gaan jeuken, werd het geen stoer standaardverhaal in zijn repertoire. Misschien had hij begrepen hoe kwetsbaar een fietser in het stadsverkeer kon zijn.)

Bij de aanblik van Tonio in het ziekenhuisbed was de gewaarwording er weer: een scrotum vervaardigd uit gelooid kippenvel, dat voorgoed z'n rekbaarheid kwijt leek.

Natuurlijk, voor zijn gezwollen torso, gevolg van inwendige bloedingen (ze hadden hem de ene vergeefse transfusie na de andere toegediend), waren we al gewaarschuwd. Verpleegkundigen hadden het dek zodanig losjes rond zijn bovenlichaam gedrapeerd dat de gerezen romp minder opviel, maar wie het eenmaal wist, zag het toch wel.

Ze hadden zijn kleren om hem heen weggeknipt, ongetwijfeld vanmorgen in de ambulance al. Zijn naakte schouders staken boven het laken uit. Ze hadden dezelfde haarinplant als de mijne. Geheel tegen de tijdgeest in deed hij niet aan ontharen. (In zijn vriendenkring noemden ze zichzelf soms met zelfspot 'een stel ouderwetse hippies'.) Ik streelde zijn sleutelbeenderen: het patroon van zachte haartjes voelde vertrouwd aan.

Zijn mooie gezicht was vrijwel ongeschonden. We moesten het met de rechterkant ervan doen – kwamen er althans niet toe om het bed heen te lopen. Het trotse profiel. Neus en kin krachtig. De volle lippen, die zo goed een grijns met een glimlach wisten te combineren. De dichte wenkbrauwen, die de neiging hadden in elkaar over te lopen. De gesloten ogen, die nooit meer open zouden gaan om, bij het juiste licht, hun gouddoorspikkelde bruine irissen te tonen.

Hoe vaak had ik niet naar een slapende Tonio staan kijken... Dit was anders. Het was geen slaap die hij hier voor ons opvoerde. Hij sliep niet, en hij was ook nog niet wakker geworden uit de droom die het leven was.

Het mondstuk van de beademingspijp was onschuldig lichtblauw, als het onderdeel van een stuk kinderspeelgoed. Het regelmatige suizen van de kunstmatige adem, met een heel licht slurpgeluid, had iets geruststellends, als bij iemand die vredig sluimerde. Het deed ook denken aan hoe hij vroeger in trance aan zijn fles verdunde chocomel lag te zuigen, met lange halen door zijn neus ademend, de naar binnen gekeerde blik vol serene rust – net als nu.

Aan zijn stoppelbaard te zien had Tonio zich sinds donderdag, toen hij het meisje moest fotograferen, niet meer geschoren. Dwars door de haartjes liep een dubbele, zwartrode stippellijn van gedroogd bloed, die vanuit de hals over de kin klom, de mond overstak en eindigde op de bovenlip – secuur evenwijdig als de gestileerde rails op een plattegrond. De wondstreep zag er eigenlijk heel teder uit, als ongevaarlijk letsel opgelopen door de waaghals die een uitglijer heeft gemaakt. *Oeps*. Misrekening.

Op een leeftijd dat hij veel woorden nog verbasterde, gaf ik Tonio, alvorens me te gaan scheren, wel eens een raspende stoppelkus. Hij wreef dan verstoord over de geschonden wang, en riep quasi-boos uit: 'Jij moet jou schreeuwen, hoor... jij moet jou schreeuwen.'

Omdat de *homo duplex* ook nu meerdere registers tegelijk opentrok, moest ik denken aan een regel van Gerrit Kouwenaar: *men moet zijn winter nog sneeuwen*. Bijna twintig jaar geleden had Tonio me een verwante regel aangereikt.

Men moet zijn kaken nog schreeuwen.

Ja, lieve jongen, ik moest me nog schreeuwen. Het was een wonder dat ik daar niet stond te gillen op de toppen van mijn stem. Ik boog me voorover naar zijn gezicht, en wisselde een mannelijke stoppelkus met hem uit. De schreeuw bewaarde ik voor later.

Had ik verwacht (gevreesd) dat Mirjam het van ontzetting zou uitschreeuwen? Zacht snikkend bleef ze maar herhalen: 'Tonio, die lieve jongen... kijk nou toch, Adri.'

Ook Mirjam drukte een kus op zijn wang. Zij trok haar hoofd terug, en schudde van nee. 'Hij ruikt niet naar zichzelf. Er hangt een ontzettend sterke medicijnlucht om hem heen... ruik je dat?'

Ik had het al geroken.

'Als ik zijn schone was ging langsbrengen,' zei ze, 'en hij kwam net uit bed, dan kon hij zo lekker naar jongenszweet ruiken.' Ze streelde zijn gezicht met de rug van haar hand. 'Dat is nu helemaal weg.'

Als jonge moeder meende Mirjam altijd te kunnen ruiken wanneer Tonio ziek aan het worden was. 'Haal die speen eens uit je mond... en nu flink uitademen.' Ze snuffelde aan zijn adem. 'Zie je wel, je hebt een beetje een acetonluchtje. Ik hoop niet dat je griep krijgt.'

Vervolgens rende de kleine opgewonden naar zijn vader. Hij trok opnieuw de speen uit zijn mond, en stootte me voluit en vochtig zijn adem in het gezicht. 'Ik heb een acetonluchtje,' riep hij dan trots. 'Ik word misschien wel ziek.'

Ik rook nooit iets anders dan een frisse appeltjesgeur. Niet veel later lag hij theatraal kreunend op zijn knietjes in bed, de kleine billen alvast geheven om de thermometer te ontvangen.

'Ze hebben hem kaalgeschoren,' zei ik.

Om de incisies te verhullen hadden ze een kleine handdoek over zijn hoofd gedrapeerd, losjes, als de tooi van een sjeik, maar zonder diadeem. Zo drong nu pas tot me door dat zijn schedel geschoren was. Als hij wakker werd, zou het haar misschien alweer een millimeter of wat aangegroeid zijn. Ik zou hem begroeten met: 'Zo, naar de kapper geweest?' En meteen daarop: 'Dus jij laat je tegenwoordig per ambulance naar je tentamen brengen...'

Waarop hij zou antwoorden: 'Tjiezes, zeker goed gewerkt vandaag', want dat was al vele jaren standaard de wedervraag (ooit opgeworpen door zijn moeder) bij een flauwe opmerking van mij.

Er stak een torentje, een soort schaakstuk, van rood plastic uit zijn voorhoofd (of iets hoger, het was door het verdwijnen van de haargrens niet precies vast te stellen): de drain, die in de schedel was geschroefd om vocht uit zijn zwellende hersenen af te tappen. Het herinnerde me weer aan zijn kapotte brein, dat zelfs het meest zouteloze grapje niet meer op zou kunnen nemen, gesteld al dat hij uit zijn coma zou ontwaken.

Een jongen gezond van lijf en leden, met een goed verstand. Voordat hij op zichzelf ging wonen, was Tonio nog van top tot teen onderzocht: helemaal gaaf, geen vlekje. In het laatste halve etmaal van zijn leven had hij, zowel lichamelijk als verstandelijk, niet gehandicapter kunnen zijn. Zelfs ademen kon hij niet langer op eigen kracht. Beide hersenhelften onherstelbaar beschadigd. *In godsnaam*, wat was er de zin en de betekenis van dat Mirjam en ik ruim eenentwintig jaar lang zo'n prachtige jongen in ons midden hadden gehad, een kind dat door z'n pure levenslust *ons* gezond en in leven hield, en dat wij nu afscheid moesten nemen van de zwaarst denkbare gehandicapte, met levensverwachting nul en verstandelijke vermogens tot nul teruggebracht?

Al die jaren van trots op het mooie en slimme wezen dat wij samen hadden voortgebracht... Uiteindelijk was het toch dit opgegeven wrak dat ik bij haar verwekt en dat zij voor ons gebaard had.

Tijd om te gaan. Het viel me zwaar om me nou juist het beeld van Tonio zoals hij daar lag voor de rest van mijn leven in te prenten. Maakte uitsluitend iemands laatst achtergelaten indruk aanspraak op geldigheid? Ik moest ervoor vechten, ook namens Mirjam en Tonio zelf, om de gave uitvoering van mijn zoon opnieuw erkend te krijgen.

Ik keek om me heen. Behalve wij drieën was er niemand in de gele tent, maar achter het nylon voelde ik de aanwezigheid van het personeel. 'Minchen, we kunnen beter nu weggaan. Ze zetten zo de beademing stop.'

Ik schrok van het onherroepelijke in mijn woorden. Stopzetten betekende: tot de dood erop volgde. Uitstel. *Nu*. Mijn broer Frans, Tonio's enige oom, was nog in Spanje. Hij kon niet eerder dan morgenvroeg terug naar Amsterdam vliegen. Ik had wel eens gehoord dat ze alleen bij hoge uitzondering, bijvoorbeeld wanneer er een naaste van heel ver moest komen om afscheid te nemen, het beademen vierentwintig uur rekten. Langer was menselijkerwijs niet verantwoord. Meer dan een etmaal had Frans ook niet nodig voor een nacht slaap (of slapeloosheid), de vlucht naar Schiphol, en de taxirit naar het AMC. Intussen kreeg Tonio een kans om... Om wat? Om uit coma te ontwaken, en tot de levenden terug te keren?

'Onze lieve Tonio,' zei Mirjam zacht huilend. 'Hij was altijd alleen maar aardig voor iedereen.'

Zij drukte nog een kus op zijn grauwe wang, die onder haar lippen alleen maar ingedeukt raakte: er zat geen elasticiteit meer in. Bij een laatste kus, op zijn voorhoofd, schampte haar kin langs de drain.

Het leek of ik er nu haast mee had. Ik nam Mirjam van achteren bij de schouders en duwde haar zacht naar de opening in het gordijn, terug de gang in.

3

Me aan Mirjam vastklampend zwalkte ik, slap in de benen, over de gang van de Intensive Care. Ik had het gevoel of ik in enig gezelschap ruzie had gekregen, iemand kort en fel de waarheid had gezegd, en nu, na het verlaten van de plek van samenkomst, met knikkende knieën wegliep, in het nakende besef dat ik ongelijk had en voor hetzelfde geld een pak slaag had kunnen krijgen.

We passeerden de inham met de hindoestaanse familie, waar rond het bed van de comapatiënte geen elleboog verplaatst of geen haarlok verschoven leek. In plaats van vervolgens links af te slaan, de gang in naar de kamer waar Hinde op ons wachtte, liepen we rechtdoor, zodat we een beetje verdwaalden. Het was alsof ik het laatste beeld van Tonio met mijn voorhoofd voor me uit duwde. Op de volgende kruising, waar ik dacht dat we linksaf moesten, stond ik opeens stil. Ik dreef mijn vingers diep in de bovenarm van Mirjam.

'Minchen, als hij van de beademing wordt gehaald… juist dan moeten we bij hem zijn. We kunnen hem niet alleen laten sterven… dat voelt als verraad…'

Ik had gejaagd gesproken. We snelden terug, voorbij de hindoestaanse nis, de hele gang door, en vonden ten slotte het gele gordijn. Tonio lag nog aan de beademing. Bij de apparatuur aan het voeteneind van zijn bed stond nu een verpleegster, die bij onze nadering niet opkeek. Zij richtte haar aandacht op de blauwe digitale schichtjes van het toestel, dat Tonio's functies registreerde, voor zover nog intact. Het kon zijn dat zij degene was die opdracht had gekregen de beademing uit te schakelen, en zich door onze binnenkomst verrast voelde.

Mirjam liet zich niet afschrikken door de chemische lucht rondom Tonio, en begon weer zijn gezicht te strelen en te kussen, woorden fluisterend die ik niet kon verstaan. Ik richtte mijn aandacht op Tonio's rechterhand, die roerloos op de bedrand rustte, de vingers in een onverschillige stand tussen gestrekt en gekromd – gewoon een ding dat daar was neergelegd. De nagels waren beschadigd, en droegen rouwranden.

Toen ik Mirjam net kende, had ik haar geplaagd met haar 'groezelige vingertjes' – een pigmentkwestie, die maakte dat haar vingers naar de toppen toe donkerder werden. Ik zag nu pas dat Tonio die aangeboren verkleuring van zijn moeder geërfd had, maar toen ik beter keek, viel me op dat zijn vingertoppen echt vuil waren. Ik wees Mirjam erop.

'Kijk, dat vuil onder zijn nagels. Hij heeft duidelijk een schuiver over het asfalt gemaakt.'

'Vuile nagels, die had hij altijd. Hoe vaak ik er niet iets van gezegd heb...'

Ze zei het bijna nuchter, als een achterhaalde opvoedkundige mededeling. De verpleegster was aan het voeteneind blijven staan, zonder naar ons te kijken, met een houding alsof zij ons niet eens opgemerkt had. Ze verrichtte vage handelingen aan of rondom het schichtjes producerende apparaat, maar vanuit mijn ooghoeken kon ik niet zien wat ze nou *precies* deed.

Ik pakte Tonio's hand, die in zijn willoosheid log en zwaar aanvoelde. De vingers waren gezwollen, en deden me denken aan zijn ledematen toen hij, recht uit de moederschoot, als een tros worstjes in mijn armen werd geworpen. Hij was nog ongewassen. In de opgezette, paarsige armpjes en beentjes zat nog weinig leven. Alle beschikbare verpleegstershanden waren vereist voor het bestrijden van vermeende complicaties bij de moeder. Het bleek allemaal nogal mee te vallen, maar ondertussen zat ik daar met dat plakkerige mormel aan mijn spijkerbroek vastgekleefd. (Ik zou er nog weken in rondlopen, zonder het opgedroogde plakkaat van slijm en bloed eruit te laten wassen, als een trotse indiaan met berenbloed op zijn jak.) Krijten deed het wel, maar zonder dat het lijfje eraan meedeed. Om de levensvatbaarheid te testen stootte ik met mijn pink tegen het poppenhandje. Onmiddellijk sloten de ragfijne vingertjes zich eromheen. Geboorte geslaagd.

Ik legde Tonio's hand weer neer, en stak er mijn duim onder, waarmee ik kriebelend de palm streelde. Er kwam geen beweging in. De huid voelde lauw aan. Normaal zou je zeggen: zijn hand voelde aangenaam droog en koel aan. Nu wist ik dat het een temperatuur tussen leven en dood was.

Ik bleef met mijn duim ritmisch langs zijn handpalm strijken – totdat opeens het toestel aan het voeteneind geagiteerd begon te piepen, en ik geschrokken mijn arm terugtrok. Het geluid had, in heel z'n elektronische kilheid, iets opgewondens, als van een moedervogel die alarm slaat wanneer haar nest bedreigd wordt (bij ons in de klimop). Mirjam maakte een schrikbeweging, en begon te beven. Aan Tonio's inerte staat was uiterlijk niets veranderd. Ik keek naar de verpleegster, die haar blik op het schermpje gericht bleef houden, en niet onder de indruk leek.

'Betekent dit dat het afgelopen is?' vroeg ik haar.

'Nee, hoor,' zei ze luchtig, zonder haar ogen van de kleine monitor af te wenden. 'Het lijkt juist net iets beter te gaan.'

'Beter... hoe bedoelt u?'

'Nou, wat ik zeg... ik zie enige verbetering.'

Ik geloof niet dat haar woorden enige hoop in mij wekten, maar ze brachten me wel in verwarring. (Later bleek dat haar opmerking, gelukkig, niet tot Mirjam doorgedrongen was.) De alarmpiepjes stopten. Betekende dit dat de door de verpleegkundige gesignaleerde verbetering er alweer de brui aan gaf?

Opeens was ik er niet zo zeker meer van dat zij het was die

de opdracht tot het uitschakelen van de beademing gekregen had. Misschien rustte op haar geen andere taak dan de gegevens van de apparatuur af te lezen, wat haar de feiten getrouw tot de mededeling had gebracht dat het 'iets beter' ging.

4

Nu zonder te verdwalen bereikten we de wachtkamer. De angst in de ogen van Hinde kon geen betrekking hebben op hoe het met Tonio afgelopen was, want dat wist ze al, maar had met ons te maken: hoe wij eraan toe waren, hoe ze ons moest opvangen. Ik snapte het. Ik was nooit voor iets zo bevreesd geweest als voor het radeloze verdriet van een ander.

Voordat we konden gaan zitten, sloeg bij mij opnieuw de paniek toe. 'Minchen, ze halen *nu* de beademing weg. We mogen hem *nu* niet in de steek laten.'

Sneller nog dan de vorige keer repten we ons de gang door naar het gele gordijn. Tonio in zijn bed. Als het lichtblauwe mondstuk voor hem op het dek had gelegen, was er misschien nog ruimte geweest voor de gedachte dat het door een slechte bevestiging tussen zijn tanden vandaan gevallen was, of dat hij het in zijn diepe slaap had uitgespuwd – maar het was nergens meer te bekennen. Ze hadden het weggenomen, en verborgen, opdat geen radeloos familielid het in z'n hoofd zou halen om de beademing weer op gang te brengen.

Tonio ademde niet meer. Hoe lang geleden hadden ze hem de adem afgesneden? Wij waren niet langer dan twee minuten weggeweest. Mogelijk was het nog maar net gebeurd... niet langer dan een halve minuut geleden... De verpleegster konden we het niet vragen, want die was weg.

Hadden ze het obscene moment waarop door mensenhand zijn leven onherroepelijk werd stopgezet voor ons verborgen willen houden? Of hadden wij, door weg te lopen, zelf aangegeven dat we er geen getuige van wensten te zijn?

'Het is nu echt zover, kleintje,' zei ik tegen Mirjam. 'Hij is stervende. Je ziet de kleur uit zijn gezicht wegtrekken.'

Stervende. Ik probeerde er zelf in te geloven, omdat ik anders nooit het moment zou kunnen aangeven. Daar was de homo duplex weer. Bij al het peilloze verdriet waarin ik wegzonk, was er nog plaats voor andere aandoeningen. Zoals trots. Ik was trots op hem: zoals hij daar sereen en soeverein lag te sterven. Hij kon het, hij deed het, hij stierf. Het was meer dan iemand tot nu toe van mij had kunnen zeggen. Ik was nog, kinderachtig, met mijn doodsangst bezig. Wat sterven betreft, lag Tonio een volle manslengte op me voor.

Vanaf dat we hem hier in de gele tent hadden aangetroffen, was hij natuurlijk al hersendood geweest. Het echte sterven, dat had hij op de operatietafel gedaan. In etappes, met de ene na de andere lichaamsfunctie die uitviel. 'Hij is stervende,' had ik tegen Mirjam gezegd. Ik liet het zo.

Dat de kleur uit zijn gezicht wegtrok, klopte in zoverre dat hij nog grauwbleker werd dan hij van meet af aan al geweest was. Zijn zeer lichte olijfteint moest hij in de vroege ochtend al zijn kwijtgeraakt, op de Stadhouderskade. Nu had zijn gezichtshuid zelfs niets glanzends meer. Het slap wordende vel trok de poriën open.

Als ik, angstig dagdromend, mijn gedachten en visioenen niet de baas was, kwam ik wel eens bij het beeld van een pasgestorven Tonio uit. Ik werd dan zo kwaad op mezelf dat ik van mijn ligbank opsprong en met twee handen tegelijk de obscene voorstelling uit mijn hoofd wrong. Muizen van mijn handen in de oogkassen, en zo hard mogelijk wrijven – tot er niets van het beeld restte, behalve de exploderende lichtvonken op mijn medeplichtige netvlies.

Nou, hier lag hij, Tonio. Dood. Ik had aldoor visionaire voorschotten genomen op wat onbegrijpelijkerwijs toch mogelijk bleek. Waar was mijn woede nu?

5

Opeens was ze terug, de verpleegster die bij ons vorige bezoek enige verbetering in Tonio's toestand had geconstateerd – nee, het was 'r niet, het was een andere. De jonge vrouw frunnikte aan wat knopjes van de apparatuur, die naar mijn indruk al uitgeschakeld stond. Overigens viel me op dat, behalve van het beademingstoestel, alle slangen en snoeren nog op hun plaats zaten.

'Alleen het mondstuk is verwijderd,' zei ik tegen haar. 'De rest niet.'

Zonder me aan te kijken zei ze: 'Alles moet zoveel mogelijk op z'n plaats blijven, totdat de gerechtsfotograaf is geweest. Het uitwendig letsel wordt altijd vastgelegd met de apparatuur aangesloten. Ik weet ook niet waarom. Dat zijn zo de regels.'

Ik vroeg maar niet of ze, ten gerieve van de fotosessie, voor de vorm ook het beademingsapparaat weer zouden aansluiten. Het zou nog niet zo gemakkelijk zijn. Sinds ze het mondstuk hadden weggenomen, waren Tonio's lippen gaan wijken, en begon uiterst langzaam zijn tong naar buiten te puilen, dik en loom, als bij een slaperige mongool. Bijna had ik de verpleegster gevraagd het proces te stoppen, er collega's bij te halen, een arts desnoods – als het obscene zwellen van die tong maar tot staan werd gebracht. Maar juist op dat moment liep ze bij het bed vandaan. Het nylon gordijn ritselde. Ze was weg.

Zo hadden wij hem nooit gekend. Tonio was al tot onherkenbaarheid aan het vervormen.

Mirjam richtte zich op een ander verontrustend detail. Met haar duim probeerde ze Tonio's linker ooglid, dat bezig was omhoog te kruipen, weer op z'n plaats te drukken. Elastisch als het blijkbaar nog was, schoot het telkens opnieuw in de half geloken stand. In vroeger tijden werden er geldstukken op de oogleden van de gestorvene gelegd, om ze te beletten open te gaan. De homo duplex bracht me een boek in herinnering, van

Dickens misschien, dat ik als jongen gelezen had, en waarin een of andere armoedzaaier de twee munten van het gezicht van een opgebaarde dode probeerde te stelen. Het gevolg was dat de overledene de dief met wijdopen ogen verwijtend aankeek.

We deden er beter aan hier weg te gaan voordat Tonio, die er eerst zo vredig bij gelegen had, op zijn beurt afscheid van ons zou nemen met onbegrijpelijke blik en achterlijk uitgestoken tong. We kusten hem allebei nog een keer op wang en voorhoofd, waarbij Mirjam murmelde: 'Mijn arme schat... mijn lieve Tonio.'

Op de ochtend van 15 juni 1988 had ik hem, geholpen door de geschoeide handen van een verloskundige, uit zijn moeder zien komen. Hij scheurde haar open om zich toegang te verschaffen tot de wereld. Zij stond hem met een langgerekte kreet van overgave toe haar bilnaad los te tornen om zich een weg te banen. Krap tweeëntwintig jaar later was ik er getuige van hoe hij weer in zijn moeder verdween – niet in de gedaante van een dode, maar in de vorm van een donkere wolk verdriet, die onafbreekbaar in haar opgeslagen werd.

Ik deed een stap naar achteren. Terwijl Mirjam onze zoon met een paar laatste strelingen en fluisteringen bedacht, bleef ik zo lang mogelijk naar hem kijken – niet alleen naar zijn gezicht, maar naar de hele gestalte, van hoofd tot voeten en weer terug.

Omdat hij zo klein was, hadden ze hem meteen na de eerste wasbeurt in een couveuse gelegd. Ter observatie. Omdat Mirjam gehecht moest worden, troonde een kraamverpleegster mij mee naar de couveuseafdeling. Daar lag hij in zijn glazen wieg, met in de wand witte rozetten, waar zorgende armen doorheen gestoken konden worden. Met een veel te grote pamper om was hij vastgepind aan allerlei snoertjes en slangetjes. Hij krijtte ijler dan ik ooit een boreling had horen doen. Hij hield zijn beentjes ver opgetrokken, misschien omdat hij het maanden zo gewend was geweest. Maar het was godverdomme *wel* mijn zoon, daar ging niets vanaf.

‘Het is hier op de afdeling de gewoonte,’ zei de verpleegster, ‘om van elke nieuwe baby een foto te nemen. De eerste is van het huis, zeggen wij altijd.’

‘Nou, graag.’

Zij richtte een polaroidcamera op de zijkant van de couveuse. Terwijl ze het toestel nog in de juiste stand probeerde te krijgen, hield Tonio op met huilen. Was het stompe gezichtje eerst omhoog gericht geweest, nu kantelde het in onze richting. De verpleegster drukte af. Ik verbeeldde me dat het flitslicht, dwars door zijn nog blinde oogvliezen heen, de kleine opnieuw aan het krijten bracht. Het apparaat in de handen van de vrouw begon te zoemen, en Tonio’s eerste portret kwam tevoorschijn, verstopt in een zwart vierkant.

‘*Dat* noem ik nog eens fotogeniek,’ zei ze, wapperend met het glanzende plaatje. ‘Precies op het juiste moment ophouden met brullen. Een halve seconde, meer kon er niet af, maar het was net genoeg.’

Zij blies op het donkere oppervlak, alsof ze met haar adem de afbeelding moest bezielen. En het lukte, haar hoogstpersoonlijke manier van ontwikkelen slaagde: langzaam kwamen de contouren van een ingesponnen Tonio naar de oppervlakte.

In heel z’n verfletstheid koesterden we die eerste polaroid nog steeds. Straks, bijna tweeëntwintig jaar later, zou Tonio opnieuw, vastgeslangd en vastgesnoerd, in een ziekenhuis gekiekt worden, ditmaal op zijn doodsbed – hoogstwaarschijnlijk voor ’t laatst. Het menselijk bestaan klopte van geen kant, maar de cirkels waren altijd mooi rond, en dat was nou precies wat er niet aan deugde.

Dat de cirkel van mijn leven die van Tonio’s leven bleek te kunnen omsluiten, dat maakte er voor de rest van de wiskundige eeuwigheid een besmette meetkundige figuur van.

Mirjam en ik wisten dat het afscheid nu definitief en voorgoed was. Ik wens me hardnekkig te herinneren dat we achteruit liepen tot we achter het gele gordijn en op de gang waren. Waarschijnlijker is dat we telkens omkeken om ons dat laatste beeld van hem nog scherper, nog dieper in te prenten.

6

Ontzetting. Er was geen ander woord voor. Ik had het verschijnsel wel bij anderen geobserveerd. Het betrof dan actieve ontzetting, die niet alleen door de gezichtsspieren tot uitdrukking kwam, maar waar heel het lichaam aan deel leek te willen nemen, overigens zonder enige verlichting te kunnen schenken. Handen grepen naar de borst, vingers klauwden in de mond, de adem imiteerde een piepende blaasbalg.

'Nee... *nee.*'

Mijn ontzetting was een stille, koude ontzetting. Bloed, tranen, overig lijfsvocht – alles leek, aan de oppervlakte onttrokken, mijn verkilde binnenste in geleid te worden, om daar te bevriezen.

7

Ik had nog een herinnering aan Tonio in zijn couveuse. Zijn piemeltje (het gerimpelde tumtummetje waar ik het eerst naar gekeken had om het geslacht van mijn kind vast te stellen) zat met een stuk tape zodanig vastgeplakt dat het met het tuitje in de richting van zijn voeten wees, blijkbaar om te voorkomen dat de kleine over zijn nog te genezen navel zou plassen. Je kon ze niet vroeg genoeg leren richten.

Wat hadden ze tijdens het eindeloze opereren met zijn geslacht gedaan? In een documentaire over de moord op John Lennon kwam een arts aan het woord van het ziekenhuis waar de zwaargewonde muzikant naartoe gebracht was. 'Daar lag, naakt, de held van mijn jeugd, met zijn geslacht vastgetapet tegen zijn dij.'

Nu ik me het filmfragment herinnerde, raakte ik het niet meer kwijt, en dat gold dan vooral voor het beeld van de naakte zanger, plaatselijk ingetapet met het oog op de autopsie. Ach, Tonio, dat mooie, verfijnde instrumentarium... je had er nog zoveel mee uit te richten. Je was nog maar net begonnen.

8

In de gang stuitten wij op onze blonde verpleegster, die na een hele dag werken in dit doorgangshuis nog niets van haar frisheid verloren had. Stond zij ons daar op te wachten, of kruiste zij, uit een kamer komend, toevallig ons pad? Zij bleef, met een stapeltje stofmappen tegen haar boezem gedrukt, gelijk met ons oplopen.

'Gaat het een beetje?' vroeg ze. En meteen daarop: 'Nee, wat zeg ik nu toch? Het gaat natuurlijk helemaal niet.' Voor 't eerst vandaag verdween de opgewektheid uit haar gezicht. 'O, sorry, sorry.'

Haar excuus klonk oprecht, een ietsje wanhopig zelfs, wat niet bij haar paste. Misschien was ze nog in opleiding.

'Verontschuldig je maar niet.' Ik hoorde de stroefheid in mijn eigen stem. 'Je hebt ons de hele dag geweldig begeleid.'

Op het kruispunt vlak bij onze kamer nam ze met een bedroefd gezichtje afscheid. Haar dienst zat erop.

'Ik wens u allebei *echt* heel veel sterkte.'

Ze had zo'n rank handje, waarin je de botjes buigzaam over elkaar heen voelde glijden.

Op het tweezitsbankje zat een vrouwelijke arts met een clipboard vol papieren ter ondertekening. Ze gaf tekst en uitleg, maar er drong geen woord van wat ze zei tot me door. Terwijl de zusjes Rotenstreich elkaar huilend troostten, zette ik het gevraagde aantal keren mijn krabbel op de met een kruis aangeduide plek. Ik kon alleen nog maar denken aan de gezamenlijke signeersessies met Tonio in allerlei boekhandels midden jaren negentig. Hij wilde zo graag op elke Franse pagina zijn eigen naam onder mijn handtekening zetten, maar ging akkoord met de voorwaarde dat de klant uitdrukkelijk om Tonio's bijdrage moest verzoeken. Zijn blije, verlegen lach als de koper vroeg: 'Mag ik er ook een van uw zoon?'

Nu ondertekende ik papieren namens hem.

9

Boekhandel Scheltema, Koningsplein, zaterdag 22 juni 1996. Ruim tweeënhalf uur lang blijft Tonio volhardend zijn naam onder de mijne krabbelen, waarna hij het boek dichtslaat en aan de klant overhandigt. Hij geniet, maar zijn lach heeft iets ironisch, alsof hij wel weet dat hij de kluit belazert, en daar geniet hij net zo goed van.

'Heeft jongeheer Tonio ook meegeschreven aan het boek?' vraagt een oudere man.

'Nee,' roept Tonio, en zijn stem schiet uit in een hoge lach. 'Ik weet geeneens wat erin staat.'

Er is een dame van de radio. Ze neemt met hoog geheven microfoon achtergrondgeluiden op, en ondervraagt kort enkele wachtenden in de rij. Opeens ben ik Tonio naast me kwijt. Terwijl ik boeken blijf signeren, zie ik hem vanuit mijn ooghoeken bij de radiomevrouw staan. Als ik mijn gehoor inspan, kan ik hem vrolijk en onbevangen haar vragen horen beantwoorden, heel uitvoerig en in min of meer coherente volzinnen.

'Natuurlijk mag ik ook mee signeren. Hij is mijn vader, en hij heeft *zooooo* lang boven gezeten, en ik heb *zooooo* lang moeten wachten tot hij eindelijk eens klaar was... Kijk' (hij pakt een boek van de stapel, en slaat het open) 'hier staat het... "Voor Minchen en Totò en hun engelengeduld"... dat zijn mama en ik. Omdat we nooit geklaagd hebben... alleen soms, een beetje.'

En zo gaat het nog een tijdje door. Als hij zijn plaats weer inneemt, en de dop van zijn oranje vulpen schroeft, zegt hij: 'Hè, hè, eindelijk m'n eerste interview gegeven.'

'Zo, Tonio, wat had je allemaal te smoezen over mij?'

'O, niks, het waren vragen waarop je alleen maar ja of nee hoefde te zeggen.'

Als ik drie weken later zo'n zelfde sessie bij Athenaeum Boekhandel heb, bedankt Tonio voor de eer. 'Twee keer signeren per jaar, dat vind ik wel wat saai.'

10

De arts verzamelde de ondertekende vellen weer onder de clip, en stond op. Ik kon haar niet zomaar laten gaan.

'Wat gebeurt er nu verder met het lichaam van mijn zoon?' vroeg ik. 'Ik heb begrepen... het letsel, dat wordt zo dadelijk door een politiefotograaf... een gerechtsfotograaf... maar daarna?'

'Dan wordt hij in de lift naar het mortuarium gebracht.' Iets in haar toon deed me beseffen dat ze het me al eerder, misschien een paar minuten geleden, had uitgelegd. 'Dat is beneden, in het souterrain. Daar blijft hij totdat de door u aangewezen uitvaartonderneming het lichaam komt opvragen.'

Wat er vooral van bleef hangen, was dat ze *hij* en *het lichaam* in een en dezelfde zin had gebruikt.

11

Voordat we in de lift stapten, klampte Mirjam op de IC een verpleegster aan. 'Heeft u nog wat kalmeringstabletjes voor ons?

We komen anders de nacht niet door.'

De vrouw wist niet van ons geval, dus legden we uit waarom we valium nodig hadden. Mirjam kreeg een paar zuinige stripjes in de hand gestopt, en niet van harte.

'Mag ik er alsjeblieft nog wat?' zei ze. 'Ik ga ze echt niet op de pillenbrug verkopen.'

Even later stond ik met een dichtgeklemde hand vol valium in de lift. De scherpe hoeken van het aluminiumfolie staken in mijn vlees. In mijn andere hand hield ik Tonio's portemonneetje. Mirjam droeg de plastic zak met zijn gsm.

Beneden in de hal bestelde Hinde bij de portier een taxi. Ik keek Mirjam aan. Zij zag bleek, maar huilde niet. Zij schudde alleen maar voortdurend heel zacht haar hoofd. Ja, hier stonden we. Te bekomen van een gruwelijke ervaring. Natrillend op onze benen. Maar spoedig zouden we de verschrikking achter ons kunnen laten. De kleur zou in onze gezichten terugkeren, en alles zou al gauw weer bij het oude zijn.

Zo voelde het.

'Twintig minuten,' riep de portier. 'Het is druk.'

We gingen buiten in het late zonlicht zitten, op een lage trekker, die misschien voor het vervoer van zakken wasgoed diende. Hinde ging op veilige afstand van de draaideur een sigaret staan roken. Ik voelde me afgemat, en wist niet wat te zeggen. Ook Mirjam zweeg. Zelfs het zonlicht maakte een vermoeide indruk, na de hele dag zo laaiend over ons ongeluk te hebben geschenen.

De taxi was er al na tien minuten, maar misschien was deze niet voor ons bestemd. Omdat de chauffeur geen aanstalten maakte om bij de portier te gaan informeren, stapten we snel in: Mirjam en ik op de achterbank, Hinde voorin. 'Oud-Zuid graag... Johannes Verhulststraat.'

Ruim twee weken geleden had ik voor 't laatst in een taxi gezeten, nadat ik zo onverwacht intiem afscheid van Tonio had genomen in de Staalstraat. Het biljet van vijftig euro, dat ik vergat in zijn borstzakje te stoppen. Net als toen keek ik ook nu bij het wegrijden nog even door de achterruit, en evenmin als toen was er een spoor van hem te bekennen.

Ik probeerde me Tonio voor te stellen zoals hij nu, door ons aan zijn roerloze lot overgelaten, op de Intensive Care in zijn tijdelijke bed lag, dat zich in zo'n korte tijd van sterfbed tot doodsbed ontwikkeld had. (Ik dacht tenminste altijd dat sterfbed het bed was waarin men stierf, en doodsbed het bed waarop men, al gestorven, provisorisch opgebaard lag.) Op verzoek van de gerechtsfotograaf had de verpleegster het dek tot aan het voeteneind teruggeslagen, terwijl hij bezig was zijn camera op een driepoot te schroeven. Eerst maakte hij opnames van Tonio's met grove steken dichtgenaaide open zij, waar de auto hem vol getroffen had. De man zorgde ervoor dat in het licht van de filmlampen de verkleuringen en bloeduitstortingen goed uitkwamen. Hierna fotografeerde hij de overige incisies in de torso, en van de drain en de zaagsporen in de schedel.

Ecce homo, en wat er van een mens overbleef. Aldus was Tonio, drie dagen nadat hij dat knappe meisje bij ons thuis gefotografeerd had, aan zijn laatste fotosessie begonnen – met hemzelf als model.

Vanwege de dubbelsporige schaafwond die vanuit de hals over de kin naar de neus liep, zou de fotograaf Tonio's gezicht in close-up nemen. Ik ervoer het als een belediging dat het laatste portret van zijn mooie smoel zo onflatteus zou uitpakken, met die obsceen gezwollen, door de lippen heen gebroken tong. Alsof dat zijn laatste boodschap aan de wereld was: een uitgestoken tong, zoals in vroeger tijden de ter dood veroordeelde op het schavot een lange neus maakte naar de beul.

De taxi reed de snelweg op, richting Amsterdam-Zuid. Uit de boordradio (of misschien was het een cd-speler) kwam op volle sterkte hippe Arabische jengelmuziek – een soort elektrische bouzouki's, waarbij de zang werd afgewisseld door onvervalste *rap*.

'Mag de radio misschien iets zachter?' vroeg Hinde.

De chauffeur reageerde niet erg begripvol, terwijl het gebouw waar hij ons had opgehaald toch duidelijk een hospitaal was, en zijn passagiers ontegenzeggelijk ontdaan, om niet te zeggen gebroken, waren ingestapt.

'We hebben in het ziekenhuis namelijk erg slecht nieuws gekregen,' probeerde ze nog.

'Oké, oké,' zei de man geïrriteerd. Hij stelde de volumeknop een heel klein beetje lager af. Wie waren wij tenslotte om zijn arbeidsvitaminen te verstoren. Arabische *rap*, het was weer eens wat anders. Op dat moment klonk in de auto de ringtone van een mobiele telefoon, maar heel gedempt, zoals de gsm van een vrouw klinkt op de bodem van haar schoudertas. De mijne was het niet. Die van Mirjam zou ik herkend hebben. Maar Hinde reageerde ook niet, net zo min als de bestuurder.

Ineens drong tot me door dat het Tonio's mobiel was die overging in de plastic zak waarin we hem meegekregen hadden. Die lag bij Mirjam op schoot. Ze hadden hem niet geseald, maar dichtgesnoerd met zo'n plastic wurgkoord waar een schaar aan te pas moest komen. Mirjam en ik zaten verstijfd naar de verpakte gsm te kijken. (Misschien voelde zij het apparaatje trillen op haar bovenbeen.) De beller moest iemand zijn die nog van niets wist. Het kon dus iedereen zijn – behalve Jim, en zelfs die kende het laatste, definitieve nieuws nog niet.

Net toen Mirjam haar nagels in de plastic zak wilde zetten om hem open te scheuren, hield de ringtone op. We wachtten op het signaal van de voicemail, maar dat bleef uit: er was kennelijk geen boodschap ingesproken.

'Er dringt opeens iets tot me door,' zei ik zacht tegen Mirjam. 'Ze hebben ons zijn mobiel meegegeven, zijn portemonnee, maar niet zijn horloge.'

'De aanrijding...' Haar stem klonk mat, uitgeput. 'Misschien is het van zijn pols geschoten. Die armband, daar zat wat speling in.'

'Dan zou de politie het gevonden hebben. Na zo'n ongeluk zetten ze meteen het hele gebied af. Gele verfstrepen op het wegdek... je weet wat die agent vanmorgen zei. Ze reconstrueren alles. Zo'n hele plek wordt uitgekamd op aanwijzingen. Misschien ligt Tonio's horloge bij de politie als bewijsmateriaal...'

Ik moest denken aan de foto's van polshorloges uit een museum in Hiroshima. Gesmolten en vervormd, en allemaal met hun verwrongen wijzers het tijdstip van de atoombom vereeuwigend. 'Het kan stil zijn blijven staan op het moment van de klap,' zei ik.

'*Als* hij het om had.'

De taxi nam een afslag: een bocht die driekwart van een cirkel beschreef, waarbij Mirjam, blijkbaar zonder de lust zich schrap te zetten, tegen me aan geperst werd. Het warme, zachte lichaam, dat Tonio mogelijk had gemaakt, en waarin hij op zijn beurt sporen had achtergelaten.

'Vorige week zondag,' zei ik. 'Jullie zouden de stad in gaan... om een nieuw horloge te kopen. Ik heb je er niet meer over gehoord.'

'Tonio mailde 's morgens dat hij zich brak voelde. Altijd dat woord. Brak. Daar kon je bij hem alle kanten mee op. Van katterig tot verkouden. Wegens brakte hebben we de aankoop dus tot aanstaande zondag uitgesteld.'

'Niet tot vandaag?'

'We wisten niet of de winkels op Eerste Pinksterdag open gingen.'

'Minchen, toen in de Staalstraat, dat eetcafé... weet jij nog of Tonio zijn horloge daar om had? Hij ging zo gretig op de aanschaf van een nieuw in... misschien...'

Vreselijk, dit gesprek. Alsof we radeloos op zoek waren naar iets van Tonio dat nog tikte. Bij de herinnering aan de Staalstraat begon Mirjam weer zacht te huilen. Ze was zo trots op hem geweest, die avond – op zijn gevatheid, zijn alerte meningen. Hij was een persoonlijkheid geworden.

'Ik heb er niet op gelet,' snikte ze.

'Het was zo'n opzichtige knol van een horloge,' zei ik, 'en hij droeg het bijna altijd. Het viel me op als hij het eens een keer *niet* om had.'

'Nou, dan had hij het dus *wel* om,' zei Mirjam, haar hoofd wegdraaiend. Ik wist dat ik er nu over op zou moeten houden.

12

Leidsegracht, 1992. Bij mijn thuiskomst zat Mirjam, met een douchekap tegen het stof op haar hoofd, over een verhuisdoos gebogen. Ze sloeg ritmisch twee boeken tegen elkaar, waar het stof uit opwolkte dat ze zelfs in afgesloten staat hadden weten te vergaren.

'Leg maar weer terug, Minchen. Ik heb een huis gevonden.'

'Op de Veluwe, mag ik hopen?'

'Op je geboortegrond. In je oude buurt.'

'Mag ik het wel eerst zien?'

'Nu meteen, als je wilt.'

De beheerder van het pensioenfonds, die ons (net als de Veluwse huisbaas Roldanus) een huurcontract voor drie jaar had laten tekenen, vond het (anders dan Roldanus) geen enkel bezwaar om ons na achttien maanden alweer te laten vertrekken, *mits* we zelf voor een nieuwe, solvabele huurder zouden zorgen. Voordat we er een gevonden hadden, kwam de pensioenman al aanzetten met een concertpianist. De bovenetages waren precies wat die zocht om zijn twee vleugels neer te zetten. Ik vroeg me af of de kleine ruimtes wel de juiste akoestiek te bieden hadden, maar misschien speelde de pianist wel uitsluitend moderne composities voor in donsdek verpakte piano, waarvan de toetsen door een rubbermat heen beroerd dienden te worden, terwijl een blikken specht de poten bewerkte. Ik was veel te blij dat we van onze huurverplichtingen ontslagen werden, en zo spoedig al in het nieuwe huis aan de Johannes Verhulststraat konden trekken.

(Met de nieuwe huurder had het pensioenfonds van het reclamebureau het niet getroffen. Na een paar vooruitbetaalde maanden kwamen er geen stortingen meer. Toen de huurachterstand was opgelopen tot een vol jaar, en de deurwaarder zijn komst al had aangekondigd, bleek de concertpianist, wiens naam niemand ooit op een affiche had zien staan, met de noorderzon vertrokken. Op een dag kreeg ik telefoon van Cristofori, het pianobedrijf dat, niet ver van de Leidsegracht, aan de Prinsengracht gevestigd was. Een dame vroeg me of ik haar het nieuwe adres kon geven van de vriend die van mij het appartement aan de Leidsegracht had overgenomen.

'Hij heeft bij Cristofori, ziet u, twee topvleugels geleased... overigens zonder zijn betalingsverplichtingen na te komen... en nu zijn de instrumenten blijkbaar mee verhuisd naar zijn nieuwe onderkomen. Dus wij dachten dat u misschien...'

Ik legde haar uit dat de concertpianist geen vriend van me was, dat ik hem zelfs nooit gezien had, ook niet op het podium. De medewerkster van Cristofori wist me, zuchtend van verontwaardiging, ook nog te vertellen dat de man zo brutaal was geweest bij het naar beneden takelen van de beide vleugels de hulp in te roepen van enkele bouwvakkers, die tijdens de verhuizing het souterrain aan het verbouwen waren – in opdracht van het reclamebedrijf.

'De brutalen hebben de halve wereld,' zei ik maar.

'*En* twee van onze duurste piano's,' voegde ze eraan toe.

Ik vertelde het verhaal 's avonds aan Tonio, toen ik hem op het bovendek van zijn nieuwe stapelbed ging instoppen. Ik verfraaide de geschiedenis met het beeld van een man die, met twee aan de schouders gehechte concertvleugels, op de noorderzon af vloog.

'De noorderzon bestaat niet,' zei hij stellig. 'De zon komt in het oosten op. Hij staat op z'n hoogste punt in het zuiden, en gaat in het westen onder.'

Met een man die zich door middel van vleugelpiano's in de lucht verhief, had hij kennelijk minder moeite. Hij liet me het verhaal telkens opnieuw vertellen, en moest dan hard lachen om de poets die we de verhuurder van ons vorige huis gebakken hadden door er dat pianospelende fabelwezen in achter te laten.)

De formaliteiten rond de aankoop van het huis werden geregeld. We konden elk moment gebeld worden om ons bij de notaris te vervoegen. In de Leidsestraat nam ik elke dag wel een keer lijn 2 om me naar Zuid te laten brengen. In café Bar-B-Q, op de hoek van de Banstraat en de Johannes Verhulst, schuin tegenover het nieuwe pand, ging ik dan voor het raam naar de gevel van gele baksteen zitten kijken. Het was de linkerhelft van een tweelinghuis. Onze voorgevel was recentelijk gezandstraald, terwijl die van het huis rechts zo te zien in z'n bestaan nog nooit was gereinigd, en al het vuil en roet van de bijna voorbije eeuw vergaard had. In de groezelige rechterhelft van de gele tweeling woonde en praktiseerde een longarts. De uitbater van Bar-B-Q wist me te vertellen dat de dokter, door patiënten aangesproken op zijn beroete gevel, standaard antwoordde: 'Dat is ter illustratie van het consult... om u te laten zien hoe uw longen er na veertig jaar roken uitzien.'

Veel was er verder aan ons huis nog niet te zien. Er hingen verschoten gordijnen voor de ramen, met op de vensterbanken potten vol verdroogde planten, stille kraakwachten. Ik zat daar maar, en keek, en herhaalde bij mezelf dat we daar een nieuw leven zouden beginnen. Tonio, net vier geworden, zou er opgroeien, na zijn eindexamen de deur uit gaan, en er na jaren, als het ons eigendom geworden was, met zijn gezin in terugkeren, terwijl wij kleiner gingen wonen. Het komende anderhalve decennium zouden we er met z'n drieën veilig zijn. Ik draaide me om naar de barman, en vroeg of er veel inbraak in de buurt was.

'Alleen gerichte kraken,' zei hij. 'Bij mensen met schilderijen of een postzegelverzameling.'

Postzegels verzamelde ik niet, en tot nu toe hingen er bij ons alleen een paar ingelijste tekeningen van Tonio aan de muur, zoals zijn meesterlijke portret van de kat Cypri.

13

De taxi verliet de A10, en daalde af naar Buitenveldert.

'Kritieke toestand,' zei ik. 'De hele dag heb ik met die term zitten worstelen. Met de betekenis ervan... de rekbaarheid van het begrip vooral. Dat kritieke, het had op de een of andere manier iets geruststellends. Alsof het met wat extra inspanning van de artsen wel goed zou komen... Ik weet nu dat het kritieke van een kritieke toestand ook uit kan komen.'

'Dan heeft dat begrip voor mij een heel andere lading,' zei Mirjam. 'Toen vanmorgen de politie aan de deur stond, toen wist ik al dat er iets heel erg mis was. Nog voor ze hun mond open hadden gedaan. Bij het horen van kritieke toestand wist ik zeker dat hij dood zou gaan. Of al dood *was*.'

'Hij leefde nog.'

'De hele dag voelde ik dat het fout zou aflopen. Natuurlijk had ik geen zekerheid. Zonder milt had Tonio wel door kunnen leven. Zoals iemand met één nier ook verder kan. Maar toen ik hoorde over zijn hersenen... dat na de rechter- ook de linkerhelft was gaan zwellen... Ik zat te bidden dat we geen kasplantje terug zouden krijgen.'

'Een Tonio die uit coma ontwaakte,' zei ik, 'dat was later op de middag mijn schrikbeeld. Ernstig beschadigde hersenen, en zich dan nog net zijn conditie kunnen realiseren. O, mijn God, wat heb ik aangericht? Wat heb ik met mijn onvoorzichtigheid allemaal kapot gemaakt? Ik denk dat ik gestorven zou zijn aan *zijn* berouw, aan *zijn* schaamte... gevoegd bij die van mij dan.'

Hierna was het weer een poos stil, op de Arabische muziek en het snikken van Mirjam na. We reden door de Stadionbuurt, en naderden het Haarlemmermeercircuit, waar mijn schoonvader Natan vlakbij woonde. Hinde draaide zich om naar haar zus, en zei: 'Papa en mama inlichten... hoe denken jullie dat te doen?'

'Niet over de telefoon,' zei Mirjam.

Ze spraken af om eerst bij ons thuis te overleggen, en dan samen de fiets te nemen naar de respectieve adressen van hun ouders – de volgorde, dat zagen ze nog wel. Het verbaasde me enigszins dat ik zo vanzelfsprekend van de pijnlijke missie werd uitgesloten, maar ik protesteerde niet.

14

We stapten uit de taxi. Ik keek langs de gevel van gele baksteen omhoog. Door de half opengeschoven gordijnen van Tonio's voormalige kamer scheen elektrisch licht – vanmorgen waarschijnlijk door Mirjam aan gelaten toen zij zich daar sidderend van angst was gaan aankleden.

Ik herinnerde me die keer, augustus 1998, toen we van vakantie terugkwamen en een zeskoppige familie voor ons huis hadden aangetroffen. De mensen stonden met het hoofd in de nek omhoog te kijken, op aanwijzing van een oude man, die zich als de gids van het gezelschap gedroeg. Ze spraken Engels (Amerikaans). Toen hij ons met koffers naar de voordeur zag zeulen, kwam de oude man op ons af. Hij stelde zich in het Nederlands voor, en vertelde dat hij hier tot zijn zestiende, dat wil zeggen tot kort voor het uitbreken van de oorlog, gewoond had. Via Zwitserland had hij naar Amerika kunnen vluchten – naar New York, waar hij nog steeds woonde. Hij was in het gezelschap van zijn vrouw, dochter, schoonzoon en twee kleinkinderen. Vanwege zijn vijftigjarig huwelijksfeest had hij de hele familie een reis naar zijn geboortestad aangeboden, met als mogelijk extra's de bezichtiging van het huis waar hij zijn jeugd had doorgebracht.

We lieten de familie graag binnen. Tonio, die dacht dat hier een gewichtige taak voor hem weggelegd was, draafde voor de mensen uit naar wat hij vond dat de bezienswaardigheden van het huis waren: de kelder vol technisch lego, en zijn eigen kamer met het reuzenrad van Knexx. De vader van de oude man had hier een wijnimport gedreven: in het souterrain was de opslag geweest. Terwijl Tonio zijn lach door het huis liet klateren, liep het hele gezin te huilen. Vooral de echtgenote en de dochter hadden het te kwaad. Vader had het zo vaak over het huis van zijn jeugd gehad, en nu... nu liepen ze er zomaar in rond! Veel in het huis was in de loop van bijna zestig jaar veranderd door verbouwingen, maar soms herkende de man tot zijn ontroering nog dingen uit de jaren dertig. Het glas-in-lood van de balkondeuren, plafondornamenten, het dienstbodekamertje op de derde verdieping.

Toen we in de huiskamer aan de koffie zaten, wees hij op een kastdeur. 'Daarin is een geheime bergplaats. Mijn vader had daar een kleine kluis.'

Mirjam opende de kast. Onderin lag een stuk linoleum, dat een klein luik bleek af te dekken, dat we nooit eerder gezien hadden. De bergruimte eronder was leeg (maar zette de fantasie van Mirjam in werking, zodat er een paar jaar later een thrillerachtige roman over verscheen). Het ontroerde de man, en de hele familie, dat hij nog iets tastbaars van zijn vader had weten aan te wijzen.

Ik liet mijn blik nog eens omhoog gaan langs de gele gevel waarachter Tonio was opgegroeid – om er vanaf vandaag nooit meer terug te keren, ook niet op hoge leeftijd. Door de herinnering aan de oude man moest ik nu met een niet te stelpen golf medelijden denken aan Natan, Tonio's zevenennegentigjarige grootvader, die straks van zijn dochters te horen zou krijgen dat zijn kleinzoon niet meer leefde.

15

Mirjam en Hinde waren nu waarschijnlijk van hun vader in de Lomanstraat fietsend op weg naar het tehuis Sint Vitus in de Jordaan, waar hun moeder was ondergebracht. Hoe je ouders te vertellen dat hun enige kleinkind op straat was doodgereden – ik kon me er voorlopig geen voorstelling van maken. Ik wou maar dat ze gauw naar huis kwamen. Ik was bang.

In het AMC had ik verspreid over de dag veel vaker dan ik gewend was het toilet bezocht, voor het steeds korter lozen van almaar kleurlozer urine, zoals je wel overkwam nadat je ergens met regennatte kleding in een tochtige stationswachtkamer had moeten zitten. Ook nu, terwijl de warmte van de zomerse Pinksterdag nog in huis hing, deed de aandrang, als van een kou op de blaas, zich weer gelden. Ik zat zeker een kwartier op de uiterste rand van de bank, met mijn vuisten naast me in de kussens geschroefd, klaar om me af te zetten en overeind te komen en naar de wc te gaan. Toen ik me er eindelijk toe had kunnen brengen op te staan en de kamer uit te lopen, bleef ik nog een poos besluiteloos op de overloop rondhangen. Mijn handen lagen op de balustrade die de leuningen van de trap naar boven en die naar beneden verbond. Zo stond ik, langs de treden de hal in kijkend, veilig met mijn rug naar de wand met de foto's.

Links van me, tegen het reservekeukentje aan, bevindt zich het toilet. Tegenover de deur daarvan heeft Mirjam, jaren geleden al, over de gehavende plek van de verplaatste stoppenkast heen een hoek met portretten van Tonio ingericht. Ze stammen uit verschillende leeftijdsfases.

Tonio als kleuter, met een verplichte lach die de beteuterde ernst er niet helemaal onder krijgt.

Een branieachtige Tonio, met stoere pet op, breed grijnzend tussen de giechelende zusjes Merel en Iris in. (Aan zijn ontblote tanden te zien nog voor de installatie van een beugel.)

Verkleed als Dorus, compleet met snor, bolhoed en stofjas,

toen hij op een feestdag van de Cornelis Vrijschool het lied 'Daar zaten twee motten' moest zingen (of playbacken).

Als achtjarige, samen met zijn vader boeken signerend bij boekhandel Scheltema. (Op de foto, van Klaas Koppe, overhandigt hij juist een getekend exemplaar aan een koper.)

Met vriend Jim in Antwerpen bij de uitreiking van de Gouden Uil 2004 (niet aan mij), allebei met een groot glas Jupiler in de hand, krom staand van de slappe lach. Tonio spert van hilariteit zijn mond wijd open, zodat de op zijn vijftiende nog altijd aanwezige beugel vonkend zichtbaar is.

Tonio's zelfportret als Oscar Wilde, resultaat van een groepsopdracht op de Amsterdamse Fotoacademie, najaar 2006.

Wie daar van de wc komt, kan niet om deze portrettengalerij heen. Ik wist niet meer wanneer het precies begonnen was, het jaar tevoren ergens, maar vanaf een bepaald, ontraceerbaar moment lukte het me niet meer met de gewone vertedering mijn blik langs die foto's te laten gaan. Ik vroeg me af of het kwam door de panda, die daar samen met twee kleine portretten van Tonio helemaal bovenaan hing, sinds zijn eindexamen in 2006.

16

Als ik van de overloop op de bovenste traptree wil stappen, hoor ik de stemmen van Tonio en Merel uit de badkamer komen. De deur staat op een kier. Ik houd onwillekeurig halt, en luister. In de stilte klinkt het gemurmel van een kinderplasje.

'Als ik klaar ben met plassen,' zegt Tonio, 'dan ben jij. Ik ga niet eerst doortrekken, want dat is niet zo goed voor het milieu. We moeten aan het milieu denken. Nu mag jij, Merel.'

Met een harde klap wordt de bril neergelaten. Opnieuw het geluid van een kinderplasje, aangevuld met het speciale geruis dat aan meisjes voorbehouden is.

'Twee keer plassen zonder doortrekken,' zegt Tonio, 'dat is

veel beter voor het milieu. Als jij klaar bent met plassen, mag je gerust doortrekken, hoor. Dan is het nog steeds goed voor het milieu. Toch, Merel?'

Een beetje beschaamd loop ik verder naar beneden. Ik heb de indruk dat het samenzijn van Tonio en Merel op de badkamer niet alleen door bezorgdheid om het milieu is ingegeven, al profiteert het milieu er natuurlijk wel van.

Het moet rond dezelfde tijd zijn geweest, in het vroege voorjaar, dat Tonio zijn moeder een curieuze rekensom opgeeft. Merel staat giechelend naast hem.

'Mam, als ik Merel nu zwanger maak, hè, hoe lang duurt het dan nog precies voordat zo'n baby er is?'

Mirjam, die denkt dat ze in haar sexuele voorlichting tekort is geschoten, begint haar uitleg: 'Nou, je moet rekenen dat ongeveer...'

'Nee, wij willen het *precies* weten,' onderbreekt Tonio haar driftig, 'want wij willen dat de baby *precies* met oud op nieuw geboren wordt. Hè, Merel?'

Altijd wanneer Merel in verlegenheid is, en niet voluit durft te lachen, krijgen haar wangen iets hamsterachtigs. Haar toch al volle lippen stulpen verder naar buiten, terwijl ze haar pinken in elkaar haakt als om de tegengestelde krachten ervan te beproeven. Ze knikt heftig. 'Ja,' zegt ze met een bijna onverstaanbaar zachte, voor de gelegenheid jongensachtige lage stem, 'dat willen wij graag weten.'

17

Op 15 juni 2006 vierden we Tonio's achttiende verjaardag. Tegen het einde van de zonrijke middag kwamen een voor een, of in kleine groepjes tegelijk, de gasten binnen. Een dezer dagen, morgen misschien, zouden de uitslagen bekend worden gemaakt van het eindexamen op het Ignatius, maar de nervositeit daarover werd door het verjaardagsfeest naar de achtergrond gedrongen. Tonio meerderjarig... onbegrijpelijk. Elke keer als hij de kamer verlaten had, en Mirjam hem terug riep om een volgend cadeau uit te pakken, verwachtte ik het kind dat ik zoveel beter kende dan de huidige volwassene binnen te zien komen. Het late pubervet was nog niet helemaal verdwenen, zodat zijn houding schutterig bleef, maar hij trok niet meer als in voorgaande jaren, een opgejut hondje gelijk, met nagels en tanden het papier van de geschenken. Bij alles wat hij nu, voorzichtig uitgepakt, in handen hield, kwam er een blij verlegen grijns op zijn gezicht.

Voor de zoveelste keer ging de telefoon. Mirjam nam op.

'Tonio, voor jou.'

Hij legde het laatst verworven cadeau (een nog gevoeliger lichtmeter) bij de rest op de richel voor de open haard, en nam de hoorn van zijn moeder over. Het gezelschap praatte door, maar ik hield een oor naar de telefonerende Tonio gericht.

'O, bedankt,' riep hij uit. 'Hoe wist je dat ik vandaag jarig was?' En even later: 'O, dat. Ja, natuurlijk. Daar was ik, weet je, even helemaal niet mee bezig.'

Iets in zijn stem, een schrille uitschieter misschien, maakte dat de aanwezigen stilvielen. 'Ja, bedankt.' Hij hing op, en draaide zich om. 'Mijn klassenleraar,' zei hij schouderophalend. 'Ik dacht dat hij me met mijn verjaardag feliciteerde. Maar... eh... het schijnt dat ik geslaagd ben.'

Het eerstkomende halfuur waren wij drieën onze gasten helemaal vergeten – nee, ze bestonden niet meer voor ons. Tonio en ik zaten met de armen om elkaars schouders op de bank. Mirjam lag geknield voor ons, met haar boezem op onze knieën en haar handen tot bijna op mijn en Tonio's rug.

'Wij met z'n drietjes,' bleef ze maar herhalen, in tranen. 'We hebben het gehaald. Wat goed, wat goed, o, wat goed. Dit... dit moment, dat moeten we vasthouden. Voor altijd.'

En ik, klootzak, liet het gebeuren. Ik zat daar maar met een keel als een stuk uitgewrongen wasgoed, en liet Mirjam het praatwerk doen. Tonio aarzelde met een stroef gezicht tussen afstand en overgave. Hij vocht tegen zijn tranen, zoals dat heet. Zoals Tonio van mij naar Mirjam keek, ongemakkelijk onze gevoelens peilend, deed hij me denken aan het vijfjarige jongetje dat op de crematie van zijn opa voor me had gestaan, sprakeloos de tranen en de ongecontroleerde zenuwtrekken op mijn gezicht aanschouwend, niet wetend of hij mee moest huilen dan wel zijn vader diende te troosten.

Ja, kom zeg, hij werd achttien vandaag. De gasten mochten dan eerbiedig zwijgend allemaal een andere kant op zitten kijken – *hem* zagen ze nu niet grienen, *no fucking way*.

Net toen Tonio op het balkon bezig was zijn schoolrugtas, getooid met een vliegerstaart van gebruikte cahiers, aan de vlaggenmast op te hangen, kwam zijn oude liefde Merel voorbij gefietst. Ik kon haar van mijn plaats op de bank niet zien, maar herkende haar stem.

'Gefeliciteerd nog,' riep ze naar boven.

'Ja, bedankt... bedankt,' riep hij lachend terug.

Dat was alles. Hij kwam de huiskamer weer binnen.

'Wie was dat?' vroeg Mirjam.

'O... Merel.'

'Had je haar niet even binnen moeten vragen?'

Tonio haalde zijn schouders op. Iets in het trekken van zijn oog- en mondhoeken verried enige onzekerheid: misschien had hij dat inderdaad moeten doen. 'Merel heeft zelf eindexamen gedaan,' zei hij toen maar, ontwijkend.

God, Tonio, je grote liefde van al die jaren. Wrede kinderen – wreed voor elkaar, wreed voor zichzelf.

18

Als hij op mijn werkkamer speelde, bleef Tonio soms achter mijn rug stilstaan om over mijn schouder mee te lezen met wat ik aan het schrijven was of net geschreven had. Hij vroeg me wel eens naar wat het allemaal te betekenen had, maar bij de uitleg dwaalden zijn gedachten meestal alweer af naar zijn legers van Warhammer of de Knexxtoren in aanbouw. Op een keer herkende hij zijn naam, en die van zijn ouders, in een zojuist ontstane alinea.

'Gaat het over ons?'

Ik legde hem uit dat dit een dagboekaantekening was. (Ik hield er in die tijd een getypt dagboek op na, losbladig.) Hij vond het maar raar. Later die dag nam ik hem nog even apart. 'Als je achttien wordt, Tonio, krijg je van mij een mapje met aantekeningen over je leven. Over je geboorte en al die dingen die je niet meer weet... of misschien *wel* weer weet, als je ze leest... Ik zal er een mooi boekje van maken.'

Tonio keek me kort aan, niet onwelwillend, en zei toen: 'O, leuk.' En weg sprintte hij.

Op zijn achttiende verjaardag, die dus samenviel met de uitslag van zijn eindexamen, had ik het beloofde mapje, of boekje, niet voor hem gereed. Hij heeft er ook niet naar gevraagd. Natuurlijk niet: zijn leven hoefde niet vastgelegd, het diende geleefd. Zeker vanaf dat moment.

'*O, leuk.*' Het uitschrijven van de oorspronkelijk in telegramstijl gemaakte notities geeft me het gevoel dat ik een oude belofte jegens Tonio aan het nakomen ben, relatief kort nadat hij achttien werd. Het smerige is alleen dat ik niet kan volstaan met een verslag van zijn geboorte en de navolgende jeugdjaren. Ik kom niet onder het relaas van zijn laatste dag uit. Wat ik hem in het vooruitzicht had gesteld, was een boekje met een open einde. Het dreigt nu overcompleet te worden.

19

Vanwege het zomerse weer was de diploma-uitreiking in de open lucht. Overvloedig zonlicht deed de glazen zandkorrels in de tegels van het schoolplein schitteren.

Het Ignatius. Anders dan Mirjam was ik hier niet vaak geweest. De ouderavonden, de gesprekken met de klassenleraar – met welk recht eigenlijk liet ik die aan haar over? Ja, die avond van de benzineverbrandingsmotor, toen was ik erbij geweest. Misschien kwam het door de aanwezigheid van zijn vader dat Tonio, aanvankelijk verlamd van de zenuwen, zo snel in zijn rol groeide. In zijn ijver *alles* uit te leggen kreeg hij bijna iets pedants, maar op een aandoenlijke manier.

Ik dacht aan William Faulkner, in zijn werkkamer hamerend op de schrijfmachine, *Rhapsody in blue* op de grammofoon, whisky binnen handbereik, en zijn dochter op de drempel, haar vader smekend om mee naar de ouderavond van haar school te gaan. Nee, liefje, dat gaat echt niet. Papa moet Shakespeare zien te evenaren, en zover is het nog lang niet. Ander keertje, schat.

Ik was zo godverdomde blij, daar op dat schoolplein, dat Tonio zijn gymnasium had gehaald. Niet de schaduw van mijn lijf lag aan mijn voeten, nee, die van mijn pure trots, scherp uitgesneden op de grijze tegels. Ik was te zeer in een roes om me af te vragen of ik die trots wel verdiende.

Iedere geslaagde examinandus werd naar voren geroepen, en kreeg dan van zijn mentor een persoonlijke toespraak. Het ging in alfabetische volgorde. Ofschoon Tonio niet pas aan het einde van het alfabet kwam, begon hij ongeduldig te worden. Had hij in het begin nog luid gelachen om de gevatheden van de verschillende klassenleraren, nu werd zelfs zijn glimlach steeds flauwer. Eindelijk mocht hij zijn getuigschrift in ontvangst komen nemen. Mirjam en ik drongen naar voren.

Tonio's mentor, tevens zijn biologieleraar, had in de opeenvolgende toespraken elk van zijn beschermelingen met een bijpassend dier vergeleken. Hij overhandigde Tonio een ingelijste fotocollage, waarop te zien waren: een portret van Tonio uit 2000, toen hij in de eerste klas aantrad (met kort haar en brilletje), een portret van hem uit 2006, gemaakt kort voor zijn eindexamen (met lang haar en zonder bril), en daartussen de foto van een reuzenpanda.

'... Tonio, dames en heren, heeft de goeiigheid en de aaibaarheid van een panda. De keerzijde is dat hij ook de weerloosheid en de kwetsbaarheid van een panda bezit, waardoor hij nogal eens de neiging heeft over zich heen te laten lopen...'

Gelukkig hoefde ik het nooit meer te vergeten, want het stond met hulp van de zon in mijn brein gebrand: hoe Tonio, een weinig dizzy, met diploma en panda onder de arm door het opeengepakte publiek op ons toe kwam gemeanderd. We omhelsden hem opnieuw, ditmaal wat officiëler. Hij trok een gezicht dat leek te willen zeggen: *Was dit het nu?* Het lag al achter hem. Ik herinnerde me mijn eigen matheid van de eerste juni 1969, meteen na de diploma-uitreiking.

Mirjam vroeg hem wat hij van de toespraak vond. Tonio liet zijn hand kantelen. Zozo. Op het randje. Hij wilde niet voor te goeiig doorgaan, en weerloos, welnee, dat was hij al helemaal niet.

'Aaibaar, nou, vooruit,' zei hij met een grijns, 'dat kun je nog altijd afweren.'

Zijn ogen zwierven rusteloos naar een paar voormalige klasgenoten, die hem wenkten. Hij gaf ons het getuigschrift en de pandacollage in bewaring. 'Ik zou met die jongens een paar feesten afgaan.'

'Uitgenodigd?' vroeg ik.

'Nee, dat hoeft niet,' zei hij.

'Weet je nog dat je drie jaar geleden, toen je zelf een feest gaf, met je vrienden een paar *party crashers* naar buiten hebt gewerkt? Toen Mirjam en ik thuiskwamen, stond er een politieauto voor de deur.'

'Die was al niet meer nodig,' zei hij. 'Wat nou, weerloos?'[1]

20

Om Tonio niet voor het hoofd te stoten voegde Mirjam 'de drie panda's' niet meteen in de portrettengalerij op de overloop, maar vanaf de dag, maanden later, dat de collage er hing, leek het (althans voor mij) of de door de biologieleraar gesignaleerde weerloosheid zich over alle foto's in de omtrek begon te verspreiden. Het was niet zo dat ik bij het verlaten van het toilet de afgebeelde Tonio had willen toeroepen: 'Jongen, laat niet over je lopen.' Het ging dieper. Wat ik in het voorbijgaan zag, of meende te zien, al was het maar vanuit mijn ooghoeken, was een glimp van een kwetsbaar leven.

Ik had het bij kiekjes van vermoorde kinderen, zoals ze wel in het programma *Opsporing verzocht* werden getoond. Rowena Rikkers, het in stukken gehakte meisje van Nulde... De door hun vader onder een kussen gesmoorde zusjes uit Zoetermeer... Ondanks het vertrouwen waarmee ze in de camera blikten, meende ik de voorafschaduwing van wat onvermijdelijk komen ging in hun lachende ogen te zien. Natuurlijk, men kan tegenwerpen dat ik mijn kennis van hun gewelddadige dood achteraf op hun foto projecteer. Maar misschien kan ook

1 Nadat ik het bovenstaande gisteren geschreven had, trof ik vanmorgen, 25 augustus 2010, op de voorpagina van *de Volkskrant* twee foto's van een zojuist bevallen reuzenpanda aan. Op het eerste beeld, ontleend aan een beveiligingscamera, heeft moeder Yang Yang haar baby in de mond: die is zo klein dat je eerst aan een onvolgroeide foetus denkt. De tweede afbeelding toont Yang Yang met het minuscule beertje op haar arm. Onderschrift: '*Het komt niet vaak voor dat in een Europese dierentuin een reuzenpanda wordt geboren.*' De moeder blikt met droeve ogen, verzonken in poelen van uitgelopen mascara, omhoog in de camera.

een projectie, als een vergrootglas of een röntgenapparaat, iets zichtbaar maken dat voorheen niemand was opgevallen.

Hoe zat het dan met de onmiskenbare kwetsbaarheid die ik ontwaarde in het – over zoveel verschillende tijdvakken! – gefotografeerde gezicht van Tonio? Onder de brutale klep van de pet waarmee hij tussen Merel en Iris in stond, had hij het net zo goed als achter de ziekenfondsbril van Dorus. Hoe kon mijn aanvankelijke vertedering voor die foto's zijn omgeslagen in blijvende verontrusting?

Eind vorig jaar betrapte ik mezelf er steeds vaker op dat ik, komend uit de huiskamer, voor toiletbezoek de trap naar tweehoog koos, waar de badkamer is. Op die route hangen ook foto's, maar minder verontrustende (al is die van Matroos Vos in café De Zwart, op het punt een Berlijnse vriend van mij aan te vliegen, zeker niet onbeladen). Voor de enkele keer dat ik toch van de wc op eenhoog gebruikmaakte, bedacht ik een manier om mijn blik, zonder echt te hoeven kijken, langs de foto's af te laten schampen.

Nu. Terwijl ik over de balustrade van de overloop geleund bleef staan, dwong ik plotseling mezelf met een ruk om te kijken naar de fotowand. Wat had ik verwacht? Nu Tonio zich vandaag van zijn allerkwetsbaarste kant had laten zien, zat de angstaanjagende weerloosheid onverminderd in zijn gefotografeerde blik, maar inmiddels niet meer als voorspelling of mogelijkheid, maar als *bevestiging* – en dat veranderde op slag het aanschijn van de hele portrettengalerij. Hij was dood.

21

Bij de verhuizing was Tonio vier. Na de zomer zou hij naar het Schreuder Instituut gaan. De tijd van vasthouden (of, wat mij betreft, de krampachtige pogingen daartoe) was langzamerhand voorbij. We hadden nu de ideale burcht gevonden van waaruit we Tonio beetje bij beetje los konden laten om hem de verschillende opleidingen voor zijn toekomst te laten volgen – een burcht waar we hem elk moment weer binnen konden halen.

De verhuizers waren vertrokken. Paardendekens bedekten nog het meubilair. Overal stonden muurtjes opgetrokken uit verhuisdozen: een bijna vertrouwd gezicht, als je bedacht dat een deel ervan gedurende twee jaar Leidsegracht onuitgepakt was gebleven.

Ik was doodmoe, net als Mirjam. Het was haar nog net gelukt een slaaphoek voor Tonio te improviseren in de beoogde kinderkamer (die wel een opknapbeurt kon gebruiken, want het parket was er tot versplinterens toe kapot getrapt door het vernielzuchtige kroost van de vorige eigenaar, P.K. Lolkema, bijgenaamd meneer Paardekracht). Ik ging even bij hem kijken. Hij lag half blootgewoeld met zijn knuffellappen in een geheime orde om zich heen, en daartussen zwom een badeendje. De speen was uit zijn mond getuimeld, maar lag op de kussensloop nog vastgeplakt aan zijn onderlip.

Ik had hem toch maar mooi door alle stormen heen geloodst naar dit bastion van zekerheid. Hij was veilig, en werd zo te zien niet bezocht door kwade dromen. Als in het huis de dingen min of meer op hun plaats stonden, zouden we als eerste ruimte Tonio's kamer laten opknappen. Komende week alvast een stapelbed bestellen, want dat wilde hij zo graag, om logeerpartijtjes te organiseren.

'Dag, m'n jongetje,' fluisterde ik. 'Morgen niet schrikken van de vreemde muren.'

Ik ging terug naar het balkon aan de tuinkant van dezelfde verdieping. Mirjam hing meer dan ze zat in een vouwstoel, met op schoot Cypri, die de eerste verkenningsronde door het huis ook met vermoeidheid had moeten bekopen.

'Hij slaapt,' zei ik. 'Zo vredig.'

22

Meneer Paardekracht had ons niet zomaar een dingdongbel nagelaten. Het was een compleet klokkenspel, met buizen van verschillende lengte, die hun gelui tot in de nok van het huis omhoog stuwden. Bij eerder aanbellen was ons het geweld nog niet opgevallen, maar nu, in de stilte na de verhuizing, schrokken we ervan. Er hield daar iemand zijn vinger op de belknop, want het klonk als de Munttoren op het hele uur, alleen zonder melodie. We stonden allebei meteen rechtop.

'Die bel gaat eruit,' zei Mirjam. 'Tonio schrikt zich een hoedje dood, zoals hij dat noemt.'

Toen de buisklokken zwegen, luisterden we allebei scherp of we Tonio niet hoorden huilen. Nee, geen kik. Om te voorkomen dat het carillon opnieuw begon te klepelen, snelde ik naar de intercom. 'Hallo?' Het was Heer Rat, die, zoals hij met zijn kraakstem zei, 'het nieuwe huis kwam inzegenen'.

Onraad, nu al.

Al voor ons vertrek naar de Veluwe begon mijn geduld met de mensen op te raken. In retrospectief verbaasde het me hoe ik tien jaar geleden nog vrijwel iedereen op voorhand vertrouwde. Als het vertrouwen beschaamd werd, kon ik altijd nog verder zien en mijn maatregelen treffen. Mijn huis was de zoete inval. Ik was hardleers. Ik stond keer op keer toe dat twijfelachtige lieden kwamen rondsnuffelen, om vervolgens hun bevindingen om te kneden tot het verhaal waar ze bij anderen mee aan konden komen. Ik was naïef genoeg om me hevig te verbazen over de versies die *mij* dan weer ter ore kwamen.

Het huis in de Johannes Verhulst had ik overgenomen van een pornobaron in ruste. Hij hield magazijn in het souterrain, waar hij de stellages benutte die nog van de wijnhandelaar Leuchtmann waren geweest. De buren toonden zich opgelucht dat de geblindeerde bestelbusjes voor de deur weggehaald werden. Nadat de koop bij de notaris gesloten was, bezocht ik mijn stamcafé, waar al het verhaal de ronde deed dat 'Adri een chique bordeel in Zuid overgenomen had'. Zo'n groteske roddel kon ik wel waarderen. Anders was het met de systematische kwaadsprekerij die geen ander doel diende dan het onderwerp te beschadigen.

De verhuisdozen waren nog onuitgepakt, maar Heer Rat, in gezelschap van zijn op Miss Piggy lijkende verloofde, vond langer uitstel van het ritselend rondsnuffelen niet verantwoord. Misschien had hij de kletspraat over het 'chique bordeel' opgevangen.

'We komen het huis even inwijden,' zei hij, Mirjam een fles witte wijn toestekend, die heel attent in aluminiumfolie gewikkeld was om hem koud te houden. 'God, Adri, wat zie je er slaperig uit.'

Inderdaad had ik het grootste deel van de voorafgaande nacht geen oog dichtgedaan, omdat er nog zoveel ingepakt moest worden, maar mijn gastvrijheid won het van de vermoeidheid. We gingen op het balkon zitten, en ik trok de fles open.

Of het aan de zomeravondkoelte lag of aan de koude wijn, Heer Rat moest om de haverklap naar de wc. Er was er op iedere verdieping een, en ik hoorde hem telkens een ander toilet doortrekken. Hij bleef elke keer langer weg. Heer Rat maakte zijn snuffelronde.

'Nu begrijp ik waarom je gezicht zo van slaap vertrokken is,' zei hij na de zoveelste inspectie. 'Je bent zwaar aan de middelen.'

'Pardon?' Mirjam en ik keken elkaar eens aan.

'Ja, de deur van je werkkamer stond open, en daar zag ik al die doosjes met slaapcapsules. Zero-3. Een zwaar middel, heb ik begrepen. Je kunt er een paard mee vellen.'

Ik had na die mededeling op z'n minst *hem* moeten vellen, en dan niet met zo'n onschuldig middel als Zero-3.

'Wat je gezien hebt, is een vermageringsmiddel,' zei ik. 'Drie dagen per week, maandag, woensdag en vrijdag, eet je helemaal niets. Wel slik je elke twee uur een paar van die Zero-3 capsules. Ze zetten uit in de maag, en daar krijg je dan zogenaamd een vol gevoel van. Ik raad het niemand aan.'

Er gleed een schaduw van ergernis over Heer Rat z'n gezicht. Met zijn eigen neiging tot verslaving, aan weer andere middelen, liet hij zich zijn ontdekking niet zomaar afnemen. Hij schudde zijn hoofd. 'Zero-3 is een zwaar slaapmiddel, dat is bekend. Mijn vaste portier in de Reguliersdwarsstraat verkoopt die capsules ook. Je hoeft er tegen mij niet geheimzinnig over te doen.'

'Als je weer naar het toilet moet,' zei ik, 'maak zo'n doosje dan even open, en lees de bijsluiter.'

Heer Rat hoefde niet meer naar de wc. Genoeg rond geritseld: hij had zijn informatie binnen. Omdat ik na zijn bezoek weken achtereen bezig was met de inrichting van het huis, en nauwelijks buiten de deur kwam, duurde het nog een volle maand eer ik, van een kennis, hoorde over mijn zorgwekkende verslaving aan zware slaapmiddelen.

'Ja, wat wil je,' zei ik maar. 'Met zo'n bordeel aan huis zou ik anders helemaal geen oog dichtdoen.'

Zo begon ik het nieuwe, beschermde leven van mijn kleine gezin al met het argeloos binnenlaten van een infiltrant uit het oude, onbeschermde leven.

23

Ik maakte van de afwezigheid van Mirjam en Hinde gebruik om een paar mensen te bellen. Nee, mijn schoonvader nog maar even niet: ik moest eerst zeker weten dat zijn dochters hem op de hoogte hadden gebracht. Het was geen onderwerp om over langs elkaar heen te praten.

Mijn zus had van haar gewone telefoon al vijfentwintig jaar het antwoordapparaat aanstaan, en het verbaasde me dan ook niet haar voicemail te krijgen, nu ik eindelijk eens haar nieuwe 06-nummer belde. Om haar niet meteen te erg te laten schrikken meldde ik dat haar neef 'iets ernstigs' was overkomen. Ik vroeg haar mij terug te bellen.

En dan mijn broer, die nog in Spanje was. Toen ik hem 's middags, onheuglijk lang geleden, aan de telefoon had, leefde Tonio nog. Ik had hem eerlijk verteld dat het er slecht met zijn neef voorstond, maar ergens in de zinderende stilte tussen Nederland en Spanje was nog hoop geweest. Nu moest ik hem de laatste waarheid meedelen. Ik weet niet meer welke woorden ik gebruikte, maar een week later memoreerde Frans in zijn begrafenistoespraak dat ik had gezegd: 'De arme jongen heeft het niet gehaald.'

Twee ouder wordende broers met verstikte stem aan de telefoon, haperend vragen stellend en antwoord gevend aangaande het verschrikkelijkst denkbare – nee, de *ondenkbare* verschrikking, die zich desondanks had voorgedaan. We waren opgevoed door een moeder die, als haar kinderen eropuit wilden, hysterisch reageerde op allerlei denkbeeldige gevaren, en haar kroost dan maar thuishield en desnoods opsloot. Nu zo'n ingebeeld gevaar eindelijk eens werkelijkheid was geworden, wisten we er geen raad mee. Hier waren we dus *niet* in opgevoed.

'Ik vind dit *zo* erg,' bleef Frans maar met afgeknepen snik herhalen. 'Dit is zo verschrikkelijk.'

Meer viel er niet over te zeggen: het was al alles. Hij zou de volgende dag met Mariska en de kleine terugvliegen naar Amsterdam, en dan zo gauw mogelijk naar ons toe komen.

24

Van oom Willy werd gezegd dat hij, na over de dood van zijn zoon te hebben vernomen, met de hond door de buurt was gaan zwerven. Met grote passen, zodat het dier zich aangemoedigd voelde om te gaan rennen. Het trok de lijn strak met zo'n kracht dat mijn oom achterover moest gaan hangen om tegenwicht te geven. Buren die hem tegenkwamen of voor de zoveelste keer voorbij zagen komen, wisten te vertellen dat hij onafgebroken liep te praten, met stemverheffing, tegen niemand in het bijzonder – zo te horen zelfs niet tegen zijn hond.

Nog geen twee uur geleden had ik mijn zoon zien sterven. Voelde ik de behoefte om net als oom Willy de straat op te gaan, al dan niet orerend, voortgetrokken desnoods door een denkbeeldige hond? Ik zat daar maar op de bank, uiterlijk rustig, wachtend tot de zusjes Rotenstreich terug zouden keren van hun zware missie.

Ik dacht aan het telefoongesprek met mijn moeder, ruim twintig jaar geleden, over het verongelukken van Willy jr. Zij leefde niet meer, net zo min als mijn vader, maar ik werd gedwongen me voor te stellen hoe ik haar het nieuws zou brengen. Nee, niet telefonisch, dat was te wreed. Ik nam een taxi naar Eindhoven. In mijn voorstelling woonde ze nog, alleen, in het huis in de wijk Achtse Barrier, waar Tonio begin jaren negentig meermalen gelogeerd had. De bel. Haar schim achter het matglas.

'Jij hier? Had eerst gebeld, dan...'

'Mama, er is iets met Tonio.'

Ik duwde haar zacht voor me uit naar binnen. Ze probeerde, stijfjes, steeds om te kijken. 'Toch niks ergs?'

We waren in de huiskamer. 'Hij heeft een ongeluk gehad.'

Ze ging op de rand van een fauteuil zitten, hand voor de mond, geelbleek. De hand trilde door Parkinson, zodat het was alsof ze zichzelf een hele reeks minuscule klapjes in het gezicht toediende. 'Zeg dat het niet waar is.'

'Ik *wou* dat ik het zeggen kon.'

'O... erg?'

'Het ergste.'

Ze begon snuivend te huilen. De hand fladderde stuurloos voor haar gezicht. 'Dood?'

'Tonio is dood, mama. Hij leeft niet meer.'

'Zelfs zijn ruggetje glunderde.'

Voortdurend zaten die woorden in mijn hoofd, uitgesproken door mijn moeder. Rond Pasen 1990 verbleef Tonio, bijna twee jaar oud, een week bij mijn ouders in Eindhoven. Toen we hem gingen ophalen, en voor het huis uit de taxi stapten, besloten we niet aan te bellen, maar Tonio en zijn opa en oma geruisloos via achtertuin en keuken met ons bezoek te overvallen.

Van de huiskamer waren de gordijnen dichtgeschoven tegen de zon, maar een smal raam aan de zijkant was onbedekt, en stond open. Mijn vader zat aan tafel en demonstreerde iets (een sleep-, takel- of brandweerwagen) aan Tonio, die naast hem stond en aandachtig toekeek.

'D'r zit hier zo'n pinneke, witte-nie? As ge dè d'r uit trekt…'

Mijn moeder leunde over de tafel, op haar beurt helemaal in beslag genomen door Tonio's schrokkerige aandacht. Ze had zijn haar uitgekamd en geborsteld, zodat het nu als een wolk, peuterblond nog steeds, rond zijn hoofd en schouders stond. Wij verdrongen ons voor het smalle raam, hoofden tegen elkaar, en vonden het bijna een doodzonde om dit tafereel van geluk en vrede te verstoren. We lieten het maar zo, en keken roerloos toe.

Ineens, gewekt door wat voor roep van het bloed dan ook, richtte Tonio zijn blik over mijn vaders sleutelende vingers heen op het raam. Hij zag ons. Uit zijn keel, uit heel zijn kleine lijf, ontsnapte een langgerekte oerkreet, zoals we nooit eerder van hem gehoord hadden. Het had iets beangstigends, als van een dier in nood, maar in de ondertonen klonk het als triomfgejuich. Hij rende door het dolle heen rond, te opgewonden om meteen de weg via de keuken naar buiten te vinden, zodat wij ons maar naar binnen haastten.

Tonio moest, zo klein als hij was, over een verbazingwekkende longinhoud beschikken, want hij bleef ononderbroken, zonder merkbaar naar adem te happen, die stroom geluid voortbrengen, die blijdschap, verwondering en verontwaardiging ineen was. (Ook verontwaardiging, ja, want zo haalde hij woordloos zijn gram over ons lange wegblijven.) Zijn heftig rennende beentjes brachten tenminste nog enige cadans in het hoge, monotone gehuil. Hij klampte zijn armpjes om een been van Mirjam en een van mij, blijkbaar vastbesloten ons niet meer los te laten. Ik keek van mijn vader naar mijn moeder. Hun gezichten, aarzelend tussen verbijstering en gelatenheid, verrieden: het is voorbij, nu komen wij er niet meer aan te pas.

Later vertelde mijn moeder dat Tonio in de tweede helft van de logeerweek regelmatig zijn twijfel kenbaar had gemaakt of wij hem, na zoveel verstreken tijd, nog wel ooit zouden komen ophalen. Volgens haar had hij de neiging om zich daar na een kort vertoon van mistroostigheid bij neer te leggen. Hij slaakte dan een diepe zucht, en zette zich weer aan het onderbroken spel.

Tonio was zo blij en opgelucht dat wij hem niet vergeten waren, en dat hij weer mee naar huis mocht, dat hij op weg naar de taxi, aan de hand tussen ons in, niet meer omkeek naar zijn grootouders in de deuropening. Tegen mijn zus zei mijn moeder later: 'Och, jongen, dat was wat... zo groots... zelfs zijn ruggetje glunderde.'

Thuis demonstreerde Tonio mij de sleep-, takel- of brandweerwagen, en zei: 'D'r zit hier zo'n pinneke, witte-nie?'

25

Halfacht. Het tijdstip waarop Tonio langs zou komen om zijn chow-minh te eten. Dat wil zeggen, hij beloofde altijd er tussen halfzeven en zeven uur te zijn, en dan werd het halfacht. Behalve wanneer hij onaangekondigd binnen kwam vallen, dan was het meestal tussen zes en halfzeven. Alle genoemde tijdstippen waren inmiddels ruimschoots overschreden, ook dat van halfacht.

Lieve Tonio, je had allang hier moeten zijn. Waar ben je nu? Al naar het roestvrij stalen aanrecht in de kelder van het AMC, of nog op je doodsbed in de gele nylon bedoeïenentent op de Intensive Care? Als ze je nog niet per goederenlift naar beneden gebracht hebben, is de gerechtsfotograaf, die wat laat kwam aankakken, nu misschien eindelijk bezig zijn apparatuur in te pakken. De verpleegster heeft het laken terug over je naakte, kapotte lichaam gelegd, en wacht op een collega die samen met haar het bed kan verrijden: zij heeft de remmen rond de wieltjes al met haar voet los getrapt.

Goed, tot zover de stand van zaken rond je dode lijf. Maar jij, waar ben jij? We hoeven het niet over je ziel te hebben, en of die nog, met onwennige wiekslag na het voor 't eerst verlaten van het nest, rond het bed fladdert dan wel in rechte lijn is weggevlogen. Geen metafysische ornithologie nu. Het gaat me om je pure motoriek. De altijd flexibele lijn waarbinnen je bewoog en ademde en leefde. Die ongrijpbare slingerlijn kan niet zomaar uit de wereld gegumd zijn.

Ik hoef mijn ogen maar te sluiten om je de huiskamer binnen te zien komen. Op weg naar de keuken om mezelf iets in te schenken loop ik voorbij de deur, juist wanneer die zacht opengaat. Hoewel ik je verwacht, schrik ik toch, omdat ik je niet op de trap gehoord heb.

'Tonio, mijn hart... hoeven we niet meer te kloppen?'

Donderdag heb je je nog geschoren voor dat fotomeisje... kom, hoe heet ze... en nu accentueert een flinke stoppelbaard alweer je grijnslach. Ter begroeting leg ik een hand op je schouder, die warm is van het fietsen, zoals het hoort. Je hijgt licht van het trappenlopen, zodat ik van nabij je adem op mijn gezicht voel.

'Waar is mama?'

Ik kan nu niet aankomen met het verhaal dat ze met Hinde eerst naar opa Natan en vervolgens naar oma Wies is om haar ouders te vertellen wat er 's morgens, in alle vroegte, met hun kleinzoon…

'Naar de Suri. Je wou toch chow-chow?'

'Het is chow-minh. Een chow-chow is een Chinees hondje. Getver.'

Je repeterende lach, met onveranderlijk een zweem droefheid in de ondertonen (een kwestie van intelligentie, alleen de dwaas lacht onversneden vrolijk). Als gewoonlijk ruik je sterk naar sigarettenrook. Je kleren, die toch regelmatig door Mirjam gewassen worden, zijn doordrenkt van een bestorven nicotinelucht. Natuurlijk, de vriend met wie je een etage deelt, is sinds zijn veertiende een stevige roker, en blowt bovendien. Wat het luchten van de kamers betreft zijn jullie net boeren, die hun ramen dicht houden tegen de mestgeur van buiten. Bij een vorig bezoek heb ik je op de man af gevraagd: 'Jij rookt zelf toch niet?'

'Och, ik neem wel eens een hijs in de kroeg,' antwoordde je. 'Gewoon, om eventjes stoer met de jongens mee te doen.'

Het stelde me toen gerust. Nu komt het me ontwijkend voor. Vanavond ga ik het je opnieuw vragen, en dan wil ik zekerheid. Kom, Tonio, je wordt over drie weken tweeëntwintig. Geen verstoppertje meer. 'Iets drinken?'

'Ik wacht wel op Mirjam.'

Het is niet alleen omdat niemand een wodka-jus beter, in de juiste proporties, klaar kan maken dan je moeder – je wilt niet de indruk van gulzigheid wekken. Terwijl ik vermoed dat je 'm behoorlijk weet te raken. Dat heb ik trouwens wel gemerkt na afloop van de filmpremière van *Het leven uit een dag*. (Hopelijk heb je de Marjan die je bij je had niet te veel last bezorgd.)

Tygo is achter je aan de trap op gekomen. Hij staat nu aan je voeten te wachten om aangehaald te worden. Je schept de grote kater met beide handen tegelijk van het tapijt, en laat je met hem achterover op de hoekbank vallen: je vaste plek. Terwijl je hem met grote halen aait, kronkelt Tygo zich ruggelings over je bovenbenen. Laat me je eens goed bekijken, Tonio. Je bent ontegenzeggelijk knap, geschoren of niet. Jammer van die 1 m 73 – nog een paar centimeter kleiner dan ik. Daar zul je het mee moeten doen, volgroeid als je nu behoort te zijn. Je hebt kleine ouders en voorouders. Met zulke genetische gevolgen als lichaamslengte bij een kind van ons zijn Mirjam en ik nooit bezig geweest. Een mens voelt zich pas klein als hij door een langer iemand op zijn formaat gewezen wordt. Het gaat dan meestal om een dommekracht, die aan zijn lichaamslengte des te meer domheid en kracht ontleent, en uit hoofde hiervan zal beweren: 'Wie lang is, heeft bij alles een voorsprong.'

Er is laatst zelfs rekenkundig vastgesteld dat lange mannen gemiddeld een hoger salaris toucheren dan hun relatief kleine sexegenoten. Zo wordt de intimiderende verschijning van de grote vent ook nog eens gelegaliseerd door sollicitatiecommissies en rekenkamerturvers. Laat ze allemaal door hun enkels zakken. Onthoud dat vrijwel alle genieën klein van stuk waren. De afstand van brein naar hand wordt sneller overbrugd, dat is het. Dat het zou gaan om een soort geestelijke sublimatie van een lichamelijke tekortkoming is freudiaans gelul.

'Hoe ver zitten we nu van elkaar? Zeker vier meter. Ik kan nog steeds de rooklucht uit je kleren ruiken. Tonio, ik wil je iets vragen... iets dat me de afgelopen dagen heeft beziggehouden. Eerder al, maar deze week opnieuw. Sinds die fotoshoot met dat meisje, afgelopen donderdag, om precies te zijn. Je hoeft niet te antwoorden. Ik vraag het je omdat het mijzelf heeft dwarsgezeten. Zo van m'n zeventiende tot m'n twintigste. Jij lijkt in zoveel dingen op mij, en je leven nu, als student, heeft zoveel overeenkomsten met dat van mij op die leeftijd... dus... Als je het gênant vindt, vergeet het dan onmiddellijk weer. Tonio, ben jij nog maagd?'

26

Op de Uitmarkt van 2003, vijftien jaar en te oud al om zijn vader bij het signeren te assisteren, stond hij in de stand van Querido een tijdlang naast me te dralen. Terwijl ik praatte met voorbijgangers die van alles wilden weten over toekomstig te verschijnen werk, luisterde ik geamuseerd hoe Tonio met verlegen scherts Isoude, de dochter van mijn redacteur, benaderde. Ze scheelden twee maanden in leeftijd, en hadden zelfs nog bij elkaar in de box gelegen. Later waren ze op elkaars verjaardagsfeestjes geweest. Ze hadden met elkaar gespeeld bij Arti. In plaats van te profiteren van de oude vertrouwdheid hield hij het mooie meisje met spot en scherts op afstand. Zij, op haar beurt, liet zich niet kennen, en betaalde Tonio met gelijke munt. Met tedere hoon, zo benaderden ze elkaar, zou je kunnen zeggen.

Later gaf hij me de tas terug die ik hem in bewaring had gegeven. 'Ik loop even met haar over de Uitmarkt,' zei hij schouderophalend. Hij grijnsde er bijna verontschuldigend bij. Ik keek de twee na. Tonio vertoonde hetzelfde trekje als ik op die leeftijd, wanneer ik naast een meisje liep: het onnodig hoog optrekken van de schouders, waardoor de rug iets bocheligs kreeg.

27

Tonio zat dan wel in mijn verbeelding schuin tegenover me op zijn vaste plaats van de afgelopen jaren, ik bezette de doorgezakte bank die hem rechtens en van oudsher toekwam. Zelfs visionair wist ik hem niet tot een antwoord te verleiden.

Zoals hij hechtte aan de ochtendlijke intimiteiten met zijn moeder...

Op een vroeg uur, kort na de zomer van de verhuizing, ontwaakte ik doordat er hard aan mijn arm getrokken werd. Het was Tonio. Ik lag op de huiskamerbank, waar ik na een nachtelijk glas in slaap was gevallen. Lachend, verontwaardigde kreten uitstotend, hing hij aan mijn arm. In zijn kleine lijf voelde ik de kracht waarmee hij me op de grond probeerde te krijgen. Die bank, dat was zijn ochtendlijke domein, dat door mij met mijn massief slapende aanwezigheid ontheiligd werd. Ik gaf me gewonnen en liet me op het tapijt glijden, waar ik voor de vorm wat om en om rolde. Hij gilde van triomf. En *nog* was de herovering niet compleet: ik werd de kamer uit gejaagd. Ik zag nog net hoe Mirjam de keuken uit kwam met een zuigfles vol verdunde chocolademelk. Voordat hij die van haar aannam, controleerde hij als elke ochtend de inhoud.

'In het randje, niet te heet, hè?' vroeg hij dan.

'Helemaal vol, en niet te warm. Voel maar.'

Even later stak ik mijn hoofd om de deur. Tonio hing op de bank tegen zijn moeder aan, en zoog loom knipperend aan de fles, terwijl hij naar een video van zijn favoriete eend Alfred Jodocus Kwak keek. Hij sloeg daarbij om zich heen met een lap bolletjesstof, alsof hij vliegen verjoeg. Van tijd tot tijd trok hij de speen uit zijn mond om de fles tegen het licht te houden: zo hield hij bij hoe ver het niveau al gedaald was, en hoe lang deze paradijselijke toestand tussen bed en school nog zou duren. Het was zijn klok, zijn vloeibare zandloper.

28

Tonio was nu alweer uren dood, en ik had nog altijd geen zelfmoord gepleegd. Ik mocht wel eens bij mezelf te rade gaan over zaken als lafheid, gebrek aan solidariteit, kilheid van gevoelens. Als hij ontvoerd was, of anderszins vermist, liep ik nu op onmogelijke plaatsen naar hem te zoeken, buiten adem. Op zijn sterven had ik geen antwoord.

Als jongen had ik dwanggedachten. Stel, ik moest mijn moeder het nieuws gaan brengen dat mijn broertje of mijn zusje was verongelukt. Ik plaatste het verdriet van mijn ouders boven dat van mezelf. Sterker, ik was letterlijk doodsbang voor hun verdriet. Liever mezelf het leven benemen dan geconfronteerd te worden met hun uitzinnige radeloosheid. Dilemma: mijn zelfmoord zou hun wanhoop met honderd procent vermeerderen, ook al hoefde ik daar dan geen getuige van te zijn.

Eenmaal zelf vader was ik niet van mijn dwanggedachten verlost. Als ik mijn kind zou verliezen, kon ik dan verder leven, of zou ik de pijn de pas afsnijden door mezelf zo snel mogelijk van kant te maken? Er was ook nog Mirjam, voor wie ik te zorgen had. Ik zou haar een dubbele zelfmoord bij wijze van pijnstiller kunnen voorstellen.

Ik gooide het moreel met mezelf op een akkoordje, wat niet minder een dwanggedachte was. Ik dacht aan de Makelaarsbrug en aan het gevaarlijke kinderstoeltje, en kwam tot de slotsom dat ik zelfmoord zou plegen als ik *schuld* droeg aan de dood van mijn kind.

Het dilemma van vanavond was dat ik me niet schuldiger *kon* voelen dan aan Tonio's overlijden. Er hoefde geen ondeugdelijk kinderzitje aan te pas te komen om mij als verantwoordelijke aan te wijzen. Ik had zijn dood niet kunnen tegenhouden, en dat was al aanklacht genoeg. Tegelijkertijd wilde ik niet dat Mirjam vandaag nog een tweede lijk op haar weg zou vinden. Ik mocht aan het dempen van mijn schuld niet de voorrang geven boven de troost en de verzorging die zij nodig had.

Hoe langer ik er, wachtend op Mirjam, over nadacht, des te futieler werd de kwestie van de zelfmoord. Tonio was dood, en daarbij werd mijn eigen vernietiging een lachertje.

29

Het viel te verwachten dat, nu onze huwelijkscrisis voorbij was, allerlei mensen hun best zouden doen om het recente conflict nog een poos kunstmatig in leven te houden.

'Gehoord? Ze hebben het bijgelegd.'

Nee, daar kreeg je aan de cafétafel de koppen niet mee bij elkaar. De lui wilden drama, en als dat op rantsoen was, werden ze zelf wel creatief.

Maanden na onze hereniging en het betrekken van het nieuwe huis wist mijn schoonmoeder, zelf op het punt om mijn schoonvader te verlaten, nog te vertellen dat het 'in het buurthuis' een uitgemaakte zaak was dat wij, haar dochter en schoonzoon dus, 'uit elkaar gingen'. Ze was bij ons op bezoek. We zaten in de woonkamer aan de thee. Tonio speelde op de grond.

'Wat denk je zelf, mam?' vroeg Mirjam, met in haar stem die speciale scherpte die ze voor haar moeder reserveerde.

Voordat ze in de aanval ging, poetste Wies altijd even snel met duim en wijsvinger over haar neus. 'Nou ja, moet je luisteren... de mensen zeggen zoiets toch niet zomaar.'

Ik keek naar Tonio in zijn hoek... Aan het roerloze ruggetje kon ik zien dat hij met spelen was opgehouden. De woorden van zijn oma hadden hem gealarmeerd. Met in elke hand een kluit lego luisterde hij scherp toe. Tonio had juist het onbegrijpelijke nieuws te verwerken gekregen dat zijn grootouders (zij bijna zeventig, hij tachtig) spoedig uit elkaar zouden gaan. Nu kwam oma Wies hier met de mededeling, uit de eerste hand 'in het buurthuis', dat met zijn vader en moeder hetzelfde stond te gebeuren.

Uit elkaar.

'Nee, hè,' zei Mirjam nog scherper, 'de mensen zeggen zoiets niet zomaar. Kwaadsprekerij, daar moet wel een kern van waarheid in zitten. Toch? Als het al niet de hele waarheid is. Waar rook is, is vuur. Maar vertel dan eens, *mam*, wat zijn jouw bevindingen, als je hier zo op de bank zit, in ons nieuwe huis? Merk jij iets van een ophanden zijnde echtscheiding?'

'Moet je luisteren, Mirjam... ik vertel alleen wat ik in het buurthuis gehoord heb. Anders niets.' En na enig nadenken: 'De mensen zeggen zoiets toch niet zomaar.'

Tonio had zijn spel niet hervat. Hij draaide zijn hoofd om, en keek met grote, ernstige ogen naar het theedrinkende gezelschap.

'Wies, afgezien van wat jij allemaal hoort en voetstoots aanneemt,' zei ik, 'vind je het wel verantwoord om dat hier te komen herhalen waar je kleinzoon bij is? Zo'n kind van vier heeft ook oren, en vooral... gevoelens. Je had op z'n minst tevoren bij Mirjam of mij kunnen navragen wat er waar is van die buurthuispraatjes.'

Ze haalde haar schouders op, en keek naar de punt van haar schoen. 'Ik zeg alleen maar dat de mensen zoiets toch niet zomaar zeggen.' Dat ze haar stem nu zo zacht liet klinken, was mogelijk een concessie aan Tonio's gevoelens.

Misschien was het ook om zijn gevoelens te sparen dat ik oma toen niet vierkant de trap af gejaagd heb.

30

Daar waren de zusjes Rotenstreich – kapot van de tijding die ze hadden moeten brengen, en van wat het bij de oude mensen had losgemaakt. Uit zichzelf vertelden ze niets, dus ik liet het maar even zo.

'Zeg, Minchen,' zei ik, 'we hebben zonder enige moeite ruim twee weken geen drup gedronken. Vanavond red ik het niet zonder verdoving.'

Mirjam en ik namen allebei een pil uit het ziekenhuis, en spoelden die weg met wat wodka. Hinde deed niet mee. Zij belegde een van de broodjes die Mirjam 's morgens op het aanrecht net opengesneden had toen de deurbel ging. Helemaal uitgedroogd waren ze nog niet, ondanks de zomerse warmte die de hele dag had aangehouden.

'Nou, zeg eens,' vroeg ik mat (ik moest mijn eigen reactie nog leren kennen), 'hoe reageerden jullie ouders?'

'Mijn vader bleef er nogal stilletjes onder,' zei Hinde. 'Hij zei niet veel. Nou is het toch al een binnenvetter, maar nu helemaal. Erg onder de indruk natuurlijk, maar dat moet je bij hem raden.'

'Mijn moeder begon meteen te schreeuwen,' zei Mirjam. 'Ze bleef steeds maar roepen dat ze het zo erg vond voor mij. Daar was ze wel heel oprecht in, dat moet ik toegeven.'

Ik kan me door pil en wodka weinig herinneren van wat er die avond verder besproken werd. Elk van ons drieën zat onder z'n eigen stolp van doffe verbijstering. Mirjam huilde bij vlagen hevig.

'Dit kan toch niet... dit *kan* toch niet.'

Ja, ik heb nog getelefoneerd met mijn schoonvader, maar ik weet niet meer of het initiatief van hem of van mij kwam. 'Ik heb vanavond de televisie uitgezet,' zei hij met zijn nog altijd prachtige Poolse accent, 'en toen heb ik eens een poosje zomaar met mezelf zitten praten. Waarom, zo heb ik mezelf de vraag gesteld, waarom een jongen van nog geen tweeëntwintig? En waarom moet ik, een oude man van zevenennegentig, doorgaan met leven? Waarom?'

31

'Moesten wij soms gestraft worden,' riep Mirjam op een later tijdstip uit, 'omdat we het met z'n drietjes zo mooi voor elkaar hadden... omdat we zo'n ideaal driemanschap waren?'

Voor 't eerst vandaag had haar gehuil een woedende ondertoon. Ze keek me door haar tranen heen met felle ogen aan.

'Minchen, voor zover we nu weten,' zei ik slapjes, 'is hier het blinde noodlot aan het werk geweest... en het blinde noodlot deelt geen gerichte straffen uit.'

'Waarom *voelt* het dan zo? Het voelt als een afstraffing. Vanwege de arrogantie dat we het zo goed durfden te hebben met elkaar.'

32

'Als jullie het met z'n tweeën verder redden,' zei Hinde, 'dan ga ik maar naar huis. Het zal wel niet zo'n fijne nacht worden, ook voor mij niet, maar... ik ga toch maar in mijn eigen bed slapen. Dixie is er ook nog.'

'Als je het thuis niet uithoudt,' zei Mirjam, 'dan kom je maar hierheen. Je hebt de sleutel.'

Hinde beloofde het. Dixie was haar kat.

'Ik zal op dat bankje beddengoed klaarleggen.' Mirjam wees naar de chaise longue voor de televisie. We omhelsden Hinde ten afscheid, en bedankten haar voor de hulp en de bijstand die dag.

'Daar hoeven we geen woorden aan vuil te maken,' zei ze.

Mirjam liep met haar zus mee naar beneden. Ze bleven nog een tijd in de hal staan praten en huilen. Nadat de voordeur in het slot was gevallen, hoorde ik Mirjam de trap op gaan. Ze ging de huiskamer voorbij, en begon langzaam de treden naar de slaapverdieping te bestijgen. In de aanloop naar de verschrikkelijkste nacht van mijn leven liet ze me alleen.

Ik bleef roerloos zitten luisteren. Boven klapperden kastdeuren. Hakken op het parket. Ik had haar de trap niet af horen komen: opeens was ze terug in de woonkamer, met onder haar ene arm een hoofdkussen, onder de andere opgevouwen lakens en dekens. Ze legde het beddengoed op de chaise longue, en kwam naast me op de bank zitten.

We zwegen. Te uitgeput, te verdoofd om elkaar te troosten. De valium en de wodka deden hun werk, en we dreven de afstomping met nieuwe porties drank gretig nog wat verder. Nadenken deed je als er naar een oplossing gezocht moest worden. Ik kon niet eens denken: hier zitten we, twee mensen met een probleem. Er *was* geen probleem, omdat een oplossing voor eens en voor al uitgesloten was. De dood kon bij benadering nog als een probleem worden beschouwd: hoe bepalen we onze houding tegenover dat stinkend onherroepelijke gegeven? Een dode, die was te dood om een probleem te vormen.

Mirjam nam een slok, zette haar glas terug op het bijzettafeltje, en schoof het zo ver mogelijk van zich af. De drank smaakte haar niet. Ze legde haar hoofd op mijn schouder, vanwaar het als vanzelf naar mijn borst zakte, en zo verder in mijn schoot. Ze huilde bijna onhoorbaar, met een zacht suizend geluid, bijna als water zingend in een ketel. Alles wat ze nog zei, paste in een langgerekte sidderzucht.

'Ons eigen jongetje.'

Intermezzo

15 september 2010

Rough winds do shake the darling buds of May,
And summer's lease hath all too short a date.

Shakespeare, sonnet 18

I

De blinde muur is terug.

Eigenlijk hebben we ons huis te danken aan het geringe oppervlak van de achtertuin. In de jaren dat het leegstond, van '89 tot '92, meldden zich heel wat echtparen in tweevoud, die bereid waren het grote pand te delen en voor dubbele bewoning geschikt te maken. Hun enthousiasme liep, volgens de makelaar, in alle gevallen stuk op de tuin: niet veel meer dan een door twee hoge gevels, een schutting en de zijkant van een loods ingesloten binnenplaatsje. De verzakte, groen uitgeslagen tegelvloer golfde bij elke stap als een cakewalk. De sprietige aanzet tot een goudenregen vormde de enige begroeiing – op het glibberige mos van de tegels na dan. Hoe kon je hier kinderen uit twee gezinnen laten spelen?

Voor mij vormde de kleine oppervlakte geen probleem – dat scheelde maar getuinier op zaterdag. Mirjam zag meteen in welke hoek een afsluitbare zandbak voor Tonio kon komen, en dat er dan nog genoeg ruimte overbleef om af en toe met een gezelschap buiten te eten. Een bevriende kunstenaar, tevens landschapsarchitect, beloofde het binnenplaatsje te zijner tijd te herscheppen in een dakloze 'tuinkamer', wat dat ook mocht zijn, maar het is er nooit van gekomen.

Meer moeite had ik met de blinde, kale muur waarop onze ramen aan de achterkant uitkeken. Het was de zijgevel van een huizenblok dat, ingeklemd tussen Johannes Verhulst en De Lairesse, deel uitmaakte van de Banstraat. Helemaal blind was de hoge muur trouwens niet. Afgezien van enkele luchtroosters zat links, richting voorgevel, een klein badkamerraam, half verborgen achter een flard verdorde klimop. Achter het matglas brandde zelden licht.

Het uitzicht kreeg hierdoor iets armoeiigs, als uitkijken op het spoor, en bijna was de koop erop afgesprongen. De natuur loste het probleem voor me op. Beneden aan de muur waren uit stengels van de gesnoeide klimop verse scheuten ontsproten, die aan een voorzichtige opmars richting daklijst begonnen. In de loop van de jaren raakte de lelijke zijgevel bedekt met een glanzend bladertapijt, waar een langs strijkende bries soms alle tinten groen uit liet oplichten, bewegend als in een mozaïek.

In de achttien jaar dat we hier woonden, van zomer 1992 tot zomer 2010, was de klimop, die steeds dichter werd, tot plaatselijk wel een meter dik, nooit gesnoeid. Vogels nestelden erin. Voorjaar 2007, toen ik een paar maanden in Zuid-Limburg zat te werken, liet Mirjam, om me bij thuiskomst te verrassen, het groezelige binnenplaatsje met Italiaans stucwerk en een nieuwe tegelvloer opknappen. Alles oudroze en steenrood. Er kwam een veranda, anderhalve meter boven tuinniveau, met openslaande deuren naar de bibliotheek en zonneschermen erboven.

Ook de nietige goudenregen was in de loop van bijna twee decennia volwassen geworden, en spreidde breed zijn kruin uit over de kleine tuin. Bij mooi weer zaten we er steeds vaker, ook 's avonds, op koelere uren beschut door de hoge gevels. Tuiniers onder het bezoek begonnen steeds vaker opmerkingen te maken over de dichtheid van de klimop.

'Wat denk je wat voor gewicht er aan die zuignappen hangt...' zei een vriend. 'Als dat allemaal naar beneden komt, loop je kans dat het de hele buitenmuur meetrekt. Dan zie je opeens de buurman onder zijn schemerlamp de krant zitten lezen.'

Dat zou dan de goede Max Nord zijn, die toen nog bij leven en welzijn achter die zijgevel woonde, en dat wilde ik niet op mijn geweten hebben. Begin dit jaar nam ik me voor de klimop in de voorzomer te laten snoeien – en toen was daar opeens Zwarte Pinksterdag, die het hele voornemen wegvaagde. Het dikke, groene wandtapijt met de langzaam uitgebloeid rakende goudenregen ervoor diende vanaf dat moment als decor voor onze dagelijkse wanhoopsgesprekken. Hier, op het tweezitsbankje onder het kleine prieel, had Tonio drie dagen voor zijn dood met het fotomeisje gezeten. Alles eromheen moest zoveel mogelijk, en zo lang mogelijk, intact blijven.

Omdat we ook aan de buren moesten denken, die voor hun gevel vreesden, spraken we met onze vaste werkploeg af dat het snoeikarwei naar februari volgend jaar zou worden verzet.

2

Gisteravond, toen ik tegen middernacht naar bed ging, was het nog niet gebeurd. Zoals gewoonlijk stapte ik even het balkon van de slaapkamer op om mijn longen, die anders helemaal geen buitenlucht meer kregen, een paar keer goed vol te zuigen. Ik nam me voor straks aan Mirjam te vragen mij de komende herfst naar verafgelegen bossen en stranden te rijden, zodat ik daar zou kunnen wandelen zonder passerende bekenden mijn verhaal te hoeven doen.

De klimopbladeren glansden in het licht van de maan, die pas na enen zou ondergaan. Als er toen al iets in het ongerede was geraakt, zou het me opgevallen zijn. De nacht was helder en rustig voor zover een stad op dat uur rustig kon zijn. Sirenes van ambulances en politieauto's zou ik nooit meer kunnen horen zonder te denken dat ze richting Stadhouderskade gingen.

Vanmorgen, 15 september, leek het opeens al volop herfst.

Nog voordat ik de gordijnen van de slaapkamer opendeed, hoorde ik het regenen en waaien. Het had iets eindeloos vertrouwds, die kale, blinde muur aan de overkant. Ik waande me terug in de vroege jaren negentig, toen de klimop alleen nog de onderste meters zijgevel met een dunne bladerlaag bedekte.

Ik schoot een paar slippers aan, opende de balkondeuren en stapte naar buiten. Ik leunde over de balustrade. Beneden in de kleine tuin was het een ravage. De dikke klimoplaag was, misschien door een harde windvlaag, als één groot, zwaar gordijn losgeraakt en neergezegen. Door de beperkte ruimte tussen de zijgevel en onze veranda had de muurbedekking zich tijdens haar val op natuurlijke wijze opgerold, zodat daar nu een reusachtige kokosmat leek te liggen, klaar om met mattenkloppers ter grootte van een telegraafpaal uitgeklopt te worden. De groene gobelin, waar we vroeger altijd met zoveel welgevallen tegenaan gekeken hadden, keerde ons nu zijn achterkant toe: een grillig patroon van klimstengels of hangwortels, mooi en raadselachtig als de keerzijde van een Perzisch tapijt.

De bladerlawine had de nog ranke eik, met z'n soepele stam, gewoon opzij geduwd, maar de goudenregen scheen in z'n geheel, met dichtgeklapte kruin en al, door de grote rol verzwolgen: een lijk in een opgerold haardkleed. Toen ik goed keek, zag ik de top van de boom door de klimopmat heen steken, zo op het oog te ver van waar de wortels nog in de grond moesten zitten. De goudenregen, die in de loop van achttien jaar samen met Tonio naar volwassenheid gegroeid was, en waarvan hij nog kort voor zijn dood de kolven in bloei had gezien, was ter ziele.

De blinde muur was terug. Helemaal links hing nog, voddig, een dichte sliert klimop, die het badkamerraam half aan het oog onttrok. Ook helemaal beneden, vlak boven de tegelplaats, was een strook begroeiing over, als een soort schort of lendendoek van de gevel.

Het was acht uur in de ochtend. De klimop moest dus tussen twaalf uur vannacht en zo'n kwartier geleden zijn losgeraakt en neergezegen. Hoe kon het dat ik geen brekende stengels, geen lawinegeraas gehoord had?

Mirjam was om halfzeven naar de sportschool vertrokken. Zij kon de ravage toen nog niet hebben aanschouwd, anders had zij me wel wakker gemaakt. Ik belde haar 06-nummer, en sprak een boodschap in op haar voicemail: dat ze maar niet moest schrikken als ze bij thuiskomst de gordijnen van de woonkamer opendeed. Juist wel hevig geschrokken belde ze onmiddellijk terug.

'De katten...' Haar gejaagde stem. 'Heb je wel gekeken of ze nog in huis zijn?' Aan het onmiskenbare geluid van knarsende pedalen kon ik horen dat ze op de fiets zat. 'Voor hetzelfde geld liggen ze onder de klimop... verpletterd.'

Vooral Tygo had de neiging nogal eens de goudenregen in te klimmen, op gespeelde vogeljacht, mekkerend naar een onbereikbaar nest.

'Blijf aan de lijn,' zei ik. Nu zelf ongerust daalde ik met ingeschakelde telefoon de trappen af naar de bijkeuken, onderweg de namen van de katten roepend. Ze lagen gewoon in hun mand. 'Ze zijn hier. Ze zijn veilig.'

'O, goddank.' Mirjam huilde van opluchting. 'Ik dacht al dat we ze kwijt waren. Alles is nu mogelijk. Ik ben meteen op de fiets gesprongen.'

We zouden nooit weten of de katten op het moment dat de boel aan het schuiven ging niet toch in de tuin waren geweest, en bijvoorbeeld net op tijd naar het kattenluik hadden kunnen vluchten.

Met oud op nieuw 2002/2003 was Mirjam met Tonio naar Lanzarote gegaan. Ik bleef thuis, omdat er natuurlijk weer iets urgents af moest. Mirjam had me op het hart gedrukt om op oudejaarsavond, voordat het grote knallen begon, het kattenluik af te sluiten, zodat poes Cypri niet in paniek de tuin in kon vluchten – waar tussen de muren het vuurwerk alleen maar harder zou klinken.

Met het afsluiten was iets misgegaan, waardoor de kat wel naar buiten maar niet meer terug naar binnen kon. In de vroege ochtend thuisgekomen kon ik haar in het hele huis niet vinden. Ik belde Mirjam, die in haar hotel op Lanzarote al met Tonio aan het ontbijt zat. Met haar montere, vergevensgezinde stem gidste ze me langs de locaties waar Cypri zich in haar doodsnood verborgen kon hebben. Het bracht me uiteindelijk in de tuin, waar allerhande weggebroken troep lag van een recente verbouwing. Cypri was vijftienenhalf, en leed aan suikerziekte. Ik uitte als mijn vermoeden dat ze onder de half vermolmde schotten was gekropen om er te sterven. Mirjam, met verstikte stem aan het andere eind van de wereld, bleef me van raad voorzien, van tijd tot tijd aangevuld door Tonio.

'Je moet haar naam blijven roepen,' zei hij.

Hadden we Tonio ooit verteld welke rol Cypri had gespeeld in de aanloop naar zijn conceptie? Misschien niet, maar hij had haar altijd als zijn persoonlijke huisdier beschouwd, vanaf het moment dat hij zich als baby op de bank oprichtte om de kat, opgekruld naast hem, een aai te geven. Tonio had daarbij zijn evenwicht verloren, was over Cypri heen gevallen, en moest toen een bloedige haal incasseren, compleet met sissende keelklank. Het incident had ze geen van beiden rancuneus gemaakt. Eerder was het een soort wederzijdse ontgroening, want ze werden onafscheidelijk.

'Cypri... Cypri.'

Eindelijk kreeg ik antwoord, dun en klaaglijk. De kat zat met haar kop klem tussen twee tralies van het souterrainrooster. Zo had ze, nu haar eigen luik was afgesloten, het huis proberen binnen te komen, geen rekening houdend met haar diabetische gezwollenheid. Ik liet mijn gsm open, zodat ze op Lanzarote mijn bevrijdingspoging konden volgen. Pas toen die geslaagd was, kreeg ik telefonisch de volle laag: vanwege mijn onverantwoordelijkheid en nalatigheid. Tonio mocht ook nog even aan de lijn komen om hikkend van opluchting de spot te drijven met mijn onhandigheid.

'Adri, wat zijn je goede voornemens in 2003?'

3

Het droevige aan het houden van honden en katten is dat ze gemiddeld maar zo'n anderhalf decennium meegaan. Wie niet zonder zo'n huisdier kan, krijgt er in zijn leven wel vier, vijf keer opnieuw mee te maken. Ze zijn oneindig veel trouwer dan mensen. We verliezen ze dan ook niet aan ontrouw, maar aan hun afwijkende levensverwachting.

Als ik de levens van mijn generatiegenoten bezie, lijkt hun bestaan, gemiddeld, net zoveel verhoudingen of huwelijken te omspannen als er huisdieren in voorkomen. Een menselijke liefde is, door de bank genomen, net zo houdbaar als een hond of een kat – met nogmaals dit verschil dat de relatie met het huisdier eindigt met z'n dood, en aan het huwelijk een eind komt met het overlijden van de liefde.

Anderhalf jaar later, kort voordat ze zeventien werd, stierf Cypri alsnog aan haar kwaal. Ik zat dat voorjaar te werken in Houthem-St. Gerlach, zodat ditmaal ik degene was die per gsm een gebeurtenis te volgen kreeg die zich in onze kleine tuin afspeelde: Cypri's begrafenis.

Kort tevoren, het was mei 2004, had Tonio me in Limburg opgewonden gebeld met de boodschap dat er 'eindelijk weer eens iets gebeurt in dat vet saaie Amsterdam-Zuid'. Op weg van school naar huis had hij op de Apollolaan een kleine menigte gezien bij roodwitte politielinten, waarbinnen mannen van de technische recherche bezig waren met sporenonderzoek.

'Een liquidatie,' schreeuwde hij in de telefoon. 'Ze hebben Willem Endstra afgeknald. Je weet wel, de bankier van de onderwereld. Zomaar, vlak bij het Ignatius.'

Nu meldde hij me, veel minder opgetogen, de dood van zijn kat. Ze waren met Cypri naar de dierenarts gegaan, en die had haar een spuitje gegeven. Voordat ze het lijkje mee naar huis namen, gingen Mirjam en Tonio samen op zoek naar een geschikte lijkkist om Cypri in te begraven. Bij De Gouden Ton bestelde Mirjam twee flessen bordeaux, 'in een kistje, want het is een geschenk'. Omdat ze de ware bestemming van de verpakking niet voor zich kon houden, lichtte de verkoper de flessen er weer uit. Ze kregen de kist, compleet met houtwol, gratis mee. 'Een goede bordeaux koopt u later maar weer eens, mevrouw.'

Omdat Cypri zich uitbundig lekkend door haar laatste dagen heen had gesleept, raadde de dierenarts moeder en zoon aan de wijnkist te bekleden met een vuilniszak.

'We begraven Cypri naast Runner,' zei Tonio. Runner, zijn Russische dwerghamster, waarvoor hij jaren geleden samen met zijn gitaarleraar dat korte *Requiem voor Runner* had gecomponeerd.

Zo was ik vanuit Zuid-Limburg telefonisch getuige van de begrafenis. Tonio en Mirjam deden afwisselend verslag.

'De laatste tijd,' zei Tonio, 'liet Cypri alles lopen... en nou ligt ze op die vuilniszak, en nou blijft alles droog.'

Het schuifdeksel ging op de kist, die de kat volgens Mirjam als gegoten zat. Ik luisterde naar het zachte overleg tussen moeder en zoon. 'Zou die kuil wel diep genoeg zijn... dat de kraaien haar niet gaan opgraven...'

4

De twee Noorse boskatten, Tygo en Tasja, die vormden zijn nageslacht… meer zat er niet in. Ze waren zijn keuze geweest, al vrij snel na hun geboorte. Tygo en zijn zusje Tasja…

Na de dood van Cypri wilde Mirjam voorlopig geen nieuwe kat, maar Tonio was, nadat hij op internet foto's van Noorse boskatten had gezien, niet meer te houden. Al surfend stuitte hij op een cattery in Veghel, Noord-Brabant, gespecialiseerd in het ras. In de zomer van 2005, ruim een jaar na Cypri's overlijden, wist hij met zijn zoetsappigste verleiderssmoel zijn moeder ertoe te bewegen hem naar de Veghelse cattery te rijden, waar volgens de site net een nest kittens geworpen was. Bij een tweede bezoek, niet lang daarna, liet hij zijn oog vallen op een zilvergrijs poesje en een roestkleurig katertje, zusje en broertje, die om en om rollend met elkaar aan het stoeien waren. Tonio had zijn keus al gemaakt, maar de twee mochten voorlopig nog niet bij de moeder vandaan. Via internet hield hij contact met de cattery, en zo zag hij zijn Noortjes op het computerscherm van week tot week groeien.

De dag dat hij ze op mocht komen halen, kwam dichterbij. Nu hoefde hij alleen nog maar zijn vader twee keer 425 euro af te troggelen, en dan was de adoptie een feit.

Op een zondag in november droeg Tonio, met een ironisch soort trots, de kartonnen doos vol pluizig geluk uit de auto het huis binnen. Op de keukentafel rekten Tygo en Tasja (namen die hij ze al weken eerder gegeven had) zich uit van de reis – om vervolgens in een rond broodmandje te gaan liggen, waar ze samen precies in pasten. Zo heeft Tonio ze van bovenaf gekiekt. Op de foto liggen de katjes zo harmonisch, kop aan staart, versmolten binnen de rand van het mandje dat het tafereel als een uitbeelding van het yin-en-yangteken kan dienen. Hij hangt hier nu ingelijst aan de muur, op de plaats van een recent portret van Tonio, dat Mirjam voorlopig met de afbeelding tegen de muur heeft gezet.

5

Voordat Mirjam het gesprek wegdrukte om verder naar huis te fietsen, had ze me nog op het hart gedrukt het kattenluik af te sluiten. Ik liet het open. De klimop was neergezegen en had zichzelf keurig opgerold: er was geen gevaar voor verder verschuiven. Zelfs de goudenregen leverde geen risico meer op.

In juni had ik Mirjam nog om zes uur 's ochtends betrapt op de bibliotheekladder, die zij tegen de boom had geplaatst om Tygo, die niet naar beneden durfde, uit een tweespalt van takken te bevrijden. Aan een goede bibliotheekladder zit een scharnierend raam, dat feilloos houvast biedt tegen de hoger gelegen boekenplanken. Dat raam wiebelde nu zo'n beetje om de ronde stam heen, en de ladder wankelde mee, gereed om Mirjam, die haar arm naar de kat uitstrekte, af te werpen. Gealarmeerd door haar lokgeluiden was ik het bed uit en het balkon op gegaan, vanwaar ik op haar reddingspogingen neerkeek. Ik durfde haar niet toe te roepen dat ze als de bliksem naar beneden moest komen, bang haar te laten schrikken met alle gevolgen vandien.

De ladder maakte bijna een halve slag, maar Mirjam wist de zware kater uit de boom te scheppen en naar de begane grond te krijgen.

'Minchen, wil je dat *nooit* meer doen. Daar is zo'n boekenladder niet voor. Ik kan echt geen ongeluk meer aan. Laat die rotkat gewoon twee dagen in zijn boom zitten, en bel dan de brandweer. Je kunt die kattengekte van je ook te ver drijven.'

Door dit incident ontdekten we eens te meer dat een normale huiselijke ruzie er niet meer in zat. Een kribbige opmerking, de geringste stemverheffing, een kwaad gezicht – het voelde allemaal als een veronachtzaming van Tonio.

6

Ik ging weer naar boven, terug naar het balkon van de slaapkamer. Over de klimoprol, en tussen de golvende plooien van de rest van het tapijt, hipte nu zeker een dozijn Vlaamse gaaien. Ik ben geen gedreven vogelaar, maar een Vlaamse gaai weet ik nog wel te herkennen: aan zijn beige verentooi, zijn zwart-witte staart, zijn vleugelrand gespikkeld als een Palestijnse kaffiya. Op de schutting aan de kant van buurman Kluun zaten er ook nog een paar.

Ik heb erover in de krant gelezen. Uit Oost-Europa, waar ze goed gebroed hebben, zijn tienduizenden gaaien in de Ardennen neergestreken, om vandaar hun vleugels uit te slaan richting Nederland, op zoek naar meer eikels. De intocht is nog maar net begonnen. De komende weken worden er zeker honderdduizend verwacht. Die daar in ons gehavende tuintje, dat waren misschien de verspieders pas. Ik had ze gisteren voor het eerst gezien. Als verbaasd, gedesoriënteerd, hipten ze rond over de kleefwortels van de klimop, misschien op zoek naar hun logies van gisteren. Vlaamse gaaien hebben de naam nogal verstrooid te zijn, waardoor ze gemakkelijk de bergplaatsen van hun wintervoorraad beukennootjes vergeten. Die indruk maakten ze op mij: hier moet het ergens zijn... we hebben ze weer veel te goed afgedekt...

Uit hun kattenluik kwamen nu Tygo en Tasja tevoorschijn, die met Noorse voortvarendheid aan al het Vlaamse geschutter een eind maakten. De vogels vlogen weg over de achtertuinen. Op hun beurt spiedden de katten verbaasd rond in hun nieuw ingerichte wildernis. Behoedzaam z'n poten neerzettend beklom Tygo de grote rol, terwijl Tasja aan de versplinterde stronk van de goudenregen snuffelde.

'Die boom, Tasja, heb je nou toch niet meer nodig om dichter bij de vogels te komen,' zei ik zacht. Onmiddellijk wendde de kat haar zilverwitte kopje in mijn richting, waarbij ze een paar keer geluidloos haar kaken opende. Hierna voegde ze zich bij haar broer op de hoge heuvelrug.

'Laten we ons in godsnaam niet ook nog eens druk maken om die klimop.' In de slaapkamer achter me Mirjams stem, amechtig van het traplopen. Vrouwenhakken dreunend op het parket. Ze kwam naast me staan, en keek in de diepte. 'Ja, ik weet het... het is een grote puinhoop, maar het is niet anders. Er zijn ergere dingen gebeurd.'

'Dat is het 'm nou juist, Minchen... om die ergere dingen hebben we hierbeneden, op die paar vierkante meters, bijna vier maanden lang zitten treuren.'

Ik wees op het gietijzeren geraamte van het kleine prieel, dat door het voortschuivende geweld van de klimop helemaal verwrongen was geraakt. Het witte tweezitstuinbankje was half bedolven.

'Daar heeft Tonio gezeten met zijn fotomeisje,' zei ik. 'Drie dagen voor zijn dood. Daar heeft hij foto's van haar gemaakt... Als deze plek er niet was geweest om uit te huilen, hadden we de zomer niet overleefd.'

De katten zaten nu naast elkaar, met hoog opgezette witte bef, naar ons omhoog te kijken.

'Dan heeft het zo moeten zijn,' zei Mirjam. 'De zomer is voorbij...'

'Ja, het seizoen is voorbij. Avond aan avond dezelfde show, en nu wordt het decor neergehaald... opgerold... afgevoerd. Voor de voortzetting van het verdriet, dames en heren, staat u de huiskamer ter beschikking.'

Mirjam bleef weigeren om te zwaar te tillen aan wat toch de verwoesting van haar tuintje was, maar het eindigde ermee dat we allebei huilend over de balustrade van het balkon hingen. Die goudenregen... toen we hier met de vierjarige Tonio in trokken, juli '92, lieten van het boompje bij het minste zuchtje wind grauwe schilfers los, waarvan we ons niet realiseerden dat het de verschrompelde bloesem was. In de maand mei van het jaar daarop bracht de goudenregen kleine gele kolven voort, niet groter dan babymaïs.

'Ik laat, als je wilt, zo een nieuwe goudenregen planten,' zei ik. 'Het gaat me erom dat Tonio samen met *deze* is opgegroeid, en dat hij hem zo kort voor zijn dood nog in bloei heeft gezien. De rotzooi hier beneden geeft me het gevoel dat van nu af aan *alles* van ons zal worden neergehaald... alles wat we dachten te hebben bereikt en opgericht... alles wat ons nog aan Tonio bindt.'

'Zo mag je niet denken.'

'Ik heb geen andere keus. De wet van Murphy, met z'n onophoudelijke rits ongemakken, heeft nog wel iets komisch. Ik heb het gevoel dat wij sinds een paar maanden leven onder een wet die voorziet in een onophoudelijke rits *verwoestingen*. De ene lijkt uit de andere voort te komen, maar zonder causaal verband. En het einde is nog lang niet in zicht.'

De katten lagen nu op hun zij op de klimoprol, met de pootjes om elkaar heen – stoeiend, maar zonder veel animo, tussendoor elkaar ongericht likkend.

'Dan begrijp je nu,' zei Mirjam, 'waarom ik vanmorgen zo waanzinnig bezorgd was om Tygo en Tasja.'

7

'Daar komen de ridders...!'

We kunnen ons wel blijven voorhouden dat we zijn leven tot aan 23 mei 2010 nog hebben om in de herinnering te koesteren, maar dat is niet meer hetzelfde leven dat we van nabij gekend hebben. Het is in al z'n verschijningsvormen aangetast door de dood die het afsneed. Geen herinnering is meer puur en onbevangen. Het geheugen verstikt in de schaduw van Tonio's vroege einde, en de erin opgeslagen beelden raken in hun vorm en lichtheid aangetast.

Het ergste: de ooit zo zuivere herinneringen worden met terugwerkende kracht verklikkers van de dood. Wat ze voorafgaand aan Pinksteren niet hadden, krijgen ze nu: een voorspellende kracht, die zich in het geheugen van de zich herinnerende openbaart. Ze voorspellen het sterven van de jongen die er de hoofdrol in speelt.

Het kind dat in de roes van het spel plotseling, midden in een symfonie van Sjostakovitsj, hard en scherp een slagtrom uit de luidsprekerboxen hoort klinken, en opveert en roept: 'Daar komen de ridders.' Het lijkt aanvankelijk dezelfde herinnering als die van voor Zwarte Pinksterdag, maar nu zien we bij het oprakelen ervan het jongetje al gauw veranderen in een klein monster, dat de hoefslag van zijn eigen vroege dood herkent.

Ook zonder die voorspellende kracht zijn veel van mijn herinneringen aan Tonio aangetast – al was het alleen maar omdat ik ze niet *voor hem* navertel, als weemoedige resten uit zijn jeugd, dingen die hijzelf vergeten is. Ik kan ze niet langer met hem delen, en dat maakt ze wrang en lelijk: bewegende beelden in ontbinding.

De dood vervalst en ontwaardt elke herinnering.

8

Mirjam laat me alleen op het balkon, en gaat via de slaapkamer naar beneden. Ik buig me nog een keer over de balustrade, kijk neer in de woestenij, en laat de gecorrumpeerde herinneringen tot me komen.

In de meivakantie van 2000 namen we Tonio en Jim mee naar Nerja, in het zuiden van Spanje. Het was een genot de twaalfjarigen zich te zien vermaken in en rond het zwembad bij het appartementendorp. Jim was, anders dan Tonio, nog een goede eter, en verorberde dagelijks een groot bord met verschillende soorten vis – bij de lunch, en 's avonds weer.

Ik zat een groot deel van de dag te werken op het terras achter het huurhuis, met uitzicht op een weelderige tuin, die gedomineerd werd door een bloeiende perenboom. Op een ochtend kwam er, via de poort in de omheining, een werkman het terrein op. Hij begon de struiken te snoeien – dacht ik. Toen ik weer van mijn papieren opkeek, bleek hij de lage begroeiing geheel met de grond gelijk te hebben gemaakt. Er lag een grote berg takken, de blaadjes nog groen en fris.

Ik ging naar hem toe. 'Waarom?'

De tuinier haalde zijn schouders op, en mompelde iets zo goed als onverstaanbaars in zijn dialect. Wat ik eruit op meende te kunnen maken, was dat hij ook maar in opdracht van de eigenaar handelde.

De volgende dag kwam hij terug, met een kettingzaag, waarmee hij de zich te barsten bloeiende perenboom te lijf ging, zonder de huurder op het terras zelfs maar een blik waardig te keuren. Ik rende naar hem toe, probeerde hem duidelijk te maken dat dit een vergissing moest zijn. Er lagen al een paar afgezaagde takken, dik in de bloesem, op het gazon. Ik smeekte de man ermee op te houden. Hij haalde net als de vorige dag zijn schouders op, mompelde iets nog onverstaanbaarders, en ging verder met zijn verwoestende arbeid.

De tweede week van ons verblijf zaten we op een kale vlakte uit te kijken, want de takken en moten stam waren keurig afgevoerd. De tuinman had zelfs de wortelkluwen van de perenboom uitgegraven en verwijderd, zodat nu in het goeddeels met grijze aarde bedekte gazon een bomkrater gaapte. Mirjam en de jongens troostten me door te zeggen dat het nog maar voor even was, maar het werkte niet. Een of andere onbenaderbare hufter had door een huurmoordenaar een vruchtboom in bloei laten liquideren, pal onder mijn ogen. Zelfs die jonge goden met hun onuitputtelijke energie konden het geluksgevoel van die eerste week niet terugbrengen.

Tweede boek

De goudenregen

Hoofdstuk I *De Witte Olifant*

men moet nog boodschappen doen voor het donker
de weg vraagt, zwarte kaarsen voor in de kelder

Gerrit Kouwenaar, 'men moet'

1

Tweede Pinksterdag. Verdoofd beklom ik de trap naar mijn werkkamer: de zeventien treden die me gisterochtend van mijn roman hadden gescheiden en die door het overgaan van de bel onneembaar waren gebleken. Daar lag, op wat ik mijn sorteertafel noemde, het onvoltooide typoscript, met het nieuwe werkschema ernaast. Het ging vandaag in. Kijk maar, 'Maandag 24 mei 2010/Dag 1' stond er. Bijna nieuwsgierig keek ik het werkvertrek rond. De op de lange tafel uitgespreide plattegronden. De bureaus met drie keer dezelfde elektrische IBM. De ordners met krantenknipsels over de moord.

Hier had het dus met ingang van vandaag moeten gebeuren.

Ware het niet…

Ik liep naar het balkon aan de tuinkant, en deed de deuren open. Tweede Pinksterdag werd net zo'n mooie vroegzomerse dag als de Eerste. De onaangedane hardblauwe hemel. Tonio had gistermorgen in alle vroegte hooguit de lucht een tint van kleur zien verschieten. Meer zomer zat er niet in voor hem dit jaar, dit leven.

Opnieuw verbaasde ik me over het zonnescherm dat boven de balkondeuren hing, en dat ik op donderdag, na de fotoshoot, in opgehaalde staat had aangetroffen, terwijl ik zeker wist dat ik het uitgerold had achtergelaten. Ik zou Tonio er niet meer naar kunnen vragen. Het meisje van de polaroids, misschien dat zij opheldering kon verschaffen. Waar was ze nu? De jonge, kundige fotograaf die haar beeltenis had vastgelegd, was na deze tour de force voorgoed naar elders vertrokken.

Op het plankier van het balkon lagen, tegen de reling, nog altijd de losse latten die onderdeel waren geweest van Tonio's stapelbed. Klusser René had ze misschien wel twee jaar terug zolang hier opgetast, waarschijnlijk om ze later weer op hun plaats te leggen in de kelder. Hij had ze gebruikt ter versteviging van de steiger, toen de goten aan de straatzijde vernieuwd moesten worden. Voordat de steiger afgebroken werd, had René de smalle planken over het dak naar de achterkant van het huis gedragen, en was ermee de ladder naar mijn balkon afgedaald. Misschien was ik aan het werk geweest en had hij me niet willen storen. Toen hij ze er neerlegde, waren ze nog helgeel en glanzend gevernist geweest. In de loop van twee jaren was het houtwerk door zon en regen dof en grijs en groenig geworden, en had daarmee de kleuren van het balkon aangenomen.

Opeens rees uit die vale, bemoste latten Tonio's stapelbed op, dat hij had mogen uitzoeken toen we in dit huis trokken. Hij was er zo trots op geweest, vooral omdat hij nu vriendjes te logeren kon vragen. Op een avond, toen de achtjarige Tonio zijn vaste vriendinnetje Merel voor de nacht over had, ging ik een paar keer kijken of alles goed was. Merel lag beneden in het stapelbed, Tonio bovenin. Elders in de kamer sliep, op een geïmproviseerd bed, Merels oudere zusje Iris, dat nooit ontbrak, omdat zij de supervisie had over alle spelletjes en activiteiten overdag.

Bij een tweede controle ontwaarde ik in het donker twee koppies op het bovenste kussen. Een uur later was het evenwicht weer hersteld, en lag Merel onderin.

'Ik vind het best als jullie bij elkaar kruipen,' zei ik de volgende dag tegen Tonio, 'maar waarom had je Merel er zo gauw alweer uitgeschopt?'

Verontwaardigd: 'Ja, zeg, Merel lag allemaal windjes te laten. Dat vind ik helemaal niet leuk, hoor.'

'Ach, jongen, al die echtelijke sores... je kunt er niet vroeg genoeg op bedacht zijn.'

Ik boog me over de reling van het balkon, en keek op de tuin neer. De kruin van de goudenregen overhuifde bijna het hele binnenplaatsje. Anders dan een paar dagen geleden schenen de bloesemkolven nu helgeel door het groen heen. Links tegen de roze gestuukte muur stond het tweezitsbankje met het kleine prieel (weinig meer dan een gietijzeren geraamte) eromheen. Ook hier had, blijkens de oefenpolaroids, Tonio het onbekende meisje gefotografeerd. Hij zou zaterdag met haar naar een 'waanzinnig Italiaans feest' in Paradiso gaan. Volgens de politie was er op het moment van de aanrijding niemand bij hem geweest. Had hij kort tevoren bij Paradiso afscheid van haar genomen? Wist zij van zijn lot?

We hadden haar naam niet. Misschien was er een nummer of een boodschap van haar terug te vinden in Tonio's gsm, die nog in plastic geseald was en die we nog niet hadden durven afluisteren.

Rusteloos dwalend door het huis trof ik nog steeds op de vreemdste plaatsen van die sneeuwwitte, piepschuimen platen aan, die Tonio bij het fotograferen als lichtscherm had gebruikt. Het stoorde me ook nu nog dat hij ze uit het souterrain had gehaald, waar wel meer spullen van hem lagen opgeslagen, zonder ze weer terug te zetten. Mijn verstoordheid hield hem nog wat in leven, voor zolang als het duurde.

Op zijn voormalige kamer stond onveranderd het statief – zonder camera erop, maar met een parapluvormig reflectiescherm eraan vastgeschroefd. Tonio had zich ongetwijfeld voorgenomen om bij zijn eerstvolgende bezoek alles op te ruimen. Eerst moesten de foto's ontwikkeld worden. Aan alles was te merken dat hij het naamloze meisje tot in de finesses van dienst had willen zijn.

Een van de dikkere witte platen was overtrokken met precies evenwijdige stroken zwarte tape, waardoor hij iets van een gestreepte markies kreeg. Ik richtte er een bureaulamp op om het lichteffect te creëren dat Tonio misschien in gedachten had gehad, maar ik kwam er niet uit.

2

Na Tonio's geboorte op 15 juni 1988 had ik de consequenties te aanvaarden. Ik moest zien de jongen op z'n minst tot aan zijn volwassenheid te beschermen, te verwarmen, te voeden, te kleden, school te laten gaan. Wat mijn liefde voor hem betreft, reikte mijn betrokkenheid tot ver over zijn volwassenheid heen – tot mijn eigen dood erop volgde, en dan nog.

Hij overleefde mij niet. De wereld is uit balans, maar evengoed heb ik de consequenties van mijn 'kinderwens' uit 1987 te aanvaarden. Ik kan Tonio, nu het mis is gegaan, niet achteraf nog eens verloochenen, en van hem bijvoorbeeld een ondergeschoven kindje van de Dood maken. Mijn besluit van juli 1987 betreuren zou laf zijn, en Tonio's nagedachtenis bezoedelen – ondenkbaar.

Ook in gestorven staat dien ik hem volledig te accepteren – en te verzorgen. Ik *wist* dat het kind waar ik mijn zinnen op had gezet sterfelijk zou zijn, zo gezond als het op de wereld mocht zijn gekomen. Ik had die sterfelijkheid destijds, zij het met krimpende maag, voor lief genomen. Ingecalculeerd. Zelfs had ik het risico op zijn *vroegtijdige* dood, hoe klein de kans ook, aanvaard.

Nu de tanden op elkaar, klapperend desnoods. Laat het hoofd gerust hangen, maar richt het dan weer op. Door Tonio te verwekken was zijn vroege dood een van de onwelkome mogelijkheden waaraan ik hem uitleverde. Ik heb gespeeld, met zijn leven, en verloren.

Mirjam is onverminderd D&GA, de enige vrouw bij wie ik ooit een kind heb gewild. Nu haar zoon dood is, moet ik onverminderd voor hem zorgen, net als voor haar.

3

Of diende er een smeriger betekenis afgeleid te worden uit de ramp die ons was overkomen? Ook al was het al dertig jaar geleden dat ik, toen Mirjam nog D&GA moest worden, twijfelde aan mijn geschiktheid voor het vaderschap (of liever, aan de geschiktheid van het vaderschap voor mij) – het kon zijn dat ik nu alsnog gestraft was voor mijn aanvankelijke hovaardigheid, en gedwongen werd terug te keren naar het uitgangspunt: schrijven en *geen* gezin stichten.

Ja, misschien was dat de boodschap... dat wie zich niet met volle overtuiging in het vaderschap begaf, weer elk moment van dat vaderschap beroofd kon worden.

4

In het vliegtuig lette ik altijd op het brommen en suizen van de vliegtuigmotoren. Als dat regelmatig bleef klinken, kwam het allemaal in orde. En wat de turbulentie betreft... een *beetje* gehobbel was alleen maar goed: daarmee kocht het vliegtuig mijn kalmte af.

Vandaag zat ik niet in een Boeing, waarvan ik op de tast toch alle geluiden, trillingen en bewegingen probeerde te volgen. Zolang ik maar aan Frans en Mariska dacht, samen met hun eenjarige zoon Daniël op de terugvlucht van Spanje naar Amsterdam, werkte dat geruststellend. Zij zouden Tonio niet meer in leven treffen, maar voelden de volle omvang van dit verlies aan. Sinds Frans zelf een kind had, was hij volwaardiger mijn broer. Hoewel, nu ik zelf geen zoon meer in te brengen had...

5

Het leven draait om economie. Vraag en aanbod. Loon naar werken. Geven en nemen. Ruilhandel. Marktwerking.

Het terrein van de economie is door een scherpe grens gescheiden van het gebied waar het noodlot heerst. Het heeft geen zin om aan de economische kant van de grens uit te roepen: 'Tonio dood! Waar heb ik dat aan verdiend? Ik heb zoveel in hem geïnvesteerd... van nestwarmte tot cornflakes.'

Aan beide kanten van de grens heersen totaal verschillende wetten. Vandaag, Tweede Pinksterdag, staat in het teken van de economie. Wat er aan de overkant, op het goeddeels braakliggende terrein van het noodlot, gebeurd is, speelt nu even geen rol, behalve dat er een dood lichaam van daar naar hier is getransporteerd. Het lijk dient gewassen, opgelapt, aangekleed, gekist, gedragen en begraven. Er waren prijslijsten voor, compleet met kleurenfoto's.

De uitvaartonderneming stuurde een elegant geklede dame, bepaald geen vrouwelijke kraai. Ze leek onder de indruk van een verdriet dat wij niet eens openlijk tentoonspreidden. We gingen met haar in de bibliotheek zitten, met de tuindeuren open, het zonnescherm neergelaten. Nee, geen crematie – een begrafenis.

'Ik heb een plek nodig om af en toe naartoe te gaan,' zei Mirjam. 'Cremeren is zo absoluut.'

De vrouw vroeg wat voor begrafenis wij in gedachten hadden.

'In de kleinst mogelijke kring,' zei ik. 'Een drukbezochte begrafenis, met muziek en sprekers, dat zouden wij nu niet aankunnen. En er is nog iets...'

Ik vertelde haar over mijn laatste gesprek met Tonio, afgelopen donderdag, toen ik me erover beklaagd had dat er die week zoveel begrafenissen waren, die ik dacht niet te mogen missen.

'*Wie is die derde dan?*'

Mijn oude fout: mezelf meetellen. Als oudste van drie kinderen lette ik vroeger op drukke kermisterreinen altijd goed op of mijn broertje en zusje niet verloren liepen. Ik bleef maar tellen... een, twee... een, twee. Vroeg of laat was daar de paniek. We waren toch met z'n drieën? Waar was de derde? O ja, natuurlijk, dat was ik zelf.

Tonio en ik hadden er die donderdagmiddag hartelijk om moeten lachen, om die derde rouwende. Nu, luttele dagen later, was de herinnering aan die vrolijke conversatie doorslaggevend bij de beslissing om alleen de naaste familie en Tonio's twee beste vrienden op de begrafenis te vragen.

De vrouw vond alles best. Zij deed geen enkele poging om ons op andere, luxueuzer gedachten te brengen. Mirjam had haar zinnen gezet op een roodbruine kist, omdat ze die kleur bij Tonio vond passen. Maar verder was onze bestelling minimaal. Geen rouwkaarten. De krantenadvertenties zouden we zelf opstellen en doorgeven. Doet u maar het gebruikelijke aantal dragers. Iedereen met eigen vervoer naar de begraafplaats, en ook weer op eigen gelegenheid naar ons huis, waar we zelf voor broodjes en koffie zouden zorgen.

Mirjam had op internet naar een klein, rustig kerkhof gezocht, en was op Begraafplaats Buitenveldert gestuit. De vrouw zou navragen of daar plaats was, en het ons zo spoedig mogelijk laten weten. Ze dacht dat het geen probleem zou zijn.

'Wij zouden het op prijs stellen,' zei ik, 'als de locatie nog even geheim kan blijven. De rouwadvertenties verschijnen pas na de uitvaart. Ik ben wel niet zo bekend als de meeste Bekende Nederlanders, maar er kunnen altijd een paar paparazzi op het idee komen om een droevig plaatje te schieten.'

De vrouw zegde geheimhouding toe. Na onze sober uitgevallen keuzen legde zij ons bijna beschroomd het fotoboek met de bloemstukken voor. Mirjam koos een biedermeiercompositie uit, alleen om de kist niet helemaal onbedekt te laten.

'Nog wat sparrengroen misschien?' vroeg de vrouw. 'Veel mensen schrikken terug voor dat gapende gat, waar de kist nog in moet verdwijnen. De takken sparrengroen worden zodanig aangebracht dat ze bij het zakken van de kist terugveren. Het breekt de wijde opening enigszins...'

Toevallig, of niet toevallig, had ik kort tevoren het verslag van de eerste door Harry Mulisch bijgewoonde begrafenis herlezen, in 'Anekdoten rondom de dood', voor mij al ruim veertig jaar een van zijn beste teksten. De schrijver was elf, en moest de teraardebestelling in zijn welpenuniform luister bijzetten. Mulisch beschrijft hoe het broertje van de verongelukte jongen, nadat de kist is neergelaten, met een handvol zand een stap te ver naar voren doet, en door het sparrengroen zelf in de kuil belandt. Krak, doet de kist. De takken veren terug. Hierna stapt de vader van de jongen in het graf. Hij helpt zijn zoon eruit.

6

Zo zaten we hier ook wel eens aan tafel met onze accountant, om de financiële situatie te bespreken – met misschien dit verschil dat de accountant meestal zorgelijker keek dan deze vertegenwoordigster van een uitvaartonderneming. Waar waren we eigenlijk mee bezig? Met elke toezegging van ons, met elke notitie van haar gingen we steeds verder mee in het slordig opgeworpen idee dat Tonio ook *echt* dood zou zijn. Met het gespeeld weloverwogen uitkiezen van een begraafplaats, een kist, zes dragers, een bloemstuk pleegden we verraad aan Tonio. Een verraad dat al begonnen was met het binnenlaten van de vertegenwoordigster. Ik had opeens de sterke gewaarwording dat

Tonio, achter me staand, hoofdschuddend toekeek – alleen glimlachend als hij niet wist wat te denken van dit doodserieuze kamertoneel. Hier moest een eind aan komen: we mochten hem niet langer in verlegenheid brengen. De grap met het uitgestreken gezicht had nu lang genoeg geduurd.

We mochten de vrouw niet laten gaan. Zodra zij de deur uit was, zou zij de hele machinerie van haar bedrijf in gang zetten. Met elk aangedreven vliegwiel zou Tonio's dood dichterbij komen, en ten slotte, als we niet oppasten, toch nog een feit zijn.

7

'Bij sparrengroen rond een groeve,' zei ik, 'zal ik altijd aan die tekst van Mulisch moeten denken. Zijn overweging dat hij, in zijn welpenpakje, zo meteen ook aan de beurt zou zijn om in de kuil te stappen... Nee, liever geen terugverende takken.'

'Begrepen.' De dame glimlachte. 'En wilt u misschien nog van de kapel gebruikmaken... voor muziek, een afscheidsrede?'

'Ik houd een korte toespraak aan het graf,' zei ik. 'Dat is alles. We willen het kort en sober houden. Misschien is dat het meest in de geest van de overledene. Al hebben we het er nooit echt over gehad. Als zijn toekomst ter sprake kwam, zag die er heel anders uit.'

'Dan moeten we het nu over het opbaren van Tonio hebben,' zei de vrouw. 'Hij is momenteel nog in het mortuarium van het AMC. U geeft ons nu toestemming om hem daar weg te halen... Hij wordt dan in een van onze rouwcentra opgebaard. Waarschijnlijk die in Oost... dat moet ik nakijken. Wilt u hem daar nog zien?'

'Wij hebben al besloten,' zei Mirjam, 'dat we ons Tonio willen blijven herinneren zoals hij erbij lag kort na zijn sterven. Hij

n nog helemaal uit als de Tonio die we gekend heb-
n wie we zo veel hielden. Daar mag geen beeld meer
schuiven.'

wilt u hem daar wel opgebaard hebben?' vroeg de vrouw. 'Ik bedoel, voor eventuele andere bezoekers.'

'Ja, hij moet er wel mooi uitzien,' zei ik. 'Er zullen zeker nog een paar vrienden willen gaan kijken.'

De vrouw informeerde wat voor kleren we Tonio in de kist aan wilden geven. Mirjam ging van boven Tonio's uitgaansjasje halen, dat hij laatst nog op het Boekenbal had gedragen en bij de première van *Het leven uit een dag*. Bij terugkeer in de bibliotheek hing Tonio's favoriete shirt over haar arm: dat had hij donderdag aangetrokken, vlak voordat het meisje van de fotoshoot kwam. Het behoorde niet tot zijn werkkleding: hij wilde zich mooi maken voor haar. Zoals hij zich ook geschoren had. Na de fotosessie en het vertrek van zijn model had Tonio een T-shirt aangeschoten, met achterlating van het overhemd – vast niet met de bijgedachte dat het in de kist nog van pas kon komen.

Mirjam had ook een spijkerbroek van hem bij zich. 'Ik zal de kleren vandaag nog wassen en strijken.'

'Mooi,' zei de vrouw. 'Wanneer kunnen ze opgehaald worden?'

'Vanavond nog,' zei Mirjam, 'als het moet.'

'Ik moet er wel bij vermelden,' zei ik, 'dat zijn torso door inwendige bloedingen erg opgezwollen is geraakt. Het zou kunnen dat het overhemd hem niet meer past...'

'Maakt u zich geen zorgen,' zei de vrouw, opstaand. 'Wij hebben daar ervaring mee.'

Ik vroeg niet verder, maar ik vermoedde dat ze Tonio's trotse shirt, waarmee hij indruk op het fotomeisje had willen maken, aan de rugzijde open zouden knippen om het ruimer te laten zitten.

Nadat we de regie over Tonio's teraardebestelling aan de

dame van de uitvaartonderneming hadden overgedaan, en zij vertrokken was, gingen we – allebei plotseling doodmoe – op het terras zitten, in afwachting van het bezoek. Frans en Mariska moesten al op Schiphol geland zijn. Misschien gaven ze nu instructies aan Mariska's ouders, die op Daniël moesten passen, of anders waren zij al naar ons onderweg, per tram of taxi.

In *Wunschloses Unglück* verhaalt Peter Handke hoe men in het ouderlijk huis van zijn moeder na het sneuvelen van haar broers (het is 1942) 'elkaar niet meer aan durfde kijken, niet wetend hoe men het had'. Zo keken Mirjam en ik die namiddag van elkaar weg, 'niet wetend hoe we het hadden'. Het was alsof we ons tegenover elkaar schaamden, omdat we zojuist, in een proces van loven en bieden, Tonio veel te voortvarend aan een lijkverwerkend bedrijf hadden afgestaan.

8

Er wordt altijd enigszins bestraffend vastgesteld dat de mensen 'zo slecht voorbereid zijn op de dood'. Ik kon bevestigen dat dit klopte, en ook voor ons gold. Waar we ook rottig op voorbereid waren: het ontvangen van rouwbezoek. Als er een etiquetteboek voor bestond, had ik het nooit onder ogen gehad.

Jarenlang hadden Josje en Arie ons samen met hun kleine, sprongsgewijs groter wordende dochter Lola bezocht. Het eerste waar het meisje altijd naar vroeg, was Tonio, die dan meestal met vrienden op zijn kamer zat, met een groot affiche op de deur: GENIUS AT WORK. Zij was altijd welkom. Tonio had de hoffelijkheid om haar beneden op te halen en, als ze zich bij de grote jongens verveelde, ook weer terug te brengen.

Het was al onwennig dat Lola, elf inmiddels, bijna twaalf, er vanavond niet bij was – met als enige voordeel dat ik me niet kon vergissen door eraan te herinneren dat Tonio tegenwoordig op zichzelf woonde. ('Ik zal ervoor zorgen, Lola, dat hij bij jullie volgende bezoek langskomt.')

Ik ging met Arie op de veranda zitten, waar mijn broer en zijn vrouw zich al hadden geïnstalleerd. Josje bekommerde zich dieper het huis in om een onbedaarlijk huilende Mirjam. Er was eigenlijk niets in het huis dan het natte, briesende verdriet van Tonio's moeder. Wij zaten daar maar zo'n beetje schutterig omheen, en wisten niet 'hoe we het hadden'.

'Mooi, die goudenregen,' zei Frans. 'Maar die klimop zou ik toch eens laten snoeien, als ik jou was. Moet je zien, hij is op sommige plaatsen wel een meter dik. Fijn voor de vogels, maar stel je eens voor wat een gewicht er aan die gevel hangt...'

'Het is nu niet mijn grootste zorg,' zei ik. 'Hier, onder de klimop en onder de goudenregen, heeft Tonio donderdag nog een fotosessie gehad met een meisje... we kennen haar naam niet... Ik snoei voorlopig niets wat daaraan herinnert.'

'Adri,' zei Frans, 'als je het pijnlijk vindt om nu te vertellen, doe het dan niet, maar... wat is er gistermorgen nou precies gebeurd?'

'Ik weet niet veel meer dan wat de agenten die ons gistermorgen het nieuws kwamen brengen erover gezegd hebben. Ze hielden de nodige slagen om de arm. De automobilist die Tonio aangereden heeft, werd op dat moment nog verhoord. Dat meisje van de fotoshoot, over wie ik het net had... Tonio vertelde me een paar dagen geleden dat zij hem voor afgelopen zaterdagavond in Paradiso had uitgenodigd... voor een Italiaanse avond, met Italiaanse tophits uit de jaren tachtig, weet ik veel. Ik vermoed dat Tonio om een uur of halfvijf bij Paradiso weggegaan is. Hij is op de fiets het Max Euweplein overgestoken, en is toen waarschijnlijk die voetgangersbrug daar, bij het Casino, afgereden... zo de Stadhouderskade op. Ik denk dat hij via het Vondelpark naar huis wilde. Naar West. Naar De Baarsjes. Ik weet niet of hij in volle vaart de weg op is geroetsjt... in ieder geval is hij daar, vlak bij de stoplichten, door een auto gegrepen. De stoplichten deden het niet, of stonden op knipperen, dat wisten die politielui ook niet precies.'

Hiervan verslag te moeten doen tegenover mijn jongere broer voelde bijna als een zelfvernedering. Zijn zoon, zijn enige kind, geboren toen hij drieënvijftig was, had twee maanden eerder zijn eerste verjaardag gevierd. Al die jaren dat Tonio er was, had hij geaarzeld aan kinderen te beginnen. Ik had hem altijd laten voelen wat een zegen een zoon voor me was. Hij bleef twijfelen. Nu moest ik hem met zoveel woorden uitleggen hoe kwetsbaar een kind kon zijn, ook als het de twintig al voorbij was. Ik deed hem verslag van mijn nederlaag.

'En die automobilist... is al bekend of hij te hard reed?'

'Nee, ik heb alleen gehoord dat hij niet is doorgereden, en dat hij meteen met zijn mobiel de politie heeft gebeld.'

Het viel me op dat de twee aanwezige vrouwen precies aanvoelden wanneer zij Mirjam naar de keuken moesten volgen – *niet* om haar te helpen bij het vullen van de glazen. 'Het kan toch niet dat hij nooit meer terugkomt,' klonk het door het open raam.

Ik had de indruk dat ik, vooral ik, de bijna zomerse voorjaarsavond vervuilde met banale kout. Natuurlijk, het ging meestentijds over Tonio en de twee voorbije dagen, maar het lukte me niet om door te dringen tot de kern van wat er nou echt gebeurd was. Ik betrapte me zelfs op een paar bittere opmerkingen met betrekking tot zaken die niets met het ongeluk uitstaande hadden. Ze ontsnapten me, alsof ze er geheel onafhankelijk van wilden getuigen dat het leven ook zonder Tonio in alle toonaarden, hoe vulgair die ook klonken, gewoon doorging.

9

Zoals die dingen gaan: je laat het bezoek uit, en voordat ieder zijns weegs gaat, blijf je elkaar nog een hele poos op de stoep gelijk staan geven – over de verspilling van een leven, over de onbevattelijkheid van het verlies.

'Dat het ook zomaar *kan*,' zegt Josje nog eens, en haar ogen blinken in het lantaarnlicht. 'Zomaar, doodgereden worden op straat...'

Als iedereen vertrokken is, doe ik een paar stappen het trottoir op. Ik kijk omhoog: of de hemel nog steeds even onaangedaan helder is als in de nacht dat Tonio... Het natriumlicht van de straatlantaarns beneemt me het zicht op de sterren.

Ik besef dat ik het van jongs af aan als iets gewijds, een *mysterie* heb beschouwd, eerder dan als een groot ongeluk: als ouder een kind verliezen, en daar dan mee verder leven. De buurvrouw verloor haar beeldschone dochtertje aan leukemie. Ik moest, als een echte welopgevoede jongen, even gaan kijken in de voorkamer waar het meisje opgebaard lag. Ze was niet mooi meer. Haar wangen waren door de medicijnen, of door de ziekte zelf, blubberig op het geborduurde kussen neergedropen. De buurvrouw, die me glimlachend naar de baar had geleid, kreeg het opeens te kwaad. Ze wierp haar armen hoog op, en riep in een huilkramp: 'Doe toch nog *een* keer je oogjes open.'

Het is in dialect in mijn herinnering blijven hangen, waardoor het nog smartelijker klonk: '... *eugskes*...'

De tegenprestatie die van het kind verwacht werd voor alle komende rouw, was heel gering, maar het ging niet door. De *eugskes* bleven dicht.

Mijn zus had een vriendin met heel lichtblond haar en dikke, bleke benen. Antoinette. Ze werd De Witte Olifant genoemd, maar tegelijkertijd met respect behandeld, want haar oudere broer was op z'n zeventiende met zijn bromfiets verongelukt. Het verhaal deed de ronde dat de vader van de jongen 'nog elke avond' voor het slapengaan de voordeur uit ging, de paar stappen naar de rand van het trottoir deed, en daar naar beide zijden de straat afspeurde, alsof hij zijn zoon elk moment thuis verwachtte.

Voor mij is *dat* veertig jaar lang het beeld geweest van het mysterie, van een vader die zijn zoon verloren had: een man die de voordeur van zijn huis op een kier liet staan, en onder lantaarnlicht zijn oren spitste of hij het zangerige, licht knetterende geluid van de bromfietsmotor al hoorde.

Nu ben ik die man.

10

Terwijl Mirjam met Josje op Begraafplaats Buitenveldert, aan de Fred. Roeskestraat, een plek voor Tonio aan het uitzoeken was, probeerde ik in mijn werkkamer een rouwbrief op te stellen. We hadden de uitvaartonderneming laten weten dat ik die zelf zou schrijven, en dat we hem niet wilden laten drukken, maar gewoon zouden kopiëren op mijn eigen fotokopieerapparaat, zoals ik dat, computerloze, met al mijn schrijfwerk gewend was. Nee, namens ons versturen hoefde ook niet: ik wilde zoveel mogelijk op elke kopie van de standaardbrief met de hand een persoonlijke boodschap schrijven, en er een foto van Tonio bij voegen.

In zijn eerste (en enige) jaar op de Amsterdamse Fotoacademie had Tonio aan een groepsopdracht meegedaan: een natuurgetrouwe remake van een portret van Oscar Wilde. Een origineel moesten ze zelf maar opzoeken: dat was onderdeel van het leerplan. Op een middag kwam hij, buiten adem van het trappen rennen, mijn werkkamer binnen.

'Adri, weet jij iets van Oscar Wilde?'

'Ga je eindelijk eens een boek lezen?'

'Het zit zo... we hebben de opdracht om een portret van Oscar Wilde zo goed mogelijk na te maken. Maar we hebben nog geen goede foto van hem kunnen vinden. Alleen wat vage troep op internet.'

'Je had je het trappenlopen kunnen besparen. In de bibliotheek staan een paar boeken over hem, met foto's.'

Ik ging met hem naar beneden, en liet hem de mooiste portretten van de schrijver zien. Hij moest erom lachen: dat ik zomaar een greep tussen twee planken hoefde te doen... en hij was uit de brand. Met de hem eigen trefzekerheid bladerde hij meteen door naar de foto van de jonge Wilde die uiteindelijk voor de opdracht gebruikt is.

'Er staan er ook een paar in van de al wat rijpere Wilde.'

Ik zocht de bekende foto op van de massieve Oscar met bolhoed in de hand, geflankeerd door de frêle Bosie, en wist ook de remake te vinden met Gerrit Komrij als Oscar Wilde en Charles Hofman als Bosie. 'Kijk, zo moet je dat aanpakken.'

'Beter toch die andere, met die wandelstok. Daar is hij veel jonger. Je moet bedenken... een van ons moet poseren. Niemand is ouder dan twintig.'

Op het Waterlooplein vonden ze voor weinig geld een versleten bontjas, die ze met de juiste belichting wel tot iets heel chics zouden weten om te toveren. Ze verzuimden de jas op levende have te controleren, en zo kwam het dat na de fotosessie niet alleen Tonio (die nog thuis woonde) maar ook Mirjam en ik, door een onhandige verwisseling van hoofdkussens, onder de neten zaten. Net als in Tonio's basisschooltijd konden we weer met flitshampoo en vlooienkam aan de slag.

Omdat Tonio zijn kindervet nog niet helemaal kwijt was, en de juiste haardracht had, kwam hij het meest in aanmerking voor de rol van Oscar Wilde. Het groepje kreeg een tien voor het resultaat. Mirjam en ik besloten die foto met elke rouwbrief mee te sturen, omdat die hem in het centrum van zijn grote hartstocht liet zien, de fotografie – als portretteur en als geportretteerde. Mirjam had er bij de fotowinkel voorlopig tweehonderd afdrukken van besteld, op formaat A5.

11

Amsterdam, 25 mei 2010

In de vroege ochtend van zondag 23 mei werd onze zoon Tonio
(geboren 15 juni 1988) op de fiets geschept door een auto. Het
gebeurde op de hoek van de Hobbemastraat en de Stadhouders-
kade. Chirurgen in het AMC hebben van halfvijf 's morgens tot
halfvijf 's middags, samen met hem, gevochten voor zijn leven.
Hij heeft het niet gehaald. Tonio is kort na het verlaten van de
operatiekamer in ons bijzijn gestorven. Hij was ons enige kind.
Als student Media & Cultuur stond hij ambitieus midden in het
leven. Hij had ons juist meegedeeld dat hij zijn Master wilde
halen in Mediatechnologie. Het mag niet zijn.
Hij laat ons kapot achter.
Wij vragen er begrip voor dat Tonio in de kleinst denkbare
kring begraven wordt, en dat wij voorlopig
geen bezoek aan huis kunnen ontvangen.

Mirjam en Adri

Bijlage: Zelfportret van Tonio als Oscar Wilde (2006), uit de tijd
dat hij aan de Amsterdamse Fotoacademie studeerde.

12

Ik voel hem naast me zitten. Ik voel hem voor me staan. Ik voel zijn warme adem in mijn nek – in korte stootjes, veroorzaakt door zijn gegrinnik, want hij staat halfluid mee te lezen met wat ik schrijf, zoals die keer toen ik me richtte tot een uitgever die me onheus bejegend had. '"Geacht boekenboertje"... die is goed.'

Het meest nog voel ik hem *in* me, als was ik een zwangere

vrouw. Ik krijg een felle trap in het ingewand, dan wat naschoppen. Het lijkt of hij zich driftig probeert om te draaien.

In het voorjaar van '94 kwam hij met Mirjam naar Angoulème, waar ik een paar weken eerder aan het werk was gegaan, voor een reportage. Tonio was vijf, bijna zes. De deuren van de TGV gingen open, en hij sprong van de treeplank recht in mijn armen. Zonder de tegels van het perron ook maar met een schoenpunt te hebben aangeraakt hing hij opeens in me, lachend, kussend. De liefdevolle heftigheid van zijn greep kan ik elk gewenst moment van de dag oproepen. Ik zal Tonio in mijn vlees voelen zolang ik levende zenuwen heb.

Vijf jaar later, in Marsalès, haal ik hem op van een tafeltennistoernooi, op het campingterras. Ik sta een tijdje van een afstand toe te kijken hoe hij zich in de vallende schemer weert met zijn bat. Op de ruggen van zijn handen heeft hij met cellotape kleine buisjes geplakt, die gevuld zijn met een gele, fosforescerende vloeistof. Ze zijn bedoeld om de tegenstander af te leiden en in verwarring te brengen. Bij een snelle polsbeweging trekt zo'n buisje een lichtgevend soort Chinees karakter door het donker. Het mag niet baten. Tonio verliest keer op keer. Na de laatste set duw ik hem plagerig voor me uit over de lage dijk die dwars door het zwemmeer naar ons huis loopt. Ik oefen met mijn vingertoppen wat druk uit ter weerszijden van zijn hals, vlak onder de oren. De huid gloeit en is vochtig.

'Warm nekje heb je.'

'Niet *doen*.' Met zijn ellebogen maakt hij automatisch de afwerende gebaren die bij zijn leeftijd (elf) horen, maar hij probeert zich niet echt van mijn hand te ontdoen. 'Tjie, geen enkele set gewonnen. Die fosfordingen zijn waardeloos.'

Ik streel met mijn duim opwaarts tegen de zweterige haarinplant van zijn kippenkontje in. De vochtige warmte van zijn nek zal nooit uit de muis van mijn hand verdwijnen.

Zo heeft Tonio uit al zijn leeftijdsfasen afdrukken in me achtergelaten – van toen hij me, recht uit de baarmoeder, letterlijk in de schoot werd geworpen, tot aan die laatste omhelzing in de Staalstraat, toen ik van ontroering vergat hem het bankje van vijftig te geven.

13

Mirjam kwam thuis in een onecht soort opgewektheid, en met de bijna vrolijke mededeling dat zij en Josje 'een mooie, rustige plaats voor Tonio' hadden gevonden. De papieren vermeldden als grafnummer: 1-376-B.

'Als jij de plek ziet, zul je er ook over te spreken zijn.'

'Ik geloof je. Ik zie het vrijdag wel.'

Voordat ik me aan haar blijmoedigheid kon ergeren, bedacht ik dat die elk moment weer plaats kon maken voor de meest grondeloze droefheid.

Het Parool van die middag had een postzegelgroot bericht:

Fietser dood na botsing Stadhouderskade

Zuid – Een 21-jarige fietser is zondagmiddag in een ziekenhuis overleden aan de gevolgen van een aanrijding op de Stadhouderskade. Hij was in de nacht van zaterdag op zondag in botsing gekomen met een personenauto. De 23-jarige bestuurder van de auto moest blazen, maar had niet gedronken.

'Ziedaar,' zei ik tegen Mirjam, 'het verhaal van onze schitterende jongen in enkele regels. Er zijn literatuurcritici in Nederland die vinden dat ik aan een dergelijke compactheid een voorbeeld zou moeten nemen.'

In hetzelfde balkje van *faits divers* stond ook een postzegel met opwekkender nieuws: in Amsterdam werd een nieuw rijbewijs een tientje goedkoper, van 46 naar 36 euro.

14

In de bocht van de hoekbank zat Jim er terneergeslagen bij, nog bleker dan we de laatste jaren toch al van hem gewend waren. De witheid van zijn gezicht werd omkranst door net zulk donker haar als Tonio had. Jim maakte ongecontroleerde bewegingen, alsof hij telkens iets wilde gaan zeggen maar de woorden niet kon vinden. Zijn moeder zat naast hem, en schuierde voortdurend bemoedigend met haar hand over zijn rug – een hardere handeling dan aaien of strelen. Hij liet het toe.

Daar zat Tonio's boezemvriend. Ze kenden elkaar vanaf de crèche, en waren als broertjes voor elkaar geweest. Er had een kortstondige verwijdering plaatsgehad in de tijd dat ze ieder naar een andere school gingen (Jim kampte met leerproblemen, leed mogelijk aan dyslexie). In die tijd kwam ik Jims moeder een keer in de Van Baerlestraat tegen, op het viaduct over het Vondelpark. Onder het passeren groetten we elkaar wat onwennig: onze zoons gingen immers niet meer met elkaar om. Toen de afstand tussen haar en mij al tientallen meters bedroeg, draaide Jims moeder zich plotseling om, en riep zoiets als: 'Het komt wel weer goed tussen die twee. Ze zijn voor elkaar bestemd.'

'O, zeker,' riep ik terug. 'Het is maar iets tijdelijks.'

En inderdaad, niet veel later vonden ze elkaar weer, de boezembroers. Hierna was de vriendschap verder ononderbroken geweest, maar niet probleemloos. Als Tonio op zondagavond langskwam, en we informeerden naar Jim en zijn chronische slapeloosheid, schudde hij mismoedig het hoofd, naar de grond kijkend, hoe vrolijk hij ook binnengekomen was. Tonio liet er in woorden niet veel over los, maar het was te merken dat hij het probleem als tamelijk uitzichtloos beschouwde. Omdat we Tonio niet graag zagen versomberen, het uurtje dat we hem voor ons alleen hadden, informeerden we er op den duur maar helemaal niet meer naar. Wel liet hij een paar keer doorschemeren dat hij, als de huur van de woning in de Nepveu afliep, op zichzelf wilde gaan wonen, of in groepsverband op een studentenflat. (Hij dacht aan de Weesperzijde.)

Ik zat met Jims vader op de bank. Het bleek dat hij, als medewerker van een geneeskundige dienst, zijdelings te maken had gehad met de zaak van de vermoorde politieagente, waar ik nu een boek over aan het schrijven zou zijn, ware het niet... Ik luisterde met meer dan de gewone belangstelling naar hem: bij alle discretie die hij betrachtte, kreeg ik aardig wat details bijna uit de eerste hand, al was het dan voor een roman die door omstandigheden stil was komen te liggen en die ik waarschijnlijk nooit meer op zou kunnen pakken.

Toch werd mijn aandacht afgeleid door Jim, die aan Mirjam over Tonio vertelde. Hoe Tonio de laatste tijd zo'n zelfverzekerde en daadkrachtige indruk had gemaakt, en daarbij zo gelukkig leek.

'... ja, dat had hij allemaal zelf uitgezocht,' verstond ik. Jim doelde op de kanalen waarlangs Tonio zijn Master wilde halen in Mediatechnologie, zaken die Tonio de week tevoren ook ons had toevertrouwd. Jim onderstreepte het beweerde met veel zwijgend geknik, en ik zag aan zijn stroeve gezicht dat hij de tranen eronder probeerde te houden.

Ook toen ik de conversatie met zijn vader probeerde te hervatten, bleef ik met meer dan een half oor naar Jim luisteren. Misschien viel mijn tanende aandacht op, want opeens verhief mijn gespreksgenoot zijn stem om Jim toe te roepen: '... dan heeft hij misschien een omweg gemaakt om sigaretten te gaan halen.'

Ik had niet goed verstaan wat Jim op dat moment zei, maar ik vermoedde dat het ging over het raadsel van Tonio's aanwezigheid op de plek van de aanrijding. Iemand anders in de huiskamer zei: 'Verkeerde plaats, verkeerde tijd.'

Sigaretten. Ik mengde me opzettelijk niet in de discussie, want dan zou ik mogelijk te horen hebben gekregen dat Tonio rookte – niet zomaar 'af en toe een hijs om stoer te doen in de kroeg', zoals hij me zelf een keer had gezegd, maar systematisch genoeg om 's nachts zonder sigaretten te komen zitten en voor een nieuw pakje een ruime omweg te willen maken.

Het kon natuurlijk zijn dat Jim hem, bijvoorbeeld telefonisch, had verzocht onderweg sigaretten voor hem te kopen. Ik vroeg er niet naar, want ik wilde de waarheid niet weten.

Om het in godsnaam over iets anders te hebben informeerde ik bij Jim naar het polaroidmeisje. Ja, hij had van Tonio iets gehoord over een fotoshoot, maar het fijne wist hij er niet van. Een naam kon hij ons niet geven. Hij had haar nooit gezien.

'Had je de indruk dat Tonio nogal eens over een bepaald meisje praatte... ik bedoel, ook zonder haar naam te noemen?' vroeg ik.

'Hij was de laatste tijd erg met meisjes bezig, ja,' zei Jim ontwijkend. 'Hij had het er vaak over. Of hij sommige dingen wel goed deed, en zo.'

15

'... en hij vervloekte zijn lot.' Zo had ik het als jongen talloze malen in boeken zien staan. Het had iets knus om, zo vlak bij de gloeiende kolenhaard, te lezen over de held die, overwonnen door duistere krachten, zijn vuist balde en zijn lot vervloekte.

Nu ik zelf weet wat het is om mijn lot te vervloeken, is alle knusheid ver weg. Ik beklaag Tonio's lot. Ik vervloek het mijne.

Hoofdstuk II *Het verraad*

men moet nog een kuil graven voor een vlinder
het ogenblik ruilen voor zijn vaders horloge –

Gerrit Kouwenaar, 'men moet'

1

Mirjam nam Tonio's gsm overal mee naartoe. Het kreeg bijna iets dwangmatigs. Als ze het mobieltje per ongeluk in de badkamer liet liggen, haastte ze zich paniekerig terug om het te halen.

'Hij belt echt niet,' zei ik, toen het gedoe me de zenuwen begon te bezorgen.

'Het gaat me om dat meisje,' zei Mirjam. 'Ik heb het gevoel dat zij nog van niets weet. Niemand uit Tonio's omgeving kent haar.'

'Misschien hadden we die rouwadvertentie toch beter meteen na Pinksteren kunnen plaatsen.'

'Nee, o, nee.'

Toen Mirjam een keer ging douchen, liet zij de gsm op het bed in de slaapkamer liggen. Hoewel ze de ringtone harder had gezet, miste ze het telefoontje. Althans, zij was er te laat bij, toen de boodschap al op de voicemail werd aangekondigd. Er was gebeld vanaf een privénummer, dat werd aangeduid als: '(geen nummer)'. Ik trof Mirjam zittend op de rand van het bed, terwijl zij met een gespannen gezicht de voicemail afluisterde.

'Ze zegt haar naam niet.' Mirjam gaf het mobieltje aan mij. 'Maar het moet haar zijn. Luister maar.'

'... *Facebook geprobeerd, maar je pagina ligt stil. Ik vroeg me af of de foto's gelukt zijn. Zo niet, dan vind ik het rotter voor jou dan voor mij. Jij hebt het werk moeten doen. Het was sowieso een leuke middag. Jammer van zaterdag. Nou, ik hoop gauw van je te horen. Dag.'*

Ik meende een heel licht Engels of Amerikaans accent te bespeuren. Mirjam keek me met een huilgrimas aan. Ik gaf haar Tonio's mobiel terug. 'De stem hoort in ieder geval bij haar polaroidportret,' zei ik.

2

Zo'n verlies, het overkwam je. Het gemis volgde vanzelf, net als het verdriet erom.

Toch was het niet zo dat het verlies willoos maakte, en dat het een mate van verdriet bood die je maar te accepteren had, zonder er zelf een vorm voor te mogen zoeken. Hoe absurd ook in de gegeven situatie, er bleven nog altijd keuzes over. Moesten we ons aan de pijn overgeven, of ons er juist tegen verzetten? Zulke vragen stelden we elkaar onophoudelijk.

'Zou Tonio gewild hebben dat we aan zijn ondergang te gronde gingen?' (Ik tegen Mirjam.)

'We kunnen het hem niet meer vragen.'

'Stel dat we het hem bij leven en welzijn gevraagd hadden... bij wijze van voorzorgsmaatregel.'

'Hem kennende...' zei Mirjam. 'Nee, ik denk niet dat hij ons eraan onderdoor had willen zien gaan. Hij had liever gezien dat we, door zelf te blijven leven, de herinnering aan hem levend hielden.'

'Maar wij zelf... wat willen wij? Door zijn vernietiging de vernieling in gaan? Het heeft iets troostrijks, dat wel. Nu hij er niet meer is, mogen wij naar de gallemieze gaan. Hij kapot, wij kapot. Misschien zijn we het hem verschuldigd.'

'Als ik me heel erg in hem verplaats, Adri... nee, hij zou het niet gewild hebben. Wij moeten doorgaan. Om hem. Namens hem.'

'Laten we hem eerst maar eens waardig begraven. Dan kunnen we altijd nog verder zien... of niet langer verder zien.'

3

Als we Tonio's laatste dagen en uren minutieus in kaart zouden brengen, maakten we kans vroeg of laat op het meisje van de fotoshoot te stuiten. Ook al hadden we geen telefoonnummer of adres van haar, zelfs geen naam, ergens zouden we een teken van haar opvangen. Ze bestond, dat was zeker.

Maar... *wilden* we dat wel? Als we haar op het spoor kwamen, zouden we kunnen ontdekken dat er zoiets als een romance in ontwikkeling was geweest – een die tot meer had kunnen leiden.

'Vrijdag is de begrafenis,' zei Mirjam op woensdag, 'en we hebben nog altijd geen contact gelegd met het meisje van de foto's. Ik wou dat ze nog een keer belde.'

'Laten we het op z'n beloop laten,' zei ik. 'Als het iets voorstelde, tussen die twee, dan meldt ze zich wel een keer.'

'Ik ben zo bang dat ze helemaal van niets weet. Misschien zit ze op telefoon van Tonio te wachten... of op een reactie van hem op Facebook... en snapt ze er niets van.'

'We hebben alle beschikbare nummers gebeld,' zei ik. 'Niemand kent haar. Ze weten hooguit vaag iets over een fotoshoot. Een datum heeft niemand paraat. Een naam al helemaal niet. Ach ja, Tonio en een fotosessie... hij fotografeerde zoveel. Nee, we moeten maar gewoon afwachten.'

Terwijl ik dacht: we moeten als de bliksem met Tonio's gsm naar het Nederlands Forensisch Instituut – om het telefoontje ('geen nummer') van dat naamloze meisje te laten onderzoeken.

En dan was er weer de tergende twijfel. *Moest* ik wel naar haar op zoek? Wat had het voor zin om Tonio's laatste dagen te reconstrueren? Hij was onherroepelijk verdwenen uit het bestaan dat zich ter reconstructie aanbood.

Nee, ik kon me maar beter wijden aan het beantwoorden van de rouwpost. Ik had van de bij te sluiten foto's (Tonio als Oscar Wilde) een stapeltje gemaakt, en dat met de beeltenis naar beneden op mijn schrijftafel gelegd. Zo kon ik zijn portret in de envelop schuiven zonder hem in de ogen te hoeven kijken, want elk poststuk was een toevoeging aan het verraad dat ik hem bereid had.

Ondanks mijn voorzorgsmaatregel was Tonio onontkoombaar in de werkkamer aanwezig, in steeds wisselende leeftijdsfasen. 'Adri, mag ik de foto's aangeven... dan gaat het sneller.' 'Je schrijft telkens hetzelfde, met andere namen... waarom?' 'Adri, het zou zoveel efficiënter zijn als je een computer had met een adressenbestand. Druk op de knop, en er komt een rol zelfklevende etiketten tevoorschijn. Jij bent echt van een andere eeuw, hè, jij?'

Het waren mooie, vroegzomerse dagen, die allemaal op verblindende wijze Eerste Pinksterdag weerkaatsten. Ik zat aan het bureau dat het dichtst bij de open balkondeuren stond, tegen de felle zon beschermd door de markies.

Soms kwam Mirjam binnen om even bij me te huilen. Nee, we moesten niet alles willen weten: zij was al bedroefd genoeg, haar pijn hoefde niet met meer verstikkende details te worden gevoed. Vrijdag gingen we hem begraven, 's morgens, en 's middags zouden de rouwadvertenties in de avondkranten verschijnen. Na die dag dienden we ons alleen nog met ons verdriet bezig te houden, samen, in de verborgenheid van ons huis.

4

De dag van zijn begrafenis was net zo'n goddelijke, vroegzomerse dag als die waarop hij stierf.

'Vandaag moet ik mijn zoon gaan begraven.' Ik formuleerde die zin telkens opnieuw bij mezelf, terwijl ik de banale handelingen van alledag verrichtte: tandenpoetsen, douchen, scheren.

Ik probeerde varianten uit: 'Vandaag ga ik mijn zoon begraven.' Net zo lang tot ik de min of meer ideale formulering in mijn hoofd had. Ik was op vertrouwd terrein: zo ging het vaker 's morgens, voordat ik de trap naar mijn werkkamer beklom om de eerste woorden van een nieuw hoofdstuk neer te schrijven.

'Vandaag begraaf ik mijn zoon.'

Het was voorlopig een constatering, nauwelijks meer dan dat. Er hoorde geen ziekmakende gemoedsbeweging bij. Voordat ik het door Mirjam aangeboden pilletje nam om rustig te worden, *was* ik al rustig. Onder het scheren trilden mijn handen geen moment.

Terwijl ik me aankleedde, repeteerde ik in mijn hoofd de korte toespraak die ik bij het graf wilde houden. De hele week had ik, bezeten bijna, alle mij bekende feiten van en rond het ongeluk op papier gesmeten, plus alles wat ik me herinnerde van Tonio's laatste twee bezoeken aan zijn ouderlijk huis. Ik wilde alles vastleggen wat me van pas kon komen bij het reconstrueren, ik wist nog niet waarom, van het sluitstuk van zijn leven. Maar tot het schrijven van een grafrede had ik me niet kunnen zetten. Mijn broer zou met een langere toespraak komen, dat stelde me gerust. Ik *was* al dagen met Tonio in een jachtig gesprek verwikkeld geweest – het had me verbaal uitgeput.

Sinds onze voortijdige terugkeer uit Lugano vorig jaar mei was ik nauwelijks meer de deur uit geweest. Ik had me al die maanden binnenshuis zelden in iets anders gekleed dan een slobberige trainingsbroek met een wijd houthakkershemd erboven. Ja, voor de première van de film *Het leven uit een dag* had ik nog een donker fluwelen jasje gekocht, dat sindsdien op hetzelfde knaapje aan dezelfde kastdeur was blijven hangen, met de bijpassende stropdas om de haak gedrapeerd.

Tonio was, in stijl gekleed, ook op die première geweest – met Marjan. Een elegant meisje, dat hij van de Amsterdamse Fotoacademie kende, iets ouder dan hij. Ze hadden (enigszins tot mijn verdriet) nooit echt verkering gekregen, maar Tonio nam haar altijd mee naar de meer officiële gelegenheden zoals het Boekenbal, als we een kaartje extra voor die twee hadden kunnen bemachtigen.

Die avond van de première in Den Haag viel me op hoeveel volwassener en zelfverzekerder hij was geworden. Het smokingjasje stond hem goed. Hij was praatgraag, goedlachs, gevat. Na de voorstelling schoof hij met Marjan aan bij de muzikanten van de popgroep Novastar, die een deel van de filmmuziek voor hun rekening hadden genomen. Ze vermaakten zich uitstekend. Later reden ze met ons mee in het taxibusje dat het hele gezelschap naar Amsterdam vervoerde, voor de afterparty op De Kring.

Nu ik hem ging begraven, moest het dat laatste jasje waarin hij zijn vader nog gezien had maar worden, met de bijbehorende stropdas.

Terwijl ik aan de bar van De Kring de rijkelijk verstrekte consumptiebonnen er samen met mijn broer doorheen joeg, zaten Tonio en Marjan in hun eigen hoekje te drinken en te praten. Het zag er levendig uit. De filmcrew danste de house. De regisseur kwam ons van tijd tot tijd van nieuwe bonnen voorzien.

Marjan, wist ik, woonde nog bij haar ouders in Noordwijk, en zou bij een vriendin in Amsterdam logeren. Het werd later en later. Tegen sluitingstijd was al besloten dat Marjan in Tonio's huis op de bank zou slapen. Ze zouden met de bus naar De Baarsjes gaan, of te voet, dat werd niet duidelijk.

Toen de twee voor me stonden om afscheid te nemen, had ik opeens met Tonio te doen. Als hij aangeschoten was, zwaaide hij altijd een beetje op de bal van zijn voeten, bijna onmerkbaar van voor naar achter. Hij zag bleek, met een klein bête grijnslachje in de mondhoeken. Zo soepel als hij zich de hele avond had voortbewogen, zo strak en houterig stond hij daar nu, met iets gekromds in de schouders. Marjan was nog even losjes vrolijk als ze de hele middag en avond geweest was, toegeeflijk tegenover Tonio. Hoe leek hij op mij. Mijn overredingskracht had ook te vaak uit het glas moeten komen. Op Tonio's leeftijd had ik mezelf herkend in de regels van Boudewijn de Groot: '... mijn kroeg/waar ik te veel dronk om een vrouw te imponeren/ en daarna de klappen kreeg waarom ik vroeg'.

Ik stak hem wat geld toe, dan konden ze een taxi nemen. Daarmee verdween hij weer voor weken uit mijn leven.

5

De teraardebestelling zou om tien uur zijn. Stompzinnige alledaagsheid: om kwart over negen leunde ik met mijn ellebogen op de balustrade van het balkon op tweehoog om mijn nagels te knippen. Door de opening tussen de huizen zag ik huisvriend Ronald Sales in de Banstraat voorbij gaan. Hij had in 2001 het portret van de dertienjarige Tonio gemaakt voor mijn vijftigste verjaardag. Het hing in de eetkamer, die wij de *Salon de Sales* noemden. De herinnering aan een geheimzinnig lachende Tonio die mij op 15 oktober het ingelijste en ingepakte portret kwam brengen, moest voldoende zijn om mij nu van het balkon te laten springen. Het geestvervlakkende pilletje belette het me.

Ronald liep enigszins gekromd voorover, waardoor het was alsof hij tegen het vroege, stoffige zonlicht in moest tornen, als tegen een straffe wind. Natuurlijk, hij was, als een van de weinige genodigden, op weg naar de halte van lijn 16 in de De Lairessestraat. Het had bijna iets gemoedelijks. Het scheelde niet veel of ik had zijn naam geroepen en mijn hand opgestoken: 'Ik zie je straks op het kerkhof.'

Ik voltooide rustig het knippen van mijn te lang uitgegroeide nagels, die me de hele week al tot last waren geweest bij het tikken op de elektrische schrijfmachine. Omdat ik mijn aantekeningen over Tonio zo snel mogelijk op papier wilde hebben, had ik met mijn twee wijsvingers nogal eens misgeslagen, waardoor de nagelriemen beschadigd waren geraakt. Het beeld van Tonio's bewegingloze hand op de rand van zijn doodsbed drong zich voor de zoveelste keer deze week aan me op. De groezelige vingers. De nagels niet te lang, maar wel met rouwranden. Nee, ik ga zijn hand niet met de envelop van een overlijdenskaart vergelijken, die tijd hebben we gehad.

En ja, associaties te over, ik wist dat de nagels aan handen en voeten van een lijk nog een hele poos door bleven groeien, net als het hoofd- en het lichaamshaar. De kist van de jonggestorven dichter Jacques Perk werd, voor de herbegrafenis, in aanwezigheid van diens vader geopend. De man wendde zich vol smart af: 'Die baard... die baard!'

Mijn vader had geruime tijd na de bevrijding van Eindhoven diep in het bos van de Sonse Bergen het lichaam van een parachutist gevonden, hangend onder een boomkruin. Het eerste wat hem opviel, waren de ondisciplinair lange nagels, waarmee geen paratroeper zijn valscherm open had kunnen krijgen.

De hele week had ik bij het overgaan van de deurbel de twee jonge politieagenten voor me gezien. *Kritieke toestand.* Toen er tegen halftien gebeld werd, schrok ik niet, want ik wist dat het Hinde was, die met ons mee zou rijden naar de begraafplaats. Zelfs die onheilsbel liet zich temmen door mijn innerlijke rust, afgedwongen door het foute pilletje van Mirjam.

Eerst langs de Lomanstraat om mijn schoonvader op te halen. Het is een donkere straat, het hele jaar door. Natan had de lamp die hij meestal in de huiskamer liet branden al uitgedaan. Uit de schemering trad hij aan het raam. Aan wat er van zijn bovenlijf nog boven de halve gordijntjes uit kwam, kon ik zien dat hij verder gekrompen was. Zevenennegentig. Hij zwaaide, ten teken dat hij klaarstond. Hinde stapte uit om haar vader te gaan halen.

Dit was het huis waar Tonio, in de periodes dat Mirjam en ik vaak uitgingen, weekend na weekend verbleven had. Nooit een klacht over zijn lippen. De woensdag voor Pinksteren was hij nog bij opa Natan op bezoek geweest, zoals hij wel vaker deed, onregelmatig. Wat babbelen, en het extra zakgeld, onder protest aanvaard, was natuurlijk mooi meegenomen. Hoe hij destijds de scheiding van zijn bejaarde grootouders, in '93, onderging, daarover had hij zich nooit uitgelaten.

Natan trok de voordeur achter zich dicht, en voelde nog even aan de knop. Hij liet zich door zijn oudste dochter de straat over leiden, schuifelend, naar beneden kijkend. Bij de auto aangekomen keek hij op, en verscheen er bij het zien van Mirjam en mij op zijn bleke en verdrietige gezicht een glimlach, waar zijn vochtige ogen niet aan deelnamen. Ik stapte uit, en hielp hem achter in de auto.

'Zo,' zei hij, eenmaal gezeten.

Tijdens de rit waren mijn gedachten bij het in de steek gelaten werkschema. Vandaag, vrijdag 28 mei, stond erin als 'Dag 5'. Het was meer dan een aanduiding – zoiets als de eigennaam van de betreffende datum. Het betekende zoveel als: *Vanavond Eentwintigste Achter De Rug.* Als de eerste vijf dagen van het schema mij vijfentwintig nieuwe pagina's hadden opgeleverd, het minimum, zou ik niet ontevreden zijn geweest, maar toch ook enigszins teleurgesteld.

Vaak kregen de al met een nummer benoemde data achteraf, als ze zich op een of andere manier onderscheiden hadden, een bijnaam. (De Breuk. De Effening. De Vuile Witregel.) De eerste vijf dagen van dit schema zouden nooit een bijnaam verwerven, en ook geen notering qua opgeleverde pagina's, net zo min als de dagen erna.

6

Veel meer dan het oude Amsterdam-Zuid leken de Stadionbuurt en Buitenveldert uit lichte vlakken te bestaan, bedoeld om op een dag als vandaag het overvloedige zonlicht te weerkaatsen. Toen we de Fred. Roeskestraat in reden, draaide ik me om naar mijn schoonvader: 'Maak je geen zorgen, Natan, ik blijf straks dicht bij je.'

Hij knikte dankbaar. Mirjam stuurde de auto de parkeerplaats van Begraafplaats Buitenveldert op. Tegen de roze bakstenen muur naast het hek stond al een deel van het gezelschap. We stapten uit, en liepen erop af, langzaam vanwege Natan. Of het aan het pilletje lag, wist ik niet met zekerheid, maar er kolkten nog steeds geen grote emoties in me. Er was een pijnlijk karwei te klaren. Erdoorheen. We hadden geen grote plechtigheid besteld. Lang zou het niet duren. *Daarna* zou ik gaan nadenken over wat dit alles voor me betekende.

De dame van de uitvaartonderneming kwam op ons toe. We bespraken de regie van de sobere bijeenkomst. Ik zou kort het woord doen, en dan mijn broer uitnodigen zijn toespraak te houden. Ik excuseerde me: 'Even wat mensen begroeten.'

Opeens stond ik tegenover mijn huilende schoonmoeder. Ze werd ondersteund door twee verzorgsters van het Sint Vitus.

'Die lieve Tonio,' snikte ze, 'die nooit een vlieg kwaad heeft gedaan… waarom? Waarom?'

Ik kuste haar. 'Ik spreek je straks nog wel.'

Ik sprak kort met mijn broer en zijn vrouw. Met mijn zus, die een pruik droeg als gevolg van chemo en bestraling. Tonio's twee beste vrienden: Jim en Jonas. Jim was met zijn jongere broer en hun ouders. Jonas had zijn moeder bij zich. Bevriende stellen: Josje en Arie, Dick en Nelleke. Ik zei tegen Ronald dat ik hem door de Banstraat had zien lopen, op weg naar de 16. 'Alsof je tegen het lage zonlicht optornde,' zei ik, maar hij begreep het beeld niet, en ik voelde me een idioot.

Er reed, vrijwel geruisloos, een lichtgrijze begrafenisauto voor het hek. Zes in lichtgrijs rokkostuum gestoken jongemannen, met lichtgrijze hoge hoeden op, schoven de roodbruine kist met het lichaam van Tonio eruit, en namen die op de schouders. Perfect in de pas zetten ze zich in beweging. Ik schoof mijn hand onder Natans arm, en leidde hem langzaam achter de dragers aan. Ze waren alle zes even slank, en dat ze zo jong waren, had ongetwijfeld te maken met de leeftijd van de aan hen toevertrouwde dode.

Ik vroeg me af of ik er wel goed aan had gedaan het pilletje te nemen. Ik had er, toen ik het ter marinering onder mijn tong legde, nauwelijks bij nagedacht. Het zou, meende ik, de zwaarte van de situatie misschien wat kunnen verlichten. Wat ik nu ervoer, was geen onverschilligheid, eerder een leegte – in mezelf en ook in de kist. Twee congruente leemten.

Door het geschuifel van Natan moesten we achterop geraakt zijn. Opeens liep Mirjam voor ons uit, en Hinde, en hun moeder, nog steeds ondersteund, voortgedragen bijna, door de twee stevige verzorgsters. Andere leden van het gezelschap passeerden ons, links en rechts.

De zon scheen over de goed onderhouden begraafplaats. De kleine stoet slingerde zich tussen de heel precies bijgeknipte hagen door. In mijn door medicijn koud geworden brein was plaats voor gedachten als: *Een kerkhof als een doolhof, en dan net zo lang met de kist in doodlopende gangen rechtsomkeert maken totdat, in het hart van het labyrint, de open groeve gevonden is en de kwade geesten op een dwaalspoor gebracht zijn.* Ik vroeg me af hoe de gruwelijke pijn van de afgelopen dagen me verlaten kon hebben, juist nu het voorwerp van mijn gemis voor me uit gedragen werd, met de bedoeling het voorgoed in de aarde te laten verdwijnen.

7

Ik zag twee konijntjes op het pad. Het ontroerde me zoals ze daar bewegingloos de langzaam naderende stoet tegemoet keken, en toen onder de heg buitelden. Begraafplaats Buitenveldert was beroemd om z'n konijntjes, die aan de planten en bloemstukken van de graven knabbelden. Geen nabestaande die ertegen protesteerde – het hoorde erbij.

Ik probeerde me (misschien om mezelf enig gevoel terug te geven) voor te stellen hoe ik een zevenjarige Tonio op de twee konijntjes zou hebben gewezen, en hoe hij 'ochgossie' zou hebben gezegd, maar in plaats daarvan zag ik hem in het stoeltje aan mijn fietsstuur zitten, als eenjarige, met een uitgestoken vingertje op de opgerolde strobalen tegen de hellende Franse akker wijzend, met hoog stemmetje roepend: 'Koei... koei.'

Het was niet ver. De smetteloos grijze jongemannen plaatsten de kist op de goederenlift boven het graf, betuigden met een knik hun respect, en marcheerden in vederlicht tempo weg tussen de hagen. Ze leken te gehoorzamen aan een doordachte choreografie, die voor een ballet niet misstaan zou hebben – alleen zouden dan de zes dansers onder hun rok een lichtgrijze maillot hebben gedragen.

Toen iedereen in een ruime boog rond het graf stond, deed ik een stap naar voren, tot vlak bij de kist. Het lukte me niet gewoon op twee benen rechtop te blijven staan. Mijn rusteloze linkervoet vond losjes steun op een balk (een oude biels misschien) die de kuil afzoomde.

'Ik zal eerst kort een paar woorden zeggen,' begon ik, 'en daarna zal mijn broer Frans zijn toespraak houden.'

De dame van de uitvaartonderneming en de kerkhofopzichter stonden van enige afstand, in de opening tussen twee hagen, discreet toe te zien.

'Lieve aanwezigen... Tonio had vele talenten, maar talent voor ruzie was daar niet bij. Meningsverschillen genoeg, onenigheid zat, maar het is me zijn jeugd lang nooit gelukt om het grondig met hem aan de stok te krijgen. Verontrustend. Oké, die ene keer was het zover. Ruzie. Nou, *bijna* dan. Na twee afgebroken studies leek er weinig beweging meer in zijn leven te zitten. Ik ontbood Tonio bij ons thuis, en viel hem aan op zijn gebrek aan ambitie. Zelfs toen zat echte mot er niet in. Tonio voorkwam escalatie door me te bezweren dat hij wel degelijk *barstte* van de ambitie, en dat zou hij tonen ook. Om te beginnen zou hij, in de aanloop naar een definitieve studie, een baantje zoeken, dan hoefde hij zich niet volledig door zijn ouders te laten onderhouden. Hij bracht het zo overtuigend, zo verrot charmant ook, dat ik er alweer niet in slaagde het meningsverschil tot een volwassen bonje tussen vader en zoon te laten uitgroeien.'

Op de kist lag het biedermeierbloemstuk uit het voorbeeldboek van de uitvaartonderneming. Telkens wanneer mijn oog erop kwam te rusten, voelde dat alsof ik me rechtstreeks tot Tonio richtte, en dat wilde ik niet. Mijn blik ging weer omhoog naar de blauwe lucht. Mijn voet verplaatste zich onophoudelijk, als zelfstandig, over de balk.

'Tonio hield woord. Hij nam een baan, en in september vorig jaar begon hij met overgave aan een studie Media & Cultuur. Vorige week woensdag kwam hij bij ons langs. Hij gaf ons een inkijkje in de toekomst die hij voor zichzelf uitgestippeld had. Na zijn bachelorschap wilde hij zijn Master halen in Mediatechnologie, waarvoor hij dan regelmatig zou moeten forensen tussen Amsterdam en Den Haag, en Amsterdam en Leiden. Hij had zijn zaakjes voor elkaar.'

8

De Amsterdamse Fotoacademie brak hij na een jaar af. Hij wilde fotografie studeren op de Koninklijke in Den Haag. Om toegelaten te worden moest hij een fotoreeks maken met als thema 'clubverband', 'clubleven in enigerlei vorm', en dat zo origineel mogelijk benaderen.

De zomer van 2007, en daarmee de toelating voor het nieuwe studiejaar, naderde. Om te kunnen werken had ik me weer eens teruggetrokken op Château St. Gerlach, maar Tonio wist me daar natuurlijk toch wel te vinden. Die opdracht van de Koninklijke... hij kwam er niet helemaal uit, zo meldde hij telefonisch vanuit Amsterdam.

'Ik heb eigenlijk niet zoveel met clubs,' zei hij.

'Nou, dan laat je dat in je reportage merken,' zei ik. 'Niemand verplicht jou om ineens elke dinsdagavond te gaan klaverjassen.'

'Te gaan *wat*?'

Ik vertelde hem het verhaal van mijn vader, zijn opa Piet, die ook niets met clubs had, maar des te meer met cafés, waar mijn moeder weer op tegen was. Om ten minste een avond per week legaal naar de kroeg te kunnen werd hij lid van een klaverjasclub. Op een avond won hij per ongeluk met kaarten een door de plaatselijke banketbakker gedoneerd blik roomboterkoekjes: zo'n groot, vierkant blik met een netto inhoud van vijf, zes kilo. Om de overwinning te vieren bezatte hij zich op schaamteloze wijze, en moest toen nog met dat koekblik naar huis. Omdat ik altijd als eerste opstond, trof ik de volgende ochtend een gedeukt en gebarsten blik koekjes op de keukentafel aan. Het was voor de helft leeg, en wat er nog in zat, was goeddeels tot kruim verpulverd. Toen ik, nog voor school, door mijn moeder naar de bakker werd gestuurd om een brood te halen, trof ik onderweg op het trottoir op onregelmatige afstanden van elkaar hoopjes koekkruimels aan: precies de plaatsen waar opa Piet met zijn buit ten val was gekomen. Het café waar hij zijn triomf had gevierd, lag in de buurt van de bakkerij waar ik brood moest kopen.

'Als ik een fotoserie over een club moest maken, Tonio, dan zou ik het over zo'n klaverjasvereniging doen. Je begint met het kaartspel in het café. *Daar*, op een apart tafeltje, staat de trofee: het blik koekjes, zeg maar. De winnaar beleeft zijn finest hour... en dan, als hij met zijn trofee op weg gaat naar huis, fotografeer je hoopje voor hoopje zijn neergang. De per stap verkruimelende winst.'

De arme Tonio kon weinig met mijn voorstel. 'De jaren vijftig, Adri... met zo'n historisch onderwerp kan ik in Den Haag niet aankomen.'

Toen bracht hij schoorvoetend een al verworpen idee naar voren. 'Opa Natan, die gaat toch vier avonden per week in een joodse mensa eten? Dat zijn toch altijd dezelfde mensen... een soort eetclub?'

Aan de telefoon werkten we de opzet verder uit. Tonio maakte uiteindelijk een prachtige, intieme, in droefheid verstilde fotoreeks over het vaste eetgezelschap in de mensa van Beth Shalom. De spil van de serie vormde zijn eigen grootvader, die hij al thuis fotografeerde, wanneer Natan op het busje van Connexxion zat te wachten, en ook weer bij het verlaten van Beth Shalom, als Mirjam haar vader kwam ophalen.

Het was eigenlijk geen onderwerp voor een achttienjarige fotograaf in spe, die het nieuwe gezicht van de wereld zo genadeloos mogelijk wilde vastleggen. Maar o, wat een intieme treurigheid wist hij aan de serie mee te geven. En met hoeveel tederheid en mededogen... De feestvaantjes met hun davidsterren, als guirlandes aan het plafond (ze hingen er het hele jaar door). De roodplastic waterkannen op de eettafels (de magische rode lichtvlek op het blad). De eenzaam etende mevrouw, met het servet achter haar zware halsketting gevouwen. Opa Natan, blootshoofds en in hemdsmouwen en bretels, aan een volle tafel tussen mannen in colbert en met keppeltjes op...

Tussen de sessies door hield Tonio contact met mij. Hij vroeg zich af of het oneerbiedig was een spastische man, bij wie het voedsel soms alle kanten op vloog, te fotograferen. Ik had deel 6 uit het *Verzameld Werk* van Gerard Reve bij me, met het mengelwerk. Ter inspiratie las ik Tonio een fragment voor uit het verhaal 'Drie woorden'.

Het is 1940. De nog zeer jonge auteur bevindt zich met collega Jan de Hartog in een gaarkeuken aan de Spuistraat.

'Nu komt het, Tonio... doe er je voordeel mee.'

'Twee in uniformachtige, witte boezeroenen geklede vrouwen, die hier kennelijk de skepter zwaaiden, waren bezig, al zeulend en tillend, een oude, gebrekkige man op zijn plaats aan een der tafels te installeren. Toen hij min of meer zat, knoopte een van de vrouwen een reusachtige, grijs en blauw geruite, versleten gemeentelijke handdoek om zijn hals. De andere vrouw kwam met een zinken afwasteiltje, dat ze vóór hem op de tafel plaatste. Ging hij gewassen en geschoren worden? Neen: de eerste vrouw zette in het teiltje een diep bord met eten neder, en de oude man begon, zacht grommend, te eten. Een groot deel van wat hij met zijn lepel – met een vork zoude hij in het geheel niets hebben kunnen uitrichten – naar zijn mond bracht, viel terug in het bord, of ernaast maar altijd nog binnen de rand van het teiltje, waar de man het onbetwist weder kon opvissen.

Wij stonden nog steeds bij de deur. Jan de Hartog keek roerloos naar het tafreel, waarbij over zijn gezicht een vreemde, gebeeldhouwde sereniteit kwam en de uitdrukking van zijn ogen iets visionairs kreeg, als zag hij meer dan dit schouwspel alleen, en ontwaarde hij in de oneindigheid iets onzienlijks dat onverwachts zichtbaar was geworden.

"Dat is God," mompelde hij.'

Tonio vond het fragment 'wel geestig', maar betwijfelde of hij er voor zijn fotoverhaal iets mee kon. 'De Nederlandse literatuur en ik,' zei hij, 'dat is een ramp. En of die spastische man in Beth Shalom God is... ik weet niet... dat moet iedereen zelf maar uitmaken.'

9

Ik vertelde over de mislukte ouderavond twee weken voor zijn dood. Het onverwacht intieme samenzijn in een eetcafé in de Staalstraat. Hoe hij onnadrukkelijk het gesprek beheerst had, en hoe goed hij daarbij in vorm was geweest. Hoe ik bij het afscheid, al bijna in de taxi gezeten, naar Tonio terug was gelopen om hem wat handgeld toe te stoppen. Hoe ik hem, ontroerd door de avond, omhelsd had, met drie kussen, en hoe hij daarbij verlegen gegrijnsd had. En hoe later in de taxi, Tonio al opgeslokt door de stad, tot me doorgedrongen was dat ik verzuimd had hem het geld te geven.

'Achteraf kunnen we zeggen, maar het blijft achteraf, dat we toen, met die onhandige accolade, alvast afscheid genomen hadden... op een manier zoals het nu niet meer kan. Zo was het goed. Dag, lieve jongen.'

Ik wenkte Frans dat hij zijn gang kon gaan. Ik stelde me naast Mirjam op, en streek haar heel even over de haren. Er werd misschien van ons verwacht dat we elkaar luid wenend in de armen zouden vallen, maar dat gebeurde niet, en *niet* omdat we daar te beschaafd voor waren. Later bleek dat Mirjam hetzelfde had gedacht. Het verdriet hield zich koest – maar wel met elke vezel gespannen, klaar om toe te springen.

10

'... Het klinkt wrang, maar pas de afgelopen week, na zijn ongeluk, is een niet onbelangrijk deel van Tonio alsnog voor mij gaan leven. Natuurlijk wist ik dat hij al enige jaren fotografeerde, we vroegen hem zelfs om foto's op onze bruiloft te maken. Maar veel meer dan zijn sprekende zelfportret als Oscar Wilde had ik eigenlijk nog niet onder ogen gehad.

Deze week belandde ik op een website met een selectie van zijn foto's, en die troffen me recht in hoofd en hart. De etende ouderen in de mensa van Beth Shalom, het indringende portret van Mirjam, de jonge junk op bed in schemerduister, het verstilde meisje voor het raam, de on-Luganeske straatbeelden uit Lugano, nietsvermoedende mensen op festivals en op het Boekenbal – overal lijkt hij de "achterkant" of het "inwendige" van een situatie te bestuderen en bloot te willen leggen. En dat lukt hem ook, vaak op snerpende wijze.

Die jongen heeft talent.'

'Hé Tonio, beste jongen: wat doe je nu, waar ben je mee bezig? Het zou me niet verbazen als je op dit moment de achterkant van het leven onderzoekt. En hardop vragen mompelt als: "Hoe werkt dat eigenlijk? Hoe zit dat precies in elkaar?"

Ons zul je in elk geval altijd bezig blijven houden, nu en de rest van ons eigen leven. Of, om een ons allebei zeer vertrouwde en zeer bevriende schrijver te parafraseren: *Je bent niet dood.*'

II

Met een heftigheid die haar lelijk maakte, hamerde mijn moeder steeds opnieuw de gevaren van het verkeer er bij ons in. Zolang we op de lagere school zaten, mocht een fietstocht zich alleen binnen bepaalde grenzen afspelen. Geen drukke wegen oversteken. Niet langs het kanaal fietsen.

'Moet ik je straks naar het kerkhof brengen soms?' riep ze dan met haar gezicht vlak voor het onze, waarbij ze speekseldruppels sproeide en met de knokkels van haar vuist op haar voorhoofd ramde.

Sinds ze zich door een vriendin had laten verleiden bij De Smelen af te dalen in 1 m 20, waar ze het water 'aan zich voelde trekken', was ook het zwembad verboden terrein voor ons. 'Het trekt je naar beneden... je verzuipt. Ik laat je niet gaan.'

Natuurlijk fietsten we toch langs het kanaal, soms zo dicht aan de oever dat het riet ervan kraakte. We staken de drukke Mierloseweg over zonder er verslag van uit te brengen. En het zwembad kwam je ook binnen met een geleende abonnementskaart.

Niemand van ons hoefde naar het kerkhof te worden gebracht – ja, mijn vader bijna, nadat hij starnakelzat met zijn bromfiets in een greppel was gereden en door het ambulancepersoneel alvast dood werd verklaard.

Het uitkomen van mijn moeders grootste nachtmerrie sloeg een generatie over. Ik moest haar *kleinzoon* naar het kerkhof brengen. Omdat ik hem niet hysterisch genoeg de gevaren van het verkeer had ingepeperd? Had de ten dode bezorgde teef op Begraafplaats Buitenveldert bij verstek alsnog haar gelijk gehaald?

12

Door mijn hoofd speelden enkele regels van het gedicht 'On My First Son' van Ben Jonson, dat de dichter Menno Wigman mij de dag tevoren tot troost had toegestuurd.

> Farewell, thou child of my right hand, and joy;
> My sin was too much hope of thee, loved boy,
> Seven years thou wert lent to me, and I thee pay,
> Exacted by thy fate, on the just day.

Zeven jaren, dat moest in Tonio's geval het drievoudige zijn, maar verder had Jonson mijn verlies vier eeuwen geleden vrij precies verwoord.

O, could I lose all father, now...

Verkillende, gemoedsdempende pil of niet, opeens was er die kramp in de hartstreek. Hadden Mirjam en ik niet te vanzelfsprekend voor zo'n kale begrafenis gekozen? Hadden we daarmee voldoende in Tonio's geest gehandeld? Deden we hem niet tekort?

Ook iemand van eenentwintig vormde zich in een melancholieke bui wel eens een voorstelling van zijn begrafenis. Wie zag Tonio daarbij aan de groeve staan? Op z'n minst de paar vrienden die hier nu ook waren. Meisjes? Om me heen kijkend zag ik alleen vrouwen van middelbare leeftijd, afgezien van mijn bejaarde schoonmoeder. Er waren meisjes in zijn leven geweest. Hij had verliefdheden gekend. Zoals ik me de Tonio van vorige week herinnerde, viel niet uit te sluiten dat hij opnieuw verliefd aan het worden was. Het meisje van de fotoshoot – we kenden zelfs haar naam niet, maar... hadden we niet beter ons best moeten doen om haar op te sporen?

'Wie is die derde dan?'

We hadden, in ons door paniek en verdriet vernauwde handelen, Tonio een huilende geliefde aan zijn open groeve ontzegd. Met z'n drieën hadden we hier moeten staan: Mirjam, ik, en het fotomeisje, dat dan niet langer naamloos zou zijn.

Ook al viel dit alles niet goed te maken, ik moest haar zien te vinden, en haar uithoren, en uitzoeken of zij iets voor hem betekend had... hij voor haar... Als het nodig was, zouden we samen met haar hier treuren, aan een intussen dichtgegooid graf, in godsnaam dan maar.

13

En weer waren daar een paar regels uit Ben Jonsons 'On My First Son'.

Rest in soft peace, and, asked, say here doth lie
Ben Jonson his best piece of poetry.

Als ik me niet vergiste, twinkelde hier enige ironie door de droevige woorden heen. 'Hier ligt mijn beste stuk proza...' Zou ik dat ooit in ernst van Tonio durven zeggen? Nee, maar ik kon wel proberen hem in proza levend te houden. Niet zodanig dat de mensen zouden zeggen: zijn beste proza... Maar dat ik ze, in wat voor stijl dan ook, een Tonio van vlees en bloed zou leveren.

Ik omhelsde Frans, bijna jaloers om de snik die ik daarbij uit hem voelde (of hoorde) opschokken.

Een medewerker van de begraafplaats bediende de hendel die het mechaniek van de dienstlift in beweging zette. Langzaam, met een geruststellend nuchter gezoem als van huishoudelijke apparaten, zakte de kist met het lichaam van mijn zoon in de precies passende kuil. Ik wilde mezelf wel tot een bijbehorende gedachte dwingen, maar er kwam niets bruikbaars, alleen in woorden omgezette, voor de hand liggende observaties als: 'De stoffelijke resten van Tonio worden aan de aarde toevertrouwd.' Geheel in de stijl van de onderschriften bij de illustraties in mijn oude deeltjes Jules Verne: 'Het reddeloze schip is rechtstandig gezonken.'

Ik klampte me niet aan Mirjam vast, en zij zich niet aan mij. Wel dachten we allebei zoiets als: ik weet hem/haar straks wel te vinden.

'Ik wou toch nog wat zeggen,' klonk opeens in de metalig zoemende stilte huilend de stem van mijn schoonmoeder. Ze deed een stap naar voren in de richting van de kuil, waartoe ze nogal wat kracht moest zetten, want de twee potige dames van het Sint Vitus hingen aan haar armen. 'Lieve Tonio, ik hoop gauw bij je te zijn. Ik hoef niet verder te leven. Ik kom gauw naar je toe.'

De lift met de kist had z'n diepste punt bereikt. Het gezoem hield op. Nu was alleen nog het huilen van mijn schoonmoeder te horen, onderbroken door gestamelde zinsneden, maar die waren niet langer verstaanbaar. De vrouw van de uitvaartonderneming kwam naar voren, en gaf aan dat we, indien gewenst, met een langstelige schep zand in de kuil konden uitstrooien. Mirjam deed het als eerste, gevolgd door mij.

In plaats van richting uitgang te lopen maakte ik een rondgang langs het handjevol aanwezigen. Ik streek Jims jongere broer Kaz, die stond te huilen, over zijn nekharen. Om hetzelfde bij Tonio's vriend Jonas te doen had ik boven mijn macht moeten grijpen, zo lang was hij sinds hun schooldagen geworden. Ik kneep hem troostend in de bovenarm. In hun laatste gymnasiumjaren was Jonas bijna elke vrijdagavond bij Tonio komen logeren. Op den duur smokkelden ze bier binnen naast het rantsoen dat wij ze oplegden. Ze vonden het lekker, of stoer, om er misselijk van te worden. Eindeloos geklets, samen naar films kijken. Ik stond soms een hele tijd op de overloop naar hun opgetogen stemmen te luisteren, het harde gelach, proberend er niet aan te denken dat het op een dag ook weer op zou houden, als ze na het eindexamen ieder hun eigen weg gingen.

Terwijl de zandschep van hand tot hand ging, liep ik even naar mijn schoonmoeder, die op dezelfde plek was blijven staan, vastgeklemd tussen haar begeleidsters.

'Adri, die lieve Tonio...' Ze begon opnieuw te huilen. 'Ik hoef zonder hem niet meer te leven. Ik wil dood. Ik ga naar Tonio.'

Een van de helpsters stelde me met geloken ogen en licht getuite lippen gerust, alsof ze wilde zeggen dat het zo'n vaart niet zou lopen. Ik keek om me heen. Na hun schep zand begaven de aanwezigen zich in kleine groepjes naar de uitgang. Opnieuw vroeg ik me af of ik Tonio niet tekort had gedaan door hem zo'n korte, bescheiden begrafenis te bereiden. Als ik sinds de ochtend, ondanks die afschuwelijke pil, *iets* gevoeld had, was het een vage angst: dat ik in zijn leven tekortgeschoten was, en nu, na zijn dood, niet minder.

Thomas Mann was een god voor me geweest. Ik kon hem niet meer lezen nadat ik uit een biografie had vernomen dat hij na de zelfmoord van zijn zoon Klaus niet naar de begrafenis in Cannes was gegaan. Hij koos ervoor een lezingentournee door Scandinavië niet te onderbreken.

Ik had zojuist mijn zoon begraven. Maar was ik er ook bij *aanwezig* geweest?

Een schrijver, niet Thomas Mann, had eens het gevoel van verraad beschreven dat je beving na het begraven van een dierbare – nadat je, letterlijk, de nog open kuil je rug had toegewend, om daarin de overledene in zijn nieuwe eenzaamheid aan zijn lot over te laten. (Nou ja, lot. Veel meer lot dan wat vocht en maden voor de dode in petto hadden, zat er niet meer in.) Ik ging bij mezelf na of ik een dergelijk verraad voelde nu ik, in gezelschap van vriend Ronald, me van het graf *af* bewoog. Tonio in zijn nieuwe eenzaamheid. Als ik eerlijk was, moest ik mezelf bekennen dat ik niet meer verraad gewaarwerd dan ik, onder invloed van de aangereikte gedachte, *probeerde* te voelen. Nooit meer zou ik mijn pijn dempen met een ordinaire pil.

'Hier ligt ook ergens René van der Land begraven,' zei Ronald met een vaag handgebaar. Als zoon van Lucas van der Land ('Jaap' in *De Avonden*) stond René bekend als 'de baby uit *De Avonden*': hoofdpersoon Frits van Egters gaat de eerste verjaardag van het kind luister bijzetten met een voordelig ingekochte drinkbeker, waarin hij een appel heeft vastgeklemd. Ronald kende René van de Rietveld Academie. Ze waren goede vrienden. In '97 stierf René, op zijn eenenvijftigste. Het boek had hem overleefd.

Ik lepelde voor Ronald lusteloos enkele citaten uit de verjaardagsepisode op *('En dan nog die repen,' zei Jaap. 'En dan nog die appel,' zei Frits.)* maar ondertussen liet de kwestie van het verraad me niet los. Ik voelde me een verrader jegens de Tonio die eenzaam door de Pinksternacht reed. Dat ik niet op de Stadhouderskade aanwezig was om het blinde Noodlot de weg te versperren, *dat* voelde als verraad. En als ik de klap niet had kunnen tegenhouden, had ik er op z'n minst moeten zijn om bij mijn geliefde jongen, zoals hij daar bloedend en buiten bewustzijn op het asfalt lag, neer te knielen.

Ik was er niet. Ik lag in bed.

Ziedaar mijn verraad.

Augustus 2002. Mirjam wilde een Bresser kip kopen, liefst al bereid, en zo kwamen we op een van warme regen vergeven zomerochtend in Bresse terecht. Bresse: dan ook de kathedraal zien. We wandelden met z'n drieën door het centrum – en daar rees hij opeens, veel dichterbij dan verwacht, voor ons op, aan het eind van een oud zijstraatje: groot, donker, massief. Gefascineerd omhoog kijkend liep ik er langzaam op af – en lag plotseling in volle lengte op het plaveisel. Gestruikeld over een van de betonnen paaltjes die de gemeente tussen de middeleeuwse kinderkopjes had geplant om het parkeren in de steeg tegen te gaan. Een luide pijnkreet: mijn scheenbeen was langs achthoekig beton geschaafd.

Zelf bijna huilend begon Tonio aan me te sjorren om me overeind te helpen. Omdat ik zo hard geschreeuwd had, dacht hij dat er iets gebroken was (zoals eerder dat jaar mijn voet en schouder). Bleek geworden door zijn bruine teint heen bleef hij, toen ik weer rechtop stond, nog een hele tijd lief en zorgzaam mijn arm vasthouden. Om dit tegenover zichzelf te verantwoorden zorgde hij er snel voor dat zijn tedere bezorgdheid in kordate boosheid werd omgezet.

'Ze zijn niet goed wijs hier,' zei hij, alweer wat kleur krijgend.

‘Ze *weten* toch dat mensen hier omhoog lopen te kijken naar de kerk.’

14

Ik had in de loop van mijn leven een problematische verhouding tot de dood ontwikkeld. Ik hield me afzijdig.

Jarenlang was het juist de dood die zich afzijdig hield. Mijn grootouders van vaderskant waren voor mijn geboorte al gestorven, die van moederskant waren toen nog jong en niet dodelijk ongezond. Mijn ouders overleefden allebei rond hun dertigste een zware maagoperatie. Mijn broertje en zusje sneuvelden niet in het verkeer, evenmin als mijn vrienden.

De dood manifesteerde zich alleen op afstand. De Indische overbuurman. Het dochtertje van de buren. Een vriend van een vriend.

En toen de dood dichterbij kwam, ging ik hem uit de weg. Mijn vader en mijn moeder maakten allebei een langdurig sterfbed door: ik was niet vaak in de buurt. Toen Tonio, tien jaar oud, aangaf dat hij oma Toos niet voor een laatste keer, en dan ook nog dood, wilde zien, bleef ik hem dankbaar gezelschap houden, terwijl de hele familie naar mijn moeder in haar kist ging kijken, voordat die dichtging. Buiten de rouwkamer van het crematorium zat ik op een bankje. Tonio stond tussen mijn gespreide knieën, en zo hield ik hem tegen me aan geklemd. Hij wrikte mijn kin omhoog om aan mijn ogen te kunnen zien of ik huilde, en zo ja: hoe erg. Niet zo heel erg. Vochtige ogen. Hij zorgde ervoor ongeveer net zo ingetogen te huilen als ik. Toen ik merkte dat hij, door wat voor inwendige afknijpmethode ook, zijn tranen reguleerde, drukte ik hem nog vaster tegen me aan. ‘Adri, niet zo *stra-h-ak*.’

Op begrafenissen en crematies hunkerde ik altijd naar de

nazit, liefst in een café, waar de doodssmaak vrijelijk mocht worden weggespoeld.

15

Op Jims broertje (dat naar school moest) en Jonas' moeder na ging iedereen nog mee naar ons huis. Mirjam had tevoren bij Pasteuning wijn en belegde broodjes besteld, die op afroep zouden worden bezorgd.

Mirjam en ik namen, net als op de heenweg, Natan en Hinde bij ons in de auto. Onze thuiskomst na de uitvaart had niet minder opzienbarend kunnen zijn, en dat was precies de bedoeling.

Wat op de begraafplaats een handjevol mensen had geleken, bleek nu in staat een hele huiskamer te vullen. Pasteuning bracht de bestelling zo snel dat het net was of de leverancier in een bestelwagentje voor de deur had zitten wachten.

Ik kroop maar weer in mijn vaste, doorgezakte hoek van de bank, daar voelde ik me het veiligst. Hoewel, mijn schoonmoeder ging op de naburige chaise longue zitten, en nam haar speciale conversatiehouding aan.

'Adri, niet om het een of ander, maar *waarom* een katholieke begraafplaats?' Zoals altijd wanneer ze, al dan niet vooringenomen, een kwestie aansneed die haar hoog zat, poetste ze eerst met duim en wijsvinger stevig haar neus op. 'Dat begrijp ik niet.'

Ik wist dat ik niet hoefde aan te komen met mijn katholieke afkomst, want die had ik, ook in haar bijzijn, vaker en grondiger afgezworen dan een beetje doopwater, de Eerste Communie en zegge en schrijve één (1) keer biechten noodzakelijk maakten. Tonio had een joodse moeder uit twee joodse grootouders, dus was een joodse begrafenis aannemelijk geweest. De katholieken aanbaden niet alleen een valse Verlosser, ze beschuldigden de joden er ook nog eens van die Verlosser aan het kruis gebracht te hebben. *Niet om het een of ander.*

Op het kerkhof, waar ze Tonio toeschreeuwde zich gauw bij hem te zullen voegen, had ik even met haar te doen gehad. Nu verspeelde ze alles weer, met haar handmatig opgepoetste bemoeizucht. Ik voelde geen behoefte haar nog eens uit te gaan leggen dat onze keuze voor Begraafplaats Buitenveldert niets met religie te maken had, maar alles met de omstandigheid dat het een kleine, onopvallende dodenakker was, waar geen paparazzi in de bomen zouden hangen.

'Het is voor het eerst sinds lang, Wies,' zei ik lachend, maar ik meende het, 'dat ik jou weer eens iets ten gunste van het joodse geloof hoor bepleiten.'

Ik kon zeggen wat ik wilde, want luisteren deed ze zelden of nooit. Ze poetste haar neus alweer op voor de volgende confronterende vraag. Haar begeleidsters stonden met een broodje in de eetkamer, waar heftig het zonlicht binnenviel. Verder had iedereen in de voorkamer een plaats gevonden. Er werd gegeten, gedronken en gepraat.

'De vraag is,' zei mijn schoonmoeder met gebroken stem, 'kun jij nu nog wel schrijven?' En al minder als vraag, maar bij wijze van constatering: 'Hoe moet het nu verder met je werk...!'

God, nee, dat zou me niet gebeuren op de dag dat ik mijn zoon begraven had: dat de vrouw die zoveel jaar getwijfeld had of ik haar dochter wel te eten kon geven, en bij elk succesje jammerend uitriep: 'Als dat zo maar blijft', dat die zich nu ging zitten bekreunen om de voortgang van mijn literaire arbeid. Ik werd gered door een van de verzorgsters, die haar kwam waarschuwen dat het tijd werd om terug te gaan naar het Sint Vitus. De twee begeleidsters hadden daar nog werk te doen.

'Misschien, Wies, kun je alvast beginnen met afscheid nemen,' zei de vrouw die zich eerder aan mij had voorgesteld als Brigitte.

'Ja, zeg,' stoof Wies op, naar haar neus grijpend maar niet

poetsend, 'ik ga geen afscheid nemen van Natan. Waar zien jullie me voor aan.'

Haar gezicht nam een brute uitdrukking aan, die niet bij de gelegenheid paste.

'Brigitte had het meer in het algemeen over afscheid nemen,' zei ik. 'Dan sla je Natan toch gewoon als enige over.'

Kijk, daar had je nou twee mensen die in de oorlog hun familie gedeeltelijk (Wies) of geheel (Natan) waren kwijtgeraakt, en dan gaf, op de begrafenis van hun beider enige kleinkind, de een giftig te kennen de ander zelfs geen hand te willen geven. Ik had behoefte aan een borrel. Op weg naar de keuken bedankte ik Brigitte en Margreet voor hun bijstand. Ik nam me voor de beide vrouwen later bloemen te sturen.

In de keuken draalde ik net zo lang tot ik zeker wist dat de delegatie van het Sint Vitus vertrokken was. Terug in de huiskamer controleerde ik of de overgebleven gasten goed verzorgd waren. Dick, die ik nooit zag drinken (wel af en toe nostalgisch zag ruiken aan een zakflaconnetje whisky, ter herinnering aan vervlogen alcoholische tijden), had zich door Mirjam een volle fles vermout voor laten zetten. Ik sprak er mijn verwondering over uit.

'Anders kom ik deze droevige dag niet door,' zei Dick. 'Het probleem is alleen... *als* ik nog wel eens drink, neem ik het smerigste van het smerigste... zoete vermout... dan houdt het vanzelf een keer op. Maar Mirjam heeft mij een hele fles Nouilly Prat gegeven. Ik vind het nog lekker ook.'

16

Altijd weer een wonderlijke ervaring, het opgetogen gepraat en gedrink tijdens de nazit volgend op een uitvaart. Ik probeerde er ook aan deel te nemen, maar zo op het onverschillige af losjes als ik me bij de begrafenis gedragen had, zo verkrampt bleek ik nu: misschien begon de pil uitgewerkt te raken. Ik probeerde de stroefheid met koude wodka's te bestrijden, maar mijn spraak bleef op slot.

Tonio's beste vrienden Jim en Jonas zaten, bier drinkend, met elkaar te kletsen. Er was niets die middag dat Tonio's aanwezigheid scherper op kon roepen dan hun beider gezichten. Toen ze alledrie vijftien, zestien waren, hadden we ze tussen Kerstmis en Nieuwjaar een keer meegenomen naar Lanzarote. Er moest ook een ongeveer even oud meisje mee, Tanja, dat ik niet alleen nooit eerder had gezien, maar van wie ik zelfs nooit had gehoord. Het was onduidelijk bij wie ze 'hoorde' – gelijkelijk bij alledrie, was na een paar dagen mijn indruk.

Tanja liet zich niet door de overmacht aan jongens intimideren. Meteen na aankomst stortten ze zich gevieren op de slaapkamers. Matrassen werden van bedden getrokken en naar de grootste ruimte versleept. Ze zouden en moesten met z'n vieren bij elkaar slapen, daar viel niet over te discussiëren.

Wat volgde, was een week van uitzinnig plezier, waarbij Mirjam en ik volstrekt onzichtbaar voor ze leken te zijn geworden. Zodra wij verschenen, kregen hun blikken, bij alle vrolijkheid, iets glazigs, waarin wij eenvoudig oplosten. In het restaurant aan zee, 's avonds, hadden de vier hun eigen tafel, die onder hun heftige gesprekken soms zo ver de zaak door danste dat het personeel ze moest verzoeken even op te staan, zodat hij met pizza's en al op z'n oude plaats gezet kon worden. Wanneer de rekening gebracht werd, bestonden wij weer heel even voor ze, in zoverre dat er naar ons verwezen werd als naar de mensen met de poen.

Het was bijna een voorrecht van zo nabij een viertal jonge mensen mee te maken die zo intens met elkaar wisten te genieten, Tanja niet minder dan haar drie kamergenoten. In de oudejaarsnacht vroeg Tonio of ze allemaal een wodka met cola mochten, om het nieuwe jaar toe te drinken. Ik zei dat ze het niet moesten wagen een milliliter meer dan de helft van de fles op te maken.

'Jullie zijn allemaal nog minderjarig. Mirjam en ik zijn verantwoordelijk.'

'Joehoe, jongens,' riep Tonio, 'we mogen de helft.'

Toen ik later die nacht mineraalwater uit de koelkast ging halen, was Jonas net bezig de lege wodkafles met kraanwater te vullen.

'Dacht je nou echt, Jonas, dat ik het niet zou merken?'

De jongen keek me bête glimlachend aan. Hij was volledig van de wereld. De volgende ochtend zag ik *nog* een lege wodkafles, door de vier kennelijk clandestien aangeschaft, in het zwembad dobberen, te midden van de graspollen die ze er met een golfclub in geslagen hadden.

De plaats en de rol van Tanja in de hele constellatie heb ik nooit kunnen achterhalen. Bij het afscheid op Schiphol, waar het meisje door haar moeder werd afgehaald, omhelsde Tanja haar vrienden alledrie even zusterlijk. Alleen Tonio maakte daarbij vluchtig een teder gebaar (met de rug van zijn hand een streling over haar kaaklijn, of misschien streek hij een haarlok achter haar oorschelp), waarbij hij haar, zonder zijn glimlach te onderbreken, indringend aankeek. Dat was alles. Hierna hadden we nooit meer iets van of over Tanja vernomen. Maanden, misschien wel een jaar, later sprak ik er Tonio op aan.

'Zeg, die Tanja... van Lanzarote toen... heb je die nog wel eens gezien?'

'Nee,' zei hij, op een toon alsof dat toch vanzelf sprak.

'En Jim... en Jonas... zien die haar nog?'

Opgeruimd: 'Die ook niet.'

'Is daar op Lanzarote soms iets gebeurd... iets waar ze boos over zou kunnen zijn?'

Oprecht verbaasd: 'Nee, hoezo?'

'Niks. Zomaar.'

17

Ik wens nooit voortekenen te zien. Misschien dat ik ze daarom pas in de smiezen krijg als het onheil onherroepelijk geschied is, en ze hun aankondigende of voorspellende functie verloren hebben. Voortekenen die geen waarschuwing meer inhouden, verliezen hun gevaarlijke glans: ze verdorren.

Ik heb eens een lijst bijgehouden van in romans beschreven onheil dat de auteur later zelf precies zo, of ongeveer zo, is overkomen. Voortekenen dus die de schrijver zelf, omkleed met fictie, op papier heeft gezet. Als ik rekening moest houden met kwalijke omina in mijn eigen romans, zou ik binnen de kortste keren stoppen met schrijven.

Sinds Zwarte Pinksterdag dringen de voortekenen van voor die datum zich op. De lucht om me heen is er vol van. Waar ze zich voorafgaand aan 23 mei stilhielden (een nare eigenschap van een voorteken), brengen ze al weken, nu het te laat is erdoor gealarmeerd te worden, een nadrukkelijk gegons voort. Ze zoemen aan mijn slapen, en laten me geen moment met rust. Het zijn hinderlijke insecten, en ze lijken zich onophoudelijk te vermenigvuldigen, gelijk op met de toename van mijn schuldgevoelens.

Het gros van al die omina heb ik destijds niet gesignaleerd. Te opzichtig als symbool vermomde waarschuwingen sloeg ik in de wind. Andere vervaardigde ik zelf, waardoor ik ze niet als voorteken wenste te zien.

Ik schreef verscheidene requiems: voor twee jeugdvrienden, voor mijn vader, voor mijn moeder, voor een collega, zelfs een (het kortste) voor een doodgebeten kat. Nooit kwam de gedachte bij me op dat ik op een dag een requiem voor mijn eigen zoon zou moeten schrijven. Nu lijken die eerdere vijf een soort voorspellende vingeroefeningen voor wat ik nu uit noodzaak, als overlevingsstrategie, aan het beoefenen ben.

Ook *Weerborstels*, over een neef die zich op de vlucht voor de politie tegen een boom te pletter reed, was eigenlijk zo'n requiem. Het betrof een novelle over de problematische relatie tussen een vader en een zoon, die voor de zoon fataal afliep. Ik bezat blijkbaar onvoldoende verbeeldingskracht om me voor te stellen dat Tonio, toch ook gewoon een kwetsbare jongen in de maak, het lot van mijn neef zou kunnen delen, anders had ik de opdracht zeker weggelaten.

Aan het eind van zijn begrafenistoespraak citeerde mijn broer de slotzin van *Weerborstels*: 'Hij is niet dood.' Later die dag hield Frans mij voor dat ik de novelle aan Tonio had opgedragen. 'Het viel mij op,' zei hij, 'omdat je in die dagen je boeken altijd aan Tonio *en* Mirjam opdroeg.'

Ik keek het direct na. '*Voor mijn zoon Tonio.*' Hij had gelijk.

'Het is zo duidelijk een novelle over een vader en zijn zoon,' zei ik. 'Blijkbaar wilde ik dat tot in de opdracht duidelijk maken.'

Het was walgelijk. Een eerste versie van *Weerborstels*, toen nog *Met gedoofde lichten*, had ik neergelegd in een lange brief aan mijn broer, in de zomer van 1989, toen ik met Mirjam en Tonio in het schoolhuis van Marsalès verbleef. Tonio had net zijn eerste verjaardag achter de rug. Voor de hoofdpersoon Robby stond mijn neef Willy model, die het jaar tevoren op min of meer dezelfde wijze, met gedoofde lichten inderdaad, om was gekomen. Ik had de nog kleine Robby aan het begin van de novelle ook trekjes meegegeven van de zesjarige Robin van Persie, die nogal eens in gezelschap van zijn zusjes op het erf van ons schoolhuis verscheen. Een bepaalde schuwe brutaliteit... een verlegen onverschrokkenheid...

Dat ik het verhaal tweeënhalf jaar later aan mijn eigen Tonio opdroeg, beschouw ik nu als een arrogante manier om de goden te verzoeken.

Van het Boekenweekgeschenk *Weerborstels* had ik destijds een paar doosjes met extra exemplaren gekregen. Tonio verkocht ze later op de vrijmarkt van Koninginnedag in het Vondelpark. Ik had hem op het hart gedrukt er per stuk niet meer dan een gulden voor te vragen. Ik had de boekjes op zijn verzoek gesigneerd. Hij liet zijn klanten trots zien dat *Weerborstels* aan hem was opgedragen. 'Voor mijn zoon Tonio.' Hij wilde er ook wel zijn eigen handtekening aan toevoegen, dan werd het een ietsje duurder.

Toen hij me aan het eind van de Koninginnedag het verdiende bedrag van bijna driehonderd gulden liet zien, vroeg ik hem geschokt hoeveel boekjes hij in godsnaam verkocht had. Nou, er waren er nog over – voor volgend jaar. Hij had vanmorgen ingezet op een riks per exemplaar. Ze bleken zo grif van de hand te gaan dat hij de prijs verhoogd had tot vijf gulden, later tot zeven vijftig. 'Niemand vond het erg.'

'Maar ik wel. Verdomme, Tonio, ik had je gezegd dat het een aardigheidje moest blijven. Ik schaam me dood.'

'Adri, een gulden... je bent een dief van je eigen portemonnee.'

'Van *jouw* portemonnee, zul je bedoelen.'

18

Dick had zijn fles Nouilly Prat leeggemaakt, en zat nu kieskauwend aan een inderdaad smerig glas ordinaire vermout, waarvan hij de wrangzoete smaak compenseerde door af en toe aan het zakflesje whisky te snuffelen (niet te lang, want dan verdampte er te veel van, en het moest nog langer mee).

Naarmate het bezorguur van de middagkranten naderde, liep ik steeds vaker rusteloos naar de overloop, om langs de trap de hal in te gluren of ze al onder de brievenklep op de mat lagen. Wat verwachtte ik erin aan te treffen? De waarheid, in de vorm van een rouwadvertentie? Moest op de pagina Familieberichten een *vermoeden* bevestigd worden?

'Met al dat moderne communicatiegedoe,' zei ik, weer terug

in de kamer, 'al die mobiele telefonie... e-mailadressen... internet, en wat niet al. Facebook, Hyves, noem maar op. Twitter... *Iemand* moet dat meisje toch kunnen traceren.'

'Op Tonio's voicemail had ze het over Facebook,' zei Mirjam. 'Waarschijnlijk hebben ze via Facebook met elkaar gechat.'

'Jullie hadden het over polaroids van haar,' zei Jonas. 'Als we nou zo'n polaroid op Facebook zetten, en dan aan Tonio's Facebookvrienden laten zien... Misschien is zij erbij.'

'Het geestige van Tonio is,' zei ik, 'dat hij zelfs die polaroidjes heeft meegenomen... of weggegooid, want het waren volgens hem maar probeersels.'

Jim bood aan in Tonio's kamer naar de polaroids te zoeken. Ondertussen zou Jonas proberen via een oproep op Facebook ('Welk ongeveer twintigjarig meisje, naam onbekend, heeft zich door Tonio van der Heijden laten fotograferen op donderdag 20 mei 2010?') achter haar identiteit te komen.

Mirjam herinnerde me aan mijn aanvankelijke terughoudendheid. 'Je hebt nu een slok op,' zei ze, 'maar gisteren nog wilde je het maar liever laten rusten. We vroegen ons af of we dit wel wilden, haar identiteit achterhalen en zo. Stel, we ontdekken dat het menens was tussen die twee... of dat het menens had kunnen worden... Moeten we ons dan voor de rest van ons leven blijven kwellen met... ja, met wat? Een liefde voor Tonio. Misschien zelfs een toekomstige schoondochter. De moeder van onze kleinkinderen... Ik weet niet of ik zulke gedachten wil hebben. Ik had ze anders nooit, als ik Tonio met een meisje zag. Het leidt allemaal nergens toe. Ja, waar alle wegen naartoe leiden. Naar Tonio's graf.'

De overgebleven gasten zaten stil rondom.

'Mirjam,' zei ik, 'we moeten ook aan Tonio denken. Ik herinner me hoe trots hij de polaroids liet zien... zijn grijns, toen ik zei dat ik het een knap meisje vond. Hij vertelde dat ze hem had meegevraagd naar Paradiso. Zulke dingen vertelde hij anders nooit. Toch? Er was duidelijk meer aan de hand. *Natuurlijk* wilde hij zijn ouders kennis met haar laten maken. Ik wed dat hij het betreurde dat ze al weg was toen wij uit het Bos terugkwamen. Minchen, we moeten in Tonio's geest handelen. Als hij haar niet meer aan ons kan voorstellen, moeten we haar zelf opsporen.'

'Ik denk,' zei Mirjam, 'dat het allemaal alleen maar meer pijn gaat doen.'

'En als ik nou eens vind dat we die pijn niet uit de weg moeten gaan?'

19

Altijd wanneer Mirjam de kamer binnenkomt, kijk ik met graagte naar de vertrouwde verschijning. Nog steeds, na al die jaren, voel ik dat aangename schokje: daar is ze. Sinds Pinksteren is het net of ik dubbel zie. Het is mijn vrouw die de drempel overstapt, en tegelijkertijd, niet helemaal met haar samenvallend, is het een van haar kind beroofde moeder. De tweede gestalte blijft niet helemaal binnen de lijntjes van de eerste, hoe ik ook met mijn ogen knipper.

Zaterdagmorgen. Eerder dan de misselijkheid van de kater was er het walgingwekkende besef: *Ik heb gisteren mijn zoon begraven.* Ik had de dag tevoren de kist met het lichaam van mijn zoon in een kuil zien zakken, en ik had niet gehuild, en daarna had ik me ordinair bezat. Ik wist niet eens hoe de middag was afgelopen, laat staan de avond.

Meteen nadat ik, vloekend tegen het felle licht, de gordijnen open had geschoven, kwam die dubbele gestalte van Mirjam binnen: de moeder van mijn kind, en de van haar kind beroofde moeder. Het ene oog dichtknijpen tegen deze dubbelheid verhielp niets. Ze keek verdrietig, angstig, onzeker. Ik liep naar haar toe, legde mijn handen tegen haar schouders. 'Wat is er?'

'Je viel gisteravond vreselijk tegen me uit.'

'Ik kan me er *niets* van herinneren.' Dat had je met wodka, een drank die niet alleen hoofdpijn voorkwam, maar voor alle zekerheid ook het kortetermijngeheugen uitschakelde, misschien om herinneringen te wissen die alsnog voor koppijn zouden kunnen zorgen. 'Waar ging het over?'

'Iedereen was weg, en ik wilde naar bed. Jij niet. Je wilde praten. Ik niet. Ik kon niet meer. En toen begon jij... boos... dat ik alleen maar aan mezelf dacht.'

'Ach, Minchen.' Ik trok haar tegen me aan. 'Ik was kwaad, ja, maar niet op jou. Op wat er gebeurd was. Op alles wat ons deze streek geleverd had.'

Ze leek al wat gerustgesteld. 'Je was 's middags al boos,' zei ze, 'toen de kranten kwamen. De naam van Tonio vetgedrukt in een rouwadvertentie te zien staan... het maakte je woedend. Je hebt de kranten nijdig door de kamer gesmeten.'

Ja, nu herinnerde ik me hoe vals idyllisch het zonlicht later die middag door de kamer had gelegen, met de schaduw van boombladeren bewegend over de vitrine met Tonio's stenenverzameling, waaruit de lapis lazuli oplichtte, zijn favoriet. En ik die ziedend de avondkranten door de kamer mepte.

Mirjam maakte ontbijt. Ze kwam in de slaapkamer terug met het dienblad, *de Volkskrant* en een grote stapel rouwpost. Meer overlijdensadvertenties voor Tonio, maar dit keer kreeg zijn vetgedrukte naam me niet woedend, daar waren de omliggende mededelingen te ongeloofwaardig voor, te absurd – maar te lachen viel er evenmin iets.

Naast elkaar in bed, hoog opgericht tegen de kussens, en dan samen al die geschokte condoleanceboodschappen lezen... Het was een slecht toneelstuk. Een drakerig vervolg op *Who's afraid of Virginia Woolf*, met George en Martha in de echtelijke sponde, elkaar de blijken van rouwbeklag doorgevend die waren binnengekomen na het dodelijk verongelukken van hun twintigjarige zoon, die ze zelf verzonnen hadden.

Ik had Mirjam gevraagd om een geroosterde korst brood met jam, maar zelfs die kreeg ik niet weg. Slappe koffie met heel veel melk, meer verdroeg mijn maag niet. De enige organen waartoe de wurgende waarheid wilde doordringen, waren mijn darmen. Het met Pinksteren begonnen anale braken hield nu al een week aan.

20

Wat de doodswalging om Tonio nog het meest voedt, is de totaalherinnering aan al ons zinloze gekibbel in zijn bijzijn. Aanleiding, ontwikkeling, hevigheidsgraad, afwikkeling, verzoening – het is allemaal vergeten, weggelekt in de plooien van de tijd. Op het moment zelf waren de onenigheid tussen ons, en ieders hoogstpersoonlijke gelijk, van levensbelang – ook voor de machteloos toehorende Tonio van drie, vijf, acht, elf, dertien. Op enkele in varianten terugkerende ruzies na, de zogeheten 'klassiekers', beklijft er niets van bij ons – en wat Tonio betreft kunnen we alleen nog maar gissen hoe ingrijpend de uitwerking ervan op hem was.

Het stompzinnige gekissebis dat elk huwelijk, niet per se het slechtste, schijnt te moeten begeleiden. De verminkte argumenten. Het gelijk om het gelijk, als een soort *l'art pour l'art*. De stemverheffing, al dan niet met speekseldouche. Het niveau van gejijbak op een schoolplein.

(Dagboekaantekening dinsdag 8 april 1997:)

08:00 u wakker door vertrouwde geluiden uit de badkamer. Intiem gemurmel tussen moeder en zoon. Slaap trekt me weer naar beneden tot diep in de oude, broos geworden matras (die nodig vervangen moet worden), maar ik besluit het tijdstip van ontwaken als een teken te beschouwen: met de sinds kort geldende aangepaste eetgewoonten zou ik voortaan tussen acht en negen ontbijten.

Ik open de deur naar de badkamer: M. zit op het neergeklapte toiletdeksel Tonio's haren te kammen. Hij kijkt verrast lachend naar me op. ('Je hebt je eigen record gebroken,' zei hij laatst, toen ik ook een keer zo vroeg opstond.)

Ik zeg: 'Hou die geestige opmerkingen over gebroken records en zo vandaag maar voor je, oké?'

Hij trekt zijn verfrommelde citroenmond, alsof hij zich ernstig terechtgewezen voelt, maar in zijn helderbruine ogen vonkt de spot. Ik raap beneden de krant van de mat, en neem hem mee naar bed. De werkploeg is in de huiskamer met elektrisch schuren begonnen. (In mei nemen ze mijn werkruimte onder handen.) Alles in huis raakt langzaam bedekt met een laagje snotgroen poeder van de oude verflaag en het hout daar direct onder.

Voordat M. Tonio naar school gaat brengen, krijg ik een sober ontbijt van volkorenbrood en ongesuikerde jam (zonder boter) plus de aanbevolen slappe cappuccino. Als M. weer terug is, geef ik haar de beloofde tips voor het 'oerboek'-nummer van *Maatstaf* (Mallarmé, Proust, Genet, Mulisch, Reve etc.).

Zo'n verbouwing heeft z'n voordelen. Ik breng halve dagen door in de espressobars van de binnenstad, vrijblijvend lezend en krabbelend.

[...]

15:30 lijn 24 terug naar Zuid. Stap uit in de Beethovenstraat, en wandel via Apollo, Hilton, Christie's naar huis. Op onze stoep tref ik Ronald Sales, die het portret komt langsbrengen dat hij een paar jaar geleden van mij gemaakt heeft. We zetten het binnen neer, en besluiten mijn aankoop in het Vondelpark te gaan vieren. Tonio vraagt of hij mee mag, en bindt zijn nieuwe rollerskates onder (die hij me heeft afgetroggeld van het Gouden Uil-prijzengeld. Ik heb tot nu toe verzuimd op deze plaats verslag van de uitreiking te doen, die ik gewoon thuis heb uitgezeten, met de televisie aan. Tonio raakte door het dolle heen: dat het zomaar mogelijk was, zijn vader een prijs krijgend via het scherm, terwijl die naast hem op de bank zat. Bij het telefonisch beantwoorden van vragen die de presentatrice me stelde, kon ik haar bijna niet verstaan, zo uitzinnig joelend rende Tonio door de kamer. 'Dit is de leukste avond van ons leven...!')

Hij schaatst luid krassend voor ons uit, via de Corn. Schuyt en de Willemspark over naar het Vondel, af en toe omkijkend om te zien of we wel gepast ver achterop raken. Verboden bier op het terras van het Filmmuseum. Tonio schaatst bijna de uitgever en horecatycoon Bas L. omver. [...]

18:00 terug thuis. Tonio laat merken dat hij het fijn vindt dat ik mee-eet vanavond – wat er vooral de laatste tijd, laten we zeggen door de chaos van de verbouwing, nogal eens bij ingeschoten is. Als ik M., die in de keuken met de maaltijd bezig is, beken dat ik met R. aan het bier heb gezeten, keldert haar humeur. 'En je dieet dan? Nota bene vanwege dat dieet wou je vrijdagavond niet met me uit.'

Ze heeft gelijk natuurlijk, maar dat belet me niet om in de verdediging te gaan. Door het geruzie, dat zich vertakt langs eindeloze haarkloverijen, laten we ons het heerlijke kipgerecht onvoldoende (of helemaal niet) smaken. Ik merk dat Tonio last heeft van ons gevit en gehakketak. Als M. begint te huilen, trilt zijn onderlip met haar uithalen mee.

'Mag ik de tafel verlaten?' (Ik weet nog steeds niet waar hij die beleefdheidsfrase vandaan heeft.)

'Om wat te doen?'

'Camiel vragen of hij buiten komt spelen.'

Hij laat zijn kip onaangeroerd staan, en spoedt zich de trap af naar zijn buurjongen twee huizen verderop. Je leest altijd dat sporters een stofje in de hersenen aanmaken waardoor ze beter presteren, sterker, waardoor ze van geen ophouden weten. Zo'n stofje, iets anders van samenstelling, moet ook door het brein van ruziënde mensen worden aangemaakt: ze putten elkaar uit met hun valse argumenten, en gaan maar door, tot voorbij alle grenzen van de waardigheid.

Als Tonio terugkomt, zitten wij aan de koffie – op de slaapkamer, waar vanwege de verbouwing tijdelijk het televisietoestel staat. Hij kijkt ernstig naar de gezichten van zijn ouders. Als hij iets plechtigs te zeggen heeft, laat hij zijn stem een octaaf dalen. Zo ook nu.

'Zijn jullie er een beetje uit gekomen?'

21

Toen Tonio nog klein was, maakten soms twee gedachten kortsluiting: als het besef van een nalatigheid tegenover Tonio tot me doordrong, terwijl ik me tegelijkertijd realiseerde hoe dapper en zonder enig verwijt hij elke situatie het hoofd had geboden waarin zijn vader in gebreke was gebleven.

Zo'n gedachtebotsing kon me volledig verlammen. Als een schoolkind dat straf verdiend had, strompelde ik dan naar een hoek van mijn werkruimte om daar een paar keer heel intens te fluisteren: 'Mijn dappere jongetje.'

Dat hielp – tot aan de volgende nalatigheid waar Tonio zich zonder rancune doorheen sloeg.

Nu ik heb verzuimd zijn fatale ongeluk tegen te houden, en hij zichzelf voor de eerste keer *niet* heeft kunnen redden, komt er aan mijn geheime liefdesverklaring, die nooit voor zijn oren bestemd is geweest, geen einde. 'Mijn lieve, dappere jongetje. Mijn kleine held.'

'Als ik eraan terugdenk,' zeg ik, 'heeft Tonio nooit tegen zijn ouders gescholden. Misschien wel *op* ze, later, buiten gehoorsafstand. Maar schelden, tegen jou of mij... echt uitschelden... nee. Nooit.'

'Ik heb er altijd voor gewaakt,' zegt Mirjam, 'al viel het me wel eens zwaar, om tegen Tonio iets lelijks over jou te zeggen. Ik wilde niet dat hij zoiets tegen jou zou kunnen gebruiken. En ik weet zeker dat jij bij hem hetzelfde gedaan hebt. Als ik hoor van Rietje wat Bram haar niet allemaal naar het hoofd durft te slingeren... de goorste scheldwoorden... die heeft hij natuurlijk van zijn vader.'

'Het is niet onze verdienste,' zeg ik. 'Het is de verdienste van Tonio. Als ik naar zijn eerlijke gezicht keek, kwam het eenvoudig niet bij me op om me tegenover hem over jou te beklagen. Al viel het me wel eens zwaar... voeg ik er dan ook maar aan toe. Hij was onpartijdig – totdat hij *gedwongen* werd een van ons te verdedigen. We lagen een keer heel ongemakkelijk met z'n drieën in een hotelkamer. In Jarnac... weet je nog? Ik was daar om een stuk te schrijven. Er was ons door de opdrachtgever het beste hotel uit de omgeving beloofd. Het bleek niet te kloppen. Ik lag in een te klein bed te kankeren op het rottige comfort. Jij had het telefonisch geregeld. Tonio luisterde goed naar de discussie. Pas toen hij doorhad dat de opdrachtgever ons op afstand een loer had gedraaid, riep hij uit met alle verontwaardiging die hij in zich had: "Maar Adri, daar kan *mama* toch niets aan doen...!" Hij was vijf, bijna zes. In een restaurant daar... ik denk een paar dagen later... heeft Tonio dat dubbelportret van ons gemaakt.' Ik wees met mijn duim naar de muur boven het hoofdeinde. 'Rode harten die uit ons hoofd vliegen... Verliefde ouders. Hij wilde zo graag dat het goed ging tussen ons.'

'Hij was een voorbeeld voor ons,' zegt Mirjam. 'Echt, zonder dwepen... hij eerder voor ons dan wij voor hem.'

22

Mirjam en Tonio zijn mijn getuigen dat ik ze altijd heb proberen te beschermen. Natuurlijk faalde ik wel eens, en vaker dan me lief was, met het Loenense debacle en de Wassenaarse nasleep als dieptepunt.

Wat ik mezelf blijf verwijten, nu meer dan ooit, is de roekeloze gastvrijheid die ik in de tweede helft van de jaren tachtig begon te ontwikkelen. Iedereen was welkom, zonder aanzien des persoons. Toen ik nog maar net kwam kijken in de Nederlandse literatuur (een terrein dat in die dagen nog enigszins omlijnd leek) liep ik in gezelschap van een groepje aangewaaide kennissen sociëteit Arti binnen. Ik trof er een oudere collega, die met een neerbuigend knikje naar mijn tafel vroeg: 'Zijn *dat* je vrienden?'

Met een licht optrekken van zijn neus gaf hij zelf het antwoord. De man wist zelf heel precies welke aanzienlijke en invloedrijke personen hij om zich heen moest verzamelen. Op gevorderde leeftijd heeft zo iemand natuurlijk helemaal geen vrienden meer, alleen nog kruiwagens op de schroothoop.

De *juiste* vrienden hebben, daar wilde ik in geen geval naar streven. Ze kwamen zoals ze kwamen. Het gevolg was wel dat iedereen maar in en uit liep, lang niet altijd met goede bedoelingen. De een snuffelde wat aan mijn huwelijk, de ander aan mijn zaken, een derde aan mijn werk in uitvoering. Ja, je wist nooit hoe die kennis nog voor ze van pas kon komen. En inderdaad, bijna twintig jaar nadat ik meer afstand tot de mensen ging bewaren, lees ik nog regelmatig in interviews met sommige collega's van toen hoe het er op mijn feestjes toeging, en dat ik wel eens (nou, nou) aangeschoten in een taxi moest worden geholpen.

Ik gun iedereen z'n bijdrage aan de *petite histoire* van de Nederlandse literatuur, al zal het haar niet voor verdwijnen kunnen behoeden, maar van mijn kleine gezin hebben ze af te blijven. In *Advocaat van de hanen* komt een passage voor waarin wordt verteld dat hoofdpersoon Quispel zijn vrouw nogal eens een oplawaai verkoopt, zoals de man wel meer afwijkingen vertoont. Aha! dacht een van de rondsnuffelaars die zich als vriend had voorgedaan: daar heb ik hem, hij bekent het zelf. De rest was een kwestie van hardnekkig doorvertellen, compleet met authentiek aandoende details, want je kwam niet voor niets bij zo'n smeerlap over de vloer.

Ik heb het wapenfeit door de jaren heen vaak teruggehoord, soms in de vorm van een vraag, meestal als vaststaand gegeven. Niet Quispel sloeg zijn vrouw, nee, ik. De brutaalste onder de interviewers kwam zelfs binnen met de vaststelling: 'Iedereen zegt altijd dat jij je vrouw aframmelt... vertel daar eens wat meer over.'

Mijn eerste gedachte was: buiten gooien, die zak. (Volgens een collega, met wie ik de kwestie ooit besprak, had de interviewer een kans laten lopen. 'Hij had moeten vragen: "Sla je je vrouw *nog steeds*?" Ja... nee... je kunt geen kant meer op.') Maar bij nader inzien leek het me een goede gelegenheid om de zaak eens aan de orde te stellen: hoe zo'n gerucht, ontstaan uit literaire fictie, de wereld in komt, en wat voor schade het de betrokkenen berokkent. De interviewer hoorde me geduldig aan, evenals zijn opnameapparaatje, maar van mijn overwegingen was in de afgedrukte versie van het vraaggesprek niets terug te vinden. Wat had ik dan verwacht? De mensen willen drama. Ze wensen een huwelijk te gronde te zien gaan, en willen daar alle details van verslinden.

Vrienden, de echte, hebben me wel eens gevraagd waarom ik me dergelijke roddel zo aantrek. Alleen *deze* – voor de rest doen ze maar. Ik heb een prachtige verhouding met Mirjam, en ik wil dat de mensen dat weten, en niet dat ze het tegenovergestelde denken – zo kinderlijk naïef is mijn wens.

Het ergst vond ik de achterklap in de tijd dat Tonio nog naar school ging, en er misschien op aangesproken zou worden. Hij heeft nooit iets laten merken, maar hij was in staat om zulke zaken te verzwijgen teneinde zijn ouders te sparen. Bovendien, hij wist wel beter. Hij kende genoeg kinderen van gescheiden ouders, maar was zelf nooit bang dat zijn ouders uit elkaar zouden gaan. Als Tonio ons hoorde ruziën, zonderde hij zich af, om na een halfuur te komen informeren: 'Zijn jullie er een beetje uit gekomen?'

Mirjam en ik zijn eenendertig jaar bij elkaar, waarvan drieentwintig getrouwd. De eerste *seven-year itch* hebben we overgeslagen, maar daarna waren er crises genoeg, zoals die op de Leidsegracht. En ja, we zijn elkaar ook menigmaal aangevlogen, en daar zijn wel eens klappen bij gevallen, aan beide kanten. (Nooit in Tonio's aanwezigheid.) In de Loenense tijd zag ik mezelf een keer genoodzaakt twee weken binnen te blijven, nadat Mirjam (die lieve Minchen) mijn gezicht met haar nagels had bewerkt, zodat het er de volgende dag uitzag als zo'n krentenbol met van die meegebakken rood glimmend gekonfijte vruchtjes. En ik had het verdiend.

Belangrijker is dat we nooit zijn stilgevallen, zoals die echtparen die je 's morgens in de ontbijtzaal van het Parijse hotel stuurs zwijgend tegenover elkaar ziet zitten. Mirjam en ik zijn altijd in gesprek gebleven, als het nodig was ook met harde woorden. Ik prijs me gelukkig dat Tonio zijn ouders zo gekend heeft: pratend, kibbelend desnoods, maar zelden in ijselijke stilte.

'Zijn jullie er een beetje uit gekomen?'

Het had geen verbazing hoeven wekken als Tonio's verpletterende dood ons voorgoed het zwijgen opgelegd zou hebben. Gelukkig weten we ons eeuwigdurende gesprek ook in pijn voort te zetten, al moeten we af en toe volmondig toegeven dat er voor sommige bijkomende verschrikkingen geen woorden zijn.

Minchen, ik hou van je.

23

Mirjam kwam de slaapkamer binnen met de tweede ronde koffie. Ook een nieuwigheid van de afgelopen week: dat ze met het dienblad overal tegenaan stootte, zelfs tegen kastdeuren die niet direct op haar route lagen. Behalve haar geheugen had blijkbaar ook het zenuwcentrum van haar motoriek averij opgelopen.

'Als je er niet direct aan denkt...' zei ze. 'Ik bedoel, als het alleen maar een beetje in je achterhoofd zeurt, dan is het net of het iets tijdelijks is. Iets naars, maar van voorbijgaande aard. En dan... het overkwam me zojuist, in de keuken... dan dringt ineens, zomaar ineens, tot je door dat het... voor altijd geldt. *Hij*, Tonio, was er tijdelijk. Nu is hij er voorgoed niet meer.'

Mirjam ging op de rand van het bed zitten. Haar hand zocht misschien die van mij, maar omdat ze niet goed keek, met haar blik door de open balkondeuren naar buiten gericht, landde haar vuist met een kort geritsel in de krant die over mijn bovenbenen uitgespreid lag.

'Iets tijdelijks, ja,' zei ik. 'Dat is de loer die het duttende bewustzijn je draait. Plotseling schrik je wakker, gestoken door de angel van... ik moet opeens denken aan die knotsen van wespen in de Dordogne. Hoe bang we waren dat onze kleine Tonio er een steek van opliep. Als je er een doormidden hakte, leefden de twee helften gewoon verder.'

'De angel van de waarheid, wou je zeggen...'

'Zoiets.'

'Volgens mij,' zei Mirjam, 'dut het bewustzijn het grootste deel van de tijd. Uit zelfbescherming, denk ik. Meer dan af en toe een stoot waarheid... van *zo'n* waarheid... dat is toch niet te doen?'

Ik nam haar hand uit de kuil die ze in de krant had geslagen.

'Vroeg of laat,' zei ik, 'moet er natuurlijk een steen op zijn graf komen.'

'Ik wil er liever niet aan denken. Niet nu.'

'Alleen dit... dan hou ik erover op. Het is misschien een goede gelegenheid om... nee, laat maar. Andere keer.'

24

Het is nu een week geleden. Ik waad door een troebel verdriet waarvan ik weet dat ik het nooit te boven zal komen, maar dat ik die zondag in het AMC Tonio's sterven heb kunnen verdragen zonder zelf ter plekke dood te blijven of me van godweet welke verdieping naar beneden te storten, verbaast me nog steeds, of liever: elke dag meer.

Hoe heb ik die dag, met z'n opeenstapeling van steeds slechter nieuws, überhaupt door kunnen komen? Ik, die brieven met een *mogelijk* onprettige tijding al vaak ongeopend laat.

De aankondiging 's morgens dat Tonio 'in kritieke toestand' op de operatietafel lag, zorgde voor een nooit eerder ervaren schrik, maar er bleef de hele middag ruimte voor het sein 'buiten levensgevaar'. Nadat we op de Intensive Care in dat zweetkamertje waren gestopt, ontrolde zich een dialectiek (tussen hoop en vrees, leven en dood, Mirjam en mij, ons en de chirurg) die ons stap voor stap, in een slingerbeweging als op een schip, voorbereidde op wat wel het Onvermijdelijke wordt genoemd. Er school een soort verdovende logica in het hele proces – een logica die de waanzin een stap voor bleef en de uitkomst *net* draaglijk maakte.

De verschijning van de neurochirurge, recht uit de OK en met haar blauwige douchekapje nog op, betekende geen pikzwarte antithese voor onze laatste hoopvolle verwachting, maar een consequente synthese van de golfslag tussen hoop en vrees, zoals we die de hele dag al ervaren hadden. Ze schudde haar hoofd, waarbij de plastic muts wat verder omhoog kroop. Tonio was nog niet gestorven, maar had geen kans op overleven. Hij zweefde, zoals ze zeggen, tussen leven en dood.

Na het onbegrijpelijke van wat er in de late nacht voorgevallen was, leken de opeenvolgende stappen van de afhandeling bij daglicht bijna *te* logisch, zonder dat door het ziekenhuis naar zo'n logica gestreefd werd. Hoe dan ook, kalme dialectiek en onnadrukkelijke logica zorgden ervoor dat wij Tonio's doodsbed in de geïmproviseerde tent op de IC konden overleven.

Het voorkwam allemaal niet dat we allebei, ieder op onze eigen manier, na het verlaten van het ziekenhuis werden opgenomen in een chaotische draaikolk van tegenstrijdige gevoelens, die niet tot bedaren te brengen was, laat staan enige logische ordening toestond.

Je zou zeggen dat ik sinds vorige week elke brief onvervaard open kan maken, en bij onheilsboodschappen of rode cijfers zelfs niet meer met mijn ogen knipper. Het vreselijkst denkbare bericht, van Tonio's dood, zal mij er toch wel immuun voor hebben gemaakt?

Niets blijkt minder waar.

Grote delen van de dag ervaar ik inwendige sidderingen van nervositeit, die mij duidelijk lijken te willen maken dat *het ergste nog moet komen*. Alsof Tonio's sterven pas de aankondiging was van dat 'ergste'. Deze notie kan niet anders dan het refrein van dit requiem worden.

Ik wens het Hele Erge niet te kennen. Ik laat de brief dicht. Het nerveuze gesidder gaat onverminderd door. Maar wat, in godsnaam, kan er nog erger zijn dan Tonio's dood?

Dit: de waarheid van zijn dood. Dat die straks, te eniger tijd, *echt* tot ons doordringt. Daartegen zetten mijn zenuwen zich schrap, ook namens Mirjam.

We moesten zien uit te vinden waarin het beste overlevingsplan school – in het verzet tegen de pijn, of juist in de overgave eraan.

Er was dus nog enige speling in onze keuzemogelijkheden, maar de belangrijkste keuzevrijheid was vergeven: Tonio was onherroepelijk dood, en nu ook onherroepelijk begraven. Wat we ook met de doses pijn deden, hier viel niets meer te ontkennen of uit de weg te gaan. We zaten in de tang.

25

Aan het slot van de nazit op de begrafenisdag was mijn broer beneden in de werkkamer van Mirjam de taxicentrale gaan bellen, waarbij hij het meegenomen glas rode wijn over haar toetsenbord had uitgestort: het eerste van een lange reeks computerincidenten waarin we de hand van Tonio meenden te herkennen. Bij stoornissen was hij altijd op afroep beschikbaar geweest, nu leek hij op sabotage uit.

Na het bestellen van de taxi had Frans zijn portemonnee naast de telefoon laten liggen. Het maakte dat hij aan het eind van de rit de chauffeur zijn horloge in onderpand moest geven, om binnen geld te gaan lenen van zijn vrouw, die in verband met het aflossen van de babysit al eerder naar huis was gegaan. Op zondagmiddag kwam hij met Mariska en de kleine voor een uurtje langs, dan kon hij meteen zijn portemonnee ophalen en de opgedroogde wijn tussen de toetsen van Mirjams computer uit krabben. (Ook de muis had averij opgelopen.)

Daniël, het enige kind waaraan ik een oomschap ontleende, had ik sinds zijn eerste verjaardag op 7 maart niet meer gezien. Gegroeid natuurlijk, en alweer wat meer een eigen gezichtje. Met zijn dunne, witblonde babyhaar leek hij op de eenjarige Tonio, zoals ik me hem uit Marsalès herinnerde, al had Tonio weelderiger krullen toen. Ook Daniëls pogingen tot lopen kwamen me in hun halsstarrige motoriek bekend voor. Tonio gebruikte, om zo lang mogelijk ter been te blijven, zijn eigen buggy, die hij geregeld over zich heen trok. Daniël deed het bij ons in de huiskamer zonder hulpstuk, en nam wat vaker genoegen met een val op de billen, waarbij hoorbaar lucht uit zijn pamper werd geperst.

Toen ik van boven kwam, trof ik hem zittend op het tapijt. Misschien omdat ik hem van achteren naderde, en plotseling bij hem neerhurkte, begon hij hard te huilen. Niets bijzonders, maar voor mij was het er weer: de gewaarwording dat ik, als vader van een net begraven zoon, een gemene doodslucht voor me uit stuwde, waar frisse peuters wel het minst van gediend waren.

De huilbui duurde maar kort. Nadat ik op de bank was gaan zitten, zocht Daniël toenadering. Over het bijzettafeltje schoof hij me telkens opnieuw zijn halfvolle drinkbeker toe, die ik dan geacht werd af te pakken. Later probeerde hij keer op keer mijn op het tapijt rustende voet te verwrikken. Hij moest erg lachen, met kwistig gekwijl, wanneer de schoen weer in de oorspronkelijke stand schoot en nog wat nawiebelde.

Wat lag er meer voor de hand dan dat ik nu afgunst voelde? Mijn broer had een zoon, ik had er geen meer. Nee, ik voelde geen afgunst, zelfs geen zweem, ik was nog even blij met Frans z'n late vaderschap, net als hijzelf. Het was alleen... ik las aan Daniël het streven van Tonio af. Van je geboorte naar je eerste verjaardag toe groeien, en dan leren lopen en praten, dat was hard werken, daar had je een dagtaak aan, een honderdurige werkweek. Zo had Tonio, met groeien en leren, bijna tweeëntwintig jaren van zijn leven volgemaakt – zonder dat hij het tot loon naar werken had kunnen brengen.

In de euforie rond zijn geboorte had ik mezelf tot Daniëls mentor uitgeroepen. Ik keek in zijn blauwe ogen, *zo* vol vanzelfsprekend vertrouwen dat het met de toekomst wel goed zou komen. Ik sprak in stilte mijn goede wensen over hem uit. Hij zat alweer op het tapijt om mijn voet onherstelbaar te knakken. Dani, ik denk je een vijf keer zo lang leven toe als dat van je onfortuinlijke neef. Voorlopig hebben we de statistiek aan onze kant, lieve jongen.

Frans vertelde dat hij op een website een necrologie van Tonio was tegengekomen, geschreven door Serge van Duijnhoven, compleet met allerlei portretfoto's. Meteen ontstond weer de indruk dat alles van de afgelopen dagen een absurde parodie was. Serge van Duijnhoven kwam als zestienjarige gymnasiast, tevens gedoemde dichter, al bij ons over de vloer toen Tonio nog geboren moest worden, soms samen met zijn boezemvriend Joris Abeling (omgekomen bij een auto-ongeluk in '98). Ze wilden nou eindelijk wel eens van me horen hoe ze, vanuit hun woonplaats Oss, de wereld konden veroveren. Bij Boudewijn Büch, aan de Keizersgracht, hadden ze ook al een keer op de stoep gestaan om hun licht op te steken, maar die had ze van de deur gejaagd. (Büch had ze niet opengedaan, maar was ze van achteren genaderd, komend van de warme bakker, met een half gesneden volkoren in de hand: voor de twee wereldveroveraars een dodelijk detail.) Overigens was Serge zo gedoemd niet of hij kwam na Tonio's geboorte op kraamvisite, om een zilveren lepel met inscriptie te brengen. Dat hij nu Tonio's necrologie had geschreven, bewees dat er niets meer klopte van de wereld.

26

Later die zondagavond, allang weer thuis, belde mijn broer.

'Op die site, hè, met Tonio's necrologie, daar heeft zich een vrouw gemeld... wacht, nu druk ik het per ongeluk weg... een Fransachtige achternaam. Laat Mirjam het even nakijken. Ze schrijft een korte reactie in het Engels, en daar valt uit op te maken dat Tonio haar dochter recent heeft gefotografeerd. Een zekere...' (Ik hoorde zijn nagels over de toetsen krassen.) 'Nee, de naam van de dochter vermeldt ze niet. De naam van de moeder is Françoise Boulanger. Ze geeft ook geen achternaam van haar dochter. Ik denk dat je er rekening mee moet houden dat die anders luidt dan Boulanger.'

De moeder vermeldde geen e-mailadres. Mirjam belde Tonio's vriend Jonas: of hij het kon achterhalen. Jonas ging ermee aan de slag.

27

Afgelopen nacht lag ik vanaf drie uur wakker. Ik nam een slok water, waarop mijn ingewanden geweldig tekeer begonnen te gaan. Gemurmel, kleine explosies, geklap als van een uiteenspattende kauwgombal. Bij een volgende teug werd het alleen maar erger. Het deed me denken aan wat ik hoorde toen ik mijn oor tegen de buik van een hoogzwangere Mirjam legde (het andere oor afgesloten met mijn pink), begin juni 1988. Het was Tonio daar binnenin me. Gorgelend, suizend, ronkend. Misschien had hij zo, vanuit de schemerdiepten van zijn uitgeschakelde bewustzijn, zijn eigen ingewanden tekeer horen gaan, toen het chirurgenteam met hem bezig was.

Tegen halfnegen doe ik de gordijnen van de slaapkamer open. Bij het zien van de lichtblauwe hemel knijpt mijn maag nog meer samen, van een galachtige walging. Mijn zoon is dood, en komt nooit meer terug. Opnieuw onderga ik de verschrikkelijke eenzaamheid van zijn einde. Blauwe zwaaiflitsen jagen over zijn roerloze lichaam op het plaveisel, als lichtspatten in een discotheek. (Zeg me dat hij niet kreunt van de pijn.)

De nederlaag hem te hebben verloren. Ik moet nog zien of ik mijn allesverterende medelijden met Mirjam overleef. Angst voor het verlies van controle – over haar en mijn leven. Vrees voor een alsnog zich naar buiten vechtende woede (die zich tot nu toe tamelijk koest hield).

Aldus begint voor mij een mooie lentedag begin juni 2010, de maand waarin Tonio tweeëntwintig zou worden. Het zal nog wennen zijn om het actieve 'verjaardag' door het passieve 'geboortedag' te vervangen.

Een kwartier later voegt Mirjam zich bij me. Er begint zich nu al een patroon te vormen: 's morgens is ze minder verdrietig. De echt verlammende droefheid komt in de namiddag opzetten. Ze neemt dan (net als ik op de dag van de begrafenis) een valiumachtige pil, die echter niet sterk genoeg is om plotselinge huilbuien tegen te houden – en dat wil ze ook niet, want 'als ik huil, ben ik dichter bij Tonio'.

We ontbijten naast elkaar op bed. Voor mij een korst brood om iets in de maag te hebben, en verder espresso met hete sojamelk. Mijn recept was altijd: twee kuipjes espresso, met wat water aangelengd. Sinds Pinksteren verdraagt mijn maag er nog maar een. De sterkedrank 's avonds vormt geen probleem, maar misschien loogt die mijn maagwand zo uit dat ik 's morgens snak naar warme melk.

'Ik moet straks de bijgemaakte foto's ophalen,' zegt Mirjam.

'Hoeveel heb je er bijbesteld... vijftig?'

'Honderd.'

'Denk ook aan extra enveloppen. Van die gekartonneerde.'

Elke dag opnieuw met verbijstering in de leegte staren. Zo'n onherroepelijk verlies maakt hardleers. Iedere keer weer het ongeloof. Is het dan *echt* waar, is hij er niet meer, nooit meer?

28

Donderdag vandaag: twee weken geleden heb ik hem voor het laatst in leven gezien (als ik zijn kunstmatig beademde, hersendode aanwezigheid in het AMC niet meetel). In *de Volkskrant* een rouwadvertentie van het St. Ignatiusgymnasium, waar Tonio van 2000 tot 2006 schoolging. Hij was destijds heel stellig in zijn keuze, nadat hij op de kennismakingsavonden van verschillende Amsterdamse gymnasia was geweest. Het Ignatius, en nergens anders. Ik was zo trots op hem. Nu, vier jaar na zijn eindexamen, lees ik in de krant de regels van Auden die Tonio's voormalige leraren voor de advertentie hebben uitgezocht.

The stars are not wanted now;
put out every one,
Pack up the moon and
dismantle the sun

Bij het rouwbeklag dat via de post komt, zijn hartverscheurende brieven, die qua toon en woordkeus de verplichte wellevendheid verre overstijgen. Blijkbaar verdraagt de ernst van dit sterfgeval weinig geveins. Toch gaat iedereen, onvermijdelijk, al gauw weer over tot de orde van de dag. 'Het leven gaat door,' zegt men dan, en zo is het. Tonio's studievrienden zitten midden in hun tentamentijd, en spoedig breekt de vakantie aan.

Een paar vrienden blijven zonder opdringerigheid beschikbaar. Anderen bewaren een welkome afstand. In de standaardbrief die we na 25 mei de deur uit deden, stond met zoveel woorden dat we 'voorlopig geen bezoek aan huis' konden ontvangen. Het is dus eerder zo dat wij de mensen uit de weg gaan. Verlies en verdriet en pijn tasten een mens aan. Je raakt besmet met iets dat anderen zou kunnen besmetten, en je wilt zelf niet de besmettingshaard zijn. Mirjam heeft tenminste nog haar boodschappenronde, waarop ze af en toe door een buurtgenote staande wordt gehouden, maar ik gedraag me als de leproos die, zwaaiend met zijn ratel, bij voorbaat gezonde mensen mijdt.

Ik zie aldus vrijwel niemand, maar als het eens gebeurt en deze of gene vraagt: 'Wat doet zoiets nou met je?', aarzel ik tussen 'Mijn leven is kapot' en 'Mijn leven is voorbij'.

Mijn leven is net zo kapot als het lichaam van Tonio, zoals dat werd opengelegd door de chirurgen van het AMC.

Mijn leven is voorbij, en dient alleen nog als omsluiting van zijn geamputeerde bestaan.

Een café of restaurant – ik moet er niet aan denken. Alleen het terras op het erf van de geitenboerderij in het Amsterdamse Bos, daar ga ik zonder aarzelen koffiedrinken, omdat ik me verbeeld dat er nooit kennissen van me komen. We nemen de auto, en rijden dan via de Stadionbuurt en Buitenveldert (rakelings langs de begraafplaats) naar het Bos.

Gisteren gaven gele borden aan dat de Bosbaan was afgesloten in verband met roeiwedstrijden. Dat betekende een grote omweg door een non-descripte wijk van Amstelveen en door het zuidelijke deel van het Bos. Tot deze alternatieve route waren we de voorbije jaren al vaak gedwongen, maar ondanks regelmatig terugkerende gele borden met het cijfer 1 reed Mirjam nu herhaaldelijk de verkeerde zijstraat in.

'Echt, ik kan niets meer onthouden,' zei ze, de auto stilzettend. 'Mijn geheugen is sinds 23 mei een zeef. De eenvoudigste namen... ik kan er niet op komen.'

In de eerste week na Tonio's ongeluk was ze complete dagen kwijt. Regelmatig overkomt het haar dat ze, in een winkel staand, zich de voorgenomen boodschappen niet kan herinneren, en zelfs niet weet waarom ze er binnen is gestapt. Daarbij drukt ze zich slordig uit, soms hinderlijk tastend naar woorden. Als ze iets zegt dat direct op de dood van haar zoon betrekking heeft, onderbreekt ze zichzelf nogal eens met: 'Daar had ik het weer. Net of ik mezelf een zin uit een toneelstuk hoorde uitspreken. Alsof ik geregisseerd werd.'

'Vergeet niet,' zei ik, 'dat je brein een geweldige optater heeft gekregen van het slechtst denkbare nieuws. Tonio in kritieke toestand... Tonio overleden... zoiets hebben je hersenen nog nooit te verstouwen gekregen. Ze zijn er niet op toegerust. Weet je nog die automobilist die tegen een tram op was gereden? Hij zat voor dood achter het stuur, zonder een schrammetje. Niet het minste spoortje bloed. Later bleek hij te zijn bezweken aan inwendig trauma. Zo stel ik me voor dat het brein door elkaar geschud kan worden door de klap van een onheilstijding. Je harses zitten onder de blauwe plekken.'

'En jij dan?' We reden alweer. 'Jou hoor ik zelfs nooit naar een naam zoeken.'

'Bij mij zijn weer andere gebieden aangetast. Denk maar aan

wat we nu gaan doen. Ik durf alleen nog naar de geitenboerderij, zo bang ben ik om bekenden onder ogen te komen.'

We reden het Bos binnen. Lichtvlekken joegen door het interieur van de auto.

'Schaamte?' vroeg Mirjam na enige tijd.

'Ik schaam me, ja, omdat ik mijn zoon kwijt ben. Ik schaam me, tegenover jou en de hele wereld, omdat ik zijn dood niet heb kunnen voorkomen. Ik heb gefaald. Ik schaam me voor mijn nederlaag.'

In de loop van ruim twintig jaar had mijn streven, om Tonio ongeschonden door het leven te voeren, regelmatig averij opgelopen in de vorm van twijfels en mislukkingen. Maar ook die waren altijd weer overwonnen.

Toch hadden we hem *per jaar* weer wat meer aan de wereld prijs moeten geven. Zelfstandig naar school, logeerpartijen bij anderen, kamperen met bevriende ouderparen... de verre schoolreizen, voor de eerste keer alleen met de tram, met kameraden naar het krakerscafé Vrankrijk... het incidentele trekje van een hasjsigaret bij de hanggroep op het Museumplein... naar de Fotoacademie na zijn eindexamen... het popfestival in Boedapest... de verhuizing naar De Baarsjes... de nachtvakantie op Ibiza...

En dan, in de nacht van Eerste Pinksterdag, Paradiso aan de Weteringschans.

Hoeveel recht had ik nog op mijn trots dat ik de jongen zo goed voorbereid en degelijk opgeleid aan de wereld had overgedragen? Betekende zijn ongeluk niet dat ik als beschermende vader ten diepste gefaald had, niet alleen uiteindelijk, maar ook met terugwerkende kracht?

Mirjam probeerde me gerust te stellen, maar was niet in staat de overweldigende gewaarwording van schuld, schaamte en nederlaag weg te nemen.

29

Een verlaagd bewustzijn, daar heeft niet alleen Mirjam last van sinds het ongeluk. Als mijn gedachten beginnen te vertroebelen, betrap ik mezelf erop dat ik alleen nog zeer negatief aan Tonio's denkbeeldig geworden toekomst kan denken. Roken, drinken, dat zal allemaal steeds onmatiger worden. Slechte studieresultaten, en uiteindelijk geen graad. Problemen met vrouwen. Eenzaamheid. Iemand die niet voor zichzelf kan zorgen. Kwalen. Vroeg oud. Vergetelheid. Een lelijke dood.

Alleen een verward brein kan zich zorgen maken om een toekomst die nooit zal plaatsvinden. Maar waarom dan ook nog zulke *zwarte* verwachtingen? Als ik per se wil dagdromen over een onmogelijke toekomst, waarom Tonio dan niet met mooie, triomfale belevenissen en verworvenheden bedacht?

Ik stel me hem voor op de dag voor Pinksteren. Zaterdag 22 mei 2010. Hij is verliefd, of bezig het te worden. Oude fouten zal hij niet meer begaan. Hij staat voor de spiegel, kijkt zichzelf in de ogen, en lispelt de slogan die hij zo vaak op T-shirts, affiches en badlakens heeft gelezen:

TOMORROW IS THE FIRST DAY OF THE REST OF YOUR LIFE

Zijn toekomst zou de volgende dag aanvangen. Hij begon 'de rest van zijn leven' verrot slecht, met *zo'n* zelfvernietigende daad dat die zelfs mijn voorstelling van zijn onbestaanbare toekomst zwart kleurt.

Van een heleboel dingen zal ik de uitwerking op zijn latere leven niet kennen. Zelfs van de minder fraaie aspecten van mijn persoonlijkheid zou ik achteraf willen weten wat ze uiteindelijk met hem gedaan hadden. Ook de kennis van zijn eventuele afkeer van mij, wegens allang door mij vergeten gebeurtenissen in het verleden, zou nu heilig voor mij zijn, want dan had hij tenminste een toekomst gehad.

30

Als we van de parkeerplaats naar de geitenboerderij lopen, komt ons over een smal bospad de vriendin van een collega tegemoet. Zij schrikt zichtbaar wanneer zij ons herkent. Een groet stamelend passeert zij ons, opgelaten. Veel te laat besef ik dat ik haar achterna had moeten gaan – om haar te zeggen dat het heel begrijpelijk is dat ze niets heeft laten horen, omdat er immers geen woorden voor zijn, en dat de schaamte geheel aan mijn kant is.

'Dat bedoel ik nou,' zeg ik tegen Mirjam.

Het vroegzomerse weer, dat een paar dagen voor Tonio's dood inzette, blijft ons achtervolgen met 'wat had kunnen zijn'. In de schaduw van het Bos is het nog ochtendlijk koel. Schaduwen, lichtbanen... Tonio is overal. Het gemis heeft zich in al het zichtbare genesteld. Alles is bezield met ons verlies.

Op het erf van de boerderij is het nog stil. De kinderen zijn op school. Mirjam bestelt binnen broodjes. Als ze weer terug is, keer ik de plastic tas met rouwpost om op het tafelblad. Met een ontbijtmes open ik envelop na envelop. Ik lees de brief of de kaart, en geef die dan door aan Mirjam. Het valt me op dat zij steeds vluchtiger haar ogen over de tekst laat gaan, en het papier dan weer dichtvouwt. Haar gezichtsuitdrukking blijft in dezelfde lijdzame stand, en lijkt niet te reageren op het geschrevene of op de afzender. Na ik weet niet hoeveel poststukken schuift zij de stapel van zich af.

'Lees jij maar. Ik kan er niet meer tegen.'

Het is ook al te belachelijk: echtpaar in de goddelijke lentezon condoleances lezend voor hun pas gestorven zoon. Hier, in de geur van geitenmest, waar de jongen als kind rond had gedarteld met zijn lekkende ijshoorn. Ik veeg de post terug in de plastic tas. Als ik opkijk, glinstert Mirjams gezicht in de zon – van snot en tranen.

Ik bel mijn schoonvader. Hij kijkt, in het halfdonker van zijn benedenwoning, zoveel mogelijk naar het tennis op een speciale sportzender. 'Ik laat me maar zoveel mogelijk afleiden door dat balletje,' zegt hij. 'En verder heb ik alle tijd om met mezelf te babbelen, over Tonio.'

31

Op het terras van de geitenboerderij wijst Mirjam mij op twee echtparen met kinderen. De ene man demonstreert de andere een iPadachtig apparaat.

'Vreselijk,' zegt ze, 'dat soort kerels met hun speeltjes. Geen enkele vorm van conversatie met hun vrouwen, maar wel tegen elkaar opbieden met hun nieuwste snufjes. Waarom gaan ze niet gewoon verpissen, daar bij de sloot?'

Ook wij praten vandaag niet veel, maar dat komt doordat we allebei zitten te denken aan onze jongen, die geen tweeëntwintig mocht worden – en dat is ook een soort gesprek. Op de wip van de kleine speeltuin staat aan de ene kant een geit, met in het stoeltje aan de andere kant een ventje van een jaar of zes. Het dier laat zich onbevreesd de hoogte in duwen, en weer omlaag.

'Zo uitputtend,' zegt Mirjam opeens, 'dat de ellende elke dag een andere gedaante aanneemt. Gisteren zat ik met schrik aan onze toekomst te denken, die van jou en mij... hoe het allemaal verder moest... Vandaag vind ik het vooral zo verschrikkelijk voor Tonio dat hij zijn leven niet heeft mogen afmaken. Morgen...'

'En zo godsgruwelijk onrechtvaardig,' zeg ik, 'dat hij bij zijn leven niet van die vroege afloop heeft geweten.'

'Nou... misschien gelukkig maar.'

'Ik weet het niet, Minchen. Ja en nee. Als hij het had zien aankomen, was hij die laatste dagen vast niet zo gelukkig geweest. Van de andere kant... Iemand als Kellendonk wist dat hij jong zou sterven. Hij heeft zijn maatregelen getroffen. Als hij tijd van leven en werken had gehad, zou hij denk ik niet zijn hele ideeëngoed in dat ene boek hebben samengebald.'

Op beide uiteinden van de wip staat nu een geit. De twee dieren moeten ongeveer even zwaar zijn, want het toestel, losgelaten, blijft vrij zweven – totdat een van de geiten eraf springt, en het andere eind van de wip met een klap op de half ingegraven autoband landt.

'Jij hebt het de afgelopen dagen vaak over schaamte gehad,' zegt Mirjam. 'Dat je je schaamt voor wat Tonio is overkomen en zo. Nou, als Tonio bij zijn leven al geweten had dat hij jong ging sterven, bijvoorbeeld door ziekte... ik denk niet dat ik *mijn* schaamte te boven was gekomen. Ik zou ieder woord, elke blik van hem als een verwijt hebben uitgelegd. Ook al bedoelde hij het niet zo.'

32

Terwijl Mirjam achter de foto's aan is, ga ik verder met het in telegramstijl zo gedetailleerd mogelijk reconstrueren van de dagen die sinds 23 mei zijn verstreken. Ik ben geschrokken van de 'geheugenschudding' die Mirjam door Tonio's dood heeft opgelopen. Ik meen me alles rond het ongeluk nog scherp te herinneren, maar ik kan niet garanderen dat het zo blijft. Vandaag of morgen zie ik mijn eigen herinneringen achter gesloten ogen afkalven en in zwarte gaten oplossen. Mirjam zal me dan niet tot steun kunnen zijn.

Waarom dit dwangmatige noteren van dagelijkse feiten die met Tonio's dood, begrafenis en de nawerking ervan te maken hebben? Ik weet het niet. Ik weet alleen dat ik geen detail verloren mag laten gaan.

Buiten woedt de laaiende, vroegzomerse dag, en ik zit hierbinnen op driehoog de boekhouding te doen van alles wat na

Tonio's verdwijning moordend gewoon doorgaat. Even na het middaguur brengt Mirjam de honderd bijgedrukte portretten van Tonio als Oscar Wilde, met de gekartonneerde enveloppen.

'Kijk, dit mailde Marloes...'

Een lijst adressen van Tonio's studiegenoten. Marloes was een vriendin en vertrouwelinge van hem. Ik leg mijn dagboekaantekeningen opzij om de studenten Media & Cultuur een exemplaar van onze standaardbrief te sturen, met in handschrift toegevoegd een paar persoonlijke regels, en bijgesloten het portret. De foto's heb ik met de afbeelding naar beneden op het bureaublad gelegd, om Tonio niet voortdurend in het gezicht te hoeven kijken.

En dan, terwijl ik deze bladen weer ter hand neem en ze begin te ordenen, zie ik Tonio opeens, bijna twee jaar oud, in de voorjaarszon staan. Mijn vader en moeder zijn op bezoek geweest, en die hebben een tweedelig pakje voor hem achtergelaten: lichtgrijs, glanzend, gedeeltelijk van zijde. De kiel heeft een siercapuchon.

Met de papieren tussen mijn vingers geklemd verstijf ik. Hij draagt de nieuwe kleren voor 't eerst. Mirjam heeft ze hem zojuist aangetrokken, en uitgeroepen, hem met kussen overdekkend, dat ze hem zo mooi staan. 'Een prinsje in het zijde.'

Roerloos aan mijn werktafel gezeten, alsof het beeld me bij de geringste beweging zou kunnen ontsnappen, kijk ik toe hoe de kleine jongen met ingetogen stapjes de schaduwzijde van het Loenense erf oversteekt – tot hij halt houdt op het zonbeschenen gedeelte. Hij voelt zich niet helemaal gemakkelijk in de nieuwe stof, maar is zich tegelijkertijd, door Mirjams complimenten, bewust van het belang van zijn verschijning. Niet vrij van effectbejag kiest hij voor het zonlicht, dat onmiddellijk door zijn blonde pijpenkrullen begint te woelen.

Op dat moment komt mevrouw Roldanus tussen de struiken van haar tuin tevoorschijn, op weg naar de garage. Tonio doet een paar stapjes op haar toe, terwijl zijn handjes zijn buik aftasten.

'Kijk,' zegt hij met dat hoge, dunne stemmetje. 'Kijk.'

Hij laat de vrouw iets zien dat aan een koord rond zijn middel hangt. Het is een hartje van zilverig lichtgrijs zijde, misschien als minibeursje bedoeld, of alleen maar ter versiering. 'Kij-ijk,' doet hij zangerig.

'Och, Tonio.' De vrouw hurkt bij hem neer. 'Wat mooi.'

Ze lijkt oprecht ontroerd, hoe kan het ook anders, maar het mens zal een paar weken later wel medeplichtig blijken aan de verstoring van onze Veluwse idylle. Als zelfbenoemde binnenhuisarchitecte heeft ze de tekeningen voor de geheime verbouwing van het koetshuis, op ons erf, natuurlijk allang gezien. Haar zoenoffer bestond uit zelfklevende vogels, waarmee ze de ramen en tuindeuren van ons huis, en niet te vergeten het glazen windscherm, volplakte, opdat geen musje zich te pletter zou vliegen tegen onze ruiten.

Het lijkt alsof het zijden hartje, meer nog dan Tonio's gouden krullenbos, al het zonlicht van het moment naar zich toe trekt. Het beeld was al jaren uit mijn geheugen weggezakt. Het zomaar opeens terug te vinden – ik weet niet of ik er blij dan wel ongelukkig mee moet zijn. Het maakt niet uit. De pijn is in beide gevallen even diep.

33

Was Tonio's dood nou maar een probleem geweest waar we ons na zijn abrupte verdwijning over konden buigen om het tot een oplossing te brengen…

Er was geen oplossing voor, dus was zijn dood misschien wel geen probleem, strikt genomen.

Om onszelf niet te gronde te laten gaan vonden we na de eerste verlammende ontzetting een parallelprobleem, dat misschien wel een kans maakte opgelost te worden. Het was van alle tijden: viel er een dierbare weg, dan wilden de achterblijvers heel precies weten wat er gebeurd was, alsof de verworven kennis ze dichter bij de gestorvene kon brengen. Naarmate de dood van een geliefde zich onder mysterieuzer of gewelddadiger omstandigheden had voorgedaan, leek de behoefte aan details groter.

Ook zonder enige aanwijzing van geweld kon die behoefte bij ons niet groter zijn.

34

We zitten op de veranda, pogend het eerste glas van de avond nog wat uit te stellen. Een inktzwarte somberheid bezorgt me de klem op de bek. Ik stel in godsnaam maar voor om binnen naar het journaal van acht uur te gaan kijken. Misschien is er nieuws over Joran van der Sloot in Peru – alsof dat me interesseert. We zijn te laat met inschakelen. Wel krijgen we nog iets mee van het grote verdriet over een hamstringblessure bij een van Nederlands topvoetballers. Een bericht over de aanstaande verkiezingen wil al helemaal niet tot me doordringen.

We hadden natuurlijk buiten moeten blijven zitten, in de luwte van het terras. Mirjam wil naar een aflevering van *Cold Case* kijken.

‘Minchen, ik ga niet voor de rest van mijn leven samen met jou naar die Amerikaanse flutseries zitten kijken.’

Zij begint zacht te huilen. ‘Een beetje half verdoofd voor de buis hangen, om niet na te hoeven denken, meer vraag ik niet.’

De televisie gaat uit. Na nog wat loze kribbigheden van mijn kant zitten we in de langzaam schemerig wordende huiskamer verzoenend en schaamteloos bedroefd met elkaar te praten. Mirjam huilt meer dan op voorgaande avonden.

‘Zo erg… zo *erg* dat ik hem nooit meer zal zien.’ Wat ze zegt, suist bijna toonloos mee op haar adem. 'Dat ik hem nooit meer vast zal kunnen houden. Al die gewone dingen... weg, weg, weg. Zijn vuile was gaan ophalen, en dat hij dan net uit bed kwam... naar dat heerlijke jongenszweet rook... Ik mis hem zo.'

Bezwerend blijven we elkaar zitten beloven dat we ons leven weer op zullen pakken, en door zullen gaan: met werken, en proberen gezond te blijven, omdat die jongen het zo gewild zou hebben. Alles zal voortaan in het teken van Tonio staan, opdat we hem niet zullen vergeten.

'We houden ook weer op met drinken,' zegt Mirjam. 'Het smaakt me niet eens meer, weet je dat?'

Mij smaakt het vanavond evenmin, maar dat belet me niet flink toe te tasten. Ik voel me per glas helderder. Nadat Mirjam naar boven is gegaan, blijf ik nog lang roerloos op de bank zitten broeden, starend in het zwarte gat dat eens Tonio was.

35

Soms betrap ik mezelf erop dat ik verslagen zit te denken aan een groot ongeluk dat mensen uit mijn omgeving is overkomen. Ze staan me heel na. In gedachten troost ik ze, maar de ramp is te onherroepelijk dan dat ik ze echt zou kunnen helpen. Ik schenk ze mijn tranen van machteloosheid, meer zit er niet in.

En dan, terwijl ik opveer uit de dagdroom, dringt tot me door dat *wij* het zijn, Mirjam en ik, aan wie het onherstelbare is overkomen.

Ik vertel het aan Mirjam.

'Misschien een omweggetje van het gevoel,' zegt ze, 'zodat je jezelf een beetje medelijden kunt toestaan.'

Hoofdstuk III *Gongstaven*

1

Nadat Tonio naar De Baarsjes was verhuisd, dacht ik soms dagen niet aan hem. Althans niet expliciet – op een lager bewustzijnsniveau van me scharrelde hij natuurlijk altijd wel ergens rond. Hij leidde zijn normale leven buiten mijn blikveld.

Sinds zijn dood is hij geen moment uit mijn gedachten. Zelfs als er van denken nauwelijks sprake lijkt, voel ik de aanwezigheid, de zwaarte, de ernst van zijn sterven.

Met een sofistisch foefje zou ik dus aannemelijk kunnen maken dat hij dood voor mij belangrijker is dan levend.

Uitgesloten. Alleen... dood leunt hij meer op mij dan levend. Als jongen in vol bedrijf had hij de middelen in huis om zich voor kortere of langere tijd aan mijn aandacht te onttrekken. De gestorven Tonio rust onontkoombaar zwaar en roerloos in de kreunende hangmat van mijn aandacht.

Als Tonio, meestal onaangekondigd, het ouderlijk huis bezocht, opende hij geruisloos de voordeur met zijn eigen sleutel. Hij besteeg de trap naar de eerste verdieping zonder een tree te laten kraken, wat vergemakkelijkt werd door de dikke loper en zijn verende tred. De woonkamerdeur, die niet goed sloot, hoefde hij maar met een vingertop open te duwen.

Daar stond hij dan onverwacht midden in de kamer. Zijn brede glimlach verried dat hij ons had willen verrassen. Dat hij zijn ouders in een intieme situatie zou kunnen overvallen, kwam blijkbaar niet bij hem op. We zaten op dat uur immers meestal met een glas op de bank. Hij was onveranderlijk het kind dat zich verstopte ('Heb jij Totò de laatste tijd nog gezien?' 'Nee, ik denk dat hij weggelopen is...') en dan slap van de lach uit zijn schuilplaats tevoorschijn wankelde.

Ook de Noorse boskatten wisten dat de deur rottig sloot. Als ze vanaf de overloop naar binnen wilden, richtten ze zich in volle lengte op om hem met hun stevige voorpoten open te tikken. Het gaf een speciale klik. Op een keer riep ik, gebogen over de krantenbak: 'Tygo, doe die deur achter je dicht. Het tocht hier.'

Dat ingehouden lachje. Het was Tonio, gevolgd door Tasja. Zijn half verontschuldigende lach zei zoveel als: dat had je niet gedacht, hè?

Met Tasja in zijn armen wierp hij zich achterover op de bank. Zij liet zich graag en gretig aaien door haar stiefbaas, maar anders dan haar broer moest zij met harde hand neergedrukt worden, anders sprong ze van louter behaagzucht van Tonio's schoot.

'Iets drinken?'

'Ja, doe maar een pijpje.'

Sinds Pinksteren heb ik de huiskamerdeur nog geregeld open zien en horen springen onder de lichte druk van Tonio's vinger. De klik deed iets met mijn hart. Ik zag geen hand in de kier verschijnen, en er kwam ook geen arm achteraan. Het was wel degelijk een van de katten (of een tochtvlaag).

'Minchen, in godsnaam... druk die deur voortaan goed dicht. Ik krijg elke keer weer een hartverzakking, omdat ik denk dat het... Gewoon even doorduwen tot het slot *klik* zegt.'

Het hielp weinig. Telkens wanneer zij de deur dat extra zetje gaf, sprongen haar de tranen in (of uit) de ogen. Het gaf haar het gevoel, zei ze, dat ze zelfs de herinnering aan de bezoekende Tonio moest buitensluiten.

2

De nieuwe toestand is er altijd, voelbaar zelfs als het je gegeven is er even niet aan te denken. Het geldt voorgoed. Vanaf nu tot aan het einde van mijn dagen zal Tonio's dood er nooit eens even *niet* zijn. Ik heb hem in het AMC zien sterven, en op dat moment heeft hij zich in me genesteld: gelijkelijk verdeeld over mijn hoofd en mijn ingewanden. In mijn brein speel ik eindeloos de beelden van zijn leven af. Hij ligt ongemakkelijk op mijn hart, knijpt de eetlust uit mijn maag, en veroorzaakt gloeiende krampen in mijn darmen.

Zijn remschoenen zitten aan mijn voeten. Hij vertraagt alles.

3

Ik ben niet de aangewezen persoon om Tonio van onvoorzichtigheid te betichten.

Uit een algemeen toelatingsexamen van de Eindhovense middelbare scholen, in 1964, was mijn geschiktheid voor het gymnasium gebleken. Het lag dus voor de hand dat ik het Augustinianum zou bezoeken. Mijn moeder was blij met de uitslag, niet vanwege de hoogstaande schoolvorm (daar had ze slechts een vage voorstelling van), maar omdat het Augustinianum aan de 'veilige' rechterkant van de Eindhovenseweg lag, zodat ik 's morgens met mijn slaperige kop niet via een gevaarlijke kruising linksaf hoefde naar een van de overige middelbare scholen. Mijn vriendjes van de lagere school gingen echter allemaal naar het St. Joriscollege aan de Elzentlaan, waarvoor inderdaad 's morgens het riskante kruispunt moest worden gepasseerd. Ik zou en moest met de jongens van vroeger mee, daar liet ik me door geen duizend moederlijke vermaningen van afbrengen – ook niet door het argument dat de hbs, de schoolvorm van het St. Joris, al zo goed als afgeschaft en aan een vijfjarig achterhoedegevecht begonnen was.

Zo reed ik dus met ingang van september '64 elke ochtend met mijn dorpsgenoten Wil en Hans van Geldrop naar Eindhoven. Bij het naderen van Eindhovens bebouwde kom lieten we het Augustinianum rechts liggen om even verderop linksaf de drukke weg, via een kruising zonder stoplichten, over te zwenken richting St. Joris: alles bij elkaar het permanente decor van mijn moeders nachtmerrie.

Ze had in zoverre gelijk dat ik, vooral op dat vroege uur, een slome dromer was, die diep in gedachten achter zijn druk pratende vrienden aan fietste. Het was misschien alleen effectiever geweest als ze me met klem, bijvoorbeeld wegens de veronderstelde moeilijkheidsgraad van de gymnasiumvakken, de gang naar het Augustinianum had *afgeraden*. Mijn halsstarrigheid leidde een heel leven van spijt over de verkeerde schoolkeuze in. Op het Augustinianum zat tenminste nog het impopulaire voormalig beste jongetje van de klas, maar van het Joris bleken al mijn oude lagere-schoolvrienden na de eerste kerstvakantie verdwenen, om ondergebracht te worden op de Geldropse mulo, zodat ik er alsnog alleen voor stond.

Meteen de eerste schoolweek was het raak – bijna tenminste. Ik reed, zoals vanaf het begin de gewoonte was, achter Wil en Hans, en raakte achterop. Zij hadden, op de pedalen staand, de gevaarlijke afslag net genomen. In een poging ze in te halen verzuimde ik over mijn schouder te kijken.

Eerder nog dan ik het gillen van de banden hoorde, voelde ik de luchtverplaatsing van de auto. Hij raakte me, maar niet meer dan oppervlakkig. Het was een open sportwagen die me bijna geschept had. Hij kwam tot stilstand. De bestuurder richtte zich achter het stuur half op, en draaide zich om. Daar stond ik, met de fiets tussen mijn benen, bevend. Het was niet de eerste keer dat hevige schrik iets met mijn waarnemingsvermogen deed: nog altijd hoef ik mijn ogen maar even te sluiten om de man, van een jaar of vijfentwintig, voor me te zien. Hij droeg lichtbruine leren handschoenen en een zonnebril met groene glazen.

'Hé, joh, was je levensmoe of zo?'

Hij riep het ballerig, maar niet onsympathiek.

'Nee, hoor,' riep ik sullig, misschien een beetje huilerig terug, alsof ik verplicht was te antwoorden. 'Helemaal niet.'

De man schoof weer onderuit achter het stuur. Hij stak zonder nog om te kijken zijn arm de lucht in, bij wijze van groet. Van het asfalt steeg de scherpe lucht van verbrand rubber op. De remsporen waren maar kort: vinnige veegjes. Ik wachtte tot alle verkeer voorbij was, en stak toen met de fiets aan de hand over, bibberend, zwabberend op gewrichtsloze benen. Aan de overkant kreeg ik het gehoon van mijn vrienden over me heen. Verder rijdend, wat dichter achter ze aan, signaleerde ik een slag in het voorwiel van mijn nieuwe fiets. De bestuurder van de sportkar was niet eens uitgestapt om te kijken of er mogelijk een krasje in zijn lak zat.

Nee, ik loop Tonio niet de godganse dag zijn onoplettendheid te verwijten. Ik kwel mezelf met vragen als: waarom was mij toen, in 1964, de halve seconde speling gegund die Tonio ruim vijfenveertig jaar later net tekortkwam? Zonder die speelruimte waren *mijn* ouders in rouw gedompeld geweest, en zou er nooit een Tonio gekomen zijn, geen levende en geen dode.

Door wat Mirjam en mij overkomen is, kan ik me mijn ouders bijna tastbaar voorstellen zoals ze om mij gerouwd zouden hebben. Ik hoor hun stemmen.

'Zo'n jongen van nog geen dertien. Hij ging pas kort naar zijn nieuwe school. Eeuwig zonde.'

'Een sportwagen. Veel te hard natuurlijk. Zo'n rijkeluisvarken… Geen kaartje, geen bloemetje, niks.'

Mijn moeder zou niet erg hebben kunnen genieten van haar grote gelijk: dat ik maar beter voor het Augustinianum had kunnen kiezen. Eerder zou ze *alle* scholen hebben vervloekt. Instituten waar kennis alleen te halen was met gevaar voor jonge levens.

Ik doe mezelf nog eens de waanzin aan met het gebroed op die halve seconde. De uit radeloosheid voortgekomen vraag neemt groteske vormen aan. Zoals: waarom was mijn halve seconde geluk niet zodanig in de genen verankerd geraakt dat ook Tonio er een kleine halve eeuw later van had kunnen profiteren?

4

Het begint veel weg te krijgen van een dwangneurose. Voortdurend speur ik Tonio's levensloop af, op zoek naar loze momenten die misschien, zonder zijn bestaan overhoop te gooien, te rekken of in te korten waren geweest, opdat zoveel jaar later, Eerste Pinksterdag 2010, Tonio's fiets en de onbekende auto *rakelings* langs elkaar heen waren geschoten.

Ik vind legio van zulke ogenblikken, maar louter de herinnering eraan is niet voldoende. Er hoort de sensatie van een tijdmachine bij: ik dien de visionaire gewaarwording te hebben dat ik ook echt *terug* ben in enige episode van Tonio's verleden. Ik versleutel zo'n superkorte tijdsspanne (van hooguit twee seconden) zo discreet en voorzichtig dat er aan zijn levensloop ogenschijnlijk niets verandert. Zijn al bekende, latere bestaan raakt er niet door ontregeld of aangetast.

Ik ben terug in de dagen van het repeterende 'Waarom?' Het rolt op den duur zo automatisch Tonio's kindermond uit, te pas en te onpas, dat het een blasé vragend toontje krijgt. 'O, waarom... waarom is dat dan? Waarom?'

Als het al nieuwsgierigheid is, dan is die niet prangend genoeg om hem zijn spel te laten onderbreken. 'Waarom, Adri, waarom?' Hij stelt de vraag terwijl hij al zijn aandacht nodig heeft voor het scheiden, met zijn zachte nageltjes, van twee blokjes lego. Zijn gezichtsspieren trillen onder de inspanning. Door het op elkaar klemmen van zijn kaken, en het naar buiten krullen van zijn onderlip, schiet de speen los, die aan een plastic schakelketting voor zijn borst blijft hangen. Wat heb ik gezegd om zijn 'Waarom' uit te lokken?

'Je moet mama even je nagels laten knippen.'

'O, waarom... waarom dan?'

Omdat je ze anders scheurt op de lego – maar dat zeg ik niet, horendol als ik ben van alle afgedwongen uitleg de hele dag door. Tonio krijgt de blokjes los, en probeert met zijn melktanden een beschadigde nagel te egaliseren. Hij spuugt een stukje uit, een witte splinter, en herhaalt dan pas: 'Waarom?'

Tussen de beide laatste waaroms zijn nogal wat loze ogenblikken verstreken. Het is hier dat ik een licht verkortende knoop in zijn levenslijn leg. Twee, drie seconden, en dan heb ik het nog ruim genomen. Tonio heeft niets gemerkt: ik heb alleen mijn eigen zwijgen, dat gelijk opging met het zijne, met een paar seconden bekort.

'Kijk maar naar je ingescheurde nagel,' zeg ik, 'dan weet je wel waarom.'

Enkele seconden eerder dan de reële tijd gebiedt, rent hij naar de badkamer om het nagelknippertje uit de kleine la te nemen, waar hij net bij kan, en het vervolgens naar zijn moeder in de keuken te brengen. Voortaan zal alles in zijn leven een onmerkbare tijdsspanne vroeger geschieden.

Misschien zal ooit, als hij de middelbare leeftijd allang voorbij is, het bedrog ontdekt worden. Ik leef dan misschien nog als de hoogbejaarde grootvader van Tonio's kinderen. Door de gevorderde stand van de wetenschap kunnen de geamputeerde momenten van zijn leven misschien alsnog aangezuiverd worden, zoals er wel eens, door metingen van een atoomklok in een vliegtuig hoog boven de aarde, een seconde bij de reguliere mensentijd moet worden opgeteld, omdat anders de kalender achterop raakt.

Goed, laten mijn illegale schrikkelactiviteiten dan aan het licht komen – ze zullen Tonio's leven gered hebben.

5

Zo bleef ik in mijn herinneringen aan Tonio op zoek naar situaties, tastbaar genoeg om mezelf in ruimte en tijd terug te wanen op de plaatsen waar ze zich hadden voorgedaan. Soms verwijderde ik een paar seconden uit het tijdsverloop, dan weer laste ik er drie, vier in. Het was een spel – dwangmatig, maar het bleef een spel. Uiteindelijk leverde het me niets op, behalve dat de neurose haar greep op me verstevigde. Ik deed er beter aan terug te keren naar wat er die vroege ochtend van Eerste Pinksterdag werkelijk gebeurd was, zonder dat de feiten zich iets hadden aangetrokken van mijn geknip en geplak in Tonio's levensloop.

6

Voordat Tonio verongelukte, had ik me altijd verbaasd over mensen die het eenmaal opgetreden noodlot eindeloos bleven bevragen. In plaats van zich in het onherroepelijke te schikken werden het in mijn ogen dreinende kinderen, die steeds weer de vragen bleven stellen waarop allang antwoord was gekomen. Of geen antwoord *kon* komen. 'Hoe heeft dit in godsnaam kunnen gebeuren?'

'In godsnaam, waarom? Waarom? Waarom?'

'Vertel nog eens wat die derde getuige zei.'

'Als hij nou eerst… en niet meteen… dan…'

Ik wist nu beter. *Alles* wilde ik aangaande het ongeluk weten. En dat niet alleen. Ik wilde ook alles aan de weet komen over zijn laatste dagen en uren – alles sinds ik hem voor 't laatst gezien en gesproken had.

Aan slecht nieuws viel niet te ontsnappen. Maar ik was altijd voor de *details* van het slechte nieuws weggelopen. Ik wilde ze niet horen. Als iemand me de vriendschap opzegde, des te erger, maar de brief met de te verwachten opsomming van redenen liet ik dicht.

Nu verlangde ik met wanhopige gretigheid naar elk detail van wat Tonio was overkomen tussen zijn vertrek uit de ouderlijke woning op donderdagmiddag en zijn vertrek... uit het leven... drie dagen later. De enige die we tot nu toe hadden uitgehoord, was Jim, maar ook die was er die zondagnacht niet bij geweest. Ja, volgens Jim had Tonio het over een meisje gehad. Hij zou met haar een fotoshoot doen, maar het fijne wist Jim er niet van. Hij kende haar niet, wist haar naam niet eens. Tonio was die zaterdagavond uitgegaan, dat was alles wat hij kon vertellen. En ja, Tonio had beloofd om vier uur thuis te zijn, zodat Jim nog wat aanspraak had. Ze zouden misschien nog naar een film kijken samen...

Wat voor rol had het fotomeisje in Tonio's laatste dagen gespeeld? Dat was de vraag die tot ziekmakens toe telkens weer terugkwam.

Zo'n twee jaar geleden meende ik zeker te weten dat Tonio tobde over meisjes. Ik had hem uit alle macht een vast meisje toegedacht, of een heleboel losse vriendinnen, als hij maar af en toe gelukkig was. Nu leek zich zo'n meisje aan te dienen. Ik wist niets over hun relatie, behalve dat die heel pril moest zijn, en toch voelde ik, als het ware met heel mijn vaderhart, dat er iets bijzonders tussen die twee aan de gang was geweest.

'Wij zijn altijd mensen van de oplossing geweest,' had Mirjam al een paar dagen na het ongeluk uitgeroepen. Het was bijna een mantra voor haar (en mij) geworden. 'Nu is er een probleem ontstaan waarvoor per definitie geen oplossing mogelijk is. Dat jaagt me angst aan. Er ligt een hele toekomst voor ons zonder oplossing.'

Misschien dat we daarom zo minutieus Tonio's laatste dagen

en uren wilden reconstrueren: we zochten een paralleloplossing. Door alle feiten op een rij te zetten, tot aan het laatste puzzelstuk toe, leek het alsof Tonio zich terug liet veroveren – al was het niet levend. Het gaf misschien enige rust als er geen vragen meer openstonden. Een andere reden kon zijn dat we ons verplicht voelden om het verhaal van zijn korte leven af te ronden. Ik kon zijn bijna tweeëntwintigjarige bestaan uit foto's, indrukken en herinneringen opnieuw opbouwen, maar de slotfase, die nog niet.

7

'Je hebt nu een e-mailadres,' zei ik tegen Mirjam. 'Je kunt haar mobiele nummer opvragen. Zet er je eigen nummer bij, dan heeft ze de keus: gebeld worden, of jou bellen.'

'Ik stel voor... en nou niet kwaad worden... dat we eerst eens gaan uitzoeken hoe diep het allemaal ging. Nog een illusie armer, dat kan ik nu niet aan. Ik wil weten of die fotosessie niet toch iets puur professioneels van Tonio was. En ik wil wel eens horen wat er precies die zaterdagavond en zaterdagnacht tussen die twee is voorgevallen...'

'Zeg jij het maar.'

'Jim dacht dat Tonio zaterdagavond met Dennis uit was... een gemeenschappelijke vriend van ze.'

'Kennen wij die?'

'Hij is wel eens hier geweest. Vriendelijke jongen. Lang, als je hem met Tonio vergelijkt. Ik ga eerst Dennis maar eens bellen. Het kan best zijn dat Tonio met Dennis en dat fotomeisje naar Paradiso is geweest. Wie weet kan Dennis meer over haar vertellen.'

Het beste was niets te forceren, en eerst hier thuis maar eens te proberen tot een oplossing te komen, al noemden we het dan een paralleloplossing – wat ook maar een woord was. We besloten de vrienden die Tonio in zijn laatste dagen konden hebben meegemaakt uit te nodigen. Jim hadden we al over de vloer gehad. Het Paradisomeisje, als we haar te pakken konden krijgen, wilden we pas ontvangen zodra de foto's gevonden waren. Volgens Jim was Tonio die laatste avond 'in ieder geval' met Dennis uit geweest. Dennis zou ons kunnen vertellen of het fotomodel ook van de partij was geweest – en zo niet, waarom niet.

Van Jim kregen we een aantal e-mailadressen van Tonio's vrienden en vriendinnen, en in sommige gevallen ook hun huisadres en mobiele nummer. De gegevens van Dennis en zijn zus waren er ook bij: ze bleken in de Govert Flinckstraat te wonen, in een huis dat ze deelden met hun vader.

8

Wat het wroeten in Tonio's laatste halve week opleverde, moesten we nog afwachten, maar verder ontdekten we dat het actief zoeken naar een manier om het verlies te verwerken, de pijn alleen maar erger maakte. Het gemis passief ondergaan, en ons zo gelaten mogelijk van de ene naar de andere dag slepen, dat leek voorlopig het beste. We wachtten het bezoek van Dennis af, en ondertussen beantwoordde ik de rouwpost. Mirjam wikkelde de administratieve kant van Tonio's overlijden af. Het opzeggen van zijn studie, zijn abonnementen, zijn rekeningen. Zeg maar: het afbouwen van zijn identiteit. Met de ziektekostenverzekeraar moest de langdurige operatie geregeld worden, ook al had die niet tot zijn genezing geleid. We kregen een deel van het vooruitbetaalde bedrag van de polis terug: het zoveelste harde bewijs dat Tonio niet meer leefde.

Iemand uit de wereld weg laten strepen, daar kwam nog heel wat bij kijken. Sommige administraties lieten hem niet zomaar los.

Mirjam bestudeerde nog eens goed het controlekaartje van de tandarts, dat we in zijn portemonnee hadden gevonden. Ze keek op haar horloge: vandaag, over een uur, had hij een afspraak. Mirjam belde de tandarts, die ook de onze was. De overlijdensadvertentie was haar ontgaan. Zij liep zich net af te vragen, bekende ze, of Tonio dit keer nou eens *niet* verstek zou laten gaan.

'Het was zo'n lieve jongen,' zei de tandarts. 'Ik kon nooit kwaad op hem worden. Nou ja, op die ene keer na dan. Toen heb ik hem uitgefoeterd, omdat hij zo slecht poetste. Twee maanden later kwam hij met een perfect onderhouden gebit hier.'

's Avonds bestreden we de pijn passief met alcohol.

9

Om precies vier uur, het tijdstip van de afspraak, ging de bel – het door merg en been snijdende geluid dat sinds twee weken de herkenningsmelodie van de afwezige Tonio was. We waren er nog altijd niet aan toegekomen om de firma Brom een vriendelijker deurbel te laten installeren. Een dingdong bijvoorbeeld. Mirjam herinnerde me eraan dat we hier achttien jaar geleden begonnen waren met een elektriek klokkenspel, helemaal de smaak van de vorige eigenaar, pornobaron P.K. (Paardekracht) Lolkema, die volgens de makelaar 'kunststof waren met specifieke toepasbaarheid' aan de man bracht om zijn huis met kitsch vol te kunnen stouwen. Het klokkenspel bestond uit messing buizen van verschillende lengte en toonhoogte. De schildersploeg had ze tijdelijk verwijderd toen de halmuren van nieuw stucwerk voorzien moesten worden. Daarbij was het mechaniek onherstelbaar in het ongerede geraakt. De firma Brom had gezorgd voor een elektrische bel die tot in het dienstbodekamertje op driehoog te horen was, maar die al achttien jaar een aanslag vormde op onze zenuwen en twee generaties katten de dampen had aangedaan.

'Een klokkenspel,' stelde Mirjam voor, 'zodat het weer klinkt als in het begin.'

Ik had al bijna toegestemd, maar herinnerde me tijdig een cruciale scène uit *Who's afraid of Virginia Woolf*, de film. Als George zijn huis binnengaat, klinkt precies zo'n klokkenspel als Paardekracht Lolkema voor ons had achtergelaten. (G.K. van het Reve heeft het in zijn vertaling van het stuk over 'gongstaven'.) George associeert het met kerkklokken, want hij gaat zijn vrouw Martha het bericht brengen dat hun zoon, van kostschool op weg naar huis om zijn twintigste verjaardag te vieren, verongelukt is in een auto die voor een egel probeerde uit te wijken. De jongen blijkt een fantasieschepping van de beide echtelieden, wier huwelijk kinderloos is gebleven. George meent het recht te hebben de jongen dood te verklaren omdat Martha, door tegenover derden hun zoon ter sprake te brengen, een heilige afspraak heeft geschonden. Terwijl Martha ('Je had het recht niet, George') getroost wordt door de laatnachtelijke gasten, voert George, Latijn prevelend, een requiemmis op in de huisbar.

Zo zou ik bij elk overgaan van het klokkenspel nog meer aan Tonio moeten denken dan bij het horen van de als een cirkelzaag gierende bel die op Eerste Pinksterdag door de wijsvinger van een politieagent werd beroerd. Hiermee hield de associatie met *Who's afraid*... niet op. Tonio was voor een deel, net als andere kinderen die de ouderlijke woning de rug hadden toegekeerd, een schepping van zijn ouders, van hun verbeeldingskracht. In onze gesprekken werd zijn leven in ons midden aangezuiverd, terwijl hij fysiek elders vereist was.

Het grote verschil was dat ik niet, op grond van tevoren vastgelegde spelregels, de macht had te beschikken over zijn leven en zijn dood.

10

Mirjam vroeg via de intercom veiligheidshalve wie er aan de deur was (stel je voor dat het weer zo'n halfdronken gek uit de kroeg verderop was, met een tot troost bedoelde dubbele borrel in een colaglaasje onder zijn jack, als de pastoor vroeger met een gewijde hostie voor een zieke, in een poederdoos verborgen tussen twee knoopjes van zijn soutane).

'Dennis.'

'Ik druk open,' zei Mirjam. 'Doe de deur goed achter je dicht, als je wilt.'

Vanwaar ik zat, in mijn vertrouwde, doorgezakte hoek van de huiskamerbank, kon ik het voordeurslot open horen zoemen. De bezoeker moest lange benen hebben, want hij nam de trap met drie treden tegelijk. Het was inderdaad een jongeman van aanzienlijke lengte die binnenkwam, gezond hijgend. Op zijn schouders dansten blonde, zeventiende-eeuwse pijpenkrullen, maar een driekwart wielerbroek en een zilveren piercing door de rechterwenkbrauw brachten hem onmiddellijk terug in de eenentwintigste eeuw.

Ik herkende hem vaag, en wist ineens weer dat Tonio me ooit, een paar jaar geleden, op de schemerige overloop voor wat toen nog zijn kamer was, aan deze Dennis had voorgesteld – even trots als schutterig. Dennis moest in de tussenliggende tijd de hoogte in zijn geschoten, want ik herinnerde me hem niet als lang. Een groter contrast met de donker- en steilharige Tonio, lengte bij leven 1 m 73, was nauwelijks denkbaar. Ook niet qua motoriek. Tonio bewoog zich, ietwat gekromd in de nekstreek, gejaagd en schokkerig voort. Zo'n Dennis wist dat hij zich met zijn stelten ook in stroperige traagheid altijd nog snel genoeg verplaatste om tijdig op zijn bestemming te zijn.

Mirjam, die kleintjes achter de bezoeker aan kwam, vroeg wat deze wilde drinken. Ik hoopte dat hij voor iets alcoholisch zou kiezen, want dan mocht ik ook. Dennis koos voor thee.

Mirjam verdween naar de keuken. Ik wees Dennis de plaats op de hoekbank waar Tonio altijd had gezeten. Hij keek me aan met zijn grote, open en vriendelijke gezicht. Lichte, ruim omwimperde ogen. Dennis was een van Tonio's drie beste vrienden geweest. De andere twee waren Jonas en Jim.

Met de lange jongeman voor me vroeg ik me af of Tonio ooit onder zijn geringe lengte geleden had. Ons, als zijn niet al te grote ouders, had hij nooit de genen verweten die we aan hem doorgegeven hadden – al wist ik natuurlijk niet hoe hij zich daarover buiten gehoorsafstand van zijn vader en moeder uitliet. Ik fietste drie jaar dagelijks naar school met een lange klasgenoot, die mij er elke dag wel een keer op wist te wijzen dat ik, met mijn 1 m 76, 'veelsteklein' was voor mijn leeftijd. De jongen suggereerde dat lichaamslengte ook alles met gunstig voorkomen te maken had, vooral tegenover 'de vrouwen'. Hij was dus vergeleken met mij, in zijn eigen woorden, 'zwaar in het voordeel'. Als ik opzij keek, naar hoe hij zijn hakken met buitenwaarts gekeerde voeten op de pedalen neerzette, kon ik hem geen toonbeeld van sierlijkheid vinden. Hij zag zichzelf als atletisch, maar was een dommekracht, die mij zijn opstellen liet schrijven. De sportman haalde zijn eindexamen met de hakken over de sloot, bezocht de Academie voor Lichamelijke Opvoeding, en werd sportleraar. Ik liep hem in later jaren nog wel eens tegen het lijf. Ik had hem nog steeds niet meer dan mijn (inmiddels) 1 m 77 te bieden, terwijl hij alleen maar beter geproportioneerd was geraakt, blakend van viriliteit en vruchtbaarheid. Hij was getrouwd, maar van kinderen kon geen sprake zijn, want zie je, ze waren allebei onstuitbaar reislustig, en dat had weer alles te maken met hun status van natuurfanaat. In de schoolvakanties reisden ze naar landen waar ze dichter bij de rimboe konden zijn, waar dieren zich nog in het wild lieten bespieden. (Zo hadden ze eens in het Amazonegebied op een vlonder hoog in een regenboom overnacht, waar ze 's morgens vroeg gewekt waren door een echt aapje, dat over een van hun slaapzakken had gepiest, nou ja, een paar druppels maar.) Hij behoorde, kortom, tot het slag lieden dat zich natuurmens noemt omdat het geen televisiedocumentaire over wildreservaten overslaat, en 's zomers met een mandje bramen langs de spoorlijn plukt.

Ondanks zijn hang naar het oerwoud was de sportleraar altijd in zijn dorp blijven wonen. Toen ik daar midden jaren negentig een keer met een interviewer en een fotograaf moest zijn voor een 'sfeerreportage' over het trieste domein van mijn jeugd, kwam ik hem bij toeval tegen. Hij zat op de fiets in een pauwblauw trainingspak, en kwam juist van de school waar hij kinderen vogelnestjes in de ringen leerde maken. De interviewer, die onthullingen 'over vroeger' rook, nodigde hem uit iets mee te gaan drinken. In het café zag mijn oude klasgenoot zijn kans schoon om die Amsterdamse journalisten te demonstreren dat ook in de provincie het drama broeide en de verleidingen als adders door het gras sidderden. Hoe vaak was het hem op school niet overkomen... verliefde briefjes in de zakken van zijn overjas... 'Godverdomme, man, meisjes van vijftien, zestien. Ik geef het je te doen.'

Toegegeven, zo had je nog eens iets aan je imposante gestalte van 1 m 92, ondanks de vervagende blokjesmaag. Het kostte me later, na het overlezen van de ontwerptekst, veel overredingskracht om enkele enormiteiten van de sportleraar uit het interview geschrapt te krijgen – in zijn voordeel.

Ik zat me alweer kwaad te maken, merkte ik. Niemand – *niemand*, hoor je wel – mocht Tonio vernederen op grond van zijn uiterlijke verschijning. Daar had je het weer. Uit niets bleek de onvoorstelbaarheid van zijn dood meer dan uit mijn woede over minderwaardige lui die hem met hun neerbuigende opmerkingen pijn *zouden kunnen doen*. Maar als ik zo naar Dennis keek, voelde ik mijn verontwaardiging slinken. Ik diende op mijn hoede te blijven, dat wel, maar niet voor deze zachtaardige jongen met zijn open blik. Dennis spreidde wijd zijn armen, en zei: 'Ik heb er nog steeds geen woorden voor. Tonio was...'

'Studeer jij ook?'

'Ik leer nog elke dag bij... als geluidstechnicus. Ik verzorg het geluid voor een paar popgroepen.'

'Drummen deed je toch ook?'

'Niet meer in een vaste band.'

11

Ik maakte van Mirjams afwezigheid gebruik om Dennis te vragen of hij vorige week nog in het uitvaartcentrum naar Tonio's opgebaarde lichaam was gaan kijken. (Zo'n vraag – en ik stelde hem gewoon!)

'Ja, reken maar.' Hij knikte met heel zijn bovenlichaam. 'Met een man of vier, vijf. Op de fiets. Er was ook een meisje bij. Ze wilde eerst niet, maar is toch meegegaan. Tof.'

'Toch niet het meisje van de fotoshoot?'

'Nee, die niet,' zei Dennis. 'Zij hoorde niet bij onze vriendenkring. Ik heb haar tenminste nooit ontmoet.'

'Ik beken meteen maar,' zei ik, 'dat Mirjam en ik hem niet meer zijn gaan zien. Toen we in het AMC afscheid van hem namen... toen ze de beademing net hadden weggehaald, en hij eigenlijk al dood was... toen had hij zijn eigen gezicht nog. Het gezicht dat we van hem kenden. Even tevoren was het nog levend geweest. Zo wilden we hem ons blijven herinneren. We waren allebei bang dat hij opgebaard een heel ander uiterlijk zou hebben gekregen.'

'Hij was het nog helemaal,' zei Dennis. 'Helemaal Tonio. Zoals we hem gekend hadden.'

Ik wist dat hij ons niet wilde kritiseren om onze afzijdigheid. Toch sloegen schrik en schuld me om het hart. Als het waar was wat Dennis beweerde, hadden we Tonio's lichaam al die dagen, volledig herkenbaar als het zijne, ongezien en moederziel alleen in een open kist laten liggen. Alleen vier of vijf vrienden hadden de moed bezeten om een laatste blik op hem te gaan werpen. Het verraad dat ik de hele week jegens Tonio gevoeld had, was misschien *niet* onterecht geweest. Misschien had ik elk uur tussen opbaren en kisten bij hem moeten waken, zijn tot onherkenbaarheid verzakkende gezicht voor lief nemend – dat lieve, mooie gezicht dat nu voorgoed door deksel en aarde aan het oog onttrokken was, en alleen nog scherfsgewijs uit fotoalbums viel te reconstrueren.

'Vertel eens, Dennis' – ik probeerde mijn stem zo gewoon mogelijk te laten klinken – 'had Tonio in de kist een rood-wit gestreept overhemd aan?'

'Ja,' zei Dennis breed glimlachend, alsof hij blij was mij ter wille te kunnen zijn. 'Zijn favoriete shirt. Zijn stoere shirt. Hij had het aan.'

'O, het paste hem dus toch,' zei Mirjam, die met een dienblad binnenkwam. 'We vroegen het ons af, omdat... hij door die inwendige bloedingen zo opgezwollen was geraakt.'

Ik bedacht, maar hield het voor me, dat ze het overhemd, zijn trotse shirt, misschien toch van achteren in hadden moeten knippen om het te laten passen. Ik herinnerde me ook dat de dame van de uitvaartonderneming gevraagd had of ze Tonio dienden te scheren. Ja, hij moet geschoren, hadden we gezegd.

'Was het eigenlijk wel terecht dat we zijn stoppels hadden laten wegscheren?' vroeg ik, voornamelijk om het onderwerp van het opbaren af te sluiten. 'Ik bedoel, het paste zo bij hem.'

'Hij had in de kist een flinke stoppelbaard,' zei Dennis heel stellig. 'Net als anders.'

'Misschien was hij moeilijk te scheren,' zei Mirjam. 'Vanwege die wond... dat ze die niet open wilden halen.'

Ik deed mijn ogen dicht, en zag de dubbele stippellijn van geronnen bloed vanuit zijn hals over zijn kin en bovenlip lopen – met bijna wiskundige precisie evenwijdig.

'Ik heb geen wond gezien,' zei Dennis. 'Zijn gezicht was helemaal gaaf.'

‘Weggeschminkt natuurlijk,’ zei ik. ‘Vertel eens, Dennis, hoe *was* Tonio de laatste tijd?’

12

Volgens Dennis stak Tonio vooral de afgelopen maanden goed in zijn vel.

‘Je *zag* hem groeien gewoon. Toen ik hem leerde kennen, zo’n vijf jaar terug, was hij nog een mollige puber. Hij werd de laatste tijd steeds slanker. Een knappe jongen, dat vond iedereen. Hij groeide in zijn leven. Tonio was gewoon een hartstikke goeie gozer. Zijn pubervet smolt weg. Hij groeide. Hij maakte steeds makkelijker vrienden. Het was echt een genot om met hem in een café of in de disco te zijn. Hij bleef overal staan praten. Mensen kwamen ook uit zichzelf naar hem toe, gewoon omdat ze de indruk hadden: die gozer, daar moeten we zijn, daar gebeurt het. Vooral wanneer hij aan het fotograferen was. Hij maakte overal foto’s.’

Dennis dacht even aarzelend na, alsof hij overwoog iets wel of niet te vertellen. ‘Hij was gelukkig.’ Dennis knikte. ‘Tonio zei tegen me dat hij zich de laatste weken zo gelukkig voelde.’ Hij knikte nog eens, heftiger. ‘En dat merkte je aan hem.’

Ik wilde hem vragen zijn laatste avond met Tonio te beschrijven, maar ik wist niet of Mirjam zo’n relaas aan zou kunnen. Ik wierp een zijdelingse blik op haar. Zij zat met een instemmende glimlach naar Dennis te kijken. Zij hoorde graag dat haar zoon gelukkig was geweest. Het drong nog niet tot haar door dat het de verschrikking alleen maar groter maakte.

‘Dennis, wij hebben van Jim begrepen dat jij die zaterdagavond met Tonio uit was,’ begon ik. ‘Paradiso was het toch?’

Dennis keek me verbaasd aan. ‘Paradiso? Nee, hoor. We waren in club Trouw. Dat is een nieuwe disco aan de Wibautstraat. Vroeger zat daar de drukkerij van dagblad *Trouw*, en van *de Volkskrant*. Ik weet dat van mijn vader, die zit in de lay-out.'

'De donderdag voor Pinksteren had Tonio me verteld dat hij op zaterdag naar Paradiso zou gaan. Naar de een of andere Italiaanse avond, met oude hits van Eros Ramazzotti en zo. Een meisje had hem meegevraagd.'

'Goscha toch niet?'

'Ik kan me niet herinneren dat hij haar naam genoemd heeft. Ik heb wel polaroids van haar gezien. Ze had die donderdagmiddag een fotosessie met Tonio. Hier in huis.'

'O, *dat* meisje... ja, hoe heette ze ook weer? Van die fotoshoot, dat wist ik. Tonio had het voortdurend over haar, en nou weet ik haar naam niet.' Dennis dacht na, en schudde zijn hoofd. 'Die Italiaanse avond... was dat niet op vrijdag? Het ging niet door. Ik weet niet waarom. Ik heb die hele vrijdagavond met Tonio in café Terzijde gezeten. In de Kerkstraat. Op zaterdag heeft hij nog wel geprobeerd dat meisje te bereiken, om haar mee naar Trouw te vragen. Het was toen al laat... het is niet gelukt...'

'Je hebt haar nooit gezien?' vroeg Mirjam.

Dennis schudde van nee. 'Tonio kende haar ook nog maar net, geloof ik. Hij vroeg me voortdurend om raad. Hoe hij het moest aanpakken met haar.' Hij glimlachte geamuseerd. 'Weet je wat ik zo ontzettend waardeerde aan Tonio? Hij kon goed incasseren. Hij luisterde goed naar kritiek. Als je hem uitlegde dat hij dingen verkeerd aanpakte, bij zo'n meisje of zo, dan nam hij dat ter harte. Niks gepikeerd of zo. Hij wilde ervan leren. Hij *groeide*.'

'Goed,' zei ik, 'Tonio is dus niet met het meisje van de fotoshoot naar Paradiso geweest, en ook niet naar Trouw met haar. Wel met jou. Wij willen graag weten hoe de laatste avond van zijn leven verliep.'

'We hadden aan het eind van die zaterdagmiddag in het Vondelpark afgesproken,' begon Dennis. 'Er was daar een feest in Vertigo, bij het Filmmuseum. We vonden het meteen al helemaal niks, dus daar waren we net zo gauw weer weg. Nog wat snacks naar binnen geschoffeld, en toen zijn we naar De Baarsjes gefietst. We zijn bij Goscha langsgegaan. Een meisje dat Tonio en ik begin april in de Trouw hadden leren kennen. Ze woont bij Jim en Tonio in de buurt, in de Van Spilbergenstraat. Bij Goscha dronken we een paar blikjes bier, en zo ontstond het idee om met z'n drieën de stad onveilig te gaan maken. Tegen twaalf uur waren we in de Wibautstraat, bij Trouw.'

Het was er druk. Omdat het gerucht de ronde had gedaan dat Roxylegende dj Dimitri die avond voor Pinksteren als *mystery guest* zou draaien, waren de tickets zo goed als uitverkocht geraakt. Om het gemor aan de ingang te beperken had de kassa nog wat kaartjes 'voor de bekende gezichten' in reserve. Dimitri had zich jaren geleden uit het nachtelijke housecircuit teruggetrokken op een biologische boerderij, waar hij met gehandicapte kinderen werkte. Sinds kort draaide hij, zo wilden de praatjes, weer links en rechts op feesten, incognito en onder een andere naam.

Of het drietal tot de 'bekende gezichten' behoorde, wist Dennis niet met zekerheid, maar ze konden wel een ticket bemachtigen. Een teleurstelling was de muziek. Techno, dat wel, maar wie danste er in godsnaam nog op Kenny Larkin? Of de buikige dj, die zijn koptelefoon als een hondenhalsband rond zijn nek droeg, de beroemde Dimitri *in disguise* was – niemand die het ze kon vertellen. Hij draaide geen classics, terwijl dat toch Dimitri's handelsmerk was geweest, maar misschien liet hij die nou juist achterwege om de vermomming compleet te maken. Dat hij al uren, zonder aflossing, aan een soloset bezig was, zou weer wel in de richting van dj Dimitri wijzen.

'Hoe was de sfeer?' vroeg Mirjam. 'Nou ja, op de muziek na dan. Hebben jullie je vermaakt?'

'Het was een topavond,' zei Dennis. 'Tonio hield ervan om vanaf een hoger plateau naar de dansende massa te kijken. Hij maakte er ook wel foto's van, maar die avond had hij geen camera bij zich. Ik moest telkens weer met hem mee naar boven. Hij kon er geen genoeg van krijgen. *Big smile*, je kent dat wel. Het deed iets met hem, al die deinende mensen bij elkaar... Het betekende iets voor hem. Ik weet niet wat. Het was zo'n aparte gozer. Hij was gewoon aan het groeien.'

'Danste hij zelf nooit?' wilde Mirjam weten.

'Jawel,' zei Dennis, 'maar niet zo vaak. Hij keek liever. Nou je het zegt... die avond hebben we nog samen gedanst. Ik heb hem in een dip genomen...'

'Ho, wacht,' zei ik. 'Ik ken verschillende betekenissen van het woord dip. Ik heb het zelf ooit gebruikt voor de gemoedstoestand van een dipsomaan. Maar iemand in een dip nemen onder het dansen...'

'Kijk,' zei Dennis met bijbehorende gebaren. 'Je neemt je danspartner met de benen omhoog vast, en laat hem dan met zijn hoofd omlaag langzaam naar de grond glijden. Je *dipt* hem als het ware... als een stukje wortel in de dipsaus...'

Ik zag Tonio's groezelige hand met de rouwranden weer voor me, zoals die, levenloos al, op de rand van het doodsbed had gerust. Hoe vaak had hij, gedipt wordende, op zijn handen van Dennis weg moeten lopen om zulke vieze vingers te krijgen van de dansvloer? Ik moest nu de vraag stellen waarop ik het antwoord liever niet wilde horen.

'Werd er veel gedronken?'

'Er ging nogal wat bier doorheen, ja,' zei Dennis grijnzend.

13

Die droom laatst. Ik bracht de nacht door in Paradiso, waar in de vroege ochtend, bij zonsopkomst, een groot feest zou beginnen. Het was mijn taak, als een soort portier, om bij het overgaan van de bel de deur voor de eerste gasten te openen. Ik had mijn CPAP-apparaat bij me en sliep met het apneumasker voor mijn gezicht in een hoge, kale ruimte – tot de luide bel me wekte. Ik ging opendoen, op de tast mijn weg vindend door de stikdonkere hal. Ik deed de deur van het slot: niemand. Ik keek naar beide kanten de straat af, of liever: het plein. Paradiso lag voor de gelegenheid op de plaats van de schouwburg. De stad was uitgestorven. De zon moest nog opkomen, maar boven de huizen hing het televisieblauwe licht van de dageraad. Op het Leidseplein stond een verlaten kermis, waarvan de attracties met canvas en rolluiken waren afgesloten. Ik deed de deur weer dicht, en probeerde op de grond nog wat te slapen, met het masker weer voor.

Bij een volgend ontwaken bevond zich een handjevol bezoekers in de hal. Een man en een vrouw zongen 'Mexico' van de Zangeres Zonder Naam, maar dan met een pathos als betrof het een operaduet. Zonder dat er opnieuw aangebeld was, deed ik de hoge, brede deur weer open. De zon moest inmiddels, hoewel nog niet zichtbaar voor mij, opgekomen zijn, want over gevels en bomen lag een zacht, roodkoperen licht. Buiten was nog steeds geen mens te zien. De deur viel wiebelend in het slot.

Het wachten, wist ik, was op Tonio.

14

'Nog iets sterkers ook?' wilde Mirjam weten.

'Alleen dat ene shotje tequila van Tonio,' zei Dennis. 'Tussendoor.'

'En na sluitingstijd?' vroeg ik.

'We zijn om ongeveer vier uur weggegaan. Buiten de Trouw hebben we met z'n drieën nog op een bankje gezeten. Om bij te komen.'

Het viel me op dat Dennis in zijn verslag nauwelijks gerept had van het meisje Goscha.

'Niet voor lang,' ging hij verder. 'We zijn op de fiets gestapt, en verderop via een van die zijstraten daar naar de Weesperzijde gereden. De Blasiusstraat misschien. De brug over naar de Ceintuurbaan. Op de hoek van het Sarphatipark hebben we nog een tijd staan kletsen.'

'Waarom daar?' vroeg Mirjam.

'Ik woon in de Govert Flinck. Het gedeelte tussen de Van der Helst en de Ferdinand Bol. Ik deel daar een huis met mijn vader en mijn zus. Ik vroeg of Tonio en Goscha mee naar mijn kamer gingen om nog wat te *chillen*. Tonio wilde eerst wel, en toen weer niet. Hij had Jim beloofd om vier uur thuis te zijn. Ze zouden misschien samen naar een film kijken. Jim met zijn eeuwige slapeloosheid... Tonio wilde hem op z'n minst nog wat gezelschap houden. Uiteindelijk ging alleen Goscha mee. *No big deal*, ze viel vrijwel meteen in slaap.'

'Heb je Tonio zien wegrijden?' vroeg ik. 'Hij nam de Ceintuurbaan, neem ik aan. Had hij moeite met fietsen? Slingerde hij?'

'Ik heb er niet speciaal op gelet,' zei Dennis. 'Als hij slingerend weg was gefietst, was het me wel opgevallen. Nee, nou je het vraagt, hij reed gewoon de Ceintuurbaan op.'

'Ben je wel eens van jouw huis met hem mee naar De Baarsjes gereden?'

'Zo vaak.'

'Wat was dan de normale route?'

'Ceintuur, Van Baerle, Eerste Huygens, en dan bij de Overtoom linksaf. En zo verder.'

'Tonio is aangereden op de hoek van de Hobbemastraat en de Stadhouderskade. Die kruising ligt niet op de route.'

'Geen idee hoe hij daar terechtkwam.'

'Is er een kans, Dennis, dat hij nog even bij Paradiso wilde kijken... of het meisje van de fotosessie daar was?'

'Hoe laat gebeurde het ongeluk? Kwart voor vijf toch?'

'Tien over halfvijf.'

'Dan is Paradiso al dicht. Weinig kans.'

‘En jij, Dennis,’ vroeg Mirjam met natte ogen, ‘hoe hoorde jij van het ongeluk?’

‘De volgende dag. Ik zat in het park, toen ik dat telefoontje kreeg.’ Dennis schudde langdurig het hoofd. ‘Ik kon het gewoon *niet* geloven.’

15

Tonio’s vrienden vertellen ons dat hij de laatste tijd ‘loskwam’ en steeds gemakkelijker contacten legde. Ook daarin leek hij dus op mij. Het betekent dat er jaren van verlegenheid, onzekerheid en eenzaamheid aan voorafgingen. De keerzijde van de trots dat jij in de genen van je zoon zit.

Toen hij net aan de Amsterdamse Fotoacademie studeerde, mocht Tonio op onze kosten in de herfstvakantie naar Parijs, waar hij wilde fotograferen. Hij was achttien. Ik zag hem in z’n eentje door Parijs zwerven, foto’s makend, maar ondertussen hunkerend naar avontuur. Zo had ik begin jaren zeventig in Parijs rondgehangen, musea en gebouwen bezoekend, onafgebroken hopend op het onverwachte.

Zijn levensdata geven aan dat hij tot een bepaalde generatie behoorde, die misschien nog op een geschikte bijnaam wacht in vervolg op Generatie X en Generatie Nix. Maar ik zal nooit kunnen zeggen: ‘Tonio is een typische vertegenwoordiger van zijn generatie.’ Daarvoor heeft hij te weinig van dat voor zijn generatie typische kunnen laten zien. Als hij een belofte was, dan is hij nu een belofte in ontbinding.

Alle kans dat ik de verdere verrichtingen van zijn generatie zal vervloeken, omdat hij er niet aan deel heeft mogen nemen.

Na zijn achttiende was hij in Boedapest, in Parijs, op Ibiza, in Berlijn. In wanhopige dagdromen bedenk ik erotische avonturen voor Tonio... innige verstrengelingen met meisjes, weinig oppassend uitgevoerd, zodat niet per se uit te sluiten valt dat er, via *Spoorloos*-achtige televisieprogramma's, nog eens een zoon of een dochter van hem zal opduiken. Wij koesteren zijn DNA. (Laatst stond Mirjam plotseling voor me, in tranen, met Tonio's borstel in de hand: in het binnenvallende zonlicht bewogen de haren die er nog aan alle kanten uit krulden.)

16

Na een stilte vertelde Dennis dat hij eerder die middag, alvorens naar ons toe te komen, in De Baarsjes langs was geweest, bij Jim. Samen hadden ze Tonio's werktafel van de ergste rotzooi ontdaan, misschien met het oog op een bezoek van de nabestaanden. 'Nee, echt, het was zo'n gigantische troep… alleen die plakkerige colablikjes al. Tientallen.'

Ik bedacht met spijt dat de werktafel, voor de schoonmaakbeurt, gefotografeerd had moeten worden: het zou een heel andere scan van Tonio's brein opgeleverd hebben dan die ze op Eerste Pinksterdag in het AMC hadden gemaakt.

Dennis en Jim hadden door Tonio's computerbestanden gescrold. 'Die gozer heeft zo ontzaglijk veel gefotografeerd… er zijn zulke goeie foto's bij… dat mag niet zomaar verloren gaan,' zei Dennis. 'Hij mag als fotograaf niet zomaar vergeten worden.'

Dennis had met Jim afgesproken dat ze de komende twee weken een ruwe selectie uit Tonio's foto's zouden maken, om die dan ter goedkeuring aan ons voor te leggen. Wij moesten dan maar zeggen welke beslist niet, en van de overblijvende foto's zouden ze een kleine tentoonstelling inrichten. 'We vinden wel een of andere ruimte,' zei Dennis. 'Een zaaltje of zo. Misschien kunnen we er een boekje van maken. Mijn vader zit in de lay-out. Ja, ik bedoel, Tonio was zo'n waanzinnig goeie fotograaf… met dat werk *moet* je gewoon iets doen.'

Mirjam en ik keken elkaar ontroerd aan. Twee lieve vrienden die besloten hadden dat Tonio en zijn foto's niet vergeten mochten worden.

'Als er kosten aan verbonden zijn,' zei ik, 'dan willen wij die wel dragen.'

'Misschien hebben ze in het Joods Historisch nog wel een expositiezaaltje over,' zei Mirjam, die vroeger in het museum rondleidingen had verzorgd. 'Ik zal ze eens polsen.'

Natuurlijk waren wij zelf ook nieuwsgierig naar wat er zoal in Tonio's bestanden te vinden was (niet alleen foto's), maar we beloofden Tonio's computer in de Nepveustraat te laten staan totdat Dennis en Jim hun selectie hadden gemaakt.

'Hebben jullie op de computer ook foto's van dat Paradisomeisje aangetroffen?' vroeg ik Dennis. 'Tonio heeft haar onder meer hier gefotografeerd' – ik wees naar de vitrinekast met Tonio's stenenverzameling – 'en op zijn oude kamer boven, waar je wel eens geweest bent.'

Dennis schudde heel stellig zijn hoofd. 'Nee, steeds hetzelfde meisje, hier in jullie huis... dat zou me opgevallen zijn. Wel gek trouwens. Toen we vanmiddag Tonio's kamer aan het opruimen waren, zijn we geen enkele camera tegengekomen.'

Voordat hij vertrok, liet Dennis me nog beloven dat ik de tentoonstelling met een toespraak zou openen.

17

Gisteravond zag ik bij het naar bed gaan opeens heel scherp het lichaam van Tonio voor me zoals het werd gewassen, gekleed en opgebaard. Wildvreemde handen, waar geen duidelijk gezicht bij hoorde, verschikten zijn willoze ledematen. Andere, even onbekende handen wasten zijn onderlijf, uiterst trefzeker en beroepsmatig.

Dwars door dit beeld heen ontwaarde ik Tonio als dertien

maanden oude baby in de berm van een Franse binnenweg. De schaduw van een plataan viel over hem heen, compleet met felle lichtvlekken, daar waar de zon zich door de kruin had geboord. Het was die middag in de zomer van '89 toen ik hem voor op de fiets mee naar het kasteel van Biron had genomen. Zijn pamper was vol en zwaar, maar hij gaf geen krimp. Mijn eigen neus waarschuwde me dat het kind verschoond moest worden. En zo had ik hem in die berm neergelegd. Geen levend wezen te bekennen dat er aanstoot aan zou kunnen nemen.

Ik nam er de tijd voor. Er was, na een halve dag in het kinderstoeltje, heel wat aan hem schoon te poetsen. Hij lag zo tevreden daar in het verdroogde gras, zangerig murmelend, met zijn roze handjes, al een beetje moccakleurig op de rugzijde, om zich heen grijpend. Ik vond een roestige oliedrum, dreunend van de vliegen, waar ik het luierpakketje in deponeerde. In een nog net niet drooggevallen beekje waste ik mijn handen.

Ik zat daar nog een hele tijd met Tonio op schoot, voordat ik een schoon broekje over zijn nieuwe pamper trok, en hem terugzette in het stoeltje. Hij lachte me zo blij toe, net of hij zijn dankbaarheid wilde tonen voor deze goddelijke dag, die we toch maar mooi voor ons samen hadden veroverd op een veel te ingewikkeld geworden wereld. We fietsten verder, en Tonio bleef de opgerolde stromatten tegen de hellingen begroeten met: 'Koei... koei!'

Pas toen ik Marsalès op een plaatsnaambord zag staan, werd mijn hart weer zwaar van de zorgen om mijn plotseling verslechterde verstandhouding met Mirjam. Misschien, als ze ons zo zag terugkomen, vader en zoon, vervuld van een dag vol avontuur... ontspannen, gebruind... dat dan...

Mirjam en ik wilden ons Tonio blijven herinneren zoals we hem, warm nog, op de Intensive Care van het AMC hadden achtergelaten, niet vervormd door de rigor mortis die spoedig ook de gezichtsspieren in z'n greep zou krijgen. Zijn lichaam was na ons vertrek voor juridische doeleinden gefotografeerd, en vervolgens naar het mortuarium in de kelder overgebracht. Daar was het later opgeëist door de uitvaartonderneming van onze keuze, om te worden opgebaard in een rouwcentrum. In de dagen tussen sterven en begraven hadden we Tonio niet meer gezien. Ik had me zelfs geen voorstelling van hem gevormd zoals hij daar lag, in zijn nog open kist.

Na wat Dennis over het bezoek aan het rouwcentrum verteld had, drong zich gisteravond laat met de kracht van een visioen aan me op hoe het geweest moest zijn: de vreemde armen die hem optilden en verlegden. Nadat ze hem met vereende krachten in de kist hadden laten zakken, wiebelde zijn hoofd wat na, met een flauw glimlachend gezicht. God, wat had hij een mooie, volle lippen, een scherp getekende mond.

Wij hadden toegestaan dat wildvreemde handen hem, buiten onze aanwezigheid, wasten en schoren en kleedden en schminkten. Van dat hele ritueel, dat me opeens als gewijd voorkwam, waren wij geen getuige geweest. Hoe ondraaglijk ook, ik *moest* me voorstellen hoe die onbekende handen zijn stijve been een beetje bogen en knakten om het in de broekspijp te krijgen.

Later, na het opbaren, zouden de eigenaars van die handen hun latex handschoenen afstropen en in een met een hemelsblauwe vuilniszak beklede afvalemmer werpen, zoals een hoer zich op de afwerkplek van gebruikte condooms ontdoet. Volgende klant. Nieuw latex.

Hadden we op Zwarte Pinksterdag zijn lichaam niet te snel uit handen gegeven?

18

Dankzij de digitale inspanningen van Jonas had het Paradisomeisje nu een naam (Jenny) en een e-mailadres. Aldus was ze, compleet met identiteit, in ons bestaan gekomen – onzichtbaar nog. Tonio kon haar niet meer aan zijn ouders voorstellen. Nu moesten *wij* wel contact met haar zoeken, en haar uitnodigen, en haar namens Tonio de foto's overhandigen die hij haar beloofd had.

Een probleem te meer was dat de sticks en rolletjes van de sessie vooralsnog onvindbaar waren. Jim en Dennis hadden beloofd er in de Nepveustraat naar op zoek te gaan, als ze toch eenmaal een selectie uit de nalatenschap van hun gestorven vriend aan het samenstellen waren.

Een paar dagen na het bezoek van Dennis duwde Mirjam mij vanaf de overloop Tonio's oude kamer binnen. Er stond nog steeds een wit reflectorscherm tegen de muur. Zij wees op een grote plastic supermarkttas.

'Ik dacht dat daar oude videocassettes in zaten,' zei ze. 'Kijk er eens in.'

In de tas bevonden zich zeven camera's, de meeste digitaal. Zijn Hasselblad was er ook bij.

'Misschien,' zei ik, 'had hij ze op de avond van Eerste Pinksterdag mee naar huis willen nemen, als hij hier gegeten had.'

'Ik denk eerder,' zei Mirjam, 'dat hij erop rekende dat ik de tas in de auto mee zou brengen, als ik na Pinksteren met zijn schone was naar hem toe ging.'

'Vreemd alleen... de rolletjes en sticks met de foto's van dat meisje... van Jenny... die zou hij er dan tot na dat lange weekend in hebben laten zitten. Dat was niets voor Tonio.'

'Misschien zitten die dingen er niet meer in.'

'Op zijn werktafel heeft Dennis ze niet aangetroffen. Het zou kunnen dat Tonio al het materiaal al naar een fotowinkel had gebracht... om het te laten ontwikkelen.'

'Maak zo'n camera eens open dan.'

Ik durfde niet, leek die ik was, bang dat er iets in het ongerede zou raken. Dat er licht bij zou komen.

'Goed,' zei Mirjam, 'dan vragen we Jim erbij. Die weet vast wel hoe je die dingen open moet maken.'

19

In uiterlijke zin huil ik weinig. Zelden tranen en snikken en de bijbehorende mimiek. Ik lijd aan een soort inwendig wenen. *Het* huilt in mij. Ik lig bijvoorbeeld 's morgens roerloos op mijn rug in bed, en luister naar *iets* dat in mij uitgestrekt onbedaarlijk ligt te huilen. Ik heb niet de neiging dat wenende iets te troosten of tot bedaren te brengen. Eerder wil ik het aanmoedigen: ja, jank het er maar uit, het is nooit genoeg.

20

Een willekeurige dag, een paar weken na Tonio's ongeluk. Veel te vroeg wakker. Ik heb de avond tevoren zelfs niet de moeite genomen mijn apneumasker op te zetten, waarmee ik mezelf de kunstmatige slaap der rechtvaardigen heb ontzegd. Bleef over de alcoholische slaap der bewustelozen, wreed onderbroken door de ene ademstilstand na de andere.

Acht uur gordijnen open: opnieuw een perfecte zomerdag in aanbouw. De blauwe lucht, de milde ochtendkoelte, ze maken het verlies tastbaar, handenwringend kneedbaar. Mirjam, al vroeger op, komt met het ontbijt.

'Mijn dagen lijken wel doormidden gehakt,' zegt ze. ''s Morgens kan ik het redelijk aan. Maar 's middags... na twee uur wordt het moeilijk. En steeds zwaarder. Het ergst zijn nog steeds de avonden. Als ik mijn pilletje niet had...'

'En 's nachts... slaap je nog steeds goed?'

'Ja, maar dat zal ook wel door dat pilletje komen.'

We vluchten al tegen halfelf naar het Amsterdamse Bos. Alles is Tonio – ook de auto, waarin hij zo vaak, als we op weg gingen naar de Dordogne, uren achtereen op de achterbank had gezeten, zich vermakend met zijn gameboy, zijn koptelefoon, zijn stapel oude *Donald Duck*'s. Al weken voor vertrek was ik onafgebroken misselijk van angst: om wat ons op de snelweg zou kunnen overkomen, en vooral de kleine jongen achterin, die aan onze oplettendheid was overgeleverd. Zodra ik op de dag van de afvaart in de auto stapte, waren angst en misselijkheid op slag verdwenen. Het kwam in de eerste plaats door Tonio zelf, die achterin zoveel oprecht vertrouwen in zijn ouders uitstraalde dat ik er zelf door veranderde in een onsterfelijk kind, dat niets kon overkomen zolang vader en moeder maar in de buurt waren. Gouden jongen: hij betoverde de zorgelijke kant van de wereld, en maakte die licht, in de dubbele betekenis van het woord.

21

Natuurlijk heb ik er in de loop van de jaren vaak over nagedacht: wat het betekende te leven, te ademen, te bewegen. Over het bewustzijn dat in me geplant was, en wel uitgerekend *in mij*. Over het wonder van de bezieling.

Maar ook voor de onverbeterlijke bespiegelaar geldt dat hij het leven doorgaans als iets vertrouwds en vanzelfsprekends beschouwt. Je kunt niet over elke ademtocht nadenken, want dan stik je.

Sinds Tonio's dood mis ik die vanzelfsprekendheid van mijn levensfuncties. Niet onafgebroken, maar als ik mezelf 'betrap' op het welbehagen dat bij een uur zonder verdriet hoort, heb ik de neiging de pijn snel weer in te voeren. Ik roep mezelf tot de orde: ik heb immers het recht verspeeld een normaal functionerend bestaan te leiden.

Wat is je kind anders dan een enclave, buiten je huid, van je eigen vlees en bloed? Door gebrek aan waakzaamheid (anderen zullen hier van noodlot spreken) heb ik toegelaten dat de enclave werd afgestoten. Er is een deel van mezelf weggeslagen, dus hoe zou ik nog ooit 'goed in mijn vel' kunnen zitten?

De Bosbaan is natuurlijk weer afgesloten in verband met roeiwedstrijden. Om bij de geitenboerderij te komen moeten we de gele borden met het cijfer 1 volgen, helemaal door de saaie uitlopers van Amstelveen heen.

Over de straten ligt overvloedig zonlicht, dat zich geen zier aantrekt van de jongen die het niet meer kan verwarmen. Mirjam praat, voor wie de ondertonen niet kent, tamelijk opgewekt. Ik ben wat zwijgzamer, wrokkig jegens de zomerdag die er niet voor de zonbeluste Tonio is.

'Het is zo raar,' zegt ze, ter afronding van een betoog dat ik maar half gevolgd heb. 'Op sommige momenten kan ik me bijna tevreden voelen.'

'Ik herken dat,' zeg ik. 'Het is heel broos. *Opeens* is er dan weer de angst, of een felle scheut schuldgevoel... nervositeit of intense bitterheid... Wat me het meest onverhoeds kan overvallen, is machteloze woede. Ik ben dan kwaad *namens Tonio*. Omdat hij zijn leven niet af heeft mogen maken. Omdat zijn korte bestaan in het teken heeft gestaan van scholen en opleidingen, die nooit tot een afronding zullen komen. Die hele fijn opgebouwde ontwikkeling... afgekapt.'

'Durf je ook wel eens boos te zijn... gewoon, namens jezelf?' vraagt Mirjam. 'Gewoon, omdat je geen zoon meer hebt?'

'Zo heel af en toe, dan durf ik mezelf een klein beetje zelfmedelijden toe te staan. Er begint dan een zielig stemmetje in me te jammeren. Zie mij... bijna zestig jaar was ik onderweg, niet zozeer naar mijn eigen toekomst, maar naar de toekomst van Tonio. Ook ik volgde een opleiding... tot vader, voor alle zekerheid ook tot grootvader. Allemaal weggegooide moeite. Vergeefse uitsloverij. Ik voelde aan alles dat Tonio mij wilde laten zien wat hij waard was. Maar op mijn beurt had ik ook *hem* nog graag willen laten zien wat ik waard was. "Zit je al aan de tien pagina's per dag?" vroeg hij een paar dagen voor het ongeluk. Een tikkeltje spottend, dat was hij aan zijn status verplicht, maar zijn belangstelling had ook altijd iets oprechts.

Ik had een etage voor hem willen kopen, om te kunnen zeggen: "Kijk, Tonio, dat waren nou die tien pagina's per dag." Als een schrijver zijn eigen zoon als muze kan hebben, dan is mij simpelweg mijn muze ontvallen. Toen ik dat laatst aan Mensje schreef, wist zij zich te herinneren dat ik lang geleden bij De Pels tegen haar zei dat ik verliefd was op Tonio. Hij was toen net twee turven hoog.'

22

Op het erf van de geitenboerderij gaan we aan een tafel in de zon zitten. Onder de ronde overkapping, een soort klein model muziekkapel, is een kinderpartijtje gaande. Mirjam gaat koffie en water halen.

Opeens is er reuring op het terrein. Een nog jonge man, een buitenlander, roept in vrijwel onverstaanbaar Engels bij herhaling iets beschuldigends naar een oudere man die, weggedoken onder de klep van een te jeugdige schipperspet, aan de tafel naast de onze zit. De laatste reageert niet op het geschreeuw, ook niet als de jonge man met zijn getier vlakbij komt. Als de bedrijfsleidster zich ermee komt bemoeien, blijkt al gauw wat het probleem is. De man met de pet heeft het tweejarige zoontje van de buitenlander achter een kip aan zien hollen: mogelijk probeerde het ventje het dier te overmeesteren. Ik moet wel diep in gedachten zijn geweest, want het is me ontgaan dat de oudere heer opstond om het kind terecht te wijzen, waarbij hij het stevig vastgreep en (volgens de vader) met een vinger in het oog stak.

Groot misbaar.

Inmiddels is de vrouw van de heer met de pet van het toilet teruggekeerd. Zij gaat naast haar man zitten. Rond de tafel staan nu de bedrijfsleidster, de ouders van het tweejarige jongetje, dat krijst en van wie het ene oog duidelijk roder is dan het andere, en nog wat andere bezoekers, die zich vrijwillig als getuigen van het drama aanbieden. Een man met een baard noemt de oudere heer 'asociaal'. Vanonder de klep van zijn pet, die zijn ogen overschaduwt, verdedigt de oude uiterst arrogant zijn optreden. Ik voel een onbeheersbare woede opkomen, en roep de man toe dat hij een hufter is. Ik verhef mijn stem, en wrijf hem zijn hufterschap steeds luider in, hoewel ik geen directe getuige ben geweest van het incident. Mirjam en de bedrijfsleidster manen mij tot kalmte, maar ik kan mijn tirade niet stoppen. Een ziedende boosheid moet naar buiten. De heer met de pet staat in heel zijn gemaakte waardigheid op, harkt zijn onder de tafel verspreide hondjes bij elkaar, en verlaat met opgeheven hoofd, vrouw aan de arm, het erf van de geitenboerderij. Pas dan bedaar ik enigszins, met nog net afgeknepen snikken van verontwaardiging.

De vader van het tweejarige jongetje komt me nog even nadrukkelijk bedanken – voor mijn solidariteit, denk ik. Hij probeert me een reconstructie te geven van het incident, maar door zijn slechte Engels ontgaat de toedracht me grotendeels. Ik vertel hem maar niet dat mijn solidariteit vals was en dat ik de onvriendelijke petmans misbruikt heb voor het luchten van een woede die heel ergens anders zijn oorsprong vond.

23

Mirjam komt met een stroef gezicht terug van de geitenstal. 'Ik kan er niet meer naar binnen zonder aan Tonio te denken, zoals hij toen was... Hij hield zoveel van de dieren hier. Hij kon heel lang gehurkt bij de zwijntjes zitten. Ze ontroerden hem.'

'Ze hebben iets weerloos,' zeg ik, 'dat zal het geweest zijn. We weten nu pas wat hij in ze herkende.'

'Ik had de indruk dat er minder geiten zijn dan anders,' zegt Mirjam. 'Ik navragen bij zo'n verzorger. En jawel, hoor. Minder geiten. Komt door de dalende bezoekersaantallen. Vanwege de Q-koorts.'

'Stompzinnig volk,' zeg ik, nog nabevend van woede. 'Altijd bang voor de verkeerde dingen. Ze hoeven op het journaal maar een geit te zien, gemerkt met een spuitbus, en ze weten weer heel precies hoe de duvel eruitziet.'

We wandelen terug naar de parkeerplaats. Gewoontegetrouw verlaten we die naar links, in de richting van de Bosbaan. Twee wielrenners blijven wel erg nadrukkelijk voor onze bumper rijden, zonder aanstalten te maken opzij te gaan. Dan dringt tot Mirjam door dat de Bosbaan afgesloten is, een buitenkansje op dit stuk weg voor wielrenners. Het is geen straf om nog eens, in omgekeerde richting, onder die zondoorspikkelde kruinen door te rijden – totdat de walging weer daar is, want het lichtgroen uitbotten van het Bos, dat gaat allemaal gewoon door, buiten Tonio om.

We rijden door Amstelveen. Ik zeg: 'Onbegrijpelijk dat ik dit non-descripte poldervulsel heb uitgezocht als decor voor een roman.'

'Ik zou je altijd nog een keer langs een paar locaties rijden,' zegt Mirjam. 'Het politiebureau... het buurtje van de moord... Café 1895.'

'Niet meer nodig. Die roman komt er niet. Ik schrijf mijn boek over Tonio, en dan is het gedaan.'

24

Buitenveldert onder een regenlucht, dat geeft nog iets acceptabel droefs aan het stadsdeel. Buitenveldert blikkerend onder laaiend zonlicht: een hel van melancholie. We kruisen de Fred. Roeskestraat, waar de begraafplaats met Tonio's graf is. Ik ben er sinds de uitvaart niet terug geweest. Hoe ik ook probeer aan andere dingen te denken, ik word gedwongen me zijn lichaam in de roodbruine kist voor te stellen. De langzame ontbinding in de koele aarde, waarvan de bovenste kluiten zijn uitgedroogd in de warme zon van de voorbije dagen. De konijntjes, die het biedermeierbloemstuk allang hebben opgepeuzeld, duikelen over het kale perkje, waar straks, omzoomd door stenen balken, steenslag komt te liggen. Zijn zelfportret als Oscar Wilde, dat ik de afgelopen dagen aan tientallen mensen gestuurd heb, staat er in een waterdichte lijst: we willen de foto op de een of andere manier in de grafsteen laten verwerken (misschien ouderwets als geëmailleerd ovaal portret).

'O ja,' zegt Mirjam, die mijn gedachten geraden lijkt te hebben, 'mijn vader wil vijftienhonderd euro aan de steen bijdragen.'

'Dat herinnert me aan iets... Wat zou je ervan zeggen als we de naam Rotenstreich er ook in laten beitelen? Ik ben het Tonio nog altijd verplicht. Al sinds 16 juni 1988. En je vader ook. Laatste kans, zou ik zeggen. Wat vind jij?'

Ze geeft geen antwoord. Ik kijk opzij. Ze heeft haar mondhoeken hard nodig om een huilbui binnen te houden. We moesten vorige week ook al eens de auto aan de kant zetten omdat Mirjam last had van vertroebeld zicht.

25

De Filipijnse broer en zus die elke zaterdag ons huis schoonmaken, hebben een grote stapel rouwpost op het kastje in de hal neergelegd. Ik ga gewapend met een briefopener op de veranda zitten. Er is een kaart van Tonio's oude leraren op het gymnasium bij, met een strofe van Auden, die ook in de rouwadvertentie van het Ignatius stond. Het lieve echtpaar Gert en Marie-Jes uit Maastricht, dat mij drie keer per week schrijft, heeft twintig euro 'voor rozen' ingesloten. ('... de gouden momenten met Tonio bewaren...' schreef Gert in een vorige brief.

Op het moment dat ik die zinsnede las, ook hier op het terras, voer er een onverwachte windvlaag door de uitgebloeide goudenregen. Een wolk grauwgele bloemblaadjes verspreidde zich over de tuin van de buren.) Er zijn mooie brieven van een jeugdvriend uit Geldrop, van mijn voormalige redactrice, van oud-klasgenoten van Tonio. Tientallen. Ik zal ze allemaal beantwoorden, desnoods met maar enkele persoonlijke regels op de standaardbrief. Iedereen ontvangt de foto.

Wie mij hier op de veranda aantreft, ziet een man die met een rank mesje de ene envelop na de andere opensnijdt, en glimlachend de inhoud leest, waarna het poststuk terzijde wordt geschoven. Hij zit zo op 't oog vorstelijk onder de wijd uitstaande kruin van de goudenregen, waarvan bij elk zuchtje wind nog steeds wat verdroogde blaadjes loslaten. De Noorse boskatten, zwijgende getuigen van de verschrikkelijkste aanzegging in mijn leven, ronden met geheven pluimstaart zijn kuiten.

Mirjam, uiterlijk kalm (maar ik weet hoe opgejaagd ze is), kondigt aan dat ze naar het tuincentrum gaat. 'Wat plantjes uitzoeken. Dan heb ik iets om handen.'

Ik geef haar de twintig euro van Gert en Marie-Jes. 'Voor rozen. Ik stel voor dat je er een slingerplant van koopt. Het prieeltje waaronder Tonio zijn fotomeisje heeft laten poseren... dat kan wel wat minder kaal. Onze vrienden uit Maastricht vinden het vast wel goed.'

Als Mirjam vertrokken is, keert het gevoel van extreme spanning en nervositeit terug. Het concentreert zich rond de maag, waar het alle eetlust wegneemt. Het wringt mijn darmen uit, die nog regelmatig een geel gif uitstoten: de substantie die mijn doodswalging heeft aangenomen.

Als ik er niet direct over nadenk, lijkt die spastische nervositeit eerder iets aan te kondigen dan dat die een gevolg is van de fatale gebeurtenis. Alsof veel groter onheil in aantocht is. Ja, dat is het: alles in me en om me heen waarschuwt me. Dat ze Tonio als een hond op straat hebben doodgereden, was nog niets. Wacht maar, ongelukkige, het ergste moet nog komen.

26

Als mensen een heleboel reacties op een jubileum of een sterfgeval krijgen, noemen ze vooral de overweldigende hoeveelheid 'hartverwarmend'. Ik heb de scheepslading poststukken die tot nu toe bij ons binnen is gekomen nooit als een som met een meerwaarde kunnen zien.

Er waren intens liefdevolle brieven bij, waarin de onmacht om iets te zeggen werd toegegeven, waarna zelfs de meest machteloze woorden troostend werkten. De meeste briefschrijvers leken het erover eens te zijn dat 'het verlies van een kind het ergste is wat je kan overkomen... je ergste nachtmerrie bewaarheid'. Relatief veel ouders die hetzelfde was overkomen, schreven ons, vaak volslagen onbekenden.

Er waren de voorgedrukte, stemmige kaarten met het woord GECONDOLEERD, en alleen een handtekening eronder. Op een van die kaarten was het gedrukte woord MOEDER met balpen doorgestreept en in handschrift vervangen door ZOON. Ook goed.

Ik moest erkennen dat pathos, toegepast op onze situatie, niet vals meer kon klinken. Het gold ook voor onze eigen uitingen. Toen ik iemand schreef dat Mirjam en ik 'door een ijskoude hel van verlies en verdriet' gingen, *was* dat eenvoudig zo.

Er is natuurlijk ook een kleine minderheid die nieuwsgierig aan het leed komt snuffelen. Gratis melodrama opgediend door de werkelijkheid: onweerstaanbaar. Maar ook hier lijkt de sensatie spoedig uitgewerkt, behalve voor de direct betrokkenen dan.

Na de voorbije weken trillen mijn vingers nog te erg van de grote klap om handgeschreven brieven met de pen te kunnen beantwoorden. Soms schrijf ik een paar regels met de hand, en herken dan mijn eigen schrift ternauwernood, zo onvast is het. Elke avond een vrijwel nuchtere maag rijkelijk met sterkedrank begieten helpt natuurlijk ook niet echt tegen het beven. Zonder pijnstiller van 40% red ik het niet. De Bombay Sapphire helpt me de nacht binnen. De volgende ochtend is de pijn er weer, gemengd met walging, die voorlopig van geen pijnstiller wil weten.

Tussen alle rouwbeklag door bereiken ons ook al de eerste blijken van haatbeklag, ons overgebracht op een toon of met een gezicht van 'het is me toch wat' door mensen die met ons lot begaan zijn.

'Weet hij ook eens wat het is,' heeft iemand ferm uitgeroepen. 'Laat hij *daar* een boek over schrijven. Eindelijk eens iets echts.'

Moeilijk te bevatten, maar waar: ook een onbevattelijk verlies is in staat de afgunst van de mensen te wekken. Ook die grens zijn we nu over. Uitverkorenen die hun leven vergulden met de dood van hun kind.

Nederland vormt nu alweer vele jaren een christendemocratie. Het 'gezin als hoeksteen van de samenleving' luidt de slogan.

Toen ik in september 2005 op het Binnenhof werd uitgenodigd voor een lunch in de Trêveszaal begroetten enkele christendemocraten mij allerhartelijkst. De premier stelde mij voor aan zijn Duitse gast (de voorzitter van de Duitse Eerste Kamer) als 'einer der anständigsten... eh... ausserordentlichsten Autoren der Niederlande'. Ook al lezen ze nooit een boek, ze weten wie je bent. Om goede sier te maken tegenover de buitenlandse delegatie hadden ze een mengelmoesje vertegenwoordigers van de Nederlandse cultuur nodig. Ze *vragen* altijd iets van je, en geven nooit iets terug. Van geen van die hoeksteenpredikers heb ik een woord van medeleven ontvangen nu *mijn* hoeksteen dodelijk ontwricht is geraakt.

Bij de dood van een kind houdt de hypocrisie van de politiek niet op. De leugen 'hoeksteen van de samenleving' wordt opgevolgd door de leugen van de 'rouwverwerking'. Zo noodzakelijk als verwekking van nageslacht ons ooit werd voorgesteld, zo onontbeerlijk blijkt nu, na het wegvallen van dat nageslacht, een goed *verwerkingsproces*. Psychologen, psychiaters, Slachtofferhulp, zelfhulpboeken, medicijnen, priesters, paragnosten kunnen ons erdoorheen helpen. Welwillende raadgevers om ons heen voorspellen dat de pijn om het verlies na verloop van tijd zal slinken, en op den duur zelfs 'in iets positiefs' kan worden omgezet. Wij, Mirjam en ik, hebben ook nog eens *elkaar*, wat een goede rouwverwerking alleen maar kan bespoedigen. (Dat er onbeheersbaar een geheime chemie plaatsvindt tussen haar en mijn gemis, wat de pijn op z'n minst verdubbelt, is bij de goede raad niet ingecalculeerd.)

In plaats van dat de wereld beschaamd zwijgt, omdat de influisteringen over de noodzaak van een gezin vals zijn gebleken, gaan de mensen gewoon door met het gladstrijken van de ontstane kreukels. 'Kom, meid, kom, jong – schouders eronder, tanden op elkaar, en rouwen maar, dat de stukken eraf vliegen. Wij hebben vaker met dit bijltje gehakt. Een jaar of twee, drie, dan is het leed goeddeels geleden. Jullie zullen weer met een weemoedige glimlach aan al het moois dat er toch ook was terug kunnen denken.'

Mijn prognose luidt anders. De pijn om het verlies zal niet minder worden. Bij Mirjam niet, bij mij niet. In de loop van de jaren, tot aan onze dood, zal de pijn alleen maar toenemen, volgens een grillige wetmatigheid die nu, een aantal weken na Tonio's dood, al waarneembaar wordt.

27

In veel rouwbetuigingen werd de hoop uitgesproken dat Mirjam en ik in dit proces iets *aan elkaar* zouden hebben, wat soms gepaard ging met de waarschuwing dat iedereen zijn of haar verlies weer op een andere manier verwerkte: 'Het gaat niet gelijk op.'

Dat laatste klopte. Mirjam en ik brachten elkaar dagelijks verslag uit van onze verwarde gewaarwordingen en tegenstrijdige gevoelens. Aan het ontbijt al (hoe het gemis zich 's nachts gedroeg), maar vooral 's avonds, wanneer de blikken doppen van de gin- en wodkaflessen werden losgeschroefd. Ook vaak nog tussendoor, als ik de rouwpost beantwoordde, en zij bij mij op driehoog even haar tranen de vrije loop kwam laten. Mirjam kon huilen. Als reactie daarop voelde ik mijn ogen prikken en vertroebelen, soms tot aan het vochtig worden van de oogharen toe, maar bij mij lekte het verdriet toch vooral vanbinnen weg, zoals ik haar keer op keer beschaamd verzekerde. Bij haar verergerde de pijn in de loop van de namiddag en avond. De mijne overviel me op onverwachte momenten, steeksgewijs.

Als ik weer eens een dag van opstandigheid doormaakte, bleek zij juist bezig een eerste, voorzichtig begin van gelatenheid voor zichzelf te formuleren. Vervolgens zag ik weer een opening. Zij niet.

Inderdaad, het ging niet gelijk op. Maar wat van meet af aan bij ons ontbrak, waren de wederzijdse verwijten. We beschuldigden elkaar er niet van in gebreke te zijn gebleven bij het, direct of indirect, voorkomen van het ongeluk. (Haar fietslessen hadden niets voorgesteld. Met een slok op het verkeer in, die slechte gewoonte had hij van zijn vader. Enzovoort. Niets van dat al.)

Met een legervriend uit de tijd van de politionele acties was mijn vader ook na 1949 contact blijven houden. Ze hadden allebei een gezin gesticht, waardoor ze elkaar soms jaren niet zagen.

Toen hun oudste kinderen volwassen waren, troffen beide echtparen elkaar weer eens bij toeval op straat. Hoe stonden de zaken ervoor? Mijn vader sneed graag op over de vorderingen, op school of universiteit, van zijn kroost. Na enig aarzelen bekende de vriend dat zijn oudste zoon niet meer leefde.

'Ja, *zelf* gedaan,' zei de echtgenote. De jongen was van een hoog gebouw gesprongen. 'Het heeft ons bijna ons huwelijk gekost.'

Na de zelfmoord van hun zoon waren de echtelieden elkaar de gruwelijkste verwijten gaan maken. In de ogen van de een droeg de ander alle schuld, en omgekeerd. Zo had de man, volgens de vrouw, met zijn trauma's uit voormalig Indië het oudste kind vergiftigd. Ze hadden in scheiding gelegen. Het huwelijk werd op het nippertje gered. Hun levens waren voorgoed kapot.

Mirjam en ik zien geen reden om elkaar verwijten te maken, en hoewel een vloed aan wederzijdse beschuldigingen het verdriet misschien zou kunnen kanaliseren, we beginnen er niet aan. (De zelfbeschuldigingen vormen een hoofdstuk apart.) Waar we onze handen vol aan hebben, is het dichten van een ander gat. Jarenlang hadden we aan elkaar en onze liefde genoeg. De rijping van die liefde bracht Tonio voort. Zo ontstond een gezworen driemanschap. Het moest tegen een stootje en een storm kunnen, en dat kon het ook, misschien omdat we telkens tijdig de touwen aantrokken.

Nu Tonio door een blinde noodlotsvlaag uit het hechte driemanschap is weggeslagen, zijn Mirjam en ik alleen nog aan elkaar geklonken. We zwabberen rond op knikkende knieën, en tasten gek van angst om ons heen. Na een lange, wonderbaarlijke reis door Tonio's zich ontwikkelende leven (dat speels deinende labyrint) zijn we terug bij elkaar: op onszelf teruggeworpen. Waar moeten we nu nog naartoe zeilen? Tonio's afwezigheid is een fremdkörper tussen ons in.

Het lijkt erop dat we, in onze wanhopige gesprekken 's avonds om alles van hem op te roepen en vast te houden, de reis door zijn leven opnieuw ondernemen, compleet met dit requiem als journaal. Maar het is niet meer dan een tocht zonder houvast door de tijd, een sentimental journey, een reconstructie, een lege herhaling.

28

Mirjam stalt de potten met planten en bloemen van het tuincentrum op de veranda uit, en geeft ze water uit de slang. 'Benieuwd of ze het dit keer wel redden,' zegt ze. 'Ik weet niet wat voor kleur handen ik heb, maar ze zijn in ieder geval niet groen.'

'Longdrinks mixen,' zeg ik, 'daar krijg je alleen koude handen van.'

Even later zitten we aan een verraderlijk mengsel van campari, wodka en mineraalwater, met een schijfje limoen en veel ijs. 'We houden ook weer op met drinken,' zegt Mirjam. 'Het smaakt me niet eens meer, weet je dat?'

'Bitter,' beaam ik. 'Het is medicijn. De kruispoeder vroeger, opgelost in een glas water, smaakte net zo.'

Desondanks vindt de drank zijn weg, glas na glas. Ik vertel Mirjam over de intense zenuwachtigheid waaraan ik nog steeds grote delen van de dag ten prooi ben. 'Alsof er elk moment een arrestatieteam kan verschijnen om mij in te rekenen.'

We drinken. IJsklonten die rinkelend terugglijden in het bijna lege glas. De campari maakt onder de goudenregen een stel geisha's van ons: rood aangezette lippen in een wit gezicht.

'Er zit nog een andere kant aan,' zeg ik. 'Die zenuwachtigheid waar ik het over had… die lijkt op de constante stroom nervositeit bij iemand die wanhopig verliefd is.'

'Goh,' zegt Mirjam, 'dat je die kennis nog zo paraat hebt.'

'Je zou bijna denken dat er een onwelkome verwantschap tussen bestaat… ik bedoel, tussen het rouwen om een verlies en een kansloze verliefdheid.'

'Een heel verre verwantschap dan toch,' zegt Mirjam, die het onderwerp niet aanstaat. 'Een verliefdheid kan nog zo wreed onbeantwoord blijven, je groeit er altijd weer overheen. Toch? Wij hebben niets om overheen te groeien. Tonio, daar groei je niet overheen.'

29

Maandag 14 juni 2010. Ik zit voor de open balkondeuren op mijn werkkamer, en probeer opnieuw zoveel mogelijk van het rouwbeklag te beantwoorden. Ik dank voor troostende woorden, in onvast handschrift, en die handeling biedt mij op de een of andere manier weer een soort zelftroost – en als ik het me alleen maar wijsmaak, werkt het blijkbaar ook.

Van tijd tot tijd spits ik mijn oren, omdat ik meen enig gejuich of rumoer (vuvuzela's) te horen in de aanloop naar de wedstrijd Nederland-Denemarken vanmiddag. Ik vergis me: het is het gewone stadsgedruis.

Later komt Mirjam mijn werkkamer binnen, over haar toeren. Ze heeft zich in de stad, waar ze nog meer afdrukken van Tonio's Wilde-portret ging ophalen, bedreigd gevoeld door het verkeer dat zich, van alle kanten aansnellend, naar huis haastte voor de wedstrijd. Ze beschrijft het geweld dat ervan uitging, en ik geloof haar, maar betreur ook de schrikachtige kwetsbaarheid die zij (voor 't eerst) in het stadsverkeer heeft opgelopen.

Het lijkt, hoezeer ik het woord ook haat, wel een soort bezigheidstherapie. Zolang ik maar nauwgezet het rouwbeklag blijf beantwoorden, houd ik de wanhoop er net onder. Te smokkelen valt er niets, bijvoorbeeld door een standaard rouwkaart met alleen een naam en een adres onbeantwoord te laten, want Tonio leest over mijn schouder mee. Ik moet dit namens hem doen. Ik heb die plicht.

De meeste mensen hebben wel zoveel verbeeldingskracht dat

ze wat ons met Pinksteren is overkomen als 'een regelrechte nachtmerrie' kunnen zien. Ze begrijpen dat je zo'n wurgend beklemmende droom niet meteen van je af kunt schudden, maar het lijkt ze wel de bedoeling dat je de walgelijke sfeer ervan op termijn kwijtraakt... dat je je ervan moet zien te ontdoen...

De werkelijkheid is dat op 23 mei in ons de *kiem* is geplant van een nachtmerrie die in de loop van de navolgende weken is gaan ontspruiten. De nachtmerrie ontvouwt zich, ontrolt zich, onvoorspelbaar, en zal ons hoe dan ook proberen op te slokken of te verpletteren. Het monster groeit in het wilde weg, en dijt blindelings uit.

Terwijl al die goedbedoelende mensen denken dat we de nachtmerrie langzamerhand wel onschadelijk zullen hebben gemaakt, is het gevecht, tegen een almaar in omvang toenemende tegenstander, in volle gang. De uitslag is onzeker: wij leggen het loodje, of de strijd blijft woeden tot aan het einde van onze dagen.

30

Om een uur of vijf gaf ik de stapel gekartonneerde enveloppen met de antwoorden en de foto's aan Mirjam, om te posten. Als het warm weer was, en wanneer was het dat niet, ging ik op de veranda zitten met de middagkranten, waar zij zich even later bij me voegde. Elke dag hetzelfde ritueel. We namen vluchtig de katernen door, nauwelijks geïnteresseerd in het nieuws, uitkijkend naar het moment dat een van ons het gesprek zou openen. Nieuwsgierig, ondanks de zekerheid van het onderwerp: Tonio, het gemis, de pijn.

Eerst ging Mirjam de dranken bereiden. Voor mij een Bombay Sapphire met Royal Club, voor haar een kruidenwodka met mineraalwater ernaast.

Onze aanvankelijk passieve houding tegenover het gemis had

weinig opgeleverd, behalve een toename van de pijn. Afwachten wat het verdriet op den duur met ons zou doen, dat was niets voor Mirjam en mij. Het beantwoorden van de rouwpost begon me onrustig te maken. Te vaak las ik dat 'het gemis na verloop van tijd wel zou slijten'.

'Ik wil de pijn niet uit de weg gaan,' riep ik op een avond uit. 'Ik eis die voor mezelf op. Een lijdzame houding, dat is niets voor ons. Ik hoor mezelf te vaak mekkeren over de blindheid van het noodlot... alsof we ons erbij neer zouden moeten leggen. Dat we Tonio er niet mee terugkrijgen, hoeft nog geen verplichting in te houden dat we *niet* in opstand komen tegen een noodlot dat stront in z'n ogen heeft. Ik wil heel precies weten hoe het, blind en wel, onze Tonio te grazen heeft genomen.'

31

Vandaag, 15 juni 2010, zou Tonio tweeëntwintig geworden zijn. Hij is nu zelfs van zijn verjaardag beroofd. We kunnen alleen nog spreken van 15 juni als zijn geboortedag, en die jaarlijks herdenken. Vreemd te bedenken dat die datum, 15 juni 1988, steeds verder het verleden in zal tuimelen, gekoppeld aan een Tonio die niet ouder meer zal worden. Zijn leven is gestold op 23 mei 2010. Zelfs in zijn sterfdatum, die voortaan trouw met de kalender mee zal reizen, zit meer leven dan in Tonio zelf.

Hij is zo onherstelbaar versteend in zijn dood dat wij ons, met al onze getrainde verbeeldingskracht, geen enkele voorstelling kunnen vormen van zijn verdere ontwikkeling na Eerste Pinksterdag 2010. Het is beter telkens terug te keren naar zijn leven zoals we dat gekend hebben, en daar steeds meer halfvergeten en onontgonnen momenten uit op te diepen. Om te beginnen hebben we zijn eenentwintig verjaardagen om aan terug te denken en opnieuw te beleven.

Zolang Tonio er was, oefende mijn reële leeftijd geen terreur over me uit. *Hij* had de jeugd, en daar profiteerde ik van. Zolang ik met hem van gedachten kon wisselen over wat er gaande was in de wereld, voelde ik me op een vanzelfsprekende manier jong, of liever: leeftijdsloos.

Toen ik deze gedachte twee, drie jaar geleden tegenover een interviewster ontvouwde, en zij doorvroeg over *hoe* oud ik me op m'n zesenvijftigste dan wel voelde, antwoordde ik oprecht: 'Nou, tweeëndertig zo ongeveer.'

Dat zette kwaad bloed. Wie dacht ik wel dat ik was. Op een namiddag in het stamcafé, ik was in gesprek met een vriend, stapte ene Laurens op me toe. De man had me al vaker met zijn minachting overladen. Hij keek me vol haat aan, en zei: 'Tweeendertig, hè?' Hij knikte gnuivend, en herhaalde nog eens, voordat hij zich door het tochtgordijn verwijderde: 'Tweeëndertig...'

Iets aan deze Laurens oogde anders dan anders. Hij leek vermoeid, met uitgebluste ogen, en toonde zich zelfs in zijn neerbuigende afkeuring minder strijdbaar dan we van hem gewend waren. Misschien dacht Laurens een reden te hebben voor zijn hoon. Lang geleden had hij de tas mogen dragen van Joop den Uyl, een politicus die ik nog niet zo lang geleden in *Het Parool* had verweten dat hij een cultuurloze kaalslager was, met zijn plannen voor een vierbaansweg dwars door oud Amsterdam. In Joop z'n tas zat een kleerborstel waarmee Laurens, als een voorbeeldige paladijn, discreet de hoofdroos van Den Uyls schouders schuierde.

Een dag later bereikte ons in hetzelfde café het bericht dat Laurens midden op de Dam een hartstilstand had gekregen. De traumahelikopter had niet op het drukke plein kunnen landen, waardoor kostbare tijd verloren was gegaan. Laurens had het niet gered. Voor de verkeerde verstaander: ook als ze mijn zelfverklaarde vijanden overkomen, schenken zulke gebeurtenissen mij geen enkele bevrediging, en misschien moet ik hem zijn minachting vergeven: het kan zijn dat hij zich al niet goed voelde op het moment dat hij mijn gevoelsleeftijd met ongelovige hoon herhaalde. Ik sluit niet uit dat hij me wilde waarschuwen. Zeg als midvijftiger niet te gretig dat je je tweeëndertig voelt.

Ik heb Tonio van dichtbij zien sterven. Mijn eigen zoon, die ik ook op een paar meter afstand geboren heb zien worden. Is de dood daardoor voor mij een minder groot mysterie geworden? Nee. Ik heb gezien hoe *gemakkelijk* het is te sterven, maar daarmee is het mysterie nog niet verdwenen. Integendeel. Het gemak waarmee hij stierf, heeft het mysterie juist vergroot. Ik ben ontvankelijker geworden voor de dood, dat wel. Ik weet dat ik me er, als mijn tijd gekomen is, minder tegen zal verzetten. Het gemak geldt ook voor mij.

En bovendien, ik hoef niet per se langer in leven te blijven *voor hem*. Hij is me voorgegaan. Wat let me. (Mirjam, die let me.)

Lola van elf speelt in een toneelstuk, een adaptatie van Shakespeares *Midsummer Night's Dream*. Mirjam gaat met Lola's moeder Josje naar de première.

'Daar zat ik,' zei ze later, 'tussen al die trotse moeders. Ik voelde opeens mijn leeftijd. Vijftig. Niet omdat de meeste ouders minstens tien jaar jonger waren, maar... ik zat daar als kinderloze moeder. Alles wat ik daar zag, die trots, die toewijding, had ik allemaal zelf doorgemaakt. En met wat voor resultaat?'

Na afloop van de première mocht Lola in Mirjams vitrinekast een Venetiaans masker uitzoeken. Het werd er een uit de serie commedia dell'arte. Het meisje maakte bedeesd haar keuze, zich zeer bewust van de droefheid in dit huis, waar zij als kind altijd gastvrij tot Tonio's kamer was toegelaten.

Kort voor de première was zij met haar moeder op bezoek, toen Mirjam een van haar onstelpbare huiluitbarstingen kreeg. Snel als een eekhoorn roetsjte Lola over de bank en langs de ledematen van Mirjam omhoog om haar moeder te helpen hun vriendin te troosten.

32

Ik probeer Mirjam een troostbrief van onze vriend André uit te leggen. Hij voert filosofen en fysici aan die ruimte en tijd als illusoire begrippen beschouwen.

'Iedereen is altijd overal,' concludeert zijn brief. Aanvankelijk licht haar gezicht op: iemand heeft voor haar de moeite genomen het onzegbare te verwoorden. Ze is de briefschrijver dankbaar, maar kan uiteindelijk niets met zijn boodschap. Dat 'iedereen altijd overal is' brengt haar zoon niet bij haar terug. De jongen blijft zoek in het Altijd Overal.

'Godverdomme, Minchen, dat *ik* je zo weinig troost kan bieden, dat drukt zwaar op me. Troost impliceert een belofte: dat een toestand vroeg of laat zal verbeteren. Onze toestand zal nooit verbeteren. Nooit. Ik kan het je dus ook niet beloven. En... daar gaat mijn troost.'

'Je biedt mij wel troost,' zegt ze. 'Alleen maar mijn hand vastgrijpen als ik huil, dat betekent al heel veel troost... ook al krijg ik er Tonio niet mee terug.'

Lief van haar om dat te zeggen, maar het neemt mijn ongemak en mijn onmacht niet weg. Als een oud en ziek iemand wegvalt, kunnen de nabestaanden elkaar nog troosten met: 'Het is beter zo. Verder lijden is hem bespaard gebleven.'

Tonio had geen 'verder lijden' om zich te laten besparen. Hij had een grote gulzigheid opgebouwd naar het mooiste deel van zijn leven. Zijn laatste dagen, voor zover we ze nu kenden, waren als een langgerekte geeuwhonger.

33

Toen Dennis hier was, liet hij een paar keer de naam Goscha vallen: het meisje dat op zaterdagavond met hem en Tonio uit was geweest. Veel had hij niet over haar te melden, alsof het maar een figurant betrof. *Hij* had met Tonio gedanst, en hem 'de dip gegeven'. In de beschrijving die Dennis van de avond en de nacht gaf, leek Goscha niet meer dan een schim. Een meisje dat aan hun tafel had zitten wachten tot de jongens uitgedanst waren, en later met ze mee gefietst was tot aan het Sarphatipark in De Pijp. Daar liep haar spoor dood. Volgens Dennis was zij nog bij hem binnen geweest, in de Govert Flinck, maar ook over die afterparty had Dennis geen details gegeven – ja, toch: dat Goscha al gauw in slaap was gevallen.

Een paar dagen na Dennis' bezoek ontvingen we een brief ondertekend door: Goscha Bourree. Hij was met de pen geschreven in een volwassen handschrift, dat in weinig deed denken aan het keukenmeidenpootje dat veel jonge vrouwen nog tot jaren na hun schooltijd blijven voortbrengen.

'Lieve ouders van Tonio...'

Ze schreef dat ze Tonio niet zo goed kende, en hem eigenlijk maar een paar keer had ontmoet, altijd in gezelschap van 'zijn goede vriend Dennis'. Ze legde uit hoe ze elkaar hadden leren kennen (begin april in club Trouw aan de Wibautstraat), en dat ze van meet af aan alledrie zo met elkaar op hun gemak waren geweest. Met Tonio deelde ze een liefde voor katten en fotografie. 'Tonio en ik bleken zelfs op school dezelfde filosofieleraar te hebben gehad.'

Goscha beschreef in het kort de avond en de nacht van 22 op 23 mei, toen ze gedrieën 'de stad onveilig waren gaan maken', en besloot met: 'Ik hoop dat jullie iets aan deze brief hebben. Ik wilde laten zien wat voor geweldige avond het was. Niemand kon natuurlijk weten dat het voor Tonio de laatste zou zijn. Ik ben blij dat ik hem heb leren kennen, en verdrietig dat het niet langer heeft mogen duren. Ik weet nog precies wat hij droeg. Gelukkig heb ik nog tegen hem kunnen zeggen dat hij zo'n leuk T-shirt aanhad.'

34

Om vijf uur precies ging de bel. Mirjam drukte de deur open. Goscha bleek een tenger meisje van Tonio's lengte, misschien iets kleiner. Ze had een lief gezicht, met een schaduw van vermoeidheid, waar ongetwijfeld het studentenleven schuldig aan was. Donkerblond krulhaar. Overwegend zwarte kleding boven een citroengele panty. Ze bewoog zich met een lichtvoetige, maar hoekige motoriek door de kamer naar de aangewezen plek op de bank: Tonio's vaste plaats, waar ook Dennis urenlang had gezeten.

Bij het zien van Tygo en Tasja kreeg Goscha tranen in de ogen: Tonio had haar zoveel over zijn Noorse boskatten verteld. Ze probeerde de twee aan te halen, maar misschien omdat ze Goscha's katten roken (een cyperse en een 'schildpad'), bleven ze op afstand. Ja, wat moesten zij, met hun trotse stamboom en noordelijke aristocratie, ook met zwerfvolk van de Poezenboot?

Terwijl Mirjam nog in de keuken de drank aan het verzorgen was, wilde Goscha al tegen mij over Tonio's laatste avond beginnen. Ik haastte me haar te vragen eerst iets over zichzelf te vertellen. Van Tonio's laatste uren, in de versie-Goscha, mocht Mirjam geen woord missen.

Na haar eindexamen had ze 'gereisd', en Spaans geleerd (op reis, aan de reis voorafgaand, of in het verlengde van de reis, dat werd niet helemaal duidelijk). Ze hield net als Tonio van fotograferen, maar daar was de klad in gekomen, totdat Tonio... die zaterdagavond in de Trouw...

'Goscha, zou je Tonio nog even kunnen bewaren... voor Mirjam?'

'O, ja. Natuurlijk.' Ze vertelde dat ze komende september aan een nieuwe studie zou beginnen. Taalwetenschap. Gelukkig kwam Mirjam juist met haar dienblad uit de keuken, want Goscha wilde haar verhaal doen.

'Wij hebben je mooie brief gelezen,' zei ik. 'Zou je wat uitvoeriger kunnen zijn over je kennismaking met Tonio?'

'We hebben elkaar maar een paar keer gezien,' begon ze, 'en dat was altijd met Dennis erbij. Het klikte zo goed tussen ons drieën… daarom is het net of we elkaar veel en veel vaker meegemaakt hebben. Ik leerde Tonio en Dennis kennen begin april van dit jaar. In de Trouw aan de Wibautstraat. We hebben toen de hele nacht met z'n drieën gedanst. Daarna zijn we naar het huis van Dennis gegaan, in De Pijp. Ik was gewoon verbaasd dat er zo'n verwantschap tussen ons drieën was. Dezelfde interesses… katten, fotografie… dezelfde festivals. Op Koninginnedag kwam ik ze samen weer in de Trouw tegen. Een geweldige avond… iedereen uit z'n dak… Na afloop hadden we natuurlijk nog niet genoeg gehad, en gingen we doorzakken bij iemand thuis. Nou, doorzakken… het eindigde heel vredig. Allemaal een dekentje over de benen, kopje thee in de hand, en praten over katten. Omdat ik een paar straten bij Tonio vandaan woonde, vroeg ik of hij met me mee wilde fietsen. Maar Dennis was onder zijn dekentje in een diepe slaap gevallen, en niet meer wakker te krijgen. Toen merkte ik wat vriendschap voor Tonio betekende. Een echte vriend liet je niet zomaar bij wildvreemden achter. Je wachtte tot hij wakker werd, en dan zorgde je ervoor dat hij veilig thuiskwam. Tonio stond gewoon op wacht bij Dennis. Als zijn dekentje losraakte, stopte Tonio hem weer in. Zo lief… zo trouwhartig. Ondertussen maakte hij zich zorgen over mij… of ik wel veilig thuiskwam. Ik zei dat ik me wel redde. Dennis bevond zich in een veel weerlozer positie. Ik ging weg, en dat beeld is blijven hangen: Tonio die, heel schattig, het dekentje nog eens goed over Dennis heen legde. Hij was echt zo'n lieve, zorgzame jongen.'

Goscha vertelde over Tonio's laatste avond en nacht. Een uitgebreider versie van wat ze ons al geschreven had. Haar relaas stemde min of meer overeen met dat van Dennis, behalve dat zij er zelf nu een grotere rol in speelde. Ze hadden opnieuw met z'n drieën afgesproken. Het was Pinksteren. Vanavond zouden ze de stad pas echt onveilig gaan maken.

Toen Dennis en Tonio bij Goscha in De Baarsjes aanbelden, kwamen ze van een feest in het Vondelpark, rond Vertigo en het Filmmuseum. 'Ze waren vroeger bij mij dan afgesproken. Dat kwam... ze vonden er niet veel aan, aan die party. Zo leuk dat ze nu eindelijk mijn katten ontmoetten. Sieb en Mulan. Het was heerlijk. We maakten plannen om in de zomer naar Berlijn te gaan... die twee waren gewoon geweldig gezelschap. Tegen middernacht zijn we naar de Trouw gegaan. De volgende avond vond ik de lege bierblikjes in mijn prullenbak... zo onwerkelijk te bedenken nu dat Tonio toen al niet meer leefde.'

Zij zweeg even, om nog eens ontsteld in die bak te staren. (Blikjes rechtopstaand op de bodem van de mand, om geen restjes pils te laten lekken, want dat gaf zo'n plakkerige koek, waar papiersnippers in bleven kleven.)

'We hadden er alledrie ontzettend veel zin in. Jammer alleen dat de muziek niet veel zaaks was. Het had weer als voordeel dat we heel veel gepraat hebben. Eindelijk durfde ik te beginnen over de dingen die ik zo graag wil doen, maar nooit doe. Fotograferen bijvoorbeeld. Als je er een tijd uit bent, wordt de angst groter om er weer aan te beginnen. Tonio heeft mij over die angst heen gepraat. En wat denk je? Na Pinksteren ben ik weer gaan fotograferen. Tonio was echt een heel aardige jongen. Zo attent. Hij kon fantastisch luisteren.'

35

'Dat had hij van mij,' zei ik. 'Toen ik zijn leeftijd had, werd me ook altijd gezegd dat ik zo goed kon luisteren. Maar sommige mensen stemde het wantrouwig. Ze dachten dat ik met die aandacht iets in mijn schild voerde. Dat ik een geweldige rotstreek voor ze in petto had. Ze werden nerveus van mijn willig oor.' (Ik voelde me meteen een leugenachtige rat. Zomer '93: ik zag mezelf met de vijfjarige Tonio naast me door Pernes-les-Fontaines lopen – elke dag dezelfde route naar het restaurant op de binnenplaats van een oud hotel. Hij praatte in zijn mooie melodieuze volzinnen onafgebroken op me in. Totdat hij ontdekte dat ik niet altijd naar hem luisterde. 'Adri, je *luistert* niet.' Met haperende stem: 'Je moet wel naar me *luisteren*, hoor. Anders... anders...' Nooit meer goed te maken.)

'Nou, bij Tonio was het oprecht, hoor,' zei Goscha. 'Daar sta ik voor in.'

'Even terug naar de Trouw,' zei Mirjam. 'Is daar veel gedronken?'

'Al die rondjes,' zei Goscha, 'het ging allemaal zo snel. Nauwelijks bij te houden. Ik voelde me nog schuldig, want Tonio heeft de meeste betaald.'

'Niet gedanst, die avond?' vroeg ik.

'Nauwelijks. Ze draaiden rotmuziek. Ja, ik herinner me vaag dat we even met z'n drieën op de dansvloer hebben gestaan. Dennis heeft Tonio toen een dip gegeven. Omdat de muziek niks was, zijn we eerder dan anders weggegaan.'

'Hoe laat?' vroeg ik. (Ik was de tijd alweer aan het versleutelen.)

'Een uur of vier. Buiten de Trouw hebben we nog een tijdje op een bankje gezeten. Om uit te stomen. Ik was, geloof ik, best aangeschoten.'

'Als jullie om vier uur naar buiten gingen,' zei ik, 'dan kunnen jullie niet al te lang op dat bankje gezeten hebben. Het tijdstip van Tonio's aanrijding kwam, om zo te zeggen, naderbij.'

'We zijn naar het Sarphatipark gefietst. Via de Ceintuurbaan. Daar op de hoek hebben we nog even staan hangen en praten. Dennis wilde dat we allebei mee naar zijn huis gingen. Tonio zei nee. Hij wilde naar huis. Slapen... of nee, zijn vriend Jim zat nog op hem te wachten, geloof ik. Deden ze dat vaker, die jongens, zo laat nog naar een film kijken? Tonio liet nooit zomaar iemand zitten, dus... Normaal zou ik met hem mee terug gefietst zijn. We woonden in De Baarsjes vlak bij elkaar. Maar ik was zo moe en... ja, volgens mij was ik best wel dronken. Dennis en Tonio niet zo...'

'Wij vrouwen,' zei Mirjam, 'hebben nu eenmaal een kleinere lever.'

'Ik was in tweestrijd,' zei Goscha. 'Ik had niet zo'n zin om straks dat hele eind in m'n eentje terug te fietsen. Voor Tonio was het ook gezelliger geweest als ik...'

Ze schudde met een droevige glimlach haar hoofd. 'Gezelliger, hoor mij. Dan was dat hele verschrikkelijke misschien wel niet gebeurd. Dan had alles anders kunnen lopen. Kleine beslissingen kunnen zulke grote gevolgen hebben...'

Ik vroeg haar nog wat dingen die ik ook aan Dennis had voorgelegd. Of Tonio na het afscheid slingerend was weggereden.

'Nee, dat zou me opgevallen zijn. Ja, we hadden gedronken, best wel veel. Maar hij reed gewoon weg.' Goscha kneep haar ogen stijf dicht. 'Ik zie hem... ik zie hem van ons weg fietsen. Mijn laatste beeld van hem. Hij rijdt het trottoir af. Zo de Ceintuurbaan op.'

'Als je met Tonio mee gefietst was, Goscha,' vroeg ik, 'welke route hadden jullie dan gekozen?'

'Nou, gewoon.' Goscha deed haar ogen weer open. 'Ceintuurbaan. Van Baerle. Op de Overtoom linksaf richting Baarsjes. Altijd dezelfde route.'

'Hoe kwam Tonio dan,' vroeg Mirjam, 'op de hoek van de Hobbemastraat en de Stadhouderskade terecht?'

Ik had de indruk dat de vraag nieuw voor haar was: dat ze die zichzelf nog niet gesteld had. Ze keek een beetje nerveus van Mirjam naar mij, en van mij weer naar Mirjam. 'Ik zou het niet weten.'

36

Goscha had gezegd dat ze ertegen opzag om na het bezoek aan Dennis' woning, voor een laatste glas, dat hele eind alleen naar huis te fietsen. Als ze de waarheid sprak, duidde dat er niet op dat ze ervan uitging bij Dennis in de Govert Flinck te blijven slapen.

'Was het nazitten… aangenaam bij Dennis?' Ik hoopte maar dat mijn vraag niet al te bitter zou klinken.

'Het zit me nog steeds niet lekker,' zei Goscha. 'Ik ben vrijwel meteen in slaap gevallen.'

'Je vertelde dat jullie bij de Trouw meer gekletst dan gedanst hadden,' zei ik. 'Heeft Tonio het nog over ene Jenny gehad?'

Goscha dacht na, schudde toen haar hoofd. 'Niet dat ik me herinner.'

'Ook niet over een meisje met wie hij een paar dagen tevoren een fotoshoot had gedaan?'

'Ja, nou je het zegt… uit een gesprek tussen Tonio en Dennis kreeg ik de indruk dat er iets met een meisje was. Een fotoshoot, dat kan best. Een naam heb ik niet gehoord. Jenny… nee.'

'Dennis wist ons te vertellen,' zei Mirjam, 'dat Tonio de laatste tijd nogal eens bij hem te rade ging over meisjes… over hoe bepaalde dingen aan te pakken en zo. Zowel tegen Dennis als tegen Jim had hij de laatste tijd regelmatig gezegd dat hij zich zo *gelukkig* voelde.'

'Ja,' zei Goscha met neergeslagen ogen, 'dat heeft hij ook een paar keer tegen mij gezegd. Hij moest het blijkbaar kwijt. Hij kon het niet voor zich houden. Het was alsof hij maar niet kon geloven wat hem overkwam… Zo intens gelukkig.'

Ik moest denken aan die paar perioden van redeloos geluk tussen mijn vijfentwintigste en mijn vijfendertigste. Alweer was ik op een intieme overeenkomst tussen hem en mij gestuit. En ook weer niet, want bij mij had het moeilijk hanteerbare geluk mogen uitwoeden.

'Tonio had die avond zo'n mooi T-shirt aan,' zei Goscha, nu

weer glimlachend. 'Echt een heel bijzonder T-shirt. Ik ben blij dat ik hem dat nog gezegd heb. Hij vond het duidelijk fijn als iemand zoiets zei. Dan grijnsde hij maar zo'n beetje... verlegen en toch ook wel trots. Ja, het geeft een goed gevoel dat ik hem dat nog even heb laten weten, vlak voordat...'

Ik herinnerde me Tonio's blote schouders, die op de IC boven het laken uit staken. Dat mooie T-shirt was op het asfalt van de Stadhouderskade doorbloed geraakt. Goscha's complimenten hadden niet kunnen voorkomen dat ze het in de ambulance van zijn lijf moesten knippen. Mirjam toch eens vragen of ze het samen met zijn overige spullen terug ontvangen had.

37

'Wanneer hoorde je...' Mirjam was niet in staat haar vraag af te maken. Ze boog zich over Tygo, die aan haar voeten zat, en gaf hem een tik op de neus.

'Op maandag,' zei Goscha. 'De volgende dag.'

Ik nam het van Mirjam over. 'Van wie, als ik vragen mag?'

'Ja, dat is een stom verhaal,' zei Goscha. Ze kleurde. 'Ik hoorde het van mijn ex. Een fietsenmaker. Ik wist niet dat die bevriend was met Dennis, maar hij had het van Dennis. Ik was bij hem langs... bij die fietsenmaker dus, mijn ex... en toen ik weer buiten stond, voelde ik me helemaal wit wegtrekken. Ik stond te trillen op mijn benen. Ik moest echt steun zoeken.'

Goscha sprak nu steeds verwarder, half in zichzelf, verlegen en blozend. Uit opmerkingen van de fietsenmaker (of uit andere tekenen, dat werd niet duidelijk) had ze de indruk gekregen dat Dennis boos op haar was. 'Misschien omdat ik op zijn kamer in slaap viel... terwijl hij toch zelf, toen met Tonio en dat dekentje... Nou ja, hij heeft dagenlang niets meer van zich laten horen, dat zei wel genoeg.'

Ze keek naar de grond.

‘Of nee, wacht eens... Dennis heeft op Tweede Pinksterdag *wel* laten weten wat er met Tonio gebeurd was. Ik kreeg een sms van hem... of een bericht via Facebook. Ik weet het niet meer.’

Ik kreeg de indruk dat het de herinnering aan de slaperige nazit in de Govert Flinck was die haar in verwarring bracht. Misschien vroeg ze zich nog eens af of het ’t allemaal waard was geweest om Tonio ervoor in de steek te laten, en hem dat hele eind alleen naar huis te laten fietsen... in gedachten, onoplettend, een prooi voor onverhoeds verkeer...

38

Omdat we vooraf niet wisten of we dit gesprek langer aan zouden kunnen (het waren wankele dagen), had Mirjam per e-mail Goscha een uur gegeven om haar verhaal te doen. Toen het meisje welgemanierd na precies een uur opstond, had ik spijt van de opgelegde beperking. Maar Goscha, die misschien dacht dat we haar alleen uit beleefdheid vroegen nog wat te blijven, was onverbiddelijk – voor ons, voor zichzelf.

Bij het uitlaten liet Mirjam haar de kleine fotogalerij van Tonio op de overloop zien. Ik hoorde de twee vrouwen opgewekt praten, maar kon ze niet verstaan. Ik zon op een middel om Goscha weer binnen te krijgen. Op vier vluchtige toeschouwers na (de bestuurder die hem aanreed, diens bijrijder, en de twee getuigen die het zagen gebeuren) waren Goscha en Dennis de laatsten die Tonio in leven hadden gezien, urenlang, een half etmaal wel. Van deze twee had Goscha het gedetailleerdst over Tonio gesproken. Zij had hem bloedwarm aan ons weten over te dragen. We hadden haar nog lang niet afdoende uitgehoord. We moesten haar laten vertellen totdat wij, via haar, het laatste beetje warmte van onze jongen hadden opgebruikt.

Goscha kwam mij nog even een hand geven, hoekig en verlegen aangedaan. Vanwaar ik zat, waren het voor haar maar een paar korte stappen naar de huiskamerdeur. Toch draaide ze zich, met vochtige ogen, nog wel drie keer om teneinde me nadrukkelijk gedag te zeggen.

'Zo'n lief meisje... vond je niet?' zei Mirjam toen ze weer boven was. 'En dat ze zich zo keurig aan het afgesproken uur hield. Als je zulke kinderen meemaakt, krijg je bijna weer vertrouwen in de wereld.'

Ze ging de glazen vullen. Ik verdacht haar ervan vanavond dubbele kwanta gin en wodka in respectievelijk de tonic en de jus d'orange te verstoppen. Eenmaal weer naast me gezeten liet ze zich ongeremd gaan. 'Die pijn... die pijn.'

En later, weer enigszins gekalmeerd: 'Als je herinneringen aan Tonio wilt ophalen... doe maar, hoe pijnlijk ook... je hoeft mijn verdriet niet te sparen.'

39

We slepen ons log en traag door de zomer, alsof er sinds Pinksteren voor ons een andere atmosfeer bestaat, die onze natuurlijke bewegingen afremt. Tegelijkertijd is er die voortdurende opgejaagdheid, vol van de zwartste verwachtingen: *alsof het ergste nog komen moet.* Het begint al een refrein van deze requiemtekst te worden.

Het zijn geen loze verwachtingen, want het ergste, het allerergste *moet* ook nog komen. Niet een gebeurtenis erger dan Tonio's sterven, maar dit: dat zijn dood in volle omvang tot ons doordringt.

Het is de angst voor de pijn van een uiteindelijke oplossing waar Mirjam het avond aan avond over heeft. De vrees voor een toekomst die geen vrede brengt, geen aanvaarding, geen berusting, geen antwoord op de pijn. Een toekomst die het verlies alleen maar tot groter, meedogenlozer helderheid zal kneden en houwen.

40

Aan een vriend probeerde ik uit te leggen in wat voor tornado van emoties we door Tonio's dood terecht waren gekomen.

'Ik noem er een paar. Ze doen zich in willekeurige volgorde voor, en liefst elkaar onvoorspelbaar overlappend. Allemaal tegelijk, of in razendsnelle opeenvolging, dat kan ook. Bij Mirjam is het natuurlijk weer net even anders.'

In de eerste plaats was daar dus, zelden afwezig, dat gevoel van OPGEJAAGDHEID. Het ging vaak gepaard met een jachtige adem en dito motoriek, zodat men zich gedroeg alsof er nog iets te redden viel (maar wat?).

Een variant hierop: grote NERVOSITEIT, vergelijkbaar met verlammende examenvrees of onzekerheid bij hevige verliefdheid. Een gewaarwording alsof Tonio's dood nog slechts de aankondiging was van ernstiger onheil.

De PIJN die, afwisselend ijskoud en gloeiend heet, als een storm over de vlakte van het hart raasde. Soms ging hij even liggen, om dan des te snijdender weer op te laaien. (Zoals Mirjam het laatst uitdrukte: 'Net als je denkt dat je je tamelijk stabiel voelt, en weer durft te ademen, is die pijn er opeens weer. Zo oneerlijk.')

OPSTANDIGHEID. Tegen wie of wat, zolang er geen instantie was waar men zich kon beklagen? Op z'n minst tegen de brute waarheid dat Tonio hier nooit meer zomaar, verlegen grijnzend, binnen zou komen wandelen. Zonder waardige tegenstander sloeg opstandigheid naar binnen, om in de ziel vernielingen aan te richten in plaats van in het publieke domein.

41

En dan het SCHULDGEVOEL, te splitsen in *rationeel* en *irrationeel* schuldgevoel.

Irrationeel: dat ik niet ter plekke was om de auto tegen te houden of, als het daarvoor te laat was, Tonio op te vangen, of op z'n minst bij hem neer te knielen en mijn opgevouwen jas onder zijn hoofd te leggen... zijn hand vast te houden... 'Ik ben bij je. Niet bewegen.'

Rationeel: dat we hem als kind niet beter fietsen hadden geleerd. Dat ik er niet op had toegezien dat zijn fiets van licht voorzien was. Ik had op al zijn kledingstukken, als die thuis waren om gewassen te worden, lampjes en reflectoren moeten laten naaien. Maar dat laatste tendeert mogelijk al naar irrationeel schuldgevoel.

Irrationeel: dat ik niet ergens in de werkelijkheid van die nacht een seconde heb kunnen verwrikken om het treffen tussen fiets en auto te voorkomen. Misschien had ik mijn vroegochtendlijke ontwaken, door een speekselvloed, moeten uitleggen als een alarm, dat had moeten resulteren in een waarschuwing *aan hem*. Mijn mobieltje lag binnen handbereik op bed.

'Ja, met Tonio.' De altijd licht gejaagde stem, ditmaal door het fietsen. Hij klinkt ook een beetje aangeschoten.

'Ja, met mij... met Adri. Waar ben je?'

'Tjiezes, waarom... Nou, 's kijken, ik fiets net met een paar vrienden over de Amstelbrug. Naar de Ceintuurbaan. We zijn uit geweest.'

'Dat hoor ik, ja. Waar ga je nu heen?'

'Tjiezes, jij moet ook alles... Nou, naar huis maar, denk ik. Jim zit te wachten. We zouden nog naar een film kijken.'

'Op dit uur?'

'Je kent Jim. Altijd wakker.'

'En de mensen met wie je bent?'

'Die gaan nog even chillen bij Dennis thuis, in de Govert Flinck. Ik denk niet dat ik...'

'Ja, doe maar wel. Het is beter als je bij daglicht naar De Baarsjes rijdt.'

'Tjiezes, Adri, hoe oud denk je...'

'Ik heb er een slecht gevoel over. Ik werd net wakker met een klokkende maag. Het klonk als een alarm.'

'Tjiezes, man, neem een Rennie. We fietsen nu over de Ceintuur. Bij het Sarphatipark gaan de anderen rechtsaf. Ik wil ze nog even spreken. Hier is het. Oi, oi.'

Hij heeft me al weg geklikt. Stel, ik *had* hem gebeld, en daarmee zijn gang door de stad met een paar seconden vertraagd... stel, hij was desondanks door een auto geschept... zou mijn schuld dan niet aantoonbaar groter zijn geweest? ('Had ik hem maar *niet* gebeld.')

Zo stapelde ik, in het oog van de storm van emoties, schuldgevoel op schuldgevoel.

Niet te vergeten: SCHAAMTE. Tegenover mezelf: je hebt het verknald, Van der Heijden, je hebt hem uit je vingers laten glippen. Tegenover Mirjam: ik heb een zoon bij je verwekt, en die is er nu niet meer, ik heb zijn ontvreemding niet kunnen voorkomen.

Schaamte tegenover Tonio zelf: ik heb je zonder voldoende waarschuwing op de wereld losgelaten, anders was je er nog wel geweest (waarmee het bewijs geleverd is).

Schaamte, ten slotte, tegenover de hele wereld: ik zal voortaan de eens zo trotse vader zijn die zijn zoon kwijt is. Ga hem uit de weg, de paria, hij stinkt naar verdriet als een natte hond naar vaatdoek. Zijn pijn is besmettelijk als de pest.

42

TROTS, niet te vergeten: op Tonio.

Toen ik op de IC aan Tonio's sterfbed stond, en hem dood zag gaan, was er bij alles wat ik doormaakte ook nog plaats voor trots. Hij stierf. Hij deed het toch maar mooi. Hij pakte het karwei aan, en liet zien hoe gemakkelijk het in feite was. Hij deed het zijn vader voor. Kijk, Adri, zo doe je dat.

In de weken die volgden, vertakte de trots zich. We waren trots op hem: dat hij zich zo lichtvoetig door het leven geslagen had, zoveel liefde gegeven had, zo behulpzaam en vrijgevig geweest was, en de moeilijke dingen daarbij zoveel mogelijk voor zichzelf hield. We waren trots op hem, omdat hij zijn best had gedaan op een leven dat zomaar, aan de vooravond van een mooie zomer, ongevraagd kon worden afgesneden. Hij had geleefd alsof er niet vroegtijdig een eind aan zou komen. Om zijn ouders gerust te stellen had hij nog een paar dagen voor zijn dood, alsof het onheil niet steeds naderbij kwam, zijn toekomstplannen bekendgemaakt. Mediatechnologie. Master. Leiden. Den Haag. Trein.

We hadden de sterke gewaarwording dat hij, en hij alleen, van zijn korte leven geweten had – en het *voor* zich had gehouden. Dat hij die vreselijke kennis in eenzaamheid bezeten had, om ons er niet mee op te zadelen – alleen die mogelijkheid al vervulde ons met trots.

WOEDE: op alles en iedereen, maar niet op alles en iedereen tegelijk. Bij ontstentenis van een God koelde ik mijn woede op het Noodlot. In mijn machteloosheid probeerde ik het te ontmaskeren door z'n blinddoek weg te rukken. Ik onthulde alleen maar blinde ogen. Pingpongballen zonder iris.

Andere objecten van mijn boosheid: de zomertijd, de fabrikant van BMW (want ik wist zeker dat een poenige BMW hem te grazen had genomen), mijn schoonmoeder, die Tonio's dood karikaturaliseerde door voortdurend theatraal haar eigen sterven aan te kondigen…

GELATENHEID: soms, kortstondig, en tot mijn eigen verbazing. Gelatenheid suggereert duurzaamheid, maar kan in de huidige situatie niet vluchtiger zijn. Er volgt al snel een schuldgevoel op, want berusting jegens Tonio's dood, dat geeft geen pas.

43

ANGST in vele vormen. 'Ik ben zo bang,' zei Mirjam laatst, waarbij haar gezicht in een huilkramp vertrok. 'Ik verga van de angst.'

Ik hoefde haar al niet meer te vragen waarvoor.

'Voordat we Tonio verloren, hebben we het zo vaak gehad over de probleemstelling in een roman... de reeks pogingen tot een oplossing... Het begon al ouwe koek voor ons te worden. Maar ook in het dagelijks leven zijn we altijd mensen van de oplossing geweest. Geen probleem zo groot of we zochten naar een oplossing. En vonden die nog meestal ook. Geen probleem was veilig voor ons. Nu zitten we met een absoluut onoplosbaar probleem... Tonio's dood... en dat daar geen oplossing voor is, dat beangstigt. Het beangstigt me meer dan mijn eigen dood. Meer dan wat dan ook. Hoe je het ook wendt of keert, er valt niets aan beter te maken. Het geeft een claustrofobisch gevoel. Zoiets als in *Het gouden ei* van Tim Krabbé. Opgesloten in een probleem dat niet te doorbreken is. En je weet, nergens in de toekomst die we nog te goed hebben, is de oplossing te vinden. De angst voor het onoplosbare probleem is ook de angst voor de toekomst.'

Mirjam had er ongetwijfeld nog meer in huis, angsten, net als ik. De angst om gek te worden van het gemis. Om Tonio te willen volgen in het graf. Niet meer te kunnen schrijven. Gearresteerd te worden voor dood door schuld...

Ik hield mijn vriend voor dat ik de lijst nog met een heleboel emoties, en mixtures ervan, zou kunnen uitbreiden, maar dat ik me wilde beperken tot nog een laatste. Het gevoel van totale NEDERLAAG. Je zoon is je afgenomen door een onbekende macht die jij, als vader, niet hebt weten tegen te houden.

44

We hadden nu zowel Dennis als Goscha op bezoek gehad: de twee vrienden die Tonio in zijn laatste uren hadden meegemaakt – de klok rond, grofweg zijn laatste halve etmaal bij bewustzijn. (Er kwam nog een bewusteloos half etmaal achteraan. Zodat zijn laatste bewuste halve etmaal zich met avond en nacht en donker liet associëren, en zijn laatste halve etmaal buiten bewustzijn met dag en zon en operatielampen.) Hoewel de nadruk die ze legden op sommige details nogal verschilde, vulden hun versies van de gebeurtenissen elkaar min of meer aan.

Maar we hadden nog altijd geen antwoord op de vragen wat voor meisje die Jenny was, waarom Tonio niet met haar naar Paradiso was gegaan, en wat hij om tien over halfvijf 's morgens op de kruising Hobbemastraat/Stadhouderskade te zoeken had, zo'n eind bezijden zijn vaste route.

Als we heel eerlijk waren, moesten we toegeven dat we op een idyllischer verslag van Tonio's laatste uren gehoopt hadden. De rol van Goscha, van Dennis – ja, goed. Maar waar was Jenny in dit verhaal?

We kregen een Tonio te zien die, na een uitbundige avond, afscheid nam van Dennis en Goscha, die zich vervolgens in het huis van Dennis terugtrokken. Een eenzame Tonio, die nog vriendschapsplichten had na te komen, en die om de een of andere reden de verkeerde afslag had genomen – om in het blinde en stomme noodlot zijn meerdere te ontmoeten. Zelfs de illusie dat hij misschien Paradiso had willen aandoen om, in het pand zelf of daarbuiten, Jenny te ontmoeten was ons ontnomen.

'Ik kom niet voorbij het moment van de aanrijding,' zei ik tegen Mirjam. 'Ik sla er mijn hoofd op stuk. Ik *moet* weten wat daar gebeurd is. Anders overleef ik het zelf niet. Die laatste fietstocht... de klap uit het niets... zijn kapotte lijf op het wegdek... sirenes in de verte... zwaailichten... Er gaat zo'n verpletterende eenzaamheid van uit, Minchen… al kwam ik maar te weten hoe ik zijn eenzaamheid in die minuten had *kunnen* verlichten.'

'Alles wat ik er verder nog over te weten kom, doet meer pijn,' zei Mirjam. 'Maar als jij de onderste steen boven wil krijgen… dan doe ik mee.'

Hoofdstuk IV *Verschroeide aarde*

Grief fills the room up of my absent child,
Lies in his bed, walks up and down with me,
Puts on his pretty looks, repeats his words,
Remembers me of all his gracious parts,
Stuffs out his vacant garments with his form;
Then, have I reason to be fond of grief?

Shakespeare, *King John*

1

Hoe vaak heb ik niet gedroomd dat ik iemand had gedood? Ik was een moordenaar, geen twijfel aan, en spoedig zou het uitkomen. De *ideale* moord, die beging ik zelfs in mijn dromen niet. Ik hing.

Geen opgeluchter ontwaken natuurlijk dan uit zo'n nachtmerrie. De moord was doorgaans dermate realistisch dat je je op zeker moment, diep in slaap nog, afvroeg of je niet het slachtoffer was van de valstrik van een droom. Nee, uitgesloten: dit was allemaal honderd procent echt. Ik zou de halsmisdaad moeten accepteren als door mij begaan. Geen ontsnappen mogelijk.

Pas na het wakker worden, wanneer de dromer is teruggekeerd in de enige ware werkelijkheid, komt het decor van de droom hem voor als vervaardigd uit bordkarton en piepschuim. De verwikkelingen rond de moord dragen het stempel van goedkope, ongeloofwaardige fictie. 'Dat ik daar ingetrapt ben, zeg!'

In een ander type nachtmerrie sterft een innig geliefde persoon. Decor, details, de gebeurtenis zelf: het is allemaal *zo* realistisch. In een stripverhaal knijpt de dromer zichzelf in zijn arm, maar dat is voor mij niet nodig, want ik weet: dit is de werkelijkheid. Mijn geliefde is echt dood. Mijn hart bevriest.

Tonio's dood, met alles eromheen, vliegt mij aan als een van die hyperrealistische nachtmerries die zich niets wijs laten maken. Alle *special effects* zijn ingezet zodat de droom niet te onderscheiden is van de alledaagse werkelijkheid. O, wenst de dromer zich in de arm te knijpen? Ook zo'n teken van ongeloof wordt gepareerd. Hij ontwaakt niet. Het geheim van de dromensmid.

Toch behoudt zelfs de meest onderworpen nachtmerrielijder ergens in zijn hoofd een ijskoude plek, die er – langzamerhand tegen beter weten in – rekening mee blijft houden dat de hem omringende werkelijkheid het goed geslaagde decor van een realistische droom is.

Zo vergaat het mij. De toestand waar ik sinds Eerste Pinksterdag in verkeer, draagt de kenmerken van een ijselijk goed vermomde droom. Ik kan geen scheur in de maskerade ontdekken, maar raak evenmin los van de verdenking dat ik – op een zeer hoog niveau weliswaar – voor het lapje word gehouden. Alleen... deze hardnekkige nachtmerrie neemt z'n tijd, en blijft maar duren. Dat de droom almaar gerekt wordt, is mogelijk ook een manier om z'n werkelijkheidsgehalte er overtuigend door te drukken.

Laat ik het zo zeggen: deze nachtmerrie is zo realistisch dat ik mezelf al bijna geen dromer meer voel.

2

Zondagmorgen. Als Mirjam de slaapkamer binnenkomt, lig ik in bed de zaterdagkranten te lezen, met de gordijnen en de balkondeuren open. Met alleen een lang T-shirt over haar broekje kruipt ze tegen me aan. Uit verlegenheid, misschien bij wijze van afleidingsmanoeuvre, geeft ze me bokkige kopjes, zoals haar katten dat doen. Sinds Tonio's verdwijning hebben we elkaar veelvuldig aangehaald, omhelsd, geaaid, gestreeld, geknepen – maar dat stond allemaal in dienst van de troost, niet van enige zinnenprikkeling (al sluit ik niet uit dat ook troost een erotische kant heeft). Voor 't eerst in weken streel ik terloops, door de stof van het T-shirt heen, haar borsten. Al gauw stapt ze uit bed.

'Ik weet niet of de buren nog door de klimop heen kunnen kijken,' zegt ze, 'maar ik doe de gordijnen toch maar voor alle zekerheid even dicht.'

Ik kijk naar het dikke klimoptapijt, dat het badkamerraam in de zijgevel van het Max Nord-huis al jaren geleden volledig overwoekerd heeft. Mirjam schuift de gordijnen voor het uitzicht, en komt terug in bed. Ik hervat mijn tedere knedingen, nu onder het T-shirt, maar het willen niet de borsten worden die me altijd de milde voorgloed van opwinding hebben bezorgd. Het zijn de borsten die Tonio gevoed hebben. De tepels verharden zich niet door toedoen van mijn vingertoppen, maar als reactie op het hongerige gekrijt uit de aangrenzende kamer.

De hand die tussen haar benen glijdt, behoort mij *nu* toe, maar is tegelijkertijd de hand die, in de zomer van '88, aarzelend durfde te controleren of de jonge moeder al voldoende genezen was van de bevalling om mij te ontvangen. Zij vertoont, als antwoord op mijn strelingen, niet de verschijnselen die ik van haar gewend ben. Mijn hand wordt vervangen door de hare, maar ook die weet niets uit te richten. Als ik het weer van haar wil overnemen, houdt ze me tegen, fluisterend: 'Ik zie aldoor Tonio voor me. Op vakantie.'

Vanaf dat moment zie ik natuurlijk ook Tonio voor me – niet als zuigeling die de borst krijgt, maar als tienjarige. Op vakantie inderdaad. Mirjam kan me stimulerend strelen en kneden wat ze wil, ik blijf Tonio voor me zien zoals hij die zomer was, in Marsalès. Zijn bedrijvigheid. Hij komt op me af met een levensechte slang over zijn schouder. Als hij op een speciale manier de staart manipuleert, kronkelt het ding rond zijn nek.

'Hij is niet echt. Het is mijn knuffelslang.'

Ik zie hem staan hengelen bij een kleine waterval, die het zwemmeertje voedt. Hij haalt in hoog tempo zilverige visjes op, die hij behendig van de haak plukt en terug in het bruisende water werpt. Tranen van boosheid als de campingopzichter het vissen plotseling verbiedt, omdat hij vreest voor het bestand.

'Ik gooide ze toch zeker terug. Het was alleen maar voor de sport. Ik denk heus wel aan het milieu.'

Ik zie hem met een bat in de hand dansen voor de pingpongtafel, met die fosforescerende buisjes op de ruggen van zijn handen geplakt om de tegenstander van de wijs te brengen. Nu is het zijn moeder die haar veto uitspreekt: stel dat de buisjes breken, zodat de giftige vloeistof...

Ik hoor hem bedroefd klagen dat hij 'nog steeds geen vriendje gemaakt' heeft. Ik zeg: 'Dat hoeft toch niet meteen de eerste week al?'

'Hij had bijna beet,' zegt Mirjam, 'maar die jongen was twee jaar ouder, en dat vindt Tonio niet fijn.'

Aan het begin van de avond komt hij verhit met zijn gehuurde mountainbike het erf op gereden. 'Ik heb vier vriendjes tegelijk gemaakt. Bij het pingpongen. Wie won met tafeltennis, heb ik getrakteerd. En nu is mijn geld op, en nu kwam ik vragen...'

'En hebben die vriendjes, als jij won, jou ook getrakteerd?'

'Nee, want ik won niet. Ik kan het nog niet zo goed.'

'Op de kast in de kamer ligt een envelop met muntstukken. Ga die maar eens halen.'

Ik keer de envelop om op de terrastafel. Een heleboel Frans wisselschroot. Ik laat Tonio er de waardevollere muntstukken uithalen. 'Denk erom: jij hoeft niet als enige te trakteren. Of je nou wint of verliest.'

'Oké.'

Als hij op de mountainbike stapt, hangt zijn broek scheef van de zware geldstukken in zijn ene zak. Een uur later komt hij, met valhelm en zonnebril op, vrolijk en nog meer verhit op onze eettafel af gefietst. Hij schept zijn broekzak leeg, en deponeert het grootste deel van het meegekregen geld op tafel. 'Die andere twee waren eigenlijk geen echte vriendjes. Die heb ik dus niet meer getrakteerd.'

Tonio toont zich blij verrast als ik zeg dat hij de munten mag houden. 'Omdat je zo eerlijk bent.'

'Weet je, Adri... die twee jongetjes die *wel* mijn vriendjes zijn, hè, die hebben gevraagd of ik vanavond naar hun tent kom.'

'Goed. Voor het donker terug.'

'Hoe laat is dat?'

'Ik schat: kwart voor elf.'

'Hoe moet ik nou weten wanneer het kwart voor elf is?'

Ik gesp mijn horloge om zijn pols.

Ik heb me verkeken op het snelle donker worden in Zuid-Frankrijk. Mirjam gaat hem ophalen. Tonio fietst voor haar uit, en racet lachend het erf op, remmend met banden waaronder dorre takjes knappen. 'Het zijn broertjes. Twee broertjes.'

'Van jouw leeftijd?'

'Ze lijken zowat even oud. Ik weet niet wie de oudste is.'

Tonio komt tegenover me aan de tuintafel zitten, en laat zich lui onderuitzakken. Hij heeft het voor elkaar.

3

'Met dank aan Tonio,' zegt Mirjam met een droevig lachje. We liggen onbevredigd naast elkaar, zonder de lome soezerigheid van vroegere zondagochtenden. Alle strelingen en aanrakingen zijn weer gebaren van troost geworden, en dat is natuurlijk ook wat waard.

'Het zal nog erger worden,' zeg ik. 'Een levende Tonio liet zich gemakkelijk wegdenken... die ging zijn eigen gang wel... De dode Tonio is er altijd. Die stuur je niet zomaar weg. Hij waakt over ons, en heeft ons uitgekozen om over hem te waken. We zijn met z'n drieën aan elkaar overgeleverd tot aan het einde van jouw of mijn dagen.'

Mirjam ligt op haar rechterzij. De traan uit haar rechteroog kiest de kortste weg naar het hoofdkussen. Die uit het linkeroog moet eerst de drempel van de neus nemen, alvorens de rechterwang te bereiken – en veel later pas de kussensloop.

'Als hij er altijd is,' zegt ze, 'dan zou dat betekenen dat we minder eenzaam zijn, nu we... nou ja, verder zo goed als niemand meer zien.'

'Sterker, *hij* vormt de garantie dat de wereld buitengesloten blijft. Tonio is de wig tussen ons en de rest. Hij is onze bodyguard... zonder oortje, want hij heeft geen instructies nodig. Lijfwacht, gijzelaar en gijzelnemer ineen. Wat willen we nog meer?'

'Dat.'

'Wat?'

'Dat het allemaal niet nodig zou zijn... die hele afzondering en zo.'

'Er is geen terug.'

4

Een kennis van ons is reukonderzoeker, wat niets met de polikliniek KNO in het ziekenhuis te maken heeft. Hij houdt zich onder meer met mensentranen bezig, en hun effect, qua geur dan, op de menselijke omgangsvormen. Er is nog niet over gepubliceerd, dus de resultaten zijn geheim, maar hij wilde wel al kwijt dat vrouwentranen het mannelijke libido beïnvloeden.

'Oognat stimuleert,' raadde ik.

'Omgekeerd,' zei hij. 'Het tast de zin in sex aan.'

'Ik heb natuurlijk wel eens een traantje geproefd,' zei ik. 'Maar een speciale geur heb ik er nooit aan kunnen ontdekken.'

'Mannen ervaren tranen als reukloos. Ondertussen vernietigt de geur hun geilheid. Er zitten feromonen in. Een soort lokstof, vreemd genoeg... maar dan niet als werving voor de paringsdaad.'

Het verbaasde me. Ik herinnerde me het afscheid, in 1973, van een meisje, dat voor mij bij haar ouders weggelopen was, terwijl ik met vrienden al een vakantie besproken had, waar zij niet in paste. Zij zat ondergedoken bij vrienden. Ik ging haar gedag zeggen. 'Het is maar voor zes weken.' Bij mijn binnenkomst had ze het op een huilen gezet, en was er tot aan mijn vertrek mee doorgegaan. Haar onbekrompen tranenvloed, aangelengd met dun snot, had me juist als nooit tevoren tot de daad gestimuleerd – maar misschien speelde ook haar wanhopige passiviteit daar een rol bij.

'De geur van neusvocht met betrekking tot het libido hebben we nog niet onderzocht,' zei mijn kennis. 'Het zou kunnen dat snot uit een treurende loopneus de feromonen in tranen neutraliseert. Maar nu zijn we wel heel speculatief bezig.'

'Als ik bij Mirjam de tranen zie stromen,' zei ik, 'dan heb ik voornamelijk de behoefte haar hevig te troosten.'

'Denk daar maar eens over na,' zei de reukonderzoeker. 'Ik

denk dat je hiermee heel dicht bij de functie van die feromonen bent. Lokstof tot het bieden van troost.'

Het leven heeft mij een hak gezet.

Mijn omgeving, het milieu waarin ik opgroeide, heeft mij altijd geleerd dat het goed was te trouwen en een gezin te stichten – al gaf de familie waaruit ik stam niet het goede voorbeeld. Mijn vader was een weekenddrinker, die zijn verlatingsangst bestreed met zelfmoorddreiging. Ik herinner me de keer dat mijn moeder en haar drie kinderen, voorafgegaan door twee politieagenten, de woonkeuken van mijn ouderlijk huis betraden, waar alle pitten van het gasfornuis in de hoogste stand stonden te suizen. Papa had niet de moeite genomen er een lucifer bij te houden. Hij had ze opengedraaid met bebloede vingers: op het aanrecht stond een kapot geknepen glas.

Boven vonden de dienders mijn vader liggend op bed, met zijn kop dicht bij het openstaande raam, zodat we tot op de dag van vandaag niet weten voor wie het gas nou eigenlijk bedoeld was – misschien voor de aansteker van een door ons gealarmeerde buurman.

Vijftien jaar nadien ontmoette ik D&GA. In de zeven jaar dat we samenwoonden bleven onze moeders (en vaders) informeren naar het eerste kleinkind. In feite betrof het een *eis* met een vraagteken. Blijkbaar had het gezin, de idee van een gezin, een waarde die niet zomaar door een enkel destructief familielid te vernietigen was.

Ik kan niet zeggen dat ik bezweken ben voor de bemoeizuchtige wensen van mijn moeder en schoonmoeder, godbewaarme. Maar ik kan evenmin ontkennen dat het gezin, ondanks een verkeerd gebruikt gasfornuis, het model was van mijn jeugd – een *mal* die zich niet zomaar liet verloochenen.

We besloten tot een kind. Ik verwekte het willens en wetens bij haar. We trouwden ter wille van het kind in aantocht. Het kwam, en het maakte ons bijna tweeëntwintig jaar lang bijzonder gelukkig. Nu zitten Mirjam en ik tot aan onze respectieve sterfdata met een levensgroot verlies op schoot, in plaats van met een levende zoon. Het was dus allemaal gelogen, die geborgenheid die de eigen familie garandeerde. Een stinkende leugen, het kind als buffer tegen de eenzame kilte van de eigen dood.

Ik zie mezelf naast mijn moeder voor een glaswand van de kraamafdeling in het Slotervaartziekenhuis staan. Achter het glas toont Mirjam haar schoonmoeder de kleine – o, wat klein is hij, net uit de couveuse. Mijn moeder kijkt ontroerd toe. Met haar viel nooit ontspannen over sexuele aangelegenheden te praten. Aan voorlichting deden mijn ouders niet. ('Wat wisten wij zelf nou, vroeger?') Nu zal ze eraan moeten geloven.

'Nou, mama, heb ik een mooi wurm voor je gemaakt, of heb ik geen mooi wurm voor je gemaakt?'

Sinds ik er eind jaren zestig mee begon te experimenteren, heb ik de geslachtsdaad en alle voor- en naspelen altijd heel goed los kunnen zien van de voortplanting. Natuurlijk, het werd me gemakkelijk gemaakt doordat steeds meer meisjes in mijn omgeving de pil gebruikten, en daarmee letterlijk afgesneden waren van de voortplanting. Alle aandacht kon naar de verfijning van het spel zelf uitgaan.

Sex in relatie tot voortplanting ging pas weer een rol spelen toen er tot een kind besloten was. Mirjam hield op met de pil en met roken. Ik met drinken. Op een zondagmiddag verwekte ik, via tederheid en de beproefde techniek, een kind bij haar. Op vrijdag 13 november 1987 bleek uit een predictortest dat er nageslacht op komst was.

Dat je met een nieuw leven ook een nieuwe dood verwekt, is een eeuwenoud cliché. Het gaat dan wel om een nieuwe dood die voor de verwekker niet bedoeld is om bij leven en welzijn nog mee te maken, evenmin als het dat voor de vrouw is die het nieuwe leven gebaard heeft. In mijn geval kan ik stellen dat ik met de verwekking van Tonio ook mijn huidige verlies heb verwekt. Het cliché werd vroegtijdig door de werkelijkheid verzilverd.

Zo gemakkelijk als ik al die jaren van mijn jeugd en jongvolwassenheid sex los had kunnen koppelen van voortplanting en nageslacht, zou sex nu voorgoed verbonden zijn met verlies en gemis en pijn. Mijn hele idee van voortplanting was radicaal op z'n kop gezet. Altijd al met flauwe, laffe dubbelzinnigheden omgeven was sex nu pas echt, in ernst, iets dubbelzinnigs geworden.

5

Volgens Van Dale is kruipolie een 'dunne olie van bijzondere samenstelling, die door capillaire werking tot moeilijk bereikbare plaatsen kan doordringen, en vooral wordt gebezigd om vastgeroeste delen los te krijgen'.

De afgelopen weken heb ik mijn verdriet als een soort kruipolie leren kennen. Het dringt door tot in de haarvaten van mijn emotionele systeem, als dat bestaat, en weekt daar de geringste details van Tonio's voorbije leven los, elke vergeten en halfvergeten herinnering. Alles lost troebel op tot heimwee en melancholie.

Na een bezoek aan mijn ouders lieten we een taxi voorrijden om ons naar het station van Eindhoven te brengen. Tonio wilde per se voorin, naast de vrouwelijke bestuurder. Mirjam en ik kropen achterin, en luisterden verbaasd naar wat dat zoontje van ons de chauffeuse allemaal te vertellen had. Hij was drie, misschien net vier, en sloeg een vertrouwelijke toon aan tegen de jonge vrouw, die er bijna verlegen onder werd.

'... en als we thuis zijn, gaat mijn Adri... mijn papa met mij... met mij *stoeien*. Dat doet hij altijd met mij. Stoeien.'

Mirjam en ik keken elkaar eens aan, zij mij met opgetrokken wenkbrauwen. Ja, ik gaf hem wel eens een por, zat hem een enkele keer achterna als hij niet naar bed wilde, en gooide hem in de lucht wanneer het zo uitkwam, maar stoeien, een echte stoeipartij, nee, die was er tot nu toe bij ingeschoten.

'En wat doen jullie dan,' vroeg de bestuurster, 'een kussengevecht?'

'De kieteldood,' zei Tonio zonder aarzelen. 'Dan doen we de kieteldood.'

Ach, lief jongetje. Hoe vaak had hij me niet beslopen om me in mijn zij, onder mijn oksel of achter mijn oor te krabbelen. Ik kon goed tegen gekietel, en deed nog eens extra mijn best om onder zijn kriebelpogingen onaangedaan te blijven – ongetwijfeld om hem te plagen (je vader eronder krijgen, ventje, dan moet je met grovere middelen komen), maar nu, in die taxi, had ik er spijt van. Hij wilde mij met zijn wriemelende vingertjes de slapte bezorgen, het uit laten gillen, en zo tot wraakneming verleiden in de vorm van een schijngevecht. De stoeipartij waar hij zo naar snakte, resulterend in een kieteldood voor beide partijen. Ik had het weer eens niet begrepen.

Nu hij gestorven is, en bepaald niet aan de kieteldood, lukt het me nog steeds niet het uit te gillen. Inwendig, ja, met alle registers open. Schaamte maakt dat Tonio's gesprek met de taxichauffeuse onafgebroken in mijn hoofd wordt afgespeeld. Hij was zo lief: hij nam genoegen met een opgetogen beschrijving van toekomstig gestoei, ook al zat dat er niet in. Zo kon hij er, in woorden, toch van genieten.

6

We leven nu zes weken met een wurgend gemis. Het is geen loze beeldspraak. We hebben ervaren, en maken nog elke dag mee, hoe een dwingende afwezigheid met haar tentakels letterlijk je keel toe kan snoeren. De schreeuw blijft steken in de strot. Verlies is een worger die zijn slachtoffer niet meer protest dan wat gegorgel gunt.

Volgens Mirjam heb ik het gisteravond uitgeschreeuwd om Tonio. Dat zou dan voor het eerst zijn sinds Pinksteren. Als het op de uiting van emoties aankomt, ben ik vaak een binnenvetter genoemd – wat lijkt te duiden op het hamsteren van gevoelens. Ik heb eerder de indruk dat naar binnen gerichte gemoedsbewegingen een mens uithollen. Hij vreet zich op.

'Het verdriet, dat lekt bij mij ergens vanbinnen weg,' heb ik al een paar keer tegen een huilende Mirjam gezegd. 'Ongeveer als een inwendige bloeding.'

Ik schreeuw wat af op zo'n dag, daar niet van. Innerlijke pijnkreten, die me overvallen. Ik heb er geen zeggenschap over, en tegelijkertijd zorg ik ervoor dat ze me niet ontsnappen – dat ze me niet over de lippen komen. Het schreeuwt in mij.

Soms bedient het innerlijke geweeklaag zich van de stemmen van mijn ouders. Een jeugdvriend, die weer de zoon is van mijn moeders boezemvriendin, schreef me dat zijn moeder had gezegd: 'Het is maar goed dat Toos dit niet hoeft mee te maken.'

Onmiddellijk vertaalde zich dat bij mij in de smartelijke kreet van ongeloof die Tonio's oma Toos (nog voordat Parkinson haar spraak aantastte) geslaakt zou hebben bij het vernemen van het gore nieuws. Sinds ik de brief ontving, blijft mijn moeders uitroep ziekmakend door me heen snerpen. Niemand om me heen die er iets van opvangt.

De manier waarop mijn vader, als reactie op Tonio's dood, zijn stem in me verheft, heeft iets blafferigs, bijna de aanzet tot een doffe lach van ontzetting, die eindigt in een hoestbui vol knerpend gesnik. O, wat vond ik het prachtig dat hij de liefde die aan mij niet te slijten was bij zijn kleinzoon kwijt kon. In de ondertonen heeft mijn vaders schreeuw van afschuw iets strijdbaars: dit moet ongedaan gemaakt worden, en wel onmiddellijk.

Gisteravond heb ik dus, als ik Mirjam mag geloven, een luide schreeuw laten horen. Ik heb er geen directe herinnering aan.

We hadden nogal wat gedronken, vooral ik. Het kan zijn dat Mirjam me heeft uitgedaagd om nou eindelijk eens op vol volume mijn hart te openen. Mijn geheugen bewaart er alleen een abstract nabeeld van: een kortstondige zwarte draaikolk, van walging misschien, waar de zich almaar rekkende, helgele tong van een stem doorheen probeert te breken.

Alleen Mirjams woorden, van ver weg, die herinner ik me letterlijk – althans, bij navraag blijken ze te kloppen.

'Geeft niet… doe maar, kleintje. Het kan geen kwaad.'

7

'Hoe?' vroeg Mirjam.

'Naar buiten,' zei ik. 'Niet langer thuis blijven hangen tot iemand weer eens wat komt melden. Eropuit. Ik wil de politie spreken… hun dossier inzien… het verslag van het AMC. Ik wil Tonio's fiets zien. De plek waar het gebeurde… misschien zijn die gele strepen nog niet helemaal weggesleten. Ik weet niet of je die neiging kent. Je hebt een zieke kies, die een beetje loszit. Bij de lichtste aanraking, van je tong bijvoorbeeld, gaan er geweldige pijnscheuten door je kaak. Vroeg of laat krijg je de behoefte om de pijn te provoceren. Je bijt keihard op de kies… en je wordt beloond. Nou, zo ga ik in 't vervolg met mijn verdriet om. Ik ga het provoceren… het naar me toe halen.'

'En mijn pilletjes… vind je dat ik daarmee op moet houden?'

'Nee, de pijn krijgt jou toch wel te pakken. De vraag is: kun je het aan… *wil* je meer weten over het ongeluk en alles eromheen?'

'Ik sluit me bij jou aan.'

'Goed, dan blijven we niet achter gesloten gordijnen zitten miezemuizen, en gaan we buiten door met onze eigen reconstructie. Gewoon *Opsporinkje verzocht* spelen. We weten nu waar Tonio zijn laatste uren heeft doorgebracht… waar hij vandaan kwam toen hij verongelukte. De rest moet ook in te vullen zijn. Ik ga een afspraak maken met die Ongevallenunit in de James Wattstraat. Als jij het op je neemt om de foto's van Jenny boven tafel te krijgen... dan kunnen we haar ook eens uithoren.'

'Ik ga Klaas nog een keer bellen,' zei Mirjam. 'Die sticks, die rolletjes... ze kunnen niet zomaar van de aardbodem verdwenen zijn.'

Rouwverwerking – we schrapten het begrip uit ons woordenboek. Elk verwerken, zelfs maar de aanzet ertoe, verwijderde ons verder van Tonio, en was dus taboe. We lieten de zenuw open, en dwongen zo de pijn af die ons met Tonio verbond. Ook dat was een vorm van rouw, maar dan een die niet aan vervlakking werd blootgesteld – een die onophoudelijk vernieuwd en verergerd werd.

8

'Als je toch in de Nepveu bent,' zei ik tegen Mirjam, 'kijk dan ook even of je Tonio's horloge ziet.'

Ze ging met fotograaf Klaas naar De Baarsjes om daar de sticks en rolletjes met foto's van Jenny te zoeken. Veel hoop was er niet, want zowel Jim als Dennis had al laten weten dat er bij het opruimen van Tonio's werktafel, een week na zijn dood, niets van dien aard gevonden was. Er restte nog een kleine kans dat er iets op Tonio's computer aangetroffen werd.

Mirjam kwam bedroefd thuis. Van Jenny's portretten geen spoor. Zelfs de polaroids, die Tonio mij had laten zien na de sessie, waren op de hele etage niet te vinden. Van Tonio's 'bloedgabber' Jim hadden ze weinig medewerking ondervonden.

'Die polaroids,' zei ik, 'misschien droeg hij die bij zich. Dan zouden ze bij zijn spullen in de James Wattstraat moeten liggen. We moeten niet alleen een afspraak met die lui maken voor een gesprek, ook voor het ophalen van Tonio's eigendommen.'

'Hopelijk is het horloge daar dan ook bij,' zei Mirjam verslagen. 'In de Nepveu heb ik het niet kunnen vinden.'

'En het katje... hoe was het daarmee?'

'Ik durfde het niet eens aan te raken. Het kroop schuw weg. Stel je voor dat haar vachtje statisch geknetterd had... dan waren dat misschien vonken Tonio geweest. Het product van zijn laatste aai.'

9

Op zijn vijftiende begon hij met fotograferen – geen kiekjes, maar opmerkelijke situaties en door anderen onopgemerkte doorkijkjes, waarbij hij een natuurlijk gevoel voor compositie aan de dag legde. Het viel me op dat hij een dure smaak voor camera's ontwikkelde. De lens waarmee hij het diepst tot het mysterie van de zichtbare wereld dacht te kunnen doordringen, was toevallig ook altijd de kostbaarste.

In de vierde klas ging hij met een groep leerlingen en docenten van het Ignatius naar Griekenland om de resten van de oude beschaving te bestuderen. Tonio rook zijn kans om het *andere* Griekenland te fotograferen. Het slordig moderne. Ze vlogen vanaf Schiphol, maar moesten in Brussel overstappen. Tonio, veel te gezagsgetrouw, had het advies om als handbagage alleen het hoogstnoodzakelijke mee het vliegtuig in te nemen te letterlijk genomen, waardoor de dure camera in zijn koffer terechtkwam.

Zaventem was in die jaren berucht om z'n corrupte bagagedienst. Bij het overbrengen van de koffers naar het vliegtuig voor Griekenland werd Tonio's fotoapparatuur gestolen.

Ik herinner me hoe ontdaan ik was toen na een busreis naar Luxemburg, waar ik met een groep zou kamperen, mijn nieuwe miniatuurpannenset (cadeau van oma) spoorloos bleek. Mijn heimwee paste precies in de leemte van het zoekgeraakte kampeergerei. Ik was twaalf. In mijn bagage trof ik alleen nog de doos aan met groene zeep, waarmee de pannetjes aan de buitenkant ingesmeerd moesten worden om het aluminium niet zwart te laten worden boven het kampvuur. Het avontuur was kapot.

Tonio meldde ons de diefstal telefonisch. Hij hield zich goed. Volgens zijn begeleiders, later, had hij aan alle activiteiten volop meegedaan. Er was niets aan hem te merken geweest. Ik wist wel beter. Hij had het vernederende verlies van de apparatuur steeds met zich meegedragen. Bij alles wat hij wilde fotograferen, bleef hem niets anders over dan een vierkant te maken met twee duimen en twee wijsvingers.

Als ik in deze dagen de droefheid weer eens muurvast voel zitten, stel ik me de vijftienjarige Tonio in Griekenland voor, met rond zijn nek de steen waar zijn trotse camera had behoren te hangen. Zoals een onverwacht harde alarmbel kan inwerken op iemands volle blaas, zo werkt de gedachte aan het gestolen toestel op mijn gemoed. Tranen, eindelijk – twee, maar voorlopig genoeg.

10

'Al die details... ik weet niet of ik het allemaal aankan,' had Mirjam een paar dagen tevoren gezegd.

'Goed, dan ga ik wel alleen,' zei ik. Maar nu de dag daar was, moest ik me afvragen of *ik* het wel allemaal aankon, in m'n eentje. Ik stelde voor dat ze toch mee zou gaan, en de kamer zou verlaten zodra het besprokene te confronterend werd. 'Dan staat er in ieder geval na afloop buiten iemand op me te wachten.'

Een agent van de Dienst Controle Infrastructuur Verkeer, Afhandelunit Ernstige Verkeersongevallen, zetelend in de James

Wattstraat bij het Amstelstation, had telefonisch aangeboden om samen met zijn collega naar een politiebureau bij ons in de buurt te komen, dit om ons niet nog zwaarder te belasten. Het werd de post Koninginneweg. De afspraak was om drie uur.

'Laten we met de auto gaan,' zei ik.

'Wat?' riep Mirjam uit. 'Voor dat eindje?'

'Ik moet er niet aan denken, Minchen, dat mensen op straat me staande houden om me te condoleren.'

Gelukkig stond de auto pal voor de deur, zodat ik met enkele stappen vanaf de stoep in veiligheid was. Mirjam ging nog even terug naar binnen om Tonio's mobieltje te halen, dat hij tijdens het ongeluk bij zich had gedragen, en dat ons in het AMC, verzegeld in plastic, ter hand was gesteld. De agent van de Afhandelunit Ernstige Verkeersongevallen had aangegeven te willen controleren of het slachtoffer mogelijk op het fatale moment, fietsend, had zitten bellen. Mirjam deed de gsm terug in de doorzichtige buil, die ze mij overhandigde.

'Dat plastic,' vroeg ik, 'moeten ze daardoor denken dat we het apparaatje niet hebben aangeraakt? Ze zien zo ook wel dat de zak open is getrokken.'

Ze haalde haar schouders op, en startte de auto. Wel twin tig keer waren we door de gsm heen gegaan. Inkomende telefoonnummers met en zonder naamsaanduiding. De sms'jes. De boodschappen op de voicemail, zoals enkele bedeesde van een meisje (dat de gezochte Jenny bleek te zijn), met steeds ijler stemmetje, de laatste met het verzoek aan Tonio om toch alsjeblieft terug te bellen of via Facebook contact op te nemen. Ze noemde geen telefoonnummer, en bij geen van Tonio's opgeslagen nummers had 'Jenny' gestaan. Ze had geen sms'jes gestuurd. We noteerden alles, en belden alle ons onbekende nummers. De identiteit van de meisjesstem was langs die weg niet te achterhalen geweest.

Inderdaad een ritje van niks. We parkeerden aan het einde van de Van Breestraat. Op de hoek daar met de Emmastraat is onze vaste dierenwinkel, die de kilobalen droog knabbelvoer voor de Noorse boskatten levert. Hoewel het een egaal grijze dag was, zat de eigenaar van de dierenwinkel met vrienden buiten op een bank te roken en te drinken. Hij groette vriendelijk, nieuwsgierig ook, maar sprak ons gelukkig niet aan. Ik duwde Mirjam snel de straat over, tussen de geparkeerde politieauto's door, naar het voormalige koetshuis uit de begintijd van het Concertgebouw. Hier was op de ochtend van Eerste Pinksterdag de ons onbekende automobilist verhoord die een hem onbekende fietser had aangereden.

De kleine receptieruimte zag er slonzig en gedateerd uit, met een uit het systeemplafond loshangend kurken tegeltje, waar naar de kluwen draad te oordelen de elektriciteit was gerepareerd. Zelfs nu kon ik het niet laten mijn ogen de kost te geven ten gunste van de scènes op het politiebureau in mijn nieuwe roman. In de hoek was een agente, gedempt vloekend, met druipende bekertjes bij een koffieautomaat aan het klungelen.

De receptionist wist ervan. De heren van de Afhandelunit Ernstige Verkeersongevallen bevonden zich elders in het gebouw, en hij zou ze persoonlijk gaan verwittigen. 'Ogenblik.'

Aan Mirjams bleekheid kon ik afmeten hoe witjes ik er zelf ongeveer uitzag. Ik was hier twee keer eerder geweest. De eerste maal, in 1995, toen ik na terugkeer uit Berlijn mijn tas in de trein had laten staan, en door de spoorwegpolitie naar mijn buurtbureau was verwezen om een formulier in te vullen. (De tas was uiteindelijk, buiten elke politiebemoeienis om, op mijn huisadres terugbezorgd door een Roemeense jongeman, die met dezelfde trein naar Amsterdam was gereisd om hier een zomercursus economie te volgen. Hij had zich over de tas ontfermd 'om iets terug te doen voor de gastvrijheid die hij elke zomer weer ontmoet had'. Ik heb hem toen maar binnen genodigd, en hem van voedsel en drank voorzien.)

De tweede keer dat ik me hier vervoegd had, was na een officiële oproep daartoe. Een vriendelijke agent deelde me mee dat er een aanklacht tegen me ingediend was wegens molest van een cafébezoeker. Ik kon me geen recent incident in dat genre herinneren. Volgens de agent had het plaatsgehad bij café Welling, en ging het om een Canadese toerist. Hij gaf een paar antecedenten van de man. Bij de lengte van 2 m 2 ging me een licht op. Na de openingsavond van de Uitmarkt 2000 had aan de stamtafel bij Welling een of andere nepdichter me het bloed onder de nagels vandaan zitten halen. Ik zag me voor de keuze gesteld: hem een rotklap geven, of weggaan en zo escalatie voorkomen. Ik besloot tot het laatste.

Ik was de drempel nog niet over of er klonk een hijgerig opgewonden stem achter me: 'Sir, sir, do you have a moment… are you a writer, sir?'

Waarom de gek zich opeens in het Engels tot me richtte, was me een rotzorg, maar het moest nou maar eens uit zijn.

11

Verblind van woede draaide ik me om, en daar had ik de treiterpoëet al bij zijn revers. Ik legde hem – oef, wat bleek hij in opgerichte staat lang en zwaar – in één vloeiende beweging dwars over een fietsenrek, dat daar zonder rijwielen erin aan de trottoirband stond. Toen de man daar in zijn volle lengte van minstens twee meter op zijn fakirbed van gebogen buizen lag, besefte ik mijn vergissing. Het was niet de dichter die mij eerder binnen lastig had gevallen, maar, zoals spoedig bleek, een in Nederlandse literatuur geïnteresseerde Canadese student. Zijn Amsterdamse vrienden schoten toe. Ik bood de Canadees mijn hand en trok hem, onder duizend excuses, van het fietsenrek. Onder het uitleggen van wat er mis was gegaan, klopte ik zijn kleren af. Hij had zich toch niet bezeerd? O, nee. Mocht ik hem iets te drinken aanbieden? Zeker. Ik bestelde aan de bar een dienblad vol drank, ook voor de gastheren van de Canadees.

We dronken, rondje na rondje (ik betaalde alles), op de broederschap van onze ver uiteenliggende maar door migratie verwante werelddelen, op de literatuur van onze beide landen, en op onze per kwartier intiemer wordende vriendschap.

'Wat een geluk,' betoogde de Canadees, 'dat ons kleine handgemeen op een misverstand berustte.'

Ik deed de agent verslag van de aldus verlopen avond, en wilde weten hoe dit tot aangifte van mishandeling had kunnen leiden. Hij citeerde uit het proces-verbaal: dat op de rug van de Canadees de volgende ochtend, bij het douchen, bloeduitstortingen waren aangetroffen, waarna alsnog was besloten een aanklacht wegens molest in te dienen.

'Staat er niets bij,' vroeg ik de agent, 'over een kater, en dat die mij ook valt aan te rekenen? Ik bedoel, na al die rondjes... ik kan wel een alcoholvergiftiging van de Canadese toerist op het oog hebben gehad.'

'Als ik uw weergave van het incident zo hoor,' zei de agent, 'dan maakt de aangifte weinig kans. Mijn collega heeft uw verklaring inmiddels op zijn computer staan. Ik denk dat u ervan uit kunt gaan dat u hier niets meer over hoort.'

Evengoed kreeg ik een paar weken later, toen ik het incident alweer vergeten was, een acceptgiro van driehonderdvijftig gulden in de bus. Voor dat bedrag kon ik vervolging wegens molest afkopen. Omdat ik geen zin had in de hele idiote rechtsgang, was ik nog zo laf om te betalen ook – wat ik tegenwoordig nooit meer zou doen.

Nu was ik hier, op het bureau Koninginneweg, dus voor de derde keer, ditmaal om te vernemen hoe mijn zoon precies verongelukt was.

Vanuit deze politiepost was op de stralende ochtend van Eerste Pinksterdag richting Johannes Verhulststraat een busje met twee jonge agenten vertrokken. De vrouwelijke agent had me later een condoleancekaart gestuurd: dat ze het zo vreselijk had gevonden om ons een bericht te gaan brengen dat mogelijk ons hele leven zou veranderen. Het was het moeilijkste moment in haar nog jonge carrière tot nu toe geweest, zo schreef ze.

12

De receptionist keerde achter de balie terug. Een andere medewerker van het bureau ging ons, langs kale trappen en muren, voor naar een kamer boven in het gebouw, mogelijk de zolder waar vroeger het hooi voor de koetspaarden opgetast had gelegen. We werden voorgesteld aan de agenten Hendriks en Windig van de Afhandelunit Ernstige Verkeersongevallen, uit de James Wattstraat.

De agent die ons gebracht had, bood iets te drinken aan. Mirjam en ik kozen voor een glas water, de mannen van de Afhandelunit kregen koffie. Op de lage tafel stond een grote schotel met roomboterkoekjes van verschillende vorm, een selectie die bij de banketbakker 'gemêleerd' heette. Mirjam en ik namen er niet van. Misschien dat daarom ook de agenten de schaal onaangeroerd lieten, terwijl iedereen toch wist hoe heerlijk een roomboterkoekje bij de koffie kon smaken.

Agent Hendriks, vier strepen per schouder, nam het woord. Hij vroeg of wij vragen hadden. Ik keek Mirjam aan, die met blinkende ogen bijna onmerkbaar knikte, ten teken dat ik mijn gang kon gaan.

'De auto die Tonio geschept heeft...' begon ik, 'is ergens uit gebleken dat die te hard reed?'

'Nee, dat is nog in onderzoek,' zei Hendriks aarzelend. 'De bestuurder is na de aanrijding mee hiernaartoe genomen voor verhoor. Hij heeft kort in een arrestantencel gezeten. Ik had toevallig dienst die nacht, en ben meteen naar de Koninginneweg gegaan. Samen met een collega heb ik hem verhoord. Hij had toen al een blaastest ondergaan, waaruit bleek dat de persoon in kwestie geen alcohol gebruikt had. De man kwam van zijn werk. Iets in de horeca. Hij was vreselijk aangedaan door het ongeluk, en toen hij de volgende dag hoorde dat het dodelijk... nou, u mag gerust van mij aannemen dat hij er kapot van was.'

'Even terug naar dat verhoor,' zei ik. 'Heeft de man ontkend dat hij te hard reed?'

'Keihard ontkend niet,' zei Hendriks. 'Maar volgens de automobilist in kwestie had hij de toegestane snelheid aangehouden. Dit feit werd bevestigd door de bijrijder. Zo iemand noemen wij een besmette getuige, omdat er mogelijk van partijdigheid sprake is. Er zijn nog meer getuigen. Een voetganger en een taxichauffeur. Zij hebben in eerste instantie... die nacht dus... een verklaring afgelegd, en zullen nog nader verhoord worden.'

'Kan technisch onderzoek hier nog iets uitrichten?' vroeg ik. De koekjes begonnen steeds sterker te ruiken. 'U heeft mij zelf aan de telefoon gewaarschuwd voor de mogelijk confronterende gele strepen op het wegdek... dus ik neem aan...'

'O, zeker,' nam agent Windig het over. 'De kracht van de aanrijding... de hoek waarin fiets en auto zich tot elkaar verhielden... dat moet allemaal terdege onderzocht worden. De uitkomst zal nog wel even op zich laten wachten. De auto is in beslag genomen, en die wordt nu samen met de fiets van het slachtoffer in het lab aan allerlei tests onderworpen. De fiets kan bijvoorbeeld een afdruk in de carrosserie hebben achtergelaten. Zo'n detail kan iets zeggen over de toedracht.'

'Bovendien,' zei Hendriks, 'zijn er opnames van een beveiligingscamera op het Max Euweplein opgedoken. Van het Holland Casino, als ik het goed heb. Ze zijn in beslag genomen. De beelden worden bestudeerd. Het betreft opnames van grote afstand, maar misschien geven ze enig uitsluitsel.'

'Als ik ze maar niet hoef te zien,' zei Mirjam. 'Ik koester de eerste foto die ooit van onze zoon gemaakt werd, toen hij in de couveuse lag. Een verkleurde polaroid. Die durf ik al nauwelijks meer te bekijken...'

Met in mijn achterhoofd de bewakingscamerabeelden zoals

ze vaak in programma's als *Opsporing verzocht* vertoond werden, van overvallen op juweliers en benzinestations, probeerde ik me een voorstelling te vormen van Tonio's laatste bewegende beelden. Schokkerig, met sprongetjes, kwam hij aangefietst – om al spoedig aan het oog onttrokken te worden door de eveneens schoksgewijs aanstormende BMW. Hoe wist ik zo zeker dat het een BMW betrof? Omdat ik altijd al een hekel aan dat poenige merk had gehad?

'Door wat voor auto is hij trouwens geschept?' vroeg ik, eigenlijk alleen om dat van die BMW bevestigd te krijgen.

'Een Suzuki,' zei agent Hendriks. 'Een rode Suzuki Swift.'

Uit de leren tas die tussen zijn voeten stond, trok Hendriks een stofmap tevoorschijn, en legde die op het glazen tafelblad. Om meer ruimte te maken schoof hij de schaal koekjes in mijn richting, waardoor voor mij de roombotergeur alleen maar sterker werd. Hendriks sloeg de stofmap open, en bladerde in papieren – net zo lang tot hij een situatieschets gevonden had van het kruispunt Hobbemastraat/Stadhouderskade, compleet met de kinderlijke afbeelding van een rood autootje.

'Mijn schuld aan dit ongeluk lijkt steeds groter te worden,' zei ik.

De agenten keken me vragend aan.

'Hij is een boek aan het schrijven over de moord op...' begon Mirjam. Ik keek haar aan, en schudde mijn hoofd. Het leek me niet het juiste moment het politieapparaat Amsterdam-Amstelland in te lichten over een roman die de moord op een vrouwelijke collega van ze in Amstelveen behandelde. 'Vertel jij het zelf maar,' zei ze.

'In een roman die ik aan het schrijven ben,' legde ik uit, 'spelen drie Suzuki Swifts een rol. Vlak voordat de eigenlijke handeling begint, wordt een rode Suzuki Swift zwart overgespoten. Gewoon, om de verwarring te vergroten... de lezer op het verkeerde been te zetten... De rode Suzuki daar op uw tekening staat ook op het punt in zwarte lak gedompeld te worden.'

'Nee, hoor, dan vergist u...' Het was agent Windig net iets te overdrachtelijk geformuleerd allemaal. 'O, u bedoelt... of...'

'Meneer heeft het over de begrafenisauto,' zei Hendriks zacht. Hij spreidde enkele foto's van het kruispunt op de tafel uit. Het waren beelden van Google Earth, gewoon bij daglicht genomen. 'Alleen om u een idee van de verkeerssituatie ter plekke te geven. Er is niets akeligs op te zien.'

Om de satellietfoto's goed te kunnen bestuderen moest ik vanuit mijn fauteuil ver naar voren buigen, zodat ik met mijn neus vlak boven de schotel kwam te hangen. Ook al waren roomboterkoekjes nog zo vers, als je er geen trek in had, bijvoorbeeld omdat op een situatieschets pijltjes aangaven waar je zoon zo goed als doodgereden was, kreeg de weeë geur vanzelf iets ranzigs.

13

Een beveiligingscamera van het Holland Casino had Tonio's dodelijke val vastgelegd, terwijl binnen in het gebouw het Rad van Fortuin voortratelde, en weer stilstond. *Rien ne va plus.* Aldus was het einde van zijn bewuste leven vereeuwigd op film. Net zoals de gewelddadige dood van Tonnis Mombarg, uit 'Homo duplex', werd geregistreerd door een verkeerscamera van Rijkswaterstaat (of Staatswaterbeheer, zoals het bedrijf daar heet).

Ik moest denken aan de eerste keer dat Tonio gefilmd werd. Hij was twee. We woonden, net terug in de stad uit het vervloekte oord Loenen, aan de Leidsegracht. In de huiskamer werd ik geïnterviewd door een ploeg van de Vlaamse televisie. Het eigenlijke gesprek was nog niet begonnen, er werd nog overlegd. Tonio zat naast me op de bank, ogenschijnlijk alleen geïnteresseerd in zijn fles warme chocolademelk, waar hij rozig en tevreden kreunend aan zat te zuigen. Meteen nadat het sein ‘draaien’ was gegeven, en de camera begon te snorren (camera’s snorden in die dagen nog), richtte Tonio zich theatraal van de bank op. Zijn zittende vader goeddeels aan het cameraoog onttrekkend wierp hij wuft zijn krullen in de nek, daarbij de zuigfles bijna rechtstandig in de mond plantend – een filmrol die hij helemaal zelf bedacht had.

Met de beelden van het Holland Casino was ook zijn carrière als spontaan acteur rond.

14

In mijn voorstelling had ik Tonio nu zo vaak roekeloos hard de brug bij het Max Euweplein af zien rijden, recht op zijn noodlot af, dat ik van het beeld, hoe gruwelijk ook, maar moeilijk afscheid kon nemen. Nog zwaarder was het om aan een *nieuwe* situatieschets te moeten wennen, al was het alleen maar omdat die dichter bij de waarheid lag.

Tonio kwam niet van Paradiso, niet van Jenny, en was niet de brug af gereden op weg naar de ingang van het Vondelpark, aan de overkant. Hij verongelukte bij de rij stoplichten een volle bocht verderop, toen hij uit tegenovergestelde richting kwam: uit de richting Zuid, uit de Hobbemastraat, van club Trouw.

Ook het beeld van een poenige BMW met ondoorzichtig rookglas liet zich in mijn verbeelding maar moeilijk vervangen door dat van zo’n veredeld boodschappenwagentje als een Suzuki Swift. De Suzuki Swift (zwarte uitvoering) was een icoon geworden door de ontelbare herhalingen, op tv, van de aanslag die ermee op de open touringcar van de koningin was gepland. Steeds weer dat haveloze autootje, dat met al z’n kapotte, uitpuilende ramen als in spinrag verpakt leek, wiekend met z’n losgeschoten motorkap als een vleugellamme kraai. Zo boorde het zich, blind, in het oogloze monument De Naald.

15

Dat Tonio ons was ontvallen, de jongen die wij zo goed dachten te hebben beschermd, dat vormde op zich toch al het bewijs dat de wereld zich als een levensgevaarlijke draaikolk van chaos gedroeg?

Hij sneuvelde midden in een van de steden van de westerse beschaving, in een nacht met weinig verkeer, omringd door de tekenen die zijn bedacht om de wanorde in banen te leiden: pijlen en zebrabalken op het asfalt, verkeersborden, knipperende verkeerslichten, snelheidsbeperkingen. Nadat Tonio als een overstekend stuk wild op het asfalt kapot gereden was, hernam de quasi-georganiseerde wereld onmiddellijk z'n loop.

Ik wees op de stoplichten. 'Ik heb begrepen dat die het 's nachts niet doen. Is dat een bezuinigingsmaatregel?'

'Nee,' zei Hendriks, 'met bezuinigen heeft het niets te maken. Wel alles met veiligheid. 's Nachts kan het op sommige kruispunten gevaarlijker zijn om de verkeerslichten gewoon te laten functioneren. De wachtende fietser wordt ongeduldig, vraagt zich af waarom hij in zo'n rustige nacht eigenlijk het groene licht nodig heeft, en... rijdt door rood. En zie, daar komt toch nog onverwacht een auto, die zijn snelheid verhoogt om oranje te halen. Nee, gelooft u me, daar is over nagedacht.'

'Stonden de stoplichten die nacht helemaal uit,' vroeg Mirjam, van ons tweeën degene met het rijbewijs, 'of knipperden ze?'

De beide agenten keken elkaar aan. 'Dat is ons niet helemaal duidelijk,' zei Windig. 'Voor de hand liggend is dat ze op knipperen stonden. Maar dat wordt nog uitgezocht. U krijgt van alle zaken die nog in onderzoek zijn nog de definitieve bevindingen... te zijner tijd.'

Vervolgens ging het gesprek een tijdje over de details van de aanrijding zelf. Het was duidelijk dat Tonio niet overreden was. Hij werd geschept en gelanceerd. Vanuit mijn ooghoeken zag ik hoe Mirjam kromp telkens wanneer het verslag te plastisch werd.

'Het slachtoffer,' zei agent Hendriks, 'had een, nou ja, toch behoorlijke verwonding links, die over de hele linkerzij liep. Dat is goed te zien op de foto's van de gerechtsfotograaf, die direct na zijn overlijden zijn gemaakt.'

'Daar had hij dat longletsel natuurlijk van,' zei Mirjam. Ze schudde haar hoofd. 'Zo totaal kapot als die jongen vanbinnen was.'

'En zijn milt,' zei ik. 'Die moest meteen al voor de helft verwijderd worden. Later helemaal.'

De agenten toonden zich verbaasd dat wij zo gedetailleerd op de hoogte waren van Tonio's letsel. 'Het AMC vertelt ons altijd zo min mogelijk,' zei Windig. 'Ze beroepen zich dan op hun medische zwijgplicht. Hun beroepsgeheim.'

'Het VU is nog erger,' zei Hendriks. 'Daar geven ze het liefst helemaal niks prijs.'

'Maar u beschikt over het fotomateriaal van de gerechtsfotograaf,' zei ik. 'Wat concludeert u, op basis daarvan, uit Tonio's verwondingen met betrekking tot het ongeluk?'

'Het vermoeden bestaat,' zei Hendriks, 'dat het slachtoffer met grote kracht tegen het raamwerk van het autoportier is geslagen. Een vervorming in de carrosserie lijkt dat vermoeden te bevestigen.'

'Was zijn dood het gevolg van botte pech?' vroeg ik. 'Ik bedoel, van verkeerd... van zo ongelukkig mogelijk terechtkomen?'

'Om zo'n ongeluk, waarbij een fietser geschept wordt, dodelijk te laten zijn,' zei Windig, 'hoeft de auto niet harder dan dertig te rijden. Laten we zeggen dat deze vijftig reed.'

'Er wordt nu druk geëxperimenteerd met airbags voor fietsers,' zei Hendriks. 'Maar zover zijn we natuurlijk nog niet.'

Zijn opmerking zorgde voor een stilte, waarin de meligzoete lucht van het patisseriebaksel bijna ondraaglijk werd.

'Wat voor jongen was Tonio eigenlijk?' vroeg agent Windig opeens, zich tot Mirjam richtend. De vraag viel zo buiten de aard van het gesprek dat ze er verlegen van werd. Ze bleef een hele tijd naar haar knieën staren.

16

'Nou, gewoon,' zei Mirjam ten slotte, 'een jongen wie je zo'n ongeluk het minst zou gunnen. Lief, knap, getalenteerd. Heel behulpzaam, en af en toe aandoenlijk lui. Een zoon met wie we nooit echt ruzie hebben gehad. Al zouden we het graag gewild hebben, zover liet hij het eenvoudig niet komen. Ik houd erg van speelfilms, dus als Tonio op mijn verjaardag een paar dvd's kwam brengen, zou dat al heel mooi en lief zijn geweest. Maar nee, hij leverde er dan ook nog een boek bij met alle filmtitels van de afgelopen eeuw. Twee keer zo dik als het telefoonboek. Zo'n jongen was Tonio. Tegenstrijdigheden genoeg, daar niet van. De ene keer verscheen hij, op weg naar een feest, in zijn smoking. De andere keer had hij, ook op weg naar een feest, een baard van twee weken en zijn haar in een paardenstaart. Geen lijn op te trekken. Hij en ik, we waren maatjes... echte vrienden... samenzweerders, als het moest. Met z'n tweeën door de stad zwerven. Speuren naar de lelijkste kuiten bij mannen in korte broek. "Waar is m'n kuitenschieter?" riepen we dan om strijd. Op een dag, hij begon net te puberen, vond Tonio dat we nou eindelijk eens zo'n kuitenschieter bij de Bijenkorf moesten gaan kopen. Zijn teleurstelling toen bleek dat zo'n ding niet bestond! Maar om nou met een elastiekje papieren propjes op zo'n witte kuit te gaan afvuren... nee, dat was zijn eer weer te na. Hij was gewoon heel lief en vriendelijk en behulpzaam, en trots als hij iemand kon helpen. Ja, hoe moet ik het zeggen? Een mooi tegenwicht voor alle hufterigheid waar jullie collega's hier de handen vol aan hebben. En dan zomaar doodgereden op straat... midden in de nacht... Zo'n verspilling.'

Mirjam liet de tranen nu maar gaan. De mannen van de Afhandelunit Ernstige Verkeersongevallen hielden ons voor dat we, ondanks onze aanvankelijke weigering, gerust alsnog Slachtofferhulp konden aanvragen. De bestuurder van de rode Suzuki was ook Slachtofferhulp aangeboden, en die had het geaccepteerd.

Wat het onderzoek betrof, dat zou nog geruime tijd in beslag nemen. Zodra alles was uitgezocht, kwamen we zeker nog een keer bij elkaar 'voor een evaluerend gesprek'. Eerder kon ook al, als we iets wilden weten, of 'voor een stukje begeleiding'. De foto's van Tonio's verwondingen stonden tot onze beschikking, maar de heren vermoedden dat we er op z'n vroegst pas over een jaar aan toe zouden zijn om ze te bekijken. Mirjam en ik keken elkaar aan: zij schudde bijna onmerkbaar van nee.

Ik wendde me tot agent Hendriks. 'U zei aan de telefoon dat er bloed bij Tonio was afgenomen, dat nog onderzocht zou worden. Is daaruit gebleken dat hij te veel gedronken had?'

'De precieze gegevens hebben ons nog niet bereikt,' zei Hendriks, 'maar er was wel alcohol in het spel, ja, dat wel.'

Ik dacht aan wat Goscha verteld had over de snelle rondjes, en ik hoorde Dennis weer zeggen: 'Met één shotje tequila tussendoor...'

'Hij heeft gewoon ontzettend zitten suffen op de fiets,' zei Mirjam. 'Na zo'n nacht...'

Vermoeid, *brak*, aangeschoten, met de technodreun nog in zijn verdoofde oren – dat alles bij elkaar, en niemand kon me beletten eraan toe te voegen dat hij, al voort trappend, verliefderig had zitten mijmeren over Jenny.

17

Het zag ernaar uit dat er geen schuldige bij Tonio's dood viel aan te wijzen, althans niet in juridische zin. (Mijn zelfbeschuldigingen vormden een ander verhaal.) Maar moest ik dan zomaar meegaan in de visie die het blinde, stomme noodlot als oorzaak aanwees? Of mocht ik me, in plaats van me fatalistisch op te stellen, ook van tijd tot tijd *ten dode toe verongelijkt* voelen?

Mijn zoon, mijn enige kind, godverdomme, was als een hond doodgereden op straat, op de openbare weg. Aan vergadertafels was, ondersteund door cijfers, bepaald dat sommige stoplichten op dat uur van de nacht beter uit konden blijven of op waarschuwend knipperen worden gezet. Het had allemaal met kansrekening te maken.

Was zijn veiligheid optimaal gewaarborgd geweest? Goed, als eenentwintigjarige droeg hij zijn eigen verantwoordelijkheid – maar dan toch altijd nog in relatie tot het verkeersontwerp van de stad Amsterdam, waarvoor de hogere verkeersregelaars verantwoordelijk waren. Anders konden we net zo goed over een kale asfaltvlakte zonder strepen, pijlen, borden en lichten gaan crossen, botsautootje spelend zonder rubberen stootband, en vervolgens allemaal giechelend over het kerkhof verspreid.

Zo'n ongeluk als Tonio overkwam – het is door de rekenmeesters ingecalculeerd. Volgens hun rekenmethodes gebeuren er 's nachts op bepaalde kruispunten met stoplichten in volle werking meer ongelukken dan bij alleen een oranje knipperlamp. Maar… *iemand*, in dit geval Tonio, moest het geringere risico van de niet functionerende verkeerslichten opvangen.

Noodlot? Hij is ons afgenomen. Dat zo'n jongen zomaar dodelijk wordt geschept en neergekwakt op het plaveisel, mogen we nooit rubriceren onder de 'dingen die nou eenmaal gebeuren'. Je mag je er nooit bij neerleggen, ook niet als het noodlot een blinddoek draagt en geleid en gesouffleerd wordt door de waarschijnlijkheidsleer.

18

De agenten Hendriks en Windig van de Afhandelunit Ernstige Verkeersongevallen deden ons uitgeleide tot in de hal. Het waren de voorkomendste politiemannen die ik ooit had meegemaakt. Ik kon me niet aan de indruk onttrekken dat ze al veel meer wisten over het technisch onderzoek dan ze voorgaven. Zo hadden ze het natuurlijk geleerd op hun afdeling van de politieacademie: de geschokte nabestaanden *gefaseerd* van de waarheid doordringen, ook waar het de fouten van het slachtoffer betreft.

We staken schuin de straat over in de richting van de dierenwinkel, waar onze leverancier van kattenvoer nog steeds rokend en drinkend op zijn bankje zat, inmiddels zonder gezelschap. Ik was zo in gedachten dat ik mijn hand uitstak naar de kruk van een groene, op de onze gelijkende auto, die voor de zaak geparkeerd stond. Ik opende het portier: op de bijrijdersstoel lagen pakken kattenbakgrit opgestapeld.

'Ja, stap maar in, hoor,' riep de dierenhandelaar. 'Neem maar mee. Als ik dan jullie huis krijg.'

Ik stak verontschuldigend mijn hand op, en volgde Mirjam naar onze eigen auto, net om de hoek in de Van Breestraat.

19

'Is dit nou beschaving?' vatte ik onderweg tegenover Mirjam mijn walging nog eens samen. 'Een maatschappij, een samenleving, een stad… dat behoort *overwinning* op de wanorde te zijn. Het is een organisatie die niets aan het toeval overlaat, althans dat zo min mogelijk behoort te doen. De chaos vindt altijd wel ergens een kier om de orde binnen te dringen. Maar het streven dient altijd ordening, organisatie, beheersing van de chaos te zijn. Toch? Ik wil best geloven dat op dat uur het oranje licht laten knipperen minder riskant is dan met rood en groen werken. Er komt menselijke psychologie aan te pas... Natuurlijk, er blijven altijd risico's. Bij Tonio en de Suzuki werkte het niet, die knipperlichten. Tonio was het slachtoffer van de uitzondering. De kleinere nederlaag die het systeem lijdt, ten nadele van de grotere. Het vreselijke is dat de samenleving haar verlies vanzelfsprekend *neemt*... zwijgend... Het is nou eenmaal ingecalculeerd. Het gevolg is dat niemand zich over ons buigt. Geen verontschuldigend woord, niets. IJskoude stilte. Wij blijven gewoon belasting betalen voor de nachtelijke organisatie van de Amsterdamse stoplichten. Niemand maalt er verder om. Wij dienen ons verlies te nemen zoals zij hun verlies nemen. Als een bedrijfsongevalletje.'

Wat hier gebeurd was, daalde als zo'n onbenoembare verschrikking op ons neer dat het onmogelijk bleek om er een fatalistische houding bij aan te nemen. Zonder beantwoorde schuldvraag viel hier niet verder te leven. Iets of iemand moest dit op z'n geweten hebben – de een of andere verantwoordelijke instantie. Mens of instituut. Omdat ik niets en niemand kon vinden, kwam ik bij mezelf uit. *Ik* was de schuldige.

20

'Wat ons is overkomen,' zeg ik als we weer thuis zijn, 'lijkt nog het meest op een *wonder*... in de verderfelijke katholieke zin des woords. Minchen, het is zo onbevattelijk, het sluit zo weinig aan bij alledaagse gebeurtenissen, dat het niet minder dan een mirakel is. Je zoon wordt met een geweldige klap ten hemel opgenomen. Je gelooft het zelf niet. Je rent terug naar de dorpspomp, en iedereen reageert even ongelovig. Verbijsterd. Ontzet. Zelf ben je nog de meest ongelovige. Sommigen proberen het wonder natuurkundig te verklaren. Als de auto dertig kilometer per uur reed, dan had de geschepte fietser eigenlijk al nauwelijks kans meer om het te overleven. Quod erat demonstrandum. Maar een wonder blijft het, voor ons. Onze Unieke Enige uit ons midden weggerukt, om er nooit meer terug te keren. Een gebeurtenis die nergens raakvlakken mee heeft, behalve dan met voorafgaande angstfantasieën. En dat maakt het nou juist zo obsceen miraculeus. Een verwerkelijkt visioen. Dat kan niet. Dat mag niet.'

Omdat mijn woorden haar weer aan het onherroepelijke herinneren, begint Mirjam opeens te huilen – heel hard, zoals alleen een languit gevallen kind dat kan. Anders dan bij zo'n kind valt er bij haar niets op te beuren. Pas wanneer ze enigszins bedaart, herhaal ik mijn eigen klacht: 'Ik zou je zo graag troosten, Minchen, maar het stomme van troost is dat die altijd een belofte in zich draagt. "Het komt wel goed." Ik kan je zoiets niet beloven.'

'Nee, dat je er bent, hier naast me zit, is al genoeg.'

Als Mirjam haar vader van Beth Shalom opgehaald en weer thuisgebracht heeft (verdriet naast verdriet in een oude Renault), drinken we op de huiskamerbank een veel te sterke longdrink. Met een aardappelmesje snij ik envelop na envelop met rouwbeklag open. We lezen om beurten, tot Mirjam niet meer kan. Het zijn vooral de briefjes van Tonio's oude schoolgenoten die haar breken. We proberen iets te eten. Een stukje stokbrood met eiersalade – ik krijg het niet weg. Mirjam houdt roerloos haar handen geklemd om een kop kippensoep, waar haar tranen in vallen – geluidloos, godzijdank.

Als ik haar in de steek laat om te gaan slapen, althans in bed te kruipen, ligt zij met lodderogen (valium, wodka) nietsziend naar een thriller te kijken. Ik kus haar goedenacht.

'Dag, kleintje,' zegt ze met haar dunste stemmetje.

21

Vanmiddag is Mirjam nog een keer met onze vriend Klaas naar de Nepveustraat geweest om in Tonio's computer naar Jenny's foto's te speuren. Ze kwam in bittere stemming thuis.

'Snapt hij dan niet,' riep ze uit, 'dat een moeder zich vastklampt aan *alles* wat haar gestorven kind heeft achtergelaten?'

Hij, dat was Jim. Na lang aanbellen was hij slaapdronken en gedesoriënteerd aan de voordeur verschenen, met een wolk bestorven wietlucht om zich heen.

'Het begint me op te vallen,' zei ik, 'dat alle verhalen over deze chronisch slapeloze met slaap, slapen en slaperigheid te maken hebben. Misschien hebben we zijn probleem verkeerd ingeschat.'

Jim lag dwars. Hij verklaarde tegenover Mirjam en Klaas dat hij bezig was alle gevonden foto's (dus niet die van Jenny) op een harde schijf te zetten, maar dat Tonio's computer 'niet in orde' was. Letterlijk zei hij tegen de moeder van zijn gestorven boezemvriend: 'Je moet niet telkens zomaar langskomen, want ik heb hier ook nog van alles te doen.'

De jongen was zeker vergeten dat hij de woning met Tonio deelde, en dat wij, Tonio's ouders, nog altijd de helft van de huur betaalden. Ook scheen Jim uit het oog te verliezen dat Tonio, door definitieve afwezigheid, niet langer over zijn eigen spullen kon waken.

'Jim,' had Mirjam gezegd, 'jij en Dennis zouden binnen twee weken met een voorselectie van de foto's bij ons komen. We zijn nu een kleine twee maanden verder. Adri en ik zijn onze zoon kwijt... Kun jij je voorstellen, Jim, dat wij alles wat van Tonio is geweest, en wat aan hem herinnert, dicht bij ons willen hebben... ook zijn computer?'

'Ik ben eraan bezig,' was zijn antwoord. Wel gaf Jim, op een heel wat betrokkener manier, aan belangstelling te hebben voor Tonio's laptop. Hij had er zelf geen, althans geen gebruiksklare, dus als hij die van Tonio morgen mee zou mogen nemen, wanneer hij met zijn ouders op vakantie ging... Geen laptop, geen vakantie, dat sprak vanzelf.

Tonio's laptop was een heel bijzondere, voorzien van een digitale lei, waarop met een speciale, elektronische pen geschreven kon worden. Er zijn weinig herinneringen die me in deze weken zo van streek kunnen maken als die aan de trotse, verlegen Tonio die dit verjaardagsgeschenk op mijn werkkamer kwam demonstreren, waarbij hij me uitnodigde zelf iets op de lei te schrijven. (Eindelijk drong de digibeet die ik was een computer binnen.) Godverdomme, die lieve jongen... in heel zijn volwassenheid was hij nog altijd het kind dat van de speciale snufjes en foefjes van een cadeau kon genieten. Het was in de zomer voordat hij Media & Cultuur ging studeren.

'Handig, zo'n lei... voor in de collegezaal. Ik ben er echt superblij mee.' En weg was hij weer. 'Oi, werk ze.'

Wat had er meer voor de hand gelegen dan de laptop aan Jim te geven, als aandenken aan zijn beste vriend? *Niet* nu hij zich zo honds tegenover de treurende moeder van die beste vriend gedragen had.

Toen Mirjam later op de middag Jim belde in een poging hem tot de orde te roepen, verbrak hij al snel de verbinding, midden in een zin van haar. Weer wat later belde hij terug.

'Kom die computer maar halen,' zei hij bars, en met een air alsof het *zijn* taak was aan een heleboel gezeur een einde te maken. 'Ik heb alles op de harde schijf gezet.'

Ik zat met de kranten op de veranda toen Mirjam mij deze boodschap overbracht. Ik had er niet meteen een antwoord op, behalve de aanblik van mijn triestheid: dat de hele wereld, inclusief Tonio's beste vrienden, alweer kalmpjes tot de orde van de dag was overgegaan – en wel zodanig dat de beloftes uit het eerste uur na Tonio's dood verbleekt waren of zelfs al ongeldig leken geworden.

De lucht werd inktzwart. 'Er is onweer voorspeld,' zei Mirjam. 'Ik ga voor de bui nog gauw even naar Gall & Gall. Wodka, gin... er is niets meer. Net nu we het medicijn het hardst nodig hebben.'

Ik haalde de zonneschermen op, en ging met de kranten naar de huiskamer. Het was er donker als op een namiddag in december. Ik ontstak alle lampen, en zette de televisie aan. Het journaal van zes uur repte van noodweer in Brabant en Limburg, optrekkend naar Gelderland. 'Bomen knappen als luciferhoutjes.'

Een kwartier later zaten we, na zoveel avonden onder de blote hemel, in schemerlicht te drinken. Er was wat haring op roggebrood: uit meer zou onze maaltijd niet bestaan. Ik kon mijn Bombay Sapphire Gin eindelijk weer eens aanlengen met London Club Tonic, die pittiger en minder zoet was dan het laffe, zuinig bruisende Schweppes. Ergens aan de rand van de stad knetterde en flikkerde het onweer.

'Als ik toch bedenk...' Mirjam schudde haar hoofd. 'Die twee jongens, Jim en Tonio. Zoals ze hier op vrijdag in hun pyjamaatjes op de grond voor de buis zaten. Ze vonden het geweldig stoer dat ze van mij naar *Baantjer* mochten kijken. Met een bord frites op schoot. Jij was dan altijd naar Welling of De Zwart, maar ik genoot van die kinderen... hun gelach, hun slimme commentaar... Laatst hoorde ik een flard van de muziek. De mondharmonica van Toots Thielemans. Dan is het er allemaal weer, en kan ik ze bijna aanraken. Die warme lijfjes in flanel...'

Ze slaakte iets dat ik een huilzucht zou willen noemen. 'Die cynische hardheid van Jim... ik ben er kapot van. Natuurlijk snap ik dat hij boos en verdrietig is over de dood van Tonio. Maar juist daarom. Ik ben Tonio's moeder. Jim mocht altijd overal mee naartoe. Spanje... Nerja, Lanzarote... de vliegreizen, de appartementen, de restaurants. Niets was ons te veel. Een paar keer De Gouden Uil in Antwerpen. In het Hilton kregen ze een suite voor zichzelf... niets te dol. Het waren broertjes. Ze hoorden bij elkaar. En nu... wat een vuile, gore rotdag.'

'Ik merk,' zei ik, 'dat ons geduld met de mensen versneld opraakt. Onze houding tegenover de buitenwereld is in rap tempo aan het veranderen. Misschien wel voorgoed.'

Mirjam had een van haar ergste huilavonden sinds Zwarte Pinksterdag. 'Zo... *zo* stinkend gemeen dat hij er niet meer is... *zo* erg dat hij nooit meer daar' (ze wees met slappe arm naar de hoekbank waar wij zelf nooit gebruik van maakten) 'op zijn vaste plekje zal zitten met zijn pijpje pils... met Tygo op schoot. *Zo* onrechtvaardig.'

Op den duur was haar gezicht zo gezwollen van het aanhoudende janken dat een ander dan ik het niet herkend zou hebben.

'Als het lot zelf zo onrechtvaardig is,' stamelde ik nog, 'wat heeft het dan voor zin om van de mensen... ik bedoel de mensen rondom dat lot... ook maar een *beetje* rechtvaardigheid te verlangen?'

'Die harde schijf met Tonio's foto's,' zei Mirjam opeens fel, 'ik zet er desnoods een advocaat op. Ik wil niet langer dat die jongens er iets mee gaan doen. Ze hebben bijna twee maanden de tijd gehad. Nu is het onze beurt.'

'Ach, welnee, Minchen... je moet het niet zo op de spits drijven. Tonio heeft die twee uitverkoren als zijn beste vrienden. We zijn het aan hem verplicht ze een beetje aardig te blijven behandelen, ook al laten ze het zelf afweten. Als ze gemene zaak zouden maken met die foto's, ja, dan was het wat anders.'

Ze knikte, en wreef haar gezicht droog. Ik schatte dat mijn bitterheid nog groter was dan de hare. Dit was geen generatie van dure beloftes. Of misschien waren ze wel duur, die beloftes, maar dan zoals een snel slijtende miskoop duur was.

22

Voordat hij naar het gymnasium ging, wist Tonio ons een knots van een polshorloge af te troggelen van om en nabij de achthonderd gulden. Het zag er rond zijn smalle pols uit als een diepzeehorloge dat grotere diepten weerstond dan het hart van de duiker. Tonio was net zo trots op zijn aftroggeltruc als op het uurwerk zelf.

Hij droeg het altijd. Anders dan zijn portemonnee en zijn mobiel werd het horloge ons in het AMC niet overhandigd. We vroegen het later na op de Intensive Care. Het was niet bij zijn spullen aangetroffen. In de ambulance hadden ze hem de kleren van het lijf geknipt: die waren, samen met zijn schoenen, aan de Ongevallenpolitie meegegeven. Misschien bevond het horloge zich bij die bezittingen, op te vragen in de James Wattstraat.

23

De traumatoloog, dr. G., die op Eerste Pinksterdag het operatieteam leidde, had ons die zondag zijn kaartje met gegevens toegespeeld, en daarop de mededeling 'voor ev. nagesprek'. Ik had hem Tonio's foto gestuurd en de rouwbrief met daarop, handgeschreven, de oprechte dank voor zijn inspanningen.

Nu, zoveel weken na Tonio's dood, wilden we *alle* details van zijn verwondingen en van de operatie kennen. Mirjam wilde weten of haar intuïtie klopte: dat Tonio meteen na aankomst in het AMC al was opgegeven. Ik vroeg me af of zo'n vraag, aan een chirurg die tot op 't laatst voor Tonio's leven gestreden had, wel opportuun was. Mirjam werd geplaagd door de onzekerheid of Tonio, dwars door het kunstmatige coma heen, nog geleden had, al was het maar in de onderste regionen van zijn bewustzijn.

We bleven in bed liggen ruziën tot het tijd werd ons te gaan opknappen: om halftwee was de afspraak met dr. G. in het AMC.

Het geruzie ging over die ene pijnlijke vraag, en of we die de traumatoloog al dan niet zouden voorleggen. 'Jij zet de te volgen strategie wel *erg* naar je hand, Minchen.'

'Als ik het allemaal aan jou overliet, was het ook weer niet goed.'

Ik had sinds ons vorige bezoek aan het AMC, behalve op de begrafenis, nooit meer iets anders gedragen dan de verschoten trainingsbroek en het vormloze houthakkershemd. Nu moest ik toch maar eens normale kleren aantrekken. De voorbije weken had mijn eetlust het laten afweten, maar niet het pijnstillende drankgebruik, zodat mijn jasje me toch te krap was geworden.

De zon had al uren op het dak van de Renault gestaan, wat maakte dat ik, ondanks de airconditioning, tot halverwege de rit zat te zweten. Dezelfde route als op Eerste Pinksterdag. Toen in wurgende onzekerheid, nu in verstikkende zekerheid. Onderweg naar dezelfde arts. Hij was toen, na zesendertig uur in touw te zijn geweest, noodgedwongen naar huis gegaan terwijl Tonio nog leefde. Hij had uitgeput afscheid van ons genomen toen er, op z'n minst theoretisch, nog hoop was. Zo meteen zou hij de inmiddels kinderloze ouders ontvangen. Tussen alle betrokkenen was er, onverzettelijk als een steen, een grote zekerheid neergedaald. Hoe voelde dat voor *hem*? Als een nederlaag?

De afdeling Traumatologie bevindt zich op de eerste verdieping van de vleugel waar alle poliklinieken zijn. We meldden ons aan de balie. De receptioniste wist ervan, en wees ons een bankje in de hal. Onder het wachten was er weer dat opgejaagde gevoel: het onnoembaar verschrikkelijkste moest nog komen, en zo direct zouden we van dr. G. te horen krijgen wat dat hele erge inhield.

Door de spanning laaide de ruzie van die ochtend toch weer

even op. 'We zouden alles tot op de bodem uitzoeken,' zei ik. 'Nou, hier zitten we.'

'Ja, en daarom ga ik het hem vragen.'

'Je zult zien, hij vat het verkeerd op.'

De assistente van dr. G. bracht ons naar zijn kamer. Hij was groot, maar beduidend minder lang dan ik me van Pinksteren herinnerde: hij moest in mijn verbeelding zijn gegroeid tot de afschrikwekkende lengte die aan de ware onheilsbode was voorbehouden. Hij kon niet ouder dan begin veertig zijn.

Ik zei: 'Fijn, professor, dat u ons wilde ontvangen.'

'Vanzelfsprekend. Gaat u zitten.'

Zelf liet hij zich achter zijn kleine bureau neer. Wij namen naast elkaar tegenover hem plaats. Ik had de indruk dat de arts, bij alle gezag dat hij uitstraalde, toch een weinig nerveus en onzeker was. Wij konden hem wel de ernstigste verwijten komen maken. Hij bedankte voor de persoonlijke brief die wij hem, samen met Tonio's foto, hadden toegestuurd. 'Hoe gaat het nu met u beiden, na alles wat er gebeurd is?'

'Slecht,' zei Mirjam. 'Maar we zijn niet ingestort. Dat is het beste wat erover te zeggen valt.'

Hij knikte. Ik vertelde hem wat we tot nu toe van de Afhandelunit Ernstige Verkeersongevallen te horen hadden gekregen, en wat we door eigen inspanning aan de weet waren gekomen. Ik paste de eerdergenoemde feiten aan: Tonio kwam niet van Paradiso, maar van club Trouw aan de Wibautstraat. Dr. G. bleef knikken.

24

'Als u specifieke vragen heeft,' zei dr. G., toen er een stilte viel, 'dan kan ik me daarop richten.'

'U en uw team,' begon Mirjam, 'hebben Tonio de hele dag geopereerd. Wist u niet meteen al dat hij het niet zou halen?'

Nu vroeg ze het toch, en in niet helemaal de afgesproken bewoordingen.

'U vindt dat wij te lang zijn doorgegaan met opereren?' vroeg dr. G. enigszins geschrokken. Hij zette zich schrap.

'Als ik het even mag uitleggen,' zei ik. 'De vraag van Mirjam heeft te maken met haar intuïtie op die dag. De politie die we 's morgens aan de deur kregen, had het over kritieke toestand. Mirjam meende toen al zeker te weten... per instinct, als het ware... dat Tonio het niet zou halen. Ook toen u uit de OK kwam om ons een tussenstand te geven, bleef bij Mirjam de zekerheid dat hij dood zou gaan... al stervende was. Bij mij lag dat anders. Hoe vaak hoor je niet dat iemands toestand kritiek is... en dan komt die persoon er toch weer bovenop. Ik dacht juist: zolang er geopereerd wordt, is er een kans dat hij het haalt.'

Heel even waande ik me weer in het wachtkamertje van de drieëntwintigste mei, een zondag die nog goed kon aflopen. Ik voelde zelfs, met dichtgeknepen handen, de angst terugkeren voor de verwondingen, de hersenbeschadiging waarmee Tonio verder zou moeten leven. Ik schudde de gedachte van me af. Tonio was nu zes, zeven weken dood. Een zekerheid waar wij al die weken al met verbeten ongeloof omheen liepen.

'Ik vermoed,' zei ik, 'dat Mirjams vraag eigenlijk meer een medisch-ethische is. Ze wil weten of jullie verplicht zijn *door* te opereren zolang er nog enig leven in de patiënt aanwezig is. Toch, Minchen?'

De vraag van Mirjam aan dr. G. verried iets van haar dilemma. Als haar zoon dan niet te redden viel, wenste zij hevig dat Tonio al vanaf het begin van de operaties ver van alle pijn en lijden verwijderd was geweest.

25

Een steeds terugkerende vraag van bezoekers luidt: 'Heeft Tonio pijn geleden?'

Ik hoor mezelf antwoorden: 'Hij was meteen bewusteloos door de klap. Ze hebben hem in de ambulance gereanimeerd, en daar reageerde hij goed op. Maar volgens de artsen is hij niet meer bij bewustzijn gekomen. In de operatiekamer hebben ze hem voor alle zekerheid onder narcose gehouden. Nee, hij heeft er niets van geweten.'

Ben ik oprecht? Ik moet denken aan een passage uit 'Anekdoten rondom de dood', waarin Harry Mulisch de reactie van Thomas Mann op een longoperatie citeert. Ontwakend uit narcose zei Mann: 'Het was veel erger dan ik dacht... ik heb *te* erg geleden.'

In *Die Entstehung des Doktor Faustus* vraagt Mann zich af: 'Zou er een of andere diepte van het vitale bestaan zijn waar men, bij volledig uitgeschakeld bewustzijn, doorgaat met lijden? Is "lijden" van "lijden ondergaan" in de onderlagen niet helemaal te scheiden?'

Mulisch schrijft dan: 'Als de uitschakeling van mijn bewustzijn mij al niet ontslaat van mijn pijn, dan is er weinig hoop, dat mijn vernietiging mij voorbij zal gaan. Zij zal mij niet voorbijgaan. Zij zal mij *nooit* voorbijgaan, zij stokt in zichzelf, blijft steken in een voorgoed verstarrende wereld – er komt nooit een einde aan mijn einde: *mijn vernietiging is eeuwig*.'

De haren rijzen je te berge dat dit waar zou zijn. Mijn arme Tonio die voor eeuwig vastgeklonken zit in zijn vernietiging... Zeker is dat zijn vernietiging *in ons* doorgaat. Mirjam en ik zullen de verwoesting van zijn leven tot aan onze eigen laatste snik blijven ondergaan.

En als ik ervan uitga dat Mirjam, acht jaar jonger dan ik, van ons tweeën als laatste sterft, is daarmee Tonio's vernietiging dan uit de wereld geholpen?

26

Mirjam knikte. Ik zag aan haar ogen dat haar spraak op slot zat.

'Ik zal het verloop van de operatie in het kort voor u samenvatten,' zei dr. G., zich tot Mirjam wendend, 'dan hoop ik dat uw vraag daarmee vanzelf beantwoord wordt.'

'Mag ik u verzoeken met de ambulance te beginnen?' O, wat deed ik wanhopig mijn best om een harde ondervrager en onderzoeker te lijken, in eigen ogen vooral. 'Ik begreep dat er een *tweede* ambulance bij betrokken was.'

'In verband met de geluidsoverlast mag er 's nachts geen traumahelikopter vliegen,' zei dr. G. 'Daarom rusten wij een extra ambulance uit met een chirurgisch team en extra voorzieningen.'

Heel aannemelijk toch dat er in onze op hol geslagen hedonistische beschaving levenskansen werden opgeofferd aan de ononderbroken nachtrust van de burger? We moesten immers ook al toestaan dat elk krankzinnig drinkgezelschap 's nachts luid schreeuwend door de grachten voer. Niet het leven, het zuipen was heilig.

'Is Tonio ter plekke gereanimeerd?' vroeg ik.

'Laat ik het zo zeggen,' zei dr. G., 'er hebben reanimerende activiteiten plaatsgehad. Zoals beademing. Zijn longen deden het immers niet meer. En er is bloed toegediend, meteen al. Hij had op de plaats van het ongeluk flink wat bloed verloren... Maar uitputtende reanimatie, nee. Vaak is het zo dat als er volop gereanimeerd wordt, ook in de rijdende ambulance nog, het slachtoffer bij aankomst hier al overleden is.'

'Dus Tonio was, om zo te zeggen, nog sterk genoeg om mee te werken?'

Ik voelde een klont misplaatste trots in mijn keel. Hij was toch evengoed doodgegaan? O, nou dan.

'Nadat uw zoon hier was binnengebracht,' ging dr. G. verder, 'heb ik me eerst om zijn milt bekommerd. Hij had een harde klap gekregen op zijn linkerzij. Ik heb er, zoals u misschien nog weet, eerst de helft van weggenomen. Toen de andere helft bleef bloeden, heb ik ook die weggehaald. Zijn bloedstolling was erg slecht... Ondertussen was de neurochirurg met zijn hersenen bezig. Het rechterdeel was gaan zwellen. Daarom hebben we de schedel aan die kant gelicht, om vocht en bloed weg te nemen.'

Dr. G. vertelde het allemaal zo helder en gedetailleerd dat ik de lijdensweg van Tonio in de operatiekamer nu pas echt onderging. De overbelichting die rechtstreeks zijn ingewanden binnendrong, en iets deed met de natuurlijke kleur van zijn bloed... Het groene nylon dek met de vensters waarbinnen geopereerd moest worden... *Had* hij eigenlijk wel zo'n laken met uitsneden over zich heen gehad? Ze waren op alle plaatsen van zijn lichaam tegelijk bezig. Hooguit zijn benen konden bedekt gebleven zijn.

Mijn jongen, mijn zoon, de mooie uitwas van mijn lendenen... zo kapot... De trots van zijn moeder, letterlijk de vrucht van haar schoot... zo ver weg al op dat moment, en niet in staat om op eigen kracht terug te keren, noch om door de vereende inspanningen van het traumateam te worden teruggehaald. Hij had nog een kans, daar en toen, hoe beroerd de prognoses ook waren.

'Intussen was ik met zijn longen aan de slag gegaan,' zei dr. G. 'Eén grote bloederige massa. Ze deden het gewoon niet meer. Toen ze hem binnenbrachten, was zijn bloeddruk alarmerend laag. We hebben hem de ene transfusie na de andere toegediend. Zo ongeveer was zijn toestand toen ik u voor de eerste keer kwam inlichten. Daarna bleek dat ook zijn linker hersenhelft begon te zwellen. De neurochirurg is daar toen mee in de weer gegaan. En dat terwijl zijn overige functies in hoog tempo verslechterden. De bloeddruk daalde weer... longen die geen lucht produceerden... en dan die abominabele stolling... Zijn toestand werd steeds hopelozer. En ja, dan moet je op zeker moment een beslissing nemen. Hij haalt het niet. Het heeft geen zin de behandeling voort te zetten.'

En na een korte pauze: 'Ik kan u verzekeren... zolang er nog iets uit te richten valt, blijven wij bezig. Al helemaal bij zo'n jong iemand.'

Tonio die heel klein nog, zonder zijn ogen van de op tafel uitgespreide bouwtekening af te wenden, een voertuig van technisch lego in elkaar zette, terwijl zijn wormachtige kronkelvingertjes zelfstandig hun werk deden.

Tonio die, na een logeerpartij bij mijn ouders, voordeed (o, tedere leugen om bestwil) hoe mijn moeder een stuk minder krom stond van de Parkinson dan een paar weken eerder. 'Eerst stond ze zo...' (Tonio diep gebogen.) 'Nu zo...' (Bijna rechtop.)

Tonio die...

'Als ik u nu eens een wedervraag mag stellen,' zei dr. G., 'want wij willen van elk geval leren... Is er iets dat wij *beter* hadden kunnen doen?'

'Wij, leken,' antwoordde ik, 'wie zijn wij om u en uw hoogopgeleide team te corrigeren of te kritiseren?'

En toen beging ik de fout om over de verpleegkundige te beginnen die bij het afgaan van een alarmtoon bij Tonio's sterfbed op mijn vraag of 'dit het einde was' monter had gezegd: 'Nee, hoor, het gaat zelfs net iets beter.'

Wat bezielde me? Dat ik het nu alsnog ter sprake bracht, betekende dit dat haar onbezonnen woorden me toen wel degelijk hoop hadden gegeven?

'Ik wist wel beter,' haastte ik me te zeggen, 'maar ik *kan* me voorstellen dat een familielid aan zo'n opmerking valse hoop zou ontlenen, om dan te gaan roepen: "Niet van de beademing halen! Hij komt bij!" Laten we haar niet de zwartepiet toespelen. Het was gewoon een onhandigheid.'

Dr. G. beaamde dit. Mirjam had gedurende het grootste deel van het gesprek zitten huilen, en op zeker moment meende ik ook de ogen van de professor te zien blinken. Hij vroeg nog of zijn observatie, namelijk dat de aanrijding op een gevaarlijke kruising had plaatsgegrepen, door de verkeerspolitie was bevestigd.

'Nou, niet direct,' zei ik. 'In een enquête van *Het Parool* kwam die wel als gevaarlijk naar voren.'

Ik wees naar het dossier dat de professor tijdens zijn uitleg een paar keer geraadpleegd had. 'Is dat eventueel opvraagbaar? Ik overweeg een soort requiem-in-proza aan Tonio te wijden, en misschien... ik zou het nu niet kunnen lezen, hoor... maar in een later stadium...'

'Dan zou u het te zijner tijd via mij moeten opvragen,' zei dr. G. 'Ik waarschuw u nu alvast: er staan een heleboel medische termen in. De verslagen zijn hier en daar staccato, want ja, soms... in levensbedreigende situaties... moet je snel zijn.'

'Mocht ik het ooit opvragen,' zei ik, 'dan zal ik er uiterst discreet mee omgaan.'

'O, daar twijfel ik niet aan,' zei dr. G.

Ik dankte hem voor zijn heldere uitleg. 'We hebben ons soms wat onhandig uitgedrukt, maar weest u ervan overtuigd dat wij grote bewondering hebben voor de verrichtingen van u en uw team.' Mirjam en ik stonden op. 'Wij laten u nu weer aan het werk.'

'Ook dit behoort tot mijn werk.'

27

Als ik Dennis en Goscha mocht geloven, en waarom zou ik ze niet geloven, was er die avond en nacht nogal wat gedronken. Ik weet niet of het voldoende was voor een kater de volgende dag. (Toen Tonio de nacht in fietste, had Goscha hem niet zien slingeren.) Tonio bracht *the morning after* op de operatietafel door. Als het zo was dat pijn niet volledig door narcose te onderdrukken was, hoe zat het dan met een kater?

En: wat betekende al die alcoholinname voor de operatie?

Dr. G. had gezegd dat Tonio's bloedstolling rampzalig was. Had dat in dit geval iets met drinken te maken? Ik herinnerde me dat Tonio meteen na zijn geboorte, nog voor hij de couveuse in ging, een injectie met provitamine K kreeg, om de bloedstolling te bevorderen. Later leerde ik in Maastricht de ontdekker van de provitamine K kennen, professor Hemker, ook een groot verzamelaar van hobo's. Ik verzuimde niet hem, ook namens Tonio, te bedanken voor zijn geleerde inspanningen.

Als ik mezelf in schaamte wilde dompelen, moest ik me voorstellen hoe de chirurgen in de operatiekamer over de dranklucht rond de patiënt hadden gepraat.

De citaten uit Thomas Mann blijven me door het hoofd spoken. 'Het was veel erger dan ik dacht...' Als het zo is dat het bewustzijn ook onder narcose ergens *in de diepte* gewoon doorgaat met zich de aanwezige pijn toe te eigenen, dan heeft Tonio het laatste halve etmaal van zijn leven heel roerloos gruwelijk liggen lijden – eerst op het asfalt, toen in de ambulance, later in de operatiekamer, en ten slotte (nog net met zijn ouders erbij) op de Intensive Care.

Ik heb mezelf altijd voorgehouden dat het ergste aan pijn is: de *uitwerking* van het lijden. Men herinnert zich de oorzaak van de pijn, de schaamte dat men deze over zich heeft laten komen of er zelf de hand in gehad heeft. Men voelt de pijn afnemen, en ondergaat de angst dat het lijden elk moment juist weer in hevigheid kan toenemen. Men is bevreesd dat de pijn wel eens de boodschapper van de naderende dood zou kunnen zijn. Enzovoort.

Ter geruststelling heb ik mezelf altijd voorgehouden: pijn die spoedig door de dood wordt uitgewist, en niet in het bewustzijn kan worden herhaald en heroverwogen, heeft eigenlijk niet bestaan.

Maar *wat* als de pijn, alvorens op te gaan in de dood, een half etmaal z'n gang heeft kunnen gaan, zoals bij Tonio? Heeft dat lijden dan ook niet bestaan? Tot hoever in het verleden reikt, met terugwerkende kracht, de macht van de dood als pijnbestrijder?

Een jongetje van zes valt uit een raam op de eerste verdieping, en wordt vast gespietst op de scherpe punten van het tuinhek. Het kind overleeft het ternauwernood. Een halfuur hebben omwonenden nodig om het te bevrijden. Als de jongen uiteindelijk op tachtigjarige leeftijd sterft, wist de dood dan alsnog, over de voorbije decennia heen, ook de toenmalige pijn van de zesjarige uit? Als dat laatste het geval zou zijn, dan kunnen we net zo goed stellen dat de dood 'met terugwerkende kracht' *elk* gevoel dat zich in een mensenleven heeft voorgedaan uitwist – ja, dat hele leven uitwist, als had het nooit bestaan.

Juist in mijn helderste momenten ben ik ervan overtuigd dat Tonio, net als de schrijver van *Tonio Kröger*, in de diepte van zijn vitale systeem de vernielzucht van de klap en de scalpels van het chirurgenteam urenlang ondergaan moet hebben. Als dat waar is, ben ik hem mijn eigen huidige pijn dubbel en dwars verschuldigd.

28

We reden van het AMC, waar hij gestorven was, naar Buitenveldert, waar hij begraven lag – maar alweer wist ik een bezoek aan het graf op het laatste moment, terwijl Mirjam al bij de Fred. Roeskestraat voorsorteerde, uit te stellen.

'Sorry, Minchen, het wordt me allemaal te veel, na dat medische gesprek. Laten we in godsnaam naar het Bos gaan.'

'Ik zat erop te wachten. De geitenboerderij was altijd al de uitwijkhaven... ik bedoel, als je de begraafplaats niet aandurfde.'

'Behalve thuis op de veranda is er geen betere plek om over Tonio te praten.'

Later, aan de lunch op het erf van de boerderij, deelde Mirjam me haar laatste bevinding mee: Tonio bereed in de fatale nacht niet zijn eigen fiets, maar die van Jim. 'Het is ter sprake gekomen twee dagen na Pinksteren, toen Jim met zijn ouders bij ons was. Het feit is me toen volledig ontgaan, zoals zoveel.'

Ik kon het me evenmin herinneren. Zo kort na het gebeuren ketsten veel details nog keihard af op onze gepantserde ontkenning. De gretigheid om *alles* te willen weten, die kwam na de begrafenis pas, toen we hem langs die weg terug probeerden te smokkelen in ons midden.

'Dan wordt het wel tijd,' zei ik, 'dat we Jim zijn fiets terugbezorgen. Of... nou ja, wat ervan over is. Ook als wrak is het nog altijd zijn eigendom. Misschien moeten we een nieuwe...'

'Zijn ouders hebben al een nieuwe voor hem gekocht. "Je denkt toch niet, mam, dat ik nog op dat ding kan rijden," had hij tegen zijn moeder gezegd.'

'De politie zei dat er met die fiets, net als met de Suzuki, nog volop geëxperimenteerd werd in het lab.'

'De fiets staat in een depot van het bureau aan de James Wattstraat,' zei Mirjam. 'Ik heb erover gebeld. Er is zelfs al een afspraak voor het ophalen van de spullen. Fiets, kleren, alles.'

'Hoe kun je dat nou achter mijn rug...'

'Jij blijft thuis. Schrijven. Ik ga met Nelleke.'

'Vergeet dan niet naar het horloge te vragen.'

'Ik zie meer op tegen de schoenen.'

Een hele tijd zaten we zwijgend aan de terrastafel, van elkaar wegkijkend naar de hanen en de kippen, maar zelfs die toonden weinig activiteit vandaag. Een kriel waste zich in het fijne, grijze zand onder het achthoekige zitbankje dat rond een boom was bevestigd.

'En zijn eigen fiets?' vroeg ik na een poos.

'Bij het Centraal Station,' zei Mirjam. 'Zoals zo vaak. Er zijn daar al heel wat fietsen van hem geruimd.'

29

'Och, ik neem wel eens een hijs in de kroeg,' had Tonio maanden geleden geantwoord op mijn vraag of hij nou wel of niet rookte. 'Gewoon om eventjes stoer met de jongens mee te doen. Ik weet ook niet waarom.'

Achteraf kwam het me voor dat hij de vraag (die trouwens te zeer klonk als: *jij* toch niet) al een tijd had zien aankomen, en daardoor het antwoord in heel z'n achteloosheid had kunnen voorbereiden. Hij wilde zijn ouders sparen. Had hij nou maar toegegeven dat het *meer* was dan af en toe een trekje in het café, dan zou ik op mijn beurt hebben kunnen zeggen: 'Luister, Tonio, ik heb je tot je achttiende voor roken kunnen behoeden. Ik blijf het stom vinden, maar het is verder aan jou. Steek er gerust een op, als daarmee die wodka-jus van Mirjam beter smaakt. Wij zetten straks wel een raam open.'

Uit een gesprek tussen Jim en zijn vader, die zich kort na Pinksteren bogen over het raadsel van Tonio's nachtelijke omweg, had ik iets opgevangen over 'sigaretten halen op het Leidseplein', maar dat kon net zo goed betekenen: een pakje meenemen voor Jim. Bij de foto's die rond die tijd op internet opdoken, van een Tonio die theatraal een brandende sigaret (of joint) omhooghield, dacht ik nog aan een pose, maar Dennis en Goscha hadden min of meer bevestigd dat Tonio een reguliere roker was. Een andere vriend plaatste bij wijze van saluut een fotorolletje, een blikje bier en een pakje sigaretten op Tonio's graf.

Hij wilde zijn ouders sparen, verdomme, en daardoor had hij ze meermaals zijn gezelschap ontzegd. Ik vermoedde nu dat hij bij elk bezoek na een of twee drankjes en driekwart portie chow-minh rusteloos werd omdat er gerookt moest worden en hij er ons niet mee lastig wilde vallen. Hier dreef hij zijn hoffelijkheid te ver.

Ik merkte dat ik zat te tobben over dat roken van hem. Tot hij bijna twintig was, en naar De Baarsjes verhuisde, had ik hem nooit met een sigaret gezien. Goed, laten we zeggen dat hij het buiten de deur deed, op feestjes, 'om eventjes stoer met de jongens mee te doen'. Thuis viel hij me altijd bij als ik, een stokpaardje, mijn banvloek erover uitsprak. Zijn geliefde grootvader opa Piet, roker vanaf z'n elfde, was er op z'n zevenenzestigste aan te gronde gegaan... zijn tante Marianne worstelde na emfyseem nu met longkanker... Geen gebruiker kon er meer klakkeloos van uitgaan dat hij de dans wel zou ontspringen.

Ik verdiepte me in strategieën die hem er weer van af moesten helpen. Om te beginnen zou ik op hem in praten, niet te vaderlijk, meer als een oudere vriend... Roken was dodelijk, dat stond niet op de sigarettenpakjes uitsluitend ter ontsiering van de vormgeving.

Opeens was daar het beeld van de rijzige dr. G., die Mirjam en mij discreet maar onomwonden verslag deed van Tonio's longtrauma. In een fractie van tijd waren zijn nog gezonde longen in onbehandelbare bloedsponsen veranderd – en in eenzelfde tijdsfractie gebeurde dat nu, als onderbreking van mijn gemijmer, opnieuw. Wat zat ik hier te simmen dat Tonio, tegen al mijn goede raad in, was gaan roken? Zijn longen zouden nooit de kans krijgen om door nicotine te worden verwoest.

30

Als Tonio het zwaargewond overleefd had, en langdurig in coma was gebleven, had hij op een dag bij bewustzijn kunnen komen, zich ontzet afvragend: wat is er gebeurd? Waar ben ik? Wat moet ik hier?

Ook een aangetast brein kan zulke vragen nog produceren. Er blijft op z'n minst een gehavende instantie over die het onbegrepene en het ongrijpbare registreert. Op z'n best dringt, fragmentsgewijs, tot de ontwaakte door wat er gebeurd is, of wat er gebeurd zou kunnen zijn.

Hevige spijtgevoelens misschien. Schaamte.

Ik verschijn met Mirjam aan zijn ziekenhuisbed. Of hij ons nu herkent of niet, er is een bewustzijn dat ons al dan niet *kan* herkennen. Hij leeft.

Alfred Kossmann heeft het in een van zijn romans over het grote schandaal van het bestaan: dat het een mens niet is toegestaan zijn eigen sterven te beleven. Tonio is al aan gindse zijde van dat schandaal.

Nu hij onherroepelijk dood is, kan hij niet beschikken over een instantie (het bewustzijn) die hem informeert: 'Luister, Tonio, je leven is ten einde, je kunt de dingen die je begonnen bent niet afmaken.'

Tonio weet *van niets*. Mirjam en ik, en een paar anderen, weten ervan. Wij zijn ons ervan bewust wat hem onthouden wordt: dat hij de toekomst die hem – voor een deel helder, voor een deel nevelig – voor ogen stond, niet kan bereiken.

In het bewustzijn bestaan eenmaal beleefde gebeurtenissen bij de gratie van mentaal herkauwen.

Je loopt onvoorzichtig, aldoor omkijkend, over het trottoir en stoot je hoofd aan een uit een venster stekende balk. Een korte, felwitte blindheid onmiddellijk volgend op de klap. Dan woede: wie laat er een balk zo ver naar buiten steken? Gêne: hoe kon ik zo stom zijn? Je kijkt om je heen: iemand iets gezien? Je loopt verder. Behalve pijn aan de buitenkant gloeit er schaamte onder de gezichtshuid. De klap nestelt zich in vele gedaanten in het bewustzijn, dat elk aspect ervan steeds opnieuw belicht.

Van alle mogelijke incidenten is de dood het ernstigste dat iemand kan overkomen. Maar... het is de enige gebeurtenis die stokt in zichzelf. Voor wie deze unieke gebeurtenis ondergaat, is er geen reflectie op mogelijk. Woede, schaamte, schuldvraag, causaal verband, consequenties... het is allemaal niet aan de orde. Dood is dood.

31

Ik had de redactrice gevraagd langs te komen om samen met haar te bekijken hoe en wanneer (en of) ik mijn werk zou kunnen hervatten. Ik zocht in de eerste plaats naar een strategie om niet gek te worden, om de angst te bezweren: de vrees voor een toekomst die niet alleen zonder nageslacht zou zijn, maar (als direct of indirect gevolg daarvan) ook zonder vaste bezigheid.

'Het storende, nee, het verlammende is,' zei ik, 'dat ik allerlei locaties uit de roman in aanbouw de afgelopen weken in het echt heb moeten bezoeken. Het ziekenhuis, het politiebureau... Zelfs de auto die een cruciale rol speelt in het boek is van hetzelfde merk en dezelfde kleur als de auto die Tonio heeft aangereden. Een Suzuki Swift. Een rode. Het is weinig stimulerend als de werkelijkheid mijn zorgvuldig verzonnen wereld letterlijk aan het wegdrukken is.'

Het was opnieuw een schitterende zomerdag. We zaten op onze veranda onder de wijduitstaande kroon van de uitgebloeide goudenregen, en ik vertelde haar dat Tonio hier met zijn fotomeisje had zitten pauzeren, een paar dagen voor zijn dood, in hetzelfde overvloedige zonlicht.

De redactrice gaf me in overweging om eerst over Tonio te schrijven, en dan later, uitgeraasd, de roman *Kwaadschiks* weer op te pakken.

'Met een requiemachtig boek kan ik twee kanten op,' zei ik. 'Over twee, drie jaar schrijven... of over vijf... en dan krijgt het een retrospectief karakter. Een terugblik op wat er toen, jaren terug, aan verschrikkelijks gebeurd is. Een herwaardering van het verdriet, zoals het achteraf wordt ervaren. Hoe de levens van de direct betrokkenen zijn veranderd. Als ik het *nu* schrijf, deze zomer al, wordt het een verslag van binnenuit. Geschreven vanuit de situatie die zich nog maar kortgeleden heeft voorgedaan... rechtstreeks vanuit de gevoelsverwarring... Het schrijven wordt dan onderdeel van de worsteling, en omgekeerd. De radeloze ouders die de laatste dagen en uren van hun zoon reconstrueren… omdat alles van belang is… ze klampen zich vast aan elk detail…'

Allemaal poëticaal geleuter. Er is geen keuze. Ik kan niet anders dan *nu* over hem en voor hem schrijven, omdat al het andere er momenteel niet toe doet. Het is schrijven over Tonio, of niet schrijven – dat is geen kwestie van kiezen. Zonder erover te hebben nagedacht, zonder me ertoe te hebben gezet, *was* ik al bezig. Vanaf het moment dat op Eerste Pinksterdag de bel ging, en een politieagent de woorden 'kritieke toestand' gebruikte, was ik mijn requiem aan het bedrijven – eerst bezwerend, in de wanhopige hoop hem levend te kunnen houden, later op de dag ongelovig accepterend, in de wanhopige hoop hem, met woorden en beelden, naar zijn vroegere leven terug te kunnen toveren.

Zelfs in mijn goorste nachtmerries had ik niet kunnen voorzien dat ik nog eens een requiem aan mijn eigen zoon zou moeten wijden.

32

'Als van de fiets niet meer dan een stuk schroot rest,' had ik tegen Mirjam gezegd, 'maak er dan wat foto's van voor ons eigen archief. Vraag de politie of ze hem met het oud vuil meegeven. Als je hem hier in de hal neerzet… ik denk niet dat ik de aanblik zou kunnen verdragen. En die foto's, stop die maar in een gesloten envelop, totdat ik eraan toe ben. Vergeet niet naar het horloge te vragen.'

Omdat Mirjam te nerveus was om zelf te rijden, gingen ze met de auto van Nelleke naar de Afhandelunit Ernstige Verkeersongevallen in de James Wattstraat, bij het Amstelstation. Politiedomein, dus veel kapotte parkeerautomaten. Nadat ze eindelijk een kaartje (of de helft ervan) uit zo'n apparaat hadden losgepeuterd, belde Mirjam naar agent Windig, die eerder telefonisch beloofd had haar op te vangen. Er werd opgenomen door zijn collega Hendriks, die plaatsvervangend naar beneden kwam.

Mirjam en Nelleke verhaalden later van een doolhofachtige tocht langs gangen, trappen, relingen, stalen deuren, en wanden met opgerolde brandslangen en blusapparaten. Opeens stonden ze in een hoge ruimte, die het midden hield tussen een vliegtuighangar en een parkeergarage.

'Omdat ik zo zenuwachtig was,' zei Mirjam, 'zag ik alleen die ene lege personenauto in een immense ruimte.'

Ze kon niet zeggen of het hier om een rode Suzuki Swift ging. Er waren rekken met gehavende fietsen en scooters, en transpirerend, als op radar, liep Mirjam meteen naar Jims fiets – niet omdat ze het rijwiel herkende, maar wel Tonio's schoenen, die uit een plastic tas aan het stuur staken, met hun neuzen omhoog.

'Nelleke, die fiets... nog helemaal intact,' riep Mirjam uit. Ik kon me haar misplaatste dubbelzinnige triomf enigszins voorstellen. 'Zo komt een fiets toch niet uit een dodelijk ongeluk tevoorschijn...'

'Die fiets nemen we mee,' zei Nelleke stellig. 'Die gaat niet bij het oudroest.'

Gedragen schoenen krijgen altijd iets van de ziel van de eigenaar mee. Het zit 'm in een lichte vervorming van de opening... iets scheefgelopens... de nuances in de grijstinten van de x-vormige afdrukken van de veters. Het was dit schoenportret dat Mirjam opeens ontdekte, en waardoor ze brak.

Agent Hendriks ging de twee vrouwen weer voor door het labyrint naar de uitgang. Hier kwamen dus de eigendommen terecht van de 's nachts op een kruispunt verrasten, de opgeworpenen en gevallenen. Spullen, met bloed of modder besmeurd vaak, wachtend op de rechtmatige eigenaar, die soms vertegenwoordigd werd door zijn of haar nabestaanden en erfgenamen.

Agent Hendriks gaf de dames een hand, en drukte Mirjam op het hart dat ze altijd kon bellen. Zo liepen ze naar de auto – Nelleke met haar hand aan het fietsstuur en een arm om Mirjam heen geslagen. Voordat ze instapten, belde Mirjam mij.

'Die verschrikkelijk lege schoenen, Adri... zonder zijn voeten... zonder dat *hij* erin staat. Ze gapen me met zo'n gruwelijke leegte aan.'

'En de fiets?' wilde ik weten.

'Mankeert niets aan. Je kunt er zo op wegrijden. Geen deukje.'

Mirjam zei dat ze met Nelleke naar het tuincentrum wilde, om haar iets te geven voor haar hulp. 'Iets kopen, dat helpt misschien, zoals vroeger bij de Hema.'

'En het horloge?' vroeg ik.

'Het was er niet bij,' zei Mirjam. 'Het *kan* nog ergens bij hem thuis...'

'Hij droeg het altijd,' zei ik. 'Zeker als hij uitging.'

'Misschien is het dan toch bij de aanrijding van zijn pols gesprongen...'

Ik moest denken aan een voorval uit mijn jeugd, dat ik vorm had gegeven in *Vallende ouders*. Op een smal fietspad dat door de hei liep, werd mijn moeder door een tegenligger aangereden, waardoor ze in de sloot langs de berm belandde. Haar linkerpols bloedde: daar waar haar schakelbandhorloge door het lipje van de fietsbel los was gehaakt. Het klokje moest in het roestbruine water van de sloot liggen. We reden naar mijn grootouders, die vlakbij woonden. Mijn vader ging, gewapend met een schuimspaan, terug – met mij achterop. Hij roerde net zo lang met het keukentuig door de drab tot de zon, bloedsinaasappelrood, laag boven de heidevelden kwam te hangen. Het horloge werd niet gevonden. Wel een ranke schroevendraaier, die nog jaren dienst zou doen bij het openen weer dichtmaken van defecte stekkers en stopcontacten.

Ik probeerde me Tonio's horloge voor de geest te halen. 'Had het een elastische schakelarmband,' vroeg ik, 'of een leren riempje?'

'Het was een soort beugelsluiting, die met een klik dichtging,' zei Mirjam. 'Ik weet nog dat het horloge, dat helemaal niet voor kleine jongens bestemd was, hem veel te ruim zat. Ze hebben er toen bij de juwelier een stuk uit gehaald. Later, toen Tonio steviger armen kreeg, heb ik het er weer in laten zetten.'

'Zo'n beugelsluiting,' zei ik, 'kan natuurlijk door de klap open zijn gesprongen. Dan is het ergens daar op straat blijven liggen, en heeft een vroege wandelaar het gevonden.'

'Dat was dan vast niet iemand die met een schoon geweten thuis is gekomen,' zei Mirjam. 'Het hele kruispunt was vol geschilderd met gele verf. Als daar een horloge ligt, is het vrijwel zeker van het slachtoffer.'

Ze begon al helemaal in het jargon van de James Wattstraat te praten.

'En wat zei de Afhandelunit nog over het ongeluk zelf? Had de Suzuki te hard gereden?'

'Hij reed wel iets te hard, ja,' zei Mirjam, 'maar Tonio had daar op dat moment niet zomaar mogen oversteken.'

'En het bloedonderzoek?'

'Ja, hij had wel behoorlijk gedronken, ja.'

'Er rijden op dat uur een paar duizend studenten aangeschoten door de stad. Dan hoef je nog niet zomaar doodgereden te worden.'

De fiets was niet van licht voorzien. In Tonio's zakken werden lampjes gevonden die aan zijn kleren of rond de armen bevestigd konden worden. Ze waren aan opladen toe geweest – misschien de reden waarom hij ze niet aan of om had gedaan.

33

Ik lig op mijn doorzwete bed de krant te lezen, met de balkondeuren open naar de koele ochtendlucht. Het is gematigd zonnig. Ik lees dat de actrice Patricia Neal is overleden. Gisteren werd bekend dat van Roald Dahl een schriftje is gevonden met daarin het verslag van de dood van zijn zevenjarige dochter, begin jaren zeventig. Patricia Neal was de moeder van het meisje.

Als Mirjam het ontbijt brengt, lijkt ze enigszins in paniek. Als ik haar erop wijs, is ze hogelijk verbaasd. 'Ik heb daarnet wel weer een pilletje genomen, maar het werkt blijkbaar nog niet.' (Ze neemt de laatste tijd haar valium pas in de namiddag.) 'Om halftien komt Klaas... om de foto's van Jenny over te zetten. Ik moet nog douchen.'

34

Om vijf uur een delegatie van Tonio's studievrienden: drie meisjes en een jongen. Ze hebben namens de hele studiegroep een grote bos bloemen bij zich, in een vaas, opbrengst van een inzameling – en een grote kaart met alle namen.

Een van de meisjes vertelt hoe ze Tonio vorig jaar september hebben leren kennen, in een grand café aan het Max Euweplein. Het was aan het einde van de introductiedagen, waarvan Tonio het begin niet had meegemaakt, omdat hij nog voor hele dagen bij Dixons werkte. Eindelijk zouden ze met het ontbrekende groepslid kennismaken. (Ook daarin stemden onze geschiedenissen overeen. Toen in Nijmegen de introductietijd inging, werkte ik bij de Daf in Eindhoven om de inrichting van mijn studentenkamer bij elkaar te verdienen. Pas op 1 oktober 1970 arriveerde ik op de universiteit, nog net op tijd om de eerste werkgroep bij te wonen, en om te ontdekken dat alle aanwezigen in de voorafgaande weken al de beste vrienden waren geworden. Het kwam niet meer goed.)

Omdat Tonio traditiegetrouw ook nu weer te laat was, vroegen de studiegenoten zich onder het wachten af op wat voor iemand ze moesten letten, van de personen die het café binnenkwamen. Ze voegden hun voorstellingen van de nieuweling bij elkaar, en kwamen tot een soort synthese – die precies bleek te kloppen.

De vier, vooral de meisjes, raken niet uitgepraat over Tonio's behulpzaamheid, niet alleen in studiezaken.

'Hij was echt *zo* aardig... *zo* vriendelijk.'

Tonio werd met bedroefd hoofdschudden herdacht. Ik informeerde naar de zogenaamde 'ouderavond', het diner waarvoor alle leden van de studiegroep hun ouders hadden uitgenodigd. Nu werd er beschaamd gekreund. Ja, daar was iets goed misgegaan. De organisatoren hadden op het laatste moment bedacht dat er op een andere locatie gegeten zou worden. De corrigerende e-mail had Tonio nooit bereikt. 'Hoewel,' zei een van de meisjes, 'ik heb hem later die avond nog in het Atriumcafé gezien.'

Mirjam vertelde hoe de avond voor ons was verlopen. 'Jammer dat we jullie en jullie ouders gemist hebben, maar voor ons was het een heerlijke avond. Achteraf al helemaal. Het was voor 't laatst dat we zo intiem met z'n drieën aan tafel zaten... zonder te weten...'

Misschien door de tranen in haar ogen stonden de studievrienden al spoedig op, nadat ze elkaar een teken hadden gegeven. Ik wilde niet dat ze weggingen. De jongen, Jörgen, was de enige die een biertje geaccepteerd had. Ik probeerde hem met een tweede flesje tot blijven te bewegen, maar hij sloeg af.

'Dan gaan we nu maar eens,' zei een van de meisjes.

'Toch nog een vraag,' zei ik. 'Hadden jullie de laatste tijd Tonio wel eens horen praten over ene Jenny?'

'Jenny...' De naam werd een paar keer herhaald. Ze keken

elkaar onderzoekend aan, met aarzelend hoofdschudden.

'Jenny... nee,' zei Jörgen. 'Er is in elk geval niemand in de groep die zo heet.'

'Ze was, hoe moet ik het zeggen, *nieuw* in zijn leven,' zei ik. 'Niemand in Tonio's naaste omgeving schijnt haar te kennen. Wij hadden, nou ja, de indruk dat er die laatste week van zijn leven iets aan het opbloeien was tussen Tonio en deze Jenny.'

Irritant nou dat ik geen foto kon tonen.

'In de week voor Pinksteren,' zei een meisje, 'hebben wij Tonio niet gezien.'

Ik leek langzamerhand wel een ouwe koppelaarster, maar dan van een heel bijzonder soort – eentje die Tonio postuum aan een vrouw probeerde te koppelen. Tonio's studiegenote Claire bood aan om via Facebook of een ander netwerk meer informatie over Jenny te achterhalen.

'Doe geen moeite,' zei Mirjam. 'Ik heb haar inmiddels aan de telefoon gehad. Ze is bereid hierheen te komen. We zitten gewoon een beetje rond te vragen. Wat voor meisje het is. En vooral, nou ja, hoe serieus het was met Tonio.'

35

Wij en onze naspeuringen. Soms zie ik van grote afstand hoe Mirjam en ik geagiteerd op deuren kloppen. Onze monden bewegen, en we maken er heftige gebaren bij. Ik weet dat we vragen stellen over Tonio in zijn laatste dagen, maar zo zonder geluid lijkt het eerder of we, gaande van huis tot huis, onze zoon zelf opeisen. 'Geef hem terug... we weten dat hij hier is.'

Na het vertrek van de studenten stortten Mirjam en ik ons op de flessen, wat we in aanwezigheid van de frisdrank drinkende meisjes niet hadden gedurfd.

'Ik laat straks wel een paar pizza's komen,' zei Mirjam.

Nog gulziger dan gedronken werd er gepraat. Elke dag, en

driemaal daags, vormden zich in onze hoofden theorieën over Tonio's verdwijning. Ze moesten allemaal getoetst.

'Vertelde ik je al, Minchen, over mijn variant op de verschroeide aarde?'

'Dat belooft niet veel goeds.'

'Iedereen maakt fouten in zijn leven. Het is maar wat je ermee doet...'

'Ervan leren,' zei Mirjam. 'Dat is tenminste wat je altijd hoort.'

'Het gaat me er nu om hoe je erop terugkijkt, op die fouten. Ook als ik ze allang heb goedgemaakt, kan ik me er bij de herinnering nog steeds voor schamen. De geweldige stommiteiten. Zelfs in m'n eentje kan ik dan vorstelijk gaan zitten blozen, geloof dat maar. Als kind al had ik de neiging om sommige enormiteiten die ik er in volwassen gezelschap uitgeflapt had, dwangmatig bij mezelf te blijven herhalen. Gewoon, om de gêne bij mezelf op te poken. Misschien hoopte ik zo mezelf te straffen... mijn leven te beteren.'

'Ik krijg bijna vrede met al het stoms dat je mij hebt aangedaan.'

'Sinds Tonio's dood... als ik nu op mijn leven terugkijk, zie ik *alleen maar* fouten, miskleunen, stommiteiten. Zelfs zaken waar ik destijds niet ontevreden over was, en die door anderen werden geprezen, kunnen inmiddels geen genade meer vinden in mijn ogen. En waarom niet? Omdat alle dingen die ik ooit ondernomen heb, ook lang voor Tonio's geboorte, tot de voorbereidingen op Tonio's dood gerekend kunnen worden.'

'Zo streng mag je niet voor jezelf zijn,' zei Mirjam, nu zonder spottende toon. 'Dat is onmenselijk.'

'Ik heb geen keus. Zo ervaar ik het. De dood van mijn zoon vormt *het* bewijs dat ik alles altijd verkeerd heb gedaan. Als ik mijn verleden overzie, stuit ik op een geblakerde vlakte. Mijn geheugen heeft de tactiek van de verschroeide aarde toegepast. Alle zegeningen die ik ooit dacht te tellen, zijn verbrand. Ik kan er niet meer bij komen.'

Mirjam protesteerde niet langer tegen deze zwartgallige visie – misschien (wat ik niet hoopte) omdat ze die deelde. Haar blik dwaalde steeds vaker af naar de plek op de hoekbank waar Tonio altijd zat, als hij even aanwipte voor een glas, en een aai voor Tygo of Tasja. Ik wist dat ze nu spoedig zou gaan huilen.

'Als ik bedenk… zoals hij daar altijd ging zitten,' zei ze, en niet voor het eerst. 'Met Tygo op schoot, die dan onder zijn handen begon te kronkelen.' Ze huilde al. 'Het idee dat hij hier nooit meer zomaar binnen komt lopen…' Ze stampte op de grond, en schreeuwde: 'Adri, het doet zo'n *pijn*. Help me. Help me toch alsjeblieft.'

De lijst met pizza's, waar ook het telefoonnummer van de bezorgdienst op stond, lag beneden in de hal. Mirjam ging de kamer uit om de een of andere bestelling te plaatsen. Ik zat versuft van verdriet, meer nog van het hare dan van het mijne, in mijn vettige glas te staren, toen opeens de huiskamerdeur opensprong. Ik keek op, zoals ik dat zo vaak gedaan had bij Tonio's onverwachte bezoekjes. Eerst was er dan de vage, donkere spiegeling van een gestalte in de witte lak van de openzwaaiende deur, en vervolgens stapte Tonio over de drempel. Hij toonde daarbij nog altijd de kindergrijns van vroeger, als hij zich om zijn ouders te plagen ergens verstopt had, en opeens tevoorschijn kwam.

('Zeg, heb jij Tonio gezien?'

'Nee, al een hele tijd niet meer.'

'Ik begin me wel zorgen te maken.'

'Ik heb overal gekeken. Niets. Nergens.'

'Nou, dan moeten we misschien maar eens gaan bellen.'

Dat was onveranderlijk het moment waarop hij tevoorschijn schoot uit de wasmand, gillend: 'Jullie dachten *echt* dat ik weg was, hè?')

Mirjam had de deur weer eens niet goed achter zich gesloten, zodat een van de katten er maar tegenaan hoefde te springen om hem open te laten gaan. Ik wachtte met stokkende adem op de arm die de deur verder naar binnen zou duwen. Alweer mis. Wel kwam zigzaggend onze rooie kater Tygo de kamer binnenwandelen.

36

Zomer 1990. Het oorlogsgebied te Loenen ontvlucht probeerde ik, in godsnaam dan maar, mijn boek af te maken op De Pauwhof, een gedoemde Wassenaarse kunstenaarskolonie, waar je geacht werd thee te drinken met de weduwen van aan de drank gestorven beeldhouwers. Mirjam en Tonio had ik achtergelaten in het Veluwse huis, waar ze waren overgeleverd aan de grillen van de verhuurder, tevens buurman, die soms voor een heel weekend de elektriciteit afsloot. Ik was zo bang dat Tonio me zou vergeten dat ik om de andere dag naar de enige speelgoedwinkel van Wassenaar ging om een miniatuurauto voor hem te kopen, die ik dan in een luchtkussenenvelop naar Loenen stuurde, met een tekening of prentbriefkaart erbij.

De kleine zaak had maar een bescheiden assortiment. Na hoeveel zendingen was ik door de verschillende modellen heen? Mirjam wees me er aan de telefoon fijntjes op dat Tonio al twee keer dezelfde verlengde limousine had ontvangen: grijs met een zwart dak. Ik kon niets anders bedenken om de herinnering aan mij bij mijn zoon levend te houden dan die speelgoedautootjes.

Op De Pauwhof sloot ik vriendschap met de musicoloog Albert Dunning en de voordrachtskunstenares Maud Cossaar. Toen Mirjam met Tonio voor een dag naar Wassenaar zou komen, had Dunnings vrouw, Jeanine, een presentje voor de kleine gekocht – in dezelfde speelgoedwinkel. Het was mooi ingepakt, maar al bij de overhandiging zei Tonio, lichtelijk verveeld: 'O... auto.'

Met enige tegenzin verwijderde hij het cadeaupapier, en

stelde nog eens zonder veel enthousiasme vast: 'Auto.'

Jeanine toonde zich enigszins beduusd, maar Albert moest hartelijk lachen om het blasé gedrag van de Kleine Lord. Vanaf een balkon ergens boven ons riep Maud Cossaar met geheven armen en de dictie van een diva uit het interbellum: 'Wat heb *jij-ij*... een stralend gezinnetje!'

Wat Jeanine niet wist, was dat Tonio hetzelfde model auto, en in dezelfde kleur (geel), al eens door zijn vader opgestuurd had gekregen, in eendere geschenkverpakking. Volgens Sigmund Freud hadden kinderen de neiging een stuk speelgoed uit hun ledikant te gooien telkens wanneer hun moeder de kamer verliet – dit om zichzelf de indruk te geven dat zij het zelf waren die hun moeder heenzonden. Over het wegsturen, op deze manier, van de vader heeft Freud het niet. Toch leek Tonio precies dit in gedachten te hebben toen hij met een beslist en krachtig gebaar het gele autootje in een van de rododendrons aan de rand van het Pauwhofterras wierp.

Hoe we ook zochten in het donkere binnenste van de struiken, compleet met vernieling van een flink aantal bloemen, het gele autootje was en bleef onvindbaar. Tonio sloeg onze vruchteloze pogingen geamuseerd gade.

37

Het is vrijdagmiddag. Met haar vriendin Josje brengt Mirjam Josjes dochter Lola naar een partijtje. Om vier uur zal Jenny de foto's voor haar portfolio op komen halen. De afspraak is dat Mirjam ze aan haar overdraagt: ik wil er niet bij zijn. Voor alle zekerheid heb ik de deur van mijn werkkamer naar de overloop opengezet – om de bel te kunnen horen ingeval Jenny te vroeg is en Mirjam nog niet terug. Als die situatie zich voordoet, zal ik het meisje via de intercom vragen in de hal op Mirjam te wachten.

Vier uur, kwart over vier: geen deurbel, en ook verder stijgt er, wanneer ik op de overloop ga luisteren, geen enkel gerucht uit het trappenhuis op. Ik toets het nummer van Mirjam in. Voicemail. Zij belt even later terug.

'Ik zit nog met Josje wat te drinken in de Beethovenstraat. Jenny heeft afgebeld. Blaasontsteking, net als toen, die middag met Tonio. Morgen gaat ze op vakantie voor drie weken. Daarna komt ze de foto's ophalen. Heeft ze beloofd.'

De afzegging steekt me. Ik zeg: 'Trek het je niet aan, Minchen. Ik denk dat Jenny het nog niet aankan. Elke foto die ze onder ogen krijgt, getuigt van een Tonio net buiten beeld. Allemaal bewijsstukken voor die middag samen in ons huis.'

'Ik zag er zelf ook tegenop,' zegt Mirjam. 'Ik ben opgelucht dat ze heeft afgebeld.'

Ze belooft wat sushi van de Japanner mee te brengen, voor bij een koud glas. Ik voorvoel dat het wat eten betreft daarbij zal blijven. 'Tot zo.'

Die vrijdagavond, op de veranda, vroegen we ons af wat het nou allemaal had opgeleverd – de gesprekken met Tonio's vrienden, onze rondneuzerij, het hele wanhopige gepas en gemeet.

Voornamelijk enige afleiding van het werkelijk onoplosbare probleem. En ja, we wisten nu dat hij zijn laatste avond en nacht in gezelschap van Goscha en Dennis had doorgebracht, en niet in dat van Jenny. En dat hij niet van Paradiso kwam, maar van club Trouw in de Wibautstraat, en daarna in z'n eentje fietsend op weg was gegaan naar zijn woning in De Baarsjes.

Waarom de afspraak met Jenny niet door was gegaan: onduidelijk. *Wat* Tonio naar dat kruispunt op de hoek van de Hobbemastraat en de Stadhouderskade had gebracht: niemand had enig idee. Ook wat de precieze toedracht van het ongeluk betreft, hield de politie nog veel zaken open.

Goed, we hadden na veel zoeken de resultaten van de fotoshoot boven tafel gekregen, maar Jenny was ze niet komen ophalen. Jim en Dennis zouden een kleine expositie inrichten van Tonio's andere foto's, maar lieten niets meer van zich horen. Het botte optreden van Jim tegenover de moeder van zijn verongelukte vriend had ons nog dieper in de ellende gestort.

We hadden Tonio, in zijn meest weerloze positie van gestorvene, tot het uiterste willen verdedigen en beschermen, maar we hadden buiten het laconieke, alledaagse verraad van de levenden gerekend. En als dit bitter klinkt – het *is* ook bitter.

De gekartonneerde enveloppen met Tonio's opnamen van Jenny lagen tussen ons in. Zijn laatste karwei op aarde. We hadden geen van beiden de moed om de foto's te bekijken, omdat we net zo goed als Jenny wisten dat op elke afdruk, opzichtig onzichtbaar, Tonio aanwezig was. Zijn spiedende, aftastende oog, dwars door het glanspapier heen. Wat er in de enveloppen zat, was een verzameling momentopnamen van Tonio's netvlies op donderdag 20 mei 2010 – een netvlies wemelend van de Jenny's.

'Daar zitten we dan,' zei Mirjam. 'Foto's opgespoord, model gevlogen.'

'Kijk naar ons,' zei ik. 'Te schijterig om een paar kiekjes uit te pakken. Wat dacht je van Jenny? Zij zou geen afdruk kunnen bekijken zonder Tonio's dichtgeknepen oog erbij geleverd te krijgen... zijn kruin als hij zich over de Hasselblad boog... Nee, zij heeft het niet aangedurfd. Ik vind het eigenlijk ontroerend dat zij zich nu beroept op hetzelfde lichamelijke euvel als op de dag van de fotoshoot. Misschien had zij toen ook al last van een geweldige drempelvrees.'

'Dan zie ik haar over drie weken net zo min langskomen.'

'We wachten gewoon af. Als het te lang gaat duren, zoeken we zelf contact. We hebben er recht op haar kant van de zaak te horen.'

38

Sinds Zwarte Pinksterdag heb ik me, nog veel meer dan voorheen, hees gescholden op de platheid van wat door opiniemakers met *low culture* wordt aangeduid, en in de uitingen waarvan ik niets kan ontdekken wat mijn huidige situatie ook maar scherfsgewijs weerspiegelt of verheldert.

Ik heb me vergist. Mirjams aanmoediging van een tijd terug om mijn ellende uit te schreeuwen heeft blijkbaar iets in me losgemaakt. Vanmorgen bracht de radio het oude lied 'My son, my son' van Vera Lynn. Mijn moeder zong het vroeger wel, met het Engels op de tast. Het begint met een nogal belegen mannenkoortje, maar dan is daar opeens de stem van Vera Lynn, met die zwellende snik erin.

De song trof me als een stomp in de maag, en verloste me van een kramp ergens tussen mijn hoofd en mijn hart. Mirjam verleidde me twee weken geleden tot een droge schreeuw, maar nu kwam met een heftig gesnik alle nattigheid los, tot onstelpbaar kleurloos snot aan toe.

Het voelde bevrijdend, maar het bevrijdde me niet. Het is een kort nummer. Toen het uit was, kwam de catharsis niet verder dan een vochtig gefluisterd: 'Zo is het... zo is het.'

My son, my son
You're everything to me
My son, my son
You're all I hoped you'd be
My son, my son
My only pride and joy
God bless and keep you safe
My own, my precious boy

For all the care and heartache
life has brought to me

One precious gift has made it
all worthwhile
For heaven blessed and with
great joy rewarded me
For I can look and see
My own beloved son

My son, my son
Just do the best you can
Then in my heart I'm sure
You'll face life like a man
My pride and joy
My life, my boy
My son, my son

Hoofdstuk V *Een tweede leg*

1

Dat hij er niet meer is, en nooit meer zijn zal (maar wel onuitwisbaar geweest is), staat ons de laatste dagen scherper voor de geest dan in het begin. Goedbedoelende mensen suggereerden na de begrafenis dat 'het hoe dan ook zou slijten, het gemis, het verdriet'. Het ongeluk ligt nu zes weken achter ons. Het enige dat gesleten is, is het onwerkelijke gevoel dat rekening blijft houden met het stoppen van de nachtmerrie, vandaag of morgen. Dit onwelkome slijtageproces geschiedt ten gunste van de werkelijkheid, die met de harde waarheid als stormram steeds dieper bij ons binnendringt.

Als het een nachtmerrie was, had die allang afgelopen moeten zijn. Het is juist eigen aan een nachtmerrie dat de dromer eruit wakker schrikt. Een nachtmerrie is geen soap die eindeloos gerekt kan worden ter wille van het 'wordt vervolgd'.

De pijn. Het is nog maar net begonnen.

'Het *lijkt* soms wat minder erg dan in het begin,' zei Mirjam vanmorgen. 'Het voelt niet meer als een zware hersenschudding, maar mijn geheugen is nog steeds een vergiet. Vooral wat sommige namen en woorden betreft, en de volgorde van de dingen... de dingen, je weet wel... de data. De gebeurtenissen. En boodschappen doen, dat is ook nog steeds een ramp. In de winkel weet ik niet wat ik kopen wil. Maak ik thuis eerst een papiertje... een, hoe heet het, een briefje, een lijstje... dan blijft het blanco, want... wat zouden we ook weer eten? Ik ben wel eens bang dat het zo blijft.'

'Denk eens aan het uitvallen van al die andere functies, Minchen. Hopen op. Verlangen naar. Bidden... smeken. Ze bestaan nog wel, maar zijn niet langer operationeel. Het zijn pijlen die je nergens meer op kunt richten. Geen roos meer in de schietschijf. Je kunt hopen op de wederkomst van Tonio wat je wilt... geloven in het wonder van zijn voortbestaan... bidden, smeken, dreigen. Kom terug! Hier jij! Anders zwaait er wat! Zinloos. Functies net zo overbodig als de blindedarm, de verstandskies, het staartbeentje...'

2

Het vermoeiende is dat we iedere ochtend, uit de verschaalde roes ontwakend, een nieuw leven beginnen, en dezelfde avond alweer naar het oude teruggrijpen. Elke dag weer hetzelfde ritueel van hernomen pijnbestrijding.

Het is kwart voor zeven in de vooravond. Mirjam heeft met de auto haar vader van Beth Shalom opgehaald en naar zijn huis in de Lomanstraat gebracht, waar ze hem oogdruppels toedient. Vijf minuten later is ze thuis. Ik zit in onberekenbare somberheid op de bank. Het televisiejournaal en het actualiteitenprogramma zijn voorbij. Soms treft Mirjam me in de huiskamer aan terwijl ik vol haat naar *RTL Boulevard* kijk. Het wezenloze gekwetter over de huwelijken, echtscheidingen en gezinsuitbreidingen van de diersoort die, waarschijnlijk vanwege hun geestelijke bastaardstatus, met Bekende Nederlanders wordt aangeduid. Een enkele keer is er een misdaadjournalist te gast, die dan commentaar geeft bij beelden van Joran van der Sloot in een Peruaanse gevangenis. Het valt me altijd weer op hoezeer de jonge moordenaar op het monster van Frankenstein lijkt, maar dan met goed weggeretoucheerde hechtingen.

Mirjam vraagt of ik iets wil drinken. Ik reageer chagrijnig.

'We zouden er toch mee ophouden? Vanmorgen hebben we

nog gezworen dat we *elkaar* niet in verleiding zouden brengen.'

'Wie heeft het over drank? Ik neem zelf een glas spa.'

'Doe mij ook maar.'

Even later zitten we met grote tegenzin aan een glas spa te knabbelen. Zwijgend. Zonder opzij te kijken hoor ik aan de ademhaling van Mirjam dat ze het te kwaad gaat krijgen. Ik vraag: 'Heb je je pilletje op tijd genomen?'

'Net pas.' Ze huilt al. 'Iets te laat.'

'Dit is ook niks.' Ik laat het waterglas met een klap op het bijzettafeltje neerkomen. 'Schenk maar iets in. Ik red het anders niet vanavond. Een gin-tonic, ja. Een ruime.'

Nog voordat de eerste slok alles lichter kan maken, glijdt er een last van ons af. Mirjam loopt huilend naar de keuken, maar niet met trage tegenzin. Ik hoor haar in de weer met glazen, flessen, schuifladen van de koelkast. IJsbakjes kraken. Blokjes rinkelen. Dit moet stoppen, vroeg of laat moet dit stoppen. Mirjam heeft steeds vaker last van een schrijnende slokdarm, omdat ze er de wodka puur in giet. Ze krijgt er ook brandend maagzuur van, dat ze bestrijdt met Rennies. Voorlopig overheerst de opluchting: we hebben de totale onthouding weer voor een dag weten uit te stellen.

Mirjam keert terug in de kamer met een dienblad, waarop ook een schotel met pata negra (of moten makreel, of toast met paté). 'Vanavond moet het dan nog maar even.' Voor zichzelf heeft ze wodka met jus d'orange gemaakt. Ik krijg een extra ruime maat glas met een dubbele gin, aangelengd met tonic. Mijn favoriete merk: Bombay Sapphire.

Als Tonio hier weer eens onverwacht binnenviel, koos hij een van beide: gin-tonic of wodka-jus, en liet het dan meestal bij dat ene glas. Mirjam en ik stoten aan. Zij drinkt zich door de prop in haar keel heen, en schudt het hoofd.

'Dat hij hier nooit meer zal zitten met zo'n hoog glas... het is niet te bevatten.'

3

Een motief in de roman die ik tot aan Pinksteren onder handen had, was dat van de gemeenschappelijke zelfmoord door twee geliefden (in dit geval om aan een gruwelijke verlatingsangst een eind te maken).

Heb ik Mirjam ooit in overweging gegeven er samen uit te stappen, om zo de pijn een halt toe te roepen? Nee. De gedachte was onuitgesproken tussen ons aanwezig. We hebben er niet aan toegegeven. Of wel? Er bestaan ook langzame vormen van suïcide, bijvoorbeeld door een sluipende zelfvernietiging haar gang te laten gaan. Het is nog te vroeg om te concluderen of we aan de beledigende gebeurtenis al dan niet onherstelbaar bezweken zijn. Het kan best zijn dat wat wij voor een overlevingsgevecht houden de stuiptrekkingen van een onvermijdelijke ondergang zijn.

Iemand schreef: 'Zou Tonio gewild hebben dat jullie aan zijn dood te gronde gingen?'

Hoewel Tonio zich die vraag waarschijnlijk nooit gesteld heeft, omdat zijn levenslust hem die niet toestond, heb ik de briefschrijver geantwoord: 'Nee, dat zou Tonio nooit gewild hebben. Wij gaan in zijn geest door.'

Van de andere kant: wat kun je anders doen, als ouders, dan aan de vernietiging van zo'n jongen te gronde te gaan? We verzetten ons zogenaamd tegen de eigen ondergang, en maken onszelf wijs dat Tonio ons met zijn dood nooit in zijn vernietiging mee had willen sleuren, maar misschien gaan we er, verzet of niet, heel vanzelfsprekend toch aan te gronde. Het zou betekenen dat onze liefde voor hem sterker is dan onze overlevingsdrang, onze zucht tot zelfbehoud.

Mirjam en ik zitten midden in onze genezing, of we zitten tot aan onze nek in de zelfvergiftiging. Maakt het wat uit? De drankflessen in de hal hebben of medicijn of gif bevat – ze zijn hoe dan ook leeg.

Met zelfredzaamheid krijgen we Tonio niet terug, en met ten onder gaan evenmin. *Levend* was Tonio de moeite waard om uit alle macht voor te overleven. Juist omdat we hem zo springlevend mee hebben gemaakt, is het verleidelijk om aan een gestorven Tonio kapot te gaan.

4

Als er een nieuwe Bombay Sapphire aangebroken moet worden, brengt Mirjam mij de fles, want zelf krijgt ze hem niet open. Het enige nadeel van dit superieure merk is dat de schroefcapsule geen reliëf heeft waar de vingers vat op krijgen, en al helemaal niet als ze vochtig zijn van de ijsblokjes. Ook mijn droge vingers redden het zelden zonder klemblaar. Ik begin te geloven dat de ontwerpers van de fles (vierkant model, het glas lichtblauw als een lentehemel) opzettelijk voor zo'n gladde dop gekozen hebben, teneinde voor de horige gebruiker een extra moment van bezinning te creëren. Ik zet mijn tanden op elkaar, en draai en wring, terwijl mijn om de fles geklemde linkerhand tot op het bot verkilt. En ik ben geneigd (op z'n minst genegen) te denken: wat nou, kunstmatige ontspanning, als het zo'n inspanning kost.

Aan Tonio's vernietiging te gronde gaan: het blijft in heel z'n wanhopige wrangheid een aantrekkelijke gedachte. Het volgende moment verzet ik me er weer tegen. Dat ene, onvervangbare leven van me moet tot het einde toe geleefd worden, met ontwikkeling van al mijn krachten en vaardigheden.

Maar... als ik voor dat laatste kies, moet ik ook namens Tonio leven, die dat niet meer op eigen kracht kan. Ik moet, met aanwending van al mijn verworvenheden, laten zien hoe bijzonder zijn bestaan was, en hoe bijzonder de betekenis ervan nog steeds *is*. Het betekent dat ik boven op mijn bestaande capaciteiten nieuwe technieken moet ontwikkelen – om hem niet zomaar levendig te beschrijven, maar hem in heel zijn levendigheid terug te halen.

5

Je kunt de wereld buitensluiten zoveel je wilt, maar er blijven altijd niet te dichten kieren, gaten, lekken. Zo laten familiebanden zich niet negeren. Hinde is op afroep beschikbaar, maar dringt zich niet op. Ik merk dat ik af en toe behoefte heb aan het luisterende oor van mijn broer. Sinds Mirjam hem daarop wees, belt hij regelmatig. De bescheiden Natan wacht soms wekenlang op een telefoontje van mij, en belt dan zelf maar – altijd kort, bang om te veel van mijn tijd in beslag te nemen. En dan is er mijn schoonmoeder.

6

De verhouding tussen Mirjam en haar moeder is al veertig jaar sluimerend slecht. Met mijn komst in hun leven, dertig jaar geleden, werd het er niet beter op, maar door mijn (toen nog) verzoeningsgezinde optreden bleven de slechte betrekkingen een ondergronds bestaan leiden. Achteraf bezien had ik de broeiende veenbrand beter kunnen aanwakkeren, dan was er desnoods met veel misbaar voor alle partijen misschien iets duidelijk geworden.

De komst van Tonio leidde de aandacht van moeder en dochter af van veel onontgonnen conflictstof (hoewel Mirjam beweert dat haar borstvoeding radicaal stopte toen ze zich in het ouderlijk huis met de baby afzonderde in haar voormalige meisjeskamer, die zo gehorig was dat ze als kind haar ouders in de aangrenzende ruimte kon horen paren en ruziën – niet noodzakelijk in die volgorde). Tonio werd vaak toevertrouwd aan de zorgen van zijn grootouders. Pas zo'n vijftien jaar later, toen Mirjam begon te schrijven over haar jeugd, kwamen de modderstromen los. Zij probeerde de poëzie van haar kinderjaren te vinden, en dolf een heleboel gifgrond. De verhouding verslechterde in hoog tempo, niet uitsluitend onderhuids. Wies deed, bijvoorbeeld tegenover mij, vertwijfelde pogingen om de nijdige uitvallen van haar dochter als kordaat optreden uit te leggen: 'Mirjam kan soms hard zijn, maar ze regelt het allemaal goed.'

Een van de felste verwijten die Mirjam haar moeder maakte, was dat de vrouw altijd precies had geweten wanneer ze in moest storten: altijd onmiddellijk voorafgaand aan voor haar man en dochters belangrijke gebeurtenissen. Ik herinner me dat ik voor acht weken een hotel had geboekt in Positano om er aan een boek te werken. Op de dag van mijn vertrek kreeg mijn schoonmoeder een zenuwinzinking: Natan kwam het ons ivoorbleek, zelf bijna op het punt van instorten, vertellen. Toen ze vorig jaar te horen kreeg dat Mirjam en ik voor drie maanden een huis hadden gehuurd in Lugano moest ze worden opgenomen in de Valeriuskliniek. Ik wil hiermee niet zeggen dat haar mentale conditie geveinsd was, maar ze kon die blijkbaar wel voldoende sturen totdat de inzinking haar theatraalste effect had gesorteerd. Haar zenuwgestel vormde bij elkaar het theaterdier in haar, een schrille, handenwringende tragédienne.

Tussen de historische instortingen door hield zij haar zenuwen in de juiste geprikkelde toestand door hele reeksen kleine collapsen. Eigenlijk gedroeg zij zich meestentijds als iemand die elk moment getroffen kon worden door de Zwarte Golf. Jarenlang heeft zij, als Mirjam en ik op vrijdagavond bij mijn schoonouders aten, mij uitgehoord over mijn bezigheden, en vooral over wat die materieel opleverden. Ik moest tenslotte haar dochter onderhouden, en haar het liefst een goed en rijk leven bezorgen. Gezeten op het randje van haar fauteuil onderwierp ze me aan gerichte vragen, die er niet om logen. Het lastige was alleen dat als ik mijn antwoord begon te formuleren zij overeind vloog om in de keuken het gas onder de kippensoep lager te draaien of in het beslag van de latti's te roeren, tegen klontvorming.

Ook haar terugkeer op het randje van de fauteuil had een vast patroon. Met haar rechterhand maakte ze een snel poetsgebaar over haar neus, zoals je dat sommige ontroerende knaagdieren wel zag doen, maar dan meestal met beide pootjes tegelijk. Deze neuspolijstende streling leidde altijd dezelfde uitroep in: 'Moet je horen...!'

En dan volgde er een half hysterisch, waarschuwend betoog over de lagen en listen van het leven. Het antwoord dat ze van mij verlangd had, speelde hierbij kennelijk geen enkele rol. Mocht ik het bij hoge uitzondering *wel* uitspreken, zodat ik haar duidelijk kon maken dat mijn inspanningen wel degelijk tot enige welvaart voerden, dan jammerde ze eroverheen: 'O, als het zo dan maar blijft... dat het niet weer inzakt!'

Toen ik haar, jaren later, met mijn inkomen probeerde te imponeren door langs mijn neus weg (maar zonder die te beroeren) te melden dat tweederde ervan naar de fiscus ging, begon ze te jammeren dat ik zo'n bedrag immers nooit zou kunnen opbrengen. Zonder er een woord tussen te kunnen krijgen werd ik ter plekke door haar failliet verklaard.

7

Sinds Tonio's begrafenis wil Mirjam haar moeder voorlopig niet meer zien, en dat ligt maar zeer ten dele aan de wijze waarop de vrouw tijdens de nazit mijn schoonvader schoffeerde.

'Ik ben met Tonio bezig, en met niemand anders,' zegt Mirjam. 'Ik probeer te overleven.'

Omdat ik, bij al mijn weerzin, toch ook met Wies te doen heb, bel ik haar af en toe op haar mobiel. Als ze niet opneemt, heeft inspreken geen zin, want ze weet niet hoe de voicemail af te spelen. Neemt ze wel op, dan begint ze meteen huilend te jammeren, zodat ik haar nauwelijks versta. Haar stemt piept en kraakt en knarst.

'Tonio, zo'n goeie jongen... waarom? Waarom?' Dat versta ik wel elke keer.

Ik beken, mijn gevoelens zijn tegenstrijdig. Ik zie het brute gezicht voor me waarmee ze op de begrafenis haar ex-man negeerde, en tegelijkertijd denk ik: Tonio was haar enige kleinkind, zij heeft voor hem gezorgd, Tonio verzorgde (tegen vergoeding) haar tuintje, Tonio heeft haar gsm gebruiksklaar gemaakt.

Omdat ze alles eindeloos herhaalt, versta ik op den duur nog heel wat. 'En jij... jij kunt nu zeker helemaal niet meer schrijven?'

Ik verzeker haar dat ik aan het schrijven ben. Over Tonio.

'Ik hoop toch zo dat je ooit weer zult kunnen schrijven. En Mirjam, hoe is die eronder? Redden jullie het samen? Mirjam belt helemaal niet meer...'

'Mirjam is alleen met Tonio bezig. Zij heeft al haar aandacht nodig om het verschrikkelijke te verwerken.'

'Dat begrijp ik... dat begrijp ik wel. Maar één keer zal ze toch nog naar me toe moeten komen. Als ik doodga.'

Dit herhaalt ze, bijna triomfantelijk, in elk telefoongesprek. Vaak zegt ze: 'Ik wil niet meer... ik wil niet meer leven. Ik ga naar Tonio.'

Eergisteren kwam Hinde langs. Haar moeder heeft besloten eruit te stappen, en gauw al. Ze zoekt het in de versterving. Geen medicijnen meer, alleen morfine tegen de pijn. Voedsel en drinken worden geweigerd.

Mirjam is in alle staten. 'Ze gebruikt Tonio's graf als laatste podium... om zich nog een keer volledig theatraal te laten gelden. Geen moment denkt ze aan mij... dat ik Tonio's dood aan het verwerken ben bijvoorbeeld. Ze ramt dwars door dat hele rouwproces heen. Het is chantage, dat is het. Ik zoek tijdelijk geen contact met haar, en nu zal ze me *dwingen* langs te komen. Hoe zei ze dat ook weer aan de telefoon? "Toch zal Mirjam nog één keer naar me toe moeten komen. Als ik doodga." Precies. Nu moet ik wel. Laatste instorting. Tussen Tonio en mij in. Dan heeft ze haar zin.'

Opeens zijn de accenten verlegd. Topgesprekken tussen de twee zussen. Overleg met de psychiater van mijn schoonmoeder.

'Zo krijgt ze het toch weer voor elkaar,' roept Mirjam uit, 'dat ik nu de hele dag aan *haar* loop te denken. In plaats van aan Tonio en dat ik hem zo godsgruwelijk mis.'

8

Omdat Mirjam, ondanks de aangekondigde versterving, nog steeds geen contact met haar moeder wenst, bel ik Wies wat vaker, zo eens per week. Als ze niet opneemt, krijg ik haar voicemail, waarop ze zich voorstelt met alleen het geluid van haar adem, die onvervalst de hare is. Zo heb ik ontdekt dat ook de menselijke ademhaling een oninwisselbare vingerafdruk bevat.

Als ze wel opneemt, en ik mijn naam noem, begint ze meteen luid roepend te huilen.

'Er is geen minuut dat ik niet aan hem denk... ik sta ermee op en ik ga ermee naar bed... Ik wil niet meer leven. Ik wil bij hem zijn. Ik hoop dat ik gauw doodga. En jullie... *redden* jullie het? Mirjam wil helemaal geen contact met me. Ik vind het heel erg, maar ik begrijp het wel. Ik hoop alleen...'

Door haar slechte conditie heeft ze gordelroos ontwikkeld.

'Gordelroos wordt ook wel sint-antoniusvuur genoemd,' zeg ik om maar iets te zeggen en dan huilt ze pas echt heel hard.

'Die lieve Tonio... hij is daar ergens. Hij houdt zich schuil... hij geeft me allerlei tekenen. Sint-antoniusvuur. Ik hoop gauw bij hem te zijn.'

9

Ik ken niemand die haar dromen zo serieus, en vaak nog letterlijk ook, neemt als Mirjam. Misverstanden overdag laat ze vrij snel de wereld uit helpen, zo niet die van 's nachts. Vanmorgen vertelde ze me vol verwijt, half in tranen, dat ze 'heel naar' over me had gedroomd. Als ze zoiets zegt, op zo'n toon, bedoelt ze eigenlijk dat *ik* haar een rotdroom heb bezorgd.

'Uitgerekend nu,' beet ze me toe. 'Durf je wel.'

'Wees wat specifieker,' zei ik, 'dan kan ik mijn misdaad toegeven.'

'Je was overgelopen naar een andere vrouw.'

Ze keek me vuil aan. Ze twijfelde er niet aan dat ik de volle verantwoordelijkheid droeg voor mijn gedrag tijdens haar remslaap.

'Ga bij jezelf te rade,' zei ik. 'Het is gewoon de angst dat ik, juist nu, aan een tweede leg zou kunnen beginnen. Ik heb een hekel aan het woord, maar zo noemde Flip het, toen ik hem achter de kinderwagen tegenkwam. "Tja, tweede leg, hè?"'

'O, dus dat is wat je bezighoudt. Een tweede leg. Mijn dromen spreken weer eens de waarheid.'

Ik volgde met mijn blik Mirjam, zoals ze met kleine, driftige stappen en schuddende boezem (ze had nog geen bh aan) door de slaapkamer heen en weer liep. Aan dat drinken van ons iedere avond moest een einde komen, en gauw ook. We begonnen allebei op te zwellen. Ik had het probleem al jaren, maar ook bij Mirjam begonnen nu buik en maag steeds meer uit te stulpen. Ik moest het goede voorbeeld geven, en als eerste het glas laten staan.

'Minchen, wacht nou even.'

'Ik ga douchen. Ik moet straks met Hinde naar mijn moeder, ja? Ga jij maar fijn fantaseren over je tweede leg.'

Mijn schoonmoeder lag inmiddels met haar gordelroos in het ziekenhuis. Er was tot opname besloten nadat ze in het tehuis geheel naakt op de gang was aangetroffen. Volkomen verward. Ik wist dat het een opgave was voor Mirjam, die sinds Tonio's dood pas echt een fobie rond haar moeder had ontwikkeld. Te veel gebeurd, vroeger. Ze ging voornamelijk mee om haar zus te ontlasten.

Na de chaos van tegenstrijdige gevoelens in de eerste weken volgend op Pinksteren had ik besloten om zo meedogenloos mogelijk te zijn in mijn zelfonderzoek – een nietsontziendheid die op den duur misschien helderheid kon verschaffen omtrent mijn huidige en toekomstige situatie. Bij deze introspectie had de vraag naar een tweede leg, zoals die van Flip, zich nog niet voorgedaan. Was mijn verlangen naar nageslacht, nu dit in de persoon van Tonio weggevallen was, zo sterk dat ik me aan een jonge, vruchtbare vrouw zou kunnen binden? Blijkbaar had ik de dromen van mijn echtgenote nodig om mezelf die vraag te stellen.

Op het gehoor volgde ik Mirjam van de douchecel naar Tonio's kamer, waar ze zich ging aankleden. Tien minuten later de luide deurbel: Hinde. Vrouwenstemmen, afgesneden door de galm van de voordeur. Ik had gehoopt dat ze me nog even gedag was komen zeggen, om te laten merken dat het ook voor haar maar een spel was, een houding van gespeelde verontwaardiging. Maar nee, met haar dromen viel niet te spotten.

10

'Hoe was het met je moeder?'

'Volkomen in de war. Zo leek het tenminste. Ze lag voornamelijk te staren. Met van die harde ogen. Af en toe stootte ze een of ander misplaatst woord uit. De artsen denken dat ze tijdelijk afatisch is. Ik heb daar mijn twijfels over. Op zeker moment snauwde ze zoiets als: "Je bent dikker geworden... ben je soms zwanger?" Hard en gevoelloos, maar het liet aan duidelijkheid niets te wensen over.'

'Ik vind dat nogal wat,' zeg ik. 'Haar vijftigjarige dochter rouwt om het verlies van haar enige kind, en dan doodleuk vragen of je in verwachting bent. Een misrekening, maar met afasie heeft dat inderdaad niets te maken.'

Ik kijk naar mijn lieve Minchen, die met de achterkant van haar ogen in onpeilbare gedachten staart. Wat ze ziet, zou ik via haar gezichtsuitdrukking willen reconstrueren, zonder ernaar te vragen. Als ze zo ver weg is, kan ze alleen bij Tonio zijn. Ik stel me voor dat ze de biologische geschiedenis van haar leven overziet. Al die voorbereiding in den vleze... De veranderingen in een meisjeslichaam. De eerste keer ongesteld, en alle keren erna. De altijd maar doordraaiende klok van de ovulatie. De sexuele bloei. De onbeantwoorde verliefdheden. Het liefdesverdriet. De beantwoorde verliefdheden, en ten slotte toch het liefdesverdriet.

De grote liefde.

Al het ontvangen en door anticonceptie geweerde zaad. En dan al het zaad dat *niet* door anticonceptie gesaboteerd wordt. De negatieve tests. Die ene positieve test.

Alle stadia van de zwangerschap, driekwart jaar lang. De bezorgdheid om een miskraam. Het inrichten van een kamer voor de boreling. Het aftellen. De weeën. De pijn. De vreugde. De angst.

En dat alles om die *ene* in je armen te mogen houden, later aan je hand mee te voeren en te helpen opgroeien. En dat alles om die *ene* weer te verliezen, voor eeuwig, zodat het hele proces van natuur en geest alleen maar gediend heeft om een illusie te verwekken en weer te vernietigen.

Ze kijkt op, ontmoet mijn schattende blik. 'Wat?'

'Waar dacht je aan?'

'Ja, wat dacht je?'

Ik ben dit jaar eenendertig jaar met Mirjam samen, waarvan drieëntwintig getrouwd. Ik raakte met haar aan de praat op het feestje voor haar twintigste verjaardag. Komende herfst wordt ze eenenvijftig. Ik heb haar in alle beschikbare stemmingen meegemaakt, ongesteld of niet, zoals zij al mijn humeuren heeft moeten ondergaan, katerig of niet. Hoe vaak vraagt een man in de loop van drie decennia aan zijn geliefde, bij het zien van haar boze of betraande gezicht, wat eraan schort?

'Wat kijk je somber.' Hoe vaak heeft zij dat in de loop van al die jaren niet tegen hem gezegd? 'Ik ga niet weer de hele avond tegen dat kwaaie smoel aan zitten kijken.'

Sinds Zwarte Pinksterdag hoef ik Mirjam zo'n vraag niet meer te stellen bij elke denkrimpel, en zij mij niet als ik ook maar even mijn mondhoeken laat hangen. Het zal voor onze hele gezamenlijke toekomst gelden: wij weten van elkaar wat eraan schort. Gedachtelezen is niet zo moeilijk als de gedachte voor altijd en eeuwig gefixeerd is.

'Minchen, jaren terug zagen we op televisie een documentaire over een Italiaanse professor in de gynaecologie... weet je nog? Hij dreef een soort luxekliniek, waar hij zwangerschappen verzorgde voor vrouwen na de menopauze. Tot zestig, vijfenzestig jaar waren ze welkom. Hij gaf ze een vruchtbaarheidsbehandeling. Er was veel kritiek op hem uit de hoek van medische ethiek, maar van over de hele wereld kwamen ze naar hem toe. Vrouwen die na hun drukke carrière nog een kinderwens hadden... die pas op latere leeftijd de liefde van hun leven hadden gevonden...'

'Ik snap het,' zegt Mirjam. 'Je vindt het zo zielig voor mijn moeder dat ze de plank missloeg met dat zwanger zijn... nu wil je dat ik me in die Italiaanse kliniek laat behandelen. Ik vraag me trouwens af of dat ding nog bestaat. Ik zal zo eens op internet kijken.'

'Het is maar een dagdroom, Minchen. Ik wil graag dat je even met me mee droomt... wat het ons zou opleveren.'

'Een heleboel moois, en nog meer ellende.'

'Ik zou, nog voor mijn tachtigste, opnieuw een kind eenentwintig kunnen zien worden,' zeg ik. 'Jij bent dan pas begin zeventig. Denk je eens in.'

'Ik *denk* het me in. We zouden alle stadia van Tonio's ontwikkeling nog een keer kunnen doormaken. Heerlijk. En daarna? De toekomst van Tonio hebben we niet mogen meemaken. Geen afstuderen, geen carrière, geen trouwerij, geen kleinkinderen, geen... niets. Maar als we straks hoogbejaard zijn, hoeveel toekomst van Tonio's opvolger zullen we dan nog meekrijgen? Misschien wel net zo weinig. Heel erg bedankt voor het aanbod, Adri, maar toch liever niet.'

Hier heb ik niet direct een antwoord op. En dan heeft ze de onvermijdelijke angsten nog niet genoemd die ook bij zo'n tweede geval van gevaarlijk opgroeien horen. O, het zou allemaal nog oneindig veel zwaarder worden dan bij Tonio, want na hem zouden onze angsten ten volle zijn gedekt door zijn noodlottige dood. De nieuweling zou aldus dubbel te lijden hebben onder de onbekende voorganger, de verdwenen broer. Het kind zou geen leven hebben tussen de twee bejaarde bodyguards die zich voor zijn ouders uitgaven.

'Fijn dat je even met me meegedacht hebt, Minchen. De afspraak met professor Antinori gaat niet door.'

'O, je kiest toch voor een tweede leg in een ander nest...'

'Schei nou eens uit over die tweede leg,' zeg ik. 'Daar zijn er twee voor nodig. Of niet?'

'Waar een wil is, is een weg.'

'Ik wil die weg niet. Ik wil die wil niet eens. Luister, Minchen... dat Tonio zo onherroepelijk verdwenen is, voelt als een totale ontmanning. Met zijn dood ben ik zo ontzaglijk veel kwijtgeraakt. Een grote liefde, mijn beste vriend, het hart van mijn toekomst. Een mannelijke muze zelfs. En ja, ook mijn nageslacht. Het zicht op een kleinkind, dat ik misschien nog ooit had mogen vasthouden. Over apocriefe Van der Heijdentjes, waar ook ter wereld, is mij tenminste niets bekend. Het enige resultaat van mijn mannelijke inspanningen hier op aarde was Tonio.'

'Weet je nog wat je altijd zei, in de beginjaren van Tonio, als mensen vroegen of we meer kinderen wilden? "Nee," zei je dan, "het vaderschap past me niet, maar ik moest het één keer uitproberen. Ik zou nooit kunnen sterven zonder één keer vader te zijn geworden." Dat zei je.'

'Uitproberen... als ik dat woord gebruikt heb, dan krijgt het achteraf wel een sinistere klank. Alsof het een eenmalig experiment was, dat kon slagen of mislukken. Al naargelang. Goed, ik *heb* het vaderschap uitgeprobeerd. En met wat voor schitterend resultaat. Nu is hij weg. De jongen, de man, die het allemaal van me moest overnemen. Hij laat me zonder erfgenamen. Hier sta ik, een achteraf steriel gemaakte vader... Je moet trouwens niet denken dat ik mezelf almaar als toekomstige grootvader zag. Zelden, eigenlijk. Door Tonio, zoals hij zich tegenover mij gedroeg, kon ik mijzelf jong blijven voelen...'

'De tweede leg,' zegt Mirjam. 'Je draait eromheen.'

'Minchen, voor eens en voor al... ik bezit niet het instinct van een stamhoofd dat drie, vier huwelijken opoffert aan zijn ten langen leste eerstgeboren zoon... en die vervolgens bij alles acht geslachten vooruit blijft denken. Ik ga nu echt geen nieuw nest meer inrichten. Ik zou daarvoor allerlei redenen kunnen aanvoeren. Dat ik toen in '88, met mijn zesendertig jaar, al een late vader was bijvoorbeeld. Of dat ik voor nieuw nageslacht meteen al een opa zou zijn... Nee, de ware reden is dat ik bij jou wil blijven. Dat ik met jou mijn leven wil afmaken. Onze namen worden straks aan elkaar gekoppeld op Tonio's grafsteen. We hebben samen een gestorven zoon. We zullen allebei kinderloos sterven.'

'Ik ben zo bang,' zegt Mirjam.

'Kinderloos... en ook weer niet. Dat we bijna tweeëntwintig jaar lang Tonio's ouders zijn geweest, is onuitwisbaar. We hebben tot aan onze dood de taak – nee, niet om de herinnering aan hem levend te houden, maar om *hemzelf* warm en levend te houden. Daar heb ik jou voor nodig. En jij mij. Wij zijn de erfgenamen van de persoon die hij was. De executeurs-testamentair van zijn leven, zijn werken, zijn woorden… Maar het belangrijkste is dat we hem voor altijd tussen ons in blijven klemmen. Alleen zo laat hij zich voeden. Met liefde, met herinneringen. Niks tweede leg. Tonio blijft ons nageslacht.'

11

Ik bel mijn schoonmoeder, die vandaag vijfentachtig wordt, in het Onze Lieve Vrouwe Gasthuis. Tegen verwachting neemt ze wel op, maar haar stem is nauwelijks verstaanbaar. Als ik de gedeelten stileer die ik meen te begrijpen, houd ik dit over: 'Ik ben oud. Voor mij hoeft het allemaal niet meer. Jullie zijn nog jong… ik hoop zo dat jullie het redden… dat jij op een dag weer zult kunnen schrijven…'

Na de zoveelste herhaling van gelijkluidende zinsneden zegt ze, opeens goed verstaanbaar: 'Nou, ik hang op, want ik heb bezoek… en op de gang staat ook nog iemand. Bedankt voor de bloemen.'

Dat het bezoek zich staat te verdringen, is niet helemaal geloofwaardig. Misschien is het haar manier om haar ongenoegen kenbaar te maken dat wij niet op haar verjaardag zijn. En wat dat versterven betreft: Hinde wist laatst te melden dat haar moeder had aangegeven 'wel weer eens trek in bonbons' te hebben.

12

Gelukkig was het niet nodig om naar Jenny op zoek te gaan en haar te pressen haar verhaal te doen. Precies een maand na het afgezegde bezoek, en een week na haar terugkeer van vakantie, meldde Jenny zich opnieuw telefonisch bij Mirjam. Ze maakten een nieuwe afspraak.

'Ik zal ervoor zorgen dat de foto's klaarliggen,' beloofde Mirjam.

'Ik kom niet in de eerste plaats voor de foto's,' zei Jenny.

13

Net alsof voor de gelegenheid de zomer nog eens hoog oplaaide: zo'n dag was het, vol kolkend zonlicht, toen we persoonlijk met Jenny kennismaakten.

Ondanks de warmte, bijna ondraaglijk zo vlak onder het platte dak, had ik een groot deel van de dag op driehoog aan dit requiem zitten werken. Het begon steeds meer de vorm van een detectiveachtige reconstructie te krijgen, zij het dat hier geen *private eye* of commissaris Maigret aan te pas kwam. Een whodunit kon je het nauwelijks noemen. Ja, als je het Noodlot uiteindelijk als dader zou aanwijzen. De radeloze ouders zelf waren aan het reconstrueren geslagen. Het *wat*, het *hoe*. In die volgorde.

Ik had de onzekere uren aan Tonio's dood voorafgaand beschreven, het sterven zelf, de ontzetting, de begrafenis, de gesprekken met vrienden die hem in zijn laatste nacht hadden meegemaakt, de uitleg van politie en traumachirurg. Ik had verslag gedaan van de zoektocht naar zijn fiets, zijn kleren, zijn horloge, zijn camera's, zijn foto's. Alles was aan bod gekomen, behalve een gesprek met het gefotografeerde meisje.

Ik zette de ventilator uit, want ik kreeg er genoeg van om telkens opnieuw weggedwarrelde manuscriptvellen op te rapen. Ik had nog overwogen om beneden Tonio's vitrinekast met vulkanische en andere gesteenten leeg te roven om voldoende pressepapiers te hebben, maar ik was bang bij de aanblik van al die door Tonio uitgestalde mineralen en halfedelstenen helemaal geen letter meer op papier te krijgen. Om dezelfde reden had ik het zonnescherm boven mijn balkon niet neergelaten: te veel associaties met de laatste keer dat ik Tonio gezien en gesproken had.

Vanmiddag om vijf uur zouden we, als het allemaal doorging, eindelijk Jenny te zien krijgen. Geen wonder dat het schrijven vanmiddag zo moeizaam ging. Ik kon de warmte de schuld blijven geven, maar het was Jenny die ik nodig had om verder te kunnen. Als zij antwoord had gegeven op een paar vragen die me kwelden, kon ik mijn requiem voor Tonio misschien afronden, voordat ik eronder bezweek.

Tegelijkertijd zag ik, met een aan walging grenzende weerzin, tegen de ontmoeting en het gesprek op. Wie garandeerde me dat ik niet juist door Jenny's onthullingen in zou storten?

De pianoklanken van mijn mobiel. Mirjam. 'Niet te heet daarboven?'

'Ik wilde net naar beneden gaan.'

'Vandaag breng ik mijn vader wat eerder naar Beth Shalom. Ik ben dan ruimschoots op tijd terug om dat meisje op te vangen.'

'Ik vind het moeilijk.'

'Anders ik wel.'

Het was kwart voor vier. Lang genoeg hierboven zitten zweten en stinken. Onder de lauwe douche dacht ik aan Tonio en de meisjes. Aan wat Jim en Dennis erover losgelaten hadden: dat Tonio er vooral de laatste tijd erg mee bezig was... dat hij bij ze om raad was gekomen... Weer maakte ik me druk om zaken die hem niet meer aangingen. Problemen die hem niet langer konden raken.

Aan sexuele voorlichting had het niet ontbroken. De bijkomende moeilijkheden, had ik hem daar wel voldoende op voorbereid? Preutsheid was er tussen hem en mij nooit geweest, al overdreven we niet en maakten we van ons huis geen nudistenkamp. Als hij me, toen hij nog een kleuter was, wel eens naakt zag, rende hij vervolgens schaterend door het huis, in pesterige herhaling roepend: 'Wat een grote, zeg... wat een grote, zeg.'

Hij zorgde er wel voor dat het nooit bewonderend klonk. De toon was die van een eentonig afgedraaid lesje, dat nou eenmaal van hem verwacht werd. 'Wat een grote, zeg.'

Op een keer, hij moet een jaar of elf zijn geweest, stormde Tonio mijn werkkamer binnen, hijgend van het traplopen. Hij stelde zich naast mijn bureau op, en liet zonder inleidende verklaring zijn boven- en onderbroek zakken. Met hol gemaakte rug hield hij me tussen duim en wijsvinger zijn geslacht voor. Als zoon van een joodse moeder was hij dan wel een joods jongetje, een besnijdenis had hij nooit ondergaan.

'Het doet hier zo'n pijn,' zei hij, wijzend op de rood aangelopen voorhuid, die net als de mijne nogal langgerekt was, maar zo te zien niet erg ruim, eerder te nauw. 'Mama zei dat ik het aan jou moest laten zien.'

'Het lijkt een beetje ontstoken,' zei ik. 'Je moet dat tuitje niet alleen vanbuiten wassen, ook aan de binnenkant.'

'Dat doet nou juist zo'n *pij-h-ijn.*' Hij huiverde aanstellerig, en imiteerde daarbij iemand die een stroomstoot te verduren krijgt, op de tekenfilmmanier. 'Het zit veelste strak.'

'Wat je moet doen, is bij elke wasbeurt het tuitje goed inzepen. Probeer het iedere keer weer ietsje verder naar achteren te schuiven. Tot het op een dag niet verder kan. Veel zeep. Bakken zeep. Flink oefenen. Je zult zien dat het tuitje na verloop van tijd wijder wordt, en geen pijn meer doet.'

'Ja, maar... ja, maar,' zei hij met een gemaakt klein stemmetje, 'als mijn hand vol zeep zit, kan ik er niets mee vasthouden.'

'Godsammeliefhebbe, dan zet je er maar een emmer zaagsel naast.'

Met het ernstigste gezicht ter wereld hees hij zijn broek op. Voordat hij zich omdraaide en wegliep, keek hij me nog even strak en een tikje bedroefd aan.

‘Wat ga je nou doen?’ vroeg ik.

Hij hield het niet langer, en proestte het uit. ‘Mijn tuitje inzepen natuurlijk. Mijn tuitje inzepen, wat anders.’

En weg was hij. Ik hoorde hem lachend de trap af rennen. Eerst dacht ik: hij gaat het zijn moeder vertellen. Maar hij hield een verdieping lager halt bij de badkamer, waar even later het water ruiste. Voor het eerst vroeg ik me af of hij niet beter meteen na zijn geboorte besneden had kunnen worden. Als hij inderdaad langs genetische weg mijn voorhuid had geërfd, zou hij er, door een verkeerd soort gevoeligheid, bij toekomstige vrijerijen last van kunnen krijgen. Als schrijning het won van lust, lag onmacht op de loer.

Ik draaide de kranen dicht, en stapte uit de doucheruimte. Zo’n halfjaar later had Mirjam me enigszins gegeneerd, maar ook lacherig, verslag gedaan van een televisieavondje met Tonio (twaalf inmiddels) en zijn vriendinnen, de zusjes Merel (dertien) en Iris (veertien). Met Merel had Tonio al jaren verkering, maar in de ontstane constellatie was de hoogbegaafde Iris onmisbaar: zij was de creatiefste van het driemanschap, en wist de andere twee, door nieuwe avonturen en spelletjes te bedenken, telkens weer uit hun lethargie te halen. Op de avond waar Mirjam het over had, keken ze met z’n allen naar de film *Turks fruit*. Ze hadden het begin gemist, en werden meteen vergast op de door zijn vrouw verlaten Rutger Hauer, die zijn heimwee voedde met haar tegen de muur geplakte foto’s.

‘Schijt, godverdomme,’ riep Rutger sidderend, ‘schijt voor me... dan lik ik de stront van je reet.’ (Of woorden van gelijke strekking.)

Tonio moest er hard om lachen, maar de meisjes waren er beduusd van. ‘Wat doet hij nou?’ vroeg Merel.

‘Zich aftrekken natuurlijk,’ zei Tonio lachend. ‘Hij trekt zich af.’

‘Wat is dat?’ vroeg Iris, die de andere twee altijd alles moest uitleggen.

'Aftrekken,' riep Tonio in triomf. 'Dat je dat niet *weet*, Iris.'

Ik had een douche genomen net iets lauwer dan koud, maar ik kon me afdrogen wat ik wilde, het zweet bleef in straaltjes van me af lopen. Het zou wel niet alleen de hitte van de zomerdag zijn. Ik had er wat voor gegeven als ik gewoon, in wijd hemd en trainingsbroek, op de veranda zou kunnen gaan zitten, met de deurbel af, om me dan langzaam naar vergetelheid toe te drinken. Ik transpireerde van wat ik allemaal niet wilde weten.

O, God, zorg ervoor dat Jenny die blaasontsteking nog een keer terugkrijgt... ja, niet te erg, hoor, die arme schat... voldoende om de afspraak op het laatste moment af te zeggen... het kan toch best dat de antibiotica de laatste keer niet goed zijn aangeslagen... zeg maar dat we haar de foto's nasturen...

Tonio was dertien. Het was een gewone schooldag, maar hij had op een ongewoon tijdstip gedoucht: halverwege de middag. Omdat ik zelf in de badkamer moest zijn, wachtte ik liggend op bed tot zijn slecht afgedroogde voeten met een plakkerig zuiggeluid de overloop overstaken naar de deur met het affiche GENIUS AT WORK. In de badkamer was het vochtig en broeierig. Er hing de overvloedige geur van dennengel, spul dat ik zelf niet gebruikte. Ik vond het nooit fijn te douchen kort na iemand anders, maar kom, hé, dit was Tonio. Ik sloeg het nylon gordijn opzij. Een klassiek stilleven: op een bedje donkere haren, vogelnestje in aanbouw, dat zich over de afvoer had gehecht, lag een grote witte drop van Tonio's vers geplengde zaad.

Mooi, dat is dus ook in orde, dacht ik intens tevreden: God, jongen, ik hoop dat je er met vorstelijke gêne van genoten hebt.

14

Bij alles wat me aan hem ergert, in letterlijk onbewaakte momenten, kan ik onmiddellijk iets overeenkomstigs uit mijn eigen studententijd aanwijzen. Het roekeloze drinken, het fietsen zonder licht, falende doortastendheid bij meisjes, een ongeschoren uiterlijk, verwaarlozing van grootouders (behalve wanneer het om extra zakgeld ging), het niet uit bed kunnen komen, 's nachts leven, rotzooi in huis, eeuwig geldtekort, eeuwig tekort aan studie-uren en studiepunten...

Ik kan zelfs *niets* aanwijzen waarvan ik zeg: dat deed ik op mijn eenentwintigste beter. Misschien sliep ik wat vaker met meisjes, maar dat was slechts ten dele de verdienste van mijn verovertactieken, die sterk leden onder mijn natuurlijke verlegenheid. Het waren andere tijden. Niks sexuele revolutie – gewoon de pil. Je vroeg niet of een meisje 'aan de pil' was: zij waarschuwde je als dat, bij hoge uitzondering, niet het geval was. Platjes en druipers vormden een vijfde colonne van het studentenleven in de jaren zeventig, maar de aids was nog niet aan z'n opmars begonnen – het plezier werd zelden verpest door de talklucht van een uitgerold condoom.

Anno 2010 is de aids nog steeds niet met wortel en tak uitgeroeid, en voor de overige venerische aandoeningen is een verzamelnaam bedacht, zoveel overdraagbaars bedreigt het liefdesleven van de huidige jongeren. Er moet weer onderhandeld worden, op z'n minst overlegd, en nooit eerder sinds de heer Condom geld zag in dichtgeschroeide schapendarm is er zoveel nerveus met kapotjes gefriemeld als vandaag.

Dit wordt geen ongeautoriseerde biografie over Tonio, maar wel zoiets als een ongeautoriseerd requiem. Ben ik me er voldoende van bewust dat Tonio's visie op sommige gebeurtenissen anders is geweest dan de mijne nu? Zou hij sommige feiten niet liever helemaal onvermeld hebben gezien?

Hij was twee, of bijna. We zaten met z'n drieën in de trein, misschien op weg naar mijn ouders in Eindhoven. Tonio had een schetsboek en kleurpotloden bij zich, maar hij kraste niet langer de bladen vol, dus vermaakte ik hem met het vervaardigen van eenvoudige tekeningen. Intens zuigend op zijn speen keek hij met slaperige ogen naar mijn verrichtingen. Na een kat in verschillende houdingen tekende ik nu een portret van Tonio, met zijn lange lokken, de speen als een clownsmond, en de knuffeldoek die hij tegen zijn oor gedrukt hield. Ik liet het hem zien. Zijn gezicht klaarde op. Hij lachte.

Goed, volgende portret. De grote ogen, de uitbundige krullen. Ik vouwde het papier in de lengte dubbel, en scheurde er op de plaats van de mond een klein rondje uit. Na het vel weer gladgestreken te hebben nam ik de speen uit Tonio's mond en stak die in de papieren opening. Ik hield hem het portret voor. Bijna eender als dat van daarnet, waar hij zo om gelachen had, alleen nu getooid met een echte speen. Citerend uit *Nader tot U* riep ik: 'Is dat naar het leven, of is dat niet naar het leven?'

Tonio keek een paar tellen met een ernstig gezichtje naar zijn beeltenis, en begon toen onbedaarlijk te huilen. Ik haastte me het papier van de speen te ontdoen, en die aan Tonio terug te geven. Hij wilde hem niet meer. Ik probeerde het ding tussen zijn lippen te stoppen, maar hij liet het telkens opnieuw opzettelijk uit zijn mond vallen. De rest van de reis was hij ontroostbaar.

Ik vraag me nog altijd af wat hem toen zo van streek gemaakt had. Was de in de tekening verwerkte speen net een realistisch detail te ver, waardoor het jongetje tegenover Tonio *zijn* privilege leek te hebben ingepikt? Toen Tonio een jaar of vijftien, zestien was, heb ik hem de kleine geschiedenis verteld. Ik vroeg hem of hij een idee had wat nou precies zijn grote verdriet had veroorzaakt. Lastig daarbij was dat hij op die leeftijd elke vraag van mij als een proefwerkopgave scheen te beschouwen.

'Echt, ik weet *niets* meer van toen ik klein was,' zei hij, proberend een stapeltje muntstukken op zijn zwabberende knie in evenwicht te houden. 'Misschien vond ik gewoon dat de tekening niet goed *leek*.'

15

Op het kastje in de gang lag een stapeltje post, waaraan ik al halverwege de trap kon zien dat het om condoleancebrieven ging. Zelfs in de moordendste omstandigheden wist een mens blijkbaar nog nieuwe kennis op te doen, al was het maar het onderscheid tussen enveloppen vol rouwbeklag en die met een betalingsaanmaning.

Ik liep met de post via de bibliotheek, waaruit ik een briefopener meenam, naar de veranda. Mirjam had de kussens al in de stoelen gelegd. Op de ronde terrastafel lag een brandschoon kleed, vastgezet met klemmen. Inderdaad, Jenny hoefde niet te zien hoe wij hier elke avond, om een muizenhapje voedsel weg te spoelen, met rosé en rode wijn zaten te knoeien.

Tien over vier. Ik had nog een klein uur voor mezelf. Het liefst zou ik alle resterende tijd van mijn leven voor mij alleen hebben – voor mij en voor Mirjam. Mijn werk afmaken, voor wat het waard was, en met Mirjam over Tonio praten, tot mijn laatste ademtocht – of de hare. Meer hoefde niet.

Kinderstemmen van drie, vier huizen verderop waaierden uit over de achtertuinen. Vrede. Ik opende de eerste envelop. Twee vriendinnen, lezeressen, memoreerden een lezing van mij in het kasteel van Rhoon, begin jaren negentig. Ze sloten een foto bij waarop Tonio, verlegen lachend, zijn krabbel in een boek van mij zette. Hij droeg zijn donkere, gladde haar (een paar jaar eerder nog lichte pijpenkrullen) in een pagekapsel, met de pony in zijn wenkbrauwen. De vijfjarige zo terug te zien, terwijl hij als eenentwintigjarige nog in leven was, dat zou het hart al nauwelijks aangekund hebben. Nu hield ik een foto in de hand van een jongen die er, om zo te zeggen, op tweevoudige wijze niet meer was.

Ik las brief na brief, bekeek kaart na kaart. Lieve, onmachtige woorden van troost. Moeders van Tonio's klasgenoten op de Cornelis Vrij haalden herinneringen op aan het schoolplein, waar ze zo vaak in groepjes hadden staan wachten tot hun kroost uitgespeeld was. Menig collega of journalist met wie ik wel eens een conflict had uitgevochten, stapte over de troebelen van de brouille heen om ons sterkte te wensen. Nu de stroom rouwbeklag al zoveel weken aanhield, begon me op te vallen dat er nooit een woord bij was uit de televisiewereld. Juist de redacteuren en gastheren van talkshows en literaire programma's hadden de neiging je beste vriend uit te hangen en je onmisbaarheid voor nou juist *dit* item te bezingen – althans, zolang de medewerking nog niet definitief was toegezegd. Maar ook na afloop van de uitzending waren ze nooit te beroerd nog een borrel met je te drinken, en en passant je bijdrage te roemen.

En dan sterft de zoon van de gewaardeerde gast, en... geen woord. Misschien moet ik het televisievolk niet te hard vallen. De gasten van hun shows bestaan op voorhand al uit bewegend licht. Aan tafel zit misschien een persoon van vlees en bloed, maar waar het om gaat, is zijn aanwezigheid in de huiskamer: de afbeelding in licht, waarvan de omroep mag hopen dat die niet door de huistiran op de bank weggezapt wordt. Mutatis mutandis geldt dit ook voor de talkshowhost: hij dankt zijn bestaan aan het televisielicht. Als interviewer van de gast is hij geen persoon van vlees en bloed, dus hoeft hij buiten de show om ook niet te reageren als een echt mens met compassie.

16

De deurbel. We hadden door de firma Brom nog steeds geen vriendelijker geluid laten installeren. Deze bel klonk nog altijd als op Eerste Pinksterdag, eerder dan op het gehoor rechtstreeks op de zenuwen inwerkend.

Het moest Jenny zijn. Vijf uur, nu al? Ik had geen klok of horloge bij de hand, maar voor mijn gevoel was er sinds ik de post begon door te nemen nog geen halfuur verstreken. Ik luisterde scherp of ik Mirjam hoorde opendoen: zij kon al zeker twintig minuten van Beth Shalom terug zijn.

Het schellen galmde na in de kale, marmeren gang. Als Mirjam naar de voordeur ging, klepperde ze met de glazen tussendeuren om het ontsnappen van de katten te voorkomen, maar ook dat geluid bleef achterwege.

De bel ging voor de tweede keer over. Als Mirjam om vijf uur, terwijl ze thuis bezoek verwachtte, nog niet terug was van de mensa, dan moest er onderweg iets zijn gebeurd. Via de bibliotheek de gang in lopend probeerde ik het visioen van Mirjam en haar vader, in hun veiligheidsgordels met geknakte hoofden tegen elkaar aan hangend, eronder te krijgen. De katten stonden met boze gezichtjes, en al hun haar kritisch overeind, in de bocht van de trap.

Op de stoep het meisje dat ik van Tonio's polaroids herkende.

'Excuses,' zei ze. 'Ik ben veel te vroeg. Stom.' Ze stak me haar hand toe. 'Jenny.'

Terwijl ik Jenny's hand (klein, smalletjes) drukte, zag ik achter haar, op de parkeerstrook, Mirjam uit de auto stappen. 'Heb ik me in de tijd vergist?' riep ze, half in paniek. 'Het is kwart voor vijf. Ik dacht dat het om vijf uur was. O, dat hoofd van mij... een puinhoop.'

Terwijl ik ze voorging naar het terras, bleven achter mij de vrouwen zich uitputten in wederzijdse excuses over hun slordigheid. Ik wees Jenny een stoel, maar ze bleef nog even staan om met haar handen op de balustrade van de veranda de tuin in te kijken: voor het eerst zag ze de plek terug waar Tonio haar die twintigste mei gefotografeerd had. Ook toen ze eenmaal aan de ronde tafel zat, bleef ze geregeld, schichtig bijna, zijdelingse blikken werpen op het kleine prieel met het witte bankje.

Mirjam vroeg wat we wilden drinken. Jenny bestelde eerst mineraalwater, maar toen bleek dat ik een gin-tonic nam, wilde zij dat ook wel, 'met niet te veel gin'. Mirjam ging de drankjes verzorgen.

We zaten wat onwennig tegenover elkaar. *Een echt Toniomeisje.* Precies die woorden vormden zich in mijn hoofd, terwijl ik nog nooit iemand als 'een echt Toniomeisje' had aangemerkt, laat staan dat ik wist aan welke kenmerken een Toniomeisje diende te voldoen.

'Vond je het eng om hierheen te komen?'

'Best wel, ja. Maar ook weer niet. Onderweg dacht ik steeds: o jee, straks weet ik niet wat ik moet zeggen. En dan?'

Was het mijn wanhoop die per se wilde zien dat deze Jenny bij Tonio paste... gepast zou hebben? Ook de werkwoordsvormen speelden hun spel van leven en dood. Tegenover me zat een frêle meisje met een fijn gezichtje, waarvan de uitdrukking voortdurend veranderde onder een pijnlijke nervositeit, die ook bezit van haar armen en schouders had genomen. Ze keek weer heel even snel opzij naar het tweezitsbankje tegen de roze gestuukte muur. Het was zeker het soort meisje dat ik zelf op mijn twintigste had willen beschermen, koesteren, strelen. Ze droeg dunne kleren, die de lichaamswarmte op volle sterkte doorlieten: heerlijk voor Tonio onder het dansen. Of was het Toniomeisje mijn eigen schepping?

Kom, ik had toch *gezien* dat zij het ook voor Tonio zelf was. Hoe hij me met verlegen trots de polaroids had getoond... Zijn relativerende opmerking: dat ik niet alleen op deze oefenkiekjes mocht afgaan. Hij zou me spoedig betere afdrukken laten zien.

Mirjam bleef lang weg. Ik hoorde haar in de keuken op eenhoog bezig, waarvan de ramen openstonden. Zeker ook iets te eten aan het klaarmaken. Ik zou nu iets moeten gaan zeggen, deed er niet toe wat, anders stierf het meisje nog van de zenuwen.

'Ik heb je natuurlijk van alles te vragen,' zei ik, 'maar ik stel voor dat we op Mirjam wachten. Die wil het ook allemaal weten.'

'Goed.'

Ja, ze was mooi, maar ze bezat niet de geraffineerde schoonheid die bij een fotomodel paste – zoals ik tegenover Tonio, tot zijn lichte ergernis, al had laten doorschemeren. Het ging tenslotte maar om de poging van een studente iets bij te verdienen via een modellenbureau.

'Wat studeer je?'

'Kunstgeschiedenis. Tweedejaars.'

Het ging al weken zo: telkens wanneer ik iets mooois zag, probeerde ik ernaar te kijken met het oog van Tonio, omdat zijn netvlies voor eeuwig *op zwart* was, zoals dat in televisiejargon heette. Maar mijn pogingen om de schoonheid van het geobserveerde met hem te delen werkten meer en meer averechts. Bij elk ding, ieder verschijnsel waarvan ik zeker meende te weten dat het zijn blik welgevallig zou zijn geweest, ging er een evenredig deel van *mijn* genieting af. In plaats van dat ik 'voor twee genoot', werd de oogstreling die Tonio voorgoed ontzegd was op mijn esthetische ervaring in mindering gebracht.

Anders gezegd: ik kon net zo lang van iets moois genieten tot het volle besef tot me doordrong dat Tonio er in gelijke mate van genoten *zou hebben*. De winst-en-verliesrekening van mijn visuele genietingen kwam aldus exact op nul uit. Met de schoonheid van Jenny verging het me deze middag niet anders.

Gelukkig, daar was Mirjam met het dienblad.

'Heb ik al veel gemist?' vroeg ze, de glazen op kurken onderzetters plaatsend. 'Deze is met weinig gin.'

In het midden van de tafel kwam een schaal met harde toastjes te staan: zalm, sardines, vleessalade.

'We zijn nog niet verder gekomen,' zei ik, 'dan de fietstocht van Jenny hierheen. Ze was bang dat ze niet zou weten wat te zeggen.'

We hieven de glazen. 'Op de grote afwezige dan maar,' zei Mirjam. We namen alledrie een slok.

'Zo vreemd,' zei Jenny, 'om daarnet weer voor jullie deur te staan. En dat op net zo'n mooie dag als toen in mei. Alles leek heel even hetzelfde... en toch was alles anders, want... nou ja, ik wist natuurlijk dat hij... dat Tonio niet zou opendoen. Hij kwam aan de deur in een prachtig shirt... iets rood gestreepts... en dan die brede glimlach van hem.'

Ze schudde haar hoofd, en zette snel haar glas weer aan de mond. Ik moest denken aan mijn *blind date* met Marike A., georganiseerd door haar zus in het voorjaar van '69. Hoe ik voor de spiegel de juiste glimlach had staan oefenen, gevolgd door een geschikte openingszin: 'Wie had gedacht dat het zoiets charmants zou zijn...' ('Zoiets', kon dat wel? Of klonk dat te veel naar een voorwerp? En dan 'charmant'... wilde een meisje van vijftien vandaag de dag nog charmant genoemd worden? Na eindeloos corrigeren kwam ik niet verder dan 'zo'n charmant iets' – en zo heb ik het nog gezegd ook, geloof ik. De voorgeoefende glimlach was toen allang in een grijns veranderd.)

'Zijn favoriete overhemd,' zei Mirjam. 'Hij had me zo ongeveer gedwongen het van tevoren te wassen en te strijken. Niet bepaald een werkhemd. Hij zal wel een goede reden hebben gehad het aan te trekken. Nu is hij erin...'

Ze schudde glimlachend het hoofd, zonder haar zin af te maken, alsof de mededeling dat Tonio met dat shirt aan in zijn kist lag iets af zou doen aan het compliment dat hij Jenny had gemaakt door het voor de fotosessie aan te trekken.

Nu was het moment gekomen om Jenny naar Tonio te vragen – hoe ze elkaar kenden, hoe de fotoshoot verliep, en waarom de afspraak in Paradiso niet doorging. Weken geleden, toen we aan zoiets als een reconstructie van Tonio's laatste dagen begonnen, had ik mezelf voorgehouden dat ik geen detail ervan mocht negeren. Anders had het allemaal geen zin. Ik verbaasde me er aldoor over hoe koelbloedig, bij al mijn wanhoop, ik de feiten onder ogen durfde te zien. Vreemd: nu ik eindelijk de ontbrekende schakel tegenover me had, het weigerachtige meisje Jenny, zag mijn oude angst voor de waarheid kans om weer eens flink op te spelen. De man die poststukken ongeopend liet omdat ze slecht nieuws (of een anderszins onwelgevallige mededeling) konden bevatten, was helemaal terug van weggeweest, net nu ik hem het minst kon gebruiken.

Het probleem dat ik meteen al na Tonio's dood had onderkend: er waren, uit Jenny's mond, twee waarheden mogelijk, die ik geen van beide wilde weten. Eerste waarheid: Jenny had Tonio als fotograaf voor haar portfolio uitgekozen, zodat wat haar betreft de hele sessie niet meer dan een zakelijke transactie was, met hooguit een vriendschappelijk randje. Tweede waarheid: een onuitgesproken, wederzijdse aantrekkingskracht had, via verzoek of aanbod, de vorm aangenomen van een langdurige fotoshoot, waaruit het begin van een romance was ontstaan of aan het ontstaan was.

Waarheid numero 1 hield in dat Tonio afscheid van het leven had moeten nemen zonder een laatste romance, wat zijn dood een onherbergzame kaalheid gaf.

Waarheid numero 2 zou ons altijd blijven kwellen met de bijgedachte aan 'wat had kunnen zijn, maar niet mocht zijn'.

Geen van beide waarheden verdiende de voorkeur boven de andere. Het onmogelijke van een keuze maakte alles nog erger. Ik wilde het niet horen.

'Mogen wij ook weten, Jenny,' vroeg ik, 'hoe jij en Tonio elkaar hebben leren kennen?'

'Het is geen geheim,' zei ze, met een kort lachje.

17

Jenny's moeder was op een dag in de zomer van 2009 computerzaak Dixons aan de Kinkerstraat binnengestapt om zich te laten voorlichten over nieuwe fotoapparatuur. Zij werd te woord gestaan door een voorkomende jongeman, die moeiteloos op Engels overschakelde toen hij begreep een Canadese tegenover zich te hebben.

'Mijn moeder en ik,' vertelde Jenny, 'delen samen een woning in West. Zij kwam die middag nogal opgewonden thuis. "Ik heb nu bij Dixons zo'n leuke jongen getroffen," zei ze. "Zo aardig en behulpzaam. Knap om te zien ook. Hij legde heel geduldig alles uit... demonstreerde camera's... en zonder iets op te dringen." Je moet weten dat mijn moeder nogal gecharmeerd is van jonge mannen. Ik weet niet of ze toen iets aangeschaft heeft, maar ze ging wel regelmatig terug naar Dixons. Meestal trof ze de bedrijfsleider, die Kantorovitsj heet... ik kan het ook niet helpen...'

'Kantorovitsj,' zei Mirjam, 'ja, dat was Tonio's kwade genius bij Dixons. Dat de man Tonio nogal eens uit bed belde, als die zich weer eens verslapen had, was tot daaraan toe. Maar hij bleef in de winkel tot vervelens toe naar Tonio verwijzen als naar de langslaper of de uitslaper. Daar had die arme jongen zo de pest over in.'

'Mijn moeder vroeg Kantorovitsj altijd of ze door Tonio geholpen kon worden. En dan had ze weer honderd vragen aan Tonio, die alles geduldig uitlegde. "Je moet eens meegaan naar Dixons," zei ze op een keer. "Dan kun je hem zelf zien. Het is echt een hele leuke jongen." Ik denk dat er ook wel een beetje *matchmaking* achter zat. Goed, op een dag: ik mee naar Dixons. En inderdaad... Tonio. We hebben wat gepraat en zo. Ik over mijn studie. Hij over zijn grote hartstocht, de fotografie. Ik ben nog een paar keer terug geweest in de winkel. Ook zonder mijn moeder. We vonden elkaar, geloof ik, wel aardig en zo. Maar het is nooit tot een *date* gekomen.'

Alleen als je wist dat haar moeder een Engels sprekende Canadese was, bespeurde je een licht Engels accent in het Nederlands van Jenny. Ik had Tonio wel willen toeroepen: vooruit, vraag haar mee uit, waar wacht je op... zeg dat Kantorovitsj je nodig heeft, maar dat je het gesprek na sluitingstijd graag wil voortzetten...

‘Waarom niet, denk je?’ vroeg ik.

‘Op een dag was hij verdwenen,’ zei Jenny. ‘Zomaar opeens weg bij Dixons. Afgelopen herfst was dat. Volgens Kantorovitsj had Tonio ontslag genomen omdat de baan niet meer te verenigen was met zijn nieuwe studie. Ik wist natuurlijk dat hij op 1 september met Media & Cultuur begonnen was, maar... nou ja, hij bleef gewoon bij Dixons werken. Tot ver in het najaar. En toen... hij had me niets gezegd. Mijn moeder wist ook van niks. Ik had zijn nummer niet, geen e-mailadres, ik wist zelfs niet waar hij woonde. Bij Dixons konden ze me ook niet verder helpen. Zo zijn we elkaar uit het oog verloren.’

Verdomde Tonio. Sprong net zo slordig met zijn kansen om als zijn vader op die leeftijd. (De zonovergoten St. Annastraat in Nijmegen. De blondine die me klemreed op de fiets: ‘Thee? Kun je meteen mijn nieuwe kamer zien.’ En ik, zakkenwasser, die niets anders wist uit te brengen dan: ‘Ik wou net oversteken naar het uitzendbureau daar. Ik ben blut.’)

Jenny dronk van haar gin-tonic. Ze nam een te grote slok, die blijkbaar pijnlijk in haar slokdarm bleef steken en de tranen in haar ogen dreef. Ze beklopte haar borst.

‘Maar niet voorgoed,’ zei Mirjam. ‘Ja, nu wel... voorgoed, bedoel ik... maar toen nog niet.’

‘Dit voorjaar,’ zei Jenny, gedurig slikkend, ‘ontdekte ik Tonio op Facebook. Ik zat in mijn tweede jaar, had schulden, en moest nodig wat bijverdienen. Ja, het klinkt natuurlijk ontzettend ijdeltuiterig, maar ik speelde met de gedachte aan modellenwerk, figurantenrollen, of zo. Wat ik nodig had, was een portfolio met goede foto’s, om de castingbureaus mee af te gaan. Dus toen ik zag dat Tonio een pagina op Facebook had, dacht ik meteen aan zijn enthousiaste verhalen over fotografie. Ik zocht contact. Hij verrast natuurlijk. Een fotoshoot, daar viel wel over te praten. Ik bood aan om alle onkosten te vergoeden, en hem voor zijn werk te betalen. De verontwaardiging! Als ik door hem gefotografeerd wilde worden, moest ik vooral zo beginnen… Van een financiële vergoeding kon geen sprake zijn. Ik hoefde het maar te zeggen. Nou, graag natuurlijk. De rest van het verhaal kennen jullie. We hadden een afspraak op de donderdag voor Pinksteren. Hij zou jullie vragen of hij de fotoshoot hier in huis mocht doen. Het leek hem geen probleem. "Het zou me niet verbazen," zei hij, "als ze voor een dag weggingen. Zo zijn ze wel." Het klopte.'

Als ik haar versie van de waarheid niet kon afwenden, moest ik Jenny nu eigenlijk vragen of ze het portfolio niet voornamelijk had opgevoerd om het contact met Tonio te herstellen. Ik deed mijn mond open, maar Mirjam was me voor: 'Vertel eens, Jenny, hoe was die middag?'

'Ik geloof,' zei Jenny, 'dat we in zo ongeveer alle kamers van het huis zijn geweest. De huiskamer, zijn oude jongenskamer, de bibliotheek hier… de tuin natuurlijk… Tonio heeft me zelfs op het dak gefotografeerd. Die foto's bevielen hem het minst, en mij ook. Kale bedoening daarboven. Met het uitzicht kon hij niets.'

'Wacht eens,' zei ik. 'Als jullie op het dak zijn geweest… dat kan alleen via de brandladder op driehoog. Daarvoor moet je door mijn werkkamer.'

'Ik zit hier mijn mond voorbij te praten,' zei Jenny. 'Ja, ik weet dat hij daar niet mocht fotograferen, met al die papieren en zo. Tonio heeft zich er keurig aan gehouden. We zijn er alleen even doorheen gelopen op weg naar het balkon. Nee, dat is niet helemaal waar. Ik heb toch stiekem even rondgekeken. Op die lange tafel lagen verschillende kaarten uitgespreid… plattegronden van Amsterdam, Amstelveen, Valkenburg… Volgens Tonio waren die voor een roman die je aan het schrijven bent. Over de moord op een Amsterdamse, of nee, Amstelveense politieagente. Zoiets. Wat Valkenburg daar dan bij deed, wist hij ook niet.'

'Ik begrijp nu waarom het zonnescherm omhoog was,' zei ik tegen Mirjam. 'Als het neergelaten is, kun je die ladder niet op.'

'Daar loop je je dan weken het hoofd over te breken,' zei Mirjam.

'Nu we toch alle mysteries aan het oplossen zijn,' wendde ik me weer tot Jenny. 'De vader van de hoofdpersoon was in de jaren zestig vertegenwoordiger in stofzuigers. Soms mocht zijn zoon mee. Zo kwamen ze samen in Valkenburg terecht. Met het nieuwste model de rijtjeshuizen af. De zoon voelt heel precies aan met welke huisvrouwen zijn vader een speciale verstandhouding heeft ontwikkeld. Het kopje koffie voorbij, zeg maar. Zo zie je. Op donderdag legt Tonio je in het kort uit waar mijn nieuwe roman over gaat, en drie dagen later wordt het boek door zijn toedoen vernietigd, en dwingt hij me een heel ander te schrijven. De tiran. Een zachtaardige tiran, dat wel.'

'Tonio had opeens haast,' zei Jenny. 'Die serie op het dak, zonde van de tijd. Hij wilde me per se nog in de tuin fotograferen, voordat de zon daar helemaal weg was. Ik had steeds witte dingen aangehad. Ik wilde ook nog een reeks in het zwart. In zijn oude kamer heb ik me toen snel omgekleed. Wel bijzonder, die plek waar hij zijn hele jeugd doorgebracht had... het gaf een speciaal gevoel...'

Als zij zo luchthartig verslag bleef doen van die fotomiddag zouden wij noch met de ene harde waarheid geconfronteerd worden, noch met de andere. Dan bleef de waarheid mooi in het midden. Nou, dat was toch wat ik eigenlijk wilde, of niet? Nee, ook weer niet. Het moest er nu maar van komen.

'Van zijn vierde tot zijn twintigste,' zei Mirjam. 'Toen hij het huis uit ging, was hij nog net negentien.'

'En,' vroeg ik, 'was je nog snel genoeg in het zwart om van het licht te profiteren?'

Opnieuw wendde Jenny haar hoofd naar het prieeltje, dit keer wat minder steels. 'We hielden zelfs nog tijd over om op het bankje in de zon te gaan zitten. Tonio had ijsthee uit de koelkast gehaald. Heerlijk koud van het vriesvak. Hij zei dat hij hoopte dat het zulk mooi weer zou blijven... de hele zomer lang... Hij bleef het maar herhalen. Het was fijn om daar zo te zitten, gezicht naar de zon gekeerd, ogen dicht. En Tonio die steeds zei: "Ik hoop echt dat het zo blijft."'

Ik moest denken aan die koude voorjaarsavond in '69, toen ik na het feest in Eindhoven Marike A., die ik net een paar uur kende, naar de afgesproken plek bracht waar haar vader ons met de auto zou ophalen. Hij was er nog niet. Rillend liepen we op en neer over het trottoir, en ik bleef maar herhalen, omdat ik dacht dat het zo hoorde, en ook wel een beetje gemeend: 'Laten we er een mooie zomer van maken straks.'

Het meisje keek met een bleek en angstig gezichtje naar me op. Ze had van die grote, lichtgrijze ogen, heel bijzonder, maar vol vrees. Niet erg levensvatbaar.

'Afgesproken?'

Pas toen knikte ze. Exact tien jaar later maakte ze een eind aan haar leven, maar dat was weer een heel ander verhaal. Mijn eerste requiemervaring.

'Tonio kende je blijkbaar nog niet goed genoeg om te weten wat je graag drinkt,' zei Mirjam. 'De koelkast was volgestouwd met pakken ijsthee en vruchtensap. Flessen frisdrank ook. Spul dat we anders nooit in huis halen. We konden weken toe.'

Jenny lachte. 'Alleen ijsthee was goed geweest.'

18

Als jongen keek ik, wanneer ik aan de eettafel mijn huiswerk maakte, naar de televisieserie *The long hot summer*. Mijn ouders zaten met hun rug naar me toe, niet vermoedend dat ik de verboden verwikkelingen op de voet volgde. Ik droomde toch vooral weg bij de titel zelf. Een *Long hot summer*, die dacht ik mezelf ook toe, voor na de proefwerktijd. Met Marike A. die ik nog steeds zag.

Ik herkende mijn dagdroom terug in de woorden van Tonio,

zoals ze via Jenny tot ons kwamen: hoe hij telkens weer, terwijl het pas mei was, de hoop op een echt zomerse zomer had uitgesproken. Ik hoorde het hem zeggen.

Ik wist nu wat een *Long hot summer* voor gedaante kon aannemen: dagen met tropische waarden, die de rouw en het verdriet er hielpen uitzweten. Een *Long hot summer*, dat was voornamelijk een onaangedane zomer, die Tonio buitensloot, en weigerde een spiegel van onze droefheid te zijn.

'Ik heb er alleen twee polaroids van gezien,' zei ik, 'maar de foto's hier in de tuin vond Tonio het geslaagdst.'

'Voor mij was het moeilijk te beoordelen op zo'n piepklein schermpje,' zei Jenny. Ze verdraaide haar bovenlijf om wat meer van de tuin te kunnen zien. Hier had Tonio haar een middag lang vastgelegd. Zijn geconcentreerde blik moest voor haar nog overal voelbaar zijn.

'Wil je ze zien?' vroeg Mirjam aan Jenny. 'Het zijn er heel veel. Volgens mij nogal ongelijkwaardig van kwaliteit. Ik heb ze voor alle zekerheid allemaal laten afdrukken. Je moet zelf maar een selectie maken.'

Het meisje werd nu heel nerveus. 'Liever straks,' zei ze.

Ik begreep het. Hoewel buiten beeld keek Tonio haar vanaf elke foto recht aan.

'Straks kan ook,' zei Mirjam, die ongetwijfeld dacht aan alle moeite die het haar had gekost om de foto's bij elkaar te brengen.

Het gesprek viel stil. Jenny keek nu vrijwel onafgebroken naar het kleine prieel met z'n witte bankje. In haar hand hield ze het lege longdrinkglas, dat ze van tijd tot tijd aan haar lippen zette, maar meer dan een enkele zure druppel uit het partje limoen leverde dat niet op.

'Jenny, jij nog een gin-tonic?' vroeg Mirjam.

'Ik geloof er heilig in,' zei het meisje opeens, 'dat de doden niet zomaar weg zijn. Ze laten een bepaalde energie voor ons achter.'

19

Het was een warme dag geweest, maar er volgde geen broeierige zomeravond op. Met de komst van de schemering werd het snel koeler. Zonder dat er sprake was van een bries begonnen er vlagen kilte uit de achtertuinen op te trekken. We zaten daar alweer een hele tijd zonder dat er na Jenny's uitspraak over de achtergelaten energie van de doden nog veel gezegd was. Tonio was in ons midden, ja, en ieder voor zich zat om hem te treuren, maar in godsnaam, waarom *braken* we niet gewoon? Waarom lieten we ons niet schreeuwend uit de stoel op het plankier van de veranda glijden? Daar was het gebeurde toch erg genoeg voor? Hoe Jenny het allemaal ervoer, was me niet duidelijk, maar Mirjam en ik – voor wie of wat hielden wij ons groot?

'Jenny, als je die gin-tonic nog wilt,' zei Mirjam, 'dan stel ik voor dat we in de huiskamer verder praten. Het begint killetjes te worden.'

'Met heel weinig gin dan,' zei Jenny. 'Ik voel het nu al.'

We gingen de trap op naar de eerste verdieping. Mirjam verdween in de keuken. Jenny ging in de huiskamer (ik nam aan zonder voorkennis) op Tonio's vaste plaats zitten. Ik besefte dat ik het gesprek nu op Paradiso moest brengen: de niet doorgegane afspraak. Weer werd ik gedwongen me af te vragen of ik wel wilde weten hoe het Noodlot geprofiteerd had van de verzette bakens.

'Na de fotosessie,' begon ik, toen Mirjam met het dienblad binnenkwam, 'vertelde Tonio me dat hij op zaterdagavond naar een feest in Paradiso zou gaan. Met jou. Jij had hem uitgenodigd. Het ging om een Italiaanse avond, begreep ik. Italiaanse tophits uit de jaren tachtig. Eros Ramazzotti en zo.'

'O, dat.' Jenny maakte een wegwerpgebaar. Het had iets beschaamds. Ze dronk van de gin-tonic, die de huid van haar voorhoofd in het ongerede bracht. Ik was er niet zo zeker van dat Mirjam zich aan 'heel weinig gin' had gehouden. Ik kende die porties van haar.

'Uiteindelijk,' ging ik verder, 'is Tonio die avond, rond middernacht, naar discotheek Trouw gegaan. In de Wibautstraat. Met een vriend en een vriendin. Dennis en Goscha. Wij hebben die twee gesproken. Ze waren de hele avond in zijn gezelschap. Dennis al vanaf 's middags. In hun verhaal kom jij niet voor. Ze bleken je niet te kennen. Ja, Tonio had over je verteld. Dat wel. Van een afspraak in Paradiso wisten Dennis en Goscha niets. Als je het er niet over wilt hebben, Jenny... alle begrip. Maar we zouden zo graag uitsluitsel...'

'Natuurlijk,' haastte Jenny zich te zeggen. 'Al weet ik zelf niet precies meer wat er nou eigenlijk misging met die afspraak. Tonio en ik hebben die zaterdagmiddag nog met elkaar gechat via Facebook. Hij stelde voor om, in plaats van naar Paradiso, naar de Trouw te gaan. Ik begreep dat het iets nieuws was, in een oude drukkerij. Dansen op techno. Ik liet hem weten dat ik dan liever naar een rustig cafeetje ging, waar je elkaar tenminste kon verstaan. Zonder harde muziek. Tonio chatte terug dat hij zich nogal brak voelde van de avond tevoren. Brak, ja, dat woord gebruikte hij. Met vrienden had hij tot heel laat in Terzijde gezeten, in de Kerkstraat, en daar was hij nog brak van. Ik denk dat hij liever die brakheid eruit wilde dansen bij de Trouw dan weer in een café te gaan zitten.'

'Ik hoor het al,' zei ik, grimmiger dan bedoeld. 'Een rustig cafeetje... Hij schrok er natuurlijk voor terug om het dan alleen van zijn conversatie te moeten hebben.'

'Je zegt het wel erg stellig,' zei Mirjam.

'Ik was zelf op die leeftijd zo,' zei ik. 'In de herrie van de disco, met al die afleiding van dansers en zo, dan dacht ik het wel te redden bij een meisje dat ik nog niet goed kende. Ik heb nooit *meer* van mezelf in Tonio teruggezien dan de afgelopen twee maanden.'

'We hadden niet echt ruzie of zo,' ging Jenny verder. 'Alleen...

over de invulling van die zaterdagavond, daar konden we het niet over eens worden. Na Pinksteren zouden we weer contact opnemen. Hij met mij of ik met hem. Ook over de foto's.' Zij ging voorover zitten, de onderarmen op haar knieën, niet langer naar ons kijkend, maar naar het glas voor haar op de salontafel. 'Het probleem was... ik hoorde niet tot Tonio's vriendenkring. Niemand kent mij. Niemand heeft mij iets laten weten. Tweede Pinksterdag en de dinsdag erna... Tonio nam zijn mobiel niet op. Woensdag, nog steeds niet. Ik ontdekte dat zijn Facebook-pagina al dagen platlag. Geen enkele activiteit. Ik kreeg er slechte voorgevoelens van. Misschien moet ik zeggen: slechte nagevoelens. Er kwam nog bij dat mijn moeder de hele week in Marokko was. Ik was alleen thuis. Ik kon niets binnenhouden. Alles kwam eruit, en niet alleen vanboven. Ik had wel telefonisch contact met mijn moeder, maar ik kon haar niet duidelijk maken wat er precies aan de hand was. Ik wist het zelf niet. Toen ze na een week thuiskwam, en mij in die toestand aantrof, is ze meteen gaan googelen. Ze vond een site, en daarop had iemand foto's van Tonio geplaatst. Bij een necrologie. Toen hadden we zekerheid.'

Ze huilde niet, maar toen ik beter keek, zag ik over haar onderste oogharen een glinstering liggen – net of die daar hoorde, als onderdeel van haar make-up. Dat was het dus: een digitaal kibbelpartijtje op Facebook had de loop der dingen verwrikt, en goed ook. Het Noodlot bediende zich tegenwoordig ook al van een *social network*.

20

Jenny zoog de laatste druppels uit haar glas, en stond op. 'Ik ben hier al veel te lang. Ik moet nu echt gaan.'

'Je hebt de foto's nog niet bekeken,' zei Mirjam.

'Mag het een andere keer?' Ze vroeg het bijna smekend. 'Het zou me nu te veel worden.'

Mirjam stond met een grote kartonnen envelop in handen, die tot knappens toe opbolde. 'Je neemt ze toch wel mee...'

'Mag ik ze hier laten? Als jullie het goedvinden, maak ik nog een keer een afspraak. Ik denk dat ik ze dan wel aankan.'

'Ik weet natuurlijk niet,' zei Mirjam, 'hoeveel haast jij hebt om bij die modellenbureaus langs te gaan...'

'O, dat.' Weer maakte ze dat wegwerpgebaar. Jenny deed een paar aarzelende stappen op de huiskamerdeur toe, en draaide zich toen naar ons om, onzeker. 'Is het goed als ik... ik wil zo graag nog even naar de kamer van Tonio.'

21

'Dat stompzinnige dilemma waar ik het steeds over had,' zei ik tegen Mirjam, 'ik weet nu pas dat het geen dilemma *was*. Of er nu wel of niet iets tussen Tonio en deze Jenny gaande was... het leek me allebei even erg. Ik wilde eigenlijk geen van beide versies horen. Bijna was ik er vanmiddag vandoor gegaan. Nu begrijp ik van Jenny, meer nog uit wat ze niet dan uit wat ze wel zei, dat het wel degelijk dieper ging dan alleen dat fotogedoe. Precies dat, besef ik nu, precies *die* versie had ik niet willen horen. Er bestond helemaal geen dilemma. Als Jenny ons duidelijk had gemaakt dat het, zeker wat haar betreft, alleen een soort professionele transactie was geweest... iets tussen model en fotograaf... dan had ik me hooguit, namens Tonio, gepasseerd kunnen voelen. Geen laatste romance vlak voor het afscheid. Goed, dat zou al eenzaam genoeg zijn geweest. Maar *dit*, wat er nu is gebeurd... het afgesneden zijn van een open mogelijkheid... dit is meer dan ik aankan.'

Mirjam, naast me op de bank, knikte alleen. Nadat Jenny vertrokken was, had Mirjam de glazen bijgevuld, maar we raakten ze niet meer aan. Een paar dagen geleden, kort na Jenny's telefoontje, had ik nog gehoopt dat, wars van alle pikzwarte overwegingen, mijn hart heel even zou kunnen opspringen als zou blijken dat er op z'n minst enige verliefdheid in het spel was geweest, en dan van twee kanten. Een misrekening: zojuist had een zachte, bescheiden meisjesstem de grootst denkbare verschrikking voor ons geformuleerd.

De verschrikking van alles wat had kunnen zijn, en alles wat voor eeuwig niet mocht zijn.

'Dit is zo'n moment,' fluisterde Mirjam, 'dat *echt* tot me doordringt dat hij er niet meer is. We zijn hem kwijt.'

22

De ochtend na Jenny's bezoek klom ik de trap op naar mijn werkkamer, die ik nu bekeek door de ogen van Tonio en Jenny, in het voorjaarslicht van de twintigste mei.

'We kunnen nog het dak op voor een laatste shoot,' had hij mogelijk gezegd. 'Daarvoor moet je wel een steile ladder op.'

Het leek haar wel spannend. Hij ging haar voor de trap op naar driehoog. 'Hier werkt mijn vader.'

Jenny had er naar eigen zeggen even rondgesnuffeld. Op de lange sorteertafel lagen krantenknipsels en manuscripten in aanbouw. Zij had Tonio gevraagd naar de plattegronden, van Amsterdam en Amstelveen en Valkenburg, die uitgevouwen naast elkaar op het blad lagen. 'Wat hebben die met zijn werk te maken?'

Ik wist hun stemmen in volle helderheid op te roepen.

'Alles wat ik weet,' zei Tonio, 'is dat hij met een roman over de moord op een politieagente bezig is. Waar gebeurd, twee jaar geleden in Amstelveen. Ik denk dat hij op die plattegronden routes uitstippelt of zo... Kijk, hier moeten we de ladder op.'

Hij wees Jenny op een aluminium ladder, die bevestigd was tegen de zijmuur van het balkon, en naar het platte dak leidde.

'Dan moet ik wel eerst het zonnescherm omhoog doen.'

Met de elektrische schakelaar, links van de balkondeuren, liet Tonio het zonnescherm omhoog zoemen. 'Raar.' Hij knikte naar een stapeltje planken tegen de balustrade van het balkon. 'Onderdelen van mijn oude stapelbed.'

'Sliep jij in een stapelbed met mos erop?' vroeg Jenny.

'Toen ik het uit elkaar haalde, omdat ik eindelijk wel eens in een echt bed wilde slapen, waren die planken nog blank. En gevernist. Moet je nu zien. Helemaal groen uitgeslagen van de regen. Ik begrijp niet waarom mijn vader die planken hier... Zo, nu kunnen we het dak op. Jij eerst?'

'Nee, ga jij maar eerst. Die sporten zitten wel eng ver uit elkaar.'

Behangen met apparatuur beklom Tonio de ladder.

De fotoreeks die hij op het dak geschoten had, was de enige waar hij niet tevreden over was. Volgens Jenny leverden de omringende daken met hier en daar een terras geen bruikbaar decor op. Ze waren al vrij snel weer naar beneden gegaan – terug naar Tonio's voormalige jongenskamer, waar ooit het stapelbed had gestaan, soms met Merel erin.

23

Ik kon er niet mee ophouden. Net als op Tweede Pinksterdag (maar nu met meer kennis) volgde ik telkens opnieuw de route die Tonio met Jenny door het huis moest hebben gemaakt. Van de tuin naar de huiskamer op eenhoog, en vandaar naar zijn oude kamer op de tweede verdieping – en verder trapopwaarts naar mijn werketage.

In de woonkamer gaf het achtergelaten piepschuimen lichtscherm nog steeds de hoek aan waar Tonio het meisje gefotografeerd had: vlak bij de vitrine met zijn stenenverzameling. Hoe ik ook snuffelde: er hing daar niet langer de lucht van ongeleegde asbakken. Bij eerste rondsnuffelen, die donderdag na onze terugkeer uit het Amsterdamse Bos, had ik geconcludeerd, tegenover Mirjam: 'Het was duidelijk een rookmeisje.'

Nu wist ik dat het Tonio was geweest. Opnieuw betreurde ik het hem niet te hebben aangemoedigd met zijn rookgewoonten uit de kast te komen. Ook op zijn voormalige jongenskamer had die middag een nicotinelucht gehangen.

Voor de zoveelste keer liep ik om mijn sorteertafel heen, in mezelf de vragen van Jenny en de antwoorden van Tonio herhalend.

'Ik zie geen computer.'

'Breek me de bek niet... mijn vader is zo eigenwijs. Hij heeft wel drie van die antieke elektrische typemachines. Op dat lege bureau daar heeft zeker twee keer een prachtige Apple gestaan... alles erop en eraan... nooit gebruikt. De eerste, ik woonde toen nog thuis, heb ik stukje bij beetje naar mijn kamer gesleept. De tweede staat nu bij mijn moeder. Zie je dat toestel? Een ouderwets fotokopieerapparaat. Als de volgorde van een tekst op een A4'tje hem niet bevalt, knipt hij het vel in stroken. Die legt hij in een andere volgorde op de glazen plaat van de kopieermachine, en... omslachtiger kan haast niet. Hoe vaak ik hem niet heb uitgelegd dat zoiets veel sneller op de computer kan... zonder schaar en kopieerapparaat. Ik zou hem de computer leren bedienen. Hij heeft me twee keer het volledige lesgeld betaald dat we hadden afgesproken. Elke keer hield hij het na een paar aanwijzingen voor gezien. "Ik ben gehecht aan mijn oude spullen," zei hij dan. "Laat mij maar fröbelen." Een onmogelijke man.'

'En het lesgeld?' vroeg Jenny.

'Dat heb ik natuurlijk gehouden,' zei Tonio. '*Ik* ben niet in gebreke gebleven.'

De balkondeuren. Ik liet, via de elektrische schakelaar, het zonnescherm zakken, enkel en alleen om het weer op te halen en zo de aluminium ladder vrij te maken.

Het gedemonteerde stapelbed. Ik vermoedde dat het mysterie daarvan nog wel een paar dagen in zijn hoofd was blijven hangen. (Hij had die middag verzuimd er mij naar te vragen – ongetwijfeld om te verbergen dat hij op mijn kamer was geweest.) Een bemost kinderledikant. Hier steeg hij, via de brandladder, boven zijn vroegste jeugd uit. Een mooi meisje volgde hem. Hij ging haar op het dak fotograferen. Door de diverse cameraogen kon hij haar straffeloos bestuderen.

Ofschoon mijn kaduke rug het eigenlijk niet toeliet, beklom ik de iets te ver uiteenstaande sporten. Ik stelde me voor dat Tonio hier, terwijl Jenny met gemaakt angstige kreetjes naar hem onderweg was, met professionele blik om zich heen had gekeken. Vlakbij stond het glazen trappenhuisje van buurman Kluun, dat toegang gaf tot zijn geplande dakterras. Nee, dat diende buiten beeld te blijven. Als hij Jenny fotografeerde, wilde hij de weidsheid van de stedelijke horizon als decor hebben.

Tonio liep naar de rand van het dak, zo ver als hij durfde. De Obrechtkerk met z'n twee torens, als een wat plompe kathedraal, zou een interessant decor kunnen opleveren. Hij kreeg Jenny niet dicht genoeg naar de dakrand toe gepraat.

'Ik heb hoogtevrees.' Voor het eerst die middag kreeg haar stem iets pieperigs.

Tonio keek uit over het grillige, stenen labyrint, waarvan de groeven hier en daar gevuld waren met wolkig groen. Hij kon het Rijksmuseum, met z'n rode gevel, toen nog gewoon zien als decorstuk voor de fotoshoot. Voor mij was het gebouw nu een baken dat aangaf: *Hier, in mijn schaduw, aan mijn voet, is Tonio een paar dagen na die fotosessie ten onder gegaan.*

24

Ik daalde de brandladder weer af, sloot de balkondeuren, maar in plaats van naar beneden te gaan bleef ik dadeloos door mijn kamer schuifelen. Het materiaal van het Werk In Uitvoering stond keurig over ordners van Leitz verdeeld bovenop de archiefkasten. Hier en daar haalde ik er een tevoorschijn. Ik sloeg hem open, bladerde erin. Alles wat ik las, verkruimelde voor mijn ogen. Zelfs op z'n plaats terugzetten, zo'n ordner, was eigenlijk al niet de moeite meer waard.

Toen we in dit huis trokken, had deze derde etage uit drie vertrekken bestaan: twee jongenskamers (een met hoekbar) en een met kurk gecapitonneerd dienstbodehok. In '97 had ik alles laten doorbreken tot een grote, L-vormige ruimte. Nadat de bouwploeg vertrokken was, stond ik sprakeloos op het spiegelende parket, terwijl Tonio met tot vliegtuigvleugels gespreide armen om me heen draafde, vrolijke lachkreten slakend. Zo'n werkverdieping had ik me altijd gedroomd, en hij wist het.

Ik inspecteerde de tientallen sloten van de lade- en archiefkasten. De sleutels staken erin, met door hun oog een ring waaraan de reservesleutels hingen, zachtjes bungelend op de luchtverplaatsing die Tonio veroorzaakte.

'Hoe moet ik nou al die sleutels uit elkaar houden,' zei ik min of meer tegen mezelf.

'Ik weet wel wat,' riep Tonio. Hij rende twee trappen af, en toen werd het stil. Ik stond op de overloop, luisterde. Uit de keuken op eenhoog klonk opeens flessengerinkel. Even later sloeg de koelkastdeur dicht. Tonio kwam de trappen weer op gedraafd, in zijn hand enkele velletjes met zelfklevende miniatuuretiketjes in verschillende kleuren – van die dingen die je op in te vriezen eetwaren plakt, met de datum van opbergen ingevuld. Razendsnel begon hij sloten, sleutels en reservesleutels van de kantoorkasten met etiketjes te beplakken, na er per slot een cijfercode op te hebben genoteerd. Geel, groen, rood, blauw... Hij verrichtte zijn karwei lachend, met een zweem van hoon in de ondertonen, omdat zijn vader niet op dit idee was gekomen.

'Zie je, Adri.' Klaar was hij al. 'Hartstikke makkelijk.'

Nu, dertien jaar later, zaten de diepvriesetiketjes, genummerd in zijn handschrift, nog steeds op sloten en sleutels. Vooral wanneer ik op reis was, had ik er veel plezier van gehad – tenslotte hoefde niet iedereen tijdens mijn afwezigheid het archief te kunnen raadplegen. Ik liep langs de kasten, tikte met mijn wijsvinger tegen de neerhangende reservesleutels, en hield mezelf grimmig voor dat het merken van de sloten door Tonio het enige ter zake doende werk was dat sinds de verbouwing op deze etage was verricht.

25

In de film *Hans, het leven voor de dood* van Louis van Gasteren komt de moeder van Hans van Sweeden aan het woord. Toen ze het bericht over de zelfmoord van haar zoon ontving, was haar eerste reactie, zo vertelde ze: 'Mijn kind is dood... nu zullen er nooit meer bloemen bloeien.'

Ik herken die hartenkreet. Maar bij mij slaat de doodsheid ook terug op het verleden. Waar ik ook kijk in het bestaan dat achter me ligt, ik zie alleen mislukking en vergeefsheid. Elke poging om iets, wat dan ook, van de grond te krijgen kan achteraf rekenen op mijn afkeuring en walging. Alles, elke handeling, was immers direct of indirect een voorbereiding op mijn grootste miskleun ooit: het verongelukken van mijn zoon, zonder dat ik het heb kunnen tegenhouden.

Ik kijk terug op mijn verleden, en wat ik gewaarword, is niet het noodzakelijk verstrijken van de tijd, nee, ik zie alleen nodeloos tijdverlies. Vruchteloos geknoei met dagen en maanden en jaren.

Ik vermoed dat ik de tegenstanders van mijn werk geen groter plezier kan doen, maar ik beken dat sinds Zwarte Pinksterdag geen enkel door mij geschreven boek nog genade kan vinden in mijn eigen ogen (inclusief het onderhavige). Ooit heb ik het allemaal als een leeuw verdedigd. Nu werp ik alles voor de leeuwen. Wat ik ook gemaakt en ondernomen heb, het raakt met terugwerkende kracht aangetast door het verlies dat aan het einde ervan gaapt. Tonio was een van de voornaamste redenen om te schrijven, al vele jaren voor zijn geboorte, omdat ik meer dan een vermoeden van hem had. Ik wist dat hij zou komen, en wat hij voor me zou betekenen, en ik bereidde me terdege op zijn komst voor.

Hij kwam, en hij verdween weer, en nu is alles waarmee ik hem een volwaardig leven wilde geven besmet en aangetast. Zijn ontijdige dood bewijst dat ik de zaken verkeerd heb aangepakt, met te weinig inzet, en dat ik belangrijke dingen over het hoofd heb gezien. Voor Harry Mulisch bewijst een schrijver die bij een tramhalte op lijn 2 staat te wachten, en daar door een meteoriet getroffen wordt, dat hij geen talent heeft. Ik heb toegestaan dat mijn zoon in een stille nacht door een soortgelijk projectiel getroffen werd – wat ik nou juist door al mijn schrijfinspanningen had proberen te voorkomen.

Geen talent dus.

26

Tonio's vader was een schrijver. Als opgroeiende jongen begreep hij niets van de ongenuanceerde afkeer, haat zelfs, die dat soms kon wekken. Op een schoolfeest, waarvoor hij trots zijn jongenssmoking aan had getrokken, werd hij actief genegeerd. Een paar van de meiden die hij dapper ten dans vroeg, zeiden: 'Ik dans niet met jou, viezerik.'

Het leek op afspraak te gebeuren. Een kleine samenzwering.

Bij thuiskomst hield hij zich groot: o ja, het was leuk geweest. Maar zijn vriend Alexander wist: 'Voor Tonio was het niet zo leuk. Niemand wilde met hem dansen. De meisjes zeiden viezerik tegen hem.'

Toen kwam het leed eruit. Ik durf het cliché aan als ik zeg dat mijn hart bloedde bij het beeld, compleet met wijnrood vlinderdasje, van een mooi opgedofte Tonio die werd afgewezen: 'Nee, viezerik, niet met jou.'

Bij navraag kwam naar voren dat het waarschijnlijk te maken had met een kort tevoren uitgezonden literair discussieprogramma, waarin een intellectuele mevrouw, een romaniste, de kwalificatie 'zo intens smerig' over mijn recente werk had uitgestort. Ik had de uitzending zelf niet eens gevolgd, maar 'het intens smerige' dat Tonio's vader aankleefde, was op de een of andere manier gaan rondzingen onder de Bekende Nederlanders en hun op de Cornelis Vrijschool gestalde kroost.

Een paar jaar later, eind augustus 2000, zat Tonio naast me achter een boekenkraam op de Uitmarkt, die zich aan de Amstel afspeelde. Na de zomer zou hij voor 't eerst naar het gymnasium gaan, maar hij hechtte er nog steeds aan ook zijn eigen handtekening te zetten in de door zijn vader gesigneerde boeken. Hij droeg nu een licht brilletje en had zijn haar laten kortwieken, waardoor hij jonger en weerlozer leek dan een paar maanden eerder bij zijn afscheid van de Cornelis Vrij. Hij leek zich, timide, bewust van de belangrijke sprong voorwaarts die er van hem verwacht werd – al had hij de hele middag een bobbel achter zijn wang door de lolly's waarvan de uitgeefster hem geregeld voorzag.

Op haar verzoek had ik mijn gedeelte van de stand ingericht als betrof het een hoek in mijn werkkamer thuis. Met hulp van Tonio had ik zelfs, uit mijn voorraden misleidend vergeeld vervalserspapier, een aantal nepmanuscripten samengesteld, stevig met touw samengebonden, en op de schutbladen voorzien van de titels uit 'Homo duplex', een romancyclus in aanbouw.

Tonio had er nog meer plezier in gehad dan ik. In de boekenkraam stalde ik tussen de achteloos neergelegde 'handschriften' oude inktpotten en ander schrijfgerei uit. Ik was altijd als de dood voor die signeermiddagen op de Uitmarkt: schrijver op een klapstoeltje achter een stand, wachtend op die ene klant. Hoe je er ook bij keek, je had altijd het gevoel dat het smachtend was.

Op vellen van het vergeelde papier schreef ik aforismen uit het werk in aanbouw over, en voorzag die van mysterieuze Chinese stempels – ja, je moest toch iets. Tonio, als altijd goedgehumeurd, hielp me lachend bij het stempelen en aanreiken van materiaal.

Toen het later op de middag wat rustiger werd, viel me een groepje jongemannen in de buurt van de kraam op. Ze stonden er al langer, maar nu pas voelde ik hun uitgesproken haatdragende blikken op me gericht. Er was duidelijk iets dat ze niet beviel. Op zeker moment kwam een van hen op de stand af. Hij stak zijn vingers onder de koorden waarmee de blanco handschriften bijeen werden gehouden, en begon met de pakken papier te smijten, zonder iets te zeggen, maar onveranderlijk met een felle woede in zijn ogen. Tonio schrok zo dat hij met stoel en al achteruitdeinsde. Het waren vooral de harde klappen waarmee de jongen de 'manuscripten' op de houten schraagtafel liet neerkomen die zo intimiderend waren, in combinatie met die zwijgende razernij.

Nu denk ik: een groepje aspirant-schrijvers dat mij wilde ontmaskeren, maar evengoed stond Tonio te trillen op zijn benen.

'Waarom *deed* hij dat nou?'

Het was misschien de laatste keer dat ik zijn onderlip zag beven. En zeker de laatste keer dat hij mee uit signeren ging – maar dat had ook met school en leeftijd te maken.

27

Tonio, door jou ben ik alles kwijt. Mijn leven. De hoop om jou aan mijn sterfbed te hebben. Aardse goederen waren er ten gunste van jou. Omdat er geen reden is ze nog langer na te streven, raak ik ze kwijt. (Ik zal proberen dit huis te redden, omdat je moeder er zo aan gehecht is. Ze is tenslotte in deze buurt geboren.)

Mijn streven, mijn werk, de pogingen er zoiets als een persoonlijkheid op na te houden... mijn hele wereld is leeggelopen in jouw graf. Gesmolten sneeuw, en Tonio is de zon.

Toen ik nog maar net met schrijven begonnen was, pretendeerde ik roekeloos boven mijn stand te leven om langs het randje van het failliet te scheren, en mezelf zo tot productiviteit te dwingen. *Het bankroet dat mijn goudmijn is* was de titel van een bibliofiel boekje dat ik later publiceerde. Het failliet is nu pas gekomen, door jouw verdwijning, en nu het er is, blijkt het dor en onvruchtbaar. Het bankroet mijn goudmijn? Ik *was* rijk. Jij was het kapitaal van mijn bestaan. Ik had niet eens een levensverzekering op je afgesloten, zo zeker was ik ervan dat die nooit geïnd zou hoeven worden. Of misschien kon mijn bijgeloof de maandelijkse premie niet aan...

Het enige dat ik aan je verdwijning heb overgehouden, is vrijheid – van een twijfelachtig allooi, dat wel. Ik ben nu vrij van verplichtingen. Niemand hoeft mij te komen herinneren aan oude, nog in te lossen beloftes. Op Zwarte Pinksterdag zijn ze ongeldig geworden. Sinds ik die drieëntwintigste mei twee onheilsengelen van de Amsterdamse politie op de stoep heb gehad, lach ik om elke deurwaarder.

Ik voel me vrij om het leven dat mij rest strikt naar eigen inzicht in te vullen. Als ik het niet geheel aan lediggang ga wijden, dan is dat omdat ik voor je moeder wil blijven zorgen. Het is de enige verplichting die ik nog accepteer, ook uit naam van haar zoon.

28

Met de dood van Tonio heeft mijn leven dus z'n nutteloosheid bewezen. Door te sterven heeft hij zijn vader achteloos als een mantel afgeworpen. Waar ik nog net goed voor ben, is via ritueel en associatief geschrijf zoveel mogelijk van zijn bestaan trachten te conserveren. Bijna dwangmatig componeer ik mijn requiem voor hem, over hem. Zijn korte, mooie leven mag niet zomaar in de vergetelheid wegzakken zoals zijn mooie, kapotte lijf in de aarde is weggezakt.

En hierna? Tonio was, als gezegd, al voor zijn geboorte mijn belangrijkste reden om te schrijven. Een muze van het mannelijk geslacht. Vooral de laatste jaren merkte ik dat ik hem wilde laten zien wat ik waard was, ook in de hoop dat hij mij zou willen laten zien wat *hij* waard was.

Een van de laatste dingen die hij tegen me zei, een paar dagen voor zijn dood, was, met dat innemende, licht spottende lachje van hem: 'Zit je al aan die tien pagina's per dag?'

Iets minder recent gaf hij aan zich nog te herinneren, van toen hij twaalf was en voor 't eerst naar het gym ging, dat ik had voorspeld (beloofd eerder) dat Homo duplex af zou zijn ten tijde van zijn eindexamen.

Ik heb hem dus nog heel wat te tonen.

Het volgend moment veeg ik deze ambities alweer als achterhaald van tafel.

Ik ben nu zowel wees als kinderloos. Zoals al eerder uit een kibbelpartij met Mirjam bleek, ben ik niet het type dat, als veel van mijn ontevreden generatiegenoten, aan een tweede leg wil beginnen. Ik zal te zijner tijd zonder nog levend nageslacht moeten sterven. Reken daarbij dat literair werk de maker steeds minder lang overleeft, als het tenminste niet de maker is die zijn eigen werk overleeft, en men mag concluderen dat voor mij op z'n laatst aan het eind van de rit de vergetelheid gaapt.

29

Het wegvallen van Tonio heeft, bij Mirjam nog meer dan bij mij, een heleboel levenszaken op scherp gezet. Ik bemerk bij haar soms een absoluutheid die me beangstigt.

Mirjam was een vaderskind. Zoals gezegd had ze als jong meisje de grootste moeite met haar moeder, maar zij bezat op die leeftijd de gave van de gelukzalige afzondering, waar de kleinheid van haar kamertje niets aan afdeed. Meer nog dan in haar hok trok zij zich terug in zichzelf.

Hoe slecht de verhouding met die moeder was geweest, merkte ik pas bij de lezing van een verslag in novellevorm dat Mirjam over haar jeugd had geschreven. De vrouw had altijd al aan mentale inzinkingen geleden en met zelfmoord gedreigd, maar pas toen de psychische problemen manifest werden, en zij in de Valeriuskliniek belandde, sloeg bij haar jongste dochter de razernij toe. Het lukte Mirjam niet meer kalm te blijven als zij met haar moeder in dezelfde ruimte verbleef. Een ritje samen in de auto werd een riskante onderneming, zelfs voor de altijd zo secuur chaufferende Mirjam.

Nu door Tonio's dood de familiebetrekkingen versneld in ontbinding raakten, probeerde ik nog iets te redden door telkens opnieuw, in het tehuis Sint Vitus waar ze na de ziekenhuisopname weer terug was, mijn schoonmoeder te bellen – ook al wist ik dat ik er zelf alleen maar meer door in de put raakte.

'Redden jullie het... hebben jullie iets aan elkaar? Nee, *redden* jullie het... ik vraag: *redden* jullie het? O, als jullie maar iets aan elkaar hebben.'

Ik zeg tot drie keer toe dat we het min of meer redden, en dat we veel aan elkaar hebben, maar dat we het strikt met z'n tweeën moeten zien te rooien. In godsnaam, geen derden. Vroeg of laat komt haar aanstaande, in ieder geval spoedig gewenste, dood ter sprake.

'Ik wil niet meer leven. Ik hoop dat er gauw een eind aan

komt. Ik wil naar Tonio toe... ik wil bij Tonio zijn.'

Wat ze waarschijnlijk wil horen, is dat ik haar tot de orde roep, en dat ik zeg dat we haar nodig hebben, juist nu. Ik kan het niet opbrengen, en zeg: 'Ja, dat begrijp ik.'

'Hier zeggen ze dat ik moet blijven leven voor jullie. Ik heb het er al over gehad... geen medicijnen meer, niet meer eten, niet meer drinken... maar dat kunnen ze niet zomaar doen. Terwijl, ik wil niet meer... ik wil dood. Ik wil naar Tonio, die lieve Tonio. Hij is hier. Ik voel hem. Ik praat met hem.'

Ik heb met haar te doen. Ik twijfel niet aan de oprechtheid van haar verdriet om Tonio. Maar kun je – alsjeblieft! alsjeblieft! – rekening houden, Wies, met de rouwperiode waar je dochter nu doorheen moet? Besef je wel dat het ondraaglijk voor haar is, al die doodsaankondigingen van jou, terwijl ze nog lang niet klaar is met die ene doodsaankondiging van Eerste Pinksterdag?

Ik ben te laf en te kapot om het haar te zeggen.

'Hoe is het toch met Mirjam... o, ik begrijp best dat ze nu geen contact met me wil. Dat begrijp ik heel goed. Maar ik hoop toch *zo* dat ik jullie weer eens zie. Later... later.'

Ze vraagt me haar groeten aan Mirjam over te brengen, maar dat is nou juist het probleem. Ze gaat ervan uit dat het besprokene bij haar dochter terechtkomt, maar dan moet ik Mirjam ook alle doodswensen van haar moeder overbrengen, en daar zit ze nou juist niet op te wachten.

'Zou je me je nummer kunnen geven?' vraagt Wies tot slot, en niet voor de eerste keer. 'Het is alleen voor noodgevallen. Ik zal er geen misbruik van maken.'

Ik beloof haar, ook voor de zoveelste keer, een kaartje met het nummer te sturen, in de hoop dat ze mijn belofte, en liefst ook haar eigen verzoek, bij een volgend telefoontje vergeten zal zijn. In het verleden hebben we, als mijn schoonmoeder de telefoonziekte had, meermaals een nieuw nummer moeten nemen.

Goed, alleen voor noodgevallen, ik geloof haar, in godsnaam

dan maar, het zou hardvochtig zijn de nooduitgang voor haar op slot te houden. Na het gesprek schrijf ik mijn 06-nummer op een kaartje, geadresseerd aan het Sint Vitus.

Twee dagen later begint het. Eerst herken ik haar nummer niet binnen het venstertje van mijn gsm, dus ik neem niet op, maar op de voicemail staat onmiskenbaar een boodschap van mijn schoonmoeder. Het is de vrijwel letterlijke herhaling van alle uitspraken die ze eerder tijdens onze telefoongesprekken heeft gedaan. Meerdere ingesproken verzuchtingen, raadgevingen en vermaningen volgen, allemaal overbekend. Ik bel niet terug, en daar heeft ze vooralsnog ook niet om gevraagd.

Op een maandagmorgen, als ik net aan het werk ben gegaan, gaat mijn mobiel. Op de voicemail de stem van Wies, bazig als in haar beste dagen: 'Kun je me even terugbellen...' Zonder vraagteken. Als opdracht. Het klinkt niet als een noodgeval, eerder als vanzelfsprekend misbruik.

Ook de voicemail van Mirjam loopt nu vol met boodschappen van haar moeder. Wies achtervolgt haar andere dochter eveneens met telefoontjes, via gsm en via de vaste lijn op haar werk. Binnen een paar dagen hebben we alledrie een ander nummer. Stilte.

30

Ik heb de pijnbestrijding vanavond wat al te rigoureus aangepakt. Om halfdrie in de nacht word ik wakker op de huiskamerbank, in zithouding, met mijn hand om een whiskyglas vol wodka geschroefd, waarvan het ijs allang gesmolten is. Mirjam is uren geleden naar boven gegaan.

Ik hijs me de trap op. Naar Tonio's vroegere kamer staat de deur op een flinke kier. Er valt licht naar buiten, duidelijk niet afkomstig van een gloeilamp, daar is het te wit en te koud voor. Tonio heeft er in 2008 zijn bedbank (ooit bestemd voor logés) in achtergelaten, door Mirjam sindsdien gebruikt om te ontsnappen aan mijn gesnurk of het gesuis van mijn CPAP-apparaat.

Ik sta met ingehouden adem op de overloop, en luister. De katten komen nieuwsgierig naar buiten. Ze blijven voor de half-open deur zitten. Het schijnsel achter ze lijkt op vroeg daglicht, dat door open gordijnen overvloedig de kamer in valt. Maar dat kan het niet zijn, want het is net halfdrie geweest.

Ik duw de deur wat verder open, en kijk om de hoek: Tonio's ontmantelde kamer, die Mirjam binnenkort als haar werkruimte wil betrekken, zoveel mogelijk ingericht met de spullen van Tonio, die nog van De Baarsjes naar hier verhuisd moeten worden. Op een schrijftafel heeft ze alvast haar nieuwe computer geïnstalleerd. Het grote scherm zet de hele kamer in een koud, alles ontzielend licht. Op het bed ligt Mirjam, met het dek tot navelhoogte opgetrokken. Ze ligt zoals ze zelden ligt: op haar rug, met het weelderige, donkere haar uitwaaierend over het hoofdkussen.

Mijn blik keert terug naar het computerscherm, waarop een blauw blok te zien is, met in witte letters een tekst. Ik kan hem van deze afstand niet lezen. Rondom het blauwe blok bevindt zich een parelgrijs vlak, dat het doodse licht levert. Woorden verdringen elkaar in mijn hoofd, tot dat ene spookwoord blijft hangen: *AFSCHEIDSBRIEF*.

De katten zijn geluidloos terug de kamer in geslopen, en staan nu, de staart geheven, in een symmetrische pose ten opzichte van elkaar voor het bed, gespannen naar mij kijkend. Ik doe enkele stappen terug de overloop op, waar ik een tijdje bevend naar de halfopen deur blijf loeren – totdat het licht in de kamer vanzelf dooft. Ik zoek mijn eigen bed op, waar ik de rest van de nacht geen oog dichtdoe.

·

Zoals elke morgen brengt Mirjam mij rond halfnegen een ontbijt. Ik vertel haar dat ik om kwart voor drie licht bij haar zag branden.

‘O? Niets van gemerkt. Ja, dat doen die katten. Ze wandelen ’s nachts volkomen op hun gemak over het toetsenbord, en activeren dan soms het scherm. Ik slaap er gewoon doorheen.’

O paradox! Zwart is het kleed der hel,
De kleur van kerkers en de School der Nacht.

Generaties geleerden hebben zich het hoofd gebroken over die regels uit Shakespeares *Love’s Labour’s Lost.* Wat mocht die School der Nacht dan wel zijn? Ik ben geen Shakespearevorser, maar door alle nachten die verstreken zijn sinds Zwarte Pinksterdag meen ik er iets van te begrijpen. Van wat ik de voorbije maanden in mijn nachtelijke leerschool heb opgestoken – ik zou wensen dat ik er in dit requiem ook maar een fractie van kon weergeven.

31

Gisteren luisterde Hinde de voicemail van haar nieuwe 06-nummer af. Er stond een boodschap op van het Sint Vitus. Een medewerkster deelde mee: ‘Eh… ja, het zit zo… uw moeder heeft vanmiddag een poging gedaan om… om voor een auto te springen, en zich zo… Voorbijgangers hebben haar weten tegen te houden. Ze hebben haar naar het politiebureau gebracht, en een paar agenten hebben haar weer bij ons afgeleverd. Wij overwegen haar, gezien haar toestand, terug te brengen naar de Valerius. Kunt u ons bellen voor overleg?’

Hinde behalve ontdaan woedend natuurlijk: dat ze zo’n gruwelijke boodschap zomaar op je voicemail kwakken, in plaats van voorlopig alleen maar te vragen om terug te bellen, desnoods met de toevoeging ‘het is dringend’.

Gisteravond kwam Mirjam met de gsm aan haar oor binnen, een boodschap op de voicemail afluisterend. ‘Dat was Hinde…

of ik wil terugbellen. Nou, ze klonk behoorlijk terneergeslagen. Ik hoop niet dat er iets naars met mijn moeder is.'

Mirjam belde haar zus. Ik lette scherp op haar gezicht, dat tot het uiterste gespannen stond. 'O, nee toch,' riep ze, na even luisteren. Ik kon de onversterkte stem van Hinde wel horen, maar niet verstaan. Ik wist: hier is iets ernstigs aan de hand.

De avond tevoren was Mirjam even bij haar vader binnen, nadat ze hem van Beth Shalom had opgehaald. Hij beklaagde zich erover dat hij al een paar keer was gebeld door zijn exvrouw, die dat in al die zeventien jaren sinds de scheiding nooit had gedaan, tenzij anoniem. Zij drong er bij hem op aan ('een noodgeval') haar het nieuwe 06-nummer van hun oudste dochter te geven, die dat juist had laten veranderen, net als Mirjam en ik. Natan doorzag haar smoes niet meteen, en gaf haar geschrokken het nummer.

Terwijl Mirjam bij haar vader in de woonkamer was, ging de telefoon opnieuw. 'Laat mij maar even,' zei ze. Het bleek inderdaad haar moeder, die hogelijk verbaasd was haar jongste dochter aan de lijn te krijgen.

'Dus je gaat wel naar papa,' was haar eerste reactie, 'en je komt niet bij mij...'

'Denk daar maar eens over na,' zei Mirjam.

'En je belt me ook niet?'

'Nee.'

'Dan wil ik liever dood. Hoor je wel? Dan verkies ik de dood.'

'Jij... jij smijt met doodswensen en doodsbedreigingen alsof... alsof het strooigoed is met Sinterklaas. Snap dan dat je daarmee ook je geloofwaardigheid te grabbel gooit, mens. Elke keer als je Adri aan de telefoon hebt, wil je dood... liever nog vandaag dan morgen... en hij wordt geacht dat weer aan mij over te brengen. Midden augustus, Tonio is nog geen drie maanden overleden, en jij laat weten dat je aan passieve euthanasie denkt. Versterving, weet ik veel. Denk je ook wel eens aan *mij*? Ze hebben mijn zoon kapot gereden op straat, ja? Ik probeer er zelf niet aan onderdoor te gaan. En jij… jij raast dwars door mijn rouw heen met je gore doodsverlangen. Laat me met rust. Je hebt nooit iets om me gegeven.'

En daar ging de hoorn op de haak van de ouderwetse telefoon.

Gistermiddag was mijn schoonmoeder dus het Sint Vitus ontvlucht. Zij had zich naar de nabije Nassaukade gespoed, waar zij zich onder een rijdende auto probeerde te werpen. Passanten hadden haar ervoor behoed. Het was niet bekend of zij zich uit hun greep had willen losrukken, dan wel gedwee mee was gegaan naar het hoofdbureau van politie, dat zich vlakbij bevindt. Hinde kon niet vertellen of er proces-verbaal op was gemaakt van het gebeuren. Politiemensen hadden Wies teruggebracht naar het tehuis, meer wist ze niet.

Na het telefoongesprek met haar zus was Mirjam terneergeslagen. Ze zei niet veel meer. Ik merkte dat ik woedend was. Duizenden keren had Mirjam de afgelopen maanden de verschrikkelijke aanrijding herbeleefd die Tonio het leven had gekost. En nu had haar moeder besloten dezelfde weg te gaan: zich voor de wielen van een auto te werpen, om zo godweet de geheime doorgang naar Tonio te vinden. Honderden keren had ze aan de telefoon uitgeroepen dat ze niet meer wilde leven, dat ze dood wilde, en zich zo bij Tonio wilde voegen – en nu kwam haar zelfmoordpoging toch nog als een mes in de rug.

'Het lijkt wel een soort *copycat*,' zei ik.

'Zo hoopte ze me te straffen,' zei Mirjam zacht. 'Ze weet precies waar ze me het diepst kan raken.'

32

Ik ging pas naar beneden nadat ik het verhuisbusje had horen wegrijden. Op de tweede verdieping zag ik door de open deur

Tonio's meubilair willekeurig verspreid in zijn oude kamer staan. In de gang gelijkvloers waren de dozen met zijn kleinere spullen opgestapeld. Mirjam zag er verslagen uit.

'Minder dozen gelukkig dan verwacht,' zei ze.

'Horloge nog gevonden?' vroeg ik.

Zij schudde haar hoofd. De gedachte kwam bij me op dat hij het misschien verkwanseld of naar het pandhuis gebracht had. Er was hem twee weken voor het ongeluk immers een nieuw horloge beloofd (dat hij al sinds zijn eindexamen van ons te goed had, samen met een bedrag bestemd voor autorijlessen). Tonio had altijd gebrek aan contanten. Aan de andere kant... ook voor hem hadden voorwerpen, zeker als hij ze van dierbaren cadeau had gekregen, een sentimentele waarde, die hij niet zomaar te gelde zou maken.

'Laten we het er maar op houden,' zei ik, 'dat het door het ongeluk zoek is geraakt.'

Ik dacht met schaamte aan de langspeelplaten waarvoor mijn moeder zich het vuur uit de sloffen gelopen had, in sinterklaas- en kersttijd, en die ik ver onder de prijs verkocht had omdat ik vond dat mijn te zware pick-up-arm er een hinderlijke ruis in geslepen had. Was dat geen verkwanselen geweest?

Ik had de laatste tijd zoveel parallellen ontdekt tussen zijn studententijd en de mijne van vijfendertig, veertig jaar geleden dat een neiging tot verpatsen er ook nog wel bij kon.

33

Uiteindelijk, voordat de etage in de Nepveustraat weer werd overgedragen aan de sjoemelaar die de hoofdhuurder was, vond iemand Tonio's horloge boven op het muurtje dat de douche van de wc scheidde. De beugelsluiting van de armband bleek kapot. Het uurwerk gaf nog de wintertijd aan. Eind maart was de zomertijd ingegaan. In de nog altijd voortdurende koorts van ons gereconstrueer concludeerden we dat op z'n minst twee maanden voor Tonio's ongeluk de sluiting het begeven had. Dat het horloge los om zijn pols hing, ontdekte hij waarschijnlijk bij toilet- of douchebezoek, waarna hij het, om zijn handen vrij te hebben, zolang op het scheidswandje had gelegd. Daar had het vijf maanden of langer ongebruikt de wintertijd liggen verlengen.

'Het idee dat hij het slaapdronken of aangeschoten, weet ik veel, daar neergelegd had...' zei ik tegen Mirjam, 'en vervolgens niet meer wist waar hij het had gelaten...'

'Dat werpt een heel ander licht op de aanschaf van dat nieuwe horloge,' zei ze. 'Godweet hoe rot hij zich eronder voelde.'

'Een nieuw horloge, dat is er sowieso niet van gekomen.'

'Hij voelde zich er te *brak* voor.'

Mirjam liet het horloge zorgvuldig repareren, met aanpassing van de beugelsluiting aan haar eigen pols, die beduidend dunner is (was) dan die van haar zoon. Sinds ze het kon ophalen bij de juwelier draagt ze het horloge, dat met al z'n knopjes bezijden de draaibare wijzerplaat extra mannelijk oogt, onafgebroken – dag en nacht.

Hoofdstuk VI *Voedzame honger*

1

Kort nadat ze Tonio's woning in De Baarsjes had leeggehaald, richtte Mirjam zijn voormalige kamer in ons huis weer met de oorspronkelijke spullen in. Dagenlang durfde ik die niet te betreden, maar toen ik er een keer gedachteloos binnenliep, viel me weer eens op hoeveel smaak hij had – niks luxueus, wel alles prijzig.

Zelfs de buitenproportionele stationsklok, waar hij zelf het hardst om had moeten lachen, was terug.

Twee weken na Pinksteren had fotograaf Klaas Koppe een envelop gebracht vol uitvergrotingen van foto's met Tonio erop, zoals een paar genomen op een recent Boekenbal: Tonio met zijn ouders, Tonio met Klaas' dochter Iris. Mirjam had ze meteen ingelijst, en in het trappenhuis aan de muur gehangen, in een veelgebruikte bocht. Niet lang daarna kwam ze met behuild gezicht melden dat ze de foto's weer had opgeborgen, en vervangen door minder recente. Op de overloop trof ik later een papieren tas met de ingelijste foto's aan. Ik trok er een uit (Tonio en Iris) – en kreeg een stomp in mijn maag, die vervolgens bijna werd uitgewrongen. Sinds zijn bezoek op donderdag 20 mei was Tonio niet meer zo tastbaar dichtbij geweest. Ik schoof de lijst snel terug in de tas – die er nog steeds staat, in dezelfde hoek.

Met Tonio's compleet gereconstrueerde jongenskamer om zich heen lukt het Mirjam blijkbaar *wel* te blijven ademen. Ze zit er hele dagen achter haar computer, met Tonio's laptop (in feite een digitale lei, waarop met de pen geschreven kan worden) binnen handbereik. Als ik haar wil spreken, heb ik de neiging op de overloop te blijven staan, en de conversatie door de halfopen deur heen te voeren.

2

Mirjam komt elke ochtend om vijf uur uit bed om op Tonio's kamer aan het werk te gaan. Tegen negenen, als ik in het aanpalende vertrek de krant lig te lezen, maakt ze ontbijt. We eten en praten naast elkaar, rechtop in de kussens. Radio 4 staat aan.

Vanmorgen kwam ze zonder dienblad de slaapkamer binnen. Ik kreeg een tik op mijn benen ten teken dat ik op moest schuiven, zodat zij op de bedrand kon gaan zitten. Ze huilde niet, maar haar gezicht stond stroef.

'Nog wat kunnen doen?' vroeg ik.

'Ik was opeens zo bang om jou ook nog kwijt te raken,' zei ze boos. 'En dat ik er dan helemaal alleen voor zou staan in mijn verdriet om Tonio.'

Daar waren de tranen. Als er geen andere uitweg was, nam ik mijn toevlucht tot de literatuur.

'Het slot van *Het proces*... weet je nog, Minchen? Dat Josef K. denkt dat de schaamte zijn dood zal overleven? Mijn verdriet om Tonio zal mij ruimschoots overleven. Ik weet niet hoe lang *jij* mij denkt te overleven, maar je zult het verdriet altijd met mij kunnen blijven delen... tot aan je laatste snik... daar is het sterk genoeg voor. Ook na mijn dood.'

'Ik bedoelde niet dat ik denk dat je gauw doodgaat.'

'Dat ik alsnog aan die tweede leg zal beginnen, is dat wat je bedoelt?'

'Gewoon, het blote feit dat ik alleen over zal blijven, en dan de enige zou zijn die...'

'Minchen, aan mijn grote teen hangt geen label van het mortuarium, maar ook geen garantiebewijs voor een lang leven. Aan jouw grote teen hangt ook niets. Laten we blijven proberen elke volgende dag levend door te komen. Samen. Laten we elkaar zoveel mogelijk voor ziektes behoeden. Als dat te hoog gegrepen is, nou, laat ons dan in ieder geval proberen elkaar niet ziek te *maken*. En gek ook niet.'

3

Toen Rimbaud in zijn ouderlijk huis *Une saison en enfer* schreef, na de hel van Parijs, luisterde zijn zuster aan zijn kamerdeur, waarachter ze smartelijk gesnik hoorde opklinken. Als zeventienjarige met schrijfdromen intrigeerde dit me in hoge mate: dat de herbeleving, in poëzie, van eigen ervaringen zo'n heftige uitwerking op het gemoed kon hebben. Ik zou voortaan elke tekst van mijn hand wantrouwen waarvan het schrift niet schier onleesbaar was van pijn en geestesnood.

Sinds ik aan dit requiem werk beklaagt Mirjam, die haar computer pal beneden mijn schrijftafel heeft staan, zich over onverwacht kabaal vlak boven haar hoofd. Volgens haar ram ik geregeld, luid vloekend, mijn stoel achteruit, waarna er heftig rond gestampt wordt, soms gepaard gaande met onverstaanbaar getier.

Ik ga me op mijn achtenvijftigste maar niet beroepen op dichterlijke gekweldheid, maar ofschoon ik me niet altijd van mijn godslasterlijke werkonderbrekingen bewust ben, weet ik dat ze gelijk heeft. Toen Tonio nog zijn huiswerk maakte op de plaats die Mirjam nu heeft ingenomen, had hij nooit klachten over kalkpoeder dat van het plafond op zijn toetsenbord neerstoof. Op die ene keer na, toen hij me 's avonds onder het eten trots en lachend meldde: 'Ik hoorde je vanmiddag opeens ontzettend vloeken en met dingen smijten.'

Ik zou er wat voor overhebben om te weten wat mij die middag, met mijn kleine gezin nog helemaal intact, bezield heeft. Misschien stelde ik me in een ondraaglijk lucide moment voor hoe kwetsbaar we met z'n drieën waren, en dat ons geluk zomaar kapot kon vallen. Het zou tot het paroxisme van machteloze woede hebben kunnen leiden waar Tonio een etage lager akoestisch getuige van was.

Ach nee, daarmee zou alles weer te mooi op z'n plaats vallen. Vermoedelijk trilde een woord dat ik zocht op de punt van mijn pen, en werd het plotseling weggevaagd door de inschakeling, op straat, van een machine die de herfstbladerenpap uit de goot moest blazen. Iets dergelijks.

4

'Er zal voortaan altijd een *ervoor* en een *erna* zijn,' schreef iemand. Nu de maanden vorderen, besef ik per dag hoe waar die woorden zijn. Er staat een diep litteken dwars door mijn leven getrokken. 'Ervoor' was mijn bestaan waardevol, 'erna' is het waardeloos geworden – simpeler valt het niet te formuleren.

Ik zal waarschijnlijk wel blijven schrijven, en als ik er inderdaad de kracht voor vind, zal ik het uiterste van mezelf vergen, want anders heeft het al helemaal geen zin. Maar in het ambacht *geloven*, zoals toen ik Tonio's beschermer en kostwinner was, dat is voorbij.

In mijn zwartste ogenblikken ben ik zelfs in staat te denken dat met meer professionele inzet van mijn kant Tonio gered had kunnen worden – al besef ik meteen dat een grotere werkconcentratie tijdens zijn leven weer van mijn aandacht voor hem afgegaan zou zijn. Ziedaar de donkere golfslag van mijn vernauwd gepieker.

5

De letselschadeadvocaat uit de Tesselschadestraat (deze zinsnede schreeuwt om een limerick) had intussen de hand weten te leggen op het dossier van de Afhandelunit Ernstige Verkeersongevallen, inclusief het schijfje met de beelden van de aanrijding, opgenomen door een beveiligingscamera van het Holland Casino. De officier van justitie die zich met de zaak bezighield, bood ons een gesprek aan.

De agenten van de Afhandelunit Ernstige Verkeersongevallen hadden ons eerder verteld dat uit forensische metingen was komen vast te staan dat de bestuurder van de rode Suzuki 'iets te hard' gereden, en dat Tonio 'behoorlijk wat' gedronken had. Uit het door de letselschadeadvocaat opgevraagde dossier bleek nu dat de Suzuki, op een plek waar maximaal 50 km/u was toegestaan, 67 à 69 km/u had gereden. Tonio had volgens bloedonderzoek 0,94 mg/ml alcohol in zijn lijf, wat gelijkstond aan zes à zeven glazen bier. (Voor een automobilist was 0,5 mg/ml toegestaan, dus het equivalent van drie glazen bier.)

'Zes pilsjes,' zei de letselschadeadvocaat. 'Verrassend bescheiden. Zo *begin* je de avond.'

Deze uitslag verraste me. Ik had me al die tijd, met tegenzin, voorgehouden dat Tonio behoorlijk aangeschoten was geweest. Immers, hij was 's middags al met Dennis op een feest in het Vondelpark geweest, en daarna hadden ze nog blikjes bier bij Goscha gedronken. Tegen middernacht waren ze naar Trouw gegaan, waar het volgens Goscha 'snel' ging met de rondjes. Zij had zich er in haar verslag van de avond over beklaagd dat Tonio haar steeds voor was, en dat hij alle drankjes betaalde. Volgens Dennis had Tonio tussendoor ook nog 'een shot tequila' genomen. Hoe kon dat alles resulteren in een alcoholpercentage dat z'n equivalent in zes glazen bier vond?

'Vergis je niet,' zei de letselschadeadvocaat. 'Het ongeluk deed zich voor 's morgens om tien over halfvijf. De alcohol uit het bier van de middag en de avond tevoren is dan allang afgebroken. De hoeveelheid rondjes bij zo'n club als Trouw moet je niet overschatten. Het is er op dat uur stampvol, ook bij de bar, dus die rondjes, dat gaat allemaal niet zo snel. Als het er zes waren, alle zes door Tonio gehaald, dan is hij behoorlijk in de weer geweest. Zes keer drie is achttien... reken dat eens even uit tegen nachtclubprijsjes. Ik begrijp goed dat Goscha zich schuldig voelde, en dat Tonio aan het eind van de nacht nog maar vijf euro in zijn portemonnee had. Laten we ervan uitgaan dat hij, nadat het bier van 's middags en 's avonds allang verdampt was, met vijf, zes pils en die ene tequila op de nacht in fietste. Dan kan hij hooguit een beetje aangeschoten zijn geweest, maar beslist niet dronken.'

Mirjam ging met de letselschadeadvocaat mee naar de Parnassusweg. Volgens de betrokken officier van justitie stond het ons vrij een proces tegen de bestuurder aan te spannen wegens schuld door te hard rijden. De man zou sowieso een boete krijgen voor de te hoge snelheid – bijna twintig kilometer boven de limiet. Mirjam, en daarmee sprak ze ook namens mij, voelde niets voor vervolging. Ze zei wel graag te willen weten of de politie de bestuurder had afgeraden contact met ons te zoeken, dan wel of het initiatief (al dan niet contact) bij de man zelf had gelegen.

Wat de oorzaak van het ongeluk betreft, lag volgens de officier de schuld aan beide kanten. Een fietser en een automobilist die op hetzelfde moment niet hadden opgelet. Tonio had voorrang moeten verlenen. De chauffeur had mogelijk, al pratend, opzij gekeken naar zijn bijrijder. Hij kwam van zijn werk in de horeca, maar had niet gedronken.

Ik had mezelf de voorbije weken vaak voorgehouden dat Tonio misschien een onhandige fietser was: ik had hem, toen hij klein was, beter les moeten geven. Zo was ik de hele dag, en dag in dag uit, bezig mijn schuldgevoel vet te mesten. Het slordige fietsen werd weersproken door een herinnering aan

Tonio op de fiets, van een jaar of twee geleden (hij was net in De Baarsjes gaan wonen). Ik zat op het terras van De Joffers, vlak bij de kruising van de Willemsparkweg en de Cornelis Schuytstraat. Opeens zag ik hem op zijn oranje omamodel, komend van de Willemspark, de Cornelis Schuyt in zwenken. Languissant achterover leunend, pinken om de handvatten, meanderde hij volkomen op zijn gemak tussen de vastgelopen, claxonnerende auto's door – heel sierlijk eigenlijk, alsof het stadsverkeer zijn meest natuurlijke element was.

Schuin tegenover De Joffers reed hij, met zich tegen de hobbel van de stoeprand licht verheffende billen, het trottoir op. Ik meende duidelijk te hebben gezien dat Tonio zijn fiets stalde voor de bistro van Van Dam, om daar vervolgens naar binnen te gaan. Ik rekende snel af, en spoedde me naar de overkant om hem zogenaamd te betrappen. In de bistro: geen Tonio. In het fietsenrek: geen oranje rijwiel.

Misschien was bij Van Dam geen plaats geweest, en was hij doorgereden naar zijn ouderlijk huis. Tegen onze gevel: geen oranje fiets, en Mirjam had hem ook niet binnen gezien.

Was alles een zinsbegoocheling geweest? Nee, zo bleek toen ik hem weer eens sprak. Roekeloos de Cornelis Schuyt in, soepeltjes om de vast staande auto's heen? Die en die dag? Dat kon kloppen, maar hij was niet bij Van Dam binnen geweest. 'Wat zou ik bij Van Dam te zoeken hebben?' O ja, natuurlijk, hij had heel snel bij boekhandel Mulder, naast Van Dam, een fototijdschrift gekocht, en was toen, om het vastgelopen verkeer te omzeilen, over het trottoir verder gereden. Zijn doel was niet het ouderlijk huis, maar een heel andere bestemming, hij wist niet meer wie of wat.

Ik prentte mezelf in dat telkens wanneer ik aan Tonio dacht als onhandige fietser ik hem weer voor me moest proberen te zien zoals in de Cornelis Schuyt, met zijn elegant roekeloze rijstijl. Zo, losjes sturend, was hij op die vroege ochtend (in die late nacht) uit de Hobbemastraat tevoorschijn geschoten, doelgericht op weg naar – ja, naar wat? Naar iets dat zijn doelgerichtheid op dat vroege of late uur waard was.

6

Ik geloof niet in een ziel die zich bij het intreden van de dood uit het lichaam losmaakt om op de een of andere ijle manier voort te bestaan. Er zijn mensen die na een ingrijpend verlies het licht zien, en zich tot deze of gene religie bekeren. Hoe graag ik ook in de aanwezigheid, ergens, van Tonio's ziel zou geloven, het is niet genoeg: ik wil het bewijs hebben dat zijn ziel bestaat, zodat ik me niet tot dovemansoren richt. Ik wil hem zo hartstochtelijk graag op de hoogte brengen van mijn woede: dat hij zijn leven niet heeft mogen voortzetten.

'Om je de waarheid te zeggen, Tonio, ik ben razend op de hele wereld. Voor mij is het één grote samenzwering geweest tegen jouw toekomst. Mijn kwaadheid is allesdoordringend. De boosheid van je moeder is veel puurder. Zij geeft niemand in het bijzonder de schuld. Zij is alleen maar ziedend namens jou, omdat jij zelf de middelen niet meer hebt om je verontwaardiging te uiten over de brute diefstal van de jaren die je nog in het verschiet had.'

Toon me aan dat zijn ziel nog ergens is, en ik zal mijn nog levende hart voor hem blootleggen: mijn schaamte om zijn dood, mijn medeplichtigheid eraan, mijn in gebreke blijven tijdens zijn leven.

Zijn ziel hoeft niet te antwoorden op mijn ontboezemingen en bekentenissen, als ik maar weet dat hij er *is*, als luisterende of anderszins registrerende instantie, desnoods als kosmisch zwart gat, waaruit zelfs geen flauwe echo van het eraan toevertrouwde tot me terug zal keren.

'De paar keer dat iemand de afgelopen weken het lef had te vragen of ik ergens aan bezig was, heb ik geantwoord: "Een requiem over Tonio." Had moeten zijn: "Voor Tonio." Ik schrijf het in de eerste plaats voor jou. Nee, niet voor je zielenrust. Ik hoop juist de *aandacht* van je ziel te trekken. Hij moet verontrust raken. Via hem wil ik je laten weten dat de pijn die jij een half etmaal lang ondergaan hebt, door ons is overgenomen. Levenslang. Niks rust zacht. In die pijn zijn we voortaan verenigd. Jij, Mirjam en ik. En mocht de ziel bestaan, ook de onze, dan komt met ons sterven aan die vereniging geen einde.'

7

Zeg eens eerlijk, Tonio, stak het je niet dat Goscha, in plaats van samen met jou naar De Baarsjes terug te fietsen, ervoor koos Dennis nog wat gezelschap te houden in de Govert Flinck? Je *had* niet alleen weg hoeven gaan. Tenslotte was jij ook uitgenodigd om bij Dennis nog wat na te loungen. Je zei niet gauw nee tegen voortgezette feestelijkheden.

Of meende je te merken dat Dennis en Goscha liever met elkaar wilden zijn, en er voornamelijk uit beleefdheid op aandrongen dat ook jij van de partij zou zijn? Misschien waren er al eerder die nacht tekenen geweest dat de twee elkaar meer dan vriendschappelijk mochten... Voelde je je buitengesloten? Wilde je discreet zijn, en de rest van de nacht aan Goscha en Dennis laten?

Volgens Jim, die op dat moment nog niet naar bed was, had jij hem beloofd om een uur of vier thuis te zijn, zodat hij nog wat gezelschap zou hebben. Dennis en Goscha hadden het tegenover ons zelfs over een speelfilm die jij en Jim, zo laat nog, zouden bekijken. Goscha, die van jullie drieën het meest aangeschoten was, wist het niet zeker: 'Misschien was hij gewoon te moe, en wilde hij naar bed. We hadden best veel gedronken.'

Goscha vertelde aan ons dat ze in Dennis' woning 'vrijwel meteen' in slaap was gevallen. Ze meende dat Dennis, misschien om die reden, achteraf boos op haar was.

Voorlopig stonden jullie nog, fiets tussen de benen, op de hoek van het Sarphatipark, vlak bij de kruising van de beide Van der Helststraten met de Ceintuurbaan. In de zeven jaar dat ik in de Van Ostadestraat woonde, was ik hier vrijwel dagelijks voorbij gelopen, alles bij elkaar vele honderden keren. Ik stel me zo voor dat je op de plek stond waar vroeger, toen ik nog geen aansluiting had, mijn vaste telefooncel was, van waaruit ik mijn zaken en afspraken regelde. Hier had ik op een zaterdag in het voorjaar van '78 wanhopig de ene medische hulpdienst na de andere staan bellen, louter antwoordmachines oogstend, terwijl de eerste droppen helderrood bloed uit mijn broekspijp op het granito vloertje spatten: een geval van onstelpbaar gescheurde voorhuid.

Waar spraken jullie over, met de beats van club Trouw nog nabonzend in de oren? Ik hoor je lach over het stille kruispunt klinken, maar kan niet verstaan wat je zegt, behalve een quasiverontwaardigd: 'Maar Dennis, tjee, man...', gevolgd door meer gelach.

Van waar je staat, kun je de kerktoren op de hoek van de Tweede Van der Helst en de Van Ostade in de nacht zien oprijzen. Als je daar linksaf zou gaan, ben je in enkele trapperomwentelingen bij het rijtje huizen (nu nieuwbouw) waar jouw geschiedenis, nog niet lichamelijk, een aanvang nam. Daar, voor de school naast nummer 205, hebben je moeder en ik elkaar voor 't eerst ontmoet. Ze zat op haar fiets, en stepte zo'n beetje over het trottoir, in het voorbijgaan mij groetend. Ze droeg een afgedankte regenjas van jouw latere opa Natan – een dermate smerig kledingstuk, helemaal zwart op de revers en tussen de knopen, dat ik haar onmiddellijk in gedachten verbood het ooit nog aan te trekken. Ik had natuurlijk al gezien wat voor donkere schoonheid zich in dat oude, vormeloze vel verborg.

Ruim dertig jaar geleden, en het ontwerp-Tonio begon daar,

in die haveloze straat van voor de yuppenrestauratie, vorm aan te nemen.

8

Goed, Goscha vergezelt je niet naar De Baarsjes, en jij gaat niet mee chillen in de Govert Flinck. Volgens Goscha, die ik er nadrukkelijk naar gevraagd heb, reed je niet slingerend van ze weg. Je fietste heel gewoon, rechtdoor, de Ceintuurbaan op. Ik stel me voor dat je nog een keer omgekeken hebt, zwaaiend: 'Oi.' (Tenzij je onderweg nog iemand of iets toegeroepen hebt, zou dat je laatste woord moeten zijn – eerder een klank dan een woord, bij wijze van afscheidsgroet: 'Oi.')

Ik volg je op je laatste fietstocht. Een paar dingen zijn me nog onduidelijk. Misschien kan ik ze al meereizende oplossen, als ik maar goed op je let.

De Ceintuurbaan, de slagader van mijn jaren in De Pijp. Het kruispunt met de Ferdinand Bol. Het metrostation in aanbouw. Mocht je je bedacht hebben: hier kun je niet alsnog rechtsaf om je in de Govert Flinck bij Dennis en Goscha te voegen.

De brug over de Boerenwetering, met naar beide kanten de Hobbemakade en de roodverlichte etalages van de hoeren. Hier is de nacht hoog en helder. De dag is niet ver meer: het wordt een schitterende Pinksteren. Ik vermoed dat je net zo'n afkeer van hoeren hebt als ik. Reddend oponthoud valt niet van die kant te verwachten.

De Roelof Hartstraat. De stoplichten voor het Roelof Hartplein staan op knipperen. Eigen verantwoordelijkheid. Er is bijna geen verkeer. Een enkele taxi. Rechts het College Hotel, waar die proleten van uitbaters de bomen hebben weggehaald. Naar links gaat het plein over in de Beethovenstraat. Op de ene hoek de openbare bibliotheek, waar je vroeger samen met Mirjam wel boeken ging lenen. Op de andere hoek Huize Lydia, waar je als klein kind met je grootouders kwam, toen daar het buurthuis was (opa Natan fungeerde er als penningmeester).

Ook in de Van Baerlestraat zijn bij de recente 'herprofilering' bomen gesneuveld. Het zijn geen stadse misstanden die je nu bezighouden, terwijl je op Jims fiets onder het lantaarnlicht door pedaalt. Nog een eind te gaan, naar de Nepveustraat. Je bent moe, na twee nachten stevig uitgaan. Na alle euforie van de afgelopen dagen, de fantasieën rond Jenny, de visioenen van het komende lange weekend, fiets je toch weer moederziel alleen naar huis – een gedachte die een matte melancholie over alles heen legt.

Je rijdt voorbij aan de kruising Van Baerle/Nicolaas Maes. Daar op de hoek woont mijn collega K. Schippers. (Ik heb je zijn roman over fotografie cadeau gedaan.) Ooit stond ik naar jouw zin op het trottoir voor zijn huis te lang met hem te praten. In je ongeduld, of uit aandachttrekkerij, kroop je onder het achterpand van mijn lange regenjas, die niet dichtgeknoopt was. Als je een beetje achteruit liep, veranderde ik in een variant op het circuspaard, een soort hobbezakkige centaur. De voorstelling die je aldus, tot mijn gêne, ten beste gaf, kon Schippers als liefhebber van clowns en lappendieren wel waarderen.

'Als je half man half paard bent, mag je ongestraft pissen op straat...'

Zeker vijftien jaar geleden, dit. Je nadert de kruising voor het Concertgebouw. Achter de bebouwing aan je linkerhand, twee huizenblokken dieper de De Lairessestraat in, loopt de Jacob Obrecht. In het grote appartementengebouw Huize Oldehoeck heb je de eerste anderhalf jaar van je leven doorgebracht – de kostbare tijd waar je geen herinneringen aan hebt (ik des te meer). Het valt me op dat je tijdens je laatste fietstocht angstvallig dicht in de buurt van de huizen van je jeugd blijft. Je rijdt, enigszins slingerend, tussen de beelden en taferelen van je vroegste jaren door. Kijk maar eens naar rechts, het Museumplein over. Jij weet beter dan ik waar de hangjongerenplek was met de oudere jongens, die jou het eerste trekje gaven. Je hoopt stiekem dat het Nederlands elftal het volgende maand ver gaat schoppen – niet omdat je zo om voetbal geeft, maar vanwege de te verwachten feestelijkheden hier op het plein.

9

Bij het Concertgebouw, weet ik, moet je altijd even denken aan je jeugdvriend Jakob, die tien jaar geleden op de hoek van Van Baerle en De Lairesse werd overreden door een vrachtwagen zonder dodehoekspiegel. Hij was per fiets op weg naar het Vossius: zijn allereerste gymnasiumdag. De jongen overleefde het ternauwernood. Jij ging in dezelfde week voor 't eerst naar een ander gymnasium, het Ignatius, en daardoor hoorde je wat Jakob was overkomen niet meteen, maar via via. Een van de weinige keren dat we je een flinke uitbrander gaven: omdat je ons veel te laat, en als terloops, het nieuws overbracht. 'O, weet je wat ik gehoord heb... weet je, Jakob, hè, die is...'

Nu denk ik dat de ernst van de situatie, het dodelijke gevaar, toen nog niet echt tot je doordrong. En trouwens, Jakob en de basisschool, dat lag allemaal alweer ver achter je, nu het nieuwe leven zich aandiende. Toch bleef je je maar verontschuldigen, met tranen in de ogen, voor je nalatigheid: je begon toch iets door te krijgen.

Het stoplicht springt op groen. Nu ga ik je ernstig toespreken. Ik raad je aan... nee, ik smeek je... hier links af te slaan, de De Lairesse in. Verderop, na de kruising met de Jacob Obrecht, rechtsaf de Banstraat in. Dan nog net even naar links – tot aan je ouderlijk huis in de Johannes Verhulst. De hele gevel is vrij om je fiets tegen te stallen.

Jongen, je bent moe, je hebt gedronken, je valt met fiets en al om van de slaap. Zie af van dat hele eind naar De Baarsjes. Akkoord, Jim zal teleurgesteld zijn, maar hij merkt het vanzelf, en zal vroeg of laat wel naar bed gaan. Leg het hem morgen uit.

Je *denkt* misschien dat je op scherp staat, omdat je over Jenny zit te broeden, maar in feite is het een loom verliefderig suffen. Toegegeven, er is op dit uur nauwelijks verkeer, maar... je moet ook nog de kruising Eerste Constantijn Huygens/Overtoom zien te nemen... naar links... Vooral de taxi's rijden daar 's nachts als gekken.

Je hebt de huissleutel. (Die hangt, als ik het goed heb, aan dezelfde ring als de sleutel van je fietsschuifslot.) Anders sluip je ook altijd geruisloos de trap op. Je zult ons echt niet wakker maken. Bovendien, ik zit rechtop in bed, gewekt door een klokkende maag als gevolg van te veel knoflook, als een kokhalzende kat met een haarbal. Het loopt naar halfvijf, zie ik op mijn horloge. Er is nog geen licht tussen de gordijnen.

Ga maar in de huiskamer op de bank liggen. De plaid waaronder mama gisteravond televisie heeft liggen kijken, slingert daar nog wel ergens rond. Kussens in overvloed. Je hebt in dit huis zestien jaar van je leven doorgebracht. Na het eindexamen had je geen haast om te vertrekken – je bent nog twee jaar onder moeders vleugels gebleven. Dan kan deze ene nacht er toch ook wel bij? Doe het voor ons. Ik zie je straks in september, als je uit de Nepveustraat weg moet, sowieso wel weer bij ons intrekken. Volgens cijfers van het CBS gaan steeds meer jongeren, na een paar jaar op zichzelf, weer thuis wonen. De demografen spreken van boemerangkinderen. Er is geen generatiekloof meer.

Ik bedoel maar, het is geen schande. Slaap morgenvroeg zo lang uit als je wilt. Mama maakt een fantastisch pinksterontbijt voor je.

10

Even lijkt het of hij weifelt, maar dat ligt aan zijn onvaste manier van fietsen. Hij staat, met geheven billen, bijna stil op de pedalen, en valt bijna om. Aan de andere kant van het Concertgebouw zou hij alsnog linksaf kunnen, voorbij café Welling, waar hij als kind op zondagmiddag zoveel stamuren met zijn vader heeft gemaakt.

Tonio gaat rechtdoor. Zijn route ligt vast. Van Baerle, het Stedelijk voorbij, Vondelparkviaduct, Eerste Constantijn Huygens. Linksaf de Overtoom op, en zo verder richting De Baarsjes en de slapeloos wachtende Jim.

Ook bij de eerstvolgende kruising kan hij zich nog bedenken. Naar links de Willemsparkweg op, dan is hij zo thuis. Even lijkt het erop dat hij rechtsaf de Paulus Potterstraat in zal rijden, maar hij herstelt zich snel en keert met een flauwe bocht terug naar de Van Baerle, waar hij aan het Conservatorium voorbij fietst, dat nu tot hotel verbouwd wordt.

Als hij, ditmaal gericht en krachtdadig, de Jan Luijkenstraat in rijdt, weet ik opeens wat hem bezielt.

Weet je, Tonio, ik maak me wel eens zorgen over je eetpatroon. Volgens je vriend Jonas, zelf een goede eter die nooit een pond aankomt, ben je in twee jaar tijd vele kilo's afgevallen door systematisch maaltijden over te slaan en de honger te dempen met roken. Neem de afgelopen dag. Op dat weinig geslaagde feest in het Vondelpark heb je vanmiddag wat kleine snacks gesnaaid, en daar is het bij gebleven. Bij Goscha hebben Dennis en jij daarna aan het bier gezeten, en later, in club Trouw, waren volgens Goscha de rondjes nauwelijks te tellen. Aan eten werd niet meer gedacht.

Jaren geleden maakte je in mijn werkkamer een ronde langs mijn tafels. Op een ervan lag een manuscript met de titel *Voedzame honger*. Je vroeg: 'Wat is dat, Adri, voedzame honger? Dat kun je toch niet eten, honger? Hoe kan honger nou voedzaam zijn?'

Ik legde je uit dat het verhaal over de liefde ging, en dat liefde op honger lijkt, maar wel een honger waarmee je jezelf en de geliefde volstouwt. 'Je kunt het ook zo zien... Als je heel erg verliefd bent, vergeet je te eten. Met liefdesverdriet wordt het nog erger. Je teert op je eigen reserves, net zo lang tot je helemaal geen honger meer voelt. Dat is wat ze bedoelen als ze zeggen dat iemand door liefde verteerd wordt. Het holt je uit.'

Volgens Mirjam mis ik elk didactisch vermogen, en mijn wijze les zal je ook vandaag niet helpen. Ik weet niet hoe het er met je gevoelens jegens Jenny voor staat, maar ze hebben je honger niet tot aan het aanslaan van de merel weten te dempen. Je bent toe aan wat wij veertig jaar geleden een 'vreetkick' noemden. De enige jou bekende plek in Amsterdam waar die op dit uur te bevredigen valt, is de omgeving van het Leidseplein, met haar automatieken en shoarmatenten.

Een feestmaal zit er niet meer in. Je hebt nog een briefje van vijf in je grijze portemonneetje, plus een flinke handvol muntstukken.

De trek zou je ertoe kunnen bewegen alsnog rechtsomkeert te maken om bij ons de koelkast te gaan plunderen. Zoals gezegd, mij kun je er niet mee wakker maken, want dat heeft mijn opstandige maag al gedaan. En je moeder, die is altijd zo diep in slaap, je moet wel een pot augurken uit je handen laten glibberen, wil je haar kunnen wekken. Doe maar. De katten zullen aan je komen snuffelen, en met hun dikke staarten langs je kuiten strijken.

Ik begrijp nu waarom je bijna de Paulus Potterstraat in gereden was. Voorlopig voeren hier alle wegen in noordoostelijke richting naar het Leidseplein en de snacks. Uit sentimentele overwegingen kies je voor een straat verderop: de Jan Luijken, waar je op school hebt gezeten. Het grote speelplein van de Cornelis Vrij, verlaten in de heldere nacht. Kom je niet in de verleiding hier je voet even aan de trottoirband te zetten? Op deze tegelplaats heb je je te barsten gerend en geschreeuwd. Je ziet de juffen van toen voor je… de vrolijke Loes, de wat mysterieuze Jeanine… Ze waren gek op je. In dat nu donkere, ongenaakbare gebouw heb je lezen, schrijven, rekenen geleerd. Je hebt er een Vikingschip gebouwd, en verkleed als Dorus 'Er zaten twee motten' ten gehore gebracht. Op dit schoolplein stond middag na middag een Marokkaanse jongen je op te wachten, die eerst nog met mooie praatjes, later grijpgraag, je eerste mobieltje van je af wilde pakken.

Iets verderop in de straat woonde Jakob. Zijn vader woont er nog. Op een middag was er een misverstand tussen mama en oma Wies. De laatste zou je op een andere dag dan gewoonlijk van school halen om bij haar in de Eemsstraat te komen spelen, want ze was toen al uit de Lomanstraat en bij opa Natan weg. Iemand moest zich hebben vergist: geen van tweeën verscheen ter plekke. Jakobs vader, die zijn zoon kwam ophalen, heeft nog een hele poos staan wachten.

'Waar woont je oma dan, Tonio?'

'In de Eenstraat, dat zeg ik toch, góssie.' En steeds driftiger: 'In de Eénstraat, Joost, in de Eénstraat…!' Weet jij nog, Tonio, hoe dat toen afgelopen is? Goed, blijkbaar: we hebben geen Amber Alert hoeven doen uitgaan, of hoe heette zo'n opsporingsbericht in die tijd.

O, je fietst weer verder? Ik merk dat ik nog altijd bezig ben te proberen iets aan het tijdschema te verwrikken. Een seconde hier, een seconde daar. Je passeert nu het huis van Joost en Jakob in de Jan Luijkenstraat. Na het eindtoneelstuk, ter afsluiting van de basisschool, werd hier de nazit gehouden. Terwijl de ouders een glas dronken in de huiskamer, zonderden Jakob en jij en jullie klasgenoten zich af in het souterrain. Het was daar, tegen alle verwachting in, zo rustig dat na verloop van tijd een van de moeders, misschien die van Afra, eens poolshoogte ging nemen: of de hele bende niet door zuurstofgebrek op apegapen lag. De vrouw kwam ontdaan terug.

'Ze zitten te huilen. Allemaal.'

Vanaf dat moment daalde regelmatig een groepje moeders in de kelder af. Als de deur openging, was het geblèr al boven het volwassen geroezemoes uit te horen, want er werd steeds schaamtelozer gejankt. Mirjam keerde bleek uit het souterrain terug.

'Ongelooflijk, wat een snikkerij,' zei ze. 'Ik heb nog nooit zoveel jong verdriet bij elkaar gezien.'

'Tonio ook?' vroeg ik.

'Ja, wat dacht je. Het is tot ze doorgedrongen dat ze elkaar misschien wel nooit meer zullen zien. Ik weet niet wie ermee begonnen is, maar ze hebben elkaar allemaal aangestoken.'

Af en toe dreef een moeder haar grote kind voor zich uit de huiskamer in, waar het dan met rood behuild gezicht moest afkoelen, alvorens zich weer in de orgie van geween beneden te mogen storten. Toen Mirjam het tijd vond worden om met Tonio naar huis te gaan, kwam hij afscheid van me nemen met een van langdurig huilen verflenst smoeltje. Er kon geen lachje meer af. Het was menens.

11

Zit je nu, verder fietsend, te grijnzen bij de herinnering aan die huilorgie? Of stemt het je juist melancholiek, omdat de voortgeschreden tijd jullie keldergesnotter zo bitter in het gelijk heeft gesteld? Het afscheid was daar. Vanuit dat souterrain zwermden jullie uit over de verschillende lycea en gymnasia van de stad. Je kwam in de loop van de afgelopen tien jaar nog wel eens een klasgenoot van de Cornelis Vrij tegen, maar het waren meestal verlegen confrontaties. De oude vertrouwdheid was in de kelder van de familie Nijsen achtergebleven.

Aan het eind van de Jan Luijken rijst aan je rechterhand massief en donkerrood het Rijksmuseum in de nacht op. Het heeft je altijd geïntrigeerd dat de grootste en duurste schatten van de stad daar zomaar ongezien in het donker hangen, overgeleverd aan de genade van een zielloos beveiligingssysteem.

Linksaf de Hobbemastraat in. Het wegdek schittert van de glaskorrels, alsof het plaveisel een spiegel is van de sterrenhemel daarboven, maar je bent te moe om je hoofd op te tillen en de blik omhoog te richten. Wel zie je heel even de boekenkramen voor je die hier aan weerszijden van de straat stonden opgesteld ter gelegenheid van een Uitmarkt zo'n tien jaar geleden. Je hebt toen samen met mij achter de stand van mijn uitgever boeken zitten signeren.

'Als we nou eindelijk eens ernst maken met *Reis in een boom*, Tonio, dan kunnen we volgend jaar echt een boek van ons samen signeren.'

'Goed, jij *Reis in een boom*. Ik *Rijst in een boom*.'

Die discussie voerden we niet voor het eerst. Je moest er weer eens hard om lachen, maar ik denk dat we het onvoltooid blijven van ons project inmiddels wel definitief aan onze slepende onenigheid over de juiste titel mogen wijten. 'Ja, maar Adri... als die jongen in een boom reist, moet hij toch ook *eten*.'

Je hoofd staat er nu verder niet naar, zelfs niet naar rijst, maar je snakt naar een döner kebab van de Turk. Toen je bij Dixons werkte, was het je favoriete lunch – shoarmazaken genoeg in de Kinkerbuurt.

Tussen de tramrails van de 2 en de 5 fiets je recht op je doel af. Je passeert de lederwarenwinkel waar we samen de roodbruine tassenset kochten voor mama's veertigste verjaardag. Je dreef de kosten altijd geweldig op met je dure smaak. Meer nog dan van cadeaus te krijgen hield je ervan ze te geven. 'Mama wil vast ook wel zo'n toilettas... toch, Adri? Kijk, het is hetzelfde leer. En hier, dit koffertje, ook hetzelfde leer.'

Nee, de lederwarenwinkel maakt vannacht niets bij je los. Je gedachten vernauwen zich tot Jenny en döner kebab. De stoplichten bij het zebrapad op de hoek van het Parkhotel staan op loom knipperen. Ach, die Jenny, zoals ze op jouw verzoek een kwartslag draaide om meer te kunnen profiteren van de opgestelde lichtschermen… en jij over het statief gebogen met de reflecterende paraplu boven je hoofd, een parasol eerder… Misschien heb je nog net de tegenwoordigheid van geest om, tussen het oranje geknipper door, een aftastende blik naar rechts te werpen. Een taxi rijdt juist over het zebrapad. Verder ligt de Stadhouderskade er aan die kant verlaten bij.

En links? Als je niet eerst naar links gekeken hebt, klinkt er van die kant dan ook geen enkel *geluid*? Of is je gehoor nog te zeer verdoofd door de beats van technobeest Carl Craig?

Misschien ben je een beetje duizelig van de dips onder het dansen met Dennis.

12

We voorzagen Tonio volop van speelgoed. Hij had een charmante manier om alles wat zijn hart begeerde bij ons los te praten. Oma Wies had ooit gezegd: 'Jij krijgt uiteindelijk altijd je zin.' Ze had daar een gespeeld lijdzaam gezicht bij getrokken. Vanaf dat moment leek Tonio het als zijn taak te zien, met verfijning van de charmante manier waarop, zijn zin – nee, niet door te drijven, maar gewoonweg te *krijgen*. Een juiste vochtige oogopslag was vaak al voldoende.

Het kostbare probleem was dat als Tonio het mysterie van een stuk speelgoed eenmaal ontsloten had, het hem spoedig verveelde. Hij kon een doos technisch lego waarvan de doelgroep ver boven zijn leeftijdsklasse lag in hoog tempo in elkaar zetten, maar daarmee was de geheime formule dan meteen uitputtend veroverd. Op z'n gunstigst liet zo'n onderdeel zich uitbreiden met hulpstukken en dependances, dat drukte de kosten. Meestal viel zijn oog op een geheel nieuwe uitdaging, compleet met knipperende lampjes, roterende rupsbanden en een transformator.

Van Knexx fabriceerde hij een elektrisch aangedreven reuzenrad, dat groter was dan hijzelf, zodat hij op een keukentrapje moest klimmen. Toen ik hem daarop wees, zei hij: ‘Het reuzenrad op de Dam is nog hoger.’

Rollerskates. Het uiterst wendbare zilverkleurige stepje. De radiografisch bestuurbare jeep met de wielen van een tractor. De Warhammerlegers, compleet met een half schildersatelier om de soldaatjes en hun wapentuig te verven.

Computers, laptops vormden het speelgoed van de opgroeiende puber. De spelletjes die erbij hoorden. De programma’s.

Na zijn achttiende breidde hij zijn speelterrein uit met de cafés waar je gezien moest worden. Club Trouw, waar hij zijn laatste nacht had doorgebracht, vormde die niet, met al z’n technomuziek, zijn laatste speelgoed? De consequentie van een hele reeks speeltjes? Er hoorde een fiets bij, om in hogere sferen op naar huis te rijden. Van technisch lego via een hoofd vol technodreunen op weg naar de studie Mediatechnologie – al doende was hij ergens, op een cruciaal punt, geschept en neergesmeten. Toen arriveerden er ambulances, en werd *hij* onderworpen aan de medische technologie, waarmee men hem weer in elkaar hoopte te zetten.

13

Zelfs moord dient nog een doel, hoe pervers ook. Het is immers de bedoeling van de moordenaar zijn slachtoffer om zeep te helpen. Ook het sneuvelen van een soldaat op het slagveld schijnt een zin te hebben: hij doet het voor zijn vaderland, is kanonnenvoer in dienst van de uiteindelijke overwinning op het Kwaad.

En de slachtoffers van een terroristische aanslag? Op z’n minst vanuit de visie van de opdrachtgever heeft hun sterven een zin. De actie heet geslaagder te zijn naarmate er meer doden en gewonden vallen. Niet alleen de zelfmoordterroristen, ook hun slachtoffers sneuvelen voor het eigen vaderland, als we mogen afgaan op de erediensten en gedenktekens die van bovenaf worden georganiseerd.

In Tonio's dood kan ik geen enkel doel, geen enkele zin ontdekken. Hij was op weg naar huis, en wilde onderweg iets eten, en trof een ongewilde en onbedoelde kracht op zijn weg die hem doodde. De bestuurder van het dodelijke projectiel wist tot op dat moment niet dat hij een dodelijk projectiel bestuurde. Hij kwam van zijn werk, en reed met een kennis naar huis. Stille nacht, heilige nacht.

Tonio's dood was het gevolg van het treffen van twee krachten. De verwoesting die ze eventueel, in hun samenkomen, zouden kunnen aanrichten, liet zich vooraf met natuurkundige waarschijnlijkheid becijferen. De vernietiging die ze uiteindelijk bewerkstelligden, kon achteraf met natuurkundige zekerheid worden vastgesteld.

Tonio's dood liet zich, qua zin en doel, terugbrengen tot een fysische formule. Onze ontzetting was des te groter toen bleek dat onze stortvloed van gevoelens op een ijskoude formule stuitte, hard als steen. Er is geen garantie dat emoties op den duur ook de hardste steen uithollen.

14

In *Asbestemming* beschrijf ik het ooit aanschouwde beeld van een Sint-Sebastiaan die in een soort doodssprong getroffen wordt door de pijlenregen. Het zijn dikke, geheel uit gietijzer vervaardigde pijlen, die de tors van Sint-Sebastiaan volgens een heel precies meetkundig patroon treffen: alsof ze met elkaar een vierkante eg vormen, die in z'n geheel door de borstkas van de martelaar wordt geramd.

Zo, Tonio, zal voor de rest van mijn dagen, telkens opnieuw, dat fatale ongeluk door me heen blijven slaan. Mijn God, lieve jongen, waarom moest dit gebeuren? Waarom moest dit jou en ons overkomen? Waarom, godverdomme, moest alles kapot – jij, wij, de toekomst, alles?

Soms neem ik het je gewoon, op z'n botst, kwalijk. Wat eerder op huis aan, een paar pilsjes minder, licht op je fiets, ook eens een keer naar links kijken… en het was niet gebeurd. Jij, kleine klootzak. Je had Jenny die zaterdag via Facebook laten weten dat je nog 'brak' was van de avond tevoren. *Brak* – je favoriete term voor katerig. Schiep dat geen verplichting om eens goed uit te rusten? Jullie wilden 'de stad onveilig maken', zoals Goscha zei. Zeg dat wel, de stad onveilig maken – maar toch vooral voor jezelf, stommeling.

Waarom dit? Waarom deze onherroepelijke dood, waaraan niets meer te corrigeren valt? Godverdomme, Tonio, ik was bereid geweest *elk* probleem van je onder ogen te zien, hoe verschrikkelijk ook. Jouw allerergste misère zou nog een waardige tegenstander voor me geweest zijn. Ik zou tot mijn laatste druppels zweet en bloed voor een oplossing gevochten hebben. Alles tot je dienst.

Het probleem is: jouw dood *is* geen probleem, want er is geen oplossing mogelijk – zelfs geen bij voorbaat kansloze oplossing.

15

Nee, *ik* neem alle schuld op me. In je grondwaterdiepe, ademloze slaap maak je mij geen verwijten. Je roerloosheid zelf vormt één grote beschuldiging aan mijn adres, ook zonder dat je dat wilt, want je hebt niks meer te willen. Je dood vertelt de waarheid over mijn in gebreke blijven. Je dood is de optelsom van mijn nalatigheden. Ik laat de mogelijkheid open dat je dood het gevolg is van die *ene* nalatigheid – geen idee welke, wat het allemaal nog erger zou maken.

Een jeugd lang heb ik je bedacht met kleine en grote attenties, zorgzame gebaren, geruststellende woordjes. Het weegt allemaal niet op tegen de allesdoordringende gewaarwording, achteraf, van schuld en nalatigheid. Als het me dan niet gelukt is de omstandigheden te creëren voor jouw veilige, nachtelijke doortocht van De Pijp naar De Baarsjes, dan had ik ten minste *daar* moeten zijn, halverwege, om me voor het vijandige voertuig te werpen en het zo tot stoppen te dwingen. Een opstandig borrelende maag alleen biedt te weinig tegenwicht.

Ik erken mijn nederlaag, die tot in eeuwigheid niet te pareren is.

16

Voor Mirjam zijn de zondagen het zwaarst. De pijn doet zich dan op z'n hevigst gelden – omdat het grote verlies op Eerste Pinksterdag plaatshad natuurlijk, maar ook omdat Tonio, als hij bij ons langskwam, dat meestal op zondag deed. Vanmiddag, ruim drie maanden na het ongeluk, belde ze in paniek op.

'Er hangt een traumahelikopter boven de Hobbemastraat.'

Vanmorgen om vijf uur opgestaan had ze tot halftien gewerkt, waarna ze met een boek in de hand tegen het middaguur op bed in een diepe slaap was geraakt. Ze werd daarnet door pulserende wieken uit pikzwarte dromen gewekt.

Met het telefoontje tegen mijn oor gedrukt deed ik aan de straatkant een raam van mijn werkkamer open. Als ik me ver genoeg naar buiten boog, kon ik in noordoostelijke richting inderdaad een gele helikopter met rood-blauwe strepen zien hangen: ongeveer boven het Rijksmuseum, waarvan de ligging werd aangegeven door het asymmetrische kruis van een hoge kraan. Hij steeg of daalde niet, vloog niet heen, maar bleef hangen waar hij hing, als een biddende vogel tegen de staalblauwe hemel, hooguit zacht schommelend.

'Als je even gezelschap nodig hebt…' zei ik. Een paar seconden later was ze boven. Ik hing nog uit het raam. De helikopter kwam nu onze kant op gevlogen, trager dan een politieheli, maakte een vrij scherpe bocht richting West, en keerde toen naar z'n uitgangspositie boven het Rijksmuseum terug, om daar opnieuw een tijd te blijven bidden.

'Een gevalletje stand-by, denk ik. Hij wacht op instructies. Er zal beneden wel een ambulance op straat zijn.'

Ik troostte Mirjam met de overweging dat Tonio ook met inzet van een traumahelikopter, als die 's nachts had mogen vliegen, niet te redden was geweest. 'Hij was in goede handen. Een extra ambulance met een traumateam verving de helikopter. De jongen had gewoon geen schijn van kans.'

Nee, daar ging het niet om. Het geluid van de wieken had haar wakker gemaakt, en toen had ze die traumaheli daar zien hangen, precies boven De Plek, alsof iemand haar wilde inpeperen dat de nachtmerrie er na het ontwaken nog gewoon was. 'Het gaat wel weer.'

Toen ik later beneden in de huiskamer kwam, zat Mirjam ongemakkelijk op de bank, met een opgetrokken been en haar hoofd achterover gekanteld. Roodomrande ogen starend in het niets. 'Ik mis hem zo,' bleef ze fluisterend herhalen. Haar hoofd rolde langzaam, in een soort gelaten ontkenning, over de rugleuning van de bank heen en weer. 'Ik mis hem *zo* verschrikkelijk… het is zo *niet* te bevatten…'

Op zulke momenten had ik geen ander antwoord dan het vasthouden van haar koude hand, tot die warm werd en zij hem terugtrok omdat ik er te hard in kneep.

17

Mijn zelfbeschuldiging beperkt zich niet tot Tonio's gruwelijke einde. Ik heb het ook Mirjam aangedaan. Op haar twintigste verjaardag ben ik, met een fles whisky onder de arm, haar jeugd gaan stelen. Later heb ik haar met jong geschopt, en daarmee behoorden haar jeugdjaren voorgoed tot het verleden.

Ik schopte haar niet alleen met jong, ik schopte haar ook met dood. Ik had haar gezworen dat ik het kind met mijn eigen leven, desnoods met mijn dode lijf, zou beschermen. Ik heb mijn eed niet gestand kunnen doen. De jongen is onder mijn handen uit geglipt.

Haar leven als meisje is voorbij, en haar leven als moeder is voorbij. Het is een wonder dat ze haar leven als vrouw naast mij wil voortzetten.

18

Een Sinterklaasviering bij Arti. Eindelijk, bijna als laatste, werd je door de sint op het podium geroepen. Je stond nog niet voor hem of je begon op het rode tapijt aan een rondedansje, daarbij de goedheiligman al huppelend je rug toekerend. Je danste mal en stijfjes, met wapperende handen, die bijna als kleine propellers ronddraaiden. Je ogen zochten mij. Ik zat aan de bar.

'Kmoet poepe,' riep je me toe. Om iets van de situatie te redden trok je het gezicht van een idioot. Sinterklaas keek verbijsterd toe. Ik heb zelden zoveel van je gehouden als op dat moment.

Ik vroeg Ria achter de bar om het plankje met de sleutel, en trok je van het podium.

Er is geen twijfel aan dat ik van hem hield, van de eerste tot de laatste dag. Zo vaak als ik het tegen zijn moeder zei ('Wat houd ik van die jongen'), of stilletjes bij mezelf, het was toch vooral een onuitgesproken, vanzelfsprekende liefde. Er hoefde geen bewijs voor geleverd te worden. (Ik dagdroomde wel eens van een God die mij zou opdragen mijn zoon aan Hem te offeren.

Ik was bereid in zo'n God te geloven, maar dan alleen om Hem voor gek te zetten, en zo Tonio te sparen.)

Het wettig en overtuigend bewijs van mijn liefde voor Tonio werd, ongevraagd, geleverd door zijn dood. Het ijskoude zwarte tochtgat waarin mijn wereld van het ene op het andere moment veranderde, bewees hoeveel ik van hem hield.

Sinds Pinksteren spreken Mirjam en ik over Tonio, verrassend consequent, in de voltooid en onvoltooid verleden tijd. Alleen het 'Ik hield van hem' krijg ik niet uit mijn strot, en zelfs mijn pen laat zich er nauwelijks toe dwingen. Ik kan de stuitende verleden tijd natuurlijk vervangen door '... hoeveel ik van hem houd', maar dan kom ik toch weer in de verleiding om eraan toe te voegen: 'Zoals hij *was*.'

Mijn liefde voor hem is er nog steeds, en dwingender dan ooit voorheen. Taalkundig klopt er geen moer van. Als ik tegen de verdrukking in zeg: 'Ik houd van hem', wie is die *hem* dan? Tonio bestaat niet meer als hem. Hij *heeft* bestaan, en als de pest ook, in wat nu de verleden tijd is. Toch houd ik van hem, zoals ik eerder van hem hield.

Mijn liefde is echt en oprecht, maar moet het zonder object stellen. Het is liefde waanzinnig op zoek naar de onvindbare geliefde. Een redacteur van een talkshow raadde ooit zijn mederedacteuren af mij als gast uit te nodigen: 'Die trekt meteen een blik ouwe Grieken open.' Nu het blik toch eenmaal open is: de oude Grieken konden zich tenminste nog vastklampen aan de mythe van Orpheus en Eurydice. Het wonder bij hoge uitzondering – bij gratie van de goden. Ik moet het doen met een liefde dolend in de onvoltooid tegenwoordige tijd, voor eeuwig afgesneden van de geliefde in de onvoltooid verleden tijd.

Als de taal al zo tegenwerkt, wat verwachten wij dan nog van het levend houden van Tonio in woorden?

19

Verlaten te worden door een geliefde, door *de* vrouw in je leven, zelfs daar had ik me al lang geleden schrap tegen gezet. 'Zonder littekens gaat het niet,' zoals een collega eens zei. Ik was voorbereid op de schaamte voor zo'n verlating. Alle liefde die nog restte voor iemand die zomaar de deur achter zich dichtsloeg... de spilzucht van zoveel verlangen... Goed, dat kon allemaal slijten. De tijd deed z'n werk.

Tegen het verlies van mijn zoon had ik me hooguit vooraf schrap gezet door de angst een verbond te laten sluiten met mijn verbeeldingskracht. Dat ik hem *echt* kwijt zou kunnen raken, daar had ik nooit rekening mee gehouden. Ik had mijn voorstellingsvermogen, gevoed door vrees, het werk laten doen – het werk van de bezwering.

Iemand had me verlaten, mijn eigen zoon, zonder dat mijn liefde voor hem zou *kunnen* slijten. De tijd zou me leren wat verlangen was. Een geliefde die je in de steek liet, kon jouw pijn in haat doen verkeren. Bij het verlies van een kind was dat onmogelijk. Ik liep rond als een tot op het bot bedrogen minnaar, in wie de liefde alleen maar groeide en groeide.

Hoofdstuk VII *Het pantonionisme*

1

In Brussel was zijn liefde voor stenen ontstaan. Midden jaren negentig bracht Mirjam met Tonio een bezoek aan haar vriendin Lot in Brussel, waar de jongen verdiept raakte in een boek van de heer des huizes, over mineralen en halfedelstenen. Thuis zeurde hij om een abonnement op een blad voor de stenenverzamelaar. In elke stad waar we kwamen, wist hij ons een handvol bijzondere gesteenten af te troggelen. Spoedig kenden ze geen geheimen meer voor hem. Hij ontwikkelde een feilloos geheugen voor soorten, kleuren, namen.

Op een keer hoorde hij mij tegen Mirjam praten over een nog te ontwerpen boekomslag, waarvan ik het fond nachtblauw had gedacht, maar waarvan ik in de stalen van een verfwinkel geen voorbeeld kon vinden, en ook elders niet. Tonio verdween naar zijn kamer, kwam even later terug en opende zijn dichtgeklemde hand voor me. 'Bedoel je dit soms?'

Er glinsterde me een steen van het mooiste blauw tegemoet. Geen nachtblauw naar de letter misschien, maar bruikbaarder nog dan wat ik zocht. Ik nam de steen in mijn hand.

'Wat is dit?'

'Lapis lazuli,' riep hij lachend uit. 'Lapis lazuli natuurlijk. Anders niks dan lapis lazuli.'

Hij maakte er een triomfantelijk dansje bij. Hij mocht mee naar de uitgeverij, waar hij de lapis lazuli uit een stofdoek tevoorschijn vouwde. Hij lette met zijn stralende gezicht goed op wat voor uitwerking zijn toversteen op de uitgever en diens personeel had.

'Lapis lazuli,' riep hij schaterend. 'Voor Adri z'n boek.'

Helaas lukte het niet de bijzondere kleur als boekomslag te laten drukken. Bij elke proefdruk die ik binnenkreeg, kwam Tonio met zijn steen aanzetten. Het leek er in de verste verte niet op.

'Weet je wat,' zei Tonio, 'je moet er allemaal kleurenfoto's van maken, en dan knip je op elke foto de lapis lazuli eruit... en dan plak je al die lapis lazuli's aan elkaar op je boek. Heel makkelijk.'

Bij een verbouwing van de huiskamer, in '97, lieten we twee vitrines ter weerszijden van de open haard inbouwen: een voor Mirjams verzameling Venetiaanse maskers, de andere voor Tonio's stenenverzameling. De kleinere monsters bewaarde hij in schuimrubber poederdonsjes, die in doorzichtige hardplastic trommels werden ondergebracht. De grote brokstukken mineraal stonden ertussen, op glazen schappen. Hij troonde elke bezoeker mee naar *zijn* kast.

'Die blauwige steen daar, Tonio, hoe heet die?'

'Het *lijkt* alleen maar blauw. Door het licht. Hij is grijs. Een labradoriet.'

En dan keek hij hoofdschuddend om naar Mirjam of mij. Hoe konden mensen zo onkundig zijn.

In een stadje op Sicilië vond Tonio (want wat stenen betreft leek hij op radar te lopen) een vergeten, stoffig winkeltje, waar een oud, in het zwart gekleed vrouwtje, rimpelig als een uitgedroogd sterappeltje, een vitrine met mineralen en versteende zeepaardjes beheerde. Terwijl wij op een naburig terras in de schaduw ijskoude, bijna rode rosé dronken, scharrelde Tonio in het winkeltje rond. Als hij met zijn nieuwe aankoop naar ons tafeltje kwam, zette hij zijn zieligste gezichtje: 'Ze hebben ook nog een agaat. Eentje maar. Niet zo heel erg duur.'

Als ik hem dan nog wat geld gaf, schreeuwde hij het uit van een soort honende triomf. Hij beschouwde ieder geschenk als een verovering op de opvoedkundige terughoudendheid van zijn ouders. De terrasbezoekers begonnen schik in hem te krijgen, zoals hij ons opdroeg goed op de al binnengehaalde buit te passen, om dan met een handvol vers afgetroggeld geld terug naar het winkeltje te hollen, alsof hij bang was dat andere kopers, die van stenen natuurlijk geen zier verstand hadden, hem voor waren.

Na tien minuten was hij alweer terug. Het besje had de agaat verpakt, compleet met blauw lint, zoals de Siciliaanse banketbakker dat met gebak deed. Tonio ritste het papier met snelle vingers open. 'Kijk eens hoe mooi die afdruk van het mangaan...' Hij sprak als een artikel in zijn lijfblad, met lage stem. 'Die nerven... en dit hier, dat is de afdruk van een dendriet. Net een kerstboompje, niet, mam?' En na een korte pauze, mij in schuldige wanhoop aanziend: 'Die oude mevrouw liet mij ook nog een paar jaspissen zien. Het zijn de laatste. Rode en groene. Ze zijn, geloof ik, niet zo heel erg goedkoop.'

'Het geld is op.'

'Ja, dat *snap* ik wel, maar...'

Vandaag gaan Mirjam en ik zelf naar de winkel om een steen voor Tonio te kopen. De laatste van zijn verzameling, met inscriptie.

2

Twee uur in de middag. Een voortdurende afwisseling van zonlicht en door de wind voortgestuwde bewolking maakt me al mijn hele leven nerveus (het was het weertype op de zaterdag dat mijn vader met zijn bromfiets in een greppel reed en per ambulance thuis afgeleverd werd, onherkenbaar door een masker van geronnen bloed), maar vandaag is het erger dan ooit. Om vijf uur is de afspraak in de steenhouwerij. Ik trek gordijnen dicht tegen het strijklicht van de zon, en gooi ze weer open bij een kortstondig donker.

Van werken kan geen sprake zijn. Om drie uur besluit ik me alvast te gaan douchen en scheren, alles heel nauwgezet en op m'n gemak, dan sta ik straks piekfijn klaar als Mirjam me komt halen. Bij het zien van mijn bed, op weg naar de badkamer, merk ik hoe moe ik ben. Om op krachten te komen ga ik wat liggen lezen in het eerste het beste boek dat ik op de ombouw van het bed aantref: een werkje over Shakespeare. Het weet onder meer te melden dat in het oeuvre van de grote bard bijna zestienduizend vraagtekens voorkomen. Als ik me, een wijsvinger tussen de bladzijden, sluimerend lig af te vragen of dat veel of weinig is, op een kleine veertig toneelstukken, steekt Mirjam haar hoofd om de deur.

'Ik wil op z'n laatst om kwart over vier vertrekken, hoor,' zegt ze gejaagd. 'Stel dat we vast komen te zitten in de vrijdagmiddagdrukte.'

Douchen, het haar wassen, een scheerbeurt – de gedachte boezemt me weerzin in. Ik blijf tot voorbij vier uur op bed liggen, niet eens lezend, en zonder een antwoord te vinden op de kwestie van de zestienduizend vraagtekens. Als ik opsta, is er nog net tijd om me globaal aan te kleden. Ik draag nog steeds dagelijks wat ik aanschoot op de ochtend van Eerste Pinksterdag: een trainingsbroek en een houthakkershemd, nou ja, niet altijd precies hetzelfde goed, want er moet ook af en toe iets in de was. Het hinderlijke spreidlicht heeft definitief plaatsgemaakt voor langzaam voortzeilende bewolking, want de ergste wind is gaan liggen.

Bij het oversteken van de straat naar de auto merk ik pas dat de jicht in mijn linkervoet terug is. Ik loop zo weinig, buitenshuis al helemaal niet, dat de pijn me niet eerder is opgevallen. Dat voetjicht veroorzaakt zou worden door het eten van rood vlees en het drinken van rode port, is onlangs in een wetenschapsbijlage naar het rijk der fabelen verwezen. Rood vlees en rode port zijn aan mij niet besteed, maar kleurloze dranken wel, en die schijnen wel degelijk een rol te spelen bij de ontwikkeling van pijnlijke kristallen rond de gewrichten. Waag ik me na weken weer eens buiten de deur, zien alle buren me naar de auto strompelen.

'Je loopt mank,' zegt Mirjam, die al achter het stuur zit.

'Ik verleer het lopen, dat is het.'

De Cornelis Schuytstraat. De Willemsparkweg. De Koninginneweg... De straten zijn inderdaad overvol van het vrijdagse verkeer, maar het komt nergens vast te zitten. Alleen voor het grote kruispunt met de Amstelveenseweg moeten we, door de langzaam voortschuivende rij auto's, vier keer groen voorbij laten gaan.

Aan het eind van de Zeilstraat rijden we tegen een openstaande brug aan. Er hangen zoveel wanordelijk door elkaar heen wiekende meeuwen boven dat het net is of ze zojuist uit een grote doos ontsnapt zijn, waarvan nog een flap uitgeklapt staat. Het duurt lang voor het dek begint te zakken.

'Ik ben benieuwd,' zegt Mirjam, 'hoever ze zijn. Ik heb ze gevraagd met de letters nog even te wachten. Op de computer zag het er goed uit, maar we moeten het toch even met eigen ogen zien.'

'Nog op het streepje gelet?'

'Er moest toch juist *geen* streepje in...'

'Geen streepje, nee. Maar heb je het ook gecontroleerd?'

'Nou je het zegt. Het blijft zo'n warboel in mijn hoofd. Ik vraag me af of het ooit nog goed komt.'

'Je mag.'

De slagboom schokt omhoog. We rijden de Schinkel over, op het Hoofddorpplein af. Als we onder de A10 door rijden, Slotervaart binnen, zegt Mirjam: 'Dit is dezelfde route als op de dag van Tonio's geboorte, in het autootje van de vroedvrouw. Zo meteen opletten... hier links, het Antoni van Leeuwen... daarachter het Slotervaartziekenhuis. Daar is hij geboren.'

Ik ben er sinds 15 juni 1988 nooit meer terug geweest, maar ik herken het gebouw meteen. Mirjam was zo met haar weeën bezig, die ochtend, dat ze in de hal pas merkte dat ze niet in het ziekenhuis van haar voorkeur (het VU) was. Tonio werd nooit moede dit verhaal aan te horen.

'Sorry, meid, sorry,' bleef de vroedvrouw maar uitroepen. 'Mijn schuld. Stom. Sorry.'

Het was wel duidelijk, Tonio, dat er van omkeren geen sprake kon zijn. De vroedvrouw duwde de rolstoel met de steunende Mirjam de hal door naar de lift. Je vader liep er maar zo'n beetje zwalkend naast, met een hand in de nek van je moeder. Het verkeerde ziekenhuis. Mirjam een verslapt wrak in haar rolstoel. Dit kon nooit goed aflopen.

'Maar het liep wel goed af,' juichte hij dan. 'Kijk maar naar mij.'

3

Vanaf de Plesmanlaan naar rechts de karakterloze eenvormigheid van Osdorp in.

'De Jan Rebelstraat,' zegt Mirjam. 'Kijk even op de kaart. Ik ben er een keer met Nelleke geweest, maar dat was slaapwandelend. Het is vlak bij Westgaarde.'

In een noordwestelijke uithoek van Osdorp vind ik de Jan Rebelstraat, inderdaad niet ver van de begraafplaats.

'Hier naar links.' Ik ben weer net zo zenuwachtig als 's middags bij het jachtige strijklicht van de herfstige zomerlucht. 'Daar is het.'

Mirjam rijdt voor bij wat op het oog een gewone winkelruit lijkt. GEBR. LIEFTINK STEENHOUWERS SINDS 1913.

'Wacht even.' Mirjam zet de motor af, en sluit de ogen. 'Help me een beetje moed verzamelen.'

Ik maak haar gordel los, en trek haar tegen me aan. 'Denk aan vorige keer, Minchen, toen je hier met Nelleke was. Je stelde je toen voor dat je in het tuincentrum was... om iets voor onze veranda uit te zoeken. Een koopje. Een voordeeltje in de uitverkoop.'

'De tijden zijn alweer veranderd,' fluistert ze. 'Het is nu moeilijker.'

Ook de deur, compleet met belletje, doet aan die van een ouderwetse comestibleswinkel denken. In het linkerdeel van de zaak lijkt, op ware grootte, een hoek van een kerkhof nagebouwd, zoals dat misschien op een filmset zou gebeuren. Wat er niet aan klopt, is dat al het marmer, gevlamd roze en gestreept parelgrijs, zo glanzend en ongeschonden oogt. Nergens een mosje of een grassprietje tussen het steenslag dat de grafperken opvult.

Staande zerken. Liggende. Combinaties van beide. Ik vraag me af of de ingebeitelde, al dan niet vergulde namen verzonnen zijn. Zo ja, hoe zit het dan met de in het marmer verzonken fotoportretten, of zijn dat computercomposities? Een aardige speelhoek voor een romanschrijver.

Rechts een uitstalling van roze marmeren harten en uit lichtgrijs marmer gehouwen knuffels (beertjes, konijnen). Daarachter twee bureaus met computerapparatuur. Aan de muur grote borden met voorbeelden van lettertypes.

Een man van rond de veertig staat op van achter een bureau. Mirjam verontschuldigt zich dat we te vroeg zijn. Er worden handen geschud, wat we bij het tuincentrum meestal niet doen. Als het goed is, kent hij onze namen van de steen.

'Geeft helemaal niets,' zegt de man.

Te vroeg. Hij gaat ons voor naar de werkplaats achter de showroom, waar een tweede man aan het werk is in een vage stofwolk. Misschien zijn het broers, maar dan niet die van 1913. Opeens, eer we erop bedacht zijn, staan we neer te kijken op een door houten schragen ondersteunde, op z'n rugzijde liggende grafsteen – met onze achternamen erop.

'Ik haal er even de stukken bij,' zegt de man die ons verwelkomd heeft. Hij loopt terug de winkel in.

TONIO

ROTENSTREICH -

VAN DER HEIJDEN

Ik wijs Mirjam op het streepje. 'Zie je hoe vanzelf dat gaat? Zo is het net alsof Tonio, meisjesnaam Van der Heijden, getrouwd is met een meneer Rotenstreich. Eén streepje, en hij ligt onder een andere identiteit in het graf. Met veranderd geslacht zelfs.'

'Iets voor een thriller,' zegt Mirjam. 'Identiteitszwendel, die term van Alfred Kossmann, daar is het toch allemaal mee begonnen? Zonder mijn scriptie daarover hadden we nooit aan de naam Tonio gedacht.'

'Goed, de thriller begint met een exhumatie,' zeg ik. 'Aanleiding: een verkeerd ingebeiteld tekststreepje, waardoor de begraven persoon een foute identiteit krijgt. De rest mag jij verzinnen. Het is tenslotte jouw achternaam die...'

'Die?'

'... hier niet thuishoort.'

'Je kunt hem nog laten verwijderen.'

'Nooit van mijn leven. Net nu ik eindelijk een oude belofte kan inlossen.'

De drie namen, en de jaartallen van Tonio's leven, staan afgedrukt op een vel papier, dat met plakband op de steen is bevestigd. Er kan nog van alles aan gewijzigd en verschoven worden. De man komt terug met zijn formulieren. 'Controleert u even mee... De zerk is van Belgisch hardsteen... honderd centimeter hoog, tachtig breed en acht diep. Hoe wilt u de foto?'

De steen met Tonio's zelfportret als Oscar Wilde ligt, zie ik nu pas, los op de zerk. 'Wat zijn de mogelijkheden?' vraag ik.

'Alles kan,' zegt de man. 'Van opbollend tot verzonken. Het mooist lijkt me: half in de steen, zodat er toch nog iets van een reliëf ontstaat.'

Ik kijk Mirjam aan. Zij knikt. De man heeft het begrepen, en maakt een aantekening. Ik wijs hem op het overbodige streepje.

Ik hoef hem verder niets uit te leggen, want hij kent het verhaal. Hoe het koppelteken dan toch in het ontwerp geslopen kan zijn, begrijpt hij niet, maar het zal in het uiteindelijke beitelwerk niet terug te vinden zijn.

'Anders zijn de extra kosten voor ons,' zegt hij.

Binnen zoeken we op het bord met de voorbeelden de definitieve letter uit. We kiezen voor de Albertus Bold. We kijken toe hoe de man op de computer de typografie van de steen verandert.

Ik wijs hem op de wat te ruime spaties tussen de componenten van de data. Ze worden ingekort. Hij maakt een print van de definitieve tekst, compleet met de plaats waar de foto komt. Ik wijs hem erop dat het verbindingsteken nog steeds z'n misleidende plaats inneemt. Zwijgend verwijdert hij het van zijn scherm, als betreft het een vuiltje, en ik krijg een nieuwe uitdraai.

Ik moet denken aan de jonge vrouw achter de computer in het bevolkingsregister, aan wie ik in mijn zenuwen Tonio's beoogde tussennaam verzuimde op te geven. Er is een weg van ruim tweeëntwintig jaar afgelegd om Tonio zijn complete naam te bezorgen. Ik heb net zo lang gewacht tot hij in steen gebeiteld moest worden. De schaamte die ik nu onderga, is oneindig veel groter dan destijds, op 16 juni 1988, toen ik met een onvolledig geboortebewijs buiten het bevolkingsregister op de kade stond. ('Hoe vertel ik het mijn vrouw?')

'De steen,' zegt de man, 'kan de komende week al in productie genomen worden. We plaatsen hem dan over veertien dagen. Die Belgische hardsteen, ik herhaal het nog maar eens, zal op den duur enigszins verweerd raken… en dat is ook de bedoeling. Het geeft een mooi effect. Het grind zal na vier jaar ververst worden.'

Hij beduidt ons even te wachten, en loopt naar zijn collega in de werkplaats. Na een kort overleg komt hij bij ons terug. 'Eerder dan aanstaande maandag beginnen we er niet aan. Dus…

mocht u zich nog bedenken wat de foto of het lettertype betreft, dan kunt u dat op z'n laatst meteen na het weekend melden. Zonder tegenbericht gaan we ervan uit dat het zo goed is.'

Mirjam wil al weglopen, maar ik blijf in de doorgang tussen winkel en werkplaats toekijken tot de man zijn eigen exemplaar van de nieuwe computeruitdraai (die zonder het streepje) op de grafsteen heeft geplakt van Tonio Rotenstreich van der Heijden.

Mijn voeten voelen ongemakkelijk op de betonnen vloer. Hier hadden ooit die van Tonio moeten staan, in schoenen die na twee, drie decennia door het slapper en dikker worden van het vlees een maat groter uitvielen. Ik zag hem hier liefst als veertiger staan, dan was ik de op ruim tachtigjarige leeftijd gestorvene voor wie hij een grafsteen moest uitzoeken. 'Belgisch hardsteen.' Misschien zou hij op het idee komen om een van de foto's die hij in de loop van de jaren van zijn vader gemaakt had op steen te laten drukken, en die in het grafmonument te laten verwerken.

Ik stelde me voor hoe hij hier ongeduldig rondliep, al dan niet met zijn moeder, om een noodzakelijk kwaad te verrichten. Een zerk voor zijn vader. Ook al had ik de leeftijd, het zou, als hij nog van me hield, een nederlaag voor hem geweest zijn.

Dit, ik in *zijn* schoenen, dat was pas een nederlaag. Voor hem en voor mij. God, jongen, hadden we dit maar over kunnen slaan, om met een reuzensprong in, zeg, 2034 te belanden. Ik op gezegende leeftijd gestorven, jij naar zo'n leeftijd verder levend.

4

Sinds ik aan dit requiem begonnen ben, probeer ik steun te vinden bij schrijvers die een kind verloren.

Shakespeares zoon Hamnet, de mannelijke helft van zijn tweeling, stierf op z'n elfde. Als er sporen van terug te vinden zijn in zijn werk, dan alleen indirecte. De kindermoord in *Mac-*

beth misschien. '*Give sorrow words...*' Misschien zette Shakespeare met de jonge held uit *Hamlet* wel een idealisering van zijn eigen zoon neer, en vermomde hij zichzelf als voyeuristische geest.

Ben Jonson verloor zijn eerste zoon toen die zeven was. '*My sin was too much hope of thee, loved boy,/Seven years thou wert lent to me, and I thee pay,/Exacted by thy fate, on the just day.*'

Descartes kwam nooit over de dood van zijn dochtertje heen, maar of het sterfgeval zijn filosofie heeft gevormd, weet ik niet. Klaus Mann, oudste zoon van Thomas, pleegde zelfmoord. In dagboekaantekeningen uit de tijd dat de jongen twaalf was, had de vader zich afgevraagd of hij verliefd zou kunnen worden op zijn in matrozenpak gestoken zoon. De begrafenis van Klaus in Cannes moest het stellen zonder de gewijde aanwezigheid van Thomas, die op lezingentour was door Scandinavië.

Anna Enquist verloor haar dochter Margit bij een verkeersongeluk op de Dam. Hoe ze zong en speelde en straalde op het vijfentwintigjarig jubileum van *De Revisor*. Het dochtertje van P.F. Thomése werd een schaduwkind. Mauringh, oudste zoon van Jean-Paul Franssens, sprong voor de trein (de vader stierf een jaar later). Een zoon van Jan Cremer werd vermoord. Een zoon van Jeroen Brouwers overleed aan een ziekte. Niet lang daarna zat ik aan een restauranttafel tegenover de vader, en kon ik van dichtbij de pijn zien in zijn vermoeide ogen.

De lijst is lang. Schrijvers worden niet gespaard. Misschien roepen ze tragedies eerder over zichzelf af omdat ze er beroepshalve zo intensief mee bezig zijn. Nadat Simenon *De verdwijning van Odile* had gepubliceerd, verdween zijn eigen dochter: later bleek ze zelfmoord te hebben gepleegd. Simenon schreef zijn duizend pagina's tellende memoires in de vorm van een brief aan haar.

Ik heb uit het leed van mijn collega's geen troost kunnen putten. Gedeelde smart halveert niets. Het vermeerdert.

5

De terugweg door de omgevallen blokkendoos van Osdorp. De Plesmanlaan richting bezielde wereld. Mirjam wijst nogmaals op de toren van het Slotervaartziekenhuis.

'Even erheen?' En als ik het als een grap lijk op te vatten: 'Ik meen het. Voor je boek.'

'Andere keer. De steenhouwerij moet ook al in mijn boek.'

Terwijl we het ziekenhuis voorbij rijden, houd ik mijn oog permanent op de toren gericht. Daar ergens, op een hooggelegen verdieping, heb ik hem geboren zien worden. Van zo'n hoogte over Amsterdam uit te kijken, ondertussen vader wordend, o wat gaf dat een majesteitelijk gevoel. De aanvechting om met het nog ongewassen wurm aan het raam te treden, om hem (aan) de wereld te tonen... Ik durfde niet.

Ik heb zojuist zijn grafsteen gezien. Vlak onder de afgeronde bovenkant komt zijn portret. Zo kijkt hij straks van nog geen meter hoogte uit over een grindperkje van ruim zijn lichaamslengte.

'Ik weet niet precies hoe ik het moet uitdrukken,' zegt Mirjam, 'maar ik heb steeds meer het gevoel dat Tonio, nou ja, in mij woont. Permanent.'

'In ons allebei,' zeg ik. 'En wij, met Tonio in ons, wonen sinds Pinksteren permanent in een andere wereld. Zijn de adreswijzigingen nog niet verzonden? Het is een wereld waarvan we het bestaan nooit vermoed hadden. Neem nou die steenhouwerij... Daar zomaar voorrijden, en naar binnen stappen... dat hadden we twee maanden geleden niet kunnen denken. Andere wereld, andere deuren, andere interieurs. Het eigenaardige is dat we ons gedragen alsof het de gewoonste zaak van de wereld is... daar rondlopen, mandje aan de arm... attributen uitzoeken voor Tonio's graf... als in een buurtsuper. De terugweg naar de wereld van voor Pinksteren is voorgoed afgesneden. Zo kom je nog eens ergens.'

We zijn het Slotervaartziekenhuis alweer voorbij. Ik kijk nog een keer om naar de lelijke toren. Een of twee dagen na Tonio's geboorte: ik sta met mijn moeder voor de glaswand waarachter Mirjam in een nachtgewaad is opgedoken, met de baby in haar armen, vermoeid gezicht, maar breed lachend.

'Ja... jazeker heb jij dat mooi gemaakt.' Ze slaat haar hand voor de mond. 'O, wat zeg ik nou toch?'

6

Vorige week kreeg Mirjam telefoon van Gebr. Lieftink: de steen was geplaatst. Ze kwamen alleen wat grind te kort voor de opvulling van het perkje. Het zou zo gauw mogelijk in orde gemaakt worden.

Mirjam begon meteen rond te bellen in de familie: om tot een voor iedereen schikkende datum te komen om het graf gezamenlijk te bezoeken, want van een onthulling kon eigenlijk geen sprake meer zijn. Natan vond het vreemd dat de steen niet in aanwezigheid van de nabestaanden op z'n plaats was gezet. Hij dacht dat het een algemeen erkende traditie betrof. Maar natuurlijk wilde hij graag met ons naar het graf, ook om zijn eigen, met uitsterven bedreigde naam in steen gebeiteld te zien.

Mijn schoonvader, mijn zus, mijn broer met vrouw en kind: allemaal konden ze op maandag de twaalfde juli, de dag na de finale. Mijn schoonmoeder, die op de dag van de begrafenis zo fel had aangegeven dat ze haar voormalige echtgenoot zelfs geen hand wilde geven, moest maar een andere keer mee naar Buitenveldert. Zelfs dan was het de vraag of zij de aanwezigheid van de naam ROTENSTREICH op de steen niet in alle toonaarden zou laken. De omgang met haar was er een van een nietaflatende diplomatie, die meestal tekortschoot.

7

Voordat de finale begon, serveerde Mirjam gefrituurde inktvisringen bij de borrel.

'Die man op de Albert Cuyp zei dat het een tentakel van Paul was. Je weet wel, die Duitse inktvis, die de uitslagen van het WK voorspelt. Door... hoe ging het ook weer... door een mossel uit een bepaald bakje te grijpen, of zoiets.'

'En jij gooit een tentakel van het orakel zomaar in de hete frituur? Dat is de goden verzoeken.'

'Nee, hoor. Inktvis. Paul had voorspeld dat Spanje zou winnen. Nu is hij onschadelijk gemaakt. Op de Albert Cuyp hebben ze die foute mossel uit hem gesneden, en aan de meeuwen gevoerd. Spanje verliest.'

'Die ringen knarsen anders alarmerend tussen mijn tanden.'

'Ik heb er grof zeezout op gedaan.'

Elk moment dat ik, door afleiding, niet hoef te denken: *Mijn leven is voorgoed kapot*, is meegenomen. Tegelijkertijd ben ik, na zo'n ogenblik van verstrooiing, ervan overtuigd dat ik de gedachte aan mijn verwoeste leven geen moment mag loslaten. Het zou mijn permanente eerbetoon aan Tonio moeten zijn. Tonio's leven definitief afgesneden, en zijn toekomst voorgoed achter slot en grendel? Dan dien ik onafgebroken geconfronteerd te worden met de vernietiging van mijn eigen bestaan. Mijn aandacht mag niet verslappen.

In die dubbelhartige stemming ging ik voor het televisietoestel zitten.

8

Ik kon mezelf wel blijven wijsmaken dat de uitslag van de finale me onberoerd liet, ik was op z'n minst gevoelig voor de matte sfeer die in de huiskamer kwam te hangen als antwoord op de anticlimax. Ik had verwacht dat het Museumplein met luid protestgejoel leeg zou stromen, als inleiding op diverse brandhaarden in de stad, bijvoorbeeld bij het Spaanse consulaat en diverse Iberische reisbureaus. Ik zette mijn oren op scherp, maar uit de straat beneden klonk geen gemor van stromen voorbijgangers op. De vuvuzela's zwegen.

Het beeld drong zich op van een meute die massaal, roerloos en zwijgend van verbijstering, op het Museumplein was achtergebleven.

'Ik loop er nog even uit.'

Door de stille straten van Zuid spoedden zich wel degelijk hele kudden Oranjevee naar huis: stom, verslagen, op fluisterende en slissende schoenzolen. In dit anonieme duister, dat onze nationale identiteit had uitgewist, durfde ik wel onbekommerd buiten rond te lopen. Ik slenterde tegen de stroom in naar het eind van de straat. Bij café Welling, waar de televisie alweer uitstond, zag het er binnen zo gedempt uit dat het wel de nazit van een stamgastbegrafenis leek. Buiten zat een groepje zwijgend te roken.

Het Museumplein deed nog het meest denken aan zo'n vuilnisbelt in een derdewereldland, waar de paupers hun kroost naar bruikbaar afval laten wroeten. Alleen werden zulke mestvaalten 's nachts meestal niet verlicht door spotlights en reuzenschermen (die geen beeld meer gaven). Het grote plein was al bijna geheel verlaten. Een grillig, glinsterend tapijt van afval (bierblikjes, waterflessen, heel veel lichtblauw plastic, kratten, oranje kledingstukken) onttrok de kapot getreden grasmat aan het oog. Als vanzelf ging de blik omhoog om de lucht naar aasgieren af te speuren. Alleen meeuwen in duikvlucht.

Twee amateurstrandjutters van een jaar of tien waren weggeworpen vuvuzela's bijeen aan het sprokkelen, misschien in de hoop er nog een handeltje uit te slepen in de aanloop naar de huldiging van overmorgen. Ze waren wel zo slim om ze, andermans spuug trotserend, eerst uit te proberen: of er dat lugubere getoeter nog wel uit te persen viel.

Het geluid van verfrommelend blik en versplinterend plastic onder voetzolen was niet helemaal verdwenen: hier en daar verlieten groepjes supporters het terrein, met gebogen hoofd. Het verlies woog zwaar, hoewel het over vier jaar alweer de gelegenheid kreeg zich te revancheren. Mij raakte het niet. Wat me wel iets deed, was het *decor* van de afgang: dat riep, met die tienjarige strandjutters erin, mijn eigen verlies op. Het gemis van Tonio liet zich blijkbaar op tal van manieren, met tal van attributen vergroten.

9

Vandaag, de twaalfde juli, gingen we het nieuwe exemplaar aan Tonio's stenenverzameling toevoegen. Niet in zijn vitrine bij ons in de huiskamer, daar was het te omvangrijk voor. Dit monster van Belgisch hardsteen werd in de open lucht geëxposeerd, op Begraafplaats Buitenveldert. Ik had er een brokje lapis lazuli, Tonio's favoriet, in willen laten verwerken, maar dat stelde de steenhouwerij voor problemen, dus lieten we het maar zo.

De gemeentereinigingsdienst was 's nachts al begonnen met het afgraven van de vuilnisbelt op het Museumplein. Toen ik 's morgens vroeg schichtig mijn ochtendwandeling maakte, werd er nog steeds schoongemaakt – alles om de huldiging van de volgende dag een gezuiverde ondergrond te bieden, opdat er een nieuw tapijt van afval gelegd kon worden. Verlies of niet, het gebrul moest doorgaan. Er was door de gemeente zelfs al beslist dat ook de grachtenvaart er zou komen. Zo hoopte men, via een soort alchemistische truc, verlies in winst te doen verkeren. Men late een miljoen in oranje uitgedoste provincialen per trein naar de hoofdstad komen. Men late ze van brug tot brug, van kade tot kade de spelersboot omstuwen. Onder getoeter en oranje rookontwikkeling verandert dan, met een knal, de afgang vanzelf in triomf. De nieuwe burgemeester spon er garen bij: zijn inauguratie werd binnen een week met twee oranjefestijnen bekrachtigd. Als straatschenderij zich in rood-wit-blauw hulde, was het goed.

10

'Stel, je vrouw of je zoon zou je ontvallen, schrijf je dan gewoon door?'

Iemand die mij die vraag voor Pinksteren 2010 had gesteld, zou als antwoord hebben gekregen: 'Natuurlijk niet. Ze zijn allebei mijn muze. Tonio een mannelijke. Ik doe het in de eerste plaats voor die twee. Afgezien van de vraag of schrijven nog zin zou hebben, ik zou het niet eens meer *kunnen*.'

Sinds eind mei is het juist Tonio die mij aan het schrijven houdt. Dagelijks, van halfelf 's ochtends tot vijf uur 's middags, zonder lunchonderbreking. Het is eerder een dwangmatig ritueel dan een vrijwillige uitoefening van mijn vak. Voor en over hem schrijven is *de* manier om zo dicht mogelijk bij hem te komen, degene die hij was en de afwezige die hij nu is, en met hem te praten en te zwijgen. Zo houd ik hem in leven, en als het werk straks gedaan is, dan kan het requiem hem, in samenspraak met de lezer, hopelijk nog een tijd levend houden.

Maar hoe moet het daarna dan verder? Ik kan natuurlijk zeggen: het is mijn broodwinning, en aangezien we besloten hebben in leven te blijven... Het kan natuurlijk nooit alleen maar kostwinning zijn, anders had ik wel een ander beroep gekozen, met iets meer direct resultaat aan het einde van de werkdag.

De vraag luidt vooral: *wat* hierna nog te schrijven? Mijn huidige onderwerp is een soort pikzwart wonder dat op mijn pad is gekomen. Iets eenmaligs, aangezien er godzijdank niet nog meer kinderen van mijn vlees en bloed aan de dood geofferd kunnen worden. Het lijkt alle onderwerpen die zich hierna aanbieden in de schaduw te stellen.

Misschien moet ik gewoon maar afwachten wat er gaat gebeuren. De onvruchtbare leegte of…

Een ander antwoord op het verschrikkelijke gemis dan erover schrijven heb ik niet – om na verloop van tijd te ontdekken dat ook het schrijven geen antwoord kan zijn, want er is geen vraag gesteld. Het maakt het verlies nog ijzingwekkender: dat er geen vraag in vervat is, alleen een uitroepteken als een vlijmscherpe ijspegel.

Je kunt de zaak ook omkeren, en het verlies bevragen, maar dat geeft evenmin antwoord.

11

Om tien uur ging ik op driehoog wat aan mijn aantekeningen werken. Het was er benauwd. Ik zette het raam naast mijn bureau wijd open. Veel zin had dat niet, want het was buiten windstil – en nu stond de lucht dik en bewegingloos tegen de huizen aan, niet eens stroperig te noemen, want dat suggereerde nog een soort stromen. Net als je dacht: zo zwart is een hemel overdag nooit eerder geweest, bleek het nog een teint donkerder te kunnen. Alles voor het effect van de bliksem. Bij het omfloerste rommelen van de donder moest ik denken aan de met een zwarte doek afgedekte trommels in een Napolitaanse rouwstoet, zoals ik er in 1980 wel eens een gezien had toen ik Mirjam alleen gelaten had om in Positano 'mijn geluk van een afstand te bekijken'. Kortom, we hadden een perfecte dag uitgezocht om Tonio's grafsteen te gaan inwijden.

Net toen ik dacht dat er geen ontlading meer zou komen, werd ik, eerder dan ik de regen zag vallen, een gemeen geroffel op het platte dak boven me gewaar. Ik sloot het raam, want de druppels spatten van het kozijn op mijn papieren.

De gebeurtenissen van de afgelopen zeven weken waren, op een enkele in passief verdriet verdronken dag na, minutieus in telegramstijl vastgelegd: materiaal dat kon dienen als grondverf voor het requiem. Hoe daar nu een echt begin mee te maken? Moest ik er, juist vanwege de grillen van het waargebeurde, een strenge structuur in aanbrengen? Of mocht ik me beroepen op de chaotische draaikolk van gevoelens en ervaringen waarin wij meegezogen werden, zodat ook het relaas van onze rouw alle kanten op kon slingeren?

Mijn hart leek wel een speldenkussen, zoveel korte steken gingen erdoorheen wanneer ik aan onze missie van vanmiddag dacht. Het was zoiets als de *needles and pins* die je in een slapende voet kon voelen, maar dan in de hartstreek.

Om halftwee arriveerde Hinde op de fiets. Ze zou met ons in de auto meegaan, maar gaf er opeens de voorkeur aan naar Buitenveldert te fietsen. Mirjam en ik reden naar de Lomanstraat. De arm van Natan verscheen langzaam zwaaiend boven de halve gordijntjes, ten teken dat hij ons al gezien had. Het zou nu nog een hele tijd duren, wisten we, eer hij de voordeur opendeed.

Zevenennegentig. Hij was oud en gekrompen. Zijn vriendelijke gezicht zag zeer bleek, met vochtige roze halvemaantjes onder de ogen. Ik hielp hem de straat over, schuifelend net als hij om zijn tempo aan te houden. Hij was de afgelopen twee maanden jaren ouder geworden. Een eind over de honderd was hij nu.

12

We kwamen tegelijk met Hinde bij de begraafplaats aan. Mijn zus zat op een bankje binnen de poort te wachten, met een bosje bloemen op schoot, kortademig alleen al van het zitten.

Ze droeg nog steeds een pruik, omdat haar eigen haar door de chemo was uitgevallen. Ze had een wondje op haar kin, dat bloedde. Ik omhelsde haar.

'Gevallen... gestoten?'

'Ik probeerde een haartje te verwijderen,' zei ze, 'en toen schoot het pincet uit.'

Ik moest bijna lachen, want zo was ze altijd geweest. Een perfecte wapenspreuk die haar leven samenvatte: een haartje uit de kin trekken, en dan het aangezicht schenden door een uitschietend pincet. Ik informeerde naar de therapie.

'Nou, ik ben zo'n beetje uitbehandeld.'

Ik schrok, maar ze bedoelde dat ze de chemo 'zo'n beetje' achter de rug had. 'De tumor is er nog wel, maar hij is tot rust gekomen. Ja, het liefst zou ik hem helemaal kwijt zijn, maar ze zeggen dat *dat* nog wel drie jaar kan duren. Ik kreeg er laatst ook een longontsteking bij. Vandaar dat ik nu zo hijgerig ben. Ik heb nog maar vijftig procent van de normale longcapaciteit.'

'Heeft dat niet eerder met het emfyseem te maken?' Weer betrapte ik mezelf erop dat ik me zorgen stond te maken om het geheime roken van Tonio – tot er in mijn hoofd zoiets als een röntgenfoto van zijn verwoeste longen verscheen.

'Ja, ook.'

Daar verschenen Frans en Mariska met hun zoontje Daniël, nu zestien maanden. Ze waren met de tram, of met een combinatie van bus en tram. We stonden met z'n allen rond de buggy van Daniël, tot het arme ventje angstig begon te huilen van de overdadige aandacht. ('Zo groot geworden.')

We liepen met z'n allen naar het graf, langzaam, Natan bepaalde het tempo. En weer liet Buitenveldert zich kennen als een bescheiden labyrint, waar je altijd wel even verkeerd liep. Alles was nog nat van de onweersbui rond het middaguur, maar de kerkhofbodem was niet in een modderveld veranderd. Het was ook niet zo dat alles aan het droogstoven was, want de zon hield zich schuil achter laaghangende bewolking. De hagen glinsterden van de regendruppels, maar de konijntjes duikelden er alweer onderdoor.

Meestal verdwaalden we omdat Mirjam zich per se op de plattegrond wilde verlaten. Vandaag sjokte iedereen maar gewoon wat achter elkaar aan, zo'n beetje de route volgend die we ons van de begrafenis herinnerden.

We naderden het graf uiteindelijk van twee kanten, in twee groepjes: Natan, omringd door de vrouwen, had een eerdere doorgang in de heg genomen dan Frans en ik, maar toch kwam iedereen tegelijk bij de nieuwe steen aan. Frans duwde de lege buggy voor zich uit (Daniël hing in de armen van zijn moeder) en stalde die bij een andere zerk. Bij Tonio's graf stond nog het oude, voorlopige bordje, dat ook het nummer aangaf: 1-376-B. We gingen in een halve cirkel om het grindperkje staan.

TONIO
ROTENSTREICH
VAN DER HEIJDEN
15 JUNI 1988 23 MEI 2010

Pas nu ik met eigen ogen kon zien dat het verbindingsstreepje in het beitelwerk ontbrak, was ik er gerust op. Ik legde mijn hand op de arm van mijn schoonvader. 'En, Natan, staat je naam er mooi op?'

Zijn bedroefde gezicht plooide zich in een onzekere lach. Ik was er niet helemaal zeker van dat het vocht op de roze halvemaantjes van zijn onderste oogleden alleen veroorzaakt werd door de windvlagen tussen de heggen.

'Ja, mooi,' zei hij zacht. 'Heel mooi.'

Hij had een lange reis afgelegd. Hij had er al drie nationaliteiten op zitten nog voor hij van zijn plaats was gekomen om ook werkelijk de tocht door Europa te ondernemen. In 1912 geboren in de oude Donaumonarchie werd hij na de Eerste Wereldoorlog Pool. Na het pact van Stalin en Hitler, in '39, toen

Natans deel van de Oekraïne (Lemberg) onder de Sovjet-Unie viel, moest hij als Rus onder de wapens in het Rode Leger. Daar begon zijn lange mars naar Nederland, en uiteindelijk naar deze dodenakker in Buitenveldert. In het Rode Leger fungeerde hij als tolk: hij beheerste zijn talen, ook het Russisch. Hij hielp Berlijn mee kapot schieten, en keerde na de Duitse overgave terug naar Polen – om te ontdekken dat de jodenhaat er na de bezetting alleen maar rabiater op was geworden. Hij meldde zich aan als begeleider van joodse oorlogsweesjes, van wie er een paar honderd naar Nederland moesten om daar in pleeggezinnen ondergebracht te worden.

In Nederland leerde hij Wies kennen, een joodse verpleegster die in de oorlog ondergedoken had gezeten bij een tuindersfamilie in Sint-Pancras, waar ze regelmatig vele uren in een aards hol onder de grond moest doorbrengen. Ze trouwden, en kregen in de loop van de jaren vijftig twee dochters.

Ik had nooit kunnen achterhalen hoe Natan op zeker moment aan dat verkeerde geboortejaar (1916) in zijn paspoort kwam. Was er bij zijn binnenkomst in Nederland een fout gemaakt, waardoor zijn leeftijd met vier jaar verlaagd werd, of had hij zelf de onzorgvuldigheid in de hand gewerkt, om zo gemakkelijker een verblijfsvergunning in de wacht te kunnen slepen? Ook voor zijn vrouw en kinderen bleef hij als geboortejaar 1916 opvoeren.

Op haar verjaardagsfeestje in 1979 barstte Mirjam, toen ik naar de leeftijd van haar vader informeerde, in huilen uit.

'Hij wordt volgende maand al drieënzestig. Hij zal wel niet lang meer leven.'

Zij, net twintig geworden, leek zich een beetje te schamen voor 'zo'n oude vader', maar was toch vooral bang hem aan ouderdom te verliezen. Midden jaren negentig onthulde Natan, toen zijn vrouw al bij hem weg was, dat zijn geboortejaar niet 1916 maar 1912 was, waardoor we opeens gedwongen werden bij zijn recent bereikte tachtig jaren er vier op te tellen. Het kwam bij zijn dochters hard aan. *Ineens* zaten ze met een vader van 'een eind in de tachtig'. Als om te tonen dat het zo'n vaart niet liep, had hij zijn leeftijd nu al tot zevenennegentig weten te rekken. Hij woonde alleen, en zorgde goed voor zichzelf. Vier dagen per week, maandag tot en met donderdag, bracht Mirjam hem met de auto naar de mensa van Beth Shalom, waar ze hem anderhalf uur later ook weer ophaalde.

Het tragische nadeel van zijn hoge, gezegende leeftijd was dat hij, de enige overlevende van zijn familie (ouders en zussen werden door de nazi's vermoord), nog moest meemaken dat hij zijn eniggeboren kleinzoon overleefde. Natan was ruim driekwart eeuw ouder dan Tonio. Bij Natans geboorte was de eeuw net twaalf jaar oud, en bij Tonio's geboorte had de eeuw nog twaalf jaar te gaan. Tussen die twee geboortes lagen drie wereldoorlogen, twee hete en een koude, en alle andere vuiligheden van de twintigste eeuw. Het zei misschien iets over mijn doortastendheid dat ik die naam nu pas, ruim tweeëntwintig jaar na mijn bezoek aan het Amsterdamse bevolkingsregister, aan de naam van zijn enige kleinzoon had weten te koppelen – op diens grafzerk.

Bij al zijn vriendelijkheid was Natan een ondoorgrondelijke man. Ik kon niet peilen wat hij er werkelijk van vond om zijn achternaam in zo'n ongemakkelijke positie, tussen 'Tonio' en 'Van der Heijden', op de steen aan te treffen. Misschien deden we wel iets illegaals. Rotenstreich was niet als tweede voornaam geregistreerd, noch als een verdubbeling van de familienaam, want ook dat laatste moest met toestemming van de autoriteiten, en er stond een bepaald bedrag voor.

13

De lucht werd alweer donker, als eerder op de dag, maar er ging niet dezelfde onweersdreiging van uit.

Het kan 's avonds laat gebeuren, met wat drank op, 's morgens vroeg in de halfslaap, of door een plotselinge vermoeidheid na een dag werken: als ik in een of andere schemertoestand verkeer, dan heeft Tonio's rol in mijn leven de neiging te gaan ontbinden. Hij lijkt dan niet meer volwaardig mijn zoon, maar iemand die onregelmatig in mijn bestaan is opgetreden... die van tijd tot tijd is komen aanlopen... een wat onberekenbare huisvriend. Hoe verwarrender de schemertoestand, des te meer zie ik Tonio's aanwezigheid in mijn verleden krimpen.

Het is niet zo dat hij minder belangrijk voor me wordt, integendeel, maar hij lijkt ineens ongrijpbaarder. Het is net of ik lang niet zoveel tijd met hem heb doorgebracht als ik had gewild. Zulke gedachten drijven me tot wanhoop, want zo raakt zijn volmaakt aaneengesloten leven aan erosie onderhevig.

Het is niet verwonderlijk dat zo'n proces het product is van een uitgeput brein. Het vormt, onbewust, mijn antwoord op Tonio's verdwijning, op de onbegrijpelijke ontbinding die hij in zijn graf ondergaat. Ergens in de diepte van mijn geest wil ik zijn verleden, zoals dat verstrengeld is met het mijne, met terugwerkende kracht aan ontbinding onderhevig zien.

Werken mijn hersenen weer op volle toeren, dan weet ik wel beter. Tonio vult mijn leven dan weer helemaal op: het huidige, *en* dat wat geweest is.

Niet denken nu aan zijn ontbindende lichaam daar onder het grind. Zijn beweeglijke lijf was hier bij mij, in mij, bezield en aangestuurd door mijn kennis van elk aspect ervan. Zijn motoriek zat in mijn spieren.

Straks misschien een herhaling van het onweer. Maar ik had niet als een Frankenstein de bliksem nodig om mijn jongen tot leven te wekken. Mijn wetenschap was een andere dan die van Frankenstein. Mijn kennis van Tonio was zelf de levenbrengende blikseminslag.

De potten met door de konijnen aangevreten planten stonden nu op de stenen rand van het grafperkje. Ertussen het blikje bier dat een vriend hier kort na de begrafenis neergezet had, samen met een pakje sigaretten, dat nu zwaar was van de regen. Ik bekeek de onderkant van het blikje: nog lang niet over de datum. Ik stak het in de zak van mijn regenjas, met de bedoeling het op een avond namens Tonio leeg te drinken.

14

Het grove grind op Tonio's graf bracht me terug naar een klein Grieks kiezelstrand op het schiereiland Pilion.

In het voorjaar van '95 mocht Tonio met zijn oma mee naar de kermis op de Dam. Hij moest nog zeven worden, en de instructies waren duidelijk: geen botsautootjes. Ze van dichtbij bekijken, hoe ze knalden en steigerden, was hem niet verboden, en dat was dus wat hij deed: rennend over de richel die de botsvloer omgaf. De opstoppingen waar het wederzijdse beuken op z'n hevigst was, daar wilde hij met zijn neus bovenop staan. En zo struikelde hij op zeker moment over de richel. Hij kwam lelijk ten val, en brak zijn pols.

De geschrokken grootmoeder nam hem in een taxi mee naar de Eerste Hulp, waar zijn arm in het gips werd geklonken, of liever: in een soort pantser met wafelmotief, waarop het zo moeilijk handtekeningen verzamelen was. Ons kwam het slecht uit, want met Tonio's meivakantie net begonnen, stonden we op het punt naar Griekenland te gaan, waar we twee weken zouden doorbrengen bij mijn Duitse vertaalster en haar man, in het kustplaatsje Horto op Pilion. Om daar te kunnen zwemmen had Tonio uit het ziekenhuis een plastic hoes meegekregen, die waterdicht om zijn bovenarm sloot.

'Ja, de botsautootjes, Tonio... je weet vooruit wat voor risico's je loopt,' zei ik.

Boos: 'Ik *mocht* niet eens in de botsautootjes.'

Bij grote verontwaardiging sloeg hij altijd zijn armen over elkaar, met de ruggen van zijn handen bultig omhoog – maar dat kon nu niet. Bij aankomst in Horto had hij zich alweer bij zijn handicap neergelegd. Hij kon niet wachten om het water in te gaan. Het was aandoenlijk om te zien hoe Tonio zich de blauwgroen gevlekte baai in waagde. Het was er ondiep, zodat zijn voeten, troebele wolkjes opwerpend, houvast vonden op de bodem. Om het voortbewegen een schijn van zwemmen te geven maakte hij met zijn goede linkerarm op goed geluk wat crawlbewegingen, terwijl rond de ingegipste rechterarm de veel te wijde hoes zich, met lucht gevuld, als een zeil verhief.

Mirjam en ik stonden hem op het kleine kiezelstrand tussen de rotsen na te kijken. De voorjaarswind kreukelde het vlakke oppervlak van de baai als zilverpapier. Van tijd tot tijd kwam Tonio omhoog uit het water, dat hem tot de borst reikte, om naar ons te zwaaien, waarna hij zich weer in zwemhouding liet zakken.

Als die opgeblazen buil met z'n onbegrijpelijke belettering zo lachwekkend was, waarom greep Mirjam, naast me, dan mijn hand om er even in te knijpen? Toen ik opzij keek, zag ik dat haar wimpers nat waren van het in haar gezicht gewaaide zeeschuim – ofschoon de wind uiterst mild was, en de golven, als ze die naam al verdienden, geen schuim droegen. Weer voor me kijkend, naar de schokkerig voortzeilende Tonio, vertelde de zachte bries me dat ook mijn gezicht niet helemaal droog was.

Bij de herinnering aan hoe het strandkiezel onder onze voeten kraakte, had ik bijna een stap naar voren gedaan, tot binnen de opstaande stenen rand van Tonio's graf, om het vers gestorte grind onder mijn schoenzolen te voelen.

'O ja, dat is waar ook,' zei Mirjam, die de arm van haar vader losliet om naast me te komen staan. 'Ze hebben van de steenhouwerij gebeld. Bij het plaatsen van de zerk kwamen ze kiezelsteentjes te kort. Er komt binnenkort nog een laagje extra overheen.'

15

In Horto bewoonden we een bungalow in een vakantiepark, waar die eerste helft van mei, buiten het seizoen, verder niemand was. Op iets meer dan een steenworp afstand stond het huis van Helga, mijn vertaalster, gebouwd door haar man Wolfgang, een architect. Het keek, hooggelegen, uit over zee.

Behalve haar bejaarde ouders had Helga ook een nichtje, Inky, bij zich. Inky en Tonio waren ongeveer van dezelfde leeftijd. Ze spraken elkaars taal niet, maar Tonio probeerde het meisje zonder woorden te imponeren door telkens opnieuw in een olijfboom te klimmen die op het erf van Helga en Wolfgang groeide. In aanmerking genomen dat hij alleen zijn linkerarm kon gebruiken, wist Tonio een behoorlijke snelheid van klauteren te ontwikkelen. Na het bereiken van de hoogste dikke tak bleef hij, nonchalant van Inky wegkijkend, naar de horizon van de zee staan spieden, alsof hij een schip verwachtte.

Toen Tonio stierf, waren Helga en Wolfgang in Horto. Nog in shock door het slechte nieuws hebben zij ter nagedachtenis aan Tonio een olijfstek geplant, niet ver van de boom waar hij gewend was in te klimmen. Via de e-mail ontvingen we een kleurenfoto van de jonge aanplant. Als ik zeg dat we ontroerd waren, is dat misschien de beste neutrale omschrijving van wat we bij het bekijken ervan aan krampen van pijn, geluk en verwarring ondergingen. Helga en Wolfgang zorgen voor de telg, en op een dag hopen wij weer reisvaardig genoeg te zijn om hem zelf water te komen geven.

16

In de tweede week van ons verblijf zijn we een dag gaan varen met het zeiljacht van Wolfgang: hij en Helga, Mirjam en ik, Inky en Tonio. Dolfijnen zwommen op enige afstand met de boot mee, tot grote verrukking van de kinderen. Hoe de dieren zich met z'n vijven of zessen lenig gekromd boven het wateroppervlak verhieven, en dan weer, duikend, hele melkwegstelsels aan zilveren belletjes uit het donkerblauwe water lieten oplichten... Tonio stond er tegen de mast geleund opgetogen naar te kijken... bakboord, stuurboord... hij kwam ogen te kort. Een compleet, grenzeloos dolfinarium, en wij voeren er dwars doorheen.

Wolfgang, bij complexe manoeuvres geholpen door Helga, legde aan bij een klein, onbewoond eiland, dat werd gedomineerd door een half ingestorte kapel, met een parochie van louter vogels. Een vergeten set van Hitchcocks *The Birds*: ze huisden in iedere nis, op elke vensterbank, en vergaderden luidkeels op het altaar. Bij onze nadering schoven ze onrustig, schouder aan schouder, heen en weer, maar ze verhieven zich niet om zich bij hun soortgenoten te voegen die hoog boven het weggeslagen dak cirkelden, als bewaakten ze zo het onderkomen van hun kolonie. Tonio en Inky waren onder de indruk, maar op een wat bangige manier, misschien omdat de vogels in koor zaten te mompelen, alsof ze zich met z'n allen overgaven aan binnensmondse vespers.

Op de terugweg mocht Tonio aan het roer staan. Kapitein Wolfgang deed hem voor hoe zijn benen uit elkaar te planten om niet bij een onverhoedse slingering van het schip om te vallen. Omdat Tonio alleen met zijn ene arm kon sturen, bleef Wolfgang achter hem staan, maar zo onopvallend dat Tonio de illusie behield dat de hele zeilboot in zijn macht was. Omdat we van tevoren niet wisten met hoeveel opspattend water we aan boord te maken zouden krijgen, had Mirjam Tonio toch de plastic beschermhoes omgebonden, die luguber ritselde op de wind. Om de een of andere reden lukte het ons niet bij het bevestigen van de huls de lucht eruit te houden, zodat ik me begon af te vragen of die krachtig heen en weer slaande ballon de genezing van Tonio's pols wel ten goede kwam.

Natuurlijk ontroerde het me mijn kleine bootsman daar zo stoer en ernstig, zich bewust van zijn taak, aan het roer te zien staan, eenarmig als een Kapitein Haak... maar tegelijkertijd...

'Je zit aan je nieuwe boek te denken,' zei Helga, die naast me op het bankje kwam zitten. 'Ik zie het aan je.'

'O, je mist het vertalen?'

Ze had me door. Zo, omsloten door alle mogelijke tinten blauw, waar witte meeuwen en zilveren dolfijnen doorheen braken, hoefde ik me alleen maar te laven aan mijn meest nabije geluk. Mirjam die met haar gezicht opgeheven naar de zon op de voorplecht zat... Tonio die met zijn kleine knuist, af en toe omvat door de grotemannenhand van Wolfgang, het jacht door de Griekse wateren stuurde... en naast me de vindingrijke vertaalster van *Advocaat van de hanen*, dat na de zomer bij Suhrkamp zou verschijnen...

En ik die, in plaats van mijn zegeningen te turven, met naar binnen gekeerde blik fragmenten in het nieuwe manuscript aan het verplaatsen was... passen en meten... dit hier, dat daar, en ertussen voorlopig een blanco pagina... Ik waande me alweer op mijn werkkamer, het schip waar ik zelf kapitein, stuurman en kombuismaat tegelijk was.

17

Nu stond ik me aan Tonio's graf af te vragen waarom ik de Griekse idylle van die dagen niet gewoon had laten voortduren. Het dure huis in Amsterdam verkopen, en nederig in een dorp als Horto wonen... Tonio op school in een naburig stadje...

Om te kunnen schrijven had ik echt niet, zoals in Amsterdam, tachtig vierkante meter kantoortuin met weelderige technische aanplant nodig. Met een oogpotlood op een rol pleepapier ging het ook.

Na het opstijgen uit Thessaloniki was er al geen terug meer. Ik had definitief gekozen voor de verkramptheid van de schrijftafel en de valse ontspanning van het stadscafé. Sinds Eerste Pinksterdag kwam er nog een straf bij, die zou gelden voor de rest van mijn dagen: opkijken van mijn werk, en dan de bijna zevenjarige Tonio aan het roer van een zeiljacht zien staan, klievend door diepblauwe Griekse wateren... onzeker lachend, maar het lukt... ja, het lukt... het schip gehoorzaamt hem.

18

Sinds de zomer van 1972 beschouw ik mezelf als schrijver, hoe mislukt die eerste roman ook was. Publiceren doe ik vanaf najaar 1978. Schrijven is mijn tweede natuur geworden. Na Zwarte Pinksterdag was ik blijkbaar niet zodanig kapot dat ik geen aantekeningen meer kon maken over de smerige streek die het lot ons geleverd had. Ik schrijf nu dit requiem. Stel dat ik na het vervullen van deze plicht jegens Tonio, want zo zie ik de onderneming, mijn beroep op de een of andere manier kan voortzetten en het lukt me allerlei liggende projecten te voltooien, hoe goed ook – dan zal ik toch voor de rest van mijn leven, op z'n minst in eigen ogen, *mislukt* zijn.

Ik citeer nog eens uit het gedicht dat Ben Jonson schreef bij de dood van zijn zevenjarige zoon:

Rest in soft peace, and, asked, say here doth lie
Ben Jonson his best piece of poetry.

Zo heb ook ik het gevoel dat ik mijn beste stuk proza achter me heb, en dat het dood en begraven is, en nooit te overtreffen.

Nu ik de op steen gedrukte foto van Tonio als Oscar Wilde terugzag, viel de herkenbaarheid me wat tegen: te vlekkerig. Het kwam misschien ook doordat een grotere uitvoering van het portret, in z'n waterproof lijst, er nog altijd stond. (De plaatsers van de grafsteen hadden de lijst stevig in het grind geplant.) Er was wat vochtdoorslag geweest, want het onderste gedeelte van de foto was violet uitgeslagen, maar verder gaf hij Tonio met heldere oogopslag weer.

Hier lag hij dus aldoor, zonder publiek, zonder iemand. De jongen was de hele dag om me heen, in elke gedaante tussen nul en eenentwintig jaar oud, ik leefde met hem, sprak tegen hem, schreef over hem – en toch sloop het verraad weer in mijn ziel: dat ik hem al die weken hier moeder- en vaderziel alleen had laten liggen in zijn langzame verrotting.

Frans scharrelde achter ons rond, en maakte foto's van het gezelschap. Ook boog hij zich een paar keer over het perkje, en wrong zich dan in bochten om de tekst leesbaar te kunnen fotograferen.

Natan stond er roerloos bij, verzonken in gedachten. Misschien zag hij Tonio voor zich, in al zijn levendigheid, zoals hij die laatste keer, de woensdag voor Pinksteren, bij zijn grootvader op bezoek was geweest. Net als ons later diezelfde middag zou hij Natan wel verteld hebben over zijn toekomstplannen: colleges in Leiden en Den Haag, om uiteindelijk zijn Master te halen in Mediatechnologie. Zijn bezoek zou wel niet geheel belangeloos zijn geweest. Een lang Pinksterweekend voor de deur, en hij wilde met Jenny uit. Uiteindelijk had hij opa's geld verbrast met Goscha en Dennis. Met Goscha had hij die nacht in Trouw (zoals ze Mirjam en mij verteld had) nog sentimenteel zitten filosoferen over het schuldgevoel jegens je grootouders: ze verwaarlozen, en dan bij die ene keer langsgaan een aardig bedrag toucheren, en dat vervolgens in de kroeg over de balk smijten.

Ik keek naar Natan, en ving een beeld van hem op zoals hij in 1993 was geweest, in het Catharinaziekenhuis in Eindhoven, waar hij samen met Wies mijn stervende vader had bezocht. Twee mannen uit zo geheel verschillende werelden, de een zevenenzestig en bijna dood, de ander tachtig en nog lang te gaan... de een met voor de ander soms moeilijk te volgen Brabants accent, de ander met voor de een soms niet helemaal te volgen Oost-Europese tongval. Na het afscheid (voorgoed) had mijn vader Mirjams vader met zijn falende adem nog iets nageroepen.

'Natan...!'

Natan had zich een laatste keer omgedraaid.

'We hebben *zo'n* kleinzoon, Natan!'

Daarbij had mijn vader, happend naar lucht van de inspanning, met zwabberende arm zijn duim opgestoken.

'Jah... jah,' was het enige dat Natan, ontroerd en verlegen, wist uit te brengen. Ook hij had zijn duim opgestoken, hoewel het niet tot zijn normale gebaren behoorde.

Daniël had voor Tonio een tekening gemaakt, die door Frans was opgerold en van een strikje voorzien. De kleine jongen vond het heel vanzelfsprekend dat zijn werkstuk op het graf achterbleef, maar dan moest wel eerst het lintje eraf. De uitgerolde tekening werd verzwaard met een grote kiezelsteen. Veel rode en blauwe krassen, en in Frans' handschrift het woord 'miauw'.

'Toen ik Daniël vroeg wat het voorstelde,' legde Frans uit, 'zei hij zonder aarzelen "mauw". Zijn aanduiding voor een kat. Het moet dus een kat zijn.'

19

Zoals ik in mijn toespraakje op de begrafenis had uitgelegd, stond Tonio zichzelf geen ruzie met zijn ouders toe. Zelfs die ene keer dat er onenigheid dreigde tussen hem en mij, over zijn vermeende gebrek aan ambitie, ontwikkelde de situatie zich niet tot een echt conflict. Hij vroeg eenvoudigweg tijd om te laten zien wat hij waard was, zodat ik niets anders meer kon uitbrengen dan: 'Ik reken op je.'

Hij nam een baan (bij Dixons) en liet zich aan de UvA inschrijven voor Media & Cultuur. Ik had geen reden om op mijn bezwaren terug te komen.

De laatste dagen betrap ik mezelf erop dat ik, dagdromenderwijs, de ergste conflicten met Tonio aan het verzinnen ben. Het gebeurt altijd in vlagen van vermoeidheid en verstandsbeneveling, als de waarheid omtrent zijn dood minder harde contouren krijgt. Een keiharde aanvaring, gevolgd door een patstelling, had vader en zoon uit elkaar kunnen drijven. Maar hoe verschrikkelijk het conflict ook, vele jaren durend desnoods, de mogelijkheid tot een verzoening was altijd opengebleven.

Zo trots als ik altijd geweest was op onze goede verstandhouding, zo tomeloos gedroeg mijn verbeeldingskracht zich nu bij het fantaseren over conflicten tussen Tonio en mij. Ze konden me niet schrijnend genoeg zijn. Belangrijk in het visioen was dat de zoon die zich van me afgekeerd had, *leefde* – op wat voor onbereikbare afstand ook. Op een dag zouden we het bijleggen. De ernst van het conflict kleurde de verzoening. Het verbaasde ons allebei dat, na een jarenlang uitputtend gevecht, onze wederzijdse omarming zo krachtig gebleven was.

In mijn gruwelijkste dagdroom vocht ik een ruzie met Tonio uit over... zijn dood. We overlaadden elkaar met de vreselijkste verwijten van nalatigheid. Vervolgens putten we ons uit in zelfverwijt.

'Het lag aan mij, Tonio.'

'Hou op. Ik had het aan mezelf te wijten.'

'Als ik niet...'

'Schei uit. Het was mijn eigen stomme schuld.'

Het eindigde ermee dat we elkaar onze zelfverwijten verweten, en onszelf zo beletten elkaar te beschuldigen. Toen de nevel van de dagdroom was opgetrokken, bestond er geen levenbrengend conflict meer. Hij was dood. Alleen een hyena die met een kadaver sleept, maakt zichzelf wijs dat hij met zijn prooi in gevecht is.

20

Op de terugweg naar de uitgang doolden we nog wat over de dodenakker, zoekend naar het graf van de musicus Hub. Mathijsen. Hij bespeelde in het Resistentie Orkest vaak een viool met een oude grammofoonhoorn erop gemonteerd. Het gaf een droeve klank, die me nu, hier, niet onaangenaam zou zijn geweest.

Als je maar lang genoeg over de kleine begraafplaats rondliep, vond je vanzelf elk graf. Hub., dat was ik vergeten, lag naast zijn broer Joost, de pianist met wie hij zoveel gemusiceerd had. Van de weduwe wist ik dat Hub. aan zijn ene oor doof was: ze had hem liefdevol met zijn goede oor naar zijn broer toe gelegd.

21

Het hele gezelschap ging nog mee naar ons huis om wat te eten en te drinken. Als Mariska Daniël op schoot nam, pasten zij en Frans en Natan precies naast elkaar op de achterbank van onze auto. De buggy kon opgevouwen in de kofferruimte.

Halverwege de rit begon de cabine zich te vullen met een geur van bederf – nee, geen luierlucht, en evenmin met hondenkak dicht geplamuurde profielzolen. Verrotting.

Bij het uitstappen hield Mirjam het aarden bakje in haar hand dat, gevuld met mos, slijmerig vocht en de tabaksslierten van het kapot geregende pakje sigaretten, wekenlang op Tonio's graf had gestaan. Dat alles moest een verbinding zijn aangegaan met het half afgerolde fotorolletje dat iemand Tonio op weg naar de eeuwigheid had willen meegeven.

'Die rotte eierlucht,' zei ze, 'dat kwam natuurlijk hiervan.'

Ze zette het stinkende bakje in de goot, bedacht toen dat ze niets wat met Tonio te maken had mocht weggooien, en plaatste het terug op de vloermat van de auto. 'Laat maar rotten ook.' Om die blik van wanhopige gêne had ik haar op dat moment het liefst voor me alleen gehad.

Iedereen was al langs de trap op weg naar boven, toen Mirjam uit de bibliotheek kwam. 'Ik heb even de veranda geprobeerd. Het is er heerlijk. De zon komt terug.'

Even later zat het hele gezelschap op het terras onder de uitgebloeide goudenregen, waaruit bij het geringste briesje bruine schilfers woeien. Frans wees op de vracht klimop, die nog altijd een meter dik de hele zijmuur van het huizenblok aan de Banstraat bedekte. 'Ik wil niet moeilijk doen,' zei hij, 'maar je moet toch echt eens aan snoeien gaan denken. Anders...'

'Nu even niet,' zei ik.

Er werd gegeten en gedronken. Zo stil als iedereen aan het graf was geweest, zo uitgelaten werd er nu gekout, behalve door Natan. Omdat hij een tijdje met zijn handen voor de ogen zat, vroeg Hinde of het wel goed met hem ging.

'Ik denk na,' zei hij op zijn gebruikelijke, ietwat zangerige toon. Niet veel later liet hij zich door Mirjam naar huis brengen.

Ik onderhield me voornamelijk met mijn broer, die naast me zat. Hij kon zich niets herinneren van het telefoongesprek dat we de avond tevoren gevoerd hadden na afloop van de finale. Zijn verklaring was dat hij door het onverwachte verlies ineens twee keer zo dronken werd als toch al het geval was.

Daniël slingerde zich als een aapje van stoel naar stoel, zonder een moment stil te staan. Met zijn blondheid deed hij me aan Tonio op dezelfde leeftijd denken, al was er een verschil in druktemakerij. O, verschrikking... dit jongetje was in alles Tonio's opvolger en plaatsvervanger. Ik hoopte dat ik van hem zou kunnen blijven houden zoals ik nu deed, los van elke gedachte aan mijn eigen zoon.

Ongemerkt was de lucht weer inktzwart geworden. Ik stelde voor om de bijeenkomst in de huiskamer op eenhoog voort te zetten, en maakte een begin met het ophalen van de zonneschermen.

Boven stond de televisie ingeschakeld: het was bijna zes uur. Het journaal gaf beelden van noodweer in het oosten des lands. Ontwortelde bomen en omver geblazen feesttenten, want overal waren festivals. Verder was het nieuws goeddeels gewijd aan Het Verdriet Om Het Verlies. Een terneergeslagen Museumplein, dat ik de avond tevoren al met eigen ogen had aanschouwd. Aankomst van de Boeing met de Nederlandse ploeg, geëscorteerd door twee F-16's.

'Een twijfelachtige eer,' zei Frans. 'Zo wordt normaal een gekaapt vliegtuig opgebracht. De nationale vijand aan de grond gezet. Neer, jij. Liggen, hond.'

22

'De steen staat er,' zei ik na vertrek van het bezoek. 'Stevig in de aarde verankerd. *Zijn* lapje grond.'

'En wat het belangrijkste is,' zei Mirjam, 'zijn tweede naam staat erop. Of hoe noem jij dat... zijn tussennaam. Ach, mijn lieve, oude vadertje... hij was zo aangedaan.'

Hoe onderscheiden tranen van ontroering zich van tranen van verdriet? Ze lekken uit dezelfde klieren. Het moet de mimiek eromheen zijn. Het was lang geleden dat ik haar eenvoudigweg ontroerd zag, in plaats van kapot van bedroefdheid.

'Nou, eens kijken,' zei ik, mijn vingers aftellend. 'We hebben de fiets gevonden, zijn horloge, de foto's... Jenny is opgespoord, en ze heeft nu haar portfolio... de steen is geplaatst, de naam is compleet... Nu hoeven we alleen nog de plaats van het ongeluk te bezoeken.'

'Moet dat?'

'Ja, dat moet. We zijn het Tonio verplicht. Op die plek heeft hij zijn laatste gedachte aan ons gehad. Aan jou en mij. Het woord "stom!" sloeg waarschijnlijk door hem heen, en daar zat alles in. Ook dat hij *ons* iets stoms aandeed. Zo moet het gegaan zijn. "Stom!" Voor hemzelf, voor ons. Daar, op die kruising, verloor hij voorgoed het bewustzijn.'

'Goed, we kunnen nu alles aan. Wanneer?'

Vandaag, bijna twee maanden na Eerste Pinksterdag, is tot me doorgedrongen dat Tonio dood is. Eerder waren er alleen vermoedens, gevolgd door ontkenningen. Aanwijzingen, die voor de waarheid wilden doorgaan. Het ongeloof heerste.

Nu is alles anders geworden.

23

Een bevriend echtpaar had ons de afgelopen weken meerdere keren, ter afleiding, een vaartocht op hun motorvlet aangeboden, maar we hadden er tot nu toe geen gebruik van gemaakt. Op de ochtend van de huldiging belde de vrouw opnieuw. Ze waren van plan 's middags met hun bootje op het IJ de vloot van het Nederlands elftal tegemoet te varen en, zo mogelijk, door de grachtengordel naar het Museumplein te begeleiden. Of wij... gezien het historische karakter van de gebeurtenis...

Mirjam beloofde na overleg met mij terug te bellen. Wij hadden al afgesproken de hele schertsvertoning met een half oog via de live-uitzending op televisie te volgen, het scherm onze hoon niet te sparen, en de smaak van nationale dubbelhartigheid na afloop met een glas sterk spul weg te spoelen. Ik zag opeens een mogelijkheid om de gietijzeren band die de rouw om ons huis had gesmeed te doorbreken, en eindelijk de stad in te gaan en de plaats waar onze jongen verongelukt was te bezoeken.

Onder de dekmantel van een dubieus feest. Verborgen in de vals juichende massa. Niemand die op ons lette. Precies wat we nodig hadden.

'Zeg maar dat we meevaren.'

Mirjam sprak met het echtpaar af dat we in de loop van de ochtend met de auto naar ze toe zouden komen. Ze woonden op het KNSM-eiland, waar ook hun vlet aangemeerd lag. We zouden daar de ontvangst van het elftal door de koningin op tv zien, en dan merkten we vanzelf wel wanneer de spelers naar Amsterdam terugvlogen voor de boottocht.

Ik belde met een kennis in onze straat, van wie ik wist dat hij geen minuut van de uitzending zou missen. Of hij die hele onzinmanifestatie voor ons wilde opnemen – Noordeinde, IJ, Herengracht, Museumplein, alles. Zo verbaasd als hij was over mijn plotselinge oranjegezindheid, hij beloofde een schijfje te laten meedraaien.

24

Het zijn de onbewaakte momenten die de waarheid in pacht hebben. Het brein is nog in de ban van de halfslaap, of van een dagdroom, of van een vlaag vermoeidheid. In zo'n ogenblik van versuffing of onoplettendheid blijkt dat ik nog steeds, of meer dan ooit, rekening houd met een terugkeer van Tonio in ons midden. Het onbewaakte moment geeft toegang tot een diepere en primitievere laag van de ziel, waar de hoop wordt gevoed dat we onze zoon ooit terug zullen vinden. Die sluimerende verwachting hebben we, blijkbaar, nodig om het verlies te kunnen overleven.

In klaarwakkere toestand lijken we, zij het met zelfvernietigende weerzin, de harde feiten te accepteren die duiden op de onomkeerbaarheid van Tonio's lot, en het heeft er alle schijn van dat we daarmee ons eigen fatum omhelzen. Maar in de diepte van ons hart heerst het dierlijke ongeloof dat hij voor eeuwig uit ons leven is verdwenen.

Ook dit requiem, als het een requiem is, kent z'n onbewaakte momenten. De reconstructie van Tonio's laatste dagen en uren verliest dan haar vooropgezette vergeefsheid, en verandert in een zoektocht naar de verdwenen en opgegeven jongen zelf.

'Hij is niet dood, hij is ontwaakt uit de droom die het leven is.'

Wat wij aan het reconstrueren zijn, is niets anders dan het sluitstuk van die droom – waaruit Tonio, volgens de dichter, ontsnapt zou zijn. Het is de ontsnapte Tonio die wij zoeken. Dit requiem dient geen ander doel dan hem op te sporen en terug te vinden.

Voordat we in de auto stapten, las ik nog even *de Volkskrant*, die net als gisteren vol Oranjeschande stond. Aartsvader Cruijff had geen goed woord over voor het spel van zijn achterkleinzoons. Beschamend, dat was het. In Oeganda was tijdens de finale een bloedbad aangericht onder de zondige televisiekijkers in een bar. Het losse hoofd van de zelfmoordterrorist rolde nog wat door tussen de tientallen uiteengereten lijken – wat nog eens wat anders was dan het voor Nederland desastreuze gedrag van de bal op het scherm. Voor wie nog een bewijs nodig had dat voetbal niemand onberoerd liet.

Enfin, straks zouden onze jongens, die om te kunnen verliezen wel eerst tot de finale hadden moeten doordringen, evengoed worden toegejuicht in plaats van uitgejouwd. Het was de wil van het volk. De triomf had zich allang natiewijd in ieders bewustzijn genesteld: het was de vonk die elke leeghoofd van binnenuit verlichtte, als het kaarsje in de uitgeholde mangelwortel met Vastenavond.

Om elf uur kwam Mirjam me waarschuwen dat het tijd werd om te gaan. 'Ik weet niet eens of we er wel doorheen komen met de auto. Ze stromen van heinde en verre toe, hoor ik, en echt niet allemaal per trein.'

Ze droeg een nieuwe zomerjurk, felkleurig en met Afrikaanse print. Hij was lang en wijd, en camoufleerde mooi haar door onze avondlijke pijnbestrijding uitgedijde taille. Op haar lieve gezicht kreeg de drank, anders dan bij mij, geen vat. De vingerafdruk van verdriet in haar trekken, dat was weer een ander verhaal.

25

De voetballers en hun bobo's waren nog binnen in paleis Noordeinde, op de thee bij de koningin. Schreeuwend Oranjevee rammelde aan de goudgepunte hekken. Een helikopter van de NOS registreerde dat aan de achterkant van het paleis de spelersbus klaarstond. Eerst nog de bordesscène. De in hun smalheid altijd weer benepen aandoende deuren gingen open, en de verliezers stroomden naar buiten om zich op de trappen rond hun koningin op te stellen. Verlegen geschuifel.

'De kabinetsformatie is rond,' zei onze gastheer, om de stemming erin te brengen. 'Weer een zorg minder.'

'De enige die lacht, is de koningin,' zei de gastvrouw.

'Logisch,' wist haar man. 'Ze heeft zojuist weer eens bevestigd gekregen dat haar familiekleur geschraagd wordt door drieëntwintig paar gespierde mannenbenen.'

De spelers en hun coaches stonden er bleek en bescheten bij. Er kon inderdaad geen lachje af. Misschien hadden ze allemaal een kater. Het verlies was de afgelopen nacht tot in de kleine uurtjes gevierd in Huis ter Duin, Noordwijk, waar ze waren toegezongen door die andere nationale losersploeg, De Toppers.

Op den duur verscheen er toch hier en daar een besmuikte grijns, en zo stonden ze dan tegenover elkaar: de koningin met haar beschaamde voetbalkabinet aan de ene kant van de spijlen, de in triomf loeiende veestapel aan de andere kant.

Toen gingen ze achter de koningin aan allemaal weer naar binnen. Later kregen we vanuit vogelperspectief te zien hoe de spelers en hun entourage op de Waalsdorpervlakte in twee heli's stapten – voor de vlucht van een halfuur naar Amsterdam. Onze gastheer schakelde het toestel uit, en stelde voor naar de aanlegsteiger te lopen.

26

Op het IJ voegden we ons bij een rommelige vloot van kleine en grote volgboten, van motorvletten en speedboten tot zeewaardige jachten, die door de rivierpolitie op flinke afstand van de gereedliggende spelers- en bobovaartuigen werden gehouden. De verrekijker van onze kapitein moest eraan te pas komen om bij de aanlegsteiger van de marinebasis de Museumboot te kunnen onderscheiden, rijkelijk getooid met oranjerode bloemstukken, en bewaakt door een soort superwaterfietsen met hulpmotor van de politie.

Veelvuldig werd de lucht afgespeurd naar de helikopters met de nationale ploeg, maar sinds hun vertrek van de Waalsdorpervlakte was zeker een uur verstreken, dus de jongens moesten allang op de marinebasis zijn.

's Avonds zouden Mirjam en ik het allemaal op het scherm terugzien. De spelers hadden zich er omgekleed, hun blazers verruild voor de trainingsoutfit – blauw met een oranje biesje, zodat ze niet verward konden worden met hun monochroom uitgedoste fans. In een nog net niet wanordelijke rij marcheerden ze over de steiger om aan boord te gaan van de Museumboot, stoeierig als op een schoolreisje.

‘Nou, nou, het kan niet op,’ zei onze gastheer, mij de verrekijker overhandigend. ‘De kersverse burgemeester *himself*.’

Ik herkende met enige moeite de net aangetreden Van der Laan, die omhangen met de ambtsketting ietwat zorgelijk iedereen verwelkomde. Later, in de herhaling, zouden we de details krijgen. Al die doortrainde voetbalmachines gingen meteen gretig aan het bier, dat door sponsor Heineken verstrekt werd in groene slurpflesjes, gewone glazen en vazen ter grootte van de Wereldcup. Zo wapenden ze zich tegen de smadelijke triomftocht.

Toen de beide boten, omstuwd door de waterscooters van de rivierpolitie, op geruime afstand de supportersvloot passeerden, was er geen houden meer aan. Het leek op Sail, wanneer alles wat varen en drijven kon een aankomend Russisch opleidingsschip op het IJ verwelkomde. Onze vlet kon nu, ondanks de politie, tamelijk dicht bij de spelersboot komen. De hele chaotische armada zette koers richting De Eilanden.

Aan de reling verscheen de keeper, die zo’n buitenproportioneel Wereldcupglas vol bier aan zijn mond zette. Dirk, Robin, Wesley… wat een jongetjes waren het nog, als je ze zo zag stoeien op het dek. Ze werden al wat baldadiger. De burgemeester stond er enigszins verloren bij, met waterspatten op zijn pak. Geen voetballer wilde blijkbaar met hem praten.

Ik hurkte voor in de boot. Ik keek om naar Mirjam, die naast onze vriendin op een bankje zat, zich goed vasthoudend aan de reling. Haar gezicht was nat, maar dat kon net zo goed komen door het water dat een nabij vaartuig opwierp. Van de andere kant… in deze open lichtvlakte, vol deinende scheepjes die zich allemaal in dezelfde richting spoedden, op een lange brug af, was het onmogelijk om *niet* aan Tonio te denken. Zij wist net als ik: we begaven ons via de grootst mogelijke omweg naar de plek die we na Pinksteren niet eerder hadden durven bezoeken. Op de dag zelf hadden we aan zijn sterfbed gestaan, hem voor eeuwig ten afscheid kussend, maar een confrontatie met de kruising waar hij 's morgens vroeg definitief het bewustzijn verloor, konden we al die weken niet aan. Het viel nog te bezien of het vandaag zou lukken.

We deinden nu links van de spelersboot. Er ontstond een gat in het kordon van de rivierpolitie, en daar maakte een drijvend camerateam van *RTL Boulevard* misbruik van door langszij te gaan varen, zodanig dat beide vaartuigen elkaar bijna raakten. De televisieploeg van het glamourprogramma deed z'n werk totdat Wesley Sneijder de kop van de presentator herkende en de inhoud van een tienliterlaars bier in zijn richting uitstortte. Zo, daarmee was de tendentieuze berichtgeving over Wesleys aanstaande bruid voorlopig gewroken.

De armada voer langs een van de haveneilanden.

27

Bij het eerste ontwaken, die ochtend vroeg, bleek ik mijn apneumasker op te hebben. Als ik met een flinke teug op naar bed ging, en dat was gisteravond na het grafbezoek zeker het geval geweest, verzuimde ik het ding meestal voor mijn gezicht te doen, soms uit vergeetachtigheid, vaker nog omdat ik meteen na het liggen gaan in diepe slaap viel. Vannacht, al kon ik het me niet herinneren, had ik er blijkbaar wel aan gedacht.

Ik had over Tonio gedroomd. Terwijl ik zo in de halfslaap naar het rustige suizen van het CPAP-apparaat lag te luisteren, probeerde ik me de droom te binnen te brengen. Tonio had gehuild op 't laatst – nee, hij huilde *nog*. Het klonk nauwelijks boven het geluid van het toestel uit, maar het was onmiskenbaar. Hij huilde niet als een volwassen jongeman, nee, als het twee-, driejarige kind dat hij ooit was. Hij huilde, zacht en ontroostbaar verdrietig, zoals hij heel soms deed op de donderdagavonden in onze Leidsegrachttijd, wanneer Mirjam haar vaste uitgaansuren met een vriendin had. Ik paste dan op Tonio, en een enkele keer werd hij wakker, misschien omdat hij wist (of voelde) dat zijn moeder er niet was, en huilde dan. Als ik ging kijken, stond hij rechtop in zijn ledikantje, dat maar net in het kleine kamertje onder de spitse daknok paste. Bij het zien van zijn vader zei hij met een snik en een bibberstemmetje: 'Ik wil mam.'

Mam kon ik hem niet bieden, want die zat met Lot in een restaurant, of na te borrelen bij Schiller. 'Ik wil mam.' Zijn zangerige huiltje maakte me des te nerveuzer omdat er op donderdagavond altijd wel een keer of twee anoniem gebeld werd. Als ik opnam, bleef het stil aan de andere kant van de lijn. Soms meende ik vaag kroeggeluiden op de achtergrond te horen. Ik beken eerlijk dat ik aanvankelijk Mirjam van deze telefoontjes verdacht: dat ze op die manier wilde controleren of ik wel thuis was, bij de kleine. Onze verstandhouding was nou eenmaal niet op z'n best in die tijd (ofschoon Our Man In Africa nog niet in zicht was). Toen ik iets dergelijks tegenover haar opperde, werd ze furieus. Nooit, *nooit* zou ze zoiets doen. Of ik misschien vergeten was dat ze tien jaar geleden, toen we in De Pijp woonden, zelf het slachtoffer was geweest van anonieme telefoonterreur. Als ze opnam, werd er een Duits marslied ten gehore gebracht, of het Horst Wessel. Later vonden we uit dat de toenmalige beller een neonazi uit de buurt was, een leraar Maatschappijleer op de school waar mijn zus Engels gaf. Een antisemiet uit nostalgie.

We hielden het erop dat de donderdagavondbeller een vaste klant van Schiller was, die langs die weg mij wilde laten weten dat hij mijn vrouw gespot had, of wilde suggereren dat hij zelf in haar gezelschap was, kortom, dat hij mij in zijn macht had. Maar dit vermoeden maakte van mij nog geen ontspannen oppasvader, en dat voelde Tonio keer op keer, zodat hij bleef huilen, bijna verontschuldigend ingetogen, want vol overgave een brulbui, dat was zijn stijl niet. 'Ik wil ma-am.'

Ondertussen bleef hij die ochtend van de dertiende juli, in

vervolg op mijn al vergeten droom, smartelijk wenen, zoals alleen een bij hoge uitzondering ontroostbare Tonio dat kon. Ik dacht nog even dat het ging om het jongste kind van de buren, waarvan ik in de vroege morgen wel vaker door de openstaande ramen gehuil had opgevangen. Maar nee, de buren waren op vakantie. En bovendien, het was onmiskenbaar het huiltje van de driejarige Tonio – zo werkelijk, zo dichtbij dat ik er bang van werd. Het geluid raakte vertroebeld door het suizen van het CPAP-apparaat. Ik wilde zekerheid. Ik wilde Tonio in heel zijn zuivere verdriet horen huilen, zodat ik wist wat hij nodig had...

Zonder de plastic schakels los te gespen rukte ik het apneumasker los. Ik trok de elastische banden over mijn hoofd, en wierp het ding met slang en al op de grond. Het apparaat liet nog gedurende enkele seconden zijn luid zuigende en slorpende geluid horen, en toen... stilte. Ook het zachte kindergehuil was verdwenen.

In sluimertoestand moest mijn brein het zangerige gesuis van de CPAP hebben omgevormd tot Tonio's kleine verdriet van lang geleden. Ik wilde het terug. Ik wilde er eindeloos naar kunnen luisteren. Ik greep in het donker naast mijn bed, vond de slang en trok de elastische banden weer over mijn hoofd. Het toestel hervatte automatisch het zacht in het masker pompen van lucht ter voorkoming van ademstilstand. Het geblaas klonk als tevoren, maar er viel geen geschrei meer in te ontdekken. Ik had het verstoord.

De hele dag al probeerde ik het levensechte gehuil op te roepen in mijn hoofd. Ik ben geen groot omhelzer van bovennatuurlijke verschijnselen, maar ik kon me niet aan de indruk onttrekken dat Tonio me, via mijn CPAP-apparaat, iets duidelijk had willen maken. Misschien de verschrikkelijke, niet in woorden uit te drukken waarheid over zijn einde. Het lijden dat hij, neergeworpen op het asfalt, moest hebben doorstaan, of daarna in de ambulance, of op de operatietafel. Of, hersendood verklaard, op zijn sterfbed, toen hij alleen nog via een slang lucht kreeg toegediend. Misschien had hij daar de aanwezigheid van zijn ouders gevoeld, hun kussen en strelingen, en hun verstikte afscheidswoorden gehoord. Vanmorgen had Tonio iets terug willen zeggen. Niets troostends. Alleen hoe erg het was. De pijn. Het afscheid. En daartoe had hij zich van zijn smartelijkste kinderstemmetje bediend. Van de droeve melodie ervan. Zonder woorden.

28

Hoezeer de wendbare botsbootjes van de rivierpolitie ook hun best deden de oprukkende supportersvloot op afstand te houden, onze motorvlet bleef in de voorste gelederen varen. Hortend drongen we het labyrint van de stad binnen. Meteen al de eerste grachtenbruggen waren volgepakt met in idolate nood bulkend Oranjevee. In vergelijking met juni '88, toen het grauw van vrijetijdslompen nog door het rood-wit-blauw heen schemerde, waren de fans nu overvloediger in de kleuren van hun religie uitgedost. Veel supporters droegen vormeloze pruiken van oranje engelenhaar, met een dwarsdoorsnede van soms wel anderhalve meter. De *art director* van de film *Amadeus* zou er jaloers op geweest zijn.

Van een afstand gezien gingen de krullerige uitlopers van de pruiken naadloos over in een poederachtige oranje mist, geproduceerd door spuitbussen. Bij het sissend verlaten van het ventiel was de rook nog helder oranje, maar bij het uitwaaieren over het water kregen de nevelbanken al gauw iets onreins. Het deed me denken aan het waskrijt waarmee ik als kind een met potlood getekend pannendak inkleurde. Het krijt nam altijd wel een beetje van het grafiet mee, waardoor het oranje goor werd – heel realistisch, zou je zeggen, maar mij maakte het verdrietig.

Toen we de Brouwersgracht in draaiden, kreeg ik een por

van Mirjam in mijn rug. Ik moest bij de gastheer komen, die achterin aan de motor en het roer zat. Hij gaf me schreeuwend te kennen dat hij de Herengracht voorbij wilde varen, om dan te proberen via Prinsengracht en Spiegelgracht alvast zo dicht mogelijk bij het Museumplein te komen. Dat gaf een voorsprong.

Ik knikte, en vroeg me af of ik vandaar bij de kruising Hobbemastraat/Stadhouderskade zou kunnen geraken zonder op afzettingen te stuiten. We hadden het bevriende echtpaar niet verteld dat daar voor ons het eigenlijke doel van deze tocht lag.

De Melkmeisjesbrug was in heel z'n rankheid een levende triomfboog, oprijzend uit een dikke, onaards oranje mist. Het rood-wit-blauw dat eroverheen krioelde, had duizend poten en wapperende tentakels, en het gilde woordloos uit duizend kelen.

De spelersboot, gevolgd door die van de officials, draaide meteen na de Melkmeisjesbrug de Herengracht in. Onze kapitein voerde de snelheid op. De vlet verhief enigszins zijn voorsteven en kliefde door het water van de Brouwersgracht. Rechtdoor. Ik kon nog net een blik naar links werpen. De Herengracht was, zover het oog reikte, met zijn overhuiving van bomen een lange tunnel, doorwriemeld van bewegende armen, die allemaal met vlaggen, vanen en wimpels zwaaiden.

Door wie niet beter wist, kon het eentonige gejuich net zo goed als een massale wanhoopskreet worden uitgelegd. De bruggen over de Herengracht leken overwoekerd door die speciale mossoort waarin een roestig oranje overheerst, maar dan krioelend, alsof het door maden golvend in beweging werd gehouden. En dan die laag over de gracht drijvende roodbruine nevel, als de damp boven zwaar verontreinigd spoelwater uit een giffabriek. Spoedig zou de spelersboot aan het zicht onttrokken zijn.

Ik moest denken aan het idyllische Loenen op de Veluwe, waar die winter bij dichte mist de gier uitgereden werd. In de loop van de ochtend kleurden de laaghangende banken goorgeel als Londense smog boven een industrieterrein. Arme Tonio, die ik op het ongerepte platteland had willen beschermen tegen het vuil van de stad. De ramen van zijn kinderkamer moesten hermetisch gesloten blijven tegen de stank van vloeibare mest, die gevangen in de grondnevel alleen horizontaal uit de akkers kon ontsnappen... de weg over... de tuinen rond de huizen in...

We voeren voorbij aan het West-Indisch Huis, gelegen op de Herenmarkt rechts van de Brouwersgracht. Daar waren we 24 december 1987 getrouwd, terwijl Tonio al vorm aannam binnen in Mirjam. Hier was mijn vader op die gure winterochtend door een plotseling opkomende aanval van benauwdheid bijna het ijskoude water in gelopen. Na de huwelijksvoltrekking wankelde hij rochelend en snakkend naar adem de kade over om een bloedfluim in de gracht te laten afzinken. Ik zag nog net op tijd aan zijn wegdraaiende ogen dat een duizeling hem bijna het evenwicht benam, zodat ik hem voor een val kon behoeden. Longemfyseem. Hij was pas tweeënzestig jaar, maar had daarvan een halve eeuw gerookt volgens het kettingsysteem. Hij was nooit gestopt. Geheime chemische stoffen in de sigaret zorgden ervoor dat zijn van glasachtig slijm doorwoekerde longen zich openden – tot aan de volgende sigaret.

We zouden champagne gaan drinken in het Sonesta Hotel, bij de Koepelkerk, maar het draaide erop uit dat ik aan de balie de reservering ging afzeggen, terwijl mijn halfdode vader door de rest van de familie buiten in een taxi werd geholpen. Ik wilde de man niet achteraf nog eens afschilderen als een kwade fee in travestie, maar dat er op die bruiloft, bedoeld om de foetus te echten, geen zegen rustte, was duidelijk.

29

De nieuwe grafsteen had niets toegedekt. Meer dan elke voorafgaande dag tussen 23 mei en nu stond vandaag, de dertiende juli, in het teken van het *pantonionisme*. Het kwam natuurlijk ook doordat we het huis verlaten hadden voor meer dan een bezoek aan de geitenboerderij of Begraafplaats Buitenveldert, en voor het eerst sinds het etentje in de Staalstraat weer echt de stad in waren. Tonio was overal. Alles ademde Tonio. De geringste voorwerpen, de onbenulligste gebeurtenissen lieten een flinter van zijn ziel zien.

30

'Als hij zo doorgaat,' riep Mirjam van dichtbij in mijn oor, 'word ik misselijk.'

De motorvlet minderde in de schuimende bocht die hem de Prinsengracht op voerde nauwelijks vaart, waardoor hij schuin kwam te hangen zonder zijn Japanse buigingen te onderbreken. Mirjam klampte zich aan me vast, en zei: 'Ik ga kotsen, hoor.'

Toen we onder de brug door waren en weer rechtuit voeren, richtte ik me half op om onze vriend aan het roer een teken van dempen te geven. Misschien begreep hij het pas door de aanblik van een kokhalzende Mirjam.

Juli 1994. De boottocht van ons kustdorp op Ibiza naar Ibiza Stad zou ruim een uur duren. Onderweg zouden we, volgens de folder, volop kunnen genieten van de voorbijglijdende rotskust. Een gladde, diepblauwe zee... witte schuimlasso's rond uit de kalme golven omhoog stekende megalieten... koude consumpties aan boord bij de prijs inbegrepen...

De Spaanse schipper joeg het bootje in minder dan een halfuur naar Ibiza Stad, terwijl de man die de drankjes had moeten verzorgen al met de brandspuit klaarstond om de gal van in tien minuten zeeziek geworden passagiers van het dek te spoelen. De boeg sloeg met zulke harde klappen op het wateroppervlak dat een walvisstaart het hem niet had nagedaan. Mirjam was de eerste die moest overgeven, onmiddellijk gevolgd door Tonio (die uit solidariteit met zijn moeder mee braakte). Grijnzend, met duivelse routine, reinigde de steward, wijdbeens staand, het dek. Er was zoveel deining dat Mirjam en Tonio niet van zich af konden richten, en zo zichzelf bezwadderden.

Toen we later, nog steeds kotsmisselijk, over de kade liepen, zagen we de bemanning, op ankertrossen gezeten, uitgebreid aan de lunch, duidelijk genietend van het halfuur extra dat ze op het toeristenschorem veroverd hadden.

De zesjarige Tonio vond het zo afschuwelijk zijn eigen moeder te zien braken dat hij panisch raakte bij de gedachte aan het eind van de middag weer scheep te moeten gaan.

'Ik wil niet dat mama moet spugen, hoor.'

Uiteindelijk waren we per taxi naar het gehuurde huisje teruggekeerd – een rit over kronkelige binnenwegen van wel anderhalf uur, raadselachtige opstoppingen meegerekend. De chauffeur haalde eerst alleen maar misprijzend diep zijn neus op, totdat hij zich onomwonden, in een soort alleenspraak, begon te beklagen over de zuur ruikende kleren van zijn passagiers.

Thuis waren de ontberingen snel vergeten. Voor het eten bedachten Tonio en ik nog gauw even een hoofdstuk voor ons boek *Reis in een boom*. De jongen was in de kastanje achter zijn huis geklommen, en weigerde eruit te komen, ondanks de smeekbeden van zijn vader en moeder. Ja, 's nachts, als zijn ouders sliepen, dan klom hij naar beneden – om uit het schuurtje planken en gereedschap te halen voor het bouwen van een boomhut. Timmeren deed hij overdag, waarbij hij met hamer en spijker zoveel mogelijk het geluid van een specht imiteerde.

'... om zijn ouders te misleiden.'

'O, maar wat is een specht?'

'Een Woody Woodpecker.'

'O, ja.'

'Als de boomhut klaar is... een soort kajuit... dan kan de reis beginnen.'

'Ja, maar Adri... een boom... hoe kun je daarin reizen? Een boom heeft geen wielen. Een boom heeft wortels... die zitten heel diep in de grond.'

'Dat is nou juist het geheim van ons verhaal. Een geheim dat alleen jij en ik kennen. Ja, stel je voor, zeg, dat iedereen dat geheim kende... dan kon jan en alleman zo'n verhaal opschrijven. Dat zou wat moois worden. Nee, het is *ons* verhaal. Van jou en van mij.'

'Komt mijn naam dan ook op het boek te staan?'

'Natuurlijk, de naam van de schrijver staat altijd op de kaft. En op de titelpagina. Er komen dus twee namen op te staan. De jouwe en de mijne.'

Als ik deugde voor mijn vak, dan had ik nu Tonio's gezichtsuitdrukking moeten kunnen beschrijven, zoals hij toen keek bij de gedachte dat hij zelf een boek zou gaan maken. Met mij. Zijn blik verdonkerde een beetje, misschien bij het besef van alle moeilijkheden die er nog te overwinnen waren.

'Ja, maar Adri... ik weet zelf nog geeneens het geheim van die boom. Maakt hij er een schip van?'

'Nee, de boom blijft met zijn wortels stevig in de grond staan. En toch gaat die jongen ermee op reis.'

'Wat is het geheim dan?'

'Als je in een trein of op een boot stapt, en je gaat ermee op reis, wat valt je dan het eerst op?'

'Dat je rijdt... of dat je vaart.'

'Precies. Je komt vooruit, en dat betekent dat de omgeving verandert. Eerst rijdt de trein nog tussen de huizen, daarna langs akkers en weilanden. Het geheim van onze boom is dat hij zelf niet van z'n plaats komt, maar dat hij steeds een andere omgeving krijgt. Zo is het toch net alsof die jongen in zijn boom door de wereld reist. Met wisselend uitzicht vanuit zijn hut.'

31

Wat zocht ik hier, in het centrum van hysterie? Voortzetting en afronding misschien van mijn onvoltooide tocht op 26 juni 1988, toen ik zo plotseling rechtsomkeert had gemaakt omdat ik het nest met de boreling niet langer in de steek durfde te laten.

Mijn intuïtie had me niet bedrogen. Ik kwam thuis en trof Mirjam in paniek. De kraamhulp had Tonio in bad gedaan, waarbij het verbandje om haar vinger losgeraakt was. Zij liet Mirjam de snijwond zien, die in het warme water weer open was gegaan, en flink bloedde. Langs haar neus weg liet het wicht zich ontvallen dat ze maandenlang de verpleegster was geweest van een terminale aidspatiënt. Na mijn telefoontje aan de zorginstelling werd ze bij ons weggehaald, en op staande voet ontslagen. Ons werd te verstaan gegeven dat de kraamhulp een grote fantaste was, die nooit bij ons te werk gesteld had mogen worden, maar dat maakte de paniek bij Mirjam (en bij mij) alleen maar groter. Ik had die middag nooit naar de huldiging mogen gaan.

32

In hurkloop, me goed vasthoudend aan de reling, verplaatste ik me door de vlet naar achteren. Onderweg moest ik over twee zitbankjes heen stappen. De gastheer-kapitein maakte een uitnodigend gebaar naar de hendel van het roer, kennelijk in de veronderstelling dat ik het sturen van hem wilde overnemen.

'Verderop is de aanlegsteiger van het Pulitzer,' zei ik. 'Als je ons daar zou kunnen afzetten... Mirjam en ik willen nog even te voet de stad door.'

Hij keek teleurgesteld, maar knikte, en tikte tegen de klep van zijn pet. Bij het Pulitzer hielp ik Mirjam uit de boot. We bedankten voor de mooie vaartocht, en keken de vlet na, die messcherp door het kakikleurige water sneed. Ik bedacht dat de kruising met de Leidsegracht wel afgezet zou zijn, want die lag op de route van de spelersboot, maar het was te laat om onze vrienden een verstaanbare waarschuwing na te schreeuwen.

Via twee dwarsstraten en de brug over de Keizersgracht liepen we naar de Herengracht, zo snel als de onverminderd toestromende drommen supporters het maar toelieten. We hadden ons niet zo hoeven haasten, want de Museumboot van Lovers had nog een paar honderd meter af te leggen voordat hij bij de volgepakte brug was waar wij een plaats probeerden te vinden. Het wemelde er van de zilverwitte pruiken die met behulp van spuitbussen in een wolkachtige uitvoering van de Nederlandse vlag waren herschapen. Eronder schreeuwende gezichten gestuukt met oranje pancake, met op wangen en voorhoofd een minivlaggetje in rood-wit-blauw.

De opstand der clowns. Ze hingen in trossen aan de lantaarnpalen. Er kriebelde iets langs mijn gezicht: een oranje pruik, volgestoken met het soort prikkers dat je bij de haringboer kreeg, houten stokjes met een vlaggetje eraan. Daar verscheen de spelersboot onder de volgende brug. Het dierlijke geloei, waarvan je dacht dat het niet luider kon, nam toe in sterkte. Alweer viel me op dat er niets triomfantelijks in te beluisteren viel. Je hoefde maar even met je hoofd te schudden en het klonk opeens als de massale schreeuw van een menigte in nood, die bezig was zichzelf dood te drukken.

De boot was nu helemaal onder de brug door, en alle gestalten in trainingsblauw richtten zich weer op, glas of fles in de hoog geheven hand. De gemotoriseerde waterfietsen van de rivierpolitie haastten zich opnieuw een kordon te vormen. Van de kaden sprongen, of vielen, mensen in de gracht, wat deed denken aan zwart-witbeelden uit een oud bioscoopjournaal: The Beatles op rondvaart door Amsterdam. Toen al dacht ik dat de mensen luidkeels schreeuwden uit protest, omdat er een valse Beatle met een rattenkop als verstekeling meereisde.

Het drietal jongemannen dat vlak voor ons in het water sprong, droeg oranje zwemvesten, dus van een zelfmoordpoging uit wanhopige idolatrie was geen sprake. De boot gleed naderbij, en het gejuich bleek nog oorverdovender te kunnen. Oranje laafde zich aan Oranje, maar het gegil duidde op onverzadigbaarheid.

Mirjam stond met haar rug tegen me aan, en ik hield haar stevig vast. Voor zover de pruikenkoppen voor ons het toelieten, keken we nu recht in de boot. Het malle hoedje van Van Bommel. Een zwarte voetballer, wiens naam ik niet kende, droeg een goudkleurige Romeinse overwinningshelm, denkelijk om de laatste twijfels weg te nemen. Een andere speler werd voor de camera geïnterviewd.

Naarmate de boot de brug naderde, had de oranje nevel uit de spuitbussen zich verdicht. Nu werden wolken oranje confetti over het dek uitgestort.

'Hoofden in…!' riep de ceremoniemeester. De spelers hurkten voor alle zekerheid neer, braaf gehoorzamend – wat jammer was, want na hun onbeschofte spel tegen Spanje had ik ze stuk voor stuk een kopstoot gegund. De boot gleed onder de brug door. Ik nam Mirjam bij de hand, en trok haar achter me aan.

'Wat doe je?' riep ze.

'Ze varen straks door de Leidsegracht.'

Ondanks de vele mensen tegen wie we opbotsten, wisten we de boot met het Nederlands elftal aardig voor te blijven. Op de Leidsegracht vonden we een zeldzaam schaars bevolkte plek tegenover huisnummer 22, waar we van november 1990 tot juli 1992 gewoond hadden. Alsof ik niet opzettelijk op die plaats halt had gehouden, wees Mirjam mij op het huis aan de overkant, haar vinger gericht naar de tweede verdieping. Ik keek haar aan. Het was voor 't eerst vandaag dat ik tranen bij haar zag.

Op de kaden van de Leidsegracht, waar het tot nu toe vrij rustig was geweest, ging een hysterisch gejuich op. In het holle van de brug verscheen, voorafgegaan door twee vaartuigen van de rivierpolitie, onze nationale trots.

33

Bij elke draai die een rondvaartboot vanuit de Herengracht de Leidsegracht op maakte, klonk een luide scheepstoeter. Mirjam en ik werden er op den duur horendol van, maar Tonio bleef bij elke dreun opgewonden naar het raam hollen.

'Boot... boot!'

En dan keek hij tevreden toe hoe daar in de diepte het platte vaartuig tussen de kaden door schoof, en hoe de kruinen van de passagiers op aanwijzingen van een purserette van links naar rechts draaiden.

Op een mooie dag in die eerste lente aan de Leidsegracht stonden de schuiframen open. Ik knielde neer voor de lage vensterbank om te zien of Mirjam en Tonio al terugkwamen van de crèche. Daar stonden ze, beneden aan de stenen trap naar de voordeur. Het zeldzame verschijnsel: Tonio huilde. Hij schopte boos tegen de onderste trede, terwijl Mirjam verzoenend op hem in praatte.

'Nee... ik wil naar Bibelebons.'

Het was geen gedrein. Zijn gehuil klonk hartverscheurend oprecht door de stille voorjaarsmiddag. 'Ik wil terug naar Bibelebons... naar Bibelebons wil ik. Niet naar huis.'

Hij ging op de onderste traptrede zitten, en weigerde met zijn moeder mee het huis in te gaan. Uiteindelijk ging ze naast hem zitten, met haar arm om hem heen. Ik kon ze nu niet meer verstaan, maar het snikken ging door, zachter.

Lief jongetje. Hij was de enige van ons drieën die heimwee had naar de Veluwe. Een rondvaartboot bracht zijn scheepstoeter tot klinken. Tonio had er geen belangstelling voor. Hij schudde heftig met zijn hoofd. Bibelebons, zijn Veluwse crèche, waar hij het zo naar zijn zin had gehad. En wij hadden hem daar zomaar weggerukt, zonder hem te vragen of hij het ermee eens was.

34

Vanaf dat hij praten kon, noemde Tonio me bij mijn voornaam. Als hij wilde aangeven wat de familiebetrekking tussen ons was, zei hij: 'Dit is mijn Adri. Dit is *mijn* Adri, hoor.'

Daarbij trok hij me dan stevig aan de mouw.

Ik zit in de kleine huiskamer van Leidsegracht 22, met de glazen tussendeuren open naar de korte gang, waar een trap naar de eetverdieping voert. Lezend op de bank zie ik Tonio voorbij sjokken, een grote baal tutterlappen torsend. De hele woning is gestoffeerd met dezelfde zachte, hoogpolige grijze vloerbedekking, ook de trap – voor Tonio is het een genot om op zijn blote knietjes de treden te beklimmen. Achter zijn speen brengt hij een mengsel van geneurie, gemompel en zacht gekreun voort, terwijl hij de trap naar boven bedwingt. Als hij bijna bij de bocht en uit zicht is, houdt het geroffel van zijn ledematen op, net als het geluid uit zijn mond en neus. Ik sla een pagina van mijn boek om, en observeer vanuit mijn ooghoeken hoe hij roerloos tegen de treden aan hangt, met de speen nu in zijn vrije hand. Hij kijkt naar me. Ik houd mijn blik strak op de pagina gericht, maar ben gestopt met lezen. Allebei bewegingloos als sprinkhanen begluren we elkaar: hij rechtstreeks, ik indirect.

Ik houd het niet langer, draai mijn hoofd naar hem toe, en kijk recht in zijn wijdopen ogen, die glanzen van een soort plagerige voorpret.

'Adri, jij bent toch mijn vááá-á-áder?'

'Of je het nou leuk vindt of niet, ik ben je vader, ja.'

Nog voor ik uitgesproken ben, steekt hij de speen weer in zijn mond, om de trap verder op te roffelen. Zijn hijgerige lach heeft iets triomfantelijks: alsof hij me ontmaskerd of me op z'n minst een bekentenis afgedwongen heeft.

Ik zit nog een hele poos roerloos in mijn boek te staren, zonder te lezen.

35

Toen de spelersboot voorbij was, en de voetballers alweer neerhurkten voor de volgende brugboog, bleven we nog even naar de halsgevel van ons vroegere huis staan kijken. Helemaal bovenin, aan de tuinkant, had Tonio zijn dakkamertje gehad, dat hij met onvermoeibare trots aan elke nieuwe bezoeker liet zien. 'Dit is *mijn* huisje.'

Ik wees op de brede, grachtengroene deur, die glansde als een spiegel. Naast de post hing een lantaarn die aan de gevel van Yab Yum niet misstaan had. 'Zou dat cilinderslot van de firma Krikkrak er nog altijd in zitten?'

Mirjam wist eerst niet waar ik op doelde.

'Weet je nog, die keer dat je me buitengesloten had... en je binnen verschanst had met *Our Man In Africa*?'

'O, dat. Ik wilde alleen maar een potentiële dief buitensluiten. Niet jou.'

'Misschien was ik de dief.'

Omdat ik wel even wilde ontsnappen aan die ongezonde oranje mist vol drijfgassen, stelde ik Mirjam voor om een deel van de vaarroute af te snijden en via de Leidsestraat naar het Leidsebosje te lopen, om daar de vloot weer op te wachten. We gingen linksaf de Keizersgracht op. In de Leidsestraat en op het Leidseplein was het minder druk dan anders op zo'n zomermiddag. Bij nadering van het plein betrapte ik mezelf erop dat ik in de zijstraten speurde naar een van de shoarmazaken waar Tonio die pinksternacht naar op weg kon zijn geweest om zijn door bier uitgegraven maag vol te stoppen.

In de Korte Leidsedwarsstraat kon ik me niet langer inhouden. Ik liep naar de deur van een Turks eettentje, en bestudeerde de kleurenfoto's van de gerechten. Jawel, ze hadden ook döner kebab, Tonio's lievelingssnack voor later op de avond. Was dit de afbeelding die hem voor de geest gezweefd had, en waardoor hij zich de verkeerde kant op had laten lokken – weg van de Van Baerle, de Jan Luijken en ten slotte de Hobbemastraat in?

Ja, zo weinig heroïsch kon iemand op zijn einde af gaan. Laatst vond ik een oude ansichtkaart, verstuurd in de zomer van 1978 door Jolanda, die met een vriendin op Terschelling vakantie vierde. 'Ik mis jou + broodje shoarma.' Wekenlang had ik intensief met haar opgetrokken, allebei zo verliefd dat we vergaten te eten, niet te drinken. Laat in de nacht, ik woonde in De Pijp, kwamen we dan in de shoarma aan het Ferdinand Bolplein terecht. De straten waren toen net zo verlaten als nu in de vroege ochtend. Ik heb die laatnachtelijke maaltijden nooit als levensbedreigend ervaren.

36

We liepen voorbij de nieuwe fontein van het American. Uit plotseling gejuich, dat opklonk om de hoek van het hotel, konden we opmaken dat de spelersboot de Singelgracht bereikt had. Voor het volk op de brug moest het vaartuig nog een bocht nemen, zodat het gejoel daar net iets later op gang kwam.

Mirjam en ik vonden een plaats helemaal aan het eind van de brugleuning. Het zonlicht viel vol op het scheepsdek en op de voetballers, van wie er een paar geïnterviewd werden. Pal boven het Leidseplein hing de helikopter van de omroep: de beelden in vogelvlucht zouden we straks, thuis, terugzien.

De boot was nog niet helemaal onder het brede brugdek verdwenen of alle supporters draafden dwars over de trambanen naar de leuning aan de overkant – om hun helden weer tevoorschijn te zien komen. Het leek op het rennen van dertig jaar geleden, de giechelige paniek, wanneer drommen krakers en hun sympathisanten door de mobiele eenheid werden opgejaagd. Het traangas kleurde nu oranje, en de tranen waren niet chemisch, maar gestort om die verwarrende mengeling van triomf en nederlaag.

Ik liep met Mirjam meteen door naar het Leidsebosje. We naderden De Plek, maar maakten geen haast hem te betreden. Het liefst wilde ik dat we ernaartoe gedreven of gespoeld werden door de horden clowns die nu onze kant op kwamen. Honderden zwermden er verderop uit over de schuine wallenkant van de Singelgracht, om straks toch maar zo dicht mogelijk bij de boot te kunnen komen, die momenteel uit het donker onder de brug tevoorschijn gleed. Hij voer aan het korte stuk Leidsekade voorbij waar Harry Mulisch woonde. Ik kon vanuit mijn positie niet zien of hij voor het raam van zijn werkkamer stond toe te kijken: de ruit spiegelde. Ik sloot niet uit dat hij daar was. Normaal zou hij nu in zijn favoriete hotel op het Lido van Venetië zijn, maar dat was dicht vanwege een verbouwing. De dag na het ongeluk was hij voorbij De Plek gewandeld, en was geschrokken van de felgele lijnen en tekens die de krachten van het drama weergaven, toen nog niet wetend om wie het ging.

In de speler die momenteel op het dek geïnterviewd werd, herkende ik Robin van Persie. Ik wees Mirjam erop, die bedroefd knikte. Zonder erover te hoeven praten, zagen we nu allebei de zesjarige Robin voor ons, zoals hij geleund tegen de muur van ons schoolhuis in Marsalès stuurs had staan toekijken hoe zijn beide zusjes de eenjarige Tonio leerden lopen. Zelfs het platboomde vlaggenschip van de Nederlandse voetbalkunst ontsnapte vandaag niet aan het pantonionisme.

Ook de voetgangersbrug tussen het Max Euweplein en de Stadhouderskade (de brug die ik ooit zo'n cruciale rol had toebedeeld bij Tonio's einde) stond vol joelend volk, dat al kwistig oranje confetti liet neerstromen terwijl de boot nog ter hoogte van het oude Lido voer. Ik liet mijn blik langs de gevel van het Holland Casino glijden, en probeerde de beveiligingscamera's te traceren die Tonio's laatste daad in deze wereld hadden vastgelegd. Ik kon ze in de gauwigheid niet ontdekken. Voor wie het casino wilde overvallen mocht het beveiligingssyteem ook niet te opzichtig zijn.

Op de andere hoek van de ingang naar het Max Euweplein was het grand café waar Tonio nog geen jaar geleden voor 't eerst zijn toekomstige studiegenoten ontmoet had. De kleine afvaardiging die ons begin juni bloemen was komen brengen, had verteld hoe dat in z'n werk ging. Augustus 2009, Tonio werkte nog bij Dixons, en kon daardoor pas laat aan de introductietijd deelnemen. Toen hij eindelijk met zijn 'groep' had afgesproken, kwam hij veel te laat opdagen. Om de tijd te doden probeerden de in het grand café aanwezige studiegenoten, die Tonio nog nooit ontmoet en zelfs geen foto van hem gezien hadden, zich een voorstelling van hem te maken, louter op grond van zijn naam en zijn geboortedatum. Het werd meer en meer een serieus spel. Rond de summiere gegevens bouwden ze, vertrouwend op hun gevoel, een portret van hem op, een soort intuïtieve compositietekening. Uiterlijke kenmerken, zoals haardracht en lichaamslengte, werden aangevoerd en weer verworpen. Een krappe meerderheid kwam tot de conclusie dat hij niet groter dan 1 m 75 kon zijn. Een andere krappe meerderheid bedacht hem met lang, donker haar en dikke wenkbrauwen, die boven de neuswortel een weinig naar elkaar toe groeiden. Ten slotte werd iedereen het min of meer met elkaar eens: zo, en niet anders, moest de ontbrekende persoon eruitzien.

Ongeveer op dat moment betrad Tonio, in de zekerheid van zijn anonimiteit, het grand café. Hij speurde de tafels af naar wat zijn groep zou kunnen zijn. Het was er stampvol. Hoe moest hij zijn medestudenten, die hij nog nooit ontmoet had, herkennen? Opeens gingen tien armen zwaaiend de lucht in, en klonk het uit tien kelen tegelijk: 'Oehoe, Tonio... hierheen!'

Ze hadden zich, heel democratisch, precies de juiste voorstelling van hem gevormd. Als ik me zijn verbazing op dat moment voorstelde, zijn verlegen grijns (die ergens tussen zijn schouderbladen begon), kon ik alleen maar janken. Nog geen negen maanden later zou hij op een kleine steenworp afstand van het grand café, aan de overkant van de ringvaart, door een auto tegen het wegdek gesmeten worden.

In gedachten zag ik hem op de tafel van zijn studiegenoten toelopen. 'Tjee, wat is dit? Moet dat nou?'

Lachend, met hoekige gebaren, begint hij handen te schudden. 'Shit, hoe wisten jullie...'

37

De spelersboot naderde De Plek, waar de Singelgracht een bocht naar links maakte, richting Rijksmuseum. Nog steeds lieten supporters zich in hurkloop of ruggelings schuivend langs de begroeide wallenkant naar de waterlijn zakken, alsof ze bereid waren naar de boot toe te waden, tot aan hun nek in de bruine drab desnoods.

'Kom.' Langs een deinende muur van oranje ruggen en pruiken trok ik Mirjam achter me aan. Het kruispunt Hobbemastraat/Stadhouderskade lag er verlaten bij. Hoog erboven hing een helikopter, maar niet om De Plek te bewaken. De mensen stonden er, uitzinnig juichend, met de rug naartoe. Van gele strepen op het wegdek, waar de agenten van het bureau James Wattstraat ons voor gewaarschuwd hadden, geen spoor meer – uitgewist door auto's die *geen* fietser voor hun bumper gekregen hadden.

Ik wees Mirjam de plaats. 'Daar ongeveer.'

Hier was hij uit het leven weg geslagen. Het leven nog niet helemaal uit hem, maar de rest was vooral één grote poging geweest te redden wat niet meer te redden bleek.

De boten gingen onder groot gejoel de bocht door. Vuvuzela's produceerden hun lugubere geluid. Hele horden zetten zich nu in beweging richting Rijksmuseum, om nog zo lang mogelijk te kunnen genieten van de aanblik van de spelers of om tijdig op het Museumplein te zijn voor de eigenlijke huldiging.

Mirjam schudde onhoorbaar huilend haar hoofd. 'Zomaar... hier op straat,' meende ik te verstaan.

Mij trof eens te meer de *eenzaamheid* van wat hier had plaatsgehad. Na de fietstocht in z'n eentje... door het blinde noodlot op de hoorns genomen... de lucht in geslingerd en op het plaveisel gekwakt. Hoe lang had hij daar zo gelegen? Had hij nog gekreund, of waren zijn kapotgebeukte longen al niet meer in staat om de voor het kreunen vereiste lucht te leveren?

Ik nam de omgeving eens goed in me op. De bocht die de Stadhouderskade hier maakte, de monding van de Hobbemastraat, het zebrapad van het Parkhotel naar de Singelgracht... het leek inderdaad allemaal, zoals Dick me gezegd had, ruim en overzichtelijk. Geblinddoekt en wel had het noodlot er nog een hele klus aan gehad om auto en fietser hier samen te brengen. Precisiewerk in het vroegochtendlijke donker.

In mijn voorstelling was De Plek blijkbaar de voorbije weken aan het krimpen gegaan – totdat hij een soort smalle, onverlichte eenrichtingstunnel geworden was waarin fiets en Suzuki elkaar wel fataal *moesten* treffen.

38

Tonio, het mooiste wat je mij gegeven hebt, is gevoel van eigenwaarde. Voordat jij je intrede deed, moest ik enige vorm van eigenwaarde altijd *acteren*, zo'n geringe dunk had ik heimelijk van mezelf. Toen ik jou in volle ontwikkeling zag, groeide bij mij de trots – op jou natuurlijk, maar ook op mijzelf. Ik zat voor een niet onaanzienlijk deel in jou. Wie had bijgedragen aan het voortbrengen van zo'n schitterend wezen, moest zelf wel enige kwaliteit bezitten.

Nu ik je zo spoedig alweer heb moeten loslaten, is het met mijn eigenwaarde beroerd gesteld, alsof zij uit jou voortgekomen ook weer in jou verdwenen is. Ik heb je voortgebracht, maar niet kunnen behouden. Ik ben geen flikker meer waard.

39

Het is een nacht
die je normaal alleen in films ziet

Een nacht was kennelijk een ding, een voorwerp, dat doorgaans alleen cinematografisch zichtbaar gemaakt kon worden, maar zich bij hoge uitzondering ook in de werkelijkheid voordeed – in die van de Brabantse volkszanger Guus Meeuwis bijvoorbeeld. Op het podium van het Museumplein was hij bezig zijn optreden voor de Oranjemeute af te ronden. Hierna zou het nationale elftal gehuldigd worden, waarvan de leden nu ongeveer via de aanlegsteiger tegenover het Rijksmuseum de spelersboot verlieten om zich met hun geliefden te herenigen.

Op de grond ligt een lege fles wijn
en kledingstukken die van jou of mij kunnen zijn

Mijn leraar Nederlands zou, denk ik, minder gevallen zijn over dat 'kledingstukken ligt' dan over de 'lege fles wijn'. Gerard van der Vleuten was niet meer in dit leven, maar over de jaren heen hoorde ik zijn besliste stem: 'Een fles wijn, Guus, is een fles vol wijn. Als de fles leeg is, Guus, is de wijn op en houden we een lege wijnfles over. Een lege fles wijn, Guus, is zoiets als de hoek van een ronde tafel: een contradictio in terminis. Ja? Guus...?'

Sympathiek van Guus zou Van der Vleuten de volstrekte onbevangenheid tegenover de gelijkgeslachtelijke liefde hebben gevonden. Als de rond het bed slingerende kledingstukken 'van jou of mij' konden zijn, zou er waarschijnlijk geen bh, rokje, panty of damesslip onder zijn, want die zou Guus, in zijn op de film veroverde nacht, vast niet als van hemzelf herkend hebben – tenzij hier, nog onbevangener, de duistere grenzen van de travestie verkend werden. Waarschijnlijker was dat zich in het bed, geheel gelaafd door de lege fles wijn, twee verstrengelde mannenlijven bevonden, wier op de grond geworpen kledingstukken volstrekt inwisselbaar waren geworden. Voorwaar, een extreem emancipatoire tekst van dit natuurtalent onder de huidige generatie Nederlandse *singer-songwriters*.

Meeuwis sloot af met het stompzinnigste nummer dat de Nederlandse liedkunst ooit had voortgebracht: 'Kedeng, kedeng', de titel zijnde een onomatopee voor het geluid dat een trein van de Nederlandse Spoorwegen op de rails veroorzaakt. Het publiek brulde het refrein uitzinnig mee, en verrijkte het met een geïmproviseerd arrangement voor een paar duizend vuvuzela's. Hier liet een verliezer de harten van de verliezers opspringen, en dat was wel nodig ook.

Daarna mochten de spelers het podium op. Van Bronckhorst, de aanvoerder, kondigde zijn mannen een voor een aan, alle tweeëntwintig. Het gejuich van beneden tilde de voetballers nog verder boven hun afgang uit. De stem des volks had het laatste woord.

De nieuwe burgemeester, die geen zin had nu al uitgejouwd te worden, beperkte zijn dankwoord tot enkele korte frasen, waaruit moest blijken dat hij het een prachtfeest vond. Hij deed snel een stap naar achteren. Toen was daar opeens uit het Hiernamaals de machtige stem van André Hazes: 'Bloed, zweet en tranen.'

40

De buurman die de lange live-uitzending voor ons opgenomen had, waarschuwde dat de camera- en geluidskwaliteit 'om te huilen zo abominabel' was.

'Het is alsof je met een stel misdadigers te maken hebt, die wel geïnterviewd willen worden maar onherkenbaar in beeld wensen te worden gebracht. Blokjesgezichten... uitgewrongen koppen. Net of de camera gehanteerd wordt door Picasso in z'n kubistische periode. Van de interviews zijn ook hele stukken onverstaanbaar door het klappen van de wind.'

Van bovenaf gefilmd leek het Oranjevee nog meer op een stel bijeengedreven kudden. Als ze maar hard genoeg tegen de brugleuningen aan gedrukt werden, persten ze het gebulk er vanzelf uit. Dit massale vertoon van vreugde om helemaal niks, daar kon het toch allemaal niet om begonnen zijn, het leven, de beschaving, de dood van Tonio. Het was niet zozeer dat de mensen de leegte zochten – ze zochten een *galmende* leegte, om zich minder alleen te voelen. Het niets moest een echoput zijn. Je wierp er een wezel in, en je oogstte een ezel, zonder er meer voor te hoeven doen dan schreeuwen op de toppen van je stem.

Ondertussen gebeurde er van alles in de toegezongen leegte. Ook onbedoeld komische dingen, want beeld en geluid waren inderdaad abominabel. Zoals buurman al voorspeld had, ontaardde het beeld regelmatig in verspringende vierkantjes. Het hoedje van Van Bommel danste houterig van zijn hoofd en weer terug, terwijl de boven- en onderkant van zijn gezicht kortstondig gescheiden raakten. Hij werd geïnterviewd, maar hele delen van het gesprek vielen door rukwinden weg. De kijker wachtte vergeefs op een commentaarstem van de omroep, om zich te verontschuldigen voor het ongemak.

De boten voeren vanuit de Leidsegracht onder het brede wegdek van de Marnixstraat door. Ze bleven zo lang onder de brug dat het leek of ze daar ergens in het duister waren opgelost. De camera in de helikopter registreerde alleen nog supporters die radeloos heen en weer renden van de ene brugleuning naar de andere: als konden ze maar niet geloven dat hun helden nooit meer tevoorschijn zouden komen.

Toch keerde de spelersboot in het volle zonlicht terug, linksaf door de Singelgracht richting Leidseplein en het American glijdend. Voordat het vaartuig het duister onder het wegdek bij het hotel in zou duiken, was te zien hoe Robin van Persie in een gunstige positie werd neergezet om op zijn beurt geïnterviewd te worden. Opnieuw filmde de helikopter hoe de kudde het brugdek over galoppeerde naar de kant. Ik wist dat ook wij daar de weg waren overgestoken – niet naar de brugleuning maar naar het Leidsebosje. Ik kon ons niet in het vizier krijgen: het was van te grote hoogte opgenomen.

Er werd weer overgeschakeld naar de camera aan boord, die het interview met Van Persie registreerde. Zijn knappe gezicht werd, zoals buurman had aangegeven, kubistisch vervormd, en zijn oor liep uit in een reeks gekleurde vierkantjes.

'Hoe onderga je dit nu?'

'Ja, geweldig, fantastisch. Al die mensen. Die zee van oranje. Ik begin langzamerhand te geloven dat we toch kampioen zijn geworden.'

De boot voer aan het Holland Casino voorbij, onder de loopbrug door. De helikopter filmde kortstondig de casinokoepel van boven. Een van de thema's van Armando was het 'schuldige landschap'. Nou, dit hier was schuldig stadsgebied. Beveiligingscamera's, bestemd om de poen te bewaken, hadden de laatste ogenblikken van Tonio's bewuste leven vastgelegd. Het schijfje met de beelden lag in het laatje van Mirjams computer. Ik zou haar, en mezelf, er straks van moeten zien te overtuigen de opnames samen te bekijken: dat we ook dat aan Tonio verplicht waren.

'En, Robin, verzacht dit het verlies?' probeerde de interviewer nog.

'Ik geloof al niet meer in verlies,' antwoordde Van Persie. 'De mensen op de kade, op de bruggen, die hebben het laatste woord. Als die zich gedragen alsof we gewonnen hebben, dan *hebben* we ook gewonnen.'

'Met andere woorden,' zei ik tegen Mirjam, 'het Nederlands elftal is door het Oranjevee democratisch tot wereldkampioen uitgeroepen. Als het gepeupel zin heeft in een feessie, dan verwrikt het gewoon massaal iets aan de feiten, net zo lang tot er *reden* is voor een feessie.'

Mirjam haalde haar schouders op. De interviewer mompelde nog iets over een tweede plaats.

'Op deze manier,' zei Robin, 'is het helemaal niet erg om tweede te worden.'

De botenparade naderde de onheilsplek.

'Als tweede ben je de eerste van de verliezers,' zei ik. 'Een Amerikaanse sportwijsheid. In Nederland wordt die aldus uitgelegd: eerste van de verliezers, dan ben je nog altijd eerste. Zie daar maar eens een speld tussen te krijgen.'

Mirjam schokschouderde opnieuw, en schudde er het hoofd bij, ondertussen geen oog van het scherm af houdend. Waar de Singelgracht de bocht van de Stadhouderskade volgde, begon de spelersboot aan z'n draai naar links.

'Heb jij dat niet, Minchen, dat je zou willen roepen: stop hier even... leg hier een moment aan... uit eerbied... gooi wat van die bloemen op de wal... doe iets... laat iemand iets zeggen... dat het even stil moet zijn desnoods...'

'Met een stad vol Damschreeuwers?' zei Mirjam. 'Weinig kans.'

Het interview met Van Persie was ten einde. De camera dreef nog een keer de spot met zijn welgevormde hoofd, door het in close-up van zijn romp te laten springen en tot een motief van bruine en roze blokjes te laten ontbinden, een soort *Victory Boogie Woogie* van de portretkunst. Opeens drong tot me door dat de beelden van Tonio's ongeluk, straks, eenzelfde springerigheid zouden vertonen, maar dan niet door slordig camerawerk, maar uit zuinigheid. Net als al die bewakingsfilmpjes in het programma *Opsporing verzocht*. Ik wist niet of de verknipte bewegingen van zijn laatste daad op aarde het me makkelijker dan wel moeilijker zouden maken om de opnames te bekijken.

Op het scherm werd nu overgeschakeld naar het camerastandpunt van de helikopter, die we vanmiddag vanaf de grond hadden zien hangen, in de stellige zekerheid dat we gefilmd werden op de plek waar Tonio zeven weken eerder verongelukt was. Die van de menigte losgeraakte stipjes, waren wij dat? Mirjam en ik zaten allebei, gespannen voorovergebogen, op de rand van de bank, alsof we op een wederopstanding van Tonio rekenden, gefilmd in vogelvlucht.

'Zie jij ons?' vroeg Mirjam.

'Te hoog, die helikopter,' zei ik.

De gele reconstructietekens op het plaveisel, de gekalkte omtrek van Tonio's lichaam, dat zou van zo'n hoogte allemaal nog zichtbaar zijn geweest, als het niet allang allemaal uitgewist was: door regen, door autobanden, of misschien wel door zo'n hogedrukspuit met een dampende chemische oplossing waarmee in de Kalverstraat platgetreden kauwgom van de klinkers werd verwijderd.

Mirjam en ik waren niet te onderscheiden. De camera zwenkte terug naar de Singelgracht, waar de spelersboot, omzwermd door de gemotoriseerde waterfietsen van de politie, de bocht door gleed.

'Denk even terug aan dat schoolhuis in Marsalès, in '89,' zei ik tegen Mirjam. 'Die twee jongetjes daar bij ons op het erf. Tonio, die lopen leerde achter zijn buggy... en Robin die het allemaal aanzag met een bozig gezichtje. Kijk, zie je, nu schampen hun geschiedenissen langs elkaar af. In die bocht daar.'

De camera toonde ons de achterkant van Paradiso. Als Tonio die zaterdagavond met Jenny daarnaartoe was gegaan, had hij nog geleefd, maar volgens een heleboel welwillende en goedbedoelende lieden 'mag je zo niet denken'. En als ik nou eens niet anders *kan* dan zo denken? Ook het denken kent z'n staatsvormen. In sommige gebieden heerst een regime van vrijheid, in andere wordt dwang uitgeoefend. De onderdaan heeft maar te volgen.

41

Ik dacht aan de keer, in diezelfde zomer van '89, dat Robin plotseling van ons erf verdwenen bleek, terwijl de aandacht van zijn zusjes geheel door de looppogingen van Tonio in beslag genomen werd. Ondanks Robins reputatie van roekeloosheid, of juist daarom, deden de meisjes er nogal luchthartig over, maar omdat Mirjam en ik er niet gerust op waren, leek het ze toch maar beter hun broertje te gaan zoeken.

Robin zag ik in de namiddag pas terug, tijdens het *happy hour* op het campingterras, waar de tap Heineken gaf om de Nederlandse gasten zich nog meer thuis te laten voelen. Ik zat aan tafel bij Robins moeder en haar vriendin, ook een gescheiden dame uit Rotterdam, met dochtertje. De gewezen mevrouw Van Persie was een bijzonder mens, niet uitgesproken knap, maar met een uiterlijk dat je bijbleef, of liever: dat zich in je brein afdrukte als een zegel in de lak, onuitwisbaar.

Lily en Kiki speelden met Tonio in het gras. Zijn buggy stond leeg naast me. Met haar prachtige Rotterdamse accent vertelde mevrouw Van Persie me over haar werk, haar leven, haar gezin. Van de drie kinderen had Robin de scheiding het slechtst verwerkt. Ook wanneer ze over ernstige zaken sprak, werden haar woorden regelmatig afgewisseld door een korte, melodieuze giechel, of eigenlijk niet meer dan de aanzet daartoe – een soort interpunctie van de conversatie.

Haar ex was beeldend kunstenaar. Hij nam zijn vak op een destructieve manier serieus. Met een van zijn beste vrienden,

'Joop van Gerard Reve', ook beeldend kunstenaar, had hij een levenshouding ontwikkeld waarbij het artistieke ambacht optimaal tot z'n recht kon komen. In alles (coke, drank, enzovoort) niet alleen tot het uiterste gaan, maar ook nog eens over het randje van dat uiterste, dan kwam het met de kunst wel goed. Jezelf met alle middelen uitputten, tot op de bodem, en wat er *dan* van je overbleef, dat kon alleen de waarheid zijn.

Ik zei dat het procedé me deed denken aan *le dérèglement de tous les sens* van Rimbaud, maar dat begrip en die naam kon ze zich niet herinneren te hebben horen vallen. Ik meende wel te begrijpen dat de geschetste levenshouding het uiteenvallen van het huwelijk bespoedigd had.

Ondertussen was zich rond de washokken, een eind verderop, een samenscholing van kinderen aan het ontwikkelen. Lily zette Tonio terug in zijn buggy, en rende er met Kiki naartoe. Mijn aandacht werd afgeleid door het dochtertje van mevrouw Van Persies vriendin. Het meisje, van een jaar of tien, wilde mij een ingestudeerd zangnummer laten horen, waarbij ze als microfoon een frisdrankblikje op het uiteinde van een bezemsteel gebruikte. Ze vervormde haar stem tot iets brouwends, dat in de verte aan de keelklanken van Louis Armstrong deed denken, maar dan de vederlichte variant. Haar optreden werd verstoord door de kreten van de zusjes, die van de washokken en de daar ontstane oploop in paniek terug kwamen gerend. Huilend.

'Mama! Mama!' riepen ze door elkaar heen. 'Robin! Het is Robin weer! Hij bloedt! Hij is in het prikkeldraad gevallen!'

'Dus zodoende,' rondde mevrouw Van Persie haar uiteenzetting over het destructieve kunstenaarsprocedé af. Haar dochters sprongen als bange hondjes om haar heen. 'Kom nou mee, mam! Het is Robin! Hij bloedt als een gek!'

De moeder stond waardig en langzaam op. 'Robin natuurlijk weer.' Niet voor 't eerst, inderdaad. Die winkelhaak van een tijd terug in zijn hoofdhuid was uitzonderlijk, maar verder was er elke dag wel een kleine of wat grotere wond te verbinden of te bepleisteren.

Als om het juiste levensreddende tempo aan te geven renden de meisjes, angstig omkijkend, voor hun moeder uit – die kaarsrecht en zonder haast op de washokken toeliep. Ik had Tonio om op te passen, dus ik bleef maar aan de tafel zitten, die bovendien bezaaid lag met kleine bezittingen van de Van Persies. Ik keek de vrouw na. De menigte kinderen week voor haar uiteen, en het kabaal werd minder. Even later voerde zij haar zoon, door hem zacht voor zich uit te duwen, langs het terras, op weg naar hun tent. Zij groette met een gebaar dat wilde zeggen: het is niet anders. Robin hield zijn gewonde arm gestrekt van zich af, een beetje neerwaarts, zodat het stroompje bloed, dat in de buurt van zijn oksel of schouder ontsproot, zich in de richting van de pols wond. Hij keek net zo stuurs als die ochtend op ons erf, maar huilde niet.

42

In het vroege najaar van '89 waren de zusjes Van Persie nog een keer met hun moeder (maar zonder Robin, die inmiddels bij zijn vader woonde) bij ons in Amsterdam op bezoek gekomen. Volwassenen die op vakantie met elkaar zijn omgegaan, moeten de kennismaking na de zomer, als ieder weer in de alledaagse rompslomp is ondergedompeld, eigenlijk niet willen hernieuwen. Schaamte en onwennigheid doen hun intrede. Voor Kiki en Lily gold dat allemaal nog niet. Hun behoefte om Tonio te knuffelen was niet gesleten.

Er was wel iets veranderd. Tonio, een volle twee maanden ouder, liep en rende door het huis alsof hij nooit anders gedaan had. Ik weet niet meer of we hem voorbereid hadden op de komst van de meisjes, en zo ja, of hij begreep welke meisjes. Hij kwam uit zijn kamer op het stemmenrumoer af. Daar stond hij, in de deuropening tussen het slaap- en woongedeelte van onze flat, met onder zijn arm de olifant van blauw katoen. Ik heb niet veel op met het cliché van stralende bruiden, stralende gezichten en stralende middelpunten, maar voor deze ene keer was het de waarheid: bij het zien van Lily en Kiki straalde hij een bijna lichtgevende blijdschap uit. Van puur genot verzamelde zich op zijn opengevallen onderlip het zuiverste kwijl, dat al gauw in een sidderende pegel tot halverwege de grond reikte. Tonio had niet alleen hun gezicht herkend, ook hun lichaamswarmte, hun gretige en veilige armen, hun geur.

Met luide kreten stortten de zusjes zich op de kleine jongen. 'Tonio, mogen we je kamer zien?' Hij dribbelde trots voor ze uit door het gangetje naar zijn eigen domein. Mirjam ging ze af en toe wat lekkers brengen, maar verder zagen we het drietal de hele middag niet meer terug. Toen ik even om de deur keek, lag Lily met Tonio in zijn ledikant, terwijl zij hem iets voorzong. Hij schaterde, luisterde, en schaterde weer – alsof elk coupletje een komische frappe bevatte, waarvan hij wilde tonen dat die hem niet ontgaan was. Ondertussen bouwde Kiki voort aan een toren van Tonio's kleurvaste, kwijlbestendige blokken.

Als ik terugdenk aan deze en andere en latere situaties, verbaast het me hoe vaak hij, enig en allenig kind, met meisjes omgeven was. Isoude, Femke, Merel, Iris, Alma, Pareltje, Jayo, Lola... Tonio hield van vrouwen, van klein tot groot, en vrouwen hielden van hem, vanaf dat hij klein was. Onbegrijpelijk dat zo'n jongen ooit gedwongen zou zijn over meisjes te tobben.

Niet de vrouw, de liefde was problematisch.

43

Hier, in de getoonde bocht, was Tonio verongelukt. 'Als een hond kapot gereden op straat,' had ik in mijn grootste woede een keer uitgeroepen. Twee meter beneden het niveau van het wegdek, dezelfde bocht volgend, voer de spelersboot met voetbalvedette Robin voorbij – op weg naar de huldiging op het Museumplein. Mijn herinnering aan de twee jongetjes bij het schoolhuis in Marsalès deed niets af, en voegde niets toe, aan Tonio's dood of Robins triomf. Het was wat het was.

Een camera, opgesteld bij de aanlegsteiger tegenover de tweelingpanden van het Peper- & Zoutstel, liet de wachtende vrouwen van de spelers zien, sommige met kinderen. Een zwaar opgemaakt gezicht rekte zich los van de Modigliani-hals, viel tot blokjes uiteen, en werd uit diezelfde blokjes, die als het ware implodeerden, ook weer opgebouwd.

'Daar heeft ze zich dan zo mooi voor gemaakt,' zei Mirjam.

'Ik denk, Minchen, dat ik na al dat verspringende camerawerk de beelden van het Holland Casino nu wel aankan. Jij?'

Mirjam schakelde het toestel uit. 'Ik weet het niet. Toen die agent van de Afhandelunit door de telefoon vertelde wat er zo'n beetje op te zien was, ben ik er dagen misselijk van geweest.'

'Kom, dat schijfje ligt nu alweer veel te lang in je computer.'

'Ik denk niet dat ik ernaar kan kijken. Later misschien eens. Ooit.'

'Weet je nog dat we met Tonio naar *The Lion King* gingen, in De Uitkijk? Toen de buffels op hol sloegen en over de leeuwen heen raasden, kon hij het niet langer aanzien. Hij wierp zich op zijn knieën voor de stoel, legde zijn gezicht op de zitting, en drukte zijn oren dicht. Dat mag jij ook allemaal doen, als het te erg wordt. Maar je moet wel naast me komen zitten.'

'Ik ben bang dat ik zelfs mijn ogen niet dicht durf te doen.'

'Luister, Minchen. We hebben hem toen, in het AMC, van dichtbij dood zien gaan. Dan kunnen we dit nu ook aan.'

44

Over het zebrapad tussen de brug bij het Max Euweplein en de ingang van het Vondelpark dansten met malle, houterige sprongen twee figuurtjes – kennelijk om een schokkerig uit westelijke richting optrekkend voertuig te ontwijken. Ik had geen verstand van auto's, maar uit de documentatie voor mijn roman herkende ik het model als een Suzuki Swift. Misschien had de auto vanwege de overstekende voetgangers enigszins vaart geminderd, en werd de snelheid na het passeren van het zebrapad weer in gelijke mate opgevoerd: uit de verspringende beelden viel dat niet goed af te leiden. De Suzuki schokte door de brede bocht van de Stadhouderskade, op het volgende zebrapad af. Tegelijkertijd naderde uit de Hobbemastraat, dus min of meer uit zuidelijke richting, een fietser hetzelfde punt. Zo te zien stonden de stoplichten op de kruising niet aan.

De aanvaring tussen auto en fiets bevond zich juist tussen twee opeenvolgende beeldjes in – alsof iemand de botsing, bij wijze van censuur of om een andere reden, eruit geknipt had. Aldus ontbrak de oorzaak, maar niet het gevolg. De opnames toonden een stilstaande Suzuki Swift met een fiets liggend ervoor en een min of meer uitgestrekte, licht opgekrulde gestalte erachter. Uit de auto stapte de bestuurder, houterig als een ledenpop.

Doordat Mirjam achter de bureaustoel over me heen gebogen stond, met haar boezem leunend in mijn nek, voelde ik haar adem stokken. Haar vingers, die ze losjes op mijn bovenarmen had gelegd, groeven zich nu in mijn vlees. De bestuurder verplaatste zich met een sprong – en toen ging het beeld op zwart. Ik zette de opname terug op nul, en speelde hem opnieuw af.

'Nee, niet nog eens,' zei Mirjam huilend. Ze verborg haar gezicht in mijn hals, en ik voelde de warme nattigheid van haar tranen.

'Jawel, ik wil er nu alles van weten ook.'

Het quasi-discreet weggelaten moment suprême. De keurig in rijwiel en berijder opgesplitste tegenligger, verdeeld over voor- en achterbumper. Hoofd en schouders van de uitgestapte bijrijder. Vreemd: het filmpje liep nu, bij het nog eens afdraaien, langer door. De sprong van de bestuurder leidde naar het slachtoffer. Met net zo'n sprong was hij terug bij het portier.

Ik zette het beeld stil. De bestuurder had een hand aan zijn oor. Op het Forensisch Instituut zouden ze, door het reusachtig opblazen van de beelden, misschien zichtbaar kunnen maken welk nummer de man getoetst had. Ik wist het zo ook wel: 1-1-2.

Weer ging het scherm op zwart. Ik spoelde terug. Het leek wel alsof ik verwachtte dat de eigenlijke botsing vroeg of laat wel in beeld zou komen.

'Hier, Minchen, die rennende voetgangers... ze kunnen best Tonio's aandacht afgeleid hebben. Kust veilig voor ze? Dan ook, iets verderop, voor hem. Doorfietsen maar.'

Mirjam keek allang niet meer. Ze hing zwaar op me. Nog verschillende malen draaide ik het filmpje opnieuw af. Gretiger, zo leek het wel, naarmate ik er meer aan gewend raakte. Alsof ik een manier gevonden had om de beelden van het ongeluk door overvoering uit mijn geheugen te wissen. Op den duur kreeg de herhaling inderdaad iets afstompends. De opname begon vanzelf, met verspringende figuurtjes en al, te lijken op de vroegste videogames die Tonio met zijn vaardige vingers had bespeeld. Alleen viel er aan *dit* spelletje niets ten goede te manipuleren. Hoe vaak ik ook van voren af aan begon, de auto won het elke keer van de fiets.

'Adri, hou nu op, alsjeblieft.'

'Kijk, er staat nog meer op.'

Nadat ik het filmpje, zwart en wel, iets langer had laten doorlopen, waren er opeens, in voortdurend stokkende flakkering, vier zwaailichten zichtbaar: twee van politieauto's, twee van ambulances. Door het verspringende beeld leek het slachtoffer met brancard en al in de richting van een van de ziekenwagens te worden gesmeten.

Mirjam had haar hoofd weer van mijn schouder getild, en keek zacht snikkend naar de slotbeelden. 'Onze lieve Tonio... waarom moest dit nou gebeuren?' (Ik weet bijna zeker dat ze de onvoltooid tegenwoordige tijd gebruikte en 'moet' zei: het gebeurde immers op hetzelfde moment voor haar ogen.)

De ambulance met Tonio erin zette zich sprongsgewijs in beweging, met achterlating van een vlooientheater vol onafgebroken hippelende minifiguurtjes. Met iets tussen een snik en een zucht nestelde Mirjam haar hoofd weer in mijn hals, de woorden murmelend die ze vanaf die eerste avond telkens opnieuw had gebezigd als alle overige uitingen van verdriet opgebruikt leken: 'Ons eigen jongetje.'

Met mijn arm achterwaarts om haar nek geklemd bleef ik naar het scherm zitten kijken. De doorlopende tijdklok onder aan het beeld gaf 05:09:14 aan. Was op dat uur het Holland Casino nog open? Ik stelde me voor dat achter de hoge buitenmuur, waaraan de beveiligingscamera's waren bevestigd, de balletjes van de roulettetafel gewoon door ratelden. Een vermoeide croupier harkte een fortuin aan fiches bij elkaar. De mysterieuze klant met de gele ogen durfde eindelijk de strop van zijn das wat losser te trekken.

Epiloog

De zonsverduistering

Hoe bijtender het wegzijn,
hoe radelozer raken verslingerd,
tot het ooit te voltooiende,
zijn sporen aan het ontbrokene.

Telkens zodra een siddering vaart
door de bloesemomrankte steel
die zijn werpbijl nog in toom houdt,

beslaat uiterst kort, maar toch,
de kleine maanschijf achter zijn hart,
daarop elke seconde iedere slapende
zijn bloedschuld tracht te verevenen
in averechts hortend spiegelschrift.

Hans Faverey, *Het ontbrokene*

1

Augustus loopt ten einde. Morgen is het de eerste september, het begin van de meteorologische herfst. Vanmorgen schreef de huisfilosoof van *de Volkskrant* een stukje over hoop. Ik citeer: 'Hoop is uit, angst is in. Hoop en angst zijn tweelingbroers, geboren uit de onkenbaarheid van de toekomst. We hopen het beste, maar vrezen het ergste.'

Hoop mag dan een vorm van zelfbedrog zijn, we kunnen niet zonder, al is het vaak hopen tegen de klippen op. 'Hoop is een reflex.' Maar als het dan zo is dat de ten dode opgeschreven zieke op genezing blijft hopen, en de ter dood veroordeelde misdadiger op gratie, wat blijft er dan, reflex of niet, voor Mirjam en mij te hopen over? 'De mens kan zijn angst niet ontlopen, maar zijn hoop evenmin.'

De hoop dat Tonio ooit nog bij ons terugkeert, is de bodem in geslagen. De angst dat de ijselijke waarheid hierover steeds dieper en obscener tot ons door zal dringen, neemt alleen maar toe. Wat te hopen? Dat het gemis vroeg of laat zal afkalven? Dat is hopen op een wassen neus, want het verlies zal er, met garantiebewijs, voor altijd zijn.

Wij ontlopen de hoop niet. De hoop ontloopt ons.

2

Het lijkt wel of we in een dimensie van de werkelijkheid terecht zijn gekomen waar andere natuurkundige wetten gelden dan voor de mensen om ons heen. Als ik mag afgaan op alle goedbedoelde voorspellingen zien de meesten de datum van het

~ engel van Walter Benjamin

fatale ongeluk als een punt in de tijd waar we ons, via ijkpunten op de kalender (een maand nu, drie maanden al, spoedig vier, straks een halfjaar), van verwijderen, terwijl gemis en verdriet een organisch slijtageproces doormaken.

Mirjam en ik ervaren (op elkaars gewaarwording enigszins variërend) de situatie heel anders. Als we, even op adem komend, omkijken, zien we de gebeurtenis van 23 mei in een onberekenbaar (en niet te berekenen) tempo op ons af razen. In plaats van zich, stilstaand in de tijd, van ons te verwijderen komt de datum, en wat die vertegenwoordigt, steeds dichterbij – maar zonder ons in te halen. We zijn als aangeschoten wild, gevolgd door een hyena of een andere aaseter. Bij elke blik over de schouder lijkt hij dichter genaderd, maar hij houdt zich nog in en beidt zijn tijd, en bovendien zorgt zijn schaduw voor gezichtsbedrog.

Zo zullen we de rest van ons bestaan opgejaagd worden door een schrikbeeld dat al vlees geworden is – het dode vlees van Tonio. Niks slijtage van pijn en verdriet. Wat slijt, is niet wat achter ons ligt, maar wat zich, krimpend, voor ons uitstrekt: de overgebleven tijd van leven.

3

Voor het eerst sinds Pinksteren heb ik, in een halfslachtige poging mijn conditie op te krikken, weer eens de hometrainer beklommen. Ik heb het ding uit een donkere hoek van de slaapkamer naar een plek vlak bij de balkondeuren gesleept, zodat ik voldoende daglicht krijg om al trappend de krant te lezen. Het apparaat is ingesteld op het hoogste verzet. De laatste keer, in mei, dat ik erop zat, ervoer ik deze versnelling als tamelijk licht. Nu lijken de pedalen stroef geworden en zwaarder te bedienen. Het zijn de gewrichten die, na mijn maandenlange roerloze gebroed, krakend dreigen vast te lopen.

Om niet naar de teller te hoeven kijken hang ik de krant over het stuur. Ik concentreer me op mijn onwillige benen. Elk rondgaan van de trappers is er een – op weg naar de genezing. Binnenkort een begin maken met de drooglegging. Mijn brein is allang immuun geworden voor de pijnstillende werking van de alcohol. Drank is weer gewoon wat het altijd was: een verlammende roesverwekker. Met dit verschil dat het innemen de pijn om het gemis soms juist verhevigt. De verdrietvariant van de kwaaie dronk.

Qua oppervlakte hoeft er geen groot gebied drooggelegd te worden: de twee grote zitkussens van de doorgezakte huiskamerbank en het blad (40 cm in het vierkant) van het bijzettafeltje, dat door een speciale constructie zodanig aangeschoven kan worden dat het de bankruimte in tweeën deelt. Als ik het drinken eraan geef, is het in de eerste plaats om Mirjam er niet langer in mee te slepen. Zij klaagt steeds vaker over een schrijnend gevoel in de slokdarm na het drinken van haar favoriete kruidenwodka. Twee glazen aanlengen met jus d'orange is doenlijk, maar daarna smaakt het sap van zelfs de zoetste sinaasappel wrang. Dan maar weer onversneden, met hooguit een klont ijs.

Dat hele bijzettafeltje, hoe handig het na aanschaf ook leek, begint me trouwens tegen te staan. Het fineer, dat het blad een aanschijn van massief eikenhout had gegeven, is gaan loslaten en verkruimelen onder de kringen gemorste sterkedrank, maar het ergste is dat het, door z'n aanschuiffunctie, een hinderlijke buffer vormt tussen Mirjams verdriet en mijn troost, en mijn verdriet en haar troost. Als we desondanks met een machteloos gebaar van steun naar elkaar uithalen, dreigt er altijd wel een fles of een glas om te gaan.

Weg dus met die serveerboy zonder wieltjes, die rinkelende getuige van onze intiemste doodswalging – en meteen ook maar met alle flessen.

In mijn rond trappende benen ontwikkelt zich al snel een spierpijn die meer op z'n plaats is daags na urenlang hardlopen.

Bovendien dringt, tot verlammens toe, het beeld zich op van Tonio op deze zelfde hometrainer. Hij heeft beneden een tas vol vuile was neergezet, en wil van de gelegenheid profiteren om eens goed te douchen. (De douche in de Nepveustraat levert niet meer dan 'een slap straaltje'.) Op zoek naar zijn ouders trekt hij overal deuren open. Mirjam is er niet, en mij vindt hij uiteindelijk in de slaapkamer, waar ik in bed lig te lezen. Hij is vrolijk, vol energie.

'Hai. Rustdagje? Moet jij nog douchen?'

'Straks.'

'Goed als ik eerst ga?'

'Leer nou eindelijk eens die washand niet kletsnat op de badrand te gooien. Ik ga echt jouw gebruikte waslappen niet uitwringen.'

Hij grinnikt, en klimt op de hometrainer. Ik weet niet hoe het gesprek op de gebroeders Coen komt, zijn favoriete regisseursduo, maar terwijl hij losjes de pedalen bedient, geeft hij mij een klein college Coen-cinema. 'Zo verneukeratief.' Hij heeft juist de nieuwste Coen gezien, *Burn after reading*, en kreunt bij de herinnering aan de rollen van Pitt en Clooney. 'Zo door en door zielig, die twee.'

Brad Pitt, begrijp ik, speelt een met babytalk bepoederde sportschoolhouder. En Clooney… te sneu om na te vertellen: 'Wat laat die man zich kennen.'

'Bedoel je nou de rol die ze spelen, of de acteurs zelf?'

'Allebei. Dat is nou juist het gemene van de Coen Brothers. Door die twee zo'n rol te geven, zetten zij ze precies neer zoals ze werkelijk zijn. Superlullig.'

'Neem me niet kwalijk, Tonio, maar je doet me toch een beetje denken aan zo'n theaterbezoeker uit primitieve tijden. Zo iemand die de boef van het stuk bij de artiestenuitgang opwachtte om hem een pak slaag te geven voor zijn misdaden.'

Tonio hield op met trappen, en keek me hoofdschuddend aan. Ik had er weer niets van begrepen. 'Waarom denk je nou dat de Coen Brothers dat soort supersterren voor hun films uitnodigen?'

Met een blik die zei: 'Denk daar maar eens over na', steeg hij van de hometrainer. Hij trok een badhanddoek en een washandje uit de kast, en verdween naar de badkamer – waar ik later niet op de badrand maar op de ombouw van de wastafel het washandje verzadigd van schuimende douchegel onuitgewrongen terug zou vinden. Ik bleef in bed liggen met de vraag of ik elke Coen-film voortaan zou moeten beschouwen als een soort afvalvernietiger of papierversnipperaar voor het wegwerken van *mainstream* sterreputaties.

Ik had vanmorgen op de hometrainer allang de denkbeeldige plaats van Tonio weer ingenomen, toen Mirjam de slaapkamer binnenkwam. Het was te zien dat ze gehuild had – niet hevig, niet langdurig, maar toch merkbaar, al had ik moeilijk kunnen zeggen waaraan dan. Ik was ruim dertig jaar met haar samen, en in die drie decennia hadden we binnenskamers heel wat afgehuild, ik minder dan zij, maar nooit *meer* dan de afgelopen drie maanden. Ik zou onderhand een kleine encyclopedie kunnen samenstellen van alle huilvormen, compleet met gradaties in intensiteit, waartoe de dood van een kind kon leiden. Ook mijn eigen inwendige huilbuien waren weer onder te verdelen, op z'n minst in sijpelend en gutsend.

'Ik bedacht net... mijn vader is nu zevenennegentig,' zei ze, en haar ogen blonken alweer. 'Ik ben vijftig. Ik lijk op hem. Stel, ik word ook zevenennegentig, of nog ietsje ouder... dan moet ik nog zevenenveertig jaar zonder Tonio verder leven. Een halve eeuw. Dat is toch een ondraaglijke gedachte?'

Mijn benen waren tot stilstand gekomen, maar ik bleef op het apparaat zitten. Ik legde een hand tegen de zijkant van haar gezicht. 'Minchen, wat hadden we nou besloten? Ons *niet* te verzetten tegen het verdriet om Tonio. Sterker, we zouden de zenuw open houden, de pijn liefst erger laten worden, omdat die onze laatste band met Tonio vormt. Als we hem alleen zo nog, via die snijdende pijn, levend kunnen houden, dan moeten we tot het uiterste proberen zo oud mogelijk te worden. We mogen niet te gauw door de dood van onze pijn afgesneden worden, want daar is het voortbestaan van Tonio niet bij gebaat. Sterven verdooft, weet je wel, en voorgoed ook. Zie die pijn als de eeuwige vlam op Tonio's graf. Hij zal echt wel een keer uitwaaien. Over een halve eeuw, dat is altijd nog vroeg genoeg. Afgesproken?'

Mirjam knikte, glimlachte, veegde haar gezicht droog.

'Dan moeten we wel als de bliksem met zuipen stoppen,' zei ze. 'Wat zou je vinden van een officieel laatste glas vanavond? Echt dat we bij het naar bed gaan kunnen zeggen... eh... gedaan, klaar, genoeg geweest. Het smaakt me trouwens niet meer.'

'Goed, een laatste dronk... op onze levensverwachting.'

'Op de levensverwachting van ons drieën.'

4

(Dagboekaantekening van woensdag 19 mei 1999)

20:00 Tonio thuis. Bekijk hem steels zoals hij in zijn legergroene outfit geknield op de grond zit te spelen: een en al gezondheid. Hij gaat met me mee, om 20:30, naar driehoog, en leest nog wat op mijn bankje. Later staat hij zachtjes op, om mij niet te storen. Vanuit mijn ooghoeken zie ik hem om de lange sorteertafel heen lopen. Hij inspecteert de naast elkaar uitgestalde hoofdstukken in manuscript. Hier en daar leest hij de samenvatting op het bovenste A4'tje.

'Hier staat: "Movo in het Brandwondencentrum." Waarom is Movo in het Brandwondencentrum?'

'Hij heeft zijn hoofd in een pan met gloeiend heet frituurvet gestoken.'

'O. Waarom?'

'Om zichzelf te straffen.'

'O. Waarvoor?'

'De vreselijke dingen die hij gedaan heeft.'

'Ja, maar hier staat dat hij twaalf jaar gevangenis krijgt.' (Lacht.) 'Dan hoef je *jezelf* toch niet te straffen...'

'Hij straft zichzelf voor andere dingen dan de rechter doet.'

'O. Waarom komt hij na acht jaar alweer vrij? Dat staat hier.'

'Zo gaat dat in Nederland. Bij goed gedrag hoef je maar tweederde van de straf uit te zitten.'

'O.' Hij kust me tot drie keer toe, gaat dan naar bed. 'Goed werken, hè.'

5

Ik heb lang gezocht naar een herinnering aan Tonio waarmee ik dit requiem zou kunnen afronden.

In een werk van fictie kunnen enkele terugblikken op het verleden van de hoofdpersoon, mits goed gekozen, volstaan om diens hele jeugd op te roepen. Dit aan Tonio gewijde geschrift zou pas compleet zijn als ik er *al* mijn dierbare en onwelgevallige herinneringen aan hem in kon neerleggen, liefst gevoegd bij die van door mij ondervraagde derden. Het verlies maakt onverzadigbaar. Om het onmogelijke verlangen naar volledigheid te bestrijden heb ik het geheugen associatief z'n gang laten gaan. Het aldus aangeleverde materiaal heb ik ondergebracht binnen een structuur die enigszins op die van een roman lijkt, in de hoop dat Tonio er, ondanks de leemten, zo veelkantig mogelijk uit oprijst.

Ik stuitte op een dagboekaantekening uit de zomer van '99, toen we met z'n drieën voor de derde keer (voor Mirjam en Tonio was het de vierde) vakantie hielden in Marsalès. De datum: woensdag 11 augustus 1999. Ik neem de passage hier niet letterlijk uit mijn dagboek over, maar breid haar uit om zo diep mogelijk in de beschreven situatie door te dringen.

Het voorafgaande weekend hebben we in de Corrèze uitgever Dick Gubbels en zijn vrouw Elly bezocht, en na terugkeer in Marsalès zijn we aan onze laatste vakantieweek begonnen. Op de ochtend van die elfde augustus zitten wij alledrie op het erf van het gehuurde huis, dat we alleen gebruiken om te slapen, en er af en toe te schuilen voor de angstaanjagende onweersbuien van de Dordogne. Het erf is omgeven door een hoge haag, maar daar is de zon allang bovenuit geklommen. Mirjam en Tonio liggen in lange plastic tuinstoelen, terwijl ik achter de stalen kantoortafel zit die daar door de verhuurster speciaal voor mij is neergezet: een frame in verschilferend legergroen en het blad ingelegd met grijs linoleum, waar zoveel met pennenmesjes in gesneden is dat het, met inkt bestreken en op een even groot vel papier afgedrukt, ongetwijfeld een barokke linodruk zou hebben opgeleverd. Ik schrijf op een portable elektrische typemachine, die via een lang, tegen knaagdieren extra dik snoer vanuit het huis gevoed wordt. Omdat mijn dwangneigingen ook tijdens vakanties niet op te schorten zijn, maak ik aantekeningen voor een van mijn boeken in aanbouw. Hoofdpersoon Movo wordt verpleegd in het Brandwondencentrum in Beverwijk, waar hij is opgenomen na zelfverminking door het onderdompelen van zijn gezicht in een pan gloeiend frituurvet. Ook daar is het de ochtend van 11 augustus 1999, en het loopt naar elf uur. In de ziekenhuistuin zit Movo, bewaakt door een verpleegster, op de zonsverduistering te wachten. Verspreid om hem heen zitten de slachtoffers van een brand die recent de Amsterdamse discotheek Roxy in de as legde. Na de begrafenis van vuurkunstenaar Peter Giele was daar, door het afsteken van vuurwerk, de boel in lichterlaaie geraakt. Movo, die al sinds eind april in Beverwijk verblijft en de ene na de andere gezichtsoperatie ondergaat, herinnert zich de tumultueuze aankomst van de ambulances uit Amsterdam.

Mijn werktafel staat in de schaduw van een dichte boomkruin. De ligstoelen van Mirjam en Tonio bevinden zich in het volle zonlicht, dat nu, elf uur bijna, nog net draaglijk is. Mirjam leest een boek van Patricia Highsmith. Ik kan van hieraf de kaft niet zien, maar ik vermoed dat het een deel uit de Ripleyreeks is. Tonio zit roerloos, met opgetrokken knieën, tegen de rugleuning van de chaise longue. Van tijd tot tijd zet hij de kartonnen eclipsbril op die hij in de campingwinkel heeft gekocht. De glazen zijn van groen mica, of gewoon van plastic. Hij kijkt kort tegen de zon in, en zet de bril dan weer af. Zijn gezicht verraadt geen ongeduld. Het staat eerder gelaten.

De Roxyslachtoffers rondom Movo hebben allemaal een eclipsbril op. Bij sommigen steekt een poot van het montuur in het verbandgaas waarmee hun hoofd is ingezwachteld. De verpleegster vraagt aan Movo of ze niet bij de kiosk in de hal ook zo'n brilletje voor hem zal kopen.

'Wat valt er aan mijn ogen nog te beschermen? Ik ben zo goed als blind. Nou ja, voor driekwart. Zo zal ik, en dan zonder zo'n lullig brilletje, des te beter de zonsverduistering kunnen waarnemen.'

In *de Volkskrant* (ook verkrijgbaar in de campingwinkel) van 6 augustus heeft een tijdtabel gestaan waaruit blijkt dat in Nederland, enigszins afhankelijk van de plek, rond tien over elf het begin van de eclips te zien zal zijn. Het staat me niet bij wat dat voor Zuid-Frankrijk betekent. Het moet nog elf uur worden. Tonio kan heel geruisloos zijn: opeens staat hij naast me.

'Adri, heb jij al eens ooit een complete zonsverduistering meegemaakt?'

'Ik weet niet of het een complete was, maar ergens begin jaren zestig... ik was zo oud als jij nu bent... toen was er een hoop gedoe over. Als het zover was, zou de wereld vergaan, geloof ik. Een hap uit de zon, dat is alles wat ik me ervan herinner.'

'Had je toen al eclipsbrillen?'

'Wij behielpen ons met het dekseltje van de hagelslagpot. Dat was van hard plastic, en donkerbruin. Als ik niet blind ben geworden, is dat te danken aan de punten waarmee je zo'n hagelslagpot bij elkaar kon sparen.'

'Ik ga nog even kijken.'

Movo probeert de verpleegster willens en wetens te misleiden. Zijn onderdompeling in het frituurvet had totale blindheid als doel. Dat is niet helemaal gelukt. Nu probeert hij het opnieuw. Twaalf seconden lang tegen het verduisterde zonlicht in kijken is al genoeg voor de benodigde extra beschadiging van de hoornvliezen. Wat de verpleegkundige niet weet, is dat Movo's operatief aangehechte oogleden nog weinig tot geen reactievermogen vertonen…

Het is niet anders, en het is nooit anders geweest: ik bederf elke idylle door die ter plekke tot stof voor fictie te vermalen. Moge ik om die reden voor eeuwig branden in een hel te ver weg om me per ambulance naar Beverwijk te vervoeren.

'Het begint,' roept Tonio vanaf zijn ligstoel. Hij gaat nog eens extra rechtop zitten.

Ik kijk op het horloge naast mijn schrijfmachine. Net elf uur geweest.

'Nu al?' vraagt Mirjam. Ze licht haar zonnebril op, en kijkt naar Tonio, niet naar de zon (gelukkig).

'Kijk zelf maar.' Tonio brengt zijn moeder de eclipsbril.

'Een klein hapje,' zegt ze. Tonio trekt haar de bril weer van de neus, werpt er een vluchtige blik door, en brengt het ding dan naar mij. Een klein maar onmiskenbaar hapje.

6

Als Tonio weer met de kartonnen bril voor zijn ogen op de ligstoel zit, lukt het me nauwelijks meer verder te werken. Telkens opnieuw word ik gedwongen naar mijn mooie jongen te kijken, die daar zo vol overgave, met gespannen lijfje, het zeldzame verschijnsel volgt dat hij me de dag tevoren zo helder heeft verklaard. Op mijn beurt verraste ik hem met de mededeling (die ik ook maar uit de krant had) dat de eerstvolgende totale zonsverduistering, althans in Nederland, op 7 oktober 2135 zou plaatsvinden.

'Over 136 jaar,' zei ik. 'Dat maak ik niet meer mee.'

'En ik?' Hij vroeg het lachend.

'De geleerden beweren dat een mens in de naaste toekomst met gemak honderdvijftig kan worden. Je bent nu elf.'

'Dat haal ik net,' joelde hij. 'Dan hou ik nog drie jaar over.'

'Ja, dan kun je nog drie jaar nadenken over die eclips van 7 oktober… en over die van 136 jaar geleden, toen je met je ouders in Frankrijk was.'

Hij keek me stralend aan, wilde nog iets zeggen, maar ik kon zien dat de gedachten en beelden die achter zijn ogen over elkaar heen tuimelden hem helemaal in beslag namen.

Iets comfortabels heeft het wel, vindt Movo: de zon die jou bij eerste aanblik altijd de ogen neer heeft doen slaan, nu recht aan te kunnen blijven kijken.

Af en toe sta ik op om bij Tonio neer te hurken. Hij geeft me uit zichzelf de eclipsbril. De zwarte hap die de maan uit de zon heeft genomen, wordt groter en groter. Soms brengt Tonio de bril naar zijn moeder. 'Kijk jij maar voor mij, schat,' zegt ze.

'Je moet het zelf maar weten,' zegt Tonio. 'De volgende eclips is over honderdzesendertig jaar en twee maanden.'

'Als het zover is, kijk je ook maar voor mij.'

Rond twaalf uur begint het op te vallen dat de ontijdige schemering een ontzield licht over alles heen heeft gelegd. De zon, of wat ervan over is, zorgt wel nog voor een fluwelige schaduw, maar voelt op ontblote lichaamsdelen niet langer warm aan. Er valt een stilte over het omringende land, alleen verstoord door blaffende honden bij een boerderij en blikkerige kinderstemmen op de camping. Dan beginnen, eerst aarzelend en vragend, de vogels te fluiten, een paar uur nadat de vroege hitte ze het zwijgen heeft opgelegd. Ze zingen zoals ze dat bij het vallen van de schemering gewoon zijn – melancholieker, berustender, minder schel dan bij zonsopkomst.

'Straks, schat,' zegt Mirjam, wanneer Tonio haar nog een keer de bril aanbiedt. 'Liever straks, als hij helemaal verduisterd is.'

'Hier in het zuiden,' zeg ik, 'komt het niet verder dan tachtig procent.'

'Schreeuw niet zo,' zegt Mirjam, zo zacht dat ik het bijna niet versta. 'Ik wil die speciale stilte horen.'

Ik schreeuw niet, praat zelfs niet met stemverheffing, maar de atmosfeer is nu zo broos en intiem en eenzaam dat *elk* menselijk geluid te hard klinkt. Door de eclipsbril is een sterreloze nachthemel te zien, met een afnemend maantje erin.

'Dat vind ik nou het mooie van zo'n verduistering,' fluister ik tot Tonio, hem de bril teruggevend, 'dat de zon zich voor de gelegenheid als maansikkel vermomt. Welkom op het gemaskerde bal van de hemellichamen. Het carnaval van het zonnestelsel.'

Tonio zet zijn gezicht op van 'o, wat vermoeiend' en geeft het standaardantwoord dat hij van zijn moeder plagieert: 'Zeker goed gewerkt vandaag.'

Behalve wat dunne banken laag boven de horizon is de hemel onbewolkt, maar die oogt desondanks niet blauw, eerder kleurloos: een korrelig lichtgrijs, als van natuurijs bedekt met een dun laagje poedersneeuw. Van de verse condensstrepen niet ver van de goeddeels verduisterde zon vraag ik me af of ze niet expres op dat uur door een paar ijdele straaljagerpiloten zijn aangebracht. Heel Frankrijk kijkt nu omhoog, en gekken en dwazen schrijven hun naam op muren en glazen. Je initialen in een piramideblok krassen is duurzamer, maar vandaag sorteert schrijven met damp in de lucht meer effect. Al sinds ik als kind mijn hoofd in de nek kon leggen om naar de hemel te kijken, probeer ik het schrift van condensstrepen te ontcijferen. Soms verbeeld ik me dat de boodschap is aangekomen. Vandaag word ik niet wijs uit de door een verduisterde zon flets geworden karakters.

De stilte wordt opeens verbroken door een auto die, voor ons onzichtbaar, over het verharde zandpad langs onze tuin raast. Steenslag springt de heg in, en valt ritselend door de droge blaadjes naar beneden.

'Nou, moe,' zegt Mirjam. 'Die had zeker beloofd voor het donker thuis te zijn.'

De eclips nadert z'n Franse maximum van tachtig procent. Op het erf is het nu definitief vallende avond, maar zonder het contrastlicht waardoor boomtakken uit zwart papier geknipt lijken. Anders dan een normale avondschemering in de Dordogne is deze doods en ontzield van sfeer. Tonio reikt me de kartonnen bril aan.

'Volgens mij,' zegt hij, 'gaat het niet verder.'

Ik zet de bril op. Van de zon is altijd nog een flinke teennagel over. Ik kijk er lang naar, hopend de lichtboog nog smaller te zien worden. Het proces lijkt stil te staan. Tonio grist de bril van mijn neus, en zet het ding zelf op. Hij staat boven op de ligstoel.

'Het is over,' zegt hij al na een paar tellen. 'Hier, hou maar.' Hij werpt me nonchalant de bril toe. 'Zo, nu wil ik er niets meer mee te maken hebben.'

Hij rent de korte stenen trap naar de voordeur op, en verdwijnt in het donkere huis.

'Wat is er met Tonio?' vraagt Mirjam. Ze ligt nog steeds te lezen, maar met de zonnebril op haar voorhoofd en het boek dicht bij haar ogen.

‘Hij houdt het voor gezien.’

Het is Tonio ten voeten uit. Als hij de werking van iets, een machine of een natuurverschijnsel, eenmaal heeft doorgrond, verliest hij zijn geduld. Er is meer in de wereld dat zijn aandacht opeist.

Uit mijn dagboek ken ik het vervolg. Op het hoogtepunt van de verduistering zwijgen de vogels. Als het licht terugkeert, begint de een na de ander weer te zingen, nu voorzichtig opgetogen, als bij dageraad. Het is kwart over een. Tonio komt niet meer tevoorschijn. Heel langzaam neemt de hemel een teint blauw aan. Als ik mijn gezicht ophef naar de zon, voel ik z’n warmte nog niet echt. Mirjam biedt aan de twee van gisteren overgebleven kwartels voor me op te warmen.

Als ik de eclipsbril nog een paar keer opzet, is het alleen om te zien hoever de Terugkeer van het Licht gevorderd is, alsof ik, in navolging van Tonio, nu zo snel mogelijk van het hele verschijnsel verlost wil zijn.

‘Hij zit in het halfdonker te lezen,’ zegt Mirjam, als ze met het eten uit de keuken komt. ‘Bij zo’n klein bedlampje, die gek.’

Ik laat me de kwartels smaken, maar het geeft iets onbehaaglijks aan de maaltijd om die zo in het ontzielde licht te nuttigen. Het voelt bevrijd wanneer om kwart voor twee de zonsverduistering ten einde is.

Het valt allemaal, ook een verslag van de rest van de dag, in mijn eigen aantekeningen na te lezen. Maar sinds Zwarte Pinksterdag bijna elf jaar later blijft mijn herinnering aan de zonsverduistering steken bij Tonio’s afhaken. ‘Zo, nu wil ik er niets meer mee te maken hebben.’ Op momenten dat zijn dood *echt* tot me doordringt, en de kou en de schrik me om het hart slaan, ligt weer dat zielloze schijnsel van de eclips over de wereld, die net als toen z’n adem met vogelgefluit en al inhoudt. Al het andere (de heldere dageraad, de stekende zon aan een egaal blauwe hemel, de contrastrijke avondschemering) is illusie, een herinnering aan hoe het mogelijk ooit geweest is. Er is een schaduw over gevallen – niet de vitale schaduw, die de sterkte en de beweeglijkheid van de zon aangeeft, maar de valse, giftige schaduw van de zonsverduistering, allesdoordringend en alles besmettend.

7

Na de kwartels ga ik het huis binnen. Er is buiten alweer zoveel fel daglicht dat in het halfduister de zonnevlekken voor me uit dansen. De deur naar Tonio's slaapkamer staat wijd open. Hij bevindt zich in kleermakerszit op de onderste matras van het stapelbed (slapen doet hij bovenin). Over zijn bovenbenen ligt een tijdschrift opengeslagen. De luiken van de kamer zijn dicht. Tonio leest bij het schaarse licht van een sparappelvormig lampje, dat aan een poot van het bed is bevestigd. Zijn ogen bewegen razendsnel over de bladzij, en dan naar de volgende. Voor hem op de grond een hoge stapel *Donald Duck*'s, waarvan Mirjam complete antieke jaargangen bij Lambiek in de Kerkstraat voor hem heeft opgekocht. Uit het tempo waarmee hij de pagina's omslaat, zou je kunnen concluderen dat hij alleen plaatjes kijkt, maar toen ik een keer de proef op de som nam en hem een stripverhaal 'overhoorde', bleek hij de tekstballonnen bepaald niet te hebben gemist. (Gelukkig leest hij ook de vervolgverhalen uit het midden van de oude *Donald*'s, rond de roestige nietjes, met de tekeningen van Hans G. Kresse.)

Soms een kort gesnuif: zijn manier van lachen als hij zich onbespied waant, terwijl hij met ons erbij zijn hilariteit zo graag breed uitmeet. Gewoon een jongen van elf, die een stripverhaal verslindt als was het een hamburger of een Marsreep. Hij heeft mijn aanwezigheid nog steeds niet opgemerkt, en indien toch, dan weet hij dat goed te verbergen. Ik sla hem ontroerd gade. Als ik aan mezelf denk zoals ik toen naar hem stond te kijken, prijs ik me gelukkig dat ik op dat moment niet wist wat ik nu wel weet: dat hij daar, op z'n elfde, halverwege het hem toegemeten aantal jaren was. Iets over de helft.

8

Soms wil ik hem heel dicht tegen me aan houden. De gedachte doet zich meestal voor als ik in bed lig te lezen, en zomaar opeens mijn boek ter zijde leg. Kom maar, zeg ik dan geluidloos. Kom maar, Tonio, onder het dek. Ik zal je warm houden.

Zijn lichaam is willoos, slap, maar niet koud. Het is de Tonio die na de aanrijding op het plaveisel heeft gelegen, een half etmaal voor zijn dood. De inzittenden van de rode Suzuki Swift staan buiten de auto, en durven niet naar het verderop neergekwakte lijf te kijken. De sirenes van politie en ambulance zijn nog niet hoorbaar. Het blauwe geflakker van de zwaailichten moet nog komen. Het is dan dat ik hem opraap en naar mijn bed draag, waarvan ik het dek opensla.

Kom maar. Dicht tegen me aan. Dat zal je warm houden. Ze komen zo om je beter te maken.

9

Ik denk dat Mirjam het wel met me eens zal zijn als ik Jenny hier het laatste woord gun.

Jenny had gevraagd of ze, alvorens naar huis te gaan, nog even Tonio's kamer mocht zien. 'Natuurlijk, ga je gang.' Ik begreep het. Daar had zich het grootste deel van de fotosessie afgespeeld. Mirjam bood aan met haar mee te lopen, maar Jenny ging liever alleen.

'Ik weet de weg.'

We hoorden haar met zachte tred de trap naar de tweede etage bestijgen – en daarna werd het stil. Geen krakende voetstappen op het parket vlak boven ons hoofd, zoals we tot voor twee jaar van Tonio gewend waren geweest. Nee, nadrukkelijke stilte, verder niets.

Ze bleef lang weg, Jenny. Mirjam en ik hadden elkaar al een paar keer zonder iets te zeggen aangekeken. We dachten hetzelfde. In godsnaam, eerst dat meisje de deur uit, dan konden we ons vrijelijk aan onze tranen overgeven. We hadden het te weinig beseft: zo'n doorkijkje naar een prille romance was precies het verschrikkelijkste dat ons nu kon overkomen, juist *omdat* er tot in alle eeuwigheid geen vervolg op mogelijk was.

Jenny kwam niet terug, en maakte daarboven evenmin enig gerucht.

'Misschien is ze zachtjes vertrokken,' zei Mirjam. 'Heb jij de tussendeuren beneden gehoord? Die sluiten niet goed meer op elkaar aan, de laatste tijd. Als de voordeur dichtvalt, klepperen ze.'

'Ik heb niets gehoord,' zei ik. 'Ze moet nog boven zijn.'

We fluisterden.

'Zal ik gaan kijken?' vroeg Mirjam.

'Ik luister wel even onder aan de trap.'

Met ingehouden adem liep ik de overloop op. Ik luisterde. Niets te horen. Zelfs als ik op een van de onderste treden ging staan, kon ik, vanwege de draaiing in de trap, niet zien wat zich op de overloop van de tweede verdieping voordeed. In het zwakke licht van een wandlampje daar bewoog zich niets, zelfs geen schaduw. Bang iets intiems te verstoren durfde ik niet verder naar boven te gaan. Tegelijkertijd maakte ik me zorgen.

Ik daalde zacht de onderste trap af, naar de hal, waar de katten hun gestoei op de marmeren vloer staakten en nieuwsgierig naar me opkeken. Om ze niet te laten ontsnappen deed ik de glazen tussendeuren zo goed mogelijk dicht. Zo sloop ik vroeger ongemerkt naar café Welling, maar dat was niet meer nodig. Ik draaide de grendel in een zodanige stand dat de voordeur niet in het slot kon vallen, en liep tussen de geparkeerde auto's door achterwaarts een eind de straat op, ver genoeg om zicht te hebben op Tonio's kamer.

De gordijnen waren open. Er brandde geen licht. Wel viel er van rechts, waar de deur naar de overloop was, een uiterst zwak schijnsel de kamer in. Ik wachtte tot ik daar iets zou zien bewegen. Een paar keer moest ik enkele stappen naar voren doen, richting parkeervakken, om enig verkeer te laten passeren. Zo meteen opende het Concertgebouw z'n deuren, dus door de buurt circuleerden veel auto's op zoek naar een parkeerplaats.

Er gebeurde niets daarboven, dus ging ik maar weer naar binnen. De katten hadden zich in de bocht van de trap genesteld, alsof ze op me lagen te wachten: even later renden ze voor me uit naar de huiskamer, waar Mirjam op de bank tegen een huilkramp zat te vechten.

'Er brandt boven geen licht,' zei ik.

We zaten zwijgend naast elkaar, en wachtten gelaten op de dingen die komen zouden. De glazen waren leeg, maar ik vroeg niet om meer drank. Het duurde nog geruime tijd eer er zachte voetstappen op de trap klonken, en dat alleen omdat ik de huiskamerdeur niet helemaal dicht had gedaan. Er werd aarzelend aangeklopt.

'Ja, Jenny?'

'Ik wou nog even gedag zeggen.'

Jenny omhelsde Mirjam, en daarna mij. Ze had geen rood behuild gezicht, wel klitten haar onderste oogharen vochtig aan elkaar.

'Kon je de lichtschakelaar vinden?' vroeg ik, om maar wat te zeggen.

'O, ik ben niet in de kamer zelf geweest, hoor.' Ze zei het een beetje geschrokken, alsof ze vreesde dat ik haar van ontheiliging verdacht. 'De deur stond open. Ik heb een hele tijd voor de drempel van zijn kamer gestaan. Zo heb ik afscheid van hem genomen.' En toen ze ons al bijna haar rug had toegekeerd: 'Ja, ik geloof echt dat de doden een bepaalde energie voor ons achterlaten.'

Amsterdam, juni 2010-maart 2011

Verantwoording

Dit requiem is voor een deel gebaseerd op mijn dagboekaantekeningen, waarvan er eerder een aantal in de oorspronkelijke vorm gepubliceerd werd in *Engelenplaque* (2003) en *Hier viel Van Gogh flauw* (2004). De kwestie van het vervangen deurslot werd, in afwijkende vorm al eens aangestipt in respectievelijk de novelle *Sabberita* (1998) en de verhalenbundel *Gentse lente* (2008).

Winter 2011 A.F.Th. v.d. H.

Werk in boekvorm van A.F.Th. van der Heijden

Een gondel in de Herengracht (verhalencyclus, 1978) Anton Wachterprijs 1979
De draaideur (roman, 1979)
De slag om de Blauwbrug. De tandeloze tijd Proloog (roman, 1983)
Vallende ouders. De tandeloze tijd 1 (roman, 1983)
De gevarendriehoek. De tandeloze tijd 2 (roman, 1985) F. Bordewijk-prijs 1986 en Multatuliprijs 1986
De sandwich. Een requiem (roman, 1986)
Het leven uit een dag (roman, 1988)
Dichters slaags (novelle, 1988)
De generale (novelle, 1989)
De euforie. Over roes en angst voor de roes (lezing, 1989)
Advocaat van de hanen. De tandeloze tijd 4 (roman, 1990)
Weerborstels. De tandeloze tijd Een intermezzo (novelle, 1992) Boekenweekgeschenk 1992
Schwantje's fijne vleeschwaren. De tandeloze tijd Apocrief (fragment, 1992)
Asbestemming. Een requiem (roman, 1994) Nominatie De Gouden Uil 1995 en nominatie AKO Literatuur Prijs 1995
Ontbijt met de kromme lepel (novelle, 1994)
Orgie op zondag (novelle, 1995)
Het bankroet dat mijn goudmijn is (beschouwingen, 1995)
Het Hof van Barmhartigheid. De tandeloze tijd 3 Eerste boek (roman, 1996) De Gouden Uil 1997 Nominatie Libris Litera-

tuur Prijs 1997 en nominatie Generale Bank Literatuur Prijs 1997

Onder het plaveisel het moeras. De tandeloze tijd 3 Tweede boek (roman, 1996) De Gouden Uil 1997 en Generale Bank Literatuurprijs 1997 Nominatie Libris Literatuur Prijs 1997

De gebroken pagaai (novelle, 1997)

Whamm. De democratisering van het talent (schotschrift, 1997)

Voetstampwijnen zijn tandknarswijnen (met Jean-Paul Franssens, brieven, 1998)

Sabberita (novelle, 1998)

Het onmogelijke boek. Een kleine monoloog van de auteur (mini-essay, 1999)

Gevouwen woorden. Brieven over de grillen van het vak (brieven, 2001)

De Movo Tapes. Een carrière als ander. Homo duplex (roman, 2003) Dirk Martensprijs 2006

De requiems. De sandwich, Asbestemming, Uitdorsten (romans, novelle, 2003)

Engelenplaque. Notities van alledag 1966-2003 (dagboekaantekeningen, Privé-domein 250, 2003)

Hier viel Van Gogh flauw. Frans dagboek 1968-1999 (dagboekaantekeningen, 2004)

De Gazellejongen. Het verzameld werk van Patrizio Canaponi (verhalencyclus, roman, 2004)

Lamsvocht. Drie hoofdstukken uit Homo duplex (proza, 2004)

Ik heb je nog veel te melden. De briefwisseling tussen Jean-Paul Franssens en A.F.Th. van der Heijden (brieven, 2005)

Een gondel in de Herengracht & *De gebroken pagaai* (verhalencyclus, novelle, 2005)

De kandidaat-Inez. Twee hoofdstukken uit Homo duplex (proza, 2005)

Drijfzand koloniseren. De erven Movo (roman, 2006)

Het schervengericht. Een transatlantische tragedie. Homo duplex (roman, 2007) AKO Literatuur Prijs 2007 en De Inktaap 2009

Mim of De doorstoken globe. Homo duplex (roman, 2007) Tzumprijs voor mooiste zin 2008
Uitdorsten. Klein requiem voor mama, mam, ma (novelle, 2007)
Voetstampwijnen zijn tandknarswijnen. Een requiem voor Jean-Paul Franssens (novelle, 2008)
Kruis en kraai. Over de romankunst na James Joyce (essay, 2008)
Gentse lente (verhalen, 2008)
De liefdesbaby. Homo duplex (novelle, 2008)
De censuurpaus. Paroxismen, een opmaat (polemisch proza, 2008)
Doodverf (roman, 2009)
Tonio. Een requiemroman (2011)

In voorbereiding

Kwaadschiks (roman)
De ochtendgave (roman)